М. ГОРЬКИЙ

高尔基文集

*7*

短篇小说

特写

诗

1913
1923

人民文学出版社

*М. Горький*

马克西姆·高尔基

# 目　　次

无所不在 …………………………………… 1
盗窃 ………………………………………… 11
音乐 ………………………………………… 32
茶炊 ………………………………………… 38
在戏院和马戏班里 ………………………… 45
穆康的传说 ………………………………… 52
达梅尔兰的传说 …………………………… 55
火灾 ………………………………………… 60
记一个男孩 ………………………………… 90
信 …………………………………………… 95
剧场散记 …………………………………… 98
神女与傻瓜 ………………………………… 106
米沙 ………………………………………… 112
街头(随感) ………………………………… 122
风敲打着窗棂 ……………………………… 126
在芬兰 ……………………………………… 128
不合群的人 ………………………………… 130
我怎样读书(故事) ………………………… 143
歌 …………………………………………… 164

| | |
|---|---|
| 亚什卡（童话） | 168 |
| 哲学的害处 | 172 |
| 初恋 | 185 |
| 隐士 | 219 |
| 守夜人 | 247 |
| 单恋 | 277 |
| 一个英雄的故事 | 327 |
| 长腿蚊 | 361 |
| 一本小说的故事 | 400 |
| 可笑的奇闻 | 426 |
| 牧人 | 459 |

# 无所不在*

一个秋天的傍晚，天地一片铅灰色；寒冷的毛毛细雨不停地撒落在柏林千家万户的屋顶上，落在举止庄重的德国人的雨伞上，落在马路的石块上。身躯高大肥胖、脸颊红润的行人挺着便便大腹，在单调笔直的马路上匆匆地走着。

这座巨大的城市——今天到处湿漉漉的，既寒冷又阴沉——方方正正，呆板得令人生厌，它有如一个棋盘，像有个隐身人驱赶着这棋盘上的黑色棋子儿，默默地下着一盘复杂而难解的棋。

在无数的屋顶之间，在杂乱的一片片黑色树木的上空，国会大厦的圆顶就像一个被俘的巨人勇士的金盔在幽暗地闪光，纵横交错的街道像一条条粗大的锁链，鳞次栉比的房屋像一节节灰色的石环，将这巨人捆住。

苍白寒冷的点点灯光在闪烁，马路上石头缝隙里和坑洼里的积水发出淡蓝色的闪光，几条细小的水流酷似静脉和浓稠的污血。灯光暗处是片片阴影，庞大的城市显得更加沉重，好像在往潮湿的土地里下陷：房屋变得更低矮、阴森，人们看上去更渺小、更忙碌；四周的一切更显得陈旧，老态龙钟；厚实的墙上斑斑湿渍越加明显，排水管里哗哗的流水声听起来格外清晰，屋檐上沉重的水滴顺从地落在人行道的

---

＊ 本篇最初发表于一九一三年二月《教育》杂志第二期。译自《高尔基三十卷集》第十卷。

石板上。

一切都使人感到沉闷。这座灰色的城市庞大无比,洁净得十分引人注目,然而并不舒适,似乎建造它并不是为了让人居住,而是供人观赏的。人们被禁锢在砖瓦石块之中生活着。他们在城市的街道上东奔西跑,犹如笼子里的老鼠,看着他们,使人不由产生一种怜悯的心情:他们生活得毫无意义,无可挽回地永远被毁了,他们将永远不会超越至今他们所创造的一切,永远不会感到自己能够过另一种生活,更自由、更愉快的生活。

汽车声嘶力竭地、刺耳地鸣叫,电车在哀号般地吼叫,闪亮的车厢隆隆作响,车轮下发出蓝色的火花;闪着幽暗灯光的窗户显得多疑、阴郁,好像在凄凉地哭泣。一切都给人一种极度疲惫的印象,到处都很潮湿,宛如一个热病患者在淌汗。教堂敞开的大门如同风烛残年的老人没有牙齿的嘴,教堂的钟声在绝望地震颤,连教堂门口来去匆匆的行人也听不见。

在教堂门前的台阶上——两根柱子之间,有三个人依偎着挤在柱子下面:年迈的一个是报贩,他的唇髭已经花白,宽阔的下巴刚刚剃过;另外两个是清道夫,一个身材矮小、敦实,另一个驼背,他的身躯佝偻得像个问号。

驼背清道夫戴着一顶皮帽子。他头顶上空有一个生满绿锈的铜架子,一盏小灯发出微弱惨淡的亮光,光线照在他手中展开的报纸上;他像念《圣经》一样小声但清晰而又庄重地念着什么,报贩从他背后贪婪地盯着报纸,轻声赞叹道:

"好极了!噢,这太好了!"

身材敦实的清道夫合着读报人的声音的节奏赞同地点着头。他也深信不疑地说:

"这是真理!老卡尔[①]很懂得真理,并且能讲得很透彻……"

---

[①] 显然指卡尔·考茨基(1854—1938),德国社会民主党和第二国际的机会主义领袖之一。

教堂里一个黑色的人影慢慢地疲倦地在走动,点燃一盏盏微弱昏黄的小灯。教堂门口三个人的身躯已溶成一体,像一个长着三个脑袋的人。驼背的声音更加庄重了,白色的灯光清晰地照着报头上粗黑的字体:《前进报》①

从纽约高楼林立的街道望去,透过凝聚在炎热空气中的一片尘烟,天空如同沼泽中的水一样,灰蓝而又混浊。

快到中午时分了,但太阳还藏匿在十层高楼大厦的屋顶后面,这些大楼的单调、笔直而又肮脏的墙壁笼罩在一片阴影中,这阴影令人感到闷气,没有一丝凉意。灼热的太阳越过屋脊,只照在一些楼房高层的窗户上,照不到那些五光十色的招牌。所有的墙壁都缀满了花花绿绿像补丁似的招牌,使这些楼房看上去活像一群乞丐。

从街面直到楼顶都充满黏湿的热空气,窗户全开着,但没有一个窗口能看到鲜花、绿叶或一点鲜艳的色彩;所有的窗户都是黑洞洞的;一切都被烟雾熏黑,蒙上了厚厚的灰尘。机油、胶水、皮革、汗水等的气味从四面八方汇集起来,流向满是垃圾的黑色街面。

低沉嘈杂的劳动的声响伴随着各种气味从千百个窗口不断传到街上:机器在隆隆轰鸣,木材刨床发出尖厉的啸声,钢锯在呜咽,制革工人为了清除皮毛用棍棒把皮子敲得啪啪作响。

街道就像一条排泄污水的阴沟,浓稠得如同石油一般的、巨大的喧嚣声浪和各种不同味道的气流在阴沟里缓慢地向一片混混沌沌的、看不到尽头的远处流去。像春天冰块一样的灰色卡车,装载煤炭和其他货物的黑色大车,仿佛被毁灭了的生活的残渣碎片在这阴沟里漂浮。一切都显得笨拙、僵硬而又沉重。那永不停息的劳动发出胜利的轰鸣声,这声音激起的幻想,使人产生一些奇特的联想:高层楼房笔直的墙壁仿佛是中世纪坚不可摧的城堡,似乎眼看街上就会出现披坚执

---

① 一八九一至一九三三年德国社会民主党的机关报。

锐的勇士,他们破坏、掠夺,然后从容地把夺来的东西运出城去,把俘房带走。

在无数的大车、汽车以及宛如大象那样笨拙的高头大马之间,人们——劳动的俘房,几乎不被注意;汗流浃背、满身污垢、长着两脚的人影,与那些林立的楼房,堆积如山的货物以及他们周围在街上沉重而又缓慢地运动着的一切相比,显得太微不足道了。人们非常渺小,当你看见他们在城市密如蛛网的街道上惘然不知所措的样子,不由地会想到,这些人恐怕未必能战胜充满闷热恶浊空气的、处处是肮脏和油烟的、僵硬而又令人抑郁的生活。

突然,不知从什么地方,从一盏街灯下出现一个身穿红色绒衣的魁梧的小伙子,肩上扛着几根类似铁棍的东西;他像马戏团里的角力士一样矫健、强壮,他敏捷地把那铁棍似的东西装在街灯的灯柱上——像搭起了一个小台,小伙子轻盈地纵身跳到台上,一手扶着灯柱,一手附在嘴边,向街上喊道:

"喂,伙计们!"

他一脸花雀斑,一头火红的鬈发,一双天蓝色的眼睛;整个人看上去非常兴奋激动;瞧,他摘下了揉皱的旧帽子,像一面黑旗似的挥动着它。他轻而易举地压住了街道上的喧闹声,嗓音洪亮地嚷道:

"喂,伙计们!请你们给我两分钟时间,只要两分钟,好吗?Олл райт?①"

大车慢慢地、不停地走着,汽车在奔驰,几个身体敦实,像黑人一样黑的人,沉默不语,一边走,一边抽着烟斗,嚼着烟草。一个像两普特重的砝码似的又矮又胖的爱尔兰警察慢慢悠悠地朝那街灯走去,挂在皮带上的警棍不停地摇摆着。

钟敲了十二下,街道上立刻充满了各种啸声和吼声,从这些声音中可以清楚地听到一种贪婪、饥饿和凶恶的吠声,就像是一条大狗因

---

① 英语的俄译音:好吗?

为被夺走了它还没有来得及啃完的骨头而发出的唁唁声。

随着汽笛的响声,工人、儿童和其他男男女女的深蓝色人影,躲开汽笛,从楼房拥向街头;深沟似的街道立即充满了另一种喧闹声,人们像陀螺似的在街上、在大车之间,在沮丧的马头下面旋转。

街灯旁的那个小伙子高高地挺立着,他身上的红绒衣是街上仅有的一点红颜色,特别引人注目;他晃动着红发的脑袋,脸部的表情时时变换着:他成了耸立在由活人汇成的黑压压的人流岸上的一座灯塔,在这一群群的人们上空,可以清楚地听到他召唤的声音:

"到这儿来,伙计们,这儿有人在讲工人兄弟们生活的真实情况,讲他们劳动和自由的权利!"

人群在他身边流过,但逐渐地在那盏街灯的周围仿佛形成了一个漩涡,越来越多的人在活灯塔的旁边停住脚步,昂首仰望;红头发的小伙子向他们俯下身子,用力挥动着一只手臂,好像在向他们指明道路,他提出的一个个问题如同警钟在敲响:

"你们对自己的生活满意吗?你们说,难道生活就应该像现在这样吗?难道你们是奴隶,不想过上好日子吗?"

人越聚越多,鸦雀无声,只是偶尔从人群中传来几声赞同的喊声,这些喊声渐渐越来越多,越来越响。

"好极了,小伙子!Взри узлл,бойс!Олл райт!①"

"世界上一切宝贵和美好的东西都是你们的劳动所创造的,可是你们能享有这宝贵和美好的一切吗?"

警察宽阔的肩背靠在一盏街灯的铁柱上,他本人也像是铁铸的一样;他冷漠地嚼着烟草,那双毫无生气的小眼睛上长着白睫毛,脸颊上呈现出一个嗜酒成癖的人所固有的紫红色。他不时扬起黄色的眉毛,也喃喃地说道:

"好极了!Олл райт……"

---

① 英语的俄译音:好极了,小伙子们!对!

从黑压压的人群中发出的赞同声更加响亮了,伴随着这些声音,演讲人强有力的嗓音在上空自由飘荡,他充满信念的话语声在飞扬;他自己也像一只火红的鸟——新生活的预报者,在他们头上飞翔……

地下铁道的一个车站,一条由白色瓷砖铺设的狭长隧道通向两边,五光十色的广告琳琅满目。珍珠般的电灯,宛如一串项链向远处延伸。墙壁像涂了一层脂油似的油光锃亮;通向左右两边的铁轨在黑色的地面上闪闪发光;在颤动的灯光下,看上去,一段段铁轨好像溶化了的铁水在流淌。

从上面传来人们生活的永不停息的巨大声响,这是战无不胜的人们所从事的伟大劳动的轻柔回声。在这儿——地下,这声音如同风琴奏出的庄严乐声,它会使人想到,地面上人们已经建立了光明愉快的生活,此刻他们正在赞美智慧与意志的伟大力量。

从隧道深处,时而从右边,时而从左边,几乎每分钟都有列车驶来,酷似条条火蛇在飞驰,使白色的圆形隧道充满了钢铁的隆隆声和吼声,随后又消失在隧道中。

四周的一切在强烈地震颤;人们会不由地认为,整个大地一层层都凿出了这样明亮的通道;这些由人的智慧创造、由人的意志控制、由神秘力量推动、发出隆隆响声在穿行的铁蛇,从四面八方以神奇的速度钻到地里。

一列闪亮的车厢驶近车站,停住了,颤抖了一下,把十来个愉快兴奋的人吐到月台上,又吞下另外十来个人取代他们,然后在一片灯光和隆隆声中金属的车体又沿着隧道飞去,发着响声,喷出机油和煤渣的气味,随即消失,似乎急于要把大地钻得更深更透。

车厢和土地神经质地颤抖,疯狂的高速运行与等候列车的人们那种平静的态度极不协调,给人一种奇特的感觉。

初看上去,这些人毫无区别,个个萎靡不振,面容憔悴,但当列车刚停,他们匆忙跳下车时那种危险动作不禁令人吃惊,那些跳上震颤着的、看来随时会爆炸的车厢的人所表现出的稳重使人惊讶。过后,你从他们的动作中会感到,这些人已习惯地意识到自己是征服自然力量的胜利者。

在售票处附近,一群工人在大声交谈,其中一个长着鹰钩鼻子,蓄着两撇小胡子,后脑勺上戴着一顶揉皱的灰帽子的人格外慷慨激昂;他一只手做着砍劈的动作,大声嚷道:

"是呀,一个人离开人民,受损害的不是人民,而是这个人自己……"

"是的,不过,白里安①……"

"这块骨头在我的汤里已经煮得没有味道了,把它扔给狗吃,我毫不可惜。"

爆发出一阵笑声。在这儿,地下,听到这笑声使人感到高兴。笑声极其美妙地回答了来自地面上风琴般的响声。

一个人用圆润浑厚的嗓音严肃而又郑重地说:

"说得对!显然,他所能给我们的一切美好的东西都已经给了,然后……"

"我们比以前富了,他呢——变穷了……"

一条棕黄色的狗不知从哪儿跑到人们的脚下,它毛茸茸的尾巴翘到脊背上,伸出绯红的舌头,用那双灵敏的黑眼睛匆匆地打量着人们的脚,并用鼻子嗅着。

一个蓄着唇髭,身穿沾满各色油漆的工作服的大个子,彬彬有礼地抬起帽子,向那条狗问道:

"您的票呢?"

一阵健康的、响亮的笑声。那条狗坐在穿着工作服的人的脚旁,用后脚挠着毛茸茸的耳朵,这人蓦地一下把狗抓到手上,手舞足蹈地唱着:

"玛丽耶塔,我的玛丽耶塔……"

---

① 白里安(1862—1932),法国政客,早年参加社会党,后被开除,曾多次任总理和外长等职。

有两三个人随着他伴唱,那个年轻激昂的嗓子也唱着自编的歌词:

"我们的劳动是文化的基础,整个世界落在工人的肩上……"

从隧道的白色喉咙中一个独眼的怪物飞奔而来,震得一串珍珠似的灯光在颤动;这怪物来到后,把站台上所有的人一扫而光,然后尖啸一声飞向大地的深处,或飞往地面,这个世界上最大一个城市的生活的音乐旋律正从那里庄严地传到隧道里来。

热那亚港口浑绿的水面上撒满了一层细小的煤尘,正午直射的阳光在这层薄膜上闪着银光,在一片片闪亮的石油上发出珍珠般的神奇的斑斓色彩。

港口停满了来自各国的巨轮;浓稠而又肮脏的海水在高高的船舷之间几乎静止不动,载着煤的笨重的驳船互相轻轻地碰擦着,系船缆绳发出沙沙的声音,不时还轧轧作响,锚链哗啦哗啦地响。小汽艇像水上的小甲虫,噗噗地喷着气,在水面上穿梭飞掠。有一种东西发出均匀的轰隆声,很像是大鼓的皮面上发出低沉的懒洋洋的敲击声。

桅杆像密林一样,一齐指向炎热的天空,船上的横桁像画上去的一条条横线,酷似一支支巨箭,被一只有力的手臂射向天空的四面八方。轻柔的海风徐徐吹来,五彩缤纷的旗子在湛蓝的天空中飘扬,桅杆的缆绳上晾晒着船员的绒衣。铁链、粗缆纵横交错,仿佛想把一艘艘挺拔的轮船留在这石砌的圆形港湾内,这些船只宛如落网的鱼儿一样,被绳索捆缚着,在污染了的浊水中沉睡。

坐落在山上的大理石城的万扇明亮的窗户朝着黑魆魆的港口,它向山下的大海发出生气勃勃的、沸腾的喧闹声,而海港也报之以铁链的轰隆声,哨声,蒸汽的叹息声,海水拍溅船舷铁板和岸石时发出的懒洋洋的声音。

在一艘不大的货船船尾的绞盘旁边,垂着一块皱褶不平的帆布,在它的阴影里坐着三个黑人和一个被太阳晒得和他们一样黧黑的意大利人,他的头发修剪得很平整,脸刮得泛出青色,两条浓眉像两撇胡子那样粗黑。

他们面前的一个肮脏的箱子上放着四杯略带紫色的利古里亚①酒,一块形状不齐的奶酪和一些面包片。他们既没吃也没喝:三个黑人噘起外翻的厚嘴唇,入神地倾听着意大利人勇敢地、滔滔不绝地讲述现在世界各地都在谈论的事情。

三个黑人注视着他的嘴和手,那双手在黑人面前不断挥动,仿佛这水手是用富有表现力的手指在说话,即使不用言词,几乎也能为人所理解。他右边的衣袖破了,像面白旗在飘动,使裸露到肩头的古铜色手臂和一直刺到肘部的深蓝色的花纹格外显眼。

其中一个黑人双鬓上的鬈发已经斑白,他没有左耳,下面一排牙齿已经脱落;另一个黑人是个宽鼻梁的巨人,长着一张和蔼的圆脸和一双孩子般天真的眼睛;第三个黑人是青年,像一头野兽一样灵活,半裸露着的身体在太阳下像块磨亮的铁一样油光闪闪。他聪明的脸庞长得像亚利安人那样端正,嘴唇并不厚,圆鼓鼓的犹如樱桃,俊美的眼睛含着深思的神情——像一个热恋着的女人的眼睛。他格外专注地听着,整个身躯向前探着,仿佛要向说话的人扑过去似的,讲话的人用一种坚定有力的手势像把什么东西从自己身旁推开,他骄傲地大声说:

"对我们来说,没有犹太人、黑人、土耳其人、中国人之分:全世界的工人都是兄弟!"

年迈的黑人点了点头表示赞同,用英语对自己的同伴说:

"对他来说,没有人种之分,这话说得对!"

"你认识我有十五年了!"

"是啊!"黑人有力地喊道,用手掌把帽子推到那只难看的耳朵上。他不知为什么也很激动:用乌黑的手抓起一杯酒,举得高高的,用手指

---

① 利古里亚为意大利北部的省份。

指着酒继续说：

"听他说话好比喝这美酒一样——好极了！他，永远是他，他不论在什么地方都重复这样说：所有人，包括有色人种，都是人！我知道，现在四海之内说这话的比以前多了！他无数次反复这样说，这样做，先是一个人赞同他，接着是第二个人，这样，好人也就越来越多了。噢，我这个老人知道得很清楚。当白人说耶稣的时候——要离开他，当白人讲社会主义的时候——就听他！这是真理！我见过世面……"

那个年轻的黑人欠身站起来，既严肃又庄重，把杯子向水手伸过去，操着法语，用青年人纯正的嗓子说道：

"知道这些对我很有好处。让我们为所有人——我和一切善良的人，能像您所希望的那样生活而干杯，好吗？"

巨人般的黑人也用长手拿着杯子伸向白人，杯子整个淹没在他黑色的手掌中，他呵呵地笑着，露出大猩猩般的直到两耳的巨齿，那双耳朵酷似两节锚链。他笑着用意大利语喊道：

"喝，尽情地喝！"

黑人厨师把自己的杯子举得更高，像是威胁着谁，又说：

"这是社会主义！它无所不在：在海地①、在格拉斯哥②、在布宜诺斯艾利斯③——无所不在！就像这太阳……"

四个人都笑了起来：笑得最响的是意大利人，其次，是那个巨大的黑人，他的笑像深沉的吼叫；年轻的黑人甚至闭上了眼睛，仰面大笑；老厨师尖声地笑着，笑声不大，他喊道：

"无所不在！对！我知道！"

周 圣 译

---

① 在拉丁美洲。
② 英国苏格兰西南的城市。
③ 阿根廷首都。

## 盗　窃\*

秋天，一个身材矮小，长着火红色头发，名叫卢卡·切金的士兵从察里津坐轮船到马卡里耶夫去。他是一个性情温和的小伙子，长着一双鹰鹞似的圆眼睛；唇髭又粗又硬，大得和脸盘儿不相称，虽然它乱支棱着，并不好看，但是卢卡却因为自己有这样的唇髭而感到非常自豪。

卢卡在酒鬼中尉斯列普欣手下当了三年多的勤务兵，听他那位子女众多的黑眼睛妻子使唤。中尉叫她加尔卡。三年来他忍气吞声地听她怒气冲冲的呵斥，受了她好些冤枉气。斯列普欣自己打牌输了钱，或者跟老婆吵了架，也没少用他那双总是汗津津的大巴掌扇卢卡的耳光。

但是当卢卡准备回家的时候，中尉走进厨房，用郁郁不乐的声音和气地说：

"要走了，卢坎[①]？"

"是，长官！"

"嗯，上帝保佑你！"

中尉是个胖子，浮肿的脸又红又亮。他长着黑色的大胡子和一双烦闷无神的小眼睛。每当他发起火来，眼白充血，瞳仁变得又圆又绿，就跟猫眼睛似的；松软的鼻子涨得通红并且在颤动。中尉身上老是散

---

\* 本篇最初发表于一九一三年《教育》杂志第六期。译自《高尔基三十卷集》第十四卷。
① 卢卡的爱称。

发着烧酒、鞋油、马汗和别的什么气味。卢卡不喜欢他、怕他,背后管他叫"臭玩意儿";但是这一回,当中尉穿着旧制服上衣,嘴里叼着烟卷,用一种他平时没见过的、专注的目光透过烟雾望着他时,兵士突然感到自己很可怜,便压低声音,犹豫地说:

"再见了,长官!上帝保佑您万事……"

"再见,老弟,"斯列普欣坐到桌边,伸直了一条腿,把手伸进裤兜里,掏出一个皱巴巴的钱包,用肥胖的手指头在钱包里翻来翻去。纸烟熏得他眯起了眼睛,他透过牙缝和稀疏的唇髭愁闷地说:

"也祝你万事如意。谢谢你,好兄弟!……你是个性情温和、为人正派的小伙子,虽然,说实话,不怎么聪明……拿去,这是给你路上花的。想多给点,可是不富裕!妻子她也想……"

卢卡伸出一只手,当他的皮肤接触到七个像寡妇眼泪一样冰冷的二十戈比的银币时,他鼻子发酸,嗓子发噎,一把抓着军官的手,想去吻它,但是军官站起身来,愁眉苦脸地说:

"唔,不必啦!还是让咱们拥抱吧……"

他搂住士兵,用自己肥胖的面颊一连蹭了卢卡的唇髭三次,然后把士兵推开,走了出去。

"我跟你处惯了,好兄弟……"

"我也一样,长官。"卢卡啜泣着说;他羞于落泪,所以连忙蹲到自己的箱子旁边。

中尉却在门口停了下来,关心地问:

"那你往后干什么呢?"

"我没法知道,长官……"

"嗯,是啊!喂,你一到家,头一件事就是把老婆先给揍一顿,你要揍她吗?"

"是,要揍……"

"她乱搞了吧?"

"没听说,长官……"

"大概,乱搞了。这是娘们儿的规矩。几乎守了四年活寡——这从生理上来说也难熬。嗯,好吧,先揍老婆……然后干什么呢?"

卢卡由蹲着转为跪着,默默无言地望着箱子里面用毛巾包好的手风琴和一双簇新的包脚布。他从来没有明确地设想过回家以后的情况。往昔的生活已经隐没在这些年来迷茫的云雾里,因此他不知道应该如何回答老爷。

可是老爷问话的口气却越来越严厉,越来越认真了:

"你爹死了吗?"

"是。"

"兄弟是个开小铺的?"

"做牛犊生意。"

"牛犊生意?"

中尉想了一想,搔了搔胡子下面的脖子。

"你瞧吧!你要是给兄弟干活可不容易呀,太窝囊了。给别人干活总比给自己人干活强。主要的,你是一个性情温和、诚实可靠的人,大概,不擅长做买卖。而且你也不能离开上司过没人管教的日子,你明白这一点吗?"

"是。"卢卡低声说。斯列普欣对他的初次关怀使他深受感动。

这时加尔卡出来了。她身穿肥大的、皱巴巴的、花边已经破烂了的晨衣,双手拎着一个大包袱,她把包袱往地上一扔,像平时一样用刺耳的鼻音说:

"卢卡,把这些给你老婆带去,她用得着的。这是给你的一个卢布。谢谢你!我们有什么对不住你的地方,也请你原谅!"

她将手伸给他,士兵握着她纤细、黝黑、皮包骨的手指头,小心翼翼地将嘴唇凑了上去。

"上帝保佑你。"加尔卡抚摸着他的头说;这抚摩又轻柔、又痒痒、又舒服,打动了卢卡的心。

她面带亲切的微笑,用那双像煤炭一样黑亮亮的、吉卜赛人的眼

睛上下打量着他。她那长着尖鼻子的、苍白的面容是这样熟悉;卢卡想起了许多对不起她的地方,便由衷地说:

"太太,请原谅我……"

"唉,你说到哪儿去了!"她把手抽了回来,高声说道,"原谅我,我常对你嚷嚷……"

"他懂得,不嚷嚷是不行的!"中尉抽着烟自信地说。但抽完一口烟后,又沉思地说:

"是的,人们说这说那……可是就这点不明白:我们军官们对俄罗斯的贡献有多大……多少这样的年轻人……可以说是具有新思想的新人……回去耕地……"

他沉默了一会儿,笑眯眯地向加尔卡建议:

"你问问他,回去揍不揍老婆?"

她也笑眯眯地问他:

"揍吗?"

"是。"卢卡难为情地说。

"哎呀呀呀,为什么要揍呢?"加尔卡摇晃着小脑袋,叫道。

"她们那号人不这么对付不行。"丈夫让她平静下来。

他们走后,卢卡久久地坐在箱子面前的地板上,感到非常奇怪,心中泛起淡淡的哀愁,他坐着想道:

"原来都是些好人!就跟小孩似的。可是我原先就没有看出来他们是好人……"

他睁大双眼,环顾了一下到中尉家服役以来的第三个厨房,望了望那些锅子和煎锅,还有那熏黑了的炉门。一到夜里,耗子就在这炉门下边的空当里乱跑。他又望了望窗户,窗下长着茂密的接骨木树丛,他常往那儿倒脏水;为这加尔卡往往冲着他又是跺脚,又是呵斥。

周围的一切都是熟悉的、看惯了的、牵肠挂肚的吸引着他,使他放不下心来。他到农村后将怎么过呢?

加尔卡也像个亲人;有多少次他看见她几乎是赤身裸体的。她在他面前不觉得难为情,就跟在小猫小狗面前不觉得难为情一样。起先一段时间,赤裸裸的她使他激动,但她在他面前流露出来的坦然态度却使他感到有些屈辱。但是有一回他进去收拾屋子,看见她只穿了一件内衫躺在沙发上,她正在哭泣、嚎叫,全身瑟瑟发抖。

"滚出去,下流胚!"她对他喊道。

他惊慌失措,寸步难移,而加尔卡仔细瞅了瞅他后,低声啜泣着说:

"我这不是对你……去吧!"

这件事使他很受感动,因为她在极端痛苦、在痛哭流涕的情况下还对他说了这些话,所以从这以后,他对她有了一种异样的、怜惜的感情,就像她是一个婴儿或者残废人似的。

还有一次她也使他心中大为感动。那是在一年以前,在她生产之后;那次是难产,生下的是个死婴;受尽折磨的加尔卡瘦得只剩一双眼睛了。她躺在床上。有一天下着雨,卢卡走进她的房间,加尔卡愁闷地说:

"卢卡,永别了,我好像要死了……"

"您说什么,太太,为什么呢?"士兵惊慌地嘟哝着跑了出来,他由于非常怜惜她而浑身哆嗦。

他听到过的亲切的话语不多,因而现在它们就更加像绚丽的鲜花一样盛开在他的回忆之中了。记得起来的净是美好的事,可是以后怎样呢,却渺茫得很。当兵这些年所经历的一切似乎就是他终生奋斗的目标。

他想起了怎样安顿酩酊大醉的中尉躺下来睡觉;怎样隐瞒中尉与老百姓家娘儿们逢场作戏的风流事儿;想起了当加尔卡跟营里年轻的军官们调情的时候,他也帮过她的忙,装着什么都不懂的样子。加尔卡手头缺钱的日子,还曾经向他借过几个卢布去备办饭菜。

这儿,在这沙土地的、炎热的城市里,在这幢住满了各式各样人物的房子中,在中尉狭小的套间内不知疲倦地过着一种光怪陆离的、总是醉醺醺的、总是没有理智的生活。卢卡在这种生活里感到很自如,恰如一棵橡树,根扎得很稳。可是现在却必须到千里之外的、坐落在密林深处的小村子里,去过那种他已经不习惯过了的生活。

所以,当轮船震动着离开码头时,卢卡心里像有个什么东西抖动了一下,绷得很紧,就像扯断了生命线一样。

他孤零零地坐在三等舱的长板凳上,捻着唇髭,把小胡子揪得发疼,他模糊地想起了妻子:她个儿不高,翘鼻子,胖鼓鼓的腮帮子,眼珠子就像浅蓝色的玻璃珠子。

"要不是她,我就留在察里津过日子了。到酒馆去干活,去给厨师打下手。兴许能学会点手艺……要是把她的户口迁出来呢?"

这四年来,他跟好些女人鬼混过:厨娘、侍女,有的干脆就是一些浪荡女人;这类女人都擅长调情,能说会道,总之,在各方面都不寻常。她们磨灭了他对妻子的印象。他只记得新婚之夜的她,那时候她在他的手臂中挣扎,扯头发、抓人、喘气、大声呼喊:

"放手,该死的……放手,我要喊了!……"

他战胜她之后,她一直嘤嘤啜泣到天亮,她一脸诧异和惊慌的表情,就像站在水洼前面的绵羊一样。

轮船在灰蒙蒙的沙岸间,在秋季的阴暗、冰凉的河水里逆流而上,船行驶得越远,被忘怀了的过去就越发固执地使人回忆起它来,而想得最多的是村庄和妻子,往事一阵阵涌上心头。

当卢卡在二等舱外的一个角落里占了一个舒服的位子,安放自己行李的时候,他身旁出现了一个人。这人身穿厚实的毛皮外套,头上歪戴着一顶便帽,一双眼睛东张西望,一副蛮横相。他仔细地打量了卢卡一番,然后用跳民间舞时爱说的俏皮话代替了初次见面的寒暄:

当兵的探亲回家去,
和老婆寸步也不离!

"是这样吗,老乡?"

"该怎样就怎样。"士兵不置可否、爱理不理地回答说。

"是探亲还是退伍？"

"退伍。"

"倒是件正经事儿！"

那人顺着甲板望去，又望了望波光闪闪的河面和布满朵朵乌云的天空，用两只手掌拍打了一下膝盖，大声喊道：

"天气顶呱呱，就是没人可打！"

"干吗要打呢？"兵士忧郁地问。

"这个嘛，有这么句谚语。朋友，谚语！"

他又用锐利的、主人的眼光打量了一下卢卡，对他眨巴眨巴眼睛，站起身来说：

"我去看看，今天都是些什么人。"

说完，他就走了，那双靴筒上带褶儿的新皮靴吱吱作响，他像个船主似的望着所有的人，似乎要向大家发号施令一样。

"是个机灵鬼。"切金望着他的背影，满怀敬意地思忖着。

荒凉的沙岸在左舷外缓慢地伸延着；柳树的细枝伸到水面上，抖落着残留的黄叶，摆动着，就像在鞭打河面似的。灰蒙蒙的、碎玻璃似的波浪从船边奔驰而去，哗哗地冲刷着沙岸。混浊的水面上浮着一片闪着虹霓色彩的油斑。河水稠得像葡萄汁，在轮叶下低沉地、疲倦地哗哗响着。秋日蓝色的、明净的远方一览无余地展示在前方。似乎轮船越往上游行驶，这绚丽多彩、秋高气爽的日子就越发显得湛蓝和寒冷。

卢卡把手伸进衣袋里去掏烟丝，摸到了一个用洋铁皮做镜框的圆镜子。他把镜子掏出来，开始端详自己萎靡不振的、长着又粗又硬的火红色胡子的面容。他想起了送他这面镜子的七岁的格兰卡和她的母亲——一位神甫家的厨娘。最近一年来他过得很好，对格兰卡像亲生女儿一样疼爱。

"你也叫彼得鲁哈吗？"当他头一回上她母亲那儿做客时她问。

"我叫卢卡。"

"可我妈妈先前的那个兵叫彼得鲁哈,只是他的头发是黑的、胡子很小,可你的头发是红的!"女孩信任地紧偎在他身上,瞎扯着。

她的母亲很尴尬,她那亲切的目光避到一边,假装严厉地喝道:

"哎呀,你这废话精!你瞅瞅,她在怎么编派母亲呀!去吧,上床去睡吧!"

这之后,不知怎的,一切都立即进行得既顺利、又简单。

有时候,卢卡向格兰卡的母亲埋怨士兵生活艰苦,小姑娘就用心地、像听故事一样地听他讲话。有时候,她用灰色的眼睛看着他,劝他说:

"你逃到伏尔加河对岸去吧!"

"我不能这样做。"

"你就逃跑吧!"

"我说,不行呀!"

"那你就申请……"

士兵笑了,胳肢她。她也尖声尖气轻轻地又哭又笑的,憋得连气都喘不过来。这笑声听来心里痛快。格兰卡和别的孩子完全不一样:她皮肤白嫩、性格纯朴,她使得所有的成年人对她都很温和、很关怀。要跟她生气是不可能的。临行前,卢卡赠给她一条红头巾和一只关在笼子里的黄雀,她回赠了这面镜子。

"格兰卡说得对,我的小胡子太支棱了,"兵士鼓起腮帮子,心中想道。"该剃掉了:在乡下小胡子吃不开,那儿时兴大胡子,气派……"

他叹了一口气,收起镜子,皱着眉头朝坐在他对面的大块头教士瞅了一眼。教士正在用一把骨头梳子梳理自己浓密的长发。他面带善意的微笑,也在用他那双小眼睛上下打量着卢卡。

"嗯,照够了,漂亮吗?"教士吧嗒着柔软的嘴唇问。

"似乎还凑合。"士兵不好意思地回答。

"上帝保佑……"

教士的宽脸庞像老娘们的脸一样,浮肿、苍白,像块没烤好的面包。胡子脱落得稀稀拉拉,使这张脸越发显得虚弱。他好像一直在想着这个士兵,并且马上用一种卢卡所不习惯的和气的、从未听见过的殷勤的口吻说:

"哦,现在你已经为沙皇与祖国忠诚地服完了兵役,你应该想到上帝了,该尽力地去供奉上帝了……"

轮舵的黑色的、油腻腻的铁链在椅子下面穿过,发出哗啦啦的响声和经过滑轮时的尖叫声。河水在船舷外愤怒地哗哗响着;灰黄色的河岸在移动;干枯的树枝在清澈的空气中摇曳着,似乎仍旧在吓唬着轮船与河水。岸边木桩上晾着渔网。沙滩上搁着几只小船。一个穿红衬衫的人骑着马沿着河边飞驰过去。一切都消失在山峦起伏的远方,消失在秋日寒冷的蓝色的空间里了。迎面驶来一条破旧不堪的小轮船;它的轮叶在匆忙地打水;空驳船赶上了它;曳船索在水里拖着。

"老牛破车。"有人说那条轮船。

"看来,你是个温顺的青年。"卢卡听见教士亲切的声音,而那个机灵的小伙子则坐在他身后另一条板凳上,正在与人辩论:

"人生在世,只不过是碰运气而已。"

"这怎么讲?"

"就这么讲!"

"可是什么是运气呢?"

"运气吗?你知道牲口交配吗?"

"嗯,那怎么样?"

"是这样:对你说来,命运是一条公牛,懂了吗?"

引起了一片哄笑声,大约有五六个人在哈哈大笑。其中一人拉着长调叹道:

"真—真绝……"

"你听听,"教士小声说,"那一帮子都是些什么人!像什么?像群无法无天的畜生……"

甲板上越来越拥挤、越来越吵闹了。乘客们准备吃午饭了。人们解开包袱，打开口袋，食品的香味散发了出来。但是卢卡不想吃东西，他弯下腰来，听教士讲话，心里想：

"这话有道理，到处都蛮不讲理，乡下更厉害。要不，去他的，我甭回家吧？有什么意思？"

"哎，弟兄们，"那个机灵的小伙子喊道，"只有上帝才知道一切真理，不过真理对上帝来说，大概，也不过是一堆蒿草而已！"

"我们辛比尔斯基省的修道院在阿拉提尔市附近的森林里，在苏拉河上游，又美、又幽静……"

"可是在修道院里日子不好过。"不知卢卡是在发问，还是把正在思索的话说出声来。

"谁敬爱上帝，谁就不会感到日子难过。唉，如果是个懒蛋，当然难过。你问这干吗呢？"

"随便问问……"

"你最好还是上我们那儿去，住上个把礼拜，考虑考虑下一步该怎么办，最好去祈祷，啊？"

后来教士开始跟卢卡打听他家里的情况，当教士得知卢卡的兄弟是个做买卖的，卢卡手上有百十卢布的现款时，他讲话的声音就更为轻柔、亲切，他恳切的言辞就更加源源不绝了。

"农民多的是，可是上帝需要侍奉他的人。"

"瞧你，可真会引诱人。"卢卡心中思忖着，竭力不去看那张甜丝丝的宽脸。

刮着顶头风；轮船艰难地行驶着，整个船身都在抖动。一绺黑色的头发在教士面颊上不安地颤动着；他将头发甩到耳朵后边，可是发卷又落到面颊上，挨着稀疏的长胡子。

"自然，我也许会去的，"卢卡犹豫地说，"那样，船票可就得作废了，我的船票是买到伊萨达码头①的。"

---

① 伊萨达码头在距马卡里耶夫城不远的伏尔加河右岸。

"船票由我来帮你处理!"教士殷勤地说,"这么说来,决定了?"

"怎么样呢?可以……"

"嗯,这样,就感谢上帝吧!"

于是,教士用又大又白的手画十字为士兵祝福,之后,友好地拍了一下他的膝盖。

"你要做的是件大好事呀!"

卢卡微微一笑,没有说话。他宁静地下定了去修道院、到这个善良人那儿去的决心,立刻感到精神更加振奋,信念越发坚定。他善意地环顾四周,碰到了那个戴便帽的青年的快乐的眼神。那青年一手扶着椅背,一手作着劈砍的动作,喊道:

"有什么舍不得的?去它的吧!喀山的大学生唱的是:

我们的生命短促,
一死便万事大吉……①

"当兵的,对不对呀?"

"完全正确。"卢卡赞同地说,他挺喜欢这小伙子的快乐和活泼。

"咱们吃点什么吧?"教士建议道。

他们要了菜汤,半瓶伏特加酒。士兵立刻发现教士吃起东西来比斯列普欣中尉更加认真仔细和津津有味,这越发增加了他对教士的好感。

"是个明白人。"他心里想。

"祝你健康!"教士一面说,一面用长袍肥大的袖子遮掩着,斟满了一杯伏特加酒,"并且衷心祝贺你超尘出世。"

"衷心感谢!"卢卡彬彬有礼地回答。

吃罢午饭,他们躺下来睡觉。当卢卡睡醒时,船尾已是满天红霞,

---

① 当时在大学生中流行的一首歌曲。

两岸也被秋天清冷的落日余晖映红了。风越刮越大,黑黝黝的树木全都倒向一边,似乎正朝着大海与太阳奔去。茶具在叮当作响;一群人密集在长凳的另一端,从黑压压的人群里不时传出激昂、豪迈的叫喊声:

"谁的卢布?你得两个!打呀!谁押,啊?"

    钱财可以到手,
    不用为它发愁。
    爱情求来不易,
    必须将它珍惜。

"快点吧;可尊敬的人们,别慌;有钱儿的,别忙!"

教士把黑色的僧帽推到后脑勺上,也在桌子旁边站着。卢卡站到他背后,稍稍俯下身来,从教士的胳肢缝里望着桌子:不知道谁的手在深棕色的方桌上飞快地移动着,分发三张揉皱了的纸牌,动作快得叫人眼花缭乱。

"老K、圈儿、钩儿!下注呀,小伙子们!在钩儿上下半个卢布吗?对!输了!我今天输了个一干二净!"

"这玩意儿太悬乎!"教士对卢卡说。

那个机灵的年轻人把帽子摘了下来。风吹动着他浅红色的头发,将它们吹到白皙的额头和结实的两颊上。他面前放着一堆皱钞票和几匣银币,他用这些钱到处下注,再把它们收回到自己跟前。他红色的嘴唇不停地蠕动,而且一直说着俏皮话,不时用挑逗的眼光看看卢卡。

"打得干净利落,挺吸引人的!"教士喃喃地说,"你看那个大鼻子,从他手里赢了约莫二十个卢布……"

卢卡望了望长着大鼻子的那个人的光溜溜的、呆板的面孔,他觉得那满是麻瘢的额头、坑坑洼洼的面颊和被侵蚀坏了的麻耳朵都似乎在哪里见过。麻子笔直地、稳稳当当地站着,他以既有钱但又不吝啬的那种人的漫不经心的态度,一声不吭地用手指头把钱在桌子上扒拉来、扒拉去。一双寒冰一样深邃明亮的眼睛在额头下的黑眼窝里平静地闪烁着。

"他要把那个机灵鬼赢光了。"教士深深叹了一口气,沉默了一会儿,对卢卡建议说:

"你下半个卢布,说不定靠当兵的运气能赢呢……"

卢卡对这早已经拿好了主意,他急忙把手伸到裤兜里,手在打战,他掏出三个二十戈比的银币,把银币递到桌上。小伙子一边发牌,一边把两个银币移到自己面前,另外用一个卢布压在第三个银币上,叫道:

"拿去吧,当兵的,带着零钱滚开吧!这儿玩的是大输赢,敞开来玩!该谁打了,打的什么?"

"在老K上压一个卢布!"卢卡坚定地说,他马上被一股猛烈、紧张、快乐的旋风所包围,一切都离他而去,教士和所有的人都不见了。胸中漾起一股愉快、亲切、温暖的感情,就跟喝醉了酒似的。他眼前所见的只有发牌人的火热的眼睛、飞快移动着的手、纸牌和钱币。钱币不断地涌向桌边,到了士兵的肚子附近,散发出令人陶醉的温暖。卢卡脸上大汗淋淋,他感到自己浑身无力、两腿酸软。

他和麻子赢了全部赌注,卢卡面前的钱越堆越高。为了不让这些钱和邻座的钱混在一起,士兵摘下制帽,把赢得的钱都扒拉到制帽里边。他精疲力竭地长吁了一口气,对教士说:

"喝,真来劲儿!"

教士更加兴高采烈,他怪模怪样地睁圆双眼,半张开嘴巴,望着桌子,一边在自己胸前摸索,一边小声说:

"喂——喂,我也……哎呀,你……"

"拿着吧,神甫,这是赢来的钱!"卢卡说罢,给了他一张三卢布的纸币。教士立即用手指把纸币按在桌子上,上气不接下气地高声叫道：

"圈儿！"

"输了！"

好些只摇摇晃晃、折了似的手臂从四面八方颤巍巍地伸到桌子上来拿钱，要不就使劲儿往桌子上甩钱。嘈杂的、贪婪的咆哮声在回旋；一切都像在云雾里、在睡梦中一样，天旋地转；而发牌人，一边分牌，一边唱歌、吹口哨。他活像一盆火，使大伙儿的热情更为高涨。

之后，这一切对卢卡说来都猝然中断，变简单了、冷却了。卢卡把手伸进制帽里头，在里面只摸到一个一卢布的银币和一张皱巴巴的五卢布纸币。他用习惯的姿势把纸币往发牌的那个人跟前一扔，哆嗦了一下，挺直了身子，将双手伸进裤兜里面，按理那儿还应该有钱，但结果呢，那儿只剩下几个五戈比的硬币和一个磨得光秃秃的，像一片白翳、一面镜片似的十戈比银币了。

他呆若木鸡地站了一会儿，不相信自己已经输光了；麻子斜瞟了卢卡一眼，用肩膀把他从桌边挤开，简短地厉声说道：

"走开。"

士兵顺从地走开，站着不动了，两眼死死盯着俯在桌子周围的人们的后脊梁；他们声嘶力竭、你推我挤，黑压压的人群像羊群进圈前一样在推挤着。

"输光了吗？"教士在远处问。

"是的。"卢卡昏昏沉沉、疲倦不堪地说。

"我也是，输了七个卢布……"

卢卡向周围望了望，好不容易才说出口：

"神甫，您哪，顶好能把那三个卢布还给我……"

"难道那是我跟你借的吗？哎，你呀！这是你自个儿乐意下的注……"

"对。"兵士心想。

卢卡提了提裤子——裤带猛地松了下来，变长了——走到船舷

24

边,望了望水面,河水发黑,流得非常急。

远方天空还泛着红色,浓厚的云朵在水中投下倒影,迅速地向天边飞去。轮船在云朵和云影之间驶过,像在织布机上穿梭一样。黑暗的夜色呼啸着迎面扑来,吞噬着两岸,压缩着河道。

由于气恼和伤心,他的五脏六腑都在打哆嗦,他在什么东西上坐了下来,冷得难受。

两个人从他身边走过去,一个人平静地说:

"那两个都是骗子!"

"当然啦!麻子也是他们一伙的。"

甲板上的嘈杂声逐渐安静下来,赌牌结束了。突然,发牌的年轻人用口哨吹着什么曲子,站到他身旁。士兵沉重地抬起头来,望了望他。在黑暗中他看不清那张机灵的脸,只看见那儿有一个白点。

"我都输给你了……"

"啊!"刚才玩牌的那个人回答;弄不清楚他是相信呢,还是不相信。

"统统输光了。"

"这可糟糕!"

年轻人走开了;皮靴子轧轧地响着,不过他在黑暗里问了一声:

"要的话,我给你一个卢布?"

"一个卢布对我有啥用!"

"随你便……"

卢卡满怀忧郁地瞅了瞅自己的位子,教士正在那儿刷梳子:他用牙齿咬着一根线,把梳子在线上来回移动,灰白色的头皮像下雪一样纷纷落在他的双膝上。

他牢牢地、心安理得地坐在那儿,将穿着沉重靴子的双脚摊开,两膝上的法衣绷得紧紧的,完全像市场上女贩子的裙子。卢卡想起了自己要跟随他去修道院的决定,便站起身来,朝他走去。教士竖起眉毛,随即又将眉头耷拉下来。

"真倒霉。"士兵说。

"躺下睡吧。"教士透过牙缝建议。

"我不想睡。神甫,这都是您,出了这么个点子叫我去赌钱……"

教士把线从牙缝中取出来,把它绕在手指头上,气呼呼地说:"我自个儿也输光了呀。"

轮叶下的水声也在愤怒地喧哗着;夜给整条河都披上了丧服。

从附近什么地方传来麻子严厉无情的声音:

"你们凭什么就这么好?你们哪点能克制?谁要是扔给你们一个卢布,你们就狠心地对咬起来……"

"瞧瞧,"卢卡心想,"我在这儿倒了霉,可是没人可怜我!要在城里总还有个格兰卡安慰我。"

这个想法停留在他头脑中,他将它反复思索了很久,然后才慢慢地将它们吐露出来,等着教士如何答复他;但是教士却怒容满面、纹丝不动、一声不吭。

"我一到家,"士兵无精打采地自言自语说,"人家该要问:服完兵役了吗?农民们会想:带钱回来了。老婆也……兄弟吗,当然,他会用活儿来压我。现在我最可靠的出路就是进修道院。"

他又重新把最后几个字大声说了一遍,说完,望着教士。可教士呢,把两条腿伸在长凳上,用一条灰毯子裹着,一声不吭。

麻子嘴里叼着烟,从一旁走过,边走边问:

"当兵的,怎么样,输光了?"

"全输光了,"卢卡毕恭毕敬地回答,然后他问教士:"从辛比尔斯克到修道院远吗?"

"五百俄里。"教士闷声闷气、粗鲁地说,就跟在骂人一样。

卢卡恍然大悟,现在教士不愿意卢卡随他一起去修道院了。士兵感到窝火,不好意思正眼看教士。人穷志短,他垂下头来,似乎想找个藏身之地。他从蜷缩在长凳上的人们身边走了开去。

像雨天的水泡一样的黄色灯光在昏暗的玻璃灯罩内跳动着,周围的一切都在紧张地颤动。士兵心中漆黑一团、茫然若失,也像有什么东西在颤抖着,浑身上下都冷飕飕的。

他在甲板上徘徊了好一阵子,长吁短叹,扯自己的胡子,不时磕绊到旁人的脚上。之后,不知不觉地走到了机舱的气窗和锅炉室的气包之间的一条狭窄的通道上。麻子背贴着气包热烘烘的铁板,站在那儿,隔着玻璃窗看亮晶晶的杠杆怎样周而复始地转动,机器的连杆怎样摆动,注油器的铜面怎样闪闪发光。看见士兵后,麻子扯着后者的军大衣的袖子,威严地命令他站在自己旁边,问道:

"为什么不睡觉?"

"我心里乱糟糟的。"卢卡信任地说。他从侧面望了麻子一眼,突然忆起一个秋日阴暗的黄昏,当时正下着细雨,从窗口射出的一道昏暗的光线映照出在两个穿黑制服的押送队士兵中间的这张长着大鼻子的大麻脸。

"我见过你呀!"

"在哪儿?"麻子厉声问。

卢卡说了之后,他思量片刻,不动声色地说:

"是的,那是我……那时候给我判了刑。"

"因为什么?"

"因为盗窃。无罪释放了。"

"这么说来,是被冤枉判刑了?……"

"判刑不冤枉,可是要想查明事实可就……"

"总而言之,够气恼的吧?"

"恼什么?"

"大概,蹲监狱了吧?……押送队……"

"这有什么可恼的?全都一样,在监狱里还是在轮船上,到处都是同样的人们,还是那些人……"

麻子的话讲得挺友好。但是他声音里带有一种卢卡听惯了的长官的口吻,使他对这个健壮、结实的人肃然起敬。黑暗中和他站在一块儿令人安心;虽然他讲的话不一般、不好懂,像是在开玩笑;但是就连这些话里也有一种忠实可信、令人愉快、此时此刻为卢卡所需要的东西。

他们又东拉西扯了一阵子,卢卡彬彬有礼地问:

"您做什么工作?"

"我吗?以盗窃为生。"

"啊—啊?"士兵难为情地拉长了声调,自己也弄不清楚,是被他的这种坦白给吓着了,还是仅仅感到吃惊而已。

麻子讲出自己的职业时是那么满不在乎,就跟盗窃与当油漆匠及钳工一样,是合法的手艺似的。他那张呆板的面孔毫无表情;空虚的双眼固执地、一眨不眨地注视着机器。

沉默了一会儿,卢卡窘迫地微笑着,问道:

"这可怕吗?"

"你试试就知道了。"麻子建议。

"我不行!"

"为什么?"

"我是个当兵的。"

"难道当兵的就不偷吗?"

卢卡记起了他怎样偷中尉的香烟,怎样搜喝醉了酒的斯列普欣的口袋,怎样偷加尔卡的茶叶和白糖,总之他并没有因为拿了别人的东西感到难为情。他惊恐地哭丧着脸,想离开这个人,但是麻子打了个呵欠,温厚地说:

"你别害怕我,要知道你那儿并没有什么值得我偷的,对吧?"

"对。"卢卡叹了口气。

"你看!可是教士却得了笔外快,是吗?"

"他得了!"

"但是教士不应当有钱!也不应当玩牌!对吗?"

"对。"兵士说,"因为他应该侍奉上帝……"

"对对,是这样!你看见了,他有很多钱吧?"

"钱包鼓鼓囊囊的。"

"钱包?"

"这么大个皮夹子……"

有谁从甲板上匆匆忙忙地跑了过去,装着轮子的铁门轧轧地响了起来,它那低沉的撞击声听得越发清楚了。船里充满了蒸气的喧嚣声和开水沸腾的声音,轮机在吃力地喘着气,脚下的甲板在颤动。这种颤动不停地在士兵心中引起不安的反应。

麻子郑重其事的说着;他既不看卢卡,也不让卢卡观察他那张奇形怪状的脸,士兵感到他的话越来越聪明易懂了。

"世上的一切,并不是属于你的我的,都是属于上帝的。我并不比你差,你我分享吧。要是你不同我分享的话,我就自己拿!这就发生了盗窃。明白了吧?"

卢卡甚至没有为麻子对他提出的建议感到吃惊:

"你去把教士的钱给偷来;分给我十个卢布作为出谋划策和教给你这门本事的酬金,剩下的全部归你!你又发财了……"

"发财了"这几个字使卢卡露出了微笑,他否定地摇摇头:

"我不能这么干,我办不到。发财!你这怪人……"

"人原先什么都不会,甚至连吃饭都不在行,还比不上小猫。"麻子的话很有感化力,他还不时用胳膊肘碰卢卡的肋部。

昏暗的灯光从机器房里射出,透过蒙上水汽的玻璃直照到麻子的脸上,他的脸显得比白天更加冷酷无情了,但是他那双眼睛却活跃起来,明亮地、有征服力地闪耀着。

"这一切你讲得都很好。"士兵深深地叹了口气,沉思地说。

麻子自豪地摇了摇脑袋。

"老弟,我四十岁了,我什么事都认真思考过……"

两人都不说话。后来卢卡出乎自己意料之外地表示同意了:

"我去瞅瞅,说不定,能成……"

麻子在他临走时说：

"只要想干,总能干成的!"

士兵踮起脚尖,晃晃悠悠,望着自己脚下,慢慢吞吞、小心翼翼地走了。他一心想着一定得尽量不引起别人注意、不弄出声音来。

当他走到教士跟前时,那人正仰面躺着,张着嘴,气喘吁吁地呼吸着又湿又冷的空气,像只牛蜂一样地打着呼。他像个瞎子似的扬起眉毛,宽脸上露出惊喜交集的表情。被子从他身上滑了下来,肚子上的长袍敞着,他那肥胖虚弱的身体在轻轻地颤悠,活像块肉冻。

士兵回头张望了一下,离他很远的地方,有个黑影站在暗处,一个白色的斑点不时闪现。

"这是他在招手,"士兵想象着,在熟睡着的人的面前跪下来,悄悄地把右手伸进法衣里,伸到他的胸口上。卢卡立即摸到了一个暖和的、沉甸甸的钱夹,但就在这一瞬间,教士嗖地一下蹿到长凳上,照着士兵的脸狠命地踢了一脚,将他打翻在地,扑到他的胸口上,疯狂地呼号起来：

"救命啊,老天爷……"

卢卡被踢得头昏眼花,吓得浑身无力,在教士沉重的身躯下一动不动地躺着,拼命想把钱夹塞进自己的口袋里。但是有人把他的手一拧,抢走了钱夹,还搜了他的口袋,掏出了格兰卡的小镜子,并且立即把它扔到小偷的脸上。卢卡用左手摸到镜子,紧紧地把它攥在手里。

人们对士兵拳打脚踢,然后把他提起来,夹走了,他顺从地走着,由于不停地挨打,膝盖连连打弯,他小声央求：

"唉,行了,够了! 嗳,我错了,还要干吗呢! 够了……"

突然,他全身颤抖了一下,不叫嚷了,他无比清醒地回忆起昨天傍晚、今天一整天以及这一分钟之前,他是个什么样的人。

现在,以前的他已经不存在了,存在的是另一个人,一个将要被关进监牢的贼。

"上帝呀,发发慈悲吧。"他在惊魂未定中喃喃自语着,把小镜子扔向一旁。

"他扔什么了?"

"看着他!"

"你扔的什么,啊?"

一个跑在最前面的人,拿起棍子朝卢卡脑袋上狠狠地一击,啪的一声,棍子折了。卢卡的双手向头顶上举了一下,便一头栽倒在人群的脚下,就像扎进了河里一样。

**孙新世　译**

# 音　乐[*]

　　我坐在宪兵上校的办公室——一间幽暗而狭窄的小房间里；一张宽大的写字台，三把蒙着黑皮的圈椅，一张同样蒙着黑皮的沙发和一个大柜子，几乎占据了整个房间。尤其使人觉得拥挤不堪的，是挂在墙上的许多相片。

　　相片非常之多：有军人们的合影，有太太们、孩子们的相片；有一幅野营的相片；一幅我不认识的位于险峻河岸上的城市相片；一幅白马的相片，一个少年军校学生牵着马的缰绳；还有一幅僧侣的全身像，他活像草原上的一尊石俑。

　　宪兵上校是个高大的人，穿着灰色的制服，有点驼背。他的面孔明晰而瘦削，他那浅浅的蓝灰色的眼睛又大又漂亮，但看起东西来却是忧郁而疲乏的。他大概四十刚出头，但他的胡须却已花白，波浪形的头发很稀少，左颊常常抽搐，迫使他不断眨眼。

　　他两手插在制服口袋里，慢慢地拖着那双长腿走过写字台，用有病的嗓音说：

　　"这您怎样解释呢？这需要说说清楚……"

　　办公室里有两扇窗户，可它们被深红色窗帘遮得严严实实；在我和上校之间，弥漫着淡红色的窒闷的烟雾，充溢着皮革和药品的气味

---

[*]　本篇最初发表于一九一三年六月三十日《俄罗斯言论报》。译自《高尔基三十卷集》第十四卷。

以及芬芳的烟丝的浓烟。

当押解兵把我从监狱里提出来,押着我走在城里那些热闹的街道上时,我觉得自己是一个英雄,回想起现实生活中的种种不公平的事,我心头燃起了青年人的骄傲的愤怒,因此,我去受审,就无异于去进行一场决斗。

起先我力图带着极端敌视的心情去进行争辩,想从上校嘴里听到叫嚣和恫吓,想用挑衅和粗鲁的态度回答他的审问。但是,当我看到他那蜡黄色的面孔和忧郁的眼睛,听到他那破锣般的嗓音和冷淡的问题时,我打消了原来的想法,寻衅的心情也消失了,我感到难堪、苦闷和羞赧。

这个疲倦的人不是敌人,也并不凶恶。如果他在今天这个春光明媚的日子里,到野外去,到树林中去,躺在青草地上,仰面朝天,那该多好;但是他却在这个房间里踱来踱去,白白地和我消磨时间,老是向我提出那个使人厌倦的问题:

"为什么您要到雅罗斯拉夫尔去?"

"我已经说过了。"

"这不能使人相信。"他说,仔细看着纸烟灰,又用鞋底在地板上蹭得沙沙作响。

他以出神的凝视的眼光看着周围,仿佛这办公室的东西他都不认识,不喜欢,或者在其中找不到所需要的东西似的。有时他是那样用力地默默点头,以至他的胡须触及胸脯,散开来像把扇子。他就像一只草原上的小鸟,在破烂的鸟窠上方打旋儿。

这样的人我还是初次见到,而且我想……他这样的人在这世界上是绝无仅有的。

"请听我说,"他说,又停下来,取出怀表,"我们怎么办呢?您该停止这场'索洛维茨基保卫战'①了。"

---

① 亦称"索洛维茨基起义"。索洛维茨基修道院在十七世纪俄国教派斗争中,成为分裂派的据点之一。沙皇政府维护旧派,曾派精兵围攻该修道院达八年之久(1668—1676)。在此期间索洛维茨基起义者进行了顽强的抵抗。

说完,他卡的一声合上表盖,注视着那在幽暗中显出亚历山大二世半身像的墙角,继续说:

"您以为,我希望您倒霉,想把您关在监狱里,或者对您还有其他什么处理吧?不必要。为什么要这样呢?为什么要您待在监狱里呢?"

"那就请您释放我。"

痉挛使他明晰的面孔歪斜,一只眼睛闭上了。

"我不能。"他说,干咳着,不停地使劲抚摩着脸颊。在他右手的食指上,戴着一只很粗的、想必是很有分量的订婚戒指。"必须对您的旅行作出近乎情理的解释。我要出去……一刻钟,您好好想一想,写下来……"

他走到门口,站住了,握住门的把手,小声说:"我的儿子在彼得堡,是个大学生,和您同年……也许,这个时候他也在受宪兵军官的审问。您明白吧?就是这么回事……"

我一个人留在淡红色的烟雾里,关于他儿子的话对我有所触动。

"就是这么回事。"这句话像回声一样在我记忆中鸣响着,这轻轻说出来的话变成了一句问话:

"就是这么回事?"

一个僧侣抱屈地鼓起腮帮,从墙上瞄着我;那匹白马睥睨着;肥胖的太太微笑着,看着自己裸露的左肩。窗帘是被蛾虫蛀蚀了的,——假如注视着它们,通过那些小洞可以看得见碧蓝的春季的天空。

上校总是说"为什么"这个词。假如他的儿子也像我这样,孤独地一个人坐在宪兵队办公室里,也会觉得不舒服的。

上校离开时,把门半掩着,现在有一种音乐像骚闹的溪流一样涌进办公室里,——有人在这所房子里弹钢琴。

烦闷使人难堪,音乐召唤人去亲近它。我站起来,走到门口,望了望那充满阳光的明亮的房间。

春天在敞开的窗外快活地喧嚷,树木在窗台和地板上投下花纹般的阴影。在我对面有一道小门;门后可以听到马刺的咔嚓声,男人们的嗓音,纸片的撕裂声,——这都妨碍听音乐;有人在左边的房间里弹奏音乐;房门用有些褪了色的花毯子遮掩着;门帘轻轻地摆动。音乐实在令人陶醉。我忘记了自己在什么地方,掀起门帘,不知不觉地走到一间小会客室里。门旁有一面高高的带花的三面镜。我站在它和门帘之间,——这儿能非常清晰地听到音乐,透过花叶我看见了一位女音乐家,她背对我坐着,——非常瘦弱,裸露着脖子,身穿一件质地轻薄的东方式的丝绸花睡衣。她的头不大,头发鬈曲而乌黑。她轻轻地、缓缓地弹奏着,没用乐谱,好像是在追忆往事。她纤细的手指犹豫地按着低音键,右手忙乱地在中音部分移动。我长久地注视着她两手的动作,在它们不同的抖动中,我感到有一种惊惶、胆怯和忧郁的情绪。

但是键盘俨然在笑。起初,乐曲的旋律是难以捉摸的,中音和高音杂然相混,低音的痛苦的叹息在固执和严肃地诉说着什么,而总的情调是在追忆一幅秋天的图画:在被刈过的草原和干枯的草地上刮着潮湿而寒冷的风,在它的袭击下,树林冷得直哆嗦,最后的金黄色的树叶飘落在地上,远处难于辨别的教堂的钟在幽怨地歌唱着。

随后,一个光着头的人在田间出现。他高举着双手,被风赶着跑,像个"风卷球",——他跑着,老是回头望。喑哑的、含混的响声伴送着他,而远方的田野却显得更宽阔、更深邃。他在田野面前渐渐缩小,终于从地上消失了。

那个女人停止了弹奏,垂下手臂,凝然不动地坐着,——她就这样坐了很久。

我隔着花木望着她,什么也不想,在我胸中一直荡漾着那悦耳的回声;我只想到:不要动。

后来,她右手慢慢地、似乎不愿意地重新放在琴键上,那些庄重的和声又吸住了我。我闭上眼睛聆听着。我感觉到,有一大群人和谐一致地为谁祷告,——带着绝望和愤怒的泪水祷告。这是一支非常沉痛的、雄壮的乐曲;奇怪的是,这样一个弱小的女人竟能演得如此有力。

而这一支乐曲已使我完全脱离了现实……

"纳塔莉娅,你不要弹了!"站在我旁边的上校生气地叫道。

她没有从琴台上抽回手,就把头转了过来,——她的脸庞小小的,像小鸟一样,从鬓角起开始收缩,一只鹰钩鼻子,一双蔚蓝的大眼睛。

"你知道吗?犯人不知跑到哪里去了。"上校说着走进了会客室,拿着装了纸烟的粗大的琥珀烟嘴,用颤抖的手抚平着头发。

"跑了?"那女人惊愕地问。

"准是跑了……"

自然,我立刻就明白,这是讲我,但我不能立刻从门帘和三面镜之间走出来,——这是笨拙的和有点可笑的。

"他怎样走的呢?"那位太太问。

"大概是翻窗子跑掉的……这是个疯子,见他的鬼!"上校边说边往外走。

那位太太站起来,掩上胸前的长衣襟,跟着他走,这时,我迎面对着他走了出来。

"是您?"他后退一步,叫喊起来,"您干什么?您怎么会在这里?"

"我听音乐……"

他眨眨眼睛,望一望那位太太,严峻地皱起灰色的眉毛,稍微耸起肩膀。

"如果这是无礼,就请您原谅我。"我说,决定不再讲话了。

"唔……"上校点燃纸烟,应声道,"我也不知道,这该怎么说,是有礼还是无礼,但是,这样做是不应该的……"

他凝视着我的面孔,缄默不语了。而那位太太,靠近他身边,轻声地问他。但即使这样,我还是听到了。

"为这事要惩罚他吗?"

"请吧!"上校推开她,指着门对我说。

但当我走到那明亮的房间去的时候,他微微一笑,说:

"您把我吓坏了,老弟,您真是个怪人!难道您真是非常喜爱音乐吗?"

"我难得听到……"

"啊……啊!那么,我今天不审问了……"

于是他又笑起来,眨了两下眼睛,补充说:

"这件事不会受到……重罚的……您大概还能再听一次我妻子的演奏——她总是在这个时间弹琴……再见!萨尔蒂科夫,把他交给押解兵……"

萨尔蒂科夫是一个爱出汗的胖宪兵,他用快乐得像喝醉了酒的眼睛惊诧地看看我,有板有眼地回答:

"遵命,上校先生。"

当他把我带到办公厅里的时候,他谴责说:

"您怎么在局里像在市集上一样逛来逛去呢?您的莽撞行为太不像话,您什么也没供认。您想供认什么呢?"

"我只是想听音乐……"

"人家都是在城市公园里听音乐的……"

他把我交给押解兵,严肃地命令他们道:

"老乡们,把他押走!"

章 其 译

# 茶　炊*

故事发生在一个夏夜，在别墅里。

一个小房间里，靠窗户的桌子上放着一个大肚的茶炊，它望着天空，热情地唱着：

　　茶壶，你可曾注意，
　　月亮爱上茶炊，爱得着了迷？

原来，人们离开时，把茶壶留在茶炊托上，忘了用压火盖儿把茶炊的烟筒盖上。茶炊里面炭多水少，水就煮开了。茶炊在大伙儿面前炫耀着自己一身金光灿灿的黄铜外壳。

茶壶已经用旧，边上还有裂缝，它很喜欢嘲笑茶炊。茶壶里的水也开始沸腾了；它可不喜欢这样，——你看它翘起壶嘴，用嘶哑的声音逗弄茶炊说：

　　月亮从天上
　　往下瞅着你，
　　跟瞅怪物一样——

---

* 本篇写于一九一三年，最初刊载于一九一八年一月的幼儿读物集《小枞树》。译自《高尔基三十卷集》第十四卷。

你看,事情竟是这样!

茶炊扑哧地冒着气,怒气冲冲地说:

> 没那回事。我和月亮是邻居,
> 甚至还沾点亲戚:
> 我俩都是用铜做的,
> 不过她不像我神采奕奕;
> 这个红头发的月亮妞
> 满脸黑斑,你瞅瞅!

茶壶用咝咝的声音回答,一面还从壶嘴往外冒热气。

> 啊呀,你这个牛皮精,
> 胡说八道,我不想听。

这个小茶炊的确非常爱吹牛皮;它认为自己是个聪明人、美男子,它早就盼望着有人能把月亮摘下来给它当托盘使。

它神气十足、扑哧扑哧地喷着热气,就跟没听见茶壶对它说的话一样,扯开嗓门唱它自己的歌儿:

> 噗,我是多么烫!
> 噗,我是多么有力量!
> 只要我想——一跳,就能跟皮球一样,
> 越过乌云上月亮!

茶壶哼茶壶的:

39

请允许我和这位大人物
谈一谈,
你这白白把水烧开的家伙,
你跳吧,你试试看!

茶炊被烧得那么炽热,全身都发青了,它颤抖着、吼着:

我再沸腾一会儿,
当我感到无聊,
我就立即跳出窗户,
把月亮娶来当媳妇。

就这样它俩都开了,开了,吵得桌上所有的东西都不能入睡。茶壶逗弄说:

月亮比你圆,

茶炊回答说:

可是没人为她把炭添。

一只奶油倒光了的蓝颜色的奶油罐对空空如也的玻璃糖罐说:

这也空空,那也空空,
两个家伙我都讨厌得要命!

糖罐用甜蜜的声音回答说:

是啊,他俩废话连篇,
叫我听了也心烦。

糖罐又肥又胖,模样十分可笑。奶油罐相貌平常,是个性格忧郁的驼背先生,它只有一条胳膊;它说话向来总带点感伤:

啊哈,奶油罐这样讲:
"在茶炊里,在月亮上,
到处都又空又干全一样。"

糖罐瑟缩着身子,大声喊道:

一只苍蝇飞进了我的罐里,
胳肢我的肚皮……
啊呀,啊呀,我害怕,
怕我马上要笑啦!

奶油罐无精打采地说:

这可真够奇怪,
要是玻璃能够笑出来……

肮脏的压火盖儿睡醒了,它在叮当作响:

叮当!谁在小声说话?
说的都是些啥?
连鲸鱼夜里都睡觉,
何况马上就半夜了!

但是它瞅了一眼茶炊,大吃一惊,叮叮当当地唱了起来:

  哎呀,人们全都走光,
  有的去睡觉,有的去闲逛,
  要知道我的茶炊,
  有可能会被烧毁!
  他们怎能把我
  这压火盖儿忘掉?
  嗯,现在他们只好
  挠自己的后脑勺!

这时茶杯也都睡醒了,它们急急忙忙、叮叮叮地响着:

  我们是些普普通通的茶杯,
  我们对一切的一切都无所谓!
  要这种派头
  吓唬不了谁,
  不管是烫还是冷,
  我们都能适应!
  牛皮大王小茶炊,
  我们对他不信任。

茶壶嘟嘟囔囔地埋怨道:

  沸—沸,怎么这样烫,
  我简直热得心里发慌。
  这事可不偶然,
  这事可不寻常!

话音刚落,它就碎了!

茶炊的自我感觉也十分不好:它里头的水早烧干了,它已经被烧化。它的龙头烧掉了,耷拉下来,像醉汉的鼻子一样。它的一只胳膊脱了臼,可是它仍然装成煞有介事的样子,望着月亮,嗡嗡地吼着:

> 哎呀呀,如果她真比我亮,
> 白天就不会藏得不知去向,
> 水和火,
> 我都情愿与她分享!
> 她和我生活在一起
> 会过得称心如意,
> 茶水也将常备,
> 如雨水样淅沥。

它已经几乎说不出话来了,便向一旁歪下身去,但仍在不停地嘟囔:

> 如果她为了让盘底儿夜里更加明亮,
> 白天必须上床,
> 那我宁肯日夜不眠,
> 替太阳把全部责任承担!
> 我将赐予地球更多的温暖与光明,
> 要知道我比太阳更有火力、更年青,
> 太阳已经年迈苍苍,不适于日夜发光,
> 而这一切对我这黄铜面皮,却是多么轻而易举!

压火盖儿高兴起来,它一边顺着桌子滚,一边叮当地唱道:

> 呵哈,多么动听

多么荣幸！
我要是能把太阳盖上
呵哈,这该多么令人高兴！

顿时,咔嚓一声,茶炊破成一堆碎片,龙头一下子掉到涮杯子的大碗里,把大碗打破了,烟筒和茶炊盖子被推到上面,摇摇晃晃、摇摇晃晃,然后往旁边倒了下来,把奶油罐的那只胳膊给砸断了;压火盖儿吓坏了,滚到桌子边上,嘴里嘟嘟囔囔:

瞧瞧,人们抱怨个没完没了
说什么命运不好,
可自个儿却忘记,
用压火盖儿把烟筒盖好！

然而茶杯们却无所畏惧,哈哈大笑,唱着:

从前有一个茶炊,
个儿虽然不大,脾气可真不小;
有一回,人们
忘了用压火盖儿盖茶炊！
炭火熊熊地燃烧,
茶炊里的水却很少;
茶炊被烧毁,
活该他倒霉,
　　该倒霉！

孙新世　译

## 在戏院和马戏班里[*]

我在集市上一个大戏院里当配角,每演出一晚,挣二十戈比,在《克里斯托弗·哥伦布》[①]这出戏里,我学着扮演印第安人和魔鬼两个角色。

这个戏院的内部情况给我留下极坏的印象。我现在还记得,在宽敞的、半明半暗的舞台对面是黑洞洞的、又潮又暗的大厅;一个胖子常常像牧人赶羊似的把我们这群男孩在台上赶来赶去,边赶边破口大骂,尖声叫喊着:

"你们这些死鳄鱼,真要把我气死!"

我觉得他在装假,他没有理由生我们的气,用那条又长又细的棍子打我们的腿。要是他简单明了、心平气和地跟我们说,我们会更好领会他的要求的。可他总是瞎忙一通,捂着他那像西瓜一样滚圆的脑袋,大喊大叫,不住地埋怨:

"你们这哪儿是什么印第安人呀?简直是一群猪猡,不是印第安人!你们这哪儿是什么魔鬼呀?是狗熊,不是魔鬼!"

一个胖女人从条幕后面探出身来,用低沉的声音问他:

---

[*] 本篇最初发表于一九一四年十二月二十五日《俄罗斯言论报》,是一篇自传性的作品。译自《高尔基三十卷集》第十四卷。

[①] 克里斯托弗·哥伦布(1451—1506),意大利航海家。《克里斯托弗·哥伦布》即话剧《克里斯托弗·哥伦布,又名美洲的发现》,法国利斯特与波列合写的五幕剧,于一八七八年在尼日戈罗德集市剧场上演过。

"你怎么知道魔鬼是啥模样呀？"

"魔鬼像小羊羔，我的宝贝，也像大山羊。你少管闲事！"

我读过发现美洲的故事，我觉得魔鬼在这里是多余的，普雷斯科特的书①里并没提到过魔鬼。我读过马因·里德②、埃马尔③的作品，自认对红皮肤的印第安人略知一二，所以我在舞台上走动时，尽量模仿这些著名作家所描写的美洲印第安人的样子。然而我的尝试竟惹恼了师傅，他大声呵斥我：

"听着，你这个长腿汉，该死的面包干，弹毛的弓子，巴比伦的竿子④，你的脚跟被砍掉了，是吗？你是在碎玻璃碴上走道儿吗？你要把我气死了，没良心的东西！……"

在正式演出时我还是按照我的见解行事，以一个地地道道、规规矩矩的印第安人应有的步伐走台步。

我看过几次演员们排戏的情景：舞台中央站着一个身穿大衣，头戴大礼帽的人，他嘴里叼着一根纸烟，肥胖的手指上戴着一枚偌大的戒指，他让烟熏得蹙着眉，噘着厚厚的嘴唇，含糊不清地嘟哝着什么。他向前叉着一条腿，挥舞着双臂，用非常悦耳的声音向提台词的人叫道：

"什——什么？我听不见！声音大一点！我听——听不见！这是从哪儿透进来的风，真见鬼？"

"到处都透风。"一个全身着黑、身材修长的漂亮女士公道地对他说。

另一个衣衫褴褛、形容枯槁的醉汉坐在旁边的一张椅子上打瞌

---

① 威·希·普雷斯科特(1796—1859)，美国史学家。此处大概指他的著作《西班牙王菲利普二世统治史》。
② 马因·里德(1818—1883)，英国惊险小说作家，其作品在当时的俄国甚为流行。
③ 居·埃马尔(1818—1883，真名奥·格卢)，法国惊险小说作家。
④ 典出"巴比伦塔"。据《圣经》传说，人们要在巴比伦筑起一座摩天高塔，因违反上帝意志，丧失了说话能力，造成了极大的混乱。"巴比伦塔"在俄语中被当作"吵吵嚷嚷，混乱异常"的成语。这里说话人将"塔"改作"竿子"，意在讽喻对方又瘦又高。

睡，时不时地担惊受怕地哆嗦着，问道：

"我呢？怎么做？噢，上帝饶恕我吧……"

所有这一切都使人感到说不出的无聊，而且唤不起我对戏剧的兴趣，然而我做观众时看到的第一场戏却使我深深感到戏剧的巨大威力。

从台上出现安德列耶夫-布尔拉克①扮演的犹独式加·戈罗夫略夫②那一刻起，我便全然忘掉了戏院和所有的一切，看到的只是一个穿着睡衣，手里颤巍巍地拿着一支蜡烛的小老头，他涎着脸，露出一丝狞笑。

"安宁卡，安宁卡③，"他在一个受尽折磨、垂死的女人面前淫荡地哼哼唧唧呼唤着。

这个人的一招一式都演得无比简洁、不容置辩的真实和令人信服。他那喋喋不休的话语，蜘蛛般的动作，他那迷惑人的酸溜溜的嗓音以及那些令人恶心的微笑，——他从头到脚都使人极其讨厌，又像是永生的科谢④那样不可战胜。

我产生了某种不可言状的心情：我恨不得跑上舞台去杀死这个卑鄙龌龊的家伙，满腔怒火几乎使我哭了出来，可是我四周的人们却在大笑、大嚷，令人悚然和困惑。这是一场非常沉重而可怕的噩梦，我觉得在这场噩梦里有许多我所熟悉的，充斥于俄国现实生活的愚昧、混乱、病态而又残酷的心理，因此这场噩梦便显得越发沉重了。许多年之后，我读到描写费多尔·卡拉马佐夫的书⑤时，重又体验到这类压抑的感觉。

---

① В·Н·安德列耶夫-布尔拉克(1843—1888)，俄国著名话剧演员。
② 《犹独式加》是由Н·Н·库利科夫于一八八〇年根据谢德林的名著《戈罗夫略夫一家》改编的五幕剧。
③ 犹独式加的外甥女。
④ 俄罗斯童话中的人物，一个恶毒老头的形象。据说他拥有大量财宝和长生不老的秘方。
⑤ 指陀思妥耶夫斯基的长篇小说《卡拉马佐夫兄弟》。

散戏以后,我沮丧已极,整夜都在集市后的草地上徘徊。有个醉汉拦住了我,狠狠地朝我脑袋上打了一拳;我记得,对此我并未介意。

我回想起我见过的所有的老头:两个叫彼得的,一个是马车夫,另一个是熟读过经书的人,还有一个奥西普爷爷;我在他们身上都感到一种敌对的因素,一种不动声色地否定我的强大因素。

我不再看戏了,或许是因为害怕再次感受这种令人沮丧的印象,也可能是想原封不动地保存这种印象。

我很快被马戏表演迷住了,从前我也常看马戏,可现在,没想到,刚一开演就使我惊喜不已。我在场上所见到的一切,汇合起来不啻是一种庆典,在这里机敏和力量克服了种种对于生命的威胁,信心百倍地欢庆着这一胜利。我又经常去看马戏了,结识了一些喂马的人、骑手马斯洛夫、技巧演员克拉西利尼科夫。我感到所有演员都像桑加诺兄弟①那样有趣,于是我兴致勃勃地同他们讲了这种可悲的经历。

"这是常有的事,"马斯洛夫说道。他是一个非常质朴和讨人喜欢的骑手,然而克拉西利尼科夫反驳他说:

"哼,你知道什么?这只不过是倒霉罢了!不,我们耍马戏的,谢天谢地,可相处得很好很和睦!我们干的这种危险行当,需要互相爱护……"

我非常愿意从事这项危险的工作,但是演员们说:

"你已经迟了,不合适了,年岁太大!你的骨头都硬了……"

我千方百计地弯腰折背练起功来了,可是无济于事。

大部分演员都是外国人。我如饥似渴地观察他们的一招一式,打听他们的情况,我的所见所闻大大提高了这些人在我心目中的威信。俄国人怀着宽厚的态度和善意的讥笑来对待他们。马斯洛夫把他表演《两个斗士》时一起骑马的搭档诺尼·贝狄尼的事讲给我听。

"这个人很怪,他有三十左右了,可是还像个半大孩子!你简直没

---

① 桑加诺兄弟是法国作家爱特蒙·龚古尔(1822—1896)的长篇小说《桑加诺兄弟》中的人物。

见过他是怎样爱老婆的,太可笑了,见了没法不笑!他送她上场时还吻她的手,真是的!要不然,就吻她的脚!她骑着马在表演,可他瞧着她,脸色煞白,甚至浑身发抖,生怕她跌下来。其实,他老婆既灵巧,技艺又高,完全没啥可担心的!她骑着马从场上下来,他又喷地一声吻吻她的手,高兴得不得了,简直没法瞧!他们已经结婚五年了,身边有两个孩子。他是个好伙伴,很关心人,和他在一起吃不了亏,但是他这个人可笑得很!"

然而我很喜欢贝狄尼用他那双乌黑的眼睛望着自己妻子时那副样子,在这双眼睛里有那么多的欢乐。她也同样用兴高采烈的目光来回答他。他俩就像是好人家的子女,当他们走在集市的五光十色的街道上时,往往彼此紧紧地偎依着。

俄国人认为外国人不是真正的人,而似乎是大自然的错误,不过在这错误中倒有不少令人愉快的东西,可更多的却是笑料:

"他们特别喜爱干净,常常又洗又擦的。也总把钱攒起来,说什么,我们干的这一行会很快把力气耗光,攒钱是为了养老。他们说,我们可不想受穷。他们彼此之间相处得还不错,很和睦。不过就是可笑得很!因此他们的小丑比我们的要好……"

我在这些人身上并未发现任何可笑的东西,然而我却觉得他们比俄国人更快活、更活泼些,不总是那样伸懒腰,呵欠连天。

特别使我感兴趣的是那个英国小丑。他是一个面颊刮得很光,前额宽阔,长着一双深色眼睛,动作灵活,体格强壮的中年人。使我非常懊丧的是,我没能同他讲话,他讲起俄语十分起劲,尽管他的俄语谁也听不懂。

我更喜欢他在演技场外的样子,而不是在观众面前,他在场内黑乎乎的,可怕的凹地上表演时,翻着筋斗、窜来窜去活像一只大猫。有一天我看见,他走进小卖部照镜子时,脱下大礼帽,笑着向自己的影像点点头,这使我非常惊讶。剧场休息时,我在他的化妆室门口转来转去,观察他怎样往脸上涂抹油彩,怎样对着镜子自己同自己热烈地攀谈。毫无疑问,他是在用这种办法给自己解闷。他总是一个人散步,而我就像个暗探一样跟在他的后面。我觉得这个人过着一种与众不同的神秘生活,而且,对于一切事物具有一种我从来也不会有的看法。有时我试着设想自己身在英国,人地两生,对一切事物都非常格格不入,异乡生活的强大喧嚣使我震耳欲聋时,我能不能像这个体格匀称、结实、讲求打扮的人那样处之泰然,自得其乐地生活下去呢?

有一次,白天,我走在奥卡河的桥①上,看见他坐在一条平底驳船的船舷上钓鱼,我停下来看着他,直到他钓完鱼为止。他拉起钩子上的一条棘鲈或是鲈鱼,把它拿在手里,凑到自己的眼前,轻轻地对着鱼嘴吹了一阵口哨,然后小心翼翼地把鱼从钩子上取下来,扔进水里。他把蚯蚓装在钩子上时,对它说了些什么。当一条船从桥洞里划出来的时候,他摘下无檐帽,十分殷勤地对着那些生人频频施礼,当人家给他还礼时,他做出一副大吃一惊的样子。

另一次,我在圣母升天教堂②附近的山上遇见了他。他望着像揳在两条河之间的楔子似的集市③,双手拿着手杖,不断掀动着手指,轻轻地打着口哨,仿佛在吹笛子。从远方,经过河流,传来一阵低沉、生疏的喧闹声;汽轮在河面上缓缓行驶,仿佛一群大甲虫在爬行;远方有一座树林在燃烧;在烟雾弥漫的天上一动不动地挂着一轮昏昏的红日。我非常怜悯这个人。

我臆想着各式各样的故事,在这些故事里这位英国人扮演着高尚的主人公的角色,我用我所知道的一切优点把他加以装点,欣赏着他。他使我想起了狄更斯那些对善和恶都同样执着的人物。

当这个人离开马戏班以后,我仿佛失去一个好朋友,感到十分悲伤。

我不知道,除去见到那些冒着生命危险,以精湛的表演娱悦观众

---

① 下诺夫戈罗德城里的平底驳船桥。
② 位于下诺夫戈罗德城的圣母升天坡(现称波奇托维坡)上。
③ 位于伏尔加河左岸离下诺夫戈罗德八十四俄里的全俄一年一度的集市。

的人以外,马戏班给我的究竟是什么,然而我认为即使是这些也足够了。我是以龚古尔的作品和法马利①的回忆录中的观点来看待他们的,我对他们怀有一种崇敬的羡慕之情,并清楚地意识到,在世界上这些人比我更有用……

陆桂荣　译

---

① 乌皮利奥·法马利是一位驯兽者。记录他的生平事业的《一个驯兽者的回忆录》,是意大利佛罗伦萨的人类学教授保罗·曼特加扎采写的。

## 穆康的传说*

流传着一个故事：

哈金·本·赫金，外号叫莫凯马①（意思是盖上覆布），是命运和事件之子。当他达到荣誉的顶峰，整个世界——从巴格达到撒马尔汗，从罕大哈到梅尔夫②——都在高歌他宝剑的功绩，小声议论他的残暴行径时，他派急使走遍整个土尔克斯坦。急使在各集市、各城市高声宣告：

"我，哈金·本·赫金是王中之王，是真理之王。我无所不知——知道世界上的一切事情和思想。各民族都聚集在我的周围，你们要知道，全世界的统治权、威力和荣誉都属于我。谁跟我走，他就能升入天堂；谁离开我，他就要堕入黑暗的地狱！"

这些狂妄的话传到了上帝那里，上帝笑了笑说：

"没有体验过善行的喜悦，生活在想象中的人是渺小的！"

为了惩罚他的傲慢，上帝给他派去一个女人。

传说是这样：

女人在太阳升起的时候出现在这个狂人的帐篷前面，卫兵把她当

---

\* 本篇最初发表于一九一五年三月二十二日《一天报》。译自《高尔基全集》第十一卷。

① 莫凯马，即穆康（阿拉伯语：盖上覆布的意思），真名是哈金·本·赫金，死于七八三或七八五年。

② 巴格达，伊拉克首都；撒马尔汗，苏联一城市；罕大哈，阿富汗南部城市；梅尔夫，中亚古城。

作是从天上下来的人。

"你是谁?"哈金问她,她却直瞪着他,回答说:

"人们都说,你什么都晓得,那么你就应该晓得我是谁,我来这里是干什么的!"

这时,这个心灵的瞎子说:

"我是想知道知道,你回答我时是否撒了谎。不过,我知道,你来自霍罗桑①,那边盛开着最好的花朵,而且你愿意做我的妾。"

"我是从罕大哈来的,"女人谦虚地回答,"但我要做一个你所需要的人……"

"你的名字就叫巴努姬。"莫凯马就这样决定了,接着便把她领到自己的帐篷里,帐幔也在他们身后降落下来,——即使是在荫凉下,同女人在一起也是热的。

传说是:

爱吹牛的狂人享受了七个昼夜的爱情。相信莫凯马的威力的五万人又聚集到帐篷前,人们开始问他:

"大王,让我们见识见识你的荣誉和威严吧!"

他传下命令说:

"摩西②曾想看看我,他都经受不住我的光芒,我向尘世人们看上一眼,就能使他们丧命!"

但是他们大声喊道:

"只要能看到你的面容,即使死去,我们也心甘情愿!"

这时哈金·本·赫金感到害怕了,他暗自思忖道:

"我该怎么办呢?"

但是上帝让女人识破了他的思想。女人柔顺地忠告自己的主人:

"你去把所有的妻妾召到一起,给她们每人一面镜子,让她们迎着太阳站在帐篷后面的小丘上!"

---

① 在今中亚地区。
② 摩西,《圣经》传说中的先知和立法者。

他照这样做了。当初升的太阳的光芒在千百面镜子上反射过来时,吃惊的人们都跪在地上,苦苦吁求道:

"饶恕我们吧,王啊!别让你的荣耀照瞎了我们的眼睛吧!"

于是,这个不幸的哈金·莫凯马更加傲慢起来,巴努姬却走进人群里,拿出镜子对大家说:

"这就是使你们的王荣耀的东西!就是这个东西!"

但是,人们并不相信她。这时巴努姬回到帐篷里,对莫凯马说:

"他们明白你欺骗了他们,由于悲伤而倒在尘土里了。瞧着吧,他们就要站起来,杀死你,抢走你的珠宝,把你的荣誉同烂泥搅和在一起……"

莫凯马害怕起来:

"我怎么办呢?"

"你什么都知道,"巴努姬说,"你知道,上帝保护你,不会让火吞噬你的生命的;你吩咐人在山上点起篝火,然后你走进火焰里去——这时谁还敢来碰你,谁还不相信你的魔力?"

受惊的狂人照这话做了。

传说是这样:

篝火烧了三天三夜,当琥珀般的炭火被一层白盐似的冰冷的灰烬覆盖之后,人们又来到这里。巴努姬对他们说:

"他投进火里,为的是要洗净自己的谎言,我一直在这里守护着,看他如何从火焰中走出来,但是,他没有出来……"

这就是流传在撒马尔汗的关于一个大骗子灭亡的故事。

李辉凡　译

# 达梅尔兰的传说[*]

## 一

没有一个人不想据有撒马尔汗城!

独眼叫花子希尔·阿里也在做着这样的美梦,尤其在夜里,草原的微风送来阵阵草香,使人陶醉,唤起人痴迷的幻想。

即使在白昼,这个叫花子也常常对自己的穷朋友们说:

"唉,假如我做了撒马尔汗城的主宰者那该多好!"

全城人都知道了希尔·阿里的幻想,人们在遇见他的时候,都互相笑着说:

"你看,这个独眼龙也想当撒马尔汗城的主宰者!"

伟大的瘸子帖木儿汗[①]本人也听到了这个叫花子的幻想,他感到极其惊讶。

"这是不公平的,"他说道,"如果无足轻重的叫花子的心也能理解英雄的幻想,那是不公平的!"

于是,他把希尔·阿里这个名字牢牢记在自己的心底深处。

---

[*] 本篇最初发表于一九一五年三月二十二日《一天报》。译自《高尔基全集》第十一卷。

[①] 帖木儿汗,瘸子帖木儿(1336—1405),中亚帖木儿帝国的创立者,跛足。兴起于中亚撒马尔汗城。欧洲人称他为达梅尔兰。

又过了很久,撒马尔汗的城墙在帖木儿的铁拳的打击下倒塌了。而当这只善良的手又重新恢复了这座城市的全部富丽堂皇的美貌时,帖木儿下令说:

"把名叫希尔·阿里的那个叫花子找来!"

人们把独眼叫花子带来了,帖木儿圆睁着豹子眼,看着他说:

"阿里!我知道苍天和星辰都喜爱你,我也决定让你在大地上得到幸福,愿你的幻想实现!"

于是他命令左右:

"你们给这个叫花子洗洗干净,给他换上新装,向他顶礼膜拜。从现在起,他就是撒马尔汗城的统治者,这是我的理智所要求、我的心灵所决定的!"

希尔·阿里坐在地毯上,高踞众人之上,满身绫罗绸缎和金银首饰,——他咧着嘴坐在那里,在光彩夺目的宝石中间已经显不出那只孤单单的独眼了。

高贵的鞑靼贵族、武士、智者和九十万零九千名目惊口呆的平民百姓都俯首肃立在他的面前。

连天下无敌的汗本人也站在他的面前,沉默地听着这个洗得干干净净、吃得饱饱的叫花子的嗝声。

帖木儿汗终于开了口:

"幸福的人,希尔·阿里向我们说点什么吧,最好是告诉我们,在你这颗饱尝苦难的心里,在你善良的心里……现在想的是什么?"

独眼人想了想回答说:

"善人们,做做好事,施舍施舍独眼叫花子吧,施舍点吧……"

众大公、武士、智者、九十万零九千名平民百姓和帖木儿本人都久久地沉默着。

后来,帖木儿叹口气,命令说:

"把这个独眼狗吊在城门楼下!"

…………

有些人是这样想的:独眼叫花子在他生命的最后时刻,只是在这个时刻!他比世界的征服者更为明智。

## 二

还有一个讲帖木儿的故事。

帖木儿享尽了荣誉,就像霍罗桑享尽了太阳的炎热一样,他如同恒河沿岸的智者那样沉思着,寡言少语。

有一次,他把世界上最有名望的智者召到自己的帐篷里,简短地问他们:

"我需要见见上帝,我怎样才能找到他呢?"

智者们向帖木儿指出了各种各样的途径,但他可怕地沉默着,以轻蔑的目光驳回了智者们的意见:

地中海远方国度的一名年轻的智者向达梅尔兰指出:

"只有脑力劳动能认识神的智慧!"

"这是奴隶的道路,"瘸子喊道,"你要指给我一条统治者的道路!"

"静观能认识上帝,"白沙瓦①的一位白发老者说。

帖木儿冷笑了一声。

"静观——这是心灵的梦,心灵的呓语,老头子,滚开吧!"

一个拜占廷人说,走向上帝要经过铺满爱情和荆棘的仁爱道路,但是,帖木儿没有理解拜占廷人的话,嘲笑他说:

"我们把泛爱的人称作放荡的人,这种人只配受蔑视。"

这样,他就拒绝了智者们的全部建议,许多天来他都像乌鸦似的面色阴沉。

但是,有一次,他打猎时耽误了时间,露宿在山谷里。拂晓时分,

---

① 白沙瓦,在今巴基斯坦境内。

暴风雨冲进了山谷,火焰般的闪电撒在山谷两边的石壁上,以草原的尘埃和黑暗填满了峡谷。

在轰鸣的雷声中,在黑暗中,瘸子帖木儿听到了一个平静的声音①:

"人,你为什么需要我?"

瘸子明白了,是谁在同他说话,但他没有恐惧,问道:

"我在毁灭着的世界是你②创造的吗?"

"人,你为什么需要我?"暴风雨的声音重复说。

帖木儿凝视着黑暗想了想,又说道:

"在我的心灵里产生了一些没有用的思想,它们还要求答复,——这些没有用的思想是你授意的吗?"

声音没有回答,或许是,在山岩中间,在雷的狞笑中,帖木儿没有听见声音的回答。

这时,人昂首挺胸,开口说道:

"你看,我正在毁灭世界,——整个世界都在我的剑下战战兢兢,可是我呢,即使站在你的面前,我也不知道什么是恐惧。千千万万的人都看见了我,可我呢,哪怕是在梦里也没有遇见过你。你创造了大地,在大地上播下了数不尽的种族,我却用所有这些种族的鲜血灌溉你的大地,我要灭绝你创造的最美好的东西,使整个大地都变成一片白茫茫的原野,——被我屠杀了的人的白骨覆盖了它。我在做着我力所能及的一切,你只能杀死我,除此之外,你对我无可奈何,无可奈何!现在,我要问你:我、你以及我们的全部事业——这一切都是为了什么?"

声音平静地说道:

"时机一到,我就要惩罚你……"

伟大的凶手发出一阵冷笑。

---

① ② 均指上帝。

"用死亡来惩罚吗?"

声音回答说:

"比死亡更可怕——我要用厌倦惩罚你!"

"厌倦是什么?"帖木儿问。

但是,暴风雨向山巅奔驰而去,没有人回答达梅尔兰的问话。

此后,瘸子帖木儿又活了七十七岁,杀了无数的人,像大象践踏蚁穴一样,摧毁了许多城市。

有的时候,在筵席上,人们赞美他的丰功伟绩时,他想起了那次在山谷中露宿的情景和暴风雨的声音,想到这些往事,他就问自己的最聪明的智者:

"厌倦是什么?"

他们向他讲了许多话,然而,难道能够向一个人解释清楚,他心中根本没有的东西吗?这正像无法迫使井底之蛙懂得苍穹之美。

在一场大战之后,伟大的瘸子帖木儿,世界的毁灭者死了,在弥留之际,他只是对自己心爱的剑流露出怜惜的眼神。

张 羽 译

# 火　灾[*]

　　我们那条小忙街从陡峭的山坡上一泻而下，顺着斜谷两侧直达河边。那斜谷好像专为供人取笑似的，用大块的卵石铺得高低不平。斜谷两厢的坡地上长满了牛蒡、艾蒿、酸模；在落满尘土的杂草深处，在破鞋、碎碗碎碟碎玻璃之间忧郁地躲藏着菟丝子的蓝花，三叶草的粉色果穗，毛茛的金星般的黄花和毛茸茸的蒲公英。

　　街道的下坡不好走车；即使是空车，也会连车带马自动地滚下坡去，至于拉着东西下坡，自然就更没有人敢做了。

　　在这条地缝似的街道上整年行人稀少。虽然下面是喧嚣的城市，但是这斜谷却好像是通往河对岸的一片灰绿色的空旷的草地。只有夏天、节日里和炎热的夜晚，小忙街的居民们才从自己的住处钻出来，坐在斜坡的杂草丛里，聊天、喝酒、谈情说爱，这种谈情说爱与其说是受健康血液的驱使，毋宁说是想借此排遣排遣贫困生活中的苦闷。

　　所谓的街道，就是两面斜坡和两排房屋之间的一条狭长地段。由于住人过多而显得臃肿的旧房子，或是隔着斜谷，用它们淡色眼珠似的小窗互不信任地对望着，或是紧紧挤在一起，不知是要小心翼翼地往下走，走向那宽阔的河面，还是要吃力地向上爬，爬向富商和豪门的幽静的城市。

---

[*] 本篇最初发表于一九一五年《欧洲通报》杂志第五期。译自《高尔基三十卷集》第十四卷。

犹如一个个塞满黄瓜的木桶似的房子里住满了手艺人;各行各业的人都有——毛皮匠、洋铁匠、木匠和集市上成衣铺的裁缝师傅。这些人从早到晚不停地制造着噪音,尤其突出的是木槌敲打洋铁皮的声音和用细棍子抽打毛皮的碎密的响声。孩子哭啼,女人骂街,醉汉狂呼乱叫——这小忙街的生活,一面在又挤又脏的地方喘息着,一面唱着众所周知的不知羞耻的歌曲。

所有居民都不喜欢自己这条街,因为窗前屋后泼着一地泔水,堆满了乌七八糟的垃圾;从下面的门缝里不断往外飞着细小的刨屑,流淌着一条条溪流般的污水;在围墙旁的青草丛中闪烁着碎铁皮和玻璃片,夏天里它们常常扎破孩子们的脚。

一年一度,在三一节①那天,户主们(当然不是所有的人)都要用脏扫帚把街道上的垃圾扫到斜坡下面去。

房屋墙壁上的积垢并不比地上的脏物少。每逢星期六妇女们都使劲地刷洗地板,但结果不过是弄得到处都弥漫着腐烂物的酸臭,使街上从早到晚都积满了脏得出奇的水洼。

每逢秋季的夜晚,当大部分窗户里的灯光已经熄灭,只是少数几个窗子里还亮着灯的时候,街道在凄风苦雨中显得格外荒凉;房屋被水泡涨了,坍塌了,到处都是扑哧扑哧,哗哗啦啦的水声。从窗户里透出的灯光映在水溪上形成一块块黄色的斑痕,水溪发怒似的抖动着它们,简直是要拼命把这灯光的幻影抖熄。总而言之,灯火在这条街上也似乎一直是不受欢迎的,它隐没在拥挤的笼子似的房屋里,很少得见。

这条街上住着二百来人,但是有三个被认为是最有名的人物:小店主布拉佳金,游手好闲的小伙子科利亚·雅申和砌炉匠奇梅廖夫。

布拉佳金是鳔夫,四十五岁左右,是个长着一双灰色大眼睛的结实汉子。这双眼睛看起人来阴沉沉的,似乎能洞察别人心里的一切,

---

① 即圣父、圣子和圣灵三位一体节,在每年耶稣复活节之后第五十天。

但是它们又呆板得出奇。布拉佳金的脸上长满了微黄的汗毛,眼睛好像被困在里面了。

"我可认—认识你们!"他经常摇着头,对人们说,而人们也并不怀疑他认识他们。

他读《米亚姆林报》;当裁成小块的旧报纸和买到的东西一起落到居民手里时,他们也读上一读。人们常到小店主那儿请教家务事,彼此说长道短一番,他很乐意替别人给调解法官写写呈文,并且蛮有把握地谈俄国、谈上帝、谈现实生活里的弊端。

"你们过得像猪一样!"他蛮有分量地训诫小忙街上的居民们;他的嗓门儿很高。居民们听着他的话,温顺地叹息着,连连称是。

他过着独身的、洁净而又安宁的生活,他仿佛齐膝埋进土里,在我们这条纷乱忙碌的街道上牢牢地扎下了根。人们都知道,每当年纪较轻、较洁净的妇女向他借债时,他总是注意地、默默地听完她的请求和诉苦之后,便冲着柜台后面他的房门点头示意,命令她说:

"到那儿去,怎么样?……"

过了一会儿,他从里面把她领出来,嫌恶地啐着唾沫,丢给她一些值不上十戈比的东西。这,大家都知道,但是没有一个人指责这个鳏夫,而他对女人的爱抚的评价在我们街上却不能算是无足轻重的。

砌炉匠奇梅廖夫和科利亚·雅申在这条街上经常是人们解闷和取笑的对象。

他们欺侮科利亚是因为这小伙子为人谦逊,体弱多病,有点儿讲究穿着,而且他虽然在教堂唱诗班唱诗,却不像别的歌手那样嗜酒,总而言之,是因为在他身上找不到任何毛病。这使街上的人对他产生了猜忌,甚而有点儿生气,——大家在上帝面前都有罪孽,彼此都知道一些见不得人的事,可他却白璧无瑕!

"他会变的,"心肠最好的人们解释道,"他怕他母亲,只要母亲一死,科利亚就会现原形的!"

他喜欢看书,有人说他甚至还给卡拉哈诺夫家的小姐们做过献诗;她们姊妹七个,一模一样的打扮,也许就因为这个,街上的人管她们叫作"卡拉哈诺夫家的七个傻丫头"。

节日里,晚祷前,科利亚悄悄地打窗前走过,大家便知道他是去找"七个傻丫头";她们家那所阔气的旧宅子是从城里通向我们这条街的第一座楼房,它隐没在花园里的长满苔藓的椴树丛中。科利亚身材匀称,个子矮小,虽然已经二十岁了,但还像一个半大孩子,走起路来不好意思地低着头,遇到有人开玩笑,便把苍白的脸扭开,不住地咳嗽。他手里拿着一根小手杖,上端带着一个马蹄式的镶头,是父亲死后的遗物,另一只手插在裤兜里,上衣胸前的小口袋里露出一角手帕,这手帕或是金黄色,或是红色的,与领带的颜色相衬。

有人从窗户里冲他喊:

"嗨,妈妈的心肝雅申!痨病鬼,嗨!"

无论是小孩和大人几乎总是简单明了地问他同一个问题:

"今天你要亲哪一个?"

科利亚像是聋哑人似的径自走着,只是有时咳得更响些,还耸耸肩,仿佛有人用鞭子在抽打他一样。

不过人们毕竟还不算太欺侮他,至于奇梅廖夫,连小忙街上的人自己也说:

"砌炉匠这个圆滚滚的鬼家伙真能忍!换个别人早和我们干架了,要不就会往窗户里扔砖头的⋯⋯"

奇梅廖夫是个短腿的胖子,他那张宽脸上布满了青筋和血丝,在这张网络里有一对小小的黑眼珠儿滴溜溜地乱转,神色惊慌而又专注。

"你那副嘴脸就像一张山羊皮!"小忙街上的人对他说,他站住脚,左手弯起一个手指认真地数着数:

"一。"

"熨斗!"

"二"

人们越骂越起劲,可是砌炉匠还是不急不恼,照样儿数他的数。

"十六。是不是?"

"滚……"

奇梅廖夫嘶哑地笑着说:

"喂,你们怎么搞的?连惹人发火都不会!你们会什么呀?"

他说完,便用一只指关节弯曲的手捋着粗密的胡须,到要去的地方去了;他的胡须好像用白线做的,沉甸甸的,又直又白。特别可笑的是,砌炉匠总爱腆着脸令人讨厌地劝别人要爱整洁,注意仪表,做事要有条理。人们早已发觉他的这一特点:一次春汛冲走了斜坡上的圆石,冲出了几个深坑,砌炉匠马上就教导起那里的居民来了:

"你们最好用垃圾把坑填平,要不然,你们喝醉了酒自己会把自己的腿摔断的……"

他几次说起这件事,惹得人发笑,最后,一个星期日的早晨,他亲自动手修起路来:他用麻袋装来许多垃圾和沙子,铺上卵石,把它们夯得瓷瓷实实的。看着他张罗这件为市政管理局帮忙的事,使人又好气又好笑,大伙没完没了地挖苦他。正是那时候才发现他是个怪人。

"做事要做得扎实、耐久,"他喜欢这样说,"活在世上的不光是我们……"

有人问他:

"除了我们还有谁呢?"

"咱们大概不能一下子全都死掉吧……"

"好一个怪人啊!"居民们惊奇地说。

自从为了莉杜莎·苏沃伊金娜的事同布拉佳金发生纠纷之后,他就越发出名了。莉杜莎是个长相好看,被她母亲娇惯得不得了的姑娘。她母亲在集市上卖旧货,因为经售赃物被关进监狱,并死在那里以后,人们就认为她的神经已经失常。

一天莉杜莎在街上拦住奇梅廖夫,问他:

"瓦西里·卢基奇,我该怎么办?"她知道人们为了逗笑,有时也和砌炉匠商量事情的。"小店主说我是个孤儿,没有陪嫁的姑娘,再加上我半呆不呆的,谁也不会娶我,他让我最好跟他……"

奇梅廖夫问:

"你多大了?"

"很快就十五岁了……"

过了几天,一个傲慢的太太带了个警察到布拉佳金的小铺里来,威胁着要把他送交法院,这可把这位受人尊敬的小店主吓坏了。

这桩事在街坊们的眼里大大提高了奇梅廖夫的威信,但是过了几个月,当大家知道莉杜莎当了调解法官的外室以后,砌炉匠重又受到人们的无情讥笑,而布拉佳金却蛮有把握地说:

"我可是了解这号人!"

他甚至答应证明,是奇梅廖夫本人给调解法官做的媒,为此还得到了五个半卢布的酬劳。

做媒一节街坊们固然不相信,但是砌炉匠的名声却从此一落千丈。

除了所有这些,奇梅廖夫每年,一般是在春天里,发作一次狂饮病,把他圆滚滚的身体随便倒在地上、泥泞里、或是石子路上,一连两个星期左右,像得了黑热病似的受着折磨。

"猪猡!"一向穿着得干干净净的布拉佳金,双手藏在围裙下面,守着小铺的店门骂道。

小忙街的孩子们骑在醉炉匠的背上,他就在地上爬着,发出狂叫:

"我的上帝……上帝啊!"

春季里,当大地解冻的时候,人们便似乎变得温和了一些。

每天傍晚,或在节日里,小忙街上的居民们常常爬上卡拉哈诺夫家的围墙,或走到围墙对面的空地上,坐在坟堆似的垃圾堆上,俯瞰着下面的河流。

河水挣脱了青灰色的冰层,沿着草地远远地弥漫开来,直漫到大地尽头隐约可见的托罗康采沃村的白色教室。整个草地都像是覆盖着一层混浊的玻璃似的。这块玻璃有些地方似乎已被打破,因而从中透出了灌木丛、树梢,以及茅舍的屋顶。在春汛的平滑的水面上,有个地方立着三棵枝叶纷披的树木,一棵挨着一棵,好像兄弟三个站在水里,一直没到最下面的树杈。

傍晚,河面上方,在微微泛着青色的天空里,生机勃勃的太阳在最后的几朵冬云中闪耀,金色的光芒亲切地温暖着河水,有些地方的河面宛如熔化了的锡水一样。

片片浮云犹如白色的轻烟,迅速地在空中奔驰,薄纱般的灰色云影逆着河水的流向抚摩着河面,风向北吹,而河向东流。渔船在烟波浩渺的远处来来往往,好像一只只爬在玻璃上的苍蝇。拖轮从船坞里吃力地曳出一艘艘平头的空驳船,一艘白色客轮像天鹅一样,用红色的蹼轮翻着水花顺游而下。从河的上游,木筏一排接一排地漂浮过来,这些深色的块状物仿佛是河上的岛屿;使人以为,大地正像冰一样融化着,分裂开来,急于更快地漂向温暖的大海,离和煦的太阳更近些。

房屋、树木,大地上的一切也似乎都在移动,正如我们小忙街的人们所做的那样,小心翼翼地、怀着内心的喜悦把冻僵了的两侧慢慢移近春天的太阳。

卡拉哈诺夫家花园里树上的幼芽胀大了,浅棕色的枝丫渐渐变得鹅黄微绿了,乌鸦聒噪地整修着被冬季的暴风雪吹乱的窝巢。在斜谷两侧的土坡上,在尖细的畏葸的茅草丛里,闪耀着穷人们黄灿灿的花朵——孩子们喜爱的蒲公英。甚至在路面的灰色石块中间也迎着太阳爬出一些苍白的草茎。在荒凉的空地上,在灰色的丘岗上,在破铜烂铁堆里,萌发出苦艾的幼芽,在浓烈的腐烂气味中已经能闻到它刺鼻的苦香。小小的车前草匍匐在脚下,用自己翠绿的色泽装点着龌龊的隘路小道。万物都是那样意气风发地向着太阳,到处都是那样生机勃勃,春意盎然,柔媚动人。

大地换上了新装,正如一位少女,在她那结实的身躯上出现了光洁柔软的茸毛时,她那颗尚未成熟的母亲的心正在又羞又喜地激荡着。麻雀是最勇敢的鸟儿,它们到处活泼地跳跃着。冬季里长久困在家里的孩子们被放了出来,尽情地玩耍。腿脚细弱的人们非常喜欢太阳,他们整整一冬都待在拥挤龌龊的屋子里,有害的、闷热的空气已使他们的血液发青,而现在他们的血液又一天天地红了起来。

　　我们的街道热闹起来了。身子沉重的妇女们钻了出来,冬季里的"闲情"又赐予她们新的身孕,她们站在院门口,有气无力地张着发青的嘴唇,贪婪地呼吸着新鲜空气,相互诉说着自己的病痛、孩子的疾病、柴火和面包如何昂贵、工作如何繁重、丈夫又如何粗鲁,还夸耀着做过的种种好梦……但是有许多人连梦也从来没有做过。

　　男人们在野地里喝伏特加酒,玩一种叫作"打三张"的纸牌,咒骂自己的工作,咒骂老板,而那些稍有身份的人却在布拉佳金的铺子里聚会。

　　布拉佳金在哪儿,奇梅廖夫也就在哪儿,他们一向都是针锋相对的死对头。如果奇梅廖夫在卡拉哈诺夫家的围墙旁边跟别人谈话,那么布拉佳金就必定会自动找上去招惹他。而奇梅廖夫在哪儿,科利亚·雅申也必定在那里躲在某人的背后,谛听砌炉匠的把无重音的"o"发成"a"①的谈话。

　　"现在,我们就拿建筑物来说吧,"奇梅廖夫用一只指尖秃秃的沉重的大手在空中比画着说道,"什么是建筑物呢?告诉你,统统都是。神庙也好,我们住的房子也好……"

　　居民中有人嘲弄地插嘴说:

　　"神庙是一回事,住房是另一回事。"

　　奇梅廖夫哑着嗓子喊道:

　　"等一等,等等,怎么是另一回事?庙里住着上帝的子孙,住房里

---

① 俄国南方口音的特点。

住的也是上帝的子孙！"

"我们算什么上帝的子孙……"

"等一等，这就要看我们怎么看待自己了……"

善识人心的布拉佳金马上插一句很有分量的话：

"庙里既不养猪也不喂狗！"

"唔，是吗？"砌炉匠叫道。"你以为，只要把自己痛骂一顿，你在上帝和别人面前就没罪了吗？"

"可我并不是骂自己……"

奇梅廖夫像莫尔德瓦人捕熊一样，径直地向他走了过去：

"别忙！假若所有的人都是猪和狗，那么你也是！"

小店主看到争下去对自己不利，说了一句便走开了：

"咳，笨蛋！"

"是嘛！"奇梅廖夫得意地喊了一声，又接着说了下去，"喏，就是说，什么是建筑物呢？"

"快说下去吧！"

"那么，比如说小酒馆，是吗？"大伙儿催促他。

"干吗专指小酒馆呢？"砌炉匠发窘地问道。

大伙儿哈哈大笑。

"咳，你这个腌得不够味的鲈鱼！"有人喊道。

科利亚·雅申想为砌炉匠帮腔，咳嗽了两声，提醒大家说：

"要知道，卢基奇一向只有一个心思，你们知道他的想法……"

"就是嘛，他一向就会胡说八道。"布拉佳金从一旁喊道。

他的话说得比奇梅廖夫简单易懂，他那有些喑哑的声音在小铺门口显得格外有力。

"你们懵懵懂懂活得像猪猡一样，待在污泥里，乌七八糟地鬼混，碰到什么就在什么上面蹭痒痒。要是你们一下子都死光，俄国是不会遭到任何损失的。"

大家同意他的看法。

"说得对,不会有什么损失……"

"对上帝来说,你们又算得了什么?"

"是啊……上帝不可怜我们……"

"为什么要可怜你们呢?"

"当然啰……哪能……"

"就是嘛!我了解你们!"

人们觉得布拉佳金是这么结实,而且毫无节制地鄙视他们;他们都不喜欢这个小店主,但是对他的聪明才智又不免怀有敬畏之意。

"瞧瞧,"他摇晃着报纸训斥着说,"搞了个杜马,真是作了大孽,把一些不三不四的人召集在那儿……一个人一天要花十个卢布,可他们大约有五百人!那就是说,一个月得掏出十五万花在他们身上,要是一年呢——那就得上二百万。还有住宅和这个那个的……瞧你们的钱都花到哪儿去了,可是你们呢……"

他非常讨厌杜马,而且最愿意谈它,谈起它来也最痛心疾首。

"从前,这号人往往被流放到西伯利亚去做苦役,可是现在呢,一天收下十个卢布,你不用动窝,就只管嚷嚷好了!过去做得既聪明又省钱。可是现在呢,我们却要像外国那样过活,受着限制还得羞答答的。俄国人应当过得有俄国气派,要有自己的头脑而不是跟着别人的屁股转。所有的外国不是都到咱们这儿来买粮食吗。"

科利亚·雅申和奇梅廖夫有时试着反驳小店主:

"杜马,"科利亚低声说,"这是为了使各方面的利益能取得一致才召集的……"

但是小店主把一张报纸塞到他鼻子底下。

"喏,你给我找一找,哪儿有什么一致啊!"

而奇梅廖夫却嘶哑地叫道:

"要是人们能想到什么叫建筑物……要是砖头放得合适,砌得结结实实的……"

"你会看报吗?"布拉佳金厉声问道。

奇梅廖夫是个文盲,听到这话便扯着自己的胡须不再言语了。

小忙街的居民们笑了。

有时,卡拉哈诺夫家的七个傻丫头,好像七只母鹅似的出现在上头街口的地方;走在最前面的是最大的、像奇梅廖夫一样矮矮胖胖的谢拉菲玛,她脸上的皮肤已经松弛,嘴唇可笑地噘着;跟在她后面的是一对双胞胎:农娜和丽玛,她们长得瘦削、灵活,脸上涂着厚厚的脂粉;随后是斜眼的索菲娅,黑得像吉卜赛女人,骨骼扁平,像是用木板拼起来的一样;跟在她后面的是扭扭搭搭,搔首弄姿的小妹妹们:薇拉、娜杰日达和柳波芙,特别难看的是厚嘴唇、翘鼻子,长着一双加尔梅克人的小眼睛的柳波芙。大家都知道,她们经常吵架,为了消除互相嫉妒的现象而穿着得一模一样。

她们站在路口,个子高矮参差不齐,好像几个非战列连的小兵一样,各自用不同的目光望着春汛地,不时地扭过带着苦相的脸庞,叽叽喳喳地交谈几句。

也许,正因为她们全长得这样难看,一看见她们就不禁联想起种种不幸,以及艰难而混乱的生活,所以小忙街的居民都不喜欢她们。

小忙街的居民知道她们的底细。伊兹马伊尔·卡拉哈诺夫将军娶了个带女儿的寡妇柳塔什京娜,但是这个寡妇,在结婚前就已经怀了孕,过了六个月生下一对双胞胎就死掉了。于是将军一气之下便酗起酒来,并且再娶了个姑娘,就是典狱长佩甫措夫的女儿,而第一个妻子的女儿谢拉菲玛当上了家里的管家和妹妹们的教师。将军的第二个妻子在五年里生了四个姑娘以后,也染上了酒瘾,因为酒喝得过量和丈夫在同一年死去。于是世上就只留下了这七个孤孤单单,整日被人取笑的傻姑娘。

孩子们一看到这帮可笑的姑娘,便高兴地唱起我们街上的手艺人编的歌子:

　　七把扫帚走过来,

自己扫起大街来，
扫帚扫得刷刷响，
弄得尘土满街扬，
屁股扭来又扭去，
硬要大家来捧场……

"Allons, m-elles!①"谢拉菲玛对妹妹们说，接着她们便像一群母鹅似的，慢慢地迈着步子，神气十足地朝自家的花园走去。科利亚·雅申眼睛瞧着地，过意不去地踏着大步跟在她们后面，而科利亚身后立即响起街坊们的口哨声和污言秽语。

"没用的东西！"小店主瞅着姑娘们，从嘴里迸出一句话。

居民们常常在小铺旁一直待到黄昏过后，以便倾听布拉佳金这位聪明人的理直气壮的讲话。他们偶尔也小心地问他一些什么，但是更多的是望着下面的河流一声不吭。

在那里，大自然正在迅速地，按照春季的模式，创造着种种奇迹，并赋予人们的心灵以阵阵幽思和缕缕倦意。太阳早已浸入春汛地的红色汪洋之中，阳光下的河水仿佛一块深红色的天鹅绒，没在水中的灌木枝丫在上面形成一簇簇的黑色花纹。送来阵阵潮气和汽轮冒出的烟，城市的上方和下方的喧嚣声已被湿润的空气压低、减弱了。

黑夜从草地后面遥远的树林里悄悄地升起，滑过水面，抹掉了晚霞的鲜艳色彩。燃起了点点繁星，它们刺目的光影扎入河水中，仿佛是太阳离去时遗失下来的光芒。随后，一弯新月从城市的黑魆魆的房子后面冉冉升起，浮向蓝天，河水像铜一样闪烁着，如果有船荡着桨划向这条铜带似的河面，那么夜空中将会回荡起洪亮的、连绵不绝的声响。

昏黑的夜色轻柔地、令人愉快地抚摩着劳累了一天而感到疲乏的

---

① 法语："我们走吧，小姐们！"

眼睛,静谧有如生母为孩儿唱着催眠曲一般抚慰着人的心灵。

从太阳隐没的昏暗的远方,从河流的上游静静地漂来几点红色的火光;这火光开始时隐约可见,继之,越漂越近,火光便变得更大更亮了,最后终于看出,这是木筏上燃着的篝火,深红色的火焰欢快地飞腾着,在一缕缕宛如黑发的焦烟中看到一张健康、善良、毛茸茸的笑脸。

听得见木槌敲打生铁板的惊惶不安的响声,听得见放排工人们发出的喜悦的、野兽般的吼声和号叫——在夜间他们是应当发出这些信号的,于是他们便利用这一点,尽情地呼啸着。

小忙街上的居民们望着这些火光,听着放排工人们的狂呼,轻声地交谈着:

"嘿,叫得好凶啊……"

"这些人野得很……"

"当然啦……都是住在林子里的……"

木筏和火光一起消失了,昏暗的河水不知疲倦地流着,很快地冲走了一切。河面上又是那样静寂、空旷,心灵甜蜜地沉浸在这一片静谧之中。

有时,夜晚显得如此美妙动人,不禁使人想挽留住它,而且也不要太阳,就这样,坐在山上,欣赏着河流,一直坐到不知不觉与世长辞的那一刻。

在春天的夜晚,雅申和奇梅廖夫常常在街上逗留到天亮。

"我需要清静,"科利亚解释自己有失眠症。砌炉匠则喜欢在夜深人静和黑暗中交谈,黑暗和静寂使得这条街,以及大地和整个生活看来都更像样一些。

在卡拉哈诺夫家的围墙拐角,对着一排参差不齐的房屋的围墙旁边,横着一节很粗的椴树桩,约有一俄丈半长,它支撑在三根插入地里的大树杈上,活像一匹只有三条腿的无头马。

两位朋友正是坐在这节树桩上面,他们可算是小忙街上最睡不着觉、最不安宁的人了。

"怎么样,科利亚格①,一向可好吗?"奇梅廖夫不时地望着河问道,那条河正像一个注满稠密空气的无底深渊。

"没什么,还可以,"科利亚点起一支烟,回答道。他那有些发蓝的眼睛也凝视着远方,他的腼腆、忧郁的脸庞像平时一样若有所思。

"嗯,和姑娘们的事怎么样了?"

"还是老样子……"

"你跟她们玩吗?"

"和大姐姐们玩。打文特。"

奇梅廖夫温厚地笑了。

"文特!这是打牌,我明白……我问的不是这个意思,怎么样,我是说,你碰她们吗?"

科利亚瞧着快要熄灭的发红的烟头,默不作声,随后懊丧地诉着苦:

"她们自己老是逗弄我,尤其是索菲娅,她在桌子底下又动膝盖又动脚的……可是我不喜欢她。我喜欢娜杰日塔,她最温柔,也什么都相信。不过她太任性了:她说:'我非常喜欢枣子。'你给她送去枣子,可她生气地说:'我最讨厌枣子,我只喜欢无花果干……'真是个奇怪的妞儿……其余几个——去她们的吧!"

"那你就把娜杰日达弄过来好了,"砌炉匠好心地出主意,"反正她们哪一个也嫁不出去,她们太老了,也不讨人喜欢……"

他乐意教这个青年怎样对待姑娘们,说起来津津乐道,不厌其详,就像一个热爱本行的行家。

大熊星座的七颗星斗在天际如此明亮地闪烁着,仿佛因为看到春天的大地和地上宽阔的水流而十分高兴。

科利亚慢慢地抽着烟说道:

---

① 科利亚的别称。

"我算个什么求婚人？我有痨病……"

"难道我说的是这个吗？"奇梅廖夫惊叫道，"你是不是没有听呀？我又没让你去求婚，我是劝你玩玩，快活快活！她们反正无所谓……"

在下方，在城里，人们还没有入睡，马车行驶在石子路上发出辚辚的响声，门户砰砰作响。听得到喑哑的怒吼，深沉的嘈杂声，江轮的汽笛声以及不知是谁用两只巨掌拍打水面的声音。

"瓦西里·卢基奇，我可怜她们！"科利亚有些懊丧地说，"假如可能，也就是说，如果我是个身体健康而又放荡的人，那我就和她们统统都搞上，说真的！"

砌炉匠发出善意的笑声。

"统统搞上？咳，你啊……"

"真的，不骗你！又和这个又和那个……嗯，就这样！一家七个情妇。"

"唔，你真可笑啊！"

"这是办得到的，我看得出，她们很想出嫁！天性不能违背，你撵也撵不走，天性可不是一条狗，您自己明白！她们身旁只有两个男人，一个是我，一个是扎托奇洛夫上尉，他已经五十岁了，胆子又小……"

"科利亚，你是个好心人！"奇梅廖夫沉思地说道，"好心人不好过！"

科利亚老老实实地承认：

"是啊，太难了！要不是我娘还在，我就上别的地方去了。比如，上阿斯特拉罕……"

"为什么要去阿斯特拉罕呢？"

"那儿……毕竟住的是波斯人！"

"嗯，是啊，波斯人是另一种民族……"

"我娘把我管得很严。当然，她的两条腿瘫痪了，只能织织小罩布，可是她把我拴得牢牢的。为了她，我没能在实科学校毕业，为了我娘的病，我也没有朋友。交朋友要花钱，可我连到图书馆借书的押金也没有……"

奇梅廖夫边听边用手指抓挠着胡须;夜里他的胡须显得很脏,像个蜘蛛网。在下面平静的黑魆魆的水面上爬着一只黑黑的伸着火红爪子的大蟑螂,它像爬行在油里一样,逆水而上,在身后留下灰色的影子,冒着火花。渔夫们朝着草地的方向远远驶去,掌灯捕鱼,在空荡荡的水面上漂动着点点渔火。

只听一阵喃喃低语:

"我要是身体很好就要爱上一个非常文静的姑娘,她会躺在我的膝上,听我向她倾吐我心灵中的一切……您知道,无论什么我都要用诗跟她说,真的,不骗您!"

"这可不错,姑娘总是喜欢诗的。"奇梅廖夫轻声地鼓励他。

"瓦西里·卢基奇,我很纳闷儿,人们来到世上,终日不安,违抗着命运,究竟为的是什么?有什么意义呢?我认为每个生命都应该有它的意义……"

"是——是啊!"砌炉匠像布拉佳金一样很肯定地说着,但是他的语气比较柔和、比较亲切,"对的,不懂得生命的意义,看不出个道道儿来!我们这整条街都没什么用,最好让它通通烧光!……小店主虽说是狼心狗肺,可他说得对:人过得像畜生一样!就是说,我多么讨厌这条街,简直没法说!……龌龊、酗酒、放荡,孩子没人照顾,老人得不到尊敬!娘儿们呢?碰都不能碰!闲得没事的女人倒比较规矩,比较干净……比方说,我们的婆娘们事挺多,和她们毕竟还可以……!自己也应该放尊重点儿……其实——在乡下,生活得倒好些!那儿,老弟,毕竟……"

他想了想补充一句:

"那儿人对人还比较厚道……"

"这儿人情很薄。"科利亚表示同意,说着又点了一根烟,瞪圆着眼睛望着深邃的黑蓝的夜色,"人家嘲笑我,也嘲笑您……"

"嘲笑倒不要紧!可是也得会嘲笑呀!要知道,他们连嘲笑人也

75

不会！比方说，从醉汉身上剥下裤子，把松脂抹在他脸上，或是把人痛骂一顿，这难道可笑吗？这有什么可开心的呢？老弟，他们不是因为开心才嘲笑人，而是因为闷得慌——就是这么回事！咳，我可真不喜欢这条街，让它通通烧光吧！"

"我也不喜欢。"科利亚又一次表示同意。

两个人沉默很久。后来年轻人低声地幻想着说：

"只要我娘一去世……"

但是砌炉匠打断他凄然说道：

"老弟，像你这样的心肠，到哪儿都一样，你的心肠和女孩儿家的一样……"

烟头上的火光抖动着，亮得越来越勤。从上方，从城里传来一阵阵歌声和钢琴的铜弦所发出的微弱的叮咚声——来自另一种生活的模糊而又不大熟悉的声音。

"我对她说，"科利亚突然说道，"娜杰日达·伊兹玛伊洛芙娜，您干吗不弹钢琴？可是她说，我为谁弹呢？对您弹吗？您对音乐可是一窍不通呀。"

"瞧这姑娘。"奇梅廖夫苦笑着说。

"是的，她们都是这样的。凶得很，说起话来直来直去，有时听着甚至让人害臊。她们受过教育，可是说话做事还都那么粗暴……不过说得也对，为谁弹呢？"

"不，"奇梅廖夫说，"不是这么回事！总能找到一个人的，你找找吧！不，老弟，不要这样考虑问题。为人要真心实意，连在教堂里也这么说：要使心地高尚！可我们把心往泥里扔，要不然就把它藏起来！你不要昧着良心，这样下去人们是不会团结在一起的。"

奇梅廖夫说得很久而且非常认真，但是很不好懂。对此，科利亚并不在乎，他已不是初次听他这种没有条理的讲话了，有时他也像布拉佳金那样，认为砌炉匠是在"胡说八道"。但是科利亚明白，在这些不太好懂的词句里包含着一种对他和对人们的善良的感情，因此间或抱着同情的态度,尽量亲切地叹息一声。

"是啊,当然啰……"

"天造一物必有一用。要明白这一点,要是不明白,那么什么都会像你那些一无所成的姑娘一样,所有人都一无所成,就再也没有别的什么了。明白吗?"

"对,对……"

"所以,要相信人。我不是说我们那些人,我们那些人不值一提,空虚无聊,没有个准谱儿。谁能建功立业,谁就受到敬重……"

一些说不清道不明的思想在这个没有定型的俄罗斯灵魂里慢吞吞地回旋着,搅成一团,这是些陈旧的、被世人用滥和玷污了的、包含着基督教教义的思想,但是对砌炉匠来说,这些思想还是新的,他认为它们出自他的心灵,它们沉重地困扰着他,使他不得安睡。

奇梅廖夫有时深沉而忧郁地叹息说:

"哎,假如我识字,假如我有学问,我会让人弄清所有的根本道理,真的!……"

夜是那样短暂,晚霞刚熄灭了不久,蔓延在大片草地上的河水方才还洒满月光,可现在东方已经发白,大熊星座的七颗星斗已经黯淡下来。月儿已偏向一边,挂在城市上方,城市阴影下的河水犹如一块黑色的天鹅绒一般,而远处已经发亮,可以看出在微波荡漾的河面上滑过几条小船。

晨风送爽,清新宜人的气息盖过了街道上刺鼻的恶臭,只是在此刻才嗅出这些气味多么难闻。

修道院里响起了晨祷的钟声,科利亚望着天空,腼腆地笑着说:

"当月夜里响起钟声的时候,我便觉得,好像是在敲打月亮似的……"

"咱们的日子是难以让人满意的,"砌炉匠埋怨着说,"让这条街完蛋吧……让上帝把布拉佳金揍一顿吧……这抢劫犯!喏,你抢好了,可你不要作践我的心灵啊!别把人的心踩在脚底下呀……还有些人也是这样干的……怪事,这一切是叫人多么恶心,真的……"

科利亚仿佛在哼着一首遗忘了的歌曲,摇晃着戴着一顶整洁的制帽的脑袋,全神贯注地低吟着:

> 我的生命时时都在缩短,
> 它日甚一日愈发艰难,
> 我已走完我短短的路程,
> 什么也不再期待,直到最后一天!
> 就这样,像一个未经猜破的谜语,
> 埋进湿土,葬身黄泉。
> 我生时,恰似惨淡人生中的孤魂,
> 事事听从天意,
> 我即将死去——既无眼泪,也无遗憾……

"说得太惨了。"砌炉匠打断他。科利亚不好意思地、温顺地表示歉意:

"其实,这只不过是为了逗逗笑……"

他冷得缩了缩肩膀,把短上衣的领子翻上来,眺望着远方,不再作声,他的嘴唇微微动着,这年轻人仿佛是在数着正在熄灭的星星,奇梅廖夫却嘟哝道:

"你不要总想得这么灰!我们都会死的,这没有什么好夸口的。要说死,蚊子也很在行,可你倒是要想法子活得好好的。我来帮你盖房子……"

朝霞初起,羽状的白云在高高的、绿莹莹的碧空中镶上了金边。泛滥的春水一片接着一片地亮了起来。修道院的一记记的钟声清晰异常,似乎可以在空气里看到它们的声波:起初像铜粉结成的浓云,迅速地、滚滚地飞来,随后又如轻烟袅袅,渐趋稀薄、透明以至销声匿迹,杳然逝去……

# 火　灾

小忙街上的火灾发生在教会节日，圣母升天节①后的深夜里。是在毛皮匠瑟切夫家的两层楼房下面，木匠们住的地下室里起的火。火焰突然从窗户里窜到街上，仿佛是从地心里迸发出来似的，顷刻间，红色巨掌般的大火便把这所破旧的房子从地面向上托起。

这座经过许多年冬季暴风雪的袭击，严寒的侵蚀，雨水的浇淋的房子，被烈焰烘烤着，像老人一样哼哼了起来；它那漆过多次的板壁哗剥哗剥地裂开，脱落下来；这座房子仿佛在大火中，在那熊熊烈焰和缕缕青烟中脱着衣服，向四外抛掷着又脏又红的木条、木板。

玻璃炸裂了，发出尖利的噼啪声，从暗红色的窗户里像鼓鼓囊囊的枕头似的冒着灰色的滚滚浓烟，随之而出的便是翻腾着的火焰，宛如一只只红色的利爪紧紧抓住房屋，攀缘而上。

有人打掉上一层楼的一个窗框，窗口上出现了一只像棺材似的黑柜子，它穿过火焰落在街上，落在这座房子的墙根正在燃烧着的一堆薄板、门框、窗框花饰和护窗板中。继柜子之后，一个穿着白衬衫、蓬头散发的身影探出窗口，尖声叫着：

"我们家着火了！"

黑乎乎的人影在院子里跑动，哐啷啷的玻璃声、木头的爆裂声同妇女们歇斯底里的犹如玻璃碎裂时清脆的号叫声，以及孩子们刺耳的尖叫声汇合在一起。

这条街上的大多数男人都喝得酩酊大醉，但是这第一声清晰的叫喊好像使醉汉们醒了酒，唤醒了睡梦中的人们，他们开始从四面八方向瑟切夫的房子奔来，在大火前面有许多被映得红彤彤的人影在忙乱地跑来跑去。一个小个儿农夫抓起一块燃烧着的木板，把它扔到斜坡下的已被太阳晒干了的杂草里，霎时间，杂草丛里飞满了黄色的小蝴蝶，苦艾的枝茎上缀满了珍珠，酸模枝上也立刻开出了圆锥形的绛红色花朵。

---

① 在俄国旧历八月十五日。

看热闹的人很快从城里跑来,他们像一群苍蝇似的,在斜谷另一侧的狭长地带,黑压压的落了一片,并且在那儿喊叫。

那边和这边的人们都很高兴;看到瑟切夫院里的房主和住户用双手捂着眼睛在火里钻进钻出,游手好闲的城里人开着玩笑,我们这些带着醉意和无忧无虑的小忙街上的居民也在指指点点,说说笑笑。

一个女人的裙子烧着了,她把它提起来用双手揉搓着,露出了赤裸的打着哆嗦的双腿,这也被认为是好笑的。

大家在笑红头发的小个儿瑟切夫,他喝得醉醺醺的,只穿着一条衬裤和一件衬衫在屋前跳着,往火里啐着唾沫,边哭边叫:

"烧吧,完蛋吧,刮风吧……谁挣的产业?我挣的!烧吧,见鬼去……"

这座房屋像篝火上的锅子一样,散落着金黄色的火炭,屋顶爆炸了。在深红色的浓烟中,在红色尘埃似的火花中,烧焦的木块高高飞起,落在斜谷的石板路上和杂草丛里。似乎已被这条街上的人们扑灭的小小的火种,又悄悄地在地下聚集起来,连成了一片所向披靡的火焰,这火焰唱起了热烈的自由与复仇之歌,摧毁着人们的那些污秽不堪、令人窒息的牢笼。

瑟切夫像头公牛一样钻进火里,仿佛用角在抵火,他的头发被燎着了,烤焦了,结成一层灰黄色的硬皮;他赤脚踏着火炭跳来跳去,挥动着拳头发出威胁性的叫喊:

"烧—烧吧!"

一个大个子好像是魔鬼捉拿罪人一样,把他夹在腋下带了出去。

跑出一个没系头巾的老太婆,在火上摇晃着一尊穿白法衣的圣像,用低音唱了起来:

"救苦救难的圣母啊,你让魔鬼的力量熄灭吧……"

她把头伸向火边,短短的白发颤动着,变成了红的,好像烧着了似的,而那银制的圣像反射着刺目的光芒。

突然,在相隔三座房子的几个后院里也着火了,人们急忙向那边拥去,意识到这场大火来势凶猛,便绝望地哀号起来。孩子们穿过燃烧着的杂草纷纷跳下斜坡,但是这已经引不起大家的笑声和玩笑了。

过了几分钟,在看热闹的人们背后,斜谷的另一侧也着火了,这是布拉佳金的宅院,传来了小店主绝望的吼叫声:

"我的亲人们,板棚……煤油、油……"

站在小铺对面的密密层层黑压压的人群散开来,拥向这条街的上方和下方,已经能看到布拉佳金家的窗子和小铺的店门了。玻璃上映着火光,好像是在招惹着大火。从院子里升起一股股灰色的浓烟,滚滚地涌向晦暗的星空。

过了大约半个小时,第一支消防队开到了,但是载着压水机和水桶的马车无法驶近房屋,只得从街道上顺着斜坡往上压水,愿意压水的人手不够。

居民们从街道两侧往斜坡下扔着家具、包裹、装东西的匣子,所有这些东西滚到马蹄旁边惊动着消防队的马匹。消防队长抬起头,把铜制的话筒放到嘴边,向左右喊话:

"什么东西都不准扔,魔鬼们!"

斜谷里挤满了黑压压的人群,大家的脑袋被火光映得通红,人脸在晃动,脚下滚着大桶、椅子、枕头。带铜盔的消防队员在一堆仍在不断地扔下来的什物中间怒气冲冲地踩来踩去,踩得家具咔嚓嚓地发响,瓷器发出清脆的声音。车铃不安地响着,马匹打着响鼻,甩着鬃毛,龇牙露齿,用映着火光的眼睛斜视着人群。

三根巨大的火柱带着欢快的哔剥声,呼啸着直向天空冲去,房屋在迸发的红色火焰中熔化、消失,金黄色的火舌沿着屋顶窜着,快速地蔓延着,在乌云般的烟雾中飞翔着金黄色的鸟儿,受惊的大乌鸦拼命地呱呱叫着,纷纷飞离卡拉哈诺夫七个傻丫头家的花园上空,它们扇动着翅膀把树上的枯叶都扑打了下来。

红色的风暴涤荡着街道,大火越烧越欢,景象奇异而又难以捉摸。看,在淡蓝的空中扬起一巨幅红布,它俯向一棵树木,那树立即开满了红花,而顷刻之间又变成了黑的,细细的树枝冒着一缕缕青烟,有如一支支刚刚被人吹灭的蜡烛。被火光照得通明的屋顶冒着蓝烟,突然,不知从天上什么地方悄悄地落下一群欢蹦乱跳的火老鸦来,它们从屋檐窜到屋脊,给它镶上了一圈牙边。火焰从下面升起,在房屋的墙壁上蔓延,像蛇似的蜿蜒行进,从屋顶向窗内张望,仿佛要把谁从屋里叫出来一样。滚滚的黑烟从窗棂中冒出,窗棂霍地燃着了,窗上闪烁着一个个亮晶晶的,仿佛由珍珠串成的十字架。

板棚的整面墙壁用金色绦带装饰了起来,从板缝里爬出一条条弯弯曲曲的火蛇,它们紫红紫红的,盘成团沿着板壁滚上滚下,落到黑黢黢的地上,又在地面上蔓延开来。

灼热的空气烘烤着人们的脸,他们企图从火中抢出些东西,在火堆前面一条撒满火炭的狭窄地带冒着雨点般的火星来回奔跑,时而疼得浑身痉挛,时而蹲下身来,时而叫喊着,带着被烤焦了的皮肤、毛发和衣服的恶心的煳味滚下斜坡。

布拉佳金小铺的玻璃门挂在一只合页上,从黑洞洞的店堂里慢慢涌出一股股青烟,小店主往返奔跑于街道和店铺之间,把一些匣子、铁罐、麻袋从店中拖出来,统统堆在散落着火星、火炭的斜坡的边上。

"拖呀,"他向十来个帮忙的人喊道,"亲人们,好街坊,快拖!"

他蓬头散发,又可怕又可怜,白白地挥着右手。

四周亮如白昼,热得难熬,焦烟熏得人透不过气来,把人的眼睛刺得生疼,嘈杂喧闹声越来越大;有个地方一群人正在把长长的钩竿抛在一堵燃烧着的墙头上,用绳子拉着钩竿呐喊着:

"嗨哟——使劲!嗨哟——使劲!"

科利亚·雅申坐在卡拉哈诺夫家围墙的柱子上,眯缝着眼瞧着这一切,一面迅速擦拭着被烟呛出的眼泪,连连咳嗽着,一面不停地又惊又喜地念念叨叨:

"您看哪,请看哪!"

他住的那所房子已经烧光了,他的母亲躺在卡拉哈诺夫姑娘家的厨房里。姑娘们的花园里堆满了受灾人的财物,挤满了妇女、孩子。在干硬的草地上到处都是衣服、羽绒褥子、枕头。哭哭啼啼的孩子们正在这些东西上面闹腾。六个傻丫头披头散发,兴奋异常地在园子里跑来跑去,忙碌着,安慰着妇女和孩子,姊妹之间彼此亲切地呼唤着,她们个个都表现出一种对人们的严肃认真的母亲般的关切和助人于危难的本领。

只有娜杰日达一个人坐在围墙上科利亚的身旁,一直在悄悄地、惊恐地询问他什么。但是他没听她讲话,而是尽量睁大眼睛用手指着这条街。

"真不幸啊,可是冷眼看来,好像是过节,个个都在演戏,真奇怪,真的……您瞧,小铺旁蹲着一个人,还在吃葡萄干,竟是这样!孩子们像一群燕子……看布拉佳金是怎样往火里钻的呀……我们的工匠们什么也不干——您看到了吗,聚集了多少人?干活的都是城里人,可我们的人对自己都像是外人……咳,上帝啊!"

传来了一声怪响,不知什么东西噗的一声爆裂了,布拉佳金的小铺上面骤然腾起一片大火,并且蔓延开来,把整个小铺罩上了一顶黄中透紫的帽子;几个昏暗的身影从小铺边跳开,随后又有一个人影儿从门洞里的火焰下冲出来,飞快地跑下斜坡去了,紧接着几个声音争先恐后地喊道:

"小铺里有人,喂,拿水来!"

科利亚也喊了起来:

"我说过……"

他从围墙上跳下来,急忙向小铺冲去。只见奇梅廖夫浑身衣服撕得稀烂,从头到脚湿淋淋的,从斜坡下爬到科利亚的脚边,眼睛可怕地闪着光,对着他的脸喊道:

"快!"

雅申赶忙抓住他的臂膀,一只破烂的衬衫袖子完全扯了下来,于是便一面跑,一面用这块潮湿的破布擦着突然冒出来的满脸大汗。

"爬!"砌炉匠在着火的门框前肚子贴地趴下来,又喊了一声。"叫他们拿水来!"

于是他像一只大蛤蟆似的,消失在门里,嘶哑地吼着:

"水——水!"

科利亚也钻进从门里源源涌出的轻软的烟雾中;只觉一股水流狠狠地打在他的后脑勺和背上,把他冲得一失脚栽倒在地,于是他便手脚并用爬进灼人的浓烟中,一面咳嗽,一面叫喊:

"瓦西里·卢基奇,你在哪儿?……"

"拉!"砌炉匠不知在哪儿嘶哑地喊了一声。

水哗哗地响着,烟雾像塞进一块湿抹布似的堵满了一嘴,又像一条烫人的羽绒褥子把他重重地紧压在地上,频频地扑打他的头,使他越来越虚弱无力。

科利亚朦朦胧胧地看到一片紫红,他觉得他似乎淹没在滚烫的浓血中,被血呛得喘不过气来,并且眼看就要永远隐匿在那滚烫的深渊里了。

"哎呀!"他害怕得尖叫一声,两眼漆黑,四肢无力,扭来扭去地在地上蠕动着,接着立刻碰在一只沉重的大靴子上。他把它稍稍抬起些,摸到了不知谁的另一条腿,他驾起这两条腿,欠起身,双目紧闭,尽可能把身子弯得低些,逆着水走了过去。

仿佛是一条狗在用它滚烫的舌头舔着他,耳朵和面颊上火辣辣的,红彤彤的火光透过眼帘刺进他的眼睛,但是立刻有一股暖暖的、从未尝过的甜美的气流冲进了他的喉咙,使他马上挺直蜷曲的身躯,迫使他睁开了眼睛。

"好像从坟墓里爬出来一样。"科利亚对紧紧抱住他,把他领出来的人说。

咳嗽苦苦地折磨着这个青年,他头晕目眩,两腿一瘸一瘸的,心突突地跳着,仿佛被烧伤了似的。

后来他发现自己又坐在卡拉哈诺夫家围墙下的那节椴树桩上了,

和他并排坐着黢黑的砌炉匠,他的胡须、眉毛都没有了,光着半截身子,浑身湿淋淋的沾满污泥,只有一双眼睛是干净的。

"老弟,我一开头就干了,"他啐着嘴里的血说道。"我把醉汉们、家什和孩子们都拖了出来。连一点劲也没了!你烧伤了吗?"

"好像伤了一只耳朵……"

"一只耳朵——没关系!可你瞧瞧我给烧成啥样了!简直像头猪……嗯,快去帮忙吧!"

红光漫天,他们手挽着手走去,奇梅廖夫边走边啐着嘴里的血。

"我让人打掉了几颗牙,真见鬼!哼,都是些什么人啊,雷都打不动他们!站在那里像过节一样,别的什么也不干!我喊道:'伙计们,你们怎么啦,得压水呀,得帮帮忙啊!……'他们说:'我们是遭灾的呀!'好像遭灾的就是寿星老。有什么灾可遭的?跳蚤加叹气就是他们的全部产业。简直不是人,是些没出息、没有用的家伙……可娘儿们呢?嗯,这些娘儿们真可笑……"

火光在空中摇曳,烟雾好像在托着它,越托越高,下面闪耀着一条深红色带子似的河流。科利亚仿佛在睡意蒙眬中看到大火在怎样吞食着大堆大堆的圆木、木板、屋架,怎样用炽热的牙齿啃啮着大门、围墙,并在斜坡上窜来窜去,用金色的镰刀砍伐着杂草。消防队的警钟惶惶不安地敲着,震得他的脑袋嗡嗡直响,热烘烘的大地在脚下摇晃着、浮动着。睁开干涩的眼睛一看,火花像网一样倒挂下来,大地成了一片奔腾跳跃的、血一样的火海。

"这条街就这样烧光了。"科利亚郁郁地说。

"不是整条街,"砌炉匠一本正经地回答说,"还是保住了五所房子!"

他们终于走到了压水机旁,奇梅廖夫跳上踏板,对科利亚说:

"你站在我旁边,要省力些……"

他用弯曲的手指抓住压水机的把柄,一起一伏地压着,连喊带叫地唱了起来:

"压啊,伙计们,压啊!"

科利亚也一起一伏,节奏均匀地弯腰直腰,上下摆动着双臂,把肩膀都弄疼了。冲天的大火在他的眼前像一幅幅巨大的旗子似的,随着这动作上下晃动。大地也在起起落落,因此他的胸膛和喉咙都感到隐隐作痛。河对岸的遥远地带似乎化作了一股黑浪向城市涌来,不声不响地涌过来,又不声不响地退了回去,把大地摇撼得前俯后仰。

"我干不了啦。"科利亚说。

"喔?"砌炉匠遗憾地叫了一声,停止压水,自言自语说:"那就是说,小伙子累了!嗯,那么咱们去干别的吧,这儿事情太多了,没有个完……"

他们又向前走去,从一些全身和眼睛都映着火光的马匹,从绿色的水桶,以及气哼哼的戴铜盔的士兵身旁走过。该死的警钟没完没了地敲得人心烦,使科利亚心里产生一种模模糊糊的不安。

他们向上方走去,进了街口,那儿拥挤着一群看热闹的人,一个黑胡须的警察用刀鞘顶在奇梅廖夫的肚子上,呵斥道:

"畜生,逛什么?滚!"

"嘿,真是的,"砌炉匠嘟嘟囔囔地说,一面抖了抖肚子,"也算个干事儿的!没有你,这儿的火已经着得够厉害的了……"

他瞅了瞅科利亚,接着说:

"老弟,你的脸都发青了……"

"可咱们是救了人的呀!"科利亚记了起来。

"还是两个人呢,你救了一个,我救了一个……嗯,一个是小店主,这个嘛,就当他不是个人吧,只是名义上的人……当人他还不够格呢……另一个是谁?"

"不知道。"科利亚说。

"是啊……咱们俩骂过这条街,什么都骂……可是一失了火……真奇怪啊!……"

砌炉匠苦笑了一下,晃了晃脑袋,扶科利亚在他心爱的地方——

围墙下椴树桩上坐下,说了下面一句话便很快走了:

"我再去瞧瞧,看有没有什么事……"

科利亚坐到圆木上,背靠着围墙,顺着街道疲倦地望望下面,望望那条河。在他胸中仿佛被人灌满了污水似的,堵得他呼吸维艰。

天亮了,星星已经消失,仿佛已被地上的大火烧尽,火光变得黄了一些,黯淡了一些,但是它们像夜间红光耀眼时那样,疯狂而快乐地吞噬着残留的住房。

令人惊奇的是,一棵沾满污垢的老树竟被火化成了琥珀,一大块一大块的琥珀,熔化开来,化作一条条金色的溪流在地上流淌。这是奇怪的,令人感到又可悲又可喜。

昏暗的,挤满了粗陋房屋的街道不存在了,这使人一时很难接受。一行行的火堆在燃烧,火堆里横七竖八地杵着一些烧焦的木头,在一股白色的水流下吱吱作响,冒着烟和水汽。大堆大堆的火炭在龌龊潮湿的地上闪闪发光,炭堆里露出熏黑了的坍塌的炉子。人们像疯子似的在火堆旁挥着手边跑边号,这使科利亚想起一本杂志里一幅叫作《祭祀》的图画,画面上也是黑压压的一群人,高举着双臂,嘴巴像鱼似的张得圆圆的,围着火堆又蹦又跳……

下面是一条蓝色的河流,它被草地那边的一个长满柳丛的沙丘挤得紧傍着城市。光秃秃的草地从对岸一直伸展到灰蒙蒙的远方,火光给草地蒙上一层铁锈般的红色。在草地的一些地方郁郁地耸立着孤零零的树木,——不久以后,这些远处的荒原将会显得更加凄凉……被热气烘干的树叶从卡拉哈诺夫家的花园里掉下来,像没有力气的小鸟一样,打着转,落在科利亚的膝上和肩上。

奇梅廖夫来了,坐在旁边,像一匹马似的喘着粗气。

"您累了?"

"有一点儿……"

科利亚觉得自己哑然地"咿"了一声,胸膛里有个什么东西悄悄地裂开来,立刻感到如释重负,轻快多了。后来,他感到嘴里有一股血腥

87

的咸味,啐了一口,又啐了一口,可是嘴里还是含满了血。他俯下身来,张开嘴,浑身发冷,看着血水怎样涓涓地流在地上。

"原来是这样!"奇梅廖夫不以为然地说,同时也在啐着,"看来你累了……嗯……"

"这,大概……"科利亚刚一开口,砌炉匠恳挚而亲切地打断了他的话:

"这个——没关系!会好的。老弟,都会好的!"

于是他快乐地笑笑,继续说道:

"瞧我也在吐血;一夜之间我脸上挨了两次揍。头一次已经有一阵了,是消防队的人打的。这一次是一位老爷!我不知是踩了他的脚,还是推了他一下,他就狠狠地给了我一下!两次都打在一块颧骨上。让雷劈了他们吧!"

"傻瓜。"科利亚说得这样清楚,好像要证实,他还有嗓音。

"他们都是用右手打的,因此都打在一个地方。"奇梅廖夫说完,沉默了一会儿,又接着说道:

"你把头枕在我膝盖上,躺一会儿吧……"

"不,"年轻人十分生硬地说,"我不想躺!"

"随你便……不过,最好还是……"

奇梅廖夫把手指伸到嘴里摸摸牙齿。

青烟和蒸气像一根根灰色的柱子一样往上冒着,首次出现的秋季的浓云正在空中沉重地移动着,预示着将有一场倾盆大雨。湿淋淋的黑炭在地上厚厚地铺满了一层,被扑灭的大火在到处颤抖,施展着余威。

"咳,上帝啊!"砌炉匠从嘴里拿出手指,用破衬衫的下摆把嘴唇擦拭干净。"在这个世界上我们都是外人……总而言之,样样都不对头……不该是这样……"

"是的。"科利亚同意说。

他的嘴里依然在淌血,他弯着腰坐在那里,双手托着脑袋,凝视着那摊血怎样在踩硬了的土地上扩散开来,颜色越来越暗。

黏糊糊的、刺鼻的油烟沉入了斜谷的缝隙,河水也似乎因此而呈现出一种从未有过的蓝色……

陆桂荣　译

# 记一个男孩*

要讲述这件小事是困难的,因为它过于简单。

当我年轻时,在春夏两季,每逢星期天,便邀集我那条街上的孩子,一清早就领着他们到郊外田野去,到树林里去①,因为我喜欢同孩子交朋友,他们像鸟儿一样的快活。

孩子们很乐意离开城市那烟尘滚滚、拥挤狭窄的街道。他们的母亲给每人几块面包。我买上一些好吃的,带一大瓶清凉饮料,就像牧人一样,跟在这群无忧无虑的羔羊后面,穿过城市和田野,一直走到美丽可爱的、穿着绿色春装的树林里去。

我们差不多总是一大早,在敲早祷钟的时候,就离开城市。钟声欢送我们,孩子们飞快的脚步扬起的灰尘伴随着我们。

到炎热的中午,我的伙伴们玩得精疲力尽了,便聚集在树林边休息。吃过东西以后,那些年岁小的孩子,就在核桃树和红莓树下荫凉的草地上睡觉。而那些十多岁的大孩子,却紧紧地围在我的身边,要求我讲故事,于是我就给他们讲。我很乐意同他们闲扯,就像他们喜欢同我饶舌一样。尽管我有青年人素有的那种过于自信和爱炫耀知识的可笑的毛病,但在这些聪明的孩子当中,我往往觉得自己也是个

---

* 本篇最初发表于一九一五年第八期《祖国》杂志。译自《高尔基全集》第十一卷。
① 高尔基于一九〇九年十二月在《致顽童学校的孩子们》的信中曾说,他二十岁时每逢节日都邀集他那条街上的孩子们去树林中玩耍。

孩子。

我们的头上,是一幅蔚蓝色的春日的天幕,我们的眼前,是一片茂密的树林,一切都沉浸在奇妙的宁静之中。微风拂面,传来一阵阵悄悄的耳语,树木浓密的影子迎风摇曳,令人心旷神怡的寂静抚慰着我们的心。

白云在蔚蓝的天空中徐徐地浮动,从太阳晒热的土地上望去,天空显得冰冷清澈,看着白云在天空中融化,使人觉得格外新奇。

有一次,我又带着一群孩子从城市到田野去玩,突然迎面来了一个谁也不认识的男孩。我一眼看出,这是一个犹太孩子。他浓眉鬈发,骨瘦如柴,衣衫褴褛,光着脚,好像一只小绵羊。

不知为什么他看上去很激动,显然是刚刚哭过。他那暗淡的黑眼睛周围的眼睑又红又肿,在那饥饿的、苍白得发青的小脸衬托下,显得特别惹人注目。

他意外地遇到了我们这帮孩子,立即收住脚步,牢牢地站在清凉的晨雾中,惊愕地半张着他那美丽小嘴的暗色嘴唇,随后,轻巧地跳到了人行道上。

"抓住他!"孩子们快活地齐声叫道。"犹太崽子!抓住这个小崽子!"

他那瘦削的、长着一双大眼睛的脸上现出了惊慌的神色,嘴唇哆嗦着。我满以为他会跑掉,不料他却在一片嘲笑声中站住了,奇怪地伸直了身子,好像一下子就长大了似的,他把双肩紧紧地靠在围墙上,两只手藏在背后。

忽然间,他变得很镇静,明白无误地说:

"你们想看我表演杂技吗?"

我心里明白,这个建议是一种自卫的手段。可是孩子们立即对它发生了兴趣,并向两旁闪开了一些。只有几个年纪最大而又粗暴的孩子疑惑地不信任地望着这个小犹太人。我们那条街的孩子同别的街上的孩子是不友好的。我们的孩子坚信自己比人家优越,他们不喜

91

欢、也不善于发现别人的优点。

年纪小的孩子对这件事的反应比较简单：

"表演吧！"他们喊道。

那个美丽的细高个男孩离开了围墙。他把自己瘦弱的身子向后弯曲，双手着地，两腿腾空跃起，用手倒立着，大声叫喊：

"跳！"

犹太男孩好像被火烧着似的旋转起来，轻巧而灵活地摆动着自己的身躯。

透过他的衬衫和裤子上的窟窿，可以看见那裹住瘦弱的身体的略带灰色的皮肤，他的肩胛骨、膝盖和手肘上的骨头都形成尖角，杵了出来。他的锁骨简直像马勒一样。

看来，似乎只要他再弯一次腰，他的枯瘦如柴的骨头就会发出咯咯的响声，好像要折断似的。

他很卖力气，一会儿就汗流浃背，衬衣后背都湿透了。做完一些动作以后，他带着勉强的、呆板的笑容看着孩子们的面孔。他那双分明是由于痛苦而睁得很大的暗淡的眼睛，真叫人看着难受。他的眼睛古怪地颤抖着，目光中流露出多少不是孩子所应有的紧张的神色啊！

孩子们用大声的喝彩来鼓励他，不少人模仿他，在尘土中摔跤、翻筋斗，有时由于动作不灵活跌痛了而嚷嚷起来，有时又由于失败、成功和羡慕而大喊大叫。

随后，那个男孩停止了灵活的表演，像有经验的演员那样，带着殷勤的微笑望着我们，并且伸出干瘦的手，向大家说："现在，请赏光给我点什么吧！"这时候，快乐的气氛立即烟消云散了。

大家都默不作声，有人问道：

"给钱吗？"

"是呀！"那男孩回答。

"你可真行！"

"只要能赚钱，我们自己也……"

他的请求引起了这些小观众对演员的厌恶和蔑视,孩子们一边嘲笑一边谩骂,向田野走去。当然啰,他们之中谁也没有带钱,而我,也只有七个戈比。我把两个铜钱放在他沾满灰尘的手掌上,他用一个指头翻动着铜钱,和气地笑着说:

"谢谢……"

他走开了,我忽然看到他背上的衬衫布满了黑色的斑块,并且紧紧地贴在肩胛骨上。

"站住,这是什么呀?"

他停住了,转过身来,凝视着我,带着同样善良的微笑清楚地对我说:

"您是说我背上吗?这是我们从游艺场的秋千架上摔下来跌伤的。我父亲至今还躺着呢,我可算好了……"

我掀起他的衬衣,看见在他后背的皮肤上,有一大块黑色的伤痕,从左肩往下直到腰部。它本来已经干了,结成一块厚厚的痂。可是在他表演的时候,结的痂有好几处被蹭破了,鲜血从缝里往外渗出来。

"现在已经不痛了,"他笑着说,"不痛,只是痒得很……"

他像一个英雄似的,勇敢地注视着我的眼睛,继续用成年人严肃的语气对我说:

"您以为,我这是为自己干活吗?说真的,不是!我是为了父亲……我们连一块面包也没有了!可是父亲摔得这么重!您知道——我就不得不干活。再说,我们又是犹太人,大家都嘲笑我们……再见吧。"

他快活而兴奋地笑着说。

他向我点了点头,很快走过那些耀眼的房屋,这些房屋用呆板的眼睛冷漠地、死气沉沉地注视着他。

这件事既平凡又简单,不是吗?

可是,在我的一生中,在艰难困苦的岁月里,我怀着感激的心情一再回忆起这个英勇的男孩。

即使到现在,在这个古老的民族遭受到苦难和血腥镇压的悲痛日子里①,我仍然怀念着他。我认为,他身上体现了一个人的勇敢精神,他不靠模糊的希望过日子,也不像奴才那样妥协忍让,他像坚强的人那样,深信自己能取得胜利,他具有勇敢的精神。

谭得伶　译

---

① 指第一次世界大战初期沙皇政府在俄国西部残酷迫害犹太居民的暴行。

# 信*

  一个令人窒息的黑夜里,在车厢中,我的邻座——一个瘦小的有神经质的人,给我讲述一个奇怪的故事。

  他不时咳嗽,喘气,把瘦弱的手搁在脑后;他半裸着身子,好像被人剥掉了衣服似的,直挺挺地躺在下层卧铺上。我从上边望着他清癯的面孔,望着那双阴郁的、因不安而睁大了的眼睛,听着那浑浊的嗓音、忧郁的话语。

  "这是五月的辰光,樱花怒放,蜜蜂在百花上蠕动、嗡嗡细语。

  "我来到河岸边。一个身穿白色裙衫的女人,急速地从椴树下的长椅上站起来,从我跟前走到荒芜的公园小路上,踏着斑斓的金色阳光;她走着,一路上用薄纱围巾的尖角拭擦眼睛。

  "她娇小、窈窕,像个小姑娘。我知道,她在哭泣,——有一次我看见她坐在这张长椅上一面哭泣,一面读着一封揉皱了的信。我还不知道她哭泣的原因:她是个寡妇,迷恋上一位记者,他却薄幸了她。就是这些。冬季的极短暂的恋爱,是否值得为此而哭呢?

  "那时,我第一次感到窘迫,我为了不让她发现,就悄悄地下山到河边去,可是我替她难过,——在五月间哭泣是愚蠢的。但现在——是第二次了;我再次感到极端的不快:日子多么美好,公园笼罩着金灿

---

\* 本篇最初发表于一九一五年十一月二十九日的《鲍里索格列勃斯克回声报》和《卡马—伏尔加言论报》。译自《高尔基三十卷集》第十四卷。

灿的阳光，充满着甜滋滋的春天的气息，空气——像葡萄酒一样。河流像条蓝色天鹅绒带子，躺在夹岸繁茂的绿荫中；在岸边的青草中，懒洋洋的溪流闪闪泛光。万物都是如此柔和、静谧，而那个女人——却在哭泣。在这充满诗情画意的静寂里，应该想些愉快的事情；在这样快乐的日子里，是会产生对幸福的希望的。"

他闭上眼睛沉默了一会儿，嘴唇继续颤动；随后，他没睁开眼睛就恼怒起来，怨尤地说：

"我憎恨苦难，憎恨装腔作势的、以病态的幻想来充斥生活的、恶毒的孬种！我厌恶苦难，它是这样地信口雌黄，对生活中的一切欢乐充满了模糊的仇恨，它忌妒地憎恨美……就像一条滑溜的章鱼，把肮脏的毒物放进一切东西里面去，以便借助于毒物来遮掩自己的丑态和渺小。它谩骂、叫嚣，好像一个没有表演才能的戏子一样，就会用虚伪的吟诵来歪曲和毁谤人们的一切感情。"

他仿佛被螫了一下，蓦然跳起身来，站着，苦笑着，冲着我的脸继续说道：

"这个女人越走越远了，在小路拐弯的地方已经看不见她了，只在树木间，她的白裙衫像白云一样在飘动。我坐在她坐过的长椅上，忽然，在草丛中我看到了那封她曾经为之流泪的愚蠢的信。

"我甚至惊住了。这也许是因为我立刻感觉到我会做出荒唐事来的缘故吧！接着，我把信拾起来，把它放在身旁的凳子上，擦燃一根火柴，那信纸就像绽开了一朵小黄花，很乐意地焚烧起来。在黑色的纸灰堆上，迅速地窜着一些红色的小蛇，后来灰烬变成了灰色，在它上面出现了一些黑色的字迹。我留心地和幸灾乐祸地望着这一切。我现在已经记不起来，在那个可笑的时刻我想了些什么，——是啊，我知道，这一切都是可笑的！不过，也许我什么也没有想，只是看着那纸灰，我还记得，当时不知为什么我害怕它不会从长凳上飞走。"

这个人急忙点起烟卷来。夜灯蓝色的光芒照亮了他的孩子般的面孔，他那被影子拉长了的鼻子悲伤地伸长着。

"忽然间,我听见了沙沙的脚步声,一看,——这个女人站在离我不远的地方,也在望着那堆纸灰。我站起来,脱下帽子。

　　"'对不起,'她细声而又有所求地说,'我,好像在这里丢下了……'

　　"'您的信已经烧掉了。'我指着那堆纸灰说,于是,我听到她的神经质的严厉的回答:

　　"'这太……奇怪了。'

　　"她急剧地转过身走了,但又停下来,很不客气地说:

　　"'这简直太奇怪了!你明明看见我在这里坐过……你该害臊呀,先生!……'

　　"说完她就走了,走了。我久久地望着她的背影,没有戴上帽子。"

　　他神经质地笑起来,躺在卧铺上,过了一分钟后他问我:

　　"您以为,这是年轻人干的事吧?这事发生在去年五月底。我今年四十三岁。是呀。可笑吗?"

　　"不太可笑。"我说。

　　"但这毕竟是……有趣的啊。"

　　他闭上眼睛,长久地躺着不动,我以为他睡着了。

　　被灯光划破了的黎明前的晨雾,从窗帷没有掩盖好的车窗旁,急驰过去;枝叶繁茂的黑黝黝的树木一闪而过;土地像黑色的湍流在奔涌,电线在摇晃,一会儿升高,一会儿降低;我们的列车在这个疯狂运动的中心,轧轧地、隆隆地响着。

　　忽然我邻座的浑浊的嗓音,重又沉吟地但是清楚地响起来:

　　"她有一副非常秀丽可爱的面容,一双那么明亮清澈的眼睛。"

章其　译

# 剧场散记*

……大约在十五岁时,我有一种活在世上极不牢靠、极不稳定的感觉,脚下的一切仿佛都在摇摇晃晃,行将垮掉似的,尤其使我不安的是我心里不知不觉地产生了一种对人的恶感。

我想当英雄,但是生活却一个劲儿训诫我:

"当骗子吧,这也挺有意思,而且更有利些。"

然而,一种不知来自何处,又如何铭刻在我心中的,本能的嫌恶却阻止我去干诈骗的勾当。

我一直在寻求和渴望着一种非同寻常的、像佩剑一样坚利和挺直的真理;我很想用它来武装自己,以便穿透乱七八糟的、像癞蛤蟆一样滑腻的言论,穿过行为、思想和感情的重重矛盾,满怀信心地前进。

"真理?"我的朋友和师傅奥西普木匠带着嘲笑轻轻地慨叹道。"真理么——有!那就是揪住你的头发把你在地上拖上一个钟头,你就会尝到这个真理的滋味儿了……"

我明白,这是由于他"没得可说"而开的玩笑。我知道,这个机灵的小老头什么都能说上一大套,句句都是那样圆滑俏皮、入情入理,可他自己也不晓得哪儿有真理,不晓得而且似乎对寻找真理的事儿早已不抱什么希望了。

---

\* 本篇最初发表于一九一五年十二月二十五日《基辅思想报》,是《在戏院和马戏班里》的异文。译自《高尔基三十卷集》第十四卷。

世道艰辛啊。

这个时期,在小饭馆里卖唱的克列谢夫(一个长相难看、令人讨厌的人)使我产生了一个不安分的幻想。他无疑地具有一种神秘和罕见的、使人不得不听他唱歌的魅力。他唱的歌悦耳动听,表现了另一种更美、更纯洁、更富于人性的生活。于是我想起了,我在圣像作坊和集市上的工人中间,有时也曾给人们的生活增添过使他们快乐、使自己满意的东西。

也许,我真应该去马戏班、去戏院工作,在那儿我定能为自己找到一个牢靠的立足点吧?

我决定去试一试,于是我就在集市上一个大戏院里当了配角。每演出一晚,挣二十戈比,在《克里斯托弗·哥伦布》这出戏里,我学着扮演印第安人和魔鬼两个角色。

红砖砌的戏院大楼,从外表上看,像座粮仓,很不讨人喜欢,戏院内部也使人产生一种阴郁、压抑的感觉。

我记得,在宽敞的,半明半暗的舞台对面是黑洞洞的、又潮又暗的大厅;一个胖子常常像牧人赶羊似的把我们这群男孩在台上赶来赶去,边赶边破口大骂,尖声叫喊着:

"你们这些死鳄鱼,真要把我气死!"

我觉得他在装假,他没有理由生我们的气,用那条又长又细的棍子打我们的腿,要是他简单明了、心平气和地跟我们说,我们会更好领会他的要求的。可他总是瞎忙一通,捂着他那像西瓜一样滚圆的脑袋,大喊大叫,不住地埋怨:

"你们这哪儿是什么印第安人呀?简直是一群猪猡,不是印第安人!你们这哪儿是什么魔鬼呀?是狗熊,不是魔鬼!"

一个胖女人从条幕后面探出身来,用低沉的声音问他:

"你怎么知道魔鬼是啥模样呀?"

"魔鬼像小羊羔,我的宝贝,也像大山羊,你少管闲事!"

我读过发现美洲的故事,我觉得魔鬼在这里是多余的,普雷斯科特的书里并没提到过魔鬼。我读过马因·里德、埃马尔的作品,自认对红皮肤的印第安人略知一二,所以我在舞台上走动时,尽量模仿这些著名作家所描写的美洲印第安人的样子。然而我的尝试竟惹恼了师傅,他大声呵斥我:

"听着,你这个长腿汉,该死的面包干,弹毛的弓子,巴比伦的竿子,你的脚跟被砍掉了,是吗?你是在碎玻璃碴上走道儿吗?你要把我气死了,没良心的东西!……"

在正式演出时我还是按照我的见解行事,以一个地地道道、规规矩矩的印第安人应有的步伐走台步;用标枪的木头尖使劲戳着蠢笨的西班牙人。这可乐坏了幕后的人们,但是副导演还是对我不满意。

"你听着,弹簧沙发。"他在剧场休息时对我说,"你要是再四下里摇晃,我把你扔到死水坑里去!"

这时又走过来一个衣着华丽,同哥伦布本人长得相似的西班牙人也来告我的状:

"我用佩剑捅穿了这只骆驼,可他满不在乎,连晃都没晃一下!您把他们教得可真好,我亲爱的……"

一些普通的俄国人,普通的妇女在西班牙人、魔鬼和红种人中间安详地走来走去;其中一个像修女一样全身着黑的小个儿女人对这个西班牙人说:

"叶戈尔,你记得图拉吗?"

我觉得自己似乎处于梦幻和现实之间,十分荒诞。在我面前漂浮着一只巨大的黑口袋,它向四面八方张开,严严实实地装满了像甜瓜似的人头。这些数不尽的人头似乎都是瞎眼的,个别地方有些模糊的面影上长着暗淡的无用的眼睛。一股暖烘烘的潮气从这个口袋里向舞台上涌来;在那可怕的沉默中偶尔可以听到几声咳嗽、鞋跟擦地的声音和不知是什么发出的咯吱声。

戏院的观众厅使我想到一个奇怪的比喻,它就像一座深深的、奇大无比的坟墓,里面整整齐齐、一排排地安放着许多人体。

排演时,那漆黑的空旷的观众厅朝着若明若暗的舞台张开空荡荡、深不见底的大嘴,这时可怕的感觉愈加强烈。剧场一片空寂。在这种气氛下,人们打诨、说笑、吵闹,显得十分古怪。声音响得很不自然,所有的人故意不念规定的台词,走路怪模怪样,挥动着双手,仿佛是受惊的瞎子想摸到一个能够抓住的东西似的。

演员们呓语般的台词使这场噩梦似的排练更加混乱;一个细高个在舞台上走着,他有一副漂亮但呆板得像死人一样的面孔,嘴里叼着一只熄灭了的烟斗,摊着双臂,犹如在昏暗中游泳,嘟嘟囔囔地说着:

"侯爵夫人,您使我处在深渊的边缘——什么?噢,诗!我知道,我已经没有活路……"

一个黑眉毛的漂亮女人坐在条幕旁的一张椅子上,生气地嚷着:

"喂,我要在这儿扑到你脚边,可你却跑开了!金①在哪儿呀?"

"他到化妆室有事儿去了。"

提词台旁边站着一个几乎看不见眉毛和眼睛的小个子,他长着一张圆圆的鲈鱼嘴巴,站在那儿,用悦耳的声音忧郁地轻声唱着:

> 我痛苦万分,
> 难解愁闷,
> 跳下桥去,
> 了此一生。

黑眉毛女人生气地对他嚷道:

"您别再号了!诸位,继续排,继续排戏。"

有些人不时从条幕里探着头,有些人出出进进,幕后有些人咚咚地敲榔头,在干木头上钉钉子,还有一种咯吱咯吱地令人讨厌的声音。

舞台中央站着一个身穿大衣,头戴大礼帽的人,他蹙眉皱脸,噘着

---

① 指大仲马《金,又名放荡与天才》一剧中的主人公。这是大仲马专门写英国浪漫主义演员埃德蒙·金(1787—1833)的生平和创作的剧本。

厚厚的嘴唇，用非常悦耳的声音向提台词的人叫道：

"什么？我听不见。声音大一点！什么？少发议论！这是从哪儿透进来的风呀，真见鬼？"

"到处都透风。"一个身材修长的漂亮女士公道地对他说。

"吹呀吹风。"一个演员鄙薄地说道。

另一个衣衫褴褛、形容枯槁的醉汉坐在旁边的一张椅子上打瞌睡，时不时地担惊受怕地哆嗦着，问道：

"我呢？怎么做？噢，上帝饶恕我吧……噢—噢—呸……"

所有这一切都令人十分费解，有时并使人感到无聊，尽管这些都是当我在场，在我目睹下臆想和创造出来的，但是这种故意作出的、虚假的生活有时却如此强烈地控制着我，以至我走起路来也挺着胸，迈着公鸡似的荒唐步子，说起话来压低嗓子，一字一顿、铿锵有力，像某一个演员那样，不时地擦着前额。

坠入情网的子爵、侯爵们，不幸的演员亚科夫列夫[1]，英勇的尼夏斯里夫采夫[2]，唐赛查·德·巴赞[3]，卡尔·莫尔[4]，以及强盗、大臣、商人和伽西莫多[5]——所有这些人的浪漫主义，像粗制滥造的钱袋里装满了叮当作响的铜币一样，弄得我头晕眼花，引起一种早在书本里熟悉了的感情。不用说，我还仿佛看见自己在扮演天才的金这一角色，而且我觉得我已经找到了安身立命之所。我沉浸在无比喜悦和兴奋的迷雾之中，达三礼拜之久。

若要安心地尽情欣赏，就不要向幕后张望！

然而我演的角色使我不可避免地要在幕后逗留，于是我听见，一个剧中的主人公刚刚还怀着火焰般的热情、浑身战栗着跪在自己所爱

---

[1] 大概指 Н·И·库林科夫的剧作《演员亚科夫列夫》（1859）中的主人公。
[2] 亚·尼·奥斯特洛夫斯基的剧作《森林》（1871）中的人物，意译为不幸者。
[3] 根据雨果的浪漫主义戏剧《吕意·布拉斯》（1838）的主题写作的剧本《西班牙贵族》的主人公。
[4] 席勒的剧本《强盗》（1781）中的人物。
[5] 雨果的长篇小说《巴黎圣母院》中的敲钟人。

的女人脚下,在幕后却冲着她嚷嚷:

"你的别针怎么总别得不是地方!"

而一位极其高尚的父亲刚刚还在台上为自己不幸的女儿①痛哭流涕,现在却用手指点着她,恶声恶气地数落着:

"你是不是又没吃透角色,糊涂虫?"

她微笑着说:

"噢,你演得那么好,使我把什么都忘了……"

"我演得怎么样,不关你的事!"

"糊涂虫"是一个体态小巧、匀称、沉默寡言的蓝眼女人。她总是眯着眼,带着不信任的表情来观察一切,似乎种种事物和各类人对她来说都不可理解,非常陌生。她走路像猫一样小心。有一次我在舞台后面的一个昏暗的角落里碰上她,只见她紧靠着墙,双手捂着脸,正在偷声饮泣。前两天演爱斯梅拉达②演得那样动人,不禁使我永远爱上了她,因此现在看着她流泪,我自己也准备愤愤地痛哭一场,或是,只要她吩咐一声,我就去把那些欺侮她的人痛打一顿。

可是我不敢走近她,只从远处瞧着并且想:要是现在剧场失火该多好!当大家急忙往外跑的时候,我迅速抱起她,从大火中冲出去,千万要冲出去,然后像演员基谢廖夫斯基③那样默默地、庄重地向她鞠个躬,然后走开,心里永远怀着巨大的喜悦。

在圣母升天节④那天演了两场戏:早晨演了一个梦幻剧,晚上演的是《卡希拉地方的古风》⑤。疲乏的演员们喝得醉醺醺的,演得生动活泼,自得其乐,好像忘却了观众,那些装在黑口袋⑥里看不见的观众却

---

① 大概指席勒的悲剧《阴谋和爱情》(1784)的最后一幕,琴师米勒痛哭自己服毒自杀的女儿露伊斯。
② 雨果的长篇小说《巴黎圣母院》中的女主人公。
③ И·П·基谢廖夫斯基(1839—1898),俄国著名演员。
④ 旧历八月十五日。
⑤ 俄国作家德·瓦·阿韦尔基耶夫(1836—1905)的主要剧作(1872)之一。
⑥ 指观众厅。

吼叫着,大笑着,也好像不是在看戏似的。

剧场休息时,醉意未消的安德列耶夫-布尔拉克,穿着俄国文书的服饰,瘦削、寒酸而又滑稽,他开着玩笑,说着笑话,给木匠们开心,而且毫无例外地邀请大家演出结束后到沙滩①的小饭馆吃饺子。我的意中人穿着一身鲜艳的无袖长裙,也带着醉意,坐在一捆绳子上,又笑又唱。

我没有注意到是谁把绳子扯了一下,只见她吓得两臂一张,仰面朝天倒在地上,两条腿翘得老高,由于害怕,眼睛瞪得大大的。随后,她灵活地一翻身跳了起来,火冒三丈,污言秽语地骂将起来。

人们围着她哄然大笑,高兴得像野兽似的号叫着,她回头望了一下,跑到一个穿着卡希拉青年服装的小个子演员跟前打了他一记耳光。大家抓住她,制服了她,把她送到化妆室去了。

我的心阴沉得发痛,我开始厌恶周围的一切,我决定离开戏院,而且马上就离开了。

在这段时间里我只到戏院看了一次戏,第一出戏就使我深深感到戏剧生活的巨大威力。

从台上出现安德列耶夫-布尔拉克扮演的犹独式加·戈罗夫略夫那一刻起,我便全然忘掉了戏院和所有的一切,看到的只是一个穿着睡衣,手里颤巍巍地拿着一支蜡烛的小老头,他涎着脸,露出一丝狞笑。

"安宁卡,安宁卡。"他在一个受尽折磨、垂死的女人面前淫荡地哼哼唧唧呼唤着。

这个人的一招一式都演得无比简洁,不容置辩的真实和令人信服。他那喋喋不休的话语,蜘蛛般的动作,他那迷惑人的酸溜溜的嗓音以及那些令人恶心的微笑,——他从头到脚都使人极其讨厌,又像是永生的科谢那样不可战胜。

---

① 奥卡河在夏天形成很浅的河湾,一面是奥卡河岸,另一面是一片辽阔的沙滩,一直延伸到集市,这一带称作"沙滩"。

我产生了某种不可言状的心情：我恨不得跑上舞台去杀死这个卑鄙龌龊的家伙，满腔怒火几乎使我哭了出来，可是我四周的人们却在大笑、大嚷，令人悚然和困惑。看到这样一个卑鄙丑恶的家伙难道可以笑吗？

这是一场非常沉重而可怕的噩梦，我觉得在这场噩梦里有许多我所熟悉的，充斥于俄国现实生活的愚昧、混乱、病态而又残酷的心理，因此这场噩梦便显得越发沉重了。许多年之后，我读到描写费多尔·卡拉马佐夫的书时，重又体验到这类压抑的感觉。

散戏以后，我沮丧已极，整夜都在集市后的草地上徘徊。有个醉汉拦住了我，狠狠地朝我脑袋上打了一拳；我记得，对此我并未介意。

**陆桂荣　译**

## 神女与傻瓜[*]

在被磨损了的石子人行道上,覆盖着一层薄薄的、冰冷的黏泥。街道上空飘忽着潮湿的轻纱般的薄雾,纷飞的雨雪像污浊的烟尘,透过雾幕懒洋洋地散落下来。路灯蓝莹莹的光球照射着泥泞的雪地,照射着房屋灰暗的墙壁和昏暗的玻璃窗上泪行般的细流。雾霭迷蒙,看不见灯柱。弧形的灯火沉闷而迷惘地悬挂在充满烟气和马粪气味的空中。

神女愁得就要流泪、就要陷入深深的绝望。她在整条街上,从桥头到广场,一连踱了三个来回,却没有一个男人理会她。今天行人都在迷雾里匆忙奔走,不知是想尽快找个藏身之处,还是在赶路,生怕误了时间。夜已深沉,该是回家的时候了,家里兄弟在等着她。兄弟是个脾气暴躁的酒鬼、二流子。他自己常常和妓女鬼混,可是却因为妹妹从事的职业而瞧不起她。

神女慢腾腾地移动着两腿,生怕那双已经抻大了的胶皮套鞋掉下来。她走着,眯缝着眼睛,望着空中的灯火:当你把眼睛眯成一条细缝时,路灯的蓝色光球会放射出针状形的银光来。要是雾珠落在睫毛上,那银针就发出霓虹的色彩。

一个男人从胡同里径直朝她走来。他在路灯下收住脚步,像迷了

---

[*] 本篇最初发表于《俄罗斯太阳》杂志一九一六年十二月第五十二期上,译自《高尔基三十卷集》第十四卷。

路似的往四下顾盼。他头戴一顶大帽子,湿漉漉的八字胡朝下耷拉着,遮住了嘴,看样子像个军人。神女朝他笑笑,他稍稍举起帽子,也报以微笑。

"您去吗?"神女问。

"只要您答应我就去。"他闷声地回答。

"为什么不答应呢?"

他把瘦骨嶙峋的面孔凑近神女,小声问:

"去哪儿?"

"随您便。"

"您住得远吗?"

"是的,很远。到我家去,可不行!"

"那您说怎么办?"

"附近就有这样的房间。"神女说完,便朝前走去,不料脚下刺溜一滑。

"留神。"他小声招呼说,一面搀住她的胳膊,轻手轻脚但笨拙地扶着她走去。

神女从濡湿的帽檐下胆怯地瞥了他一眼。一般的男人她是熟悉的,但在这个人身上却有一种令人困惑莫解的、陌生的东西:他说话彬彬有礼,甚至温柔亲切,望着她那脸时的神情也与众不同,像爱上了她似的。他有一双灰色的眼睛,带着家犬一般的疲倦和温顺的神态。他身上有一种滑稽可笑的东西。

"四十出头了。"神女心想,接着老练地讨价还价说:

"少于三卢布我是不干的!"

"嚯!"他颤动着胡须,感叹说,"要多少就给多少。"

这引起了神女的不安。

"定是个色鬼。"她思忖着,甚至厌恶地哆嗦了一下。

窒息在浓烟密雾里的街道无止境地伸向远处。他们穿过广场,一辆"独眼"汽车疾驰而过,一个车夫赶着马车奔驶而去,一名警察像一

107

根黑柱子伫立在街道中间。

四周静悄悄的。在这潮湿的静寂里,传来了低沉的哀号声,这声音有如排水管道里的水在流淌。

"是诉怨声吗?"神女心想,一面静听那声音,但听不真切,"也许是胡言乱语……"

他俩在一幢灰色房子那高大的门前停住了,窗户里没有灯光;神女用手推开便门,只见黑魆魆的门洞里闪出一个人影,他咳嗽了一阵,用沙哑的声音说:

"夜游神……"

"贫民窟,"男人嘟哝了一声,便放开神女的手,把她拉到前面去,不料绊了一脚,一把抓住了神女的肩膀。

"别摔了,"她怏怏地叮嘱道,连忙从他手中挣开去,推开墙门。这时,在她脚下闪出一道昏暗的光带,她踌躇地踩着光带迈动步子,说:"呶?"说罢,便走进一条狭窄的、左右两旁都是房门的廊道,仿佛来到了监狱。

一个秃顶老头儿从灰墙里跳了出来,他戴着眼镜,嘴里叼着烟卷,烟卷好像就插在肮脏的大胡子里,老汉用呆板的眼睛盯着来客,在大腿上擦了擦手掌。

"一卢布的有吗?"神女问道。

"什么?"

"开个房间。"

"要好一点的,"那男人小声说。

于是老汉一脚踹开他身后的房门,用孩子般的声调说:

"三卢布的。要柠檬水,还是要茶水?"

"要茶水,"神女吩咐说。

一盏冷森森的白色灯火霍然照亮了这个小小的房间。房间里有一张沙发、两把圈椅、一张桌子,靠墙还有一张大床和一个洗脸池。

"脏里巴叽的,"男人脱下帽子,说。

"没有比这更贵的了,"神女应了一声。她不想和这个人多说话,而这个人却激起了神女想说些伤害他的话的念头。

他脱下那件毛茸茸的、缀满银色雾珠的大衣,气冲冲地咕哝着:

"这里有一股旧被子味儿和羊膻味儿……"

他用细长的手指理了理被帽子压乱的头发。他身材瘦削、颧骨凸出,长着一张沮丧的脸。但他衣冠整齐,穿着一身青灰色的高级呢西装、一双带有护腿套的优质半高腰皮鞋,系着一条缀有绿宝石别针的领带。

"像是干电气工程的,"神女坐在圈椅里,一面端详着这男子,一面揣测着。

"您是干电气工程的吗?"

他猛然朝她一转身。

"为什么您这样想呢?"

"我猜想。"

"不。我是干别的行当的……"

老汉送来了两杯茶,把房门钥匙撂在桌子上。

"不再需要什么了吗?"

神女没有理会老汉,端起一杯茶,捧在手里。

"好冷呀!"

"是呀,真冷,"男人坐在塌陷的圈椅里搓着膝盖,过于匆忙地应和了一声,"不过主要还是身子里冷,心里冷,心里空虚。甚至都像完全失去了灵魂,您常有这样的感觉吗?"

"有,怎么会没有呢?"神女颇有感触地回答说。

"那您不怕吗?"

她皱起眉头瞥了他一眼,没有作答。男人泛出笑脸,这使人看了感到别扭:嘴里讲得那么沉闷,脸上倒露着笑容。这一切都不是那么回事,都不同寻常。要是换个男人呀,就该坐到身边,搂搂抱抱,嬉皮笑脸地扯起那些乌七八糟的下流事儿。可他却不理会这个女人,坐在一旁离得远远的,慢腔慢调地吐着一字一句,像打瞌睡似的。时间过得又缓慢又沉闷。他戴着一副受压抑人的笑脸。可以想见这不是一个打算胡闹一阵的寻欢作乐的人,也不像一个惯常的蔑视女人的色鬼。

神女喝完一杯热茶之后,打断他的话头,问道:

"喂,怎么样,咱们脱不脱衣服?"

他把头一仰,令人发笑地、显然感到吃惊地瞥了她一眼,接着猛一扭身,摸索口袋,忙说:

"不……对不起!我不过是想随便说说话。有时,不瞒您说,我非常想同一个陌生人说说话。因为熟人,您不知道,怎么对您说呢?都很空虚。难道说都是这样吗,啊?所有人的灵魂都是这样空虚吗?糟糕的生活!"

"糟糕,糟糕,"神女皱皱眉头,小声重复着,"干吗您要这样苦恼呢?"

"是的,看来我是很苦恼。"

她有点同情起这个怪人来。

"您有妻子吗?"

"没有……"

"是真的?当然,也有乐观的人。不过,各人有各人的性格,对吗?"

"有时感到急不可待地想要什么……"

"想要什么呢,小公猫?"

"想要一种不平凡、不寻常的东西。"神女犯疑地一闪身,他却咯咯地撅着手指,说:

"一切都是那么熟悉……"

他低下头去。

"他会掏出手枪来,还会……"神女心里咯噔一下,打了个哆嗦,顿时脸上露出一副媚态,卖俏地眯起眼睛,说道:

"难道您不喜欢我吗?"

"喔,不,"他低声说,连头也不抬,"不,不是这个。"

他走到神女跟前,紧握拳头,以致手指的关节都握得变白了,负疚地说:

"您要明白,请不要误会!我只不过是……想同一个人……随便说说话。"

他笑了笑,松开拳头。神女问:

"这是给我的吗?"

她用两个指头从他手心里接过一张红票子①。

"拿着吧!请您原谅!我走了。"

神女把钞票弄平正,捏着角抻了抻,宽厚地提议说:

"要不——您还是留下来吧?"

但他已经穿好衣服,握了握她的手,说:

"再见!"

神女温存地点点头:

"再见,小公猫!"

他把脚塞进套鞋,吱扭一声打开房门,转身瞧了瞧屋子,说:

"您——请不要担心,我来付房钱给老汉……"

"嘿—嘿。"神女听到外边一声门响之后,舒了口气。

然后,她把纸币放到灯光下看看,小声说:

"真是个傻瓜!……"

于是,她不慌不忙地穿好衣服,嘴里一面哼着:

　　他为何追随着我,
　　到处将我寻找?②

蒋望明　译

---

① 票面额为十卢布的钞票。
② 引自俄国诗人阿·瓦柯尔卓夫(1809—1842)的诗作《歌》(1842)。

# 米　沙*

米沙是一个好动的小男孩，他老想干点什么事儿，要是不放他出去玩的话，他就像个陀螺似的，整天在大人脚跟前转来转去。

每一个男孩和女孩都知道得一清二楚，大人老为一些没意思的事儿忙得不可开交，因此总是没完没了地对小孩们说：

"别捣乱！"

尤其是米沙，他不得不经常从妈妈嘴里或爸爸嘴里听到这句话。妈妈老是有事儿，爸爸呢，整天整天坐在书房里写各种各样的、老长老长的书，这些书没给米沙看过，但肯定，它们是枯燥乏味的。

妈妈非常漂亮，简直像个布娃娃；爸爸也挺帅，但是他不像洋娃娃，倒挺像个印第安人。

有一回春季将临，天气变坏了，天天雨雪纷飞；米沙不能出去玩了，他越发一个劲儿地跟爸爸妈妈捣乱，不让他们做事，爸爸问他：

"喂，米沙，你觉得很没意思吗？"

"跟算算术一样没意思！"米沙说。

"那么，你拿着这个小练习本，把你遇到的一切有趣的事情都记在里头，懂了没有？这个本子叫'日记本'，你就写日记吧！"

米沙接过小练习本，问道：

---

\* 本篇最初发表于一九一七年四月一日《俄罗斯言论报》。译自《高尔基三十卷集》第十四卷。

"我会遇见什么有趣的事呢?"

"那我可不知道!"爸爸抽着烟说。

"为什么不知道呢?"

"因为我小时候不好好学习,而且还老拿些傻问题去缠人家,自个儿不动一点脑筋,明白了吗?喂,去吧!"

米沙明白爸爸指的是他,而且爸爸不愿意跟他说话;他想生气了,可是爸爸的一双眼睛太招人喜欢了。他只是问道:

"那么,谁来做有趣的事儿呢?"

"你自己,"爸爸回答说,"走开吧,我求你别捣乱!"

米沙回到自己的房间里,把练习本在桌子上摊开,想了一想,在第一页上写道:

"者(这)是日记本。

"爸爸给了我一本火(好)练习本。如果我在上面想写什么就写什么,那就会有趣了。"

写完后,坐了一小会儿,环顾一下房间——屋子里面还是老样儿。

他站起身来去找爸爸。爸爸对他不客气了。

"小弟,你怎么又来了?"

"你看,"米沙把练习本递给他,说,"你瞧,我已经写完了。是该这么写吗?"

"是的,是的,"爸爸匆匆忙忙地说,"只是'者'字应该写成'这'字;不是'火',是'好'……好了,你走吧!"

"那还应该写啥呢?"米沙想了想,又问。

"你想写什么就写什么!想到什么就写出来吧……写首诗吧!"

"哪首诗?"

"不是哪首诗,是自己去作首!真讨厌,缠人精!"

爸爸牵着他的手,把他送到门外,把门给紧紧地关上了。这真不讲理。现在米沙生气了。回到屋里,他又重新坐到桌边,打开练习本,心里琢磨:"还写什么呢?真不好玩。妈妈在餐厅里数餐巾;厨房里不管什么时候都好玩,可就是不准进去,外面又在下雨,还有雾。"

那是在上午,九点一刻,米沙望着挂钟,突然轻声地微微一笑,写道:

墙(墙)上挂钟指着九点零十五,
两根指针恰像两撇八字胡。

他写出诗来了,高兴得要命,跳起身来跑进餐厅,叫道:
"妈妈,妈妈,我写诗了,你看看吧!"
"九条,"妈妈一边清点餐巾,一边说,"别捣乱。十,十一……"
米沙用一只胳膊搂着妈妈的脖子,另一只手把练习本一直伸到她的鼻子底下。
"妈妈呀!你看看……"
"十二条,噢,上帝!你要把我给拽倒了……"
她终于拿起了练习本,但她读完诗以后说的话却使米沙大为伤心。
"嗯,这诗,大概是爸爸告诉你怎么写的,再有,墙字应该是土字旁。"
"在诗里也写土字旁吗?"米沙难受地问。
"对,对,在诗里。你别跟我捣乱,我求你,走开,干你的事去!"
"干什么呀?"
"哎呀!嗯,去继续写诗吧……"
"应该怎么继续写呀?"
"自己去想。哎,钟挂在墙上,大声嘀嗒嘀嗒地响着……再写点什么,就成了诗了。"
"好。"米沙说完,乖乖地回到自己的房间里。他在那里用妈妈的话描写钟:

米 沙

> 钟大声地嘀嗒个不停

可是再往下就什么也想不出来了。然而他是那么用心,甚至不光是手指头上,就连下巴上也沾上了墨水。

但是突然之间,就像谁给他提了词儿似的,他把第四句诗想出来了。

> 可我还是闷得要命!

这是实话:米沙非常寂寞,不过当他写完第四行诗以后,高兴得甚至浑身发热了。

他一跃而起,飞快地跑到爸爸那儿,可爸爸真滑头!他把书房门反锁了。米沙敲门。

"谁呀?"爸爸在里边问。

"快点开门,"米沙兴高采烈地说,"是我,我的诗写完了,好着呢!"

"祝贺你,你接着往下写吧。"爸爸含含糊糊地小声说。

"我想念给你听听!"

"待会儿再念吧……"

"我想现在!"

"米沙,别捣乱!"

米沙俯下身来,对着钥匙孔念完了诗,可结果就像对着水井嚷嚷一样:爸爸毫无反应。

这真把米沙气坏了。他不声不响地又回到自己屋里,把额头贴到冰冷的玻璃窗上,在窗边站了一小会儿,然后坐到桌边,开始写他的心里话。

"爸爸骗了我,他说要是写日记,就会好玩了,可是一点也不好玩。这是他想让我不去打扰他,我知道。每次妈妈一发火,他就叫妈妈恶鸡婆,他自己也是恶鸡婆。昨天我用他的银烟盒玩九柱戏,他发的火比妈妈还凶。还说人家呢。他俩都一样。那次唱歌的尼娜·彼得罗芙娜把茶杯打碎了,他们俩说:没事儿,没关系,可要是我把什么给打了,他们俩就叨叨个没完没了。"

米沙想起爸爸妈妈对他多么不公平时,差点儿哭了,他是这么可怜自己,也可怜爸爸妈妈;他们俩都那么好,可就是跟他在一块儿的时候表现得不怎么样。

他站起身来,又走到窗前;一只湿淋淋的小麻雀歇在窗檐上,正在整理自己的羽毛。米沙看了好一阵子,看它怎样梳妆打扮,怎样用小黄鼻子去梳理自己浅褐色的羽毛,小鸟鼻子旁边的羽毛支棱着,简直跟爸爸的小胡子一样。

后来米沙想出了下面的诗句:

小鸟的小爪子儿,
细得像火柴棍儿,
浅褐色的小胡子儿,
小眼睛像小珠子儿。

再往下作就想不出来了,不过就是这几行也挺不错了。米沙感到自豪,跑到桌边,将诗记下,还补写道:

"写诗非常简单,只要瞅瞅什么东西就行了,诗自己就出来了。爸爸甭神气,只要高兴我也照样能写书。而且我要用诗来写。等我学会了标点符号,学会了什么地方该写土字旁,到那时候我就要写书了。拉玛、妈妈、乌普里雅马、达马①。用这些字也能做诗,可我不干。我不写诗也不写日记了。既然你们觉得写这没意思,我也觉得没意思,那就不该非要我写不可。嗯,对不起,那你们也别缠着我。"

---

① 这四个词虽各有其词义,但用在这里,只取其押韵。

米沙那么伤心,差点儿没哭出来,但正在这时候女教师克谢尼娅·伊凡诺芙娜来了。她身材瘦小、双颊绯红,眉毛上沾着雾气凝成的小水珠子。

"你好,"她说,"你为什么这样噘着嘴呀?"

米沙傲慢地皱起眉头:

"别捣乱!"他学爸爸的口吻说,并且在练习本上写道:

"爸爸管这个女教师叫翘鼻子姑娘,说她还应该玩布娃娃。"

"你怎么啦?"女教师用两只布娃娃似的小手擦着自己玫瑰色的脸蛋儿,诧异地说,"你写的什么呀?"

"保密,"米沙回答说,"这是爸爸叫写的日记,还写我想到的一切有趣的事。把什么都写下来。"

"那么你想出来什么有趣的事了吗?"女教师扫了一眼练习本,问道。

"还没有想出来,光写了诗。"米沙说。

"有错别字呀,有错别字!"女教师喊道,"是的,是诗,嗯,这当然是爸爸写的,不是你……"

米沙又火了:怎么搞的?谁都不相信他!于是他对女教师说:

"要是这样的话,我不学习了!"

"这为什么呢?"

"因为我不学习了!"

这时候女教师读到米沙写的有关她的话,她涨红了脸,望了一眼镜子,也生气了:

"哎!你呀,还写了我,哎!这是怎么一回事!你爸爸真的这么说过吗?"

"您当他怕您吗?"米沙问。

女教师想了一下,又望了望镜子,说道:

"你就这样不想学习了?"

"不想。"

"好吧。我去问问你妈妈,看她对这事怎样看法。"

她走了。

米沙望了望她的背影,提笔写道:

"我就像妈妈对爸爸耍脾气一样,跟克谢尼娅·伊凡诺芙娜耍了一顿脾气,好让她别缠人,别捣乱。反正谁都不爱我,我也无所谓了。等会儿我去向女教师道歉,然后也记在日记本上面。我要像爸爸一样,整天写,谁都看不着我,而且永远不吃午饭,甚至连甜食烤苹果也不吃了。夜里我也不睡觉了,一个劲儿的写啊、写啊,让妈妈早上起来像对爸爸一样地对我说我累坏了,说我将来会得神经衰弱。她会哭的。我反正无所谓。反正谁都不爱我,我也无所谓了。"

当妈妈和克谢尼娅·伊凡诺芙娜进屋时,他刚刚写完;妈妈默不作声地拿起了练习本,她那双可爱的眼睛含着笑意,开始读米沙的心里话。

"上帝,"妈妈轻声喊道,"哎呀,这孩子……不,应该把这个拿去给爸爸看看!"

她拿着练习本走了。

"我该挨剋了!"米沙心里捉摸着,他问女教师:

"您背后说人坏话了?"

"要是你不听话,那么……"

"让我听话,我又不是一匹马……"

"米沙!"女教师喊道,但是米沙生气地说:

"我不能够又学习又想所有的事情,还得把所有的事情都记下来……"

他也许还能说好些话,可是女仆进来说:爸爸叫他。

"你听着,小弟!"爸爸说话的时候,用手心轻轻按着唇髭,免得它们颤动,他另一只手里拿着米沙的练习本,"你过来!"

爸爸那双灰色的眼睛快乐地闪烁着,妈妈靠在沙发上,把头埋在一堆小枕头里,她的肩膀在颤动,似乎她正在笑着。

"不会剋我了,"米沙猜到了。

爸爸让他站到自己面前,张开膝头夹住他,用一根手指头微微抬起米沙的下巴,问道:

"你在调皮捣蛋,是吗?"

"是,我是在调皮捣蛋。"米沙承认道。

"这是为什么呢?"

"不为什么。"

"唔,总有个原因吧?"

"我也不知道,"米沙想了一想,说道,"你不理我,妈妈也不理我,女教师也……不,她也不……她老缠着我!"

"你生气了?"爸爸低声问。

"嗯,是的,生气了,当然啦……"

"可是你甭生气!"爸爸友好地劝告他,"这不是我和妈妈气你,你看见没有?她正倒在沙发上偷偷地大笑呢。我也觉得好笑,我待会儿也要哈哈大笑的……"

"为什么好笑呢?"米沙问。

"我会告诉你为什么的,不过等以后再告诉。"

"不,为什么?"米沙坚持道。

"知道吗,这是因为你非常令人好笑!"

"嗯—嗯。"米沙不相信地说。

爸爸把他抱在膝盖上,搔了搔耳朵后面,说道:

"咱们好好谈谈,行吗?"

"行,"米沙皱起眉头,同意道。

"谁也没得罪你,这是坏天气得罪了你,懂吗?要是天气好,出太阳,春天到了的话,你就能出去玩玩了,那就一切都好了!可是你在日记本里净写些胡说八道的东西……"

"你让写的,"米沙耸耸肩膀说。

"可是,小弟,我没有让你胡写呀!"

"也许,你没让,"米沙同意道,"我已经记不得了。可是我这算是胡说八道吗?"

"是的,小弟!"爸爸摇着头说。

"那么你写出来的,是不是也是些胡说八道的东西呢?"米沙问。

妈妈从沙发上跳起来,跑开去了,好像她的咖啡潽出来了似的。她甚至发出扑哧扑哧的声音,就跟煮开了的咖啡壶似的,米沙明白了,这是她在发笑,可是她又不愿意让人知道她觉得好笑。

这些大人也真会假装正经。

爸爸也想笑,他鼓起涨红了的腮帮子,唇髭都竖了起来,鼻子也在扑哧扑哧地响。

"有时候,"他说,"我写出来的也是一些胡说八道的东西。要想一切都写得好、写得正确,那是很困难的。你想出来的小诗不错,可是别的都不行。"

"为什么?"米沙问。

"火气太大了。你是我们的批评家,可我还不知道。你把大家都批评了。这应该从自我批评做起,你先把自个儿好好批评批评。不然的话,就别去批评别人。咱们最好别写日记了吧。"

米沙用红蓝铅笔画着爸爸的稿纸,说:

"不写了吧,不然的话,这也会跟学习一样不好玩。不过,这可是你自个儿想出来的。你说过:'写吧,会有趣的。'我就写起来了,可是什么有趣的事也没有。你听我说,今天可以不学习吗?"

"为什么?"爸爸问。

"我最好跟克谢尼娅·伊凡诺芙娜一块儿看看书。"

"可以不学习,"爸爸高兴地同意了,"只是咱们俩应该向女教师赔礼道歉,因为咱们说了人家还写了人家,这不……合适!"

爸爸站了起来,牵着米沙的手,送他回到自己的房间,小声说:

"当然,她鼻子有点翘,这是真的,但是最好别跟她提这个。小弟,这不是用语言改正得了的,不管是什么样的鼻子,一辈子就这一个。

你看,你鼻子上有雀斑,满脸都是,要是我管你叫小花脸,合适吗?"

"不合适,"米沙同意道。

米沙写日记的趣事也就到此结束了。

孙新世　译

# 街　头[*]

## 随　感

　　俄罗斯的大地已经解冻、回暖——这座巨城的工人大军犹如一条条宽阔的江河,在大街和广场上缓缓地流动。人群的镇定自若令人望而生畏,但在这万头攒动的人海里,所感到的并不是节日的欢乐,而是蚁群般的忙碌气氛。

　　人们对本身的自由,以及结队游行、唱禁歌的权利似乎还没有把握,正因为如此,才一齐走上街头,以便获得和建立信心。

　　歌声不齐,也不太洪亮,兴许是因为这些歌曲已不能充分抒发新的思想感情了吧。现在需要的是爽朗而庄严的进行曲和颂扬胜利的赞歌,复仇与恫吓的呐喊已同那欢腾跳跃的红旗,以及人们对自身力量具有的信心不能融合在一起了。有力的强者不事恫吓,也不施行报复,而只是致力于实现自己的愿望。显然,缺少艺术便举行不了盛典,因此目前人们觉得自己尚处于节日的前夕。

　　孩子们正在一队接一队的走过,身量矮小、衣着寒酸的灰色身影,在光艳的自由旗帜下显得越发矮小和贫穷。但孩子们在这一天最受人瞩目,他们是未来生活的主人和缔造者。听到他们唱"我们已在决

---

[*] 本篇最初发表于一九一七年五月三日《新生活报》,直接记述了作者对一九一七年彼得格勒"五一节"庆祝活动的观感。译自《高尔基全集》第十六卷。

定未来的战斗中牺牲"①,不禁使人哑然失笑,但是当他们口中唱出"我们将同旧世界决裂"②这样的歌词时,这一孩子的誓言又不由使人感动得潸然泪下。

是啊,他们想必会有足够的力量来同旧世界决裂,并把自己心灵上的旧世界的遗毒清除干净!应当相信,他们对生活将具有另一种感受,他们会更高地来评价人。

多么想把自己的心抛到孩子们的脚下啊,——一颗用所有的红花结成的心,一朵最最艳丽的花!

市侩像往常一样感到心惊肉跳,他一面用习惯的惊悸目光注视着汹涌澎湃的新生活浪潮,一面紧贴着墙根等待着——可怕的事情究竟会在何时发生?

然而什么可怕的东西都没有,有的只是同那奴颜婢膝的往日,同那习惯了的抑郁的俄罗斯生活迥然有异的情景。

于是此人便臆想出种种恐怖,因为没有恐怖,他便觉得不方便、不舒服。他特别害怕激烈的言论和锐利的思想。其实,如果一定要怕,就应该怕那冥顽不化的奴隶的千年沉疴,即麻木不仁和兽类的本能。

对思想的恐惧就是对自由的恐惧。腐朽的、几乎断送了整个国家的君主制度的大厦正是靠这种庸人的恐惧心理来支撑的。

言论自由和思想自由也是那些害怕思想和言论者的相当强大的防身武器。

但是倘若俄国市侩按其本性非要惶惶不安不可,那么我倒可以向他指明一个非常值得不安的理由,那就是还有这种人,对他们说来,不存在任何可以奉为准则的思想信念。

---

① 原歌的歌词是:"你们已在决定未来的战斗中牺牲。"这句歌词也正是这首歌的歌名。
② 出自八十年代中期在俄国广泛流行的革命歌曲《新的歌》。

五月一日这天我便看到不少这样的人,特别使我憎恶的是一个矮身量、长着一对长胳膊和一张毛烘烘的猴子脸的家伙。

他站在一个门洞里;正有一群逃难的孩子①举着带有"遣送我们返回故乡!"字样的旗子由他身旁经过。

这个似人非人的东西,用猛兽般的刺人的目光望着孩子们,翕动着嘴唇,仿佛暗自在吮吸着什么。

很明显,一种阴森黑暗的感情正在他胸中翻滚。他不断地跺着脚,好像准备向孩子们猛扑过去,好像立刻就要龇露出狰狞的牙齿,发出饿狼般的凄厉的嗥叫似的。

这种人才真正是危险的呢,他们身上有一种破坏的本能,这种本能的基础就是那无端的残忍。

我们俄国的迫害狂比比皆是。旧政权曾大力培植过迫害狂,因为它本身就是无端暴虐和残忍的。


一位身材高高的、满头白发、戴着一副眼镜的人慨叹道:

"我问我自己,也向您请教:这难道真是我们俄国人吗?我们长期以来俯首帖耳生活于其中的狂乱国度,怎么竟会产生这种井然的秩序和这一派开明景象呢?"

我顺耳听到一位仪态端庄的妇人的答话:"在这以前,我什么都不爱,什么也不喜欢。经常只是想,能否尽快到国外去?可现在,我却突然感到自己在俄国不是外人。大概好多人都是第一次感到自己是祖国的国民。"

一个鼻子尖尖的小伙子同一个士兵手挽手,一面走,一面高兴地说:

"嘿,现在我可要开始学习啦!从头学起,兄弟……"

但是,总的说来,欢快的表情并不多,看来它是隐藏在内心深处

---

① 指战争期间从乌克兰、白俄罗斯西部省份疏散到彼得堡的孩子。

的。或许人们尚未感到自由的欢乐和团结的幸福。看得出,还有不少人对这不寻常的景象感到奇怪,他们总是左顾右盼,似乎在搜索那些旧政权下的怪物,那些原本是菜园里吓唬麻雀的稻草人……

可是确有值得高兴的事:俄罗斯以旧的文明国家从未有过的方式庆祝了"五一节",从而向前迈进了极不平凡的一步,立刻超过了欧洲。

这是幸福,大家很快就会理解并感觉到它的力量,但是切记:要更加尊重人,切莫恫吓他!

张佩文　译

## 风敲打着窗棂*

风敲打着窗棂。
心里一阵寒战。
不,你所渴望的
永远也不会实现!

心术不正的怀疑
吐着黏液编织蛛网。
这折磨何时才是个头?
这苦闷何时才是个收场?

要把心握在手中,
紧紧握住,直至死神来临。
没有比这更可怕的痛苦了——
等啊,等啊,等。

人们告他说:
你最好读读歌德——

---

\* 本诗写于一九〇七至一九一七年之间,最初发表于一九四〇年《新世界》杂志第八期。译自《高尔基全集》第十一卷。原诗无题,题目是《全集》编辑部加的。

"不，只有那懂得
相思的饥渴的人，
才能理解，我的心
是怎样痛苦如焚。"①
　　　　　等等。

卢　永　译

---

① 歌德名著《威廉·迈斯特学习时代》的主人公，十三岁的女孩子迷娘唱出的一支抒情歌，歌德抒情诗的杰作之一。俄译四行，原文为两行，中译一为"谁解相思渴，谁知我心伤！"（冯至），一为"只有会憧憬的人，才知我的哀怨"（钱春绮）。

## 在 芬 兰*

在冷峻的月亮的黄色目光下,
森林和沼泽——可怕地沉寂。
草墩中间散布着圆形的巨石,
很像一顶顶古代武士的头盔。
斑驳交错的杂草轻轻地摇动
它们那黑色的帽缨似的花序,
灰白的苔藓,灰白的地衣
发着锈钢的光泽,昏暗不明。
多少奇妙的美景出现在眼前,
点染着这如此奇妙的夜晚!
隆起的草墩像一张张盾牌,
草墩上的苔藓像清晰的图案。
白桦的树影像环甲①的网罩,
落在高高地突起的巨石上。
小树枝,像一支柔韧的箭,
准确地刺向林影的中央。

---

\* 本诗写于一九〇七至一九一七年之间,最初发表于一九四〇年《新世界》杂志第八期。译自《高尔基全集》第十一卷。
① 指古代军人穿用的锁子甲。

草墩中间,黄色的月光里,
铜钱般的水点闪着奇异的光辉。
铜钱般的水点向树林流去,
像恶战后留下的可怕的残迹。
森林,很像是凭借夜的力量
竖起来的一堵坚实的墙。
可以看见,墙后的月亮怎样
磨着那些满是缺口的矛枪。
大地沉睡,死一般无声无息,
夜的影子用天鹅绒的幕帐,
仿佛是一面面黑色的旗,
覆盖在大地的胸膛上。

卢 永 译

# 不合群的人*

浑浊的太阳停留在牢房的上空；昨夜城里起了一场大火，天空被熏得有点儿变暗，太阳也被熏黑了。

天气异常炎热。牢房的砖墙似乎被烤得泛红，灰色的鹅卵石散发出一种带黏性的闷热气；蓝色的苍蝇悬在空中，有时成群地冲撞着要奔往某处，散落在灼热的地面上，然后又向上飞起。看着它们，令人感到难堪的寂寞，但又没有别的事情可做。院子里一片静寂，在墙根狭小的荫凉处，衣衫褴褛的囚犯们紧挨在一起，打盹、睡觉、无精打采地谈话。墙外，市镇上的木头房屋在烈日照晒下枯干了，发出干裂的吱吱声。从典狱长的房间里传出一阵钢琴声。米沙·济明，一个害肺病的贼，伸着颀长的脖子，仰起带红斑的灰脸，噘起嘴望着窗口，谛听着音乐。

"我是个忧郁质的人，"看守库尔纳绍夫小声对我说，他和我一起坐在牢房的台阶上。"也有烈性子的人，而我这个人却是性子平和聪敏，举止短促①……"

"举止温和②。"我纠正他说。

---

    \* 本篇最初发表于一九一八年三月二十五日《基辅思想报》。译自《高尔基全集》第十一卷。

    ① ② 俄文里短促(короткий)与温和(кроткий)发音相近。这里看守把俄文的"温和"读成了"短促"，所以"我"纠正他。

"反正都一样,温和的举止也是短促的举止,不拖延,不争辩。"

接着,他在鞋底上按灭了烟头,像织袜子似的接着往下说:

"这样也好,那样也好,对我来说反正都一样,你哄骗不了我。你们主张,好像人必须有行动的自由。你们是大错而特错啦!这是不行的。瞧,他们就是一些主张自由的人,可他们的安身之处是墙根,有的甚至还戴上了镣铐。自由无论如何是不行的。猪是自由的,那又怎么样呢?它并没有得到任何的尊重。人若按自己的感情自由行动的话,也会变成猪。"

他摘下笨重的制帽,用红润的手掌理一理土色的头发,然后仔细瞧着自己的手指。

我很早就执拗地想知道,这个干瘦、安详得同圣徒像差不多的循规蹈矩的人是如何打发自己的日子的?他有一双机警、敏锐的嫩黄色的眼睛,这双眼睛看一切东西和一切人都用一种直勾勾的打量的目光。他常说:

"我是一个平和的、忧郁质的人。"

不过,他这些话说得太频繁,反而使人起了疑心。他的同事们显然都不喜欢他,却很怕他。囚犯们也不喜欢他,但并不怕他。不过,比起对待别的看守大喊大叫的号令来,囚犯们似乎更顺从并乐于执行他的简短的命令。

他对囚犯似乎比对上司更接近一些,但同时他又好像害怕接近人们,或者是瞧不起他们,觉得自己高人一等。他今年五十九岁,结实、灵巧,腿脚轻便——在院子里或走廊上走起路来步子迈得很快,轻得像在空中行走一样。他干净、整洁,淡黄色的小胡子修剪得整整齐齐,但是他的嘴却令人厌恶——厚厚的嘴唇,歪扭着。在他那闷闷不乐的、端庄的脸上,这张嘴好像是别人的。

他的灵魂的基调是:无动于衷的冷漠。但也有好几次,我看见库尔纳绍夫处于内心紧张的奇怪状态。这引起了我对他的强烈的兴趣。

一天晚上,我朝牢房门上的窥视孔张望,发现他站在少年犯囚室对面的走廊上,在晦暗的灯光下,他的脸色显得很可怕,相貌变成怪难看的,宛如一个人突然感到一阵剧痛,想呼叫又呼叫不出来的模样儿。

这个变了样的、像喊又喊不出声的脸竟是如此可怕,我不由地倒退一步,并闭上了眼睛。但是,过了一会儿,当我再朝窥视孔张望时,看到他仍旧像刚才那样呆立着,他的眼睛和半张开的痉挛的嘴巴,依然是那样作着无声地呼喊的状态。

我叫了他一声:

"巴维尔·斯杰潘诺维奇!"

他急速地一闪,问道:

"谁叫我?"

"我,六号号子里的。"

"嗳……您没有睡吗?"

"没有。出了什么事?"

"可大家都睡了。主啊,饶恕我吧……"

"您这是怎么啦?"

"没有什么,我走神啦……"

他走开了。

我不止一次地央求他:

"请讲一讲您过去的生活吧!"

他上下打量了我一番,问道:

"讲那些干什么?"

"我是一个青年,我该学习。"

"我过得很忧郁,"他说道,"就像一个苦修僧,完全和尘世隔绝了……"

他很愿意讲大道理,可就是从不讲他自己生活中的事情,好像根本就没有过什么事情似的。有一次,他直率地对我说:

"故事——没有用,有用的是论断。讲故事么,愿意讲啥就讲啥——都是瞎编;而论断——这可不是什么都能编的。实实在在的言词就像数字一样可靠。数字——不论怎样摆弄它,都不会撒谎。"

对待我,他采取保护的态度,并且带有一种好奇心。这一点尽管他很矜持,却也掩饰不住。

一天夜里,他通过牢门上的窥视孔跟我谈话时,问我:

"我听说,您写文章能赚很多钱,生活得不坏,是吗?"

"是的。"

"嗯……喝酒吗?"

"不喝。"

"赌博吗?"

"也不赌博。你问这个干什么?"

"那么,我就不明白:干吗要造反呢?穷人造反,这能理解;如果是有文化的人,吃得饱饱的人,这可就是胡闹。"

我想给他解释,但他听了一会儿,就不爱听,走开了,说:

"每个人都是自己的统帅和主宰……"


在这个炎热的烦闷的日子里,我决心去找库尔纳绍夫,把他的事儿弄个明白。结果成功了。他小心翼翼地像在黑夜里摸路一样,左顾右盼,并且说了许多废话。他开言道:

"在大地上,没有任何根基的小市民阶层是最贫贱而且无足轻重的,是人们中患忧郁病的人。比如说,我父亲在集市上卖破烂,我从八岁起就干捕鸟的营生。俗话说:'捕鱼捉鸟,只会吹牛撒谎。'十岁那年,我就跟皮匠学手艺。学手艺,这当然是一句空话,除了酗酒、放荡和打架,跟人家是什么也学不到的。酗酒——幸亏我体质弱,没有学会;至于女人,在我结婚之前,也就是二十六岁之前,也没有沾过边。有过一回——我当时二十七岁,不过这一次也不是我的过错。简单地说,是东家的儿媳妇,一个不要脸的醉婆娘强奸了我。晚上,她来找我了。当然,正是干蠢事的年龄,我好奇。不过,从这一次之后,我对这种事情,就感到厌恶,甚至害怕了。"

133

库尔纳绍夫皱皱眉头,啐了一口唾沫,然后掏出一支烟卷,点着后又继续说,字句和烟一齐吐了出来。

"父亲做买卖时误入邪途,卷进一桩偷盗案,坐了班房,不久就归天了。反正都一样,就是活着也要完蛋的,因为是撬锁盗窃。由于父亲的事,人们开始耻笑我,叫我贼崽子。我只好忍着。躲得开吗?没地方可躲。我心想,滚你们的吧!"

济明听完音乐,坐在窗户下面,悦耳地用柔和的鼻音唱着:

> 在茂密的松树上,
> 有一位花花公子,
> 他就是
> 布谷鸟小偷……

矮胖的红头发的痛风病患者伊凡科夫也走过来,咧开鲶鱼嘴,边走边哼着:

> 在那松树下——
> 小伙子们都是好样的,
> 小偷强盗们,
> 勇敢又诚实。

于是他俩一齐放声地唱起来:

> 哎呀,咕咕,咕咕,
> 无家可归的人……

"嘘!"库尔纳绍夫用军刀刀梢在台阶上敲击一下,厉声喊道:"这里是什么地方,是你们的酒馆吗?"

歌声止住后,他沮丧地并有点诧异地对我说:

"这些畜生,已经过惯了,完全像在家里一样!咳,惩罚了他们,可他们还要唱。人们对自己的命运漠不关心到了何等程度。天不怕,地不怕。"

这座在伊丽莎白女皇时代建造的牢房静寂得像在地底下一般。白天生活单调,大部分囚犯被赶去做工,剩下十五个都是有点毛病的人,而且全都温顺得出奇,就像一群失去了母畜的乳猪,由于没有希望找到母猪,因而对将要来临的一切也就听之任之了。

在狱吏家里,有人在演奏《童贞女的祷告》①。伊凡科夫和济明仰着脸,边听边笑。

"您讲给我听听吧!"我向看守央求道。

"我从来没有讲过,我讲不好,"他说,"主要的是,我同别人事事都合不来,他们的开心事不合我的胃口,而别的事也没有什么可做的。读福音书和各类圣书的人都成了邪教徒;人们结成各种教派,这同样也不合我的心意。到处都是凌辱,人人都觉得欺负他人是最愉快的事。我常常去听'信仰辩论'②,上讲习班,那些地方也是互相辱骂:一个人在讲圣书,另一个人却冲着他骂:'傻瓜!'到处都是一样,彼此相待都极其轻率。当然,这都算不了什么,但是,如果到处都是这样的话,那么,整个生活也就荒诞不经了……而我所受到的屈辱特别多,因为我是一个能忍耐的人。每个人都必须忍耐,不能忍耐的人甚至会被弄到发疯的地步。"

库尔纳绍夫不是在讲故事,而是在发议论。我漫不经心地听着。他发觉了这一点,问道:

"怎么,没有意思吧?我不是说过么……"

---

① 《童贞女的祷告》是波兰作曲家捷克拉·邦达尔热芙斯卡(1834—1861)写的一首钢琴短曲。
② 自从十七世纪后半叶俄国宗教分裂运动以后,除旧教外,还产生了许多新的教派。"信仰辩论"就是旧教派与新教派之间展开的辩论活动。

他小心翼翼地把鼻涕擤在一张滚黑边的服丧用的白手帕里,叹口气说:

"事实——是枯燥无味的,可又有什么办法呢。有一回,有一个人,就是已故的绥索耶夫,康斯坦丁·瓦西里奇,他死死缠住了我。他是一个生活放荡的人,但他是房产主,很有钱,特别受人尊敬。他百般折磨我,我都不作声。我想:等他折腾累了,就会自动放开我。他打我的耳光,我也一声不吭;他揪住我的头发,我就竭力盯住他的眼睛,比方,当狗要朝你身上扑过来时,你盯住它的眼睛,它就退缩了。可是,这一回却不灵。我发现,这个人狂怒到了甚至可以打死人的地步。他把我从凳子上拉下来,毫无顾忌地在地上拖我。大家抓住了他,这才把我解救出来。我洗洗干净就回家去了。突然又碰上了他。他说:'你想制服我吗?'同他一起的还有一个人。他们捉住我的手脚,往山下面的河里抬。我立刻猜想到,他们要把我塞进冰窟窿里去。我当然号叫起来,向他们求饶。'啊哈,你投降啦!'他说,便放了我,还给了我三个卢布:'拿去吧,算是医药费。永远不许你再跟我抬杠。'然而所谓的我的抬杠,不过就是想忍受住他的野蛮的行为罢了。"

库尔纳绍夫换了一口气又解释说:

"忍耐,——要知道,也是很危险的。有时候,这里潜藏着一种令人无法忍受的骄傲。三年前,我们这里关押过一个杀死继父的小孩。这是一个比鬼还恶的人。从外表看——温顺、腼腆,对大家都彬彬有礼,可是,要对付他,却毫无办法。"

"他不承认吗?"

"为什么?还在家里,他就承认他杀人了。但是,他就是不承认自己骄傲。挨打、坐牢,受尽了折磨!他都不吭气,既不央求,也不诉苦,毫不畏惧。他几乎都站不起来了,却依旧蔑视一切。就连我这个沉得住气的人也不能忍受了。我对他说:'你怎么,想当圣徒吗?我在你眼里,一钱不值吗?'他却背抄着手,也盯着我的眼睛。很显然,你就是一次、再次地揍他,也是无济于事的。就这样,一直到审判他时,也没有制服他。后来,他无声无息地死了……人就喜欢争一口气。"

库尔纳绍夫犹豫地把嘴唇一瘪,面颊肌肉往上提了提,微笑一下,他的黄眼睛虽然没有失去光泽和表情,却被围上了半圈皱纹。我第一次在他的粗糙的脸上看到了微笑,而且在这种微笑里含有一种笨拙的沉重的东西。

"我从毛皮匠改行做钟表匠。有个独眼的钟表匠,叫拉季斯拉夫·捷赫诺夫斯基,我在他那里待了三年。我发现,他在造假金币。当然,这与我无关:'你愿意干啥就干啥,别牵连我。'但是,他渐渐地把我也拉扯到这件事情里去了。于是我就到警察所报了案。独眼龙被捕。在他家里进行搜查时,他还自负地表演了一番:把五卢布的硬币掷在桌子上,大声嚷道:'我的钱币哪方面比你们的差?同样叮当作响,同样金光闪闪,同样通用!'真是一个会开心的老头儿。他对我倒很客气。不消说,他被判了罪。还在侦查审讯之前,警察所长就接受我替他做事了。他说:'你反正都是一样。'未必一样吧!这种职务可是很不容易保全自己的。小偷并不是糊涂人;正因为这样,他才当小偷。任何人都是怜惜自己的。有时对小偷也要表示尊敬。总之……你只要看一看人们是怎样地像瞎了眼的小狗似的你咬我、我咬你,你就会想:'去你们的吧,你们愿意干啥就干啥去,只是在灵魂里我是不同流合污的……'后来,我就被抓去服兵役了,将近一年的时间在步兵部队里服役,还在军医院里当了二年的文书……"

库尔纳绍夫忽然兴奋起来,急忙抽了口烟,左肩膀抖动了一下,好像竭力地要把什么东西从肩上抖掉似的,眯缝着眼睛,小声问道:

"您怕死吗?"

"不怕。"

"我在到军医院之前也没有考虑过死的问题,——不论是死神还是上帝我都没有想过。当然,教堂我是去的,但没有感觉到有上帝,生活得无忧无虑。我知道上帝是有的,不过不害怕。我的心灵里并没有它。可是在这里,在军医院里,死神却守着每一个人:今天死一个,明天第二个,有时还一下子死两三个。死神杀人,就像王棋吃掉普通棋子一样。"

他晃了晃身子,用手掌使劲地擦擦尖削的膝盖,又一次吃力地笑了笑。

"那里有个费尔舍尔·李奇科夫,他是入了耶稣教的犹太人,聪明能干,是个鳏夫,他的姨侄女——一个俄国人,他妻妹的女儿,也住在他家里。"

他沉默了很久,仔细地察看着自己的靴子。

"那么,您恋爱过吗?"我提问道。

"恋爱,这是蠢事。"他斜视我一眼,几乎严厉地说,"这是无聊时的一种嬉戏。我是一个普通人,一个有理智的人,不是公子哥儿,也不是那种荒唐胡闹的人。我根本没有恋爱过。这里的情况是:瞧,一个人,比方说,是一个兵吧,一会儿,这个人就没有了。今天抬走一个,明天抬走另一个;鼓声咚咚,——咳,我可不喜欢这种鼓声!就好像拿木棒在背上搔痒似的。这种情况使我感到不安起来:我想,不行,这是怎么一回事呢?甚至整个晚上也不能入睡,——真可怕,有一种幻觉,好像很快大家都要死了,我也要死。这种想法经常纠缠着我,甚至到了岂有此理的地步:常常一听到某个兵要死了,我就要去看看。李奇科夫取笑我说,'怎么,你去学习吗?你学吧,这场考试你也躲不过去。'他是习以为常了,他送走过千百个死人,我却很害怕,我甚至都有点不知所措,魂不附体了。"

"就在这里,我同这个姑娘——他的姨侄女相好了。"看守缓了一口气,无缘无故地伸出右手,指着地面继续说,"你知道吗,我们谈得很多,说东道西,后来我说:'咱们悄悄地过吧,等我服役完了,就结婚。'她起初不同意,后来同意了。最初,一切都感到很新鲜,我甚至变得快活了,原来的那些思想没有了,也不害怕了。真有趣,像捉迷藏一样,我们躲着李奇科夫,也不让别人发现。她后来去当了裁缝。"

"是一个漂亮的姑娘?"

"一般。白白瘦瘦,但很端正,有胸脯及女人所具有的一切。我知道,所有女人的美都是一样的。这个年长一些,那个年轻一些,但正如常言所说的,'只有你弄到手的女人才是最美的。'就是这样……当李奇科夫值班的时候,我有时就钻进她的房间里,跟她快活一番,累了,我们就说说话。有一次,她睡着了,我看着她心里想:'瞧,她也是要死的,也许她现在就不会醒过来——死了!'我听听她的心是否在跳动,叫醒了她并开玩笑说:'丹尼卡,你怕死吗?'她不喜欢听我说这种话。她说,'去你的吧!'我说,'不,你等着吧,你现在活着,明天说不定得了什么病——就会完蛋!'她生气了。我不喜欢娘儿们的理性,浅薄的理性,而这一点使她更加难受。我喜欢扰乱她们的思想。事情后来弄到这样的地步:她甚至感到十分沮丧而且哭泣起来。她埋怨说:'你这算什么,好像是个看管坟墓的人,除了谈死人之外,就没有什么话可谈了!'要不就生气地小声说:'放开我,我要走!'要走,——夜里是没有地方可去的……"

"退役后,我在警察所当户籍警。这是李奇科夫给我安排的。他是警察所所长喜欢的人,——他每礼拜给所长拔火罐。我像原先应许的那样,和达吉雅娜举行了婚礼。李奇科夫给了她三百卢布作陪嫁。我们租了一间明明亮亮的顶间,生活过得还不错,和和气气。暂时我还不让她生孩子。她料理家务有条有理,还算聪明。不过,我发现,她变得心事重重、不大对头了。缝衣服时,缝着缝着,活计会突然掉在膝盖上,发起呆来。'你在想什么呢?'我问她。'没什么,'她说。晚上也是这样发愣,躺着,屏住呼吸,两只眼睛直盯着天花板。我要和她亲热,她却说:'等一等。'这使我感到很烦闷。我想:'哎呀,你这小鸟。'于是我便跟她开玩笑,逗她玩儿。我说:'怎么,你害怕?'她不吭气。"

库尔纳绍夫皱皱眉头,严肃而又动情地说:

"'既然你是我的老婆,按照法律你就没有理由对我隐瞒,应该什么都对我说,开诚布公!'她说:'是的,我不知道我是怎么一回事,只是——感到苦恼。我该要个孩子了!'我说:'有丈夫跟你在一起,别的什么也别去考虑。关于孩子的事,再等一等!'孩子,这要十五年的白白的额外开支,在这之前得不到孩子的任何好处。'你告诉我,你在想些什么,别支支吾吾!'她不说话。"

"当然,我这更多是开玩笑。她那种害怕我的样子真有趣。我自己已经不大注意这种想法了。喏,要死就死吧!圣徒也是免不掉要死的。而且我已经把这个想法传给她了。不过,因为自己曾经害怕过,当然也就希望别人也害怕。不久,她出了一个差错——也可能是故意的——怀孕了。我想,'好吧,要享福,就不要怕吃苦。'我取笑了她几句,我说:'也许,你身上的孩子会死掉,你自己活着走来走去,肚子里却有个死人!'孩子六个月的时候流产了。"

"我喜欢打她,是我的过错。我常打她,折磨她,她躺在地板上或者床上,衣服全撕破了,从撕破的衣服窟窿里露出了她的肉体……"

库尔纳绍夫的声音放小了,低声细语地说:

"看见她一双赤裸的小脚,真可爱。甚至回忆起来都感到甜蜜。打女人,我的老爷子,这是极大的乐趣。与其说是打她,不如说是怜悯被打的人。知道吗,啊,这使人多么伤心!她躺着,一副委屈、伤心的样子。我这时却想起了以前别人对我的侮辱和折磨,便在心里哭泣。真的……我俯在她身上哭过,你想得出来么?哭得像小孩子一样呢!不止一次,我抚摸她的小脚,吻它,想方设法安慰她,甚至多次请求她饶恕。我说:'你原谅我吧,要知道,我也被人折磨过、毒打过,都是这样。'这点她在理智上是明白的,但她的心里显然是不能容忍的,而且我发现,她的想法越来越糟糕,眼睛放射出奇怪的光芒……她不露一点声色。看得出来,她在为自己的这种生活而骄傲,就是因为我打了她而我心里感到不安。她像一个顽皮的孩子,我打她的脸,她却盯着我的眼睛。我想:'原来如此!不过,这样你也不能制服我,我并不比别人差……我知道这种把戏!'"

库尔纳绍夫用鼻孔大声呼吸一下,皱皱眉头,赶忙结束道:

"但是,我们玩到了尽头。春天,四月里,我醒来时,太阳已经升起。这是一个明媚的早晨。可是她不在我身边了。我立刻就意识到,事情不妙,跳下床就往顶楼跑去。她上吊了,身体遮住了耳窗,脚趾在颤动。我愣住了,既没有叫喊,也没有移动步子,站在那里盯着她在旋转。"

他沉默了,取出一支香烟,沙哑地干咳了两声。

"后来呢?"我勉强地问道。

"有什么可说的呢……当然,我承认自己有罪……"

我很想朝他窄脑门的小脑袋给他一拳,但是,他那熏黑了的脸由于痛苦而歪成这种样子,仿佛像在呼喊。这使我重又觉得,这个人马上就要发疯似的哀号和尖叫起来,并且像吃进了许多针刺的狗那样,在地上打起滚来。

我转过脸去,他却粗野地说:

"这就是我的全部好日子……全在这里了!我和她生活了二十个月又十天。她死了之后,我进一步被剥夺了一切。就是这样……"

库尔纳绍夫站起来,回头望望,像陌生人一样,朝大门走去。大门边,囚犯们的灰色身影密密地挤成一团。

晚上,点过名之后很久了,他悄悄地出现在我的牢房门前,向窥视孔里问道:

"没有睡吗?"

"没有。"

"干吗不睡?"

"在想事。"

我听得见他的脚步声,但看不见他,他像对准喇叭似的对着窥视孔说:

"瞧,你老是劝人要学习。在人们身上有什么可学的呢?我不同意你的意见,完全不能同意……"

他走开了。

我谛听了许久——会不会发出什么声音。不知为什么我总觉得,

现在马上就要响起左轮手枪的射击声。时间过得很慢,周围又黑又寂静,像尼姑庵一样。后来我想起了亚理士多德的一句话:

"谁不能在社会中生活,他就不能成为国家的任何组成部分,他或者是野兽,或者是神。"①

透过肮脏的玻璃,闪闪发光的星星似乎混浊而又浑圆,宛如一颗颗假造的珍珠。我登上窗台,用衬衣袖子拭擦起玻璃来。

李辉凡　译

---

① 出自古希腊哲学家亚理士多德(前384—前322)的《政治》一书。

# 我怎样读书*

## 故　事

我六七岁的时候,外祖父开始教我识字。事情是这样的:

一天晚上,不知道他从哪里找来了一本薄薄的书,用它拍了拍自己的手掌,再拍了拍我的脑袋,兴致勃勃地说道:

"嗨,高颧骨的,坐下来认字母①!你看见这个字母了吗?这是阿兹②。你念:阿兹!这是布基③,这是维季④!知道了吗?""知道了。"

"胡说。"

他用手指指着第二个字母。

"这是什么?"

---

\*  本篇最初以《谈谈书籍》为题同时发表于一九一八年五月二十九日《新生活报》和《书与生活报》。是年五月,高尔基曾准备在文化教育团体"文化与自由"社组织的大会上发言,后因病未能出席,书面发言由别人代读。发言的开头是:"公民们,我要告诉你们,书籍赋予了我的理智与感情一些什么。直到十四岁左右,我才会自觉地读书。"六月,"文化与自由"社准备出版该作品的单行本,高尔基将它改名为《我怎样读书》,并作了补充和修改。一九二二年,格尔日宾出版社出单行本时,作者又作了修改,主要是增加了开头部分。在描述外祖父如何教幼年的高尔基认字的那一部分中,本译文对某些拼读单词的例子做了一点删节,因为这些例子对中文读者没有什么意义。译自《高尔基三十卷集》第十四卷。

① 指斯拉夫语字母。
② 阿兹(аз)为字母 a(阿)的符号名称。
③ 布基(буки)为字母 б(贝)的符号名称。
④ 维季(веди)为字母 в(维)的符号名称。

"布基。"

"这个呢?"

"维季。"

"这个呢?"他指着第五个字母。

"不认识。"

"这是多勃罗①。那个字母念什么?"

"阿兹。"

"对了!再念:格拉戈利②、多勃罗、叶斯季③、日维捷④!"

他用结实的、滚烫的⑤胳膊紧紧地搂住我的脖子,又用手指头戳着我鼻子跟前的字母表上的字母,嗓门越来越高地喊着:

"泽姆利亚⑥!柳季⑦!"

我觉得很好玩,那些熟悉的单词——善、是、活、地、人们⑧,都是用简单的小不点的符号画在纸上的。这些符号的模样我记起来也不费劲儿。外祖父逼着我念了大约两个小时字母表。末了,我准确无误地念出了十好几个字母,至于为什么要认字母,认得了字母以后又怎样才能读书,我却一点儿也不明白。

如今,按照读音的方法,阿就念作阿,而不念作阿兹,维就念作维,而不念作维季。这样认起字来就容易多了。多谢学者们发明了学习字母的读音方法,节省了孩子们多少精力,使他们认字的速度加快了多少啊!科学就是这样处处力求减轻人们的劳动,保存他们的精力,避免不必要的消耗。

---

① 多勃罗(добро)为字母 д(德)的符号名称。
② 格拉戈利(глаголь)为字母 г(格)的符号名称。
③ 叶斯季(есть)为字母 е(叶)的符号名称。
④ 日维捷(живете)为字母 ж(热)的符号名称。
⑤ 外祖父身体不适,正在发烧。
⑥ 泽姆利亚(земля)为字母 з(泽)的符号名称。
⑦ 柳季(люди)为字母 л(莱)的符号名称。
⑧ 此处分别为字母符号"多勃罗"、"叶斯季"、"日维季"、"泽姆利亚"、"柳季",而作者幼年时将它们误认为是他所熟悉的单词。

两三天之内,我就记住了全部字母。往下就要学习音节,用字母组成单词。现在,按照读音方法拼成单词,是很简单的。当人们发 O、K、H、O 这几个音时,马上就可以确切地听见自己所熟悉的单词——окно①。

我学的时候,却不是这样:为了念"奥克诺"这个词,必须读出一大串毫无意思的音节来:昂—卡科—纳什—昂—诺══奥克诺。要是拼多音节单词,那就更麻烦、更挠头了,比如:构成 половица② 这个词,就要读出:波科伊—昂—波══波,柳季—昂—洛══波洛,维季—伊克—维══维══波洛维,齐—阿兹—查══查══波洛维查!……③

看到这一大串莫名其妙、毫无意思的音节,我就头痛,心烦。我读着这些可笑的、胡话一般的东西,总忍不住要哈哈大笑,因而外祖父就动手打我的后脑勺,要不就用树条抽我。可是,我念着这些胡话,比如……④,仍不免要发笑。自然而然,我把 мордвин 拼成了 мордин,把 башкир 拼成了 шибир;有一次,我又把 богоподобен 拼成 болтоподобен,把 епископ 拼成 окопидом。由于这一个又一个的错误,外祖父就用树条狠狠地抽我,有时扯我的头发,扯得好痛好痛。

但错误是在所难免的,因为这样拼读,难以识辨单词,只得猜测词意;念出来的词并不是我要认的那个词,再说,念出来的词,我也不理解,只是根据音的相近而瞎蒙的。要你认的是"рукоделье",可念出来的却是"мукосей";要你认的是"кружева",可念出来的是"жевауь"。

学习拼音的时候,我足足受了一个多月的折磨。当外祖父叫我读圣诗集的时候,就更伤脑筋了。圣诗集是用教会斯拉夫语写成的。外祖父念得很顺溜,很来劲儿,可他自己也分辨不清教会斯拉夫语同民用字母⑤的区别。"пса"、"кси"对我来说都是新字母。外祖父不会

---

① окно(奥克诺),意为窗户。
② половица(波洛维查),意为地板的一块板子。
③ ④ 原著在这里还有一些当时拼读单词的类似例子,用以说明文字未改革前的繁琐拼读方法。对中文读者意义不大,故略。
⑤ 彼得一世时代推行的一套经过改革的字母。

解释这些字母是怎样形成的,他只会一面用两个拳头敲我的脑袋,一面说:

"小鬼头,不是 покой,是 пса,пса,пса!"

这简直是拷问。这种状况持续了四个月。最后,我不但学会了读"民用语",而且还学会了读"教会斯拉夫语"。然而,我对念书和书本却产生了强烈的反感和敌对情绪。

秋天,我进了学校,但是几个星期之后,我得了天花,就辍学了,我高兴得什么似的。可是过了一年,我又被送进另外一所学校。

我来到学校时,穿的是母亲的鞋、用外祖母的外套改做的大衣、黄色衬衫和"撒腿"裤子①。这一身打扮顿时遭到了人们的嘲笑。因为我穿黄衬衫,人们给我起了个外号叫"方块爱司"②。不久,我就同男孩子们相处得很好,但教师和神甫却不喜欢我。

教师面色焦黄,秃顶,常常流鼻血;他来到教室时,鼻孔里总是塞着棉花。他挨着讲桌坐下,用难听的鼻音检查作业,说半截就忽然停下来,从鼻孔里取出棉花,摇摇头,再仔细看看。他的脸是扁平的,黄铜色的,显得萎靡不振,脸上的皱纹里像是有绿锈,再加上那一双呆板无神的眼睛,使他的面孔变得更丑陋了。他那双令人讨厌的眼睛死死盯住我的脸,使我总想用手掌去擦腮帮。

有几天我坐在第一组前排,几乎紧挨着教师的讲桌。这简直叫人受不了,好像除了我,他谁也看不见似的,老是带着难听的鼻音冲着我说:

"彼斯科—夫③,换—件衬衣—衣! 彼斯科—夫,两只脚老实点! 彼斯科夫,从你的鞋上又流下一汪水—水啦!"

有一次,我用恶作剧狠狠地报复了他一下:我弄来半拉西瓜,抠去瓜瓤,用一根细绳把它吊在黑乎乎的穿堂里一扇门的滑轮上。门一

---

① "撒腿"裤子,即裤腿不塞入靴筒里。
② 指俄国苦役犯人号衣背上缝的一块黄色或红色方布,作为犯人的标志。
③ 教师把彼什科夫(Пешков)误称作彼斯科夫(Песков)。

开,西瓜皮就升上去,等教师随手把门一关,西瓜皮就像一顶帽子正好扣在他的秃头上。校工拿着教师写的字条把我送回家,为了这场恶作剧,我被打得死去活来。

还有一次,我在他的讲桌抽屉里撒上一些鼻烟,害得他一个劲儿地打喷嚏,他只好离开教室,叫他的女婿来代课,——这是个军官,他强迫全班唱《上帝,佑吾沙皇》①和《哦,意志呀我的意志》②。谁要是唱得不对,他就用戒尺敲谁的脑瓜,敲得特别响,听了让人发笑,但是不疼。

神学教师是个年轻、漂亮、长着一头浓发的神甫,他也不喜欢我,因为我没有《新旧约教科书》,还因为我喜欢模仿他的口头语。

他一跨进教室就先问我:

"彼什科夫,书带来了没有?是的。书呢?"

我回答说:

"没有。没有带来。是的。"

"什么'是的'?"

"没有。"

"那好,你就回家去吧!是的。回家去。因为我不愿意教你。是的。不愿意。"

这并没有使我太伤心。我走了,在镇上泥泞的街道上逛荡,仔细观察喧闹的生活,一直逛到放学。

尽管我学习得并不差,但不久我得到通知说,由于我品行不端,要把我赶出学校。我懊丧起来,因为这会使我遭到天大的不幸。

可是我得救了——赫里桑夫主教③突然来到了我们学校。

这位个子矮小、身穿肥大的黑衣服的人在讲桌跟前坐下来,两手

---

① 一八三三年至一九一七年间的俄国国歌。
② 以"解放农民"为题的冒牌民歌。
③ 赫里桑夫主教(1832—1883),三部名著《古代世界的宗教》、《埃及轮回》和《论婚姻和妇女》的作者。高尔基年轻时候读过这些著作。这些书曾给他留下深刻的印象。

露出袖筒,说道:

"怎么样,我的孩子们,让我们来谈谈吧!"教室里顿时变得温暖、快活起来,充满了从来没有过的愉快气氛。

他把许多人叫到跟前去问问题,后来也把我叫了上去,他一本正经地问:

"你几岁啦?才这么大啊?小兄弟,长得可真高,对不对?这是因为你常常站在雨地里挨浇吧,是不是?"

他把一只干瘦的手放在讲桌上,手上留着又尖又长的指甲,另一只手捏着稀疏的胡须,用一双慈善的眼睛盯住我的脸,说道:

"呃,你来给我讲讲,你喜欢圣经里的什么呢?"

我说我没有书,没有学习圣经,他正了正高筒帽子,问道:

"这是怎么回事呢?这是应该学的!也许你知道一些,听到过一些吧?圣经你知道吗?那就好!祷词呢?嚅,你瞧!还有圣德传哪?是用诗篇写成的?你知道得不少嘛。"

我们的神甫来了,他满脸通红,气喘吁吁,主教祝福他,但当神甫开始议论我的时候,主教扬起手来,说:

"请等一等……呃,你能不能讲讲敬神的阿列克谢?……"

"绝妙的诗篇,是不是,小兄弟?"当我忘记了一行诗,稍稍停了一会儿的时候,他说,"还知道什么吗?……会讲大卫王的故事吗?我倒很想听听!"

我发现,他真的在听,他喜欢诗;他问了我很久,后来忽然停下来,赶忙向我打听:

"你学过圣诗吗?是谁教的?是善良的外祖父吗?凶狠的?是吗?你很淘气吧?"

我觉得怪难为情的,但只好说:"是的!"教师和神甫啰里啰唆地证实我说的是实话。主教垂下眼皮听着,然后叹了口气,说:

"你瞧,人家怎么说你的,听见了吗?呃,过来!"

他把那散发着柏木香味的手放在我的脑袋上,问道:

"你到底为什么淘气呢?"

"学习太没意思了。"

"没意思吗?小兄弟,不是那么回事吧。假如你学习不好,那是会觉得学习没意思的,可是老师们都说你学得不坏。看来,有别的原因。"

他从怀里掏出一个小本本来,在上面写下了:"彼什科夫,阿列克谢。嗯。你还是要克制一点儿,小兄弟,不要太淘气了!稍稍有点淘气是可以的,太淘气了,就会讨人嫌!我说得对不对呀,孩子们?"

许多张嘴快活地回答说:

"对。"

"你们不那么淘气吧?"

孩子们得意地笑了,异口同声地说:

"不,我们也很淘气!很淘气!"

主教往椅背上一靠,搂住我,使人惊讶地说了下面这一番话,说得大伙儿都乐了,连教师和神甫也不例外:

"说真的,我的小兄弟们,我像你们这么大的时候,也是一个出名的淘气包!这是怎么回事呢,小兄弟们?"

孩子们都乐了,主教向他们问这问那,巧妙地把大伙儿搅得迷迷糊糊,使他们互相争论起来,气氛更加活跃了。最后,他站起来说:

"跟你们在一起真有意思,淘气包,可是我该走了!"

他抬起一只手,把衣袖拂到肩膀上,向大家画了几个大十字,祝愿道:

"为了圣父、圣子和圣灵,祝愿你们多行善事!再见了。"

大家都喊起来:

"再见,大主教!赶明儿再来吧。"

他戴着高筒帽点头示意道:

"我要来的,要来的!我要给你们带书来!"

他一面从容不迫地走出教室,一面对教师说:

"放他们回家吧!"

他牵着我的手走进穿堂，俯下身来悄悄地对我说：

"你就克制一点，好吗？我明白你为什么调皮！好，再见吧，小兄弟！"

我的心情非常激动，一种别样的情感在我胸中燃烧，等到教师放走了全班学生，把我留下，并劝导我往后应该老老实实、安分守己的时候，我竟用心地、乐意地听从了他的告戒。

神甫穿上皮大衣，和蔼地瓮声瓮气地说：

"从今以后，你应当来上我的课！是的。应当来。而且，要老老实实地坐着！是的。老老实实地。"

我在学校的情况好起来了，但在家里却发生了一件糟糕的事情：我偷了母亲一个卢布。一天晚上，母亲不知到哪儿去了，留我在家看小孩。我闲着无聊，就翻开继父的一本书——大仲马的《医生札记》，我发现里面夹着两张钞票，一张是十卢布的，一张是一卢布的。书看不懂，我把它合上了，可是忽然转念一想，一个卢布不但能买《新旧约教科书》，而且说不定还可以买一本写鲁滨孙的书呢。前不久，我在学校里听说有这样一本书。在严冬的一天，课间休息时，我给几个男孩讲故事，突然，一个小孩轻蔑地说：

"这算得了什么故事——狗屁，鲁滨孙才是真正的故事呢！"

当时，还有几个小孩也读过鲁滨孙的书，他们都称赞这本书，外祖母的故事不受欢迎，这使我心里不高兴，于是就决定要读一读鲁滨孙，为了到时候我也能说：这才是狗屁呢！

第二天，我带了一本《新旧约教科书》、两本破旧的安徒生童话集，三磅白面包和一磅香肠到学校去。在弗拉基米尔教堂围墙附近的一家黑乎乎的小铺子里也有鲁滨孙。这是一本黄色封面的小薄书，在第一页上画着一个头戴皮帽、肩披兽皮、满面胡须的人，我一瞧那模样就不喜欢，可是那两本童话书，虽说已经破旧，乍一看就使人觉得可爱。

课间大休息时，我把面包、香肠分给男孩子们吃，我们开始读神奇的童话《夜莺》。这篇童话立刻使大伙儿非常感动。

"在中国，所有的居民都是中国人，连皇帝也是中国人。"我记得这句话以它那朴实的语言、欢快的音乐感，以及一种异常美好的东西使我惊叹不已。

因为时间仓促，我在学校没有能读完《夜莺》。我回到家里时，只见母亲站在炉台旁，手里握着平底锅把儿，正在煎鸡蛋。她用奇怪的微弱的声音问道：

"你拿了那个卢布吗？"

"拿了，你瞧——书……"

她绰起平底锅狠狠地揍了我一顿。安徒生童话也被她没收，不知藏到什么地方去了，再也没有找见。这比挨打更使我伤心。

我在学校差不多学了整整一个冬天。夏天，我母亲去世，外祖父马上把我送到"人间"，在一个绘图师那里当学徒①。我虽然读了几本有趣的书，但并没有引起我对读书的强烈愿望。再说，也没有工夫去读书。但是，不久以后这个愿望产生了，并且立刻使我既尝到了甜头，又吃到了苦头。关于这一点，我在我的《在人间》那本书里叙述得很详尽。

直到十三四岁，我才会自觉地读书。那时，我不但对书里的故事情节发生兴趣——书中所描写的事物，多多少少也都有点趣味，我开始懂得书写得美不美，开始考虑书中人物的性格，能隐隐约约地猜到作者的意图。可是，我觉得书中讲的同我在现实生活中感受到的大相径庭，这使我惶惑不解。

当时，我的生活非常困难。我的主人们是一些积习很深的小市民。他们最大的乐趣是大吃大喝，惟一的消遣是到教堂里去，他们上教堂时，就像上剧院或去游艺场一样，打扮得十分华丽。我的工作很繁忙，几乎忙得晕头转向，无论是平时还是假日，总是干一些琐碎的、毫无意义的杂活。

---

① 高尔基的母亲于一八七九年八月去世，外祖父最初送他去一家鞋店，后来又送他去绘图师家里当学徒。

我的主人们住的那座房子,归"挖土和架桥工程的包工头"所有。这人本是克利亚齐玛地方的农民,身材不高却很结实。他长着山羊胡子,一双灰眼睛,为人凶狠、粗鲁,而且特别残忍,但并不外露。他手下有将近三十名工人,都是弗拉基米尔城的庄稼汉。他们住在阴暗的地下室里,地是水泥铺的,几扇小小的窗户比地面还低。每天傍晚,他们被活计折磨得疲惫不堪,晚饭吃的是发臭的酸白菜、牲畜的下水,或者是带硝酸味儿的腌肉熬的菜汤。吃完饭,他们从地下室爬出来,躺在肮脏的院子里,因为那潮湿的地下室里生着大火炉,又闷又有煤气。这时候,包工头就会立刻出现在他的窗口,大声喊道:

"嗨,你们这些穷鬼,又爬到院子里来啦?畜生,还懒洋洋地躺着哪!我这里住着一些上等人,他们乐意瞅见你们吗?"

工人们只好乖乖地回地下室去。他们都是心情忧郁的人,脸上难得有笑容,几乎从来不唱歌,很少开口,也不愿开口,他们总是满身污泥。我觉得,他们像一些僵尸,被人硬拽到世间来,再受一辈子折磨。

那些所谓"上等人"是一群军官,也是赌棍和酒鬼。他们常常把勤务兵打得鲜血直流,他们还殴打自己的情妇。这些女人打扮得花枝招展,抽烟、喝酒,也打勤务兵的耳光。勤务兵也喝酒,喝得很多,总是拼命地喝。

每逢礼拜天,包工头走出屋子,坐在石阶上,一手拿着狭长的账本儿,一手拿着铅笔头。那些挖土工人,像一群乞丐,一个跟着一个,走到包工头面前。他们用压低的声音说话,一面鞠躬,一面搔痒,包工头却大声嚷着,嚷得整个院子都听得见:

"好吧,得了!拿一个卢布!什么?你想挨嘴巴吗?够了!滚开……喔!"

我知道,在挖土工人中,有不少是包工头的同乡,有的还是他的亲戚,可是他对所有的工人都一样地残忍和粗暴。挖土工人对待同伴,尤其是对待勤务兵,也很残忍、粗暴。差不多每到礼拜天,院子里总要血战一场,他们互相谩骂,骂一大堆脏话。挖土工人们打架的时候并没有什么恶意,他们好像是在应付一件早已厌烦的差事。被打得头破血流的人往往走到或者爬到一旁,一声不吭地察看自己的伤痕,用肮脏的手指剔着松动了的牙齿。无论谁的脸被打破还是眼睛被打肿,从来都不会引起同伴们的同情。可是如果有谁的衬衫被撕破,大伙儿却要替他惋惜。衬衫的主人更是愁眉苦脸地生闷气,有时甚至哭了起来。

这种场面使我感到无比痛心。我怜悯这些人,不过我是怀着一种淡漠的同情去怜悯他们的。我从来不想对他们当中的任何人讲一句体贴的话,也不想帮助那些挨打的人,哪怕为他们打点水洗一洗他们身上那些令人恶心的、混合着泥土和灰尘的血迹,我也不干。其实,我并不喜欢他们,倒是有点怕他们。我在提到"庄稼汉"这几个字的时候,就跟我的主人们、军官们、团队里的神父、邻居的厨师一样,甚至也跟勤务兵一样,这些人一提起庄稼汉来,全都带着轻蔑的口吻。

怜悯人——这是令人痛苦的。一个人总是想高高兴兴地去爱另一个人,可是却无人可爱。因此,我就更加热爱书籍了。

那时还有许多卑鄙的、残忍的、使人极为反感的事情,——我不愿意讲述这些了,你们自己也了解这种地狱般的生活。人对人的这种无休止的嘲弄,这种总想互相折磨的病态的癖好,是奴才们的娱乐。就是在这种恶劣的环境中,我第一次读到了一些外国文学家写的美好而严肃的作品。

当我发现,几乎每一本书都在我面前展示了一个新的、奇妙的世界,都在叙述我既不知道也没有见过的人物、感情、思想和相互关系的时候,我是多么地惊讶啊。我也许难于十分明白而确切地表达出我的感受。我甚至觉得,我周围的生活,每天展现在我眼前的一切严峻、肮脏而残酷的事物,都是假的,都是不必要的。而真实的和必要的事物,只是在书本里才有。在书本里,一切都合理一些,美好一些,也更有人情味。有的书虽然写到了人们的粗暴、愚蠢和苦难,也描写了一些凶狠而卑劣的人。可是,书里还写了另外一些我见所未见、闻所未闻的人物。这是一些正直、诚实、意志很坚强的人,他们为了真理的胜利,为了美好的事业,甚至不惜牺牲自己的生命。

起初,我陶醉在书籍向我展现的一个崭新的、在精神上具有重大意义的世界里。我认为书籍比人更美好、更有趣、也更可亲。我透过书本来观察现实生活,似乎有些眼花缭乱了。可是,严峻而明智的生活又使我从这种令人愉快的眼花缭乱的状态中清醒过来。

每逢礼拜天,当我的主人们出去做客或游玩的时候,我就从闷热的、充满了油烟味的厨房窗口爬到屋顶上,坐在那里读书。喝得半醉的、睡眼惺忪的挖土工人像鲶鱼一样,在院子里游来荡去。女工、洗衣妇和厨娘,由于那些勤务兵放肆地调戏她们,发出了刺耳的尖叫声。我从屋顶上居高临下,观看着院子里发生的一切,心里极端蔑视这种龌龊的、醉醺醺的、放荡的生活。

在挖土工人中,有一个工头,别人叫他"派班的"。这是一个颧骨突出的小老头子,名叫斯杰潘·列申。他身材不大匀称,身子骨单薄,青筋毕露。他有两只饿猫一般的眼睛。在他褐色的脸上,布满青筋的脖子上和鬓角上,稀疏地长着几根花白的、可笑的小胡子。他穿得又破又脏,比别的挖土工人还要差。他是挖土工人中最善于交际的一个,他们显然都怕他,就连包工头和他说话的时候,也要放低他那大喊大叫、怒气冲冲的嗓门,我常常听到工人们在背地里骂他:

"吝啬鬼!奸贼!奴才!"

小老头列申非常好动,可是并不瞎忙。他总是悄悄地、神不知鬼不觉地走来走去,一会儿出现在院子的这个角落,一会儿又出现在另一个角落。只要有两三个人凑在一起,他都要去瞧瞧。他用那双猫眼微笑着,宽鼻子大声地吸着气,走过去问道:

"怎么样,啊?"

我觉得,他总是在寻找什么,等着别人说什么话。

有一次,我正坐在草棚顶上,列申干咳着,攀上梯子到我这儿来了。他在我旁边坐下,用鼻子嗅了嗅空气说:

"有干草的香味儿……你可找到了好地方:又干净,又清静……你在读什么呀?"

他亲切地看着我,我很乐意地告诉他,我在读一本什么书。

"是这样。"他一边摇晃着脑袋,一边说:"是这样!"

然后,他沉默多时,用一个脏手指抠着左脚上裂开的脚指甲。突然,他斜着眼睛瞅了我一眼,像讲故事似的,小声但清楚地拉长了声调说:

"在弗拉基米尔城,住着一个有学问的老爷,姓萨巴涅耶夫[①]。他是一个大人物。他有个儿子叫彼得鲁沙,也总是在读书,还劝别人读书。后来,他就被捕了。"

"为什么?"我问道。

"就为了这个!别看书,要看的话,也别声张!"

他笑了一下,向我眨了眨眼,说道:

"我看你是个规规矩矩的孩子,你不胡闹。好吧,没关系,就这样吧……"

他在顶棚上又坐了一会儿,就下到院子里去了。从此以后,我发现列申很照顾我,关心我。他更加频繁地走到我跟前来,问道:

"怎么样,啊?"

有一次,我向他讲了一个使我非常激动的故事,内容是善良和理智终于战胜了邪恶。他留神地听完了我的故事,摇了一下脑袋说:

"有这么回事。"

"有吗?"我高兴地问。

"是啊,怎么会没有呢?什么事情都可能有!"老头肯定地说:"让我讲给你听……"

于是,他也给我"讲了"一个很好的故事,讲的是活生生的人,而不是书本上的人。末尾,他讲了一段令人难忘的话:

"当然,这些事你还不可能全懂,不过应该懂得那些最主要的:琐

---

[①] 可能指亚·巴·萨巴涅耶夫(1843—1923),学者,化学家,曾在莫斯科大学任教。

碎的事儿太多了,谁要是陷在这里边,那就出不来了。也就是说,没啥出路了!琐事缠身哪,懂吗?"

这番话有如一股活命的清泉,注入我的心田,我仿佛恍然大悟了。事实上,我周围的生活确实是卑微的,尽是打架、放荡、偷鸡摸狗和骂街。我曾这样想,人们之所以老是骂街,大概是因为他们根本就没有什么好听的话和干净的话可讲吧。

这个老头比我年长五倍,他见多识广。如果他说,在生活中美好的东西的确是"常有"的,那就应该相信他。我也愿意相信他,因为书籍已经使我对人们产生了信念。我想,书籍总还是反映了现实生活的。可以说,书籍是现实的写照。那么,在现实生活中就一定有好人,一定有野蛮的包工头,和我的主人们,和醉醺醺的军官们以及我所熟悉的那些人截然不同的人。

对我来说,这个发现可是件大喜事。我开始比较乐观地看待周围的一切。不知为什么,我对别人也比过去好一些,关心一些了。有时我读到什么有趣的、令人高兴的故事,就尽力讲给挖土工人和勤务兵听。虽然他们不大乐意听,似乎也信不过我。可是斯杰潘·列申总是说:

"有这么回事。什么都可能有,小伙子!"

这句简短明哲的话对我有着极为重大的意义!我听得愈多,它就愈能唤起我的勇气,使我变得更加倔强,更加强烈地希望"实现自己的志愿"。既然"什么都可能有",那是不是意味着:我所期望的事物也会实现呢?我发现,正是在生活使我遭到最大的屈辱和痛苦的那些岁月里,正是在我经受了那么多苦难的艰辛岁月里,我渴望达到目的的勇气和顽强精神格外高涨。年轻的赫拉克勒斯[①]要荡涤生活中的污泥浊水的愿望强烈地支配着我。今天,在我五十岁的时候,我仍然有这种愿望,并将至死不变。我之所以能够如此,应该感谢人类精神的圣

---

① 赫拉克勒斯,希腊神话中最伟大的英雄,神勇无敌。他一共完成了十二件功勋。第六件是在一天之内将奥革阿斯国王豢育着无数牛群的牛棚打扫干净。

典,应该感谢那些记载着人类精神所遭受的巨大痛苦和考验的书籍,应该感谢作为理性之诗的科学和作为感情之诗的艺术。

书籍不断地在我面前展现着新的世界。特别是《环球画报》和《绘画论坛》①这两种有插图的杂志使我眼界大开。那些描绘着外国城市、人物和事态的图画,使我觉得世界越来越广阔,趣味无穷,充满着伟大的事业。

那些与我国的教堂和房屋迥然不同的庙宇和宫殿,那些服饰各异的人们,那些用不同的风格装点的河山,不可思议的机器,令人惊叹的工艺品——这一切不知为什么使我精神大为振奋,使我不禁也想动手制作和建造些什么。

尽管上述这一切都各有特色,互不雷同,但我模模糊糊地觉得,它们都充满了同一种力量——人类的创造力。于是我更加关心人,也更尊重他们了。

我从一本杂志上看到了著名学者法拉第②的肖像,读到一篇我还看不大懂的有关他的文章,了解到法拉第曾是一位普通工人,这使我大为震惊。我觉得这简直像童话一样不可思议。

"这究竟是怎么回事呢?"我半信半疑地想,"这是不是说,挖土工人也能成为学者呢?我也能行吗?"

简直令人难以置信。于是我开始寻找:是不是还有一些名人原先也曾是工人?在杂志里,这样的人我一个也没有找到。不过,我认识的一个中学生告诉我,许多名人最初都是工人,还举出了几个名字,其中有斯蒂芬逊③,然而,我信不过那位中学生。

我读得愈多,书籍就使我同世界愈来愈接近,生活对于我也就变

---

① 《环球画报》(1869—1898)和《绘画论坛》(1872—1905)是在彼得堡出版的两种图文并茂的周刊。
② 法拉第(1791—1867),英国工人出身的著名物理学家,电力学家,电磁场学说的创始人。
③ 斯蒂芬逊(1781—1848),英国学者,发明家,火车蒸汽机车的发明者,小时当过矿工。

得更加光明，更有意义。我看到，有些人比我生活得更坏，更艰苦，这使我得到了一点安慰，使我不愿同丑恶的现实妥协。我也看到，有些人善于使生活过得有意义，过得愉快，这是我周围的任何人都做不到的。几乎每一本书都轻轻地发出一种声音，扣人心弦，使人激动，把人吸引到奇妙的地方去。大家都在受苦，都对生活感到不满，都在寻求美好的东西，于是，他们彼此接近，互相了解了。书籍使整个大地、整个世界充满了对美好事物的向往。每一本书都好像是用符号和文字刻印在纸上的一颗心灵，每当我的眼睛和理智接触到这些符号和文字，它们顿时充满了生气。

我常常一面读书，一面掉泪——书里对于人们的描写是多么地激动人心啊，人们是多么可亲可爱啊。我当时虽然是一个做着苦工并且老是挨打受气的少年，但我却暗自庄严宣誓，长大后，我一定要帮助人们，忠实地为他们服务。

书籍像童话里那些奇异的鸟儿一样，歌颂生活的丰富多彩，歌颂人们追求善和美时的大胆和勇敢。我愈是读得多，心里就愈是充满了健康而振奋的情绪。我变得更沉着，更有信心，工作得更有条理，对于生活中的无数屈辱就更不介意了。

每一本书都好像一级阶梯，我拾级而上，从动物上升为人，我对美好的生活有了明确的概念，并且渴望这种生活能够实现。我读了许多书，觉得自己好像是一件盛满了生命之水的器皿。这时，我走到勤务兵和挖土工人那里去，在他们面前装扮成各种人物，向他们讲述各种各样的故事。

这使他们很开心。

"嘿，小滑头，"他们说，"好一个小丑！你该上台演戏，该到集市上去！"

我所期待的自然不是这些话，而是别的话，不过这些话也使我感到满意。

可是，我有时——虽然不是经常地——也能使得那些来自弗拉基米尔城的庄稼汉聚精会神地听我讲故事,不止一次使他们中的一些人非常高兴,甚至怆然泪下。这样的效果使我更加相信书籍具有活生生的激动人心的力量。

瓦西里·雷巴科夫是一个落落寡合的青年,又是个大力士。他喜欢不吭声地用肩膀撞人,把别人像皮球一样撞到一边去。一次,这个沉默的好闹事的人把我带到马厩的角落里,对我说:

"列克谢①,教我读书吧,我给你半个卢布。要是你不干,我就揍你,把你打死。真的,我发誓!"

他说着挥手画了一个大大的十字。

我害怕他的那种胡闹,就提心吊胆地教他认字。可是,情况立即就好转了。原来,雷巴科夫对待这种他不习惯的工作,是很有毅力的,他又很聪明。约莫过了五个星期,有一次他上工回来,神秘地把我叫去,从帽子里掏出一小块揉皱了的纸片,激动地对我喃喃地说:

"你看!这是我从围墙上揭下来的,上面写着什么,啊?慢着——是不是写的'房屋出售'?瞧,是要出售房子吗?"

"是呀。"

雷巴科夫把眼睛睁得溜圆,他的额上满是汗水,他沉默了片刻,然后抓住我的肩膀,一边摇着,一边小声地说:

"你晓得吗?我看了围墙一眼,好像有人悄悄地对我说:'房屋出售'!老天爷!饶了我吧……简直像有人悄悄对我说,真的!听我说,列克谢,我真的学会了吗,嗯?"

"你接着往下念吧!"

他死盯着那张纸,轻轻读道:

"'两层楼房,石头地基'……对吗?"

他的脸上浮现出异常开朗的笑容。他摇了摇头,骂了几句粗话,然后笑着仔细地把那张纸卷了起来。

---

① 阿列克谢的简称。

"我留着这个作纪念,这是第一张……咳,你呀,上帝啊……你知道吗?好像有人悄悄地对我说,啊?怪事,老弟。咳,你呀……"

我看到他发自内心的,但并不轻松的喜悦,看到他由于掌握了秘诀,掌握了那些体现着别人的思想、言语和心灵的小小的黑色符号而表现出孩提般可爱的、困惑不解的神情,我便纵情地哈哈大笑起来。

读书对我们来说,虽是一种习以为常的、普普通通的事情,但实际上它却是一件神奇的事,因为它能使一个人同各个时代、各种民族的伟大思想家在精神上沟通起来。我可以举出许多事例来说明,读书有时会使人突然明白生活的意义,使他找到自己在生活中的位置。我知道许多诸如此类的奇妙故事,其中不少故事就像童话般优美。

我情不自禁地要给大家讲这么一个故事:

当我在警察的监视下住在阿尔扎马斯①的时候,我的邻居是地方行政长官霍佳英采夫,他特别讨厌我,甚至禁止他的女仆晚间在大门口同我的厨娘谈话。我的窗下还派有警察站岗。这个警察在他认为有必要的时候,竟然肆无忌惮地探头看我的房间。这样一来,当地的居民都吓坏了,在很长一段时间里,谁也不敢来找我。

但是,有一次在节日里,来了一个独眼人,他穿着腰部带褶的男上衣,腋下夹着一包东西,要我买他的皮靴。我对他说,我不需要靴子。于是独眼人小心地看了看邻室的房门,悄悄对我说:

"靴子不过是我的借口。作家先生,我到这里来是想问一下,您有没有什么好书呢?"

他那只聪明的眼睛使人毫不怀疑他的真诚。我问他想要什么样的书,独眼人一边环顾四周,一边用经过深思熟虑却又胆怯的声音答复我。这使我对他的真诚更加深信不疑。他对我说:

"我需要关于生活法则的书,也就是关于世界法则的书。我不懂得这些法则,不知道应该怎样生活,总之是啥也不懂。离这儿不远的

---

① 高尔基于一九○二年五月至九月初曾被流放去阿尔扎马斯城。

别墅里住着一位喀山的数学教授。我为他修补皮鞋、栽种花草(因为我也是花匠),还听他讲数学。可是数学答复不了我的问题,教授自己又是个沉默寡言的人……"

我给了他一本德列福斯的写得不大高明的小册子《世界与社会的进化》①。这是在我那里找到的惟一的一本有关这个问题的书。

"衷心感谢您!"独眼人说,一面小心翼翼地把书藏进靴筒里,"请允许我读完之后,再来找您谈谈……不过,下次我作为花匠来,假装是来园子里修剪马林果树。要不,您知道,警察对您监视得很严,我也不大方便……"

大约过了五天,他又来了。身上系着白围裙,手里拿着花匠用的剪刀和一束麻绳。他兴高采烈的模样使我十分惊讶。他的眼睛高兴得大放光彩,声音洪亮而坚定。他几乎一开口就用手掌拍着德列福斯的书,急急忙忙地对我说:

"我能不能从这里得出一个结论:上帝并不存在呢?"

我并不主张这么匆匆忙忙地做"结论",于是谨慎地盘问他:为什么这个"结论"使他感兴趣。

"在我看来,这是最重要的!"他热烈而低声地说,"我也像别人一样地进行推论:如果确有上帝存在,一切又都出于他的意旨,那么,我就应该安分守己地过活,听从上帝的摆布。我以前读过很多有关宗教的书:圣经,扎顿斯克修道院的吉洪②文集,兹拉托乌斯特③,叶弗列姆·西林④文集等等。可是,我想知道,我究竟能不能对自己,对整个人生负责呢?按圣经上写的,是负不了责任的,只能按上天的旨意生活,一切科学都没有意义。天文学也完全是伪造,是幻想。数学也是这样,什么都是这样。您自然是不同意听从天命的啰?"

---

① 弗·卡·德列福斯的这本著作,于一八九六年在莫斯科出版。
② 扎顿斯克修道院的吉洪(世俗名:季莫费·索科洛夫,1724—1783),教会作家,曾任沃罗涅日城的主教,晚年隐居扎顿斯克修道院。
③ 兹拉托乌斯特(约347—407),东正教活动家。
④ 叶弗列姆·西林(约306—378),宗教活动家、著作家。

"不同意。"我说。

"那我为什么就该同意呢？您正是因为不同意才被流放到这里来，受警察监视的。这就是说，您已经下决心要反对圣经。因为我认为：凡是不愿意听从天命的人，就会反对圣经。所有顺从的法则都来自圣经，自由的法则却来自科学，也就是来自人类的理性。再说：如果上帝存在，我就什么事都不用做了；如果上帝不存在，我就应该对一切负责，对整个人生和所有的人负责！我愿意像圣人那样，对一切负责，不过方式不同，不是听从天命，而是同生活中的恶作斗争。"

于是，他又用手掌拍拍书，满怀自信，毫不动摇地补充道：

"任何顺从都是恶，因为顺从助长了恶！请原谅我，我相信这本书！它对于我就像密林中的一条小路那样可贵。我已经下定决心，要对一切负责！"

我们友好地谈到深夜。我深信，这本无足轻重的小书已经成为关键性的一击，它促使一个人内心中狂热的探索变成了一种坚定的虔诚信念，使他对于世界理性的美好与威力表示出心悦诚服的崇敬。

这位聪明可爱的人果真忠诚地同生活中的恶进行了斗争，在一九〇七年坦然地死去了。

书籍不仅启示了落落寡欢、好闹事的雷巴科夫，同时也向我指示了另一种生活，这种生活比我所熟悉的生活更富有人情味。书籍给独眼的鞋匠，同时也给我指明了自己在生活中的位置。书籍使我的智慧和心灵受到鼓舞，帮助我从生活的泥沼中爬出来。如果没有书籍，我会在泥潭中被愚蠢和庸俗窒息而死。书籍渐渐扩大了我的眼界，它告诉我，人们在追求美好生活的斗争中是多么伟大，多么美。它告诉我，人们在世界上完成了多少丰功伟业，并为此经受了令人难以置信的苦难。

因此，在我的心中增长了对一切人——无论他是谁——的关心。我更加尊重人的劳动，更加热爱人们不满现状的精神。生活变得轻松一些，愉快一些，生活有了伟大的意义。

书籍不仅使独眼的鞋匠,同时也使我感到必须同生活中的一切恶作斗争,使我对人类理性的创造力怀着一种虔诚的敬仰之情。

我深信自己的信念是真理,我要告诉一切人:热爱书籍吧,书籍能帮助你们生活,能像朋友一样帮助你们在那使人眼花缭乱的思想、感情和事件中理出一个头绪来,它能教会你们去尊重别人,也尊重自己,它将以热爱世界、热爱人的感情来鼓舞你们的智慧和心灵。

尽管书籍有时同你们的信仰是针锋相对的,但是,一本书只要它写得诚实,只要它热爱人们,只要它想造福于人类,那就是一本好书!

任何知识都是有用的,甚至关于理智和感情的谬误的知识,也是有益的。

热爱书籍吧!书籍是知识的源泉,只有知识才能解救人类,只有知识才能使我们变成精神上坚强的、正直的、有理性的人,唯有这种人能真诚地热爱人,尊重人的劳动,衷心地赞赏人类永不停息的伟大劳动所创造的最美好的成果。

在人类已经创造和正在创造的一切事物中,在每一件事物中,都包含着人类的精神。这种纯洁的高贵的精神,科学和艺术中包含得最多,而把这种精神表达得最流畅,最通晓易懂的,就是书。

明　林　译

## 歌[*]

我房间的窗子正对着公园,这是克里米亚南岸最优美的公园之一,从世界各地搜集来的各种奇花异木,精心装点着这块三十余俄亩[①]的土地。肥大的芭蕉叶上方耸立着巍峨的澳洲红杉,婀娜多姿、状若织锦的日本金合欢承受着阿尔卑斯高山松树的浓荫,在云杉的蔚蓝色背景上洁白耀眼、像蜡一样润泽的玉兰摇曳着沉甸甸的花朵。洋槐、月桂、金字塔形的杨树和沉郁的古柏倒映在黑油油的、平如明镜的湖面上,几只天鹅撑起白帆似的翅膀在丝绒般的湖水中遨游。所有这一切都是那样欣欣向荣、绚丽多彩、充溢着南国的阳光,散发着醉人的香气;遍地的玫瑰花、百合花、昙花和许多其他花卉都从地面上挺起身来,迎着太阳。

公园依山傍海,透过多种树叶的簌簌细语,可以听见海浪拍击石岸的亲切悦耳的汩汩声。公园上方青山高挂,层峦叠翠。一切都是那样美不胜收,草木的力量委实惊人,人们若要在这断岭残石之中开辟出这样一个极乐世界来,想必要付出巨大的才智与心力。园主为公园所取的名字正是"极乐世界"。

---

[*] 本篇最初发表于一九一八年十一月第一期《信天翁》杂志。译自《高尔基三十卷集》第十四卷。

[①] 一俄亩等于1.09公顷。

# 歌

清晨六点钟,在公园的某个边远角落里响起了钟声。它不紧不慢、一下接着一下、不厌其烦地在一片静谧中敲着——十下、三十下;一次我数了九十二下,另一次是七十八下。敲钟的是一位身着粗布衣服的驼背老人,他的头发又长又密,两腿关节失灵,活像一个地精。黄昏时分,看到他双手端着一支破枪,眼睛盯着地面,在公园里踽踽跚跚地绕来绕去,样子十分好笑。钟声敲到最后一响,公园的甬道上便出现一群姑娘和妇女。她们全都是奥尔洛夫人,矮个子、高颧骨、小眼睛,彼此非常相像。她们的又大又红的手拿着铁锹、钉耙、修理枝条用的剪刀,三三五五地分散开,到公园各处干起活儿来。

清晨的静谧十分宜人,它在这个汇集了大地的一切珍品、美不胜收的园林中显得格外纯净。南方的太阳还不甚炎热,熹微的阳光在亮晶晶的蒲葵叶上闪耀着,亲切爱抚地照射着花草和甬道上五颜六色的砂砾。大海在喧嚣,宛如一个巨大的胸腔在沉吟、叹息。非常想听一支歌,听一支赞美早晨、太阳和生命的庄严颂歌。突然间,从棕榈树丛的后面传出一声同眼前的一切很不协调的女低音:

　　嗨,你们啊,年轻的小伙子,
　　你们啊,俊俏的姑娘们!

三个嗓音协调一致地唱着:

　　不要去——
　　会好些,会好些!
　　不要爱——
　　会好些,会好些!

被歌声惊起的鸟儿在雪松的繁茂枝叶中飞舞。剪刀咔哧、咔哧地剪着玫瑰枝,铁锹铲着沙砾嚓嚓作响,一股粗粗的银色水流从水龙带里嗞嗞响着喷涌而出。在宛如绸缎的绿荫里,在鲜艳的花朵中间,在珍奇植物的枝叶下面蠕动着姑娘和妇女们的灰色身影,她们从容不迫地工作着,呜呜咽咽地唱着一支古怪而愁惨的歌子:

　　　　她跑到大门口——
　　　　立刻捧住了肚子……

歌子以庄严的合唱结尾:

　　　　宁愿是,宁愿是
　　　　不相识,
　　　　也比呀,现在啊
　　　　忘记的好!……

　　一只鸢鹰在蓝色苍穹中翱翔,在它下面有几只燕子时隐时现地飞来飞去;一群群蜜蜂和黄蜂簇拥着相思树的金灿灿的花朵,像琴弦似的发出甜美的嗡嗡嗡的声音,大自然在创造,在欢腾。周围的一切都是那样兴高采烈,公园里充满了庄严的欢悦气氛,鸟儿们也深深地感到了这种气氛,但是看来,在这个"极乐世界"里干活的妇女们却没领略到这一点。她们在树根旁弓着腰,像猴子一样手脚并用爬来爬去,似乎已被她们那支戚戚哀哀的歌儿摄去了神魂:

　　　　宁愿是,宁愿是
　　　　不来往,
　　　　宁愿是,宁愿是
　　　　不相爱!

　　在公园上方的高处,有一辆汽车鸣着喇叭,沿着通往雅尔塔的公路驶进隧道,喇叭声在山间引起的回响颤抖着碰在岩壁上,又向山下,向公园和大海抛去。空气里充满了大海含碘的咸味,海浪节奏均匀地拍打着岩礁,将岸边的卵石冲得刷喇喇直响;听得见海鸥的叫声,燕子的啼鸣,以及䴗鹟、霞鸟、柳莺的歌唱,——白昼愈加明艳,生活的音响便愈加丰富。

然而,在那些奇花异草之间,在那些从世界各地荟集来的珍奇树木的绿荫下,以及花香之中,穿着褪了色的破旧衣裙的妇女们仍在缓缓地劳作;她们低低地弯着腰,清除花坛中的杂草;她们满脸涨得通红,目光迟钝,一面用袖子擦着面颊和脖子上的汗水,一面拉长音调唱着凄怆的歌儿。

*不要爱*
*会好些,会好些!*

她们当中年纪最大的一个——有三十岁左右,她也是其中最活泼的一个,她的歌声欢快,而且,似乎只有她一个人懂得应当去爱。其余的都是十五岁以上的少女,她们的歌声听起来是那样郁闷和古怪:

*不要爱——*
*会好些……*

张佩文 译

# 亚 什 卡[*]

## 童 话



从前有个男孩,名叫亚什卡。他经常挨打,吃得糟透了,好不容易熬到十岁。看来,实在没有活路,他得了一场病,死了。

亚什卡死了。尽管他有这样那样的过失,但还是进了天堂。

亚什卡从没见过像天堂这么好的地方。在绿茵茵的草地的中央,上帝耶和华坐在一把金椅子上,捋着银白色的胡须,用他洞察一切的慧眼环顾四周,闻着浓郁的花香,听着优美的歌声。在花丛中和绿树上,小仙子和天使唱着赞美诗;在阳光明媚的草地上和绚丽多彩的花丛中,圣徒们跳着圈舞,夸耀着自己的苦难遭遇。

他们说道:"主啊,天父,你看看吧,我们受尽折磨,身子都被弄残废了;这一切,可都是为了你啊!我们已经疲惫不堪,皮被剥光,四肢不全,筋骨都露了出来;这一切,可都是为了你的荣誉!"

上帝听着,微微皱起了眉头。

"好吧!"他说。"这些话我已经听得很多了。你们老是唱这一个调子,都快两千年了。是的,你们受了苦,遭了罪,我十分感激你们。可是,你们说点高兴的事儿,哪怕只说一次,行不行呢?"

---

[*] 本篇最初发表于一九一九年第一、第二期《北极光》杂志。译自《高尔基三十卷集》第十四卷。

但是圣徒们还是重复着老调调。

"主啊,"他们叫道,"你是我们的亲人,你看:我们的腿折断了,手脱臼了,我们受了多大的罪啊!有人用火烙我们,有人压榨我们,有人让我们挨饿,我们什么苦没受过呀?主啊,这一切,可都是为了你啊!"

上帝叹了口气,同情地说:

"是呀,兄弟们!你们用苦难为我换来了荣耀,可是你们在欢乐时却绕过了我!"

然而,圣徒们还是重复着老一套。

亚什卡躲在一棵果实累累的苹果树后面,看着圣徒们。他们一个个皮肤黝黑,瘦骨伶仃,有的一瘸一拐,有的匍匐而行,有的被挖了眼睛,有的被砍了脑袋,把它像西瓜似的挟在腋下。旁边还躺着一万六千名童贞女①,她们憔悴干瘪,像劈柴一样被摞了起来。伟大的殉道圣女瓦尔瓦拉②正在向圣医潘苔莱蒙③炫耀自己血迹斑斑的伤口,叶卡杰琳娜④也向神军约翰⑤诉说着自己的苦难遭遇,天使和小仙子们却一直在唱着赞美诗,有几位由于太疲劳,声音已经嘶哑变调。

亚什卡听见上帝对使徒彼得⑥悄悄地说:

"彼得,我这里虔诚的教徒太多了,我同他们待在一起,有点儿烦了!你放进天堂来的人太多了……"

使徒彼得答道:

"主啊,你也知道,我本打算变个法儿,可现在怎么变呢?这是保罗⑦干的,是他这个秃老头,组织了这个国际大家庭……"

"唉,保罗,保罗!"上帝叹着气说,"他既毁坏了我儿子的福音书。

---

① 作者在这里借用了天主教关于乌尔苏拉公主和一万多名童女的传说。
② 基督教女圣徒,相传她曾受过酷刑,于公元三○六年被处死。
③ 基督教圣徒,生活在三世纪末到四世纪初,相传他拥有能治好百病的神奇力量。
④ 据基督教传说,她是一位美丽而贤明的殉难者,于公元三○七年被处死。
⑤ 神军约翰,东方三十八"圣徒"之一,相传他生活在四世纪。
⑥ 彼得,耶稣的十二个门徒之一。据基督教传说,他保管着天堂门户的钥匙。
⑦ 保罗,神话中的使徒,东正教认为他和彼得是基督教会的创始人。彼得主张只在罗马帝国的犹太居民中传播基督教,保罗却主张让各民族都信仰基督教。

又使我无法生活……"

亚什卡观看着、谛听着,他不能完全理解,但他清楚地感觉到,天堂里没有什么意思:不想吃,不想喝,也不想玩,心里还不好受,好像吃多了酸果子羹似的。

"为什么他们老炫耀自己过去受的罪呢?"亚什卡看着圣徒们,这样想。"我也没少挨过打,可是我就不说这个!我们在人世间虽然也打架,骨头都打折了,可是——没关系!"

亚什卡想,上帝过的是什么样的日子呀?他周围那些圣徒老是诉苦,谁也不以挨打为耻,反而把受苦受难当成荣誉和功勋。于是,亚什卡同情起上帝来了。

当天使们从天空摘下太阳,藏在上帝的宝座下面,黑夜随即来临,那些虔诚的教徒上床睡觉的时候,亚什卡从苹果树后面出来,走到上帝宝座前,说:

"主啊,主啊!"

上帝瞧了他一眼,问道:

"你是打哪儿来的呀?"

"从彼得堡来。"

"怎么死得这么早呀?"

"对了,"亚什卡说,"死得早!可要是换了别人,会比我死得还要早……"

"是日子不好过吗?"上帝亲切地问。

亚什卡的心紧缩了,他本来打算对上帝讲一讲他苦难的生活,但想起了那些圣徒诉苦的情景,就克制住自己,只哼了一声。

亚什卡没有诉苦,而是认真地说:

"主啊,请听我说,你让我回到人世间去吧!"

"为什么呢?"上帝问。

"我在这儿有什么事可干呢?这儿没意思。你自己不是也对使徒说,这儿没意思吗?……"

"你真怪!"上帝笑着说,"要知道,你回到了人世间,又会有人打你的!"

"没关系!"亚什卡说,"要是打得有道理,我不会诉苦的,倘若无缘无故打我,那我可不答应!"

"你真勇敢!"上帝笑着说。

"请听我说,"亚什卡一本正经地说,"这么办吧,你让我回到人世间去,我要在那儿学会弹三弦琴,等我下次再死的时候,我就会弹着三弦琴,给你唱些快乐的歌了,好不好?那时候,你会感到快活些,我也不会在天堂里没事儿干了。"

上帝用他浓眉下的眼睛瞧了瞧亚什卡,捋着银白色的胡须,小声问道:

"亚什卡,你这是同情我吗?"

"是同情你!"亚什卡说,"你的那些圣徒太讨厌了!"

这时,耶和华用他那总是给人带来好运的手摸了摸亚什卡的头说:

"唔,谢谢你,我亲爱的朋友,多少世纪以来,你是第一个同情我的人!你想得对,像你这样的好心肠,在天堂里是没事儿干的。亲爱的,回人世间去吧,那里既有忧伤,也有欢乐,回去以后,要同情世间的一切人,要像对上帝一样,忠心耿耿地为他们效劳,困难时帮助他们,悲伤时安慰他们,忧愁时使他们快乐。你要是能这样做,会得到奖赏的!去吧,小朋友,为了给人类增光而生活吧!"

说完这番话,上帝便吩咐使徒彼得打开天堂的大门,让小仙子把亚什卡送回人间。

"再见!"亚什卡向上帝点头告别,"别难过,不久我就会回来的!"

谭得伶　译

## 哲学的害处[*]

……很久以来我就感到有必要弄清,我生活在其中的世界由何而来,而我又应如何去理解它?我这个自然的、远非过分的愿望,不知不觉竟成为一种难以遏止的需求了,于是我便凭借着青年人的旺盛精力,用许多"幼稚的"问题,没完没了地麻烦起我的熟人来了。一些人对我真诚地不理解,向我推荐拉伊耶尔[①]和列博克[②]的著作,另一些人则狠狠地讥笑我,认为我是"胡来";不知是哪一位,给了我一本刘易斯的《哲学史》[③],可我觉得这本书索然无味,便没有读它。

我的熟人当中有位怪模怪样的大学生,他穿着一件破旧的军大衣和一件短短的蓝衬衫,他时时要从后面把衬衣扯一扯,以便遮掩他上衣下面的一段空白。他是个近视眼,戴一副眼镜,留一撮分成两瓣儿的小胡子,蓄着一头"虚无主义者"的长发;这头发密得出奇,颜色发红,一绺一绺地披在肩上,又直又硬。此人的相貌同"永恒的救世主"

---

[*] 本篇写于一九二二年,最初发表于一九二三年一、二月第一期《红色处女地》杂志。译自《高尔基三十卷集》第十五卷。一八九〇年以前,作者在自学过程中已看了许多书(包括哲学著作),脑子里塞满了各种观念和印象。这些东西与现实生活对照,矛盾百出,使作者陷于异常的混乱和痛苦之中,以致最后离开故乡出走。本文就是作者对自己在一八九〇年前的生活的艺术概括。

① 查尔斯·拉伊耶尔(1797—1875),英国地质学家和考古学家。
② 约翰·列博克(1834—1913),英国生物学家。
③ 乔治·刘易斯(1817—1878),英国唯心主义实证论哲学家,其《哲学史》曾于七十及八十年代在俄国知识界广为流传。

这幅圣像颇为相似。他的一举一动都是慢慢腾腾、勉勉强强,好像很不情愿似的;他回答别人的问题向来十分简短,不知是不高兴,还是有心嘲弄人。我还发现,他说话同苏格拉底一样,以问代答。人们对他都没有好感。

我结识了他,虽然他比我大四岁,可我们很快便相处得十分融洽。他叫尼古拉·扎哈罗维奇·瓦西里耶夫,攻读化学专业。

他为人很好,学识渊博,正如几乎所有有天分的俄罗斯人一样,有一些怪癖:他爱吃黑面包片,撒上厚厚一层奎宁粉,有滋有味地咂着嘴,而且硬让我相信,奎宁是上等美味。还说,最主要的是,它对人大有裨益:可使人"清心寡欲"。一般说来,他总要在自己身上作些不无危险的试验,比如:服用一些溴化钾,紧跟着再吞些鸦片,结果,差点儿没抽疯抽死;他还服用过一次某种浓烈的金属溶液,也几乎丧命。一位大夫,是个严厉的老头子,他把残余的溶液作了化验之后说:

"这玩意儿能药死一匹马,甚至两匹!您放心,它也轻饶不了您。"

尼古拉用这些试验把自己的牙齿全都弄坏了,他的牙齿发绿,而且碎成了一块一块的。最后,在一九〇一年,当他在基辅担任科诺瓦洛夫教授的助教,从事仿靛蓝的研究工作时,终于有意无意地中毒身死,从而结束了这一切。

一八八九至一八九〇年间他健壮而结实,同我单独相处时,谈笑风生,爱出些逗人的洋相,可在有别人参加的场合,则总不免有些笑里藏奸,冷嘲热讽。

记得,我们曾在地方自治局讨得一份类似统计的差事,每天可以挣一个卢布。于是,尼古拉就伏在桌上,故意用唱《东瞧瞧,西看看》这类歌子的油腔滑调唱了起来:

　　一百二十三,
　　再把二十二来加——
　　一百四十五,

分毫也不差!

他能唱上十分钟,乃至半个小时之后还在唱,他那尖尖的嗓门儿越唱越下流。我终于忍不住央告他说:

"别唱啦!"

他瞧着挂钟说:

"你的神经系统还真不坏。不是随便什么人都能安然熬过这四十七分钟的酷刑的。我曾经给一位熟识的医生唱过一曲《阿利路亚》①,他听了十二多分钟,便把一个铁烟碟冲我扔了过来。可他还打算当精神病专家呢。"

尼古拉经常攻读德国哲学著作,还打算写一篇以《黑格尔与斯韦登堡》②为题的文章。他把黑格尔的《精神现象学》看成是一部幽默作品;躺在被我们称之为"高加索山脉"的长沙发上,用这本书拍打着肚皮,两只脚一蹬一蹬地,哈哈笑得几乎流出了眼泪。

我问他笑什么?尼古拉表示遗憾地回答说:

"老弟,我跟你说不清,也不会解释,这玩意儿太玄之又玄了!你理解不了!不过,它可真能逗死人!"

在我一再坚请之下,他兴致勃勃地给我讲了好半天"神智学",我果真一点儿也不懂,为此我深感不快。

谈到他对哲学的研究时,他说:

"老弟,这跟嗑葵花子一样有趣,而且二者的好处也大致相同。"

在他从莫斯科回来度假期间,我自然向他提了许多"幼稚的"问题,这使他非常高兴。

"啊哈,想学哲学了吗?好极啦!这我赞成。这份精神食粮,我可以向你充分供应。"

他提议为我讲上几课。

---

① 一支赞美上帝的教会歌曲。
② 斯韦登堡·埃马努埃尔(1688—1772),瑞典博物学家,神秘主义哲学家。

"这对你来说,会比啃刘易斯的书本儿更容易些,也但愿更有意思些!"

几天以后,在黄昏已过的时候,我坐在一个荒芜的花园里的半坍的亭子里;园中的苹果树、樱桃树长满了苔藓,马林果、茶藨子和醋栗丛长得密密层层,它们那千万根带刺的枝丫把一条条甬道封得严严实实,尼古拉的父亲穿着件灰色袍子,正咳嗽着,嘴里嘟嘟囔囔地在甬道上踱来踱去,他是一位得了老年痴呆病的宗教法官。

花园四周耸立着不知是什么建筑物的高大墙垣,使花园仿佛处在一个四四方方的黑坑里,越是临近夜晚,这黑坑就显得越深。园中闷热异常,经过六月的骄阳曝晒了一天的泔水,从院落里送来一阵阵十分难闻的气味。

"咱们来探讨探讨哲学吧。"尼古拉津津有味地咂咂嘴说道。他坐在亭子的一隅,两只臂肘支在埋在地上的桌子上。烟头儿的火光一亮一亮地照着他的怪脸,映在他的镜片上。尼古拉正患着疟疾,他裹在一件旧大衣里打着冷战,两只脚在亭子里的土地上蹭来蹭去,把桌子弄得发怒似的嘎吱吱地直响。

我全神贯注地倾听着伙伴的喃喃低语。他向我通俗而有趣地讲述了德谟克利特①的哲学体系,谈到原子论,以及它是怎样得到科学的承认的,后来,他突然说:"等一等!"随之,一支接一支地抽着烟,沉默了很久。

夜幕已经降临,没有月亮,也看不见星星,花园上空漆黑一片,变得愈发闷热,在隔壁精神病医师卡先科家,正在动人地演奏着大提琴,从阁楼敞着的窗户里传来一阵阵老年人的咳嗽声。

"我说,老弟,"尼古拉又讲了起来,他的烟抽得更加厉害,嗓音也压得更低了,"对待这些东西你可要万分当心! 有一个人,我忘了是谁,讲得很有道理,他说,有学识者的信仰与没有文化、盲目迷信的芸

---

① 德谟克利特(公元前约460—前370),古希腊唯物主义哲学家,与留基伯并称为原子说的创始人。

芸众生所具有的习惯意识同样保守。这是一种异端思想,不过,它包含了令人伤心的真理。而且,依我看,它表达得还不够尖锐。你应该接受这一思想,好好记住它。"

至今我还清楚记得这些话,它大概是我听到过的所有忠告中最好、最真挚的忠告了。这些话在当时曾使我震动了一下,在心中引起一阵轰鸣,使我的注意力更加集中了。

"我希望你毕生都将是始终如一的。要记住你已经体验到的东西:思想自由是一个人所能得到的惟一的、最珍贵的自由。只有那种什么也不轻信,一切都要加以探讨的人,只有深深懂得,生活在不断发展、不倦运动,现实生活中的种种现象是变换无穷的人才拥有这种自由。"

他站起来,围着桌子转了一圈,坐到了我的身旁。

"我对你讲的全部东西,完全可以用几个字概括:独立思考。就是这样。我不愿把我的见解强塞在你的脑子里;一般说来,我教不了任何人,任何东西,自然喽,数学除外。我特别不愿教你,懂吗?我只是在陈述一些看法。把另外一个人搞得和我一样,这,老弟,我认为太不可取了。我特别不愿意你和我有同样的想法,这对你完全不合适,因为,老弟,我的想法很不对头。"

他把烟扔在地上,用脚过分用力地踩了几下。但是立刻又点了一支,并且用火柴烤着拇指的指甲,凄然一笑,继续讲了下去:

"比如,我认为,人类直到自己的末日,始终都要对种种事实加以描述,并且还要据此对真理的实质提出一些或多或少都不甚成功的猜测,甚或不顾事实,去制造一些幻想。上帝是游离于这一切活动之外,凌驾其上或置身于其下的。不过,上帝对我说来是无法接受的。也许,上帝确实存在,但是我并不需要他。你瞧,我想得多不对头?是啊,老弟!有些人认为,唯心主义和唯物主义一概都是理性的谬误。这些人有着与蛆虫类似的处境:虽则十分厌弃龌龊不堪的地狱,但是也并不向往十分和谐但又索然乏味的天堂。"

他叹口气,仔细听了听大提琴演奏的乐声。

"一些聪明人认为:我们只知道我们根据自己的所见所闻而联想到的东西,但是我们并不知道我们想的是否正确和恰当?这种说法,你也不要相信。你要自己去探索……"

他的话使我深为激动,我对这些话理解的程度,不多不少,恰恰使我得以体会到尼古拉的内心痛楚。我们手拉手默默相对了片刻。这是一个美好的时刻。它大概也是我一生中所体验到的最幸福的时刻。人生是相当丰富的,它本应赐予我更多这样的时刻。应当说,人是不知足的。这是人的长处,但是由于误会,更确切些说,由于虚伪,它竟被视为罪恶了。我们来到街上,停在大门口,倾听着远方的雷鸣。闪电的反光从乌云中掠过,东方的浮云已在燃烧,并熔化在火也似的朝霞中了。

"谢谢,尼古拉!"

"没什么……"

我走了。

"喂,"我听到尼古拉的快活而清晰的声音,"莫斯科有位涅恰耶夫的信徒奥尔洛夫①,老头子好极了。他说:'真理只不过是一种关于真理的思维活动。'好啦,走吧,明天见……"

走出几步以后,我回头看了看,只见尼古拉靠着灯柱站在那儿,遥望着东方的天空。在他那堆乱蓬蓬的头发上升起一缕缕青烟。我离开他时心情极佳,感慨万端,"伟大奥秘的大门"正在我面前打开。

但是第二天,尼古拉却在我眼前展开了一幅恩培多克勒②所提供的令人毛骨悚然的世界图像。尼古拉想必格外喜欢这个离奇古怪的世界。他兴致勃勃、措词巧妙、有声有色地描绘着它,比平时更加频

---

① 阿·伊·奥尔洛夫,俄国翻译家,译有意大利诗人列奥巴尔迪的诗作,法国作家福楼拜的《圣安东尼的诱惑》等。
② 恩培多克勒(公元前490—约430),古希腊唯物主义哲学家。认为万物皆由"四根",即四种元素(火、水、土、气)形成,所谓生灭不外是元素的结合和分离。并认为"爱"与"憎"是万物运动变化的原因,"爱"使元素结合,"憎"使元素分离。

繁、更加香甜地咂着嘴。

同昨天一样,黄昏已过,所不同者是白日里曾下过一场瓢泼大雨。花园里很潮,清风徐徐,黑影憧憧,片片乌云在空中疾驰而过,露出了蓝色的苍穹和犹如奔跑着的繁星。

我看见一幅可怕得难以形容的景象:在一个深不见底,倒向一侧的巨碗里有许多只耳朵、眼睛、伸展着五指的手掌在飞来飞去,滚动着一些没有面容的人头,一只只人脚各不相干地踽踽而行,还有一个毛茸茸的狗熊似的笨拙的东西在跳跃,微微颤动的树根宛如庞大的蜘蛛,而树枝和树叶却离开树根单独活着;五颜六色的翅膀在飞翔,几头没有眼睛的公牛面对着我,可它们那滚圆的眼珠却在它们的头顶上惊恐不安地跳个不停;瞧,一只生着翅膀的骆驼蹄子跑了过来,紧跟在它后面的却是一个长着双角的猫头鹰的脑袋,——总之,这只大碗里面整个都填满了一块块支离破碎的躯干和肢体,它们像旋风一样翻卷飞舞,有时还不伦不类地拼在一起。

在这个杂乱的,一切事物之间都毫无关联的混沌世界里,在这些静静回旋着的残体断肢之间,彼此相像得难以辨别的"爱"与"憎"正在耀武扬威,相互抗衡,它们发出犹如冬日晴空似的,幻影般的淡淡的蓝光,并用这种单调而又死气沉沉的光芒照射着所有旋转着的东西。

我正沉浸在这个幻境里,并觉得自己似乎也在这个世界中慢慢地旋转着,所以并没有听尼古拉讲话,这个世界似乎已从内部炸成碎块,正打着旋坠入寒光熠熠的淡蓝色的无底深渊。我已被所看到的这番景象惊呆了,以至未能立刻回答尼古拉的问话:

"你睡着了吗?你没有听?"

"我不能再听了。"

"为什么?"

我说明了原因。

"老弟,你的想象未免太不着边际了,"他点起一支烟说道,"这可不怎么值得称赞。得啦,咱们去散散步好吗?"

我们朝着"堤坡"的方向走去,沿街一路尽是水洼,时而闪着亮光,时而又消失不见了。一片片阴影匆匆地从屋顶和地面上爬过。

尼古拉说,造纸厂的破布应该用漂白粉漂过,这样做较好,也较经济。后来,他又讲到一位教授的工作,说他正在摸索如何加长木质纤维的方法。

在我眼前却仍然浮动着一些残肢断臂,以及不知是什么人的哀伤的眼睛。

隔了一天,大学里来了一封电报,把尼古拉召回莫斯科去了,他临走时嘱咐我,在他回来以前,我不要研究哲学。

我处于一种神志惶乱,心情极度烦躁的状态之中。过了几天,我觉得,我的脑子在熔化,在沸腾,产生许多离奇的想法和荒诞的幻觉。我完全被一种腐蚀生命的苦闷所控制,担心自己就要发疯了。但我是勇敢的,我决心在恐惧中走到底,结果,也可能正是这一点拯救了我。

我度过许多可怕的夜晚。有时我坐在"堤坡"上,遥望着远方伏尔加河畔迷迷茫茫的草地和犹如弥漫着尘埃似的金星点点的天空,望着望着,我会骤然感到,过不一会儿我立刻就要看见,在那蓝色的夜空里将出现一个又黑又圆、无底深井般的孔洞,里面会立刻伸出一个火红的手指,向我发出威胁。

或者是:将出现一条巨蟒,浑身披着冷森森的鳞甲从天上爬过,把满天星斗搅得七零八落,统统灭掉,此后,永远留下一片像石头一样,不透一丝亮光的黑暗的静寂。也可能,银河里所有的星星将化成一条火流,转眼之间即向大地倾泻下来。

突然,在伏尔加河所在的地方一条无底的沟壑张开它灰色的巨口,吞噬着一批批从四面八方跑来的戏耍着的孩子和一列列由乐队领头的绵延不断的士兵队伍;由老百姓和许多牧师组成的擎着神幡、圣像的宗教行列,以及数不清的大车,千千万万拄着棍子、背着背囊的清一色的庄稼汉也向这张巨口流去;此外,云彩、天空、滚动着的残月也被吸进沟去,天上的星星也纷纷扬扬,盘旋而下,判若黄澄澄的雪花一样落在里面。

我预料,那广阔的草地将会像纸似的卷成卷,滚过河流把水吸干,随后,陡峭的河岸也会像软帽或皮革一样卷起来,直到举目可见的一切统统卷成黑乎乎的一卷时,不知何人的一只雪白的巨手即将把它拿走。而我将剩下独自一人,一动不动地悬在一片绝对的静谧之中。

从我望着的那座山上可能会走出些长着铜头的黑色巨人。看,他们结成密集的一群,凌空行走,使震耳欲聋的钟声响彻整个宇宙;钟声响处,树木、钟楼都仿佛被无形的锯子锯倒似的倾覆下来,房屋纷纷倒塌,于是大地上的万物将化作一根裹着炙热的青色尘埃的烟柱,只剩下圆圆的一片寸草不生的沙漠。我站在沙漠正中,独自面对四种永恒的元素,正是四种,我看见这些元素了,它们是四个巨大的,由烟或雾构成的深灰色的圈圈,它们在伸手不见五指的黑暗中慢慢地旋转着,由于它们那种虚幻的颜色,在黑暗中几乎难以看清。

我看见上帝了,这是"万军之主"①,同圣像和图画中画的一模一样:相貌堂堂、白胡须、目光冷淡。他孤单单地坐在一个又大又重的王座上,用一根金针和蓝线缝着一件长得出奇的白衫,白衫垂在地上宛如清澈透明的白云。上帝的四周空空荡荡,望着这空旷的一片不胜恐惧,因为它在不断和无限地扩大和加深。

在河那边昏暗的地平线上,出现一个几乎高入云霄的人耳,这是只普通的耳朵,耳壳里长着粗毛,它一出现便倾听着我所想的一切。

我拿着一柄中世纪刽子手使用的、柔韧得像根鞭子似的双刃长剑,屠杀着多得数不胜数、来自左右两个方向的人;有男有女,赤身露体,低着头,驯服地伸着脖颈,默默地走着。我身后不知站着一个什么东西,我就是按照它的意志在施行屠杀的,而它则向我脑子里吹着犹如针刺似的冷气。

一个生着鸟爪而不是脚掌的、浑身一丝不挂的女人向我走来,从

---

① 犹太教中上帝耶和华的称号之一。

她的乳房中射出一道道金光,她将一勺勺滚烫的热油浇到我头上,火光一闪,于是我就像一团棉花似的化为乌有了。

守夜人伊卜拉欣·古拜杜利几次在"堤坡"上层的林荫道上找到我,领我回家时亲切地劝导我:

"干吗生着病还要散步呢?生病就该在家躺着……"

有时我被噩梦般的幻觉折磨得难以忍受,便跑到河边洗个澡,这对我多少有些帮助。

常在家等着我的是两只由我驯养熟了的老鼠。它们住在护墙板后面;从里向外打了一个同桌面一般高的洞口,每当我动一动女房东给我留下的晚餐碰响碟子的时候,它们便径直爬到桌子上来了。

现在我看见,这些好玩的动物都变成灰色的小鬼了,它们坐在烟草盒子上,晃悠着小小的毛腿儿,神气十足地望着我,这时,不知是谁的干巴巴的声音,犹如淅淅沥沥的雨声似的低语着:

"所有的小鬼儿都有一个共同的目的,那就是帮助人去寻求不幸。"

"这是胡说!"我愤怒地喊道,"无论是谁也不会去寻求不幸。"

于是"无论是谁"便出现了。我听见他把篱笆门上的门闩弄得哐啷一声,打开前厅和外屋的房门,喏,现在已经来到我的房里。他圆圆乎乎,活像一个肥皂泡,没有手,他的脸是个表盘,指针是用胡萝卜做的;从儿时起,我便对胡萝卜有一种特异反应。我知道,他是我所爱的那个女人的丈夫,他不过是化了妆,为了不让我认出来。现在他又变成一个真人,胖胖的,浅褐色的胡须,温厚善良的眼睛。他笑着对我讲出了我对他妻子的全部恶感和不好的评价,以及除了我谁也不可能晓得的东西。

"滚!"我对他喊道。

这时,我背后响起了敲墙的声音,这是女房东,和蔼可亲而又聪明的费丽察塔·季霍米洛娃在敲。它使我返回了现实世界,我用冷水冲冲头,为了不致因门声把别人惊醒,从窗户里爬进花园,在那里一直坐到了天明。

早晨吃茶时,女房东说:

"您夜间又喊叫了……"

我羞得无地自容,十分鄙视自己。

……那个时期我在阿·伊·拉宁律师那里当文牍,他是个非常好的人,我在许多方面都多亏了他。有一天,我一到,他便迎着我,拼命地挥动着几张纸喊道:

"你疯了吗?我的老兄,您在这份上诉书上都写了些什么呀?对不起,您得马上重抄一份,今天已经是上交的最后期限了。真是莫名其妙!告诉您,这要是开玩笑,那可是个要不得的玩笑!"

我从他手里接过那份上诉书,只见上面清清楚楚地写着一首四行诗:

> 长夜漫漫……
> 我的痛苦无限!
> 但愿我会祈祷!
> 但愿我有幸获得信念!

这首诗对我,和对我的雇主一样,同样出乎意外,我看着它,几乎不相信是自己写的。

傍晚,我正在工作,阿·伊走到我跟前说:

"请您原谅,我申斥了您!但是您知道……出的这种事……您怎么啦?您最近的脸色很不好看,也消瘦得厉害……"

"夜里失眠。"我说。

"应该治一治。"

是啊,应该采取些行动了。必须摆脱这些幻觉,摆脱同这些不知来自何处,而每当我恢复对现实的知觉时,又立刻消失了的种种人物的夜间对话,摆脱这种过分有趣,近乎疯癫的生活。我已经到了这种地步,即使是在光天化日之下也在期待着发生奇异非凡的事件。

即使是城里的某一座房屋突然从我身上跳过去,我大概也不会感到十分奇怪,依我看,什么也妨碍不了一匹辕马扬起前蹄,粗声粗气地大吼一声:

"该死的家伙!"

或者是,在内城城墙底下的路椅上坐着一位戴着草帽和黄手套的妇女。如果我走向前去对她说:"没有上帝!"那么她便会又惊又气地叫嚷:"怎么?那么我呢?"说完,便立刻变成一个带翅膀的东西飞走了。随后,整个大地都会长出些没有叶子的粗大树木,它们的枝干上将会滴着油汪汪的蓝色的黏液,而我将作为一个刑事犯罪被判处二十三年咽峡炎,同时还要白日黑夜,时时刻刻去撞击沃兹涅先斯基教堂的那口声音洪亮的大钟。

由于我非常急于告诉那位太太没有上帝,但是又十分清楚,我的坦率会带来什么后果,故而尽快地沿着路边,几乎是跑着离开了。

一切都是可能的。也可能根本不存在任何事物,所以我需要常常用手触摸一下篱笆、墙壁、树木。这样会使我稍稍安心些。如果我用拳头在某件硬物上捶打好久,确信它的存在时,更是如此。

大地十分狡狯:你像所有人那样颇有信心地在地面上走着,但是瓷瓷实实的土地竟会突然从脚下消失,渐渐变成如同空气一样可以穿透的黑暗深渊,于是心灵便迅速坠入黑暗之中,一秒一秒地、无限长久地沉沦下去。

天空也不可靠:它随时都可能由圆拱形变成倒悬的锥体,它的尖端顶住我的头盖骨,把我死死地钉在一点上,直至用以固定天体的铁制的星星生了锈,天空化作褐色的尘埃散落下来将我埋葬为止。

一切都是可能的。惟独生活在具有上述种种可能的世界上是不可能的。

我的心灵患了重病。假如两年前我未曾亲身体验过自杀是多么自侮的愚蠢行为,我大概又会用它来医治我这病态的心灵了。

……那位个子矮小,身着黑衣,驼背的精神病医师是个独身的、聪明的怀疑主义者,他对我的经历盘问了大约两个小时,然后用一只白得令人诧异的手拍拍我的膝盖说:

　　"朋友,您首先必须让那些书本儿和您一向所热衷的种种谬论统统见鬼去!就体质而言,您是健康的,可您不该这样放纵自己。您需要体力劳动。您在女人方面——怎么样?咳!这样也是不行的!让别人去节制吧!而您,需要为自己找一个贪恋房事的小媳妇,这将是有益的!"

　　他又向我提出些劝告,同样是我不喜欢和不能接受的,他开了两张药方,接着说了几句话,使我永远不能忘怀:

　　"我听到过您的一些事情,所以,如果这使您不快的话,就请您原谅!我觉得,您可以说是一个原始人。而原始人一向是幻想甚于逻辑思维的。您所谈到和看到的一切,在您那里引起的只是幻想,可幻想同现实是水火不能相容的,尽管现实也是荒诞的,但它属于另一种性质。还有,一位高明的古人曾经说过:'谁总喜欢辩驳,谁就学不到任何切实有用的东西'。说得多好啊!先研究,后反驳,就该这样!"

　　他一面送我,一面带着一副诡秘的笑脸又重复了一遍:

　　"可——小媳妇对您是很有益处的!"

　　过了几天,我便从尼日尼动身到辛比尔斯克城的托尔斯泰移民区[①]去了,到了那里,我才从农民口中了解到移民区瓦解的始末。

张佩文　译

---

[①] 在上世纪八十年代的俄国曾产生一些托尔斯泰农垦移民区,其组织者多为追随托尔斯泰的思想学说,立志于所谓"落脚于土地"的知识分子。

# 初 恋[*]

……当年,我经历了一场悲喜交加、心潮起伏的初恋,这是命运之神给我的一个教训。

我的几个朋友打算去奥卡河划船,他们让我去邀请刚刚从法国归来的科氏夫妇[①],可我当时还不认识他们。晚上,我到他们家去了。

科氏夫妇住在一幢旧房子的地下室里;房前的路上积满了污水,春天总是一片泥塘,连夏天也几乎从未干过;乌鸦和狗把这片泥水当作镜子来照,几只肥猪常在这儿打滚洗澡。

我边走边想,想得有些入了神,好像高山上滚下来的石头,一下子就闯进了一个陌生人的家里,弄得房主人莫名其妙,不知所措。一位胖胖的、中等身材、长着淡褐色络腮胡子的男人,眨着和善的蓝眼睛,板着脸,一步迈到我跟前,用身体挡住了通向内室的门。

他整了整衣服,冷冷地问道:

"您有什么事?"

又用教训人的口吻加上一句:

"进来之前,应该先敲敲门!"

---

[*] 本篇写于一九二二年,最初发表于一九二三年三至四月在柏林出版的单行本《我的大学》和一九二三年第六期《红色处女地》杂志。译自《高尔基三十卷集》第十五卷。这是高尔基自传体短篇小说之一。

[①] 科氏夫妇指博列斯拉夫·科尔萨克和他的妻子奥莉加·卡明斯卡娅。

他的身后,在昏暗的房间里,仿佛有一只白色的大鸟扇动着翅膀走来走去,随后,传来了银铃般的快活的声音:

"特别是走进人家夫妻的家门之前……"

我很生气地问:他们是不是我要找的人?当那位很像称心如意的小铺老板的男人作了肯定的回答之后,我才向他说明了来意。

"是克拉尔克①让您来的吗?是吗?"那男人稳重地、若有所思地捋着胡子问道,这时,他颤抖了一下,陀螺似的飞快转过身去,像被扎疼了一样大叫起来:

"哎哟,奥莉加!"

从他手臂颤抖的动作判断,我觉得,他身体的某个不便说明的部位被人拧了一把,显然是在腰部下边一点的地方。

一个身段匀称的姑娘扶着门框出现在他原来站着的地方,她微笑着,用那双蓝眼睛上下打量我:

"您是谁?是警察吗?"

"不,我不过是穿了这条裤子。"我有礼貌地回答,她却朗声笑了起来。

我一点儿也没有见怪,因为她那双眼睛里闪烁着的正是我很久以来求之不得的那种微笑,再说,我那身打扮也难怪使她觉得可笑:当时,我下身穿着一条警察的蓝色灯笼裤,上身没有穿衬衫,只穿了一件厨师的白上衣,这件上衣倒挺实用,它简直是一件奇妙的外套,只要把领钩一直扣到脖领,就用不着穿衬衫了,脚蹬一双借来的猎人靴,头戴一顶意大利强盗式阔沿帽,这就是我全套豪华的装束。

她拉着我的手把我拖进内室,让我在桌旁坐下,她站在我面前问:

"您为什么打扮得这么可笑?"

"有什么可笑的?"

"您可别生我的气,"她和蔼地劝我说。

---

① 瓦西里·克拉尔克是高尔基在下诺夫戈罗德城的朋友,喀山大学的学生,后被开除;曾经被流放过。当时一些有革命思想的知识分子常在克拉尔克家里聚会。

真是一个叫人摸不透的姑娘,我哪儿会生她的气呢?

那个大胡子男人坐在床边卷纸烟。我朝他瞟了一眼,问道:

"这位是您的父亲,还是哥哥?"

"丈夫!"他毫不含糊地回答。

"怎么样?"她笑着问。

我想了想,仔细打量着她,说:

"请原谅!"

就这样你一言我一语谈了大约五分钟,但是,我觉得,我能够一动不动地在这个地下室里一连坐上五小时,五天,五年,默默地望着这女人的可爱的椭圆形小脸和她那双温情脉脉的眼睛。她那小小的嘴巴,下唇比上唇厚一些,好像稍微有点儿肿胀,她头上浓密的栗色鬈发剪得很短,一绺绺蓬松的发丝飘散在粉红色的耳朵和少女般柔媚红润的双颊上。她手扶门框站着,我看见她那双一直裸露到肩头的手臂非常非常美。她衣着很平常:一件带花边的宽袖白上衣,一条缝制得十分漂亮的白裙子。但是,她身上最令人神往的是那双淡蓝色的眼睛:它们闪烁着快活、多情、亲切、好奇的光芒。毫无疑问,像我这样一个二十岁的青年,一个在生活的险涛恶浪中备受凌辱的人,心灵中渴望的不正是她这样的微笑吗?

"就要下雨了,"她丈夫说,慢慢地喷吐着烟雾,那缕缕青烟在他的胡须间缭绕。

我抬头看了看窗外:万里无云,满天星斗。我懂了,我妨碍了他,于是,就像找到了我很久以来悄悄寻觅的东西那样,我怀着安然自得的愉快心情离开了。

这一夜我一直在田野里漫步,十分珍惜地回味着那双蓝眼睛里闪烁着的温柔的光辉,天亮的时候,我已经得出一个坚定不移的结论:这个娇小的女人跟那个眼神和顺、像头懒猫一样笨拙迟钝的大胡子男人丝毫也不般配。我甚至可怜起她来,觉得她太不幸了!跟一个胡子里藏着面包渣儿的人一起生活……

第二天，我们在混浊的奥卡河上划船，沿着那五光十色宽阔的泥炭岩断层堆积起来的陡峭河岸漫游。这一天可以说是开天辟地以来最美好的一天了，太阳在欢快明朗的天空中闪烁着耀眼的金光，河上飘散着熟透了的草莓的清香，周围所有的人都觉得自己是非常好的人，我的心情快乐极了，因而，也觉得他们个个都十分可爱。就连我意中人的丈夫也显得出色多了：他没有陪着他妻子同坐在我划的那条船上，那一天他的言谈举止非常得体，他给大家讲了许多格莱斯顿①老头子的逸闻趣事，后来，喝了一壶甘美的鲜牛奶，躺在树丛下，像婴孩似的一觉睡到太阳落山。

我们的船自然是第一个到达野餐地点的，当我把心爱的人儿抱下船来的时候，她说：

"您的力气真大呀！"

我觉得，凭我的力气我能够推倒城里的任何一座钟楼，我对我的心上人说，我能够抱着她一口气走到城里，一步不停地走上七俄里②。她微微一笑，无限深情地望着我。一整天，她的一双眼睛都是那么快活地在我面前闪来闪去，当然，那双眼睛只是为了我才闪闪发光的，这一点我深信不疑。

以后的事情发展得很快，本来吗，一个女人初次遇上这样一个她觉得稀罕的有趣的动物，一个需要女人爱抚的青年，这样快的发展速度是十分自然的。

不久我就了解到，尽管看起来她很像一个少女，可是实际上她比我大十岁，她在比亚威斯托克城③的"贵族女校"上过学，曾经是冬宫卫队长的未婚妻，在巴黎侨居过，学过绘画，又学了产科。后来我发现，她母亲也是个助产士，而且我出生的时候，就是她接生的，由此可

---

① 威廉·格莱斯顿（1809—1898），英国自由党领袖，曾任首相，对内实行一些不彻底的改革，对外推行殖民扩张政策。
② 大概抱着走是走不到的！——作者注
③ 在波兰。

见,我们两人的相遇是命中注定,天生有缘啊!这使我感到格外高兴。

由于她过去与名人墨客以及侨民的交往,并同一个侨民的结合,再加上后来在巴黎、彼得堡、维也纳地下室和阁楼里那种漂泊不定、半饥半饱的生活,如此这般的经历,把这位女校学生变成了一个幽默诙谐、让人猜不透也摸不清的、十分有趣的人。她活泼开朗,像一只小山雀,怀着聪明少女的极端好奇心观察着生活和周围的人,她常常纵情高唱法国歌曲,吸烟的姿势很美,画得一手好画,戏也演得不错,做衣服、做帽子的手艺也很高明,惟独不干接生这一行。

她说:"我曾经有过四次实习的机会,可是,百分之七十五的死亡率。"

这使她永远脱离了间接促进人口增殖的事业,她直接参加这一可尊敬的事业的见证就是她的女儿,一个四岁左右、又可爱又漂亮的孩子。她谈到自己时的那种口气,就好像谈的是别人,谈的是大家早已熟悉而又听腻了的人一样。但有时她一谈到自己又仿佛有些惊异,她的眼睛变得更美更蓝,随后又闪现出羞怯的微笑;只有腼腆的孩子们才有这样的微笑。

我深切地感到,她头脑敏锐,很有主见,我知道,她在文化素养上比我高,我发现她待人总是那么善良、宽容;在我认识的太太小姐中她是个最有趣的人,她谈话时那种漫不经心的语调使我感到惊奇,因而,我觉得:我的那些有革命思想的朋友所知道的东西,她全都知道,而且还知道一些更为重要的事情。但是,她只是远远地、站在一旁观察一切,就像一个成年人面带微笑在观看孩子们做游戏一样,那些游戏都是他当年玩过的,虽然有时也很危险,但却很有趣。

她住的地下室隔成两个房间:一间小小的厨房,也是过道,一间临街的大房间,有三扇窗户,两扇对着堆满垃圾的肮脏的院落。这个地方给鞋匠当作坊倒很合适,可是对这样一位高雅的女人来说,却未免太不相称了,她曾经在巴黎居住过,那是一座发生过大革命的圣城,是莫里哀、博马舍、雨果和其他卓越人物居住过的城市。这里还有许多东西根本配不上这女人,这些使我十分气恼,百感交集,对她产生了深切的同情。但是,对于那些我认为应该使她感到屈辱的一切,她仿佛都毫不在意。

她从早忙到晚,清早起来就烧饭,打扫房间,然后坐在窗前的一张大桌子前面,整天用铅笔照着相片给居民们临摹肖像,绘图,为统计图着色,帮助丈夫编制地方自治会的统计册。街上的尘土从敞开的窗子吹进来,散落在她的头上,桌子上,行人粗大的脚影不时从纸上掠过。她一边做事一边唱歌,坐累了就站起来抱着椅子跳一会儿华尔兹舞,或是逗逗小女儿,虽然脏活儿很多,可是她像一只爱干净的小猫,身上总是一尘不染。

她丈夫性情温和,人很懒散。他喜欢躺在床上读翻译小说,特别是大仲马的作品。照他的说法,"这样可以恢复脑细胞的功能。"他喜欢用严格的科学观点来观察生活。他称吃饭是"摄取食物",吃过饭后,他说:

"胃肠把食物输送给机体的细胞时需要绝对的安静。"

他忘了把胡子里的面包渣儿抖掉,就马上躺在床上,专心地读起大仲马或是蒙特潘①来,读了一会儿,然后,鼻孔里轻轻地发出抒情曲般的鼾声,足有两小时之久。他那淡色的柔软的小胡子摆来摆去,像是有个什么看不见的东西在里面蠕动似的。他醒来之后,默默地长时间地望着天花板上的裂缝,一桩心事突然涌上心头:

"库兹马昨天曲解了帕内尔②的思想!"

他临去揭穿库兹马时,对妻子说:

"请你把迈丹乡的无马户帮我统计出来。我很快就回来!"

接近午夜了,他才回来,有时还要晚,常常是心满意足的样子。

"噢,你听我说,今天我算把库兹马彻底打倒了!他这个骗子记忆力非常强,最会引经据典了,不过,在这方面我也毫不逊色,况且,他对

---

① 格札维埃·德·蒙特潘(1823—1902),法国作家,记者。
② 查理·帕内尔(1846—1891),爱尔兰资产阶级民主主义者,爱尔兰自治派的领袖。

格莱斯顿的东方政策一窍不通,真是个怪物!"

他总是比纳①、里舍②不离口,大谈健脑学,遇上坏天气,他就留在家里管教他妻子的小女儿,这个孩子好像是在两桩浪漫史之间的某次艳遇中偶然出生的。

"廖莉娅,吃饭的时候要细嚼慢咽,这样才能够帮助胃把食物变成容易吸收的化学物质,才有助于消化。"

吃过中饭,在自己进入"绝对安静的状态"之前,他先安顿孩子睡下,并讲故事给她听:

"是这样,当那个沽名钓誉的杀人魔王波拿巴③篡夺政权之后……"

他妻子听着他这样的讲演,笑得前仰后合,直淌眼泪,但是,他不生她的气,因为,他很快就进入梦乡了,没有时间生气。小女孩摸着他那光滑柔软的大胡子,玩了一会儿,就蜷成一团,睡着了。这个孩子跟我很要好,她听我的故事要比听博列斯拉夫大讲篡权的杀人魔王以及约瑟芬·博阿尔内④对他的悲惨爱情有趣得多;这倒引起了博列斯拉夫那令人发笑的嫉妒心。

"彼什科夫⑤,我抗议!首先应该教育孩子懂得对待现实生活的基本原则,然后才能让孩子接触现实生活。假如您懂英语,又能读一读《儿童心理卫生学》的话……"

他的英语吗,好像只会说两个字:"Good bye!"⑥

他比我年长一倍,但却像一头小狮子狗一样好奇,喜欢搬弄是非,惯于自吹自擂;他说他不仅对俄国的、而且对外国的革命小组的一切

---

① 阿尔弗雷德·比纳(1857—1911),法国心理学家。
② 夏尔·里舍(1850—1935),法国生理学家。
③ 波拿巴,即拿破仑·波拿巴(1769—1821),法国军事家,法国皇帝(1804—1814,1815)。
④ 约瑟芬·博阿尔内是拿破仑的前妻。拿破仑一八〇九年同她离婚。一八一〇年三月十一日拿破仑与奥国公主玛莉娅·路易莎举行婚礼。
⑤ 高尔基原名阿列克谢·彼什科夫。
⑥ 英语:再见。

秘密都了如指掌。不过,他也可能真的了解这些内情。的确,常常有些神秘人物来找他。这些人的神气活像是偶尔也不得不扮演傻瓜角色的悲剧演员。我在他那里就见过地下工作者萨布纳耶夫①,他戴着一眼就看得出来的红假发,穿一件花花绿绿的外套,又瘦又短,实在可笑。

有一次我来到博列斯拉夫家,看见一个长着小脑袋的滑头滑脑的人,很像一个理发师,他穿着花格裤子、淡灰色的短外衣和吱吱作响的皮鞋。博列斯拉夫把我推到厨房,小声说:

"他是从巴黎来的,负有重要使命,他必须见到柯罗连科②,请您走一趟,安排一下……"

我去了,可是,有人在街上已经把来人指给柯罗连科看了,弗拉季米尔·加拉克季奥诺维奇一眼就看穿了他,声称:

"不,请不要把这个花花公子介绍给我!"

博列斯拉夫替这位巴黎人和"革命事业"感到不平,他一连两天都在给柯罗连科写信,所有的口气都试过了,从猛烈的怒斥到温和的谴责,然后又把自己这些书信体文学大作的样本全都放在炉子里付之一炬。不久,莫斯科、尼日尼、弗拉基米尔等地开始了大搜捕,原来那个穿花格裤子的家伙,就是后来有名的兰杰津·加尔京格③,按次序说,要算是我见到的第一个奸细。

不管怎样,我心上人的丈夫总还是个心地善良的人,有些多愁善感,肩上又可笑地背上一个"科学知识的行囊"。他是这样说的:

"知识分子生活的意义在于:不断地充实科学知识的行囊,以便把它们无私地分送给底层的广大民众……"

---

① M·B·萨布纳耶夫,民意党人,八十年代末从西伯利亚流放地逃跑之后,奔走于俄国各地,旨在恢复旧的民意党组织。
② 弗拉季米尔·加拉克季奥诺维奇·柯罗连科(1853—1921),俄国作家。
③ 兰杰津·加尔京格(真名阿布拉姆·格克利曼),奸细,暗探局的密探,居住在巴黎时化名兰杰津。

我爱得越来越深,这爱情渐渐变成了折磨人的痛苦。我坐在地下室里,看着我的心上人弯着身子坐在桌旁工作,心中十分难过,我多么想把她抱起来,离开这该死的地下室。这里塞着一张宽大的双人床、一张小女孩睡的笨重的旧沙发和几张摆着一堆堆落满灰尘的书籍、纸张的桌子。尤其令人讨厌的是,路上行人的脚不断从窗前闪过,无家可归的野狗也时而把它的嘴巴伸向窗口;地下室里又闷又热,被太阳晒干的污泥的臭气也不时从窗外涌进来。而那个娇小的少女似的女人却轻声唱着歌,手中的笔在纸上发出沙沙的响声,一双可爱的淡蓝色的眼睛温情地向我微笑。我爱这女人爱得如痴如狂,我是那么心疼她,为了她,我陷入了极度的烦恼之中。

"您再讲点您自己的事吧,"她提议说。

于是,我讲了起来。一会儿,她说:

"您说的不是您自己!"

我心里也明白,我说的的确不是我自己,而是我迷途上碰到的一桩桩事情。我应该从我经历过的这些纷繁杂乱的见闻中找出我自己来,可是,我做不到,我也害怕这样做。我是谁,我是干什么的?这个问题使我困惑不安。我憎恨生活,它曾经迫使我干出自杀这种丢人的蠢事。我不了解人,我觉得他们的生活是不合理的,愚蠢的,肮脏的。不知为什么,我像一个极端好奇的人,对生活中所有阴暗的角落,生活中一切深藏着的秘密,都要看上一眼。有时候,我感到会由于好奇而去犯罪,我要去杀人,只是为了想知道杀人之后我会受到怎样的处置。

我觉得,如果我把自己原原本本摆出来,那么,在我心爱的女人面前我就会是一个被一些奇怪的感情和荒诞的念头织成的密网缠得头脑混乱、十分可恶的人,一个神志不清、非常可怕的人,这样的人会把她吓跑,使她产生反感。我必须改弦更张。我确信,正是这个女人,她不仅能帮助我认清自己的本来面目,而且她有一种神奇的力量,能够把我这个看不见一线光明的人从黑暗的现实生活中解救出来,永远与我灵魂深处的那些可怕的东西决裂,使我的心中充满无穷的力量,燃起无比欢乐的火焰。

她谈到自己时那种漫不经心的语调,她对人那种宽容的态度使我确信,她知道许多不寻常的事情。她握有打开一切生活之谜的钥匙,因而,她总是那么快活,那么自信。也许,我最爱的正是她身上存在着一种我还摸不透的东西。但我以一个年轻人的全部热情真心实意地爱着她。我十分痛苦,这难以控制的爱情之火已经把我的身体燃烧殆尽,使我无力自持。假如我比较单纯又有些粗鲁的话,对我也许会好一些。虽然我是个强壮的、性感强烈而又非常容易感情冲动的青年,但是,我相信,如果与女人的关系只限于肉体上的结合,也就是我知道的那种极端粗野的像野兽一样简单的形式,那一定会使我感到极度的厌恶。

我不明白,这种浪漫主义的幻想怎么会在我的心里形成和存活下来,但是,我深信,在我所知道的一切的背后,隐含着某种玄妙的东西,同女人交往的高尚而神秘的意义,在第一次拥抱里就包含着某种伟大、欢乐、甚至是可怕的东西,一个人尝到这欢乐之后,他会完全变成另外一个人。

我觉得,我的这些幻想并不是从我读过的小说中得来的,而是从那些同现实相矛盾的感受中培植和发展起来的,因为:

"我是为了反抗才来到这个世界上的。"

此外,我的脑海里还有一些奇怪的模糊的回忆:我记得,在远离现实生活的某个地方,在我年幼的时候,我就曾经体验过那种心灵上迸发出来的强烈的激情,感觉到一种甜蜜的战栗,确切些说,是一种和谐的预感,是一种比黎明时分初升的太阳还要明亮的喜悦。也许,那是在我躁动于母腹之中的时候,在创造我的生命、第一次点燃起我生命之火的刹那间,妈妈在那热烈的冲动中就把她那迸发出来的幸福的战栗传给了我,在她生我的激动而幸福的时刻传给我的这一切,使我终生都怀着一颗颤抖的心等待着女人给予我非同寻常的东西。

当你不知道的时候,你就会任意杜撰。人类最聪明的地方就是善于爱女人,崇尚她的美;世界上最美好的一切都来自对女人的爱。

有一次,我在河里游泳,当我从驳船船尾跳水的时候,胸部撞在锚栓上,一只脚被缆绳缠住了,倒悬在水里,呛了水。一个车夫把我拖了出来,他们给我做人工呼吸,救活了我,我的皮肤都被擦破了,血从喉咙里流出来,我不得不躺在床上,吞食冰块。

我的心上人来看我,她坐在床边,仔细询问我出事的经过,用她那轻巧温暖的手抚摩着我的头,望着我,眼睛里饱含着忧虑和不安。

我问她:她看得出我在爱她吗?

"是的,"她拘谨地微笑着说,"看得出来,这很不好,虽然我也爱上了您。"

不言而喻,听到她这句话,我觉得整个大地为之一震,花园里的树木也旋转起来,跳起了欢快的环舞。我陶醉在这意外的喜悦之中,一头扎在她的膝间,如果不是紧紧地抱着她,我大概会像一个肥皂泡一样从窗口飘然而去。

"别动弹,这对您的身体不好!"她严厉地说,想把我的头扶到枕头上,"您不要激动,不然我就走了!您这个人太痴情了,我真没想到,会有这样的人。至于我们的感情和我们之间的关系,等您病好了以后再谈吧!"

她说这些话的时候,心情非常平静,那双海水一样深沉的眼睛含情脉脉地微笑着。她很快就离去了,把我留在那彩霞般美丽的希望的火焰之中,使我陶醉在幸福的遐想里,我深信,现在有了她的好心相助,我会展翅高飞,飞向崭新的感情和思想境界。

过了几天,我坐在山谷边的草地上,风吹得下面的树丛发出沙沙的响声。天空灰蒙蒙的,雷雨就要到来。我的心上人郑重而又平静地谈到我们年龄上的差异,谈到我应该学习,背上妻子儿女的包袱对我来说为时过早。她的话听来叫人难过,但却是很有道理的,她用母亲般的语调讲这番话,更加引起了我对这个可爱的女人的爱和尊敬。我听着她的声音,听着她那温存的话语,心中阵阵哀伤阵阵甜蜜,有人这样跟我讲话,这是我有生以来第一次呀!

我望着谷口,风吹得小小灌木轻轻起舞,像一条碧绿的小河微波荡漾。我心中暗自发誓,我要把我的全部心灵奉献给她,以报偿她对我的爱。

"在作出抉择之前,我们要慎重考虑,"她轻声对我说。她用一根折下来的胡桃枝抽打着自己的膝头,朝着隐没在一片花园般的翠岗之中的城市眺望。

"当然,我还要跟博列斯拉夫谈谈,他好像已经察觉了,所以有些神经过敏。我是不喜欢悲剧的。"

一切都是那么忧伤又那么美好,但是总免不了发生庸俗可笑的事情。

我的灯笼裤的裤腰太肥了,我用一个三英寸长的大铜别针把它别了起来。现在买不到这种别针了,这倒是那些贫穷的恋人们的幸运。这个该死的别针一直用它那锋利的针尖彬彬有礼地划着我的皮肤。我只要动作稍不留神,整个别针就刺到我腰里去了。我只好一次又一次悄悄地把它拔出来,可是,我怀着极大的恐惧意识到,从划破的伤口里流出了一股股鲜血,浸湿了我的裤子。我没有穿衬衫,厨师的上衣又太短,下摆刚刚齐腰。穿着贴到身上的湿漉漉的裤子,我可怎么站起身来走回去呢?

我知道这件事儿实在太可笑了,这种令人难堪的处境使我非常恼火,由于过分紧张,我就像一个忘记了自己扮演什么角色的演员那样用一种矫揉造作的腔调说了起来。

她听了一会儿我的夸夸其谈,开头听得很出神,后来显然是感到疑惑不解了,她说:

"您真会说漂亮话呀!您好像突然变得不像您自己了。"

我真的吓坏了,就像被人掐住脖子一样,马上闭住了嘴。

"要下雨了,该回去了!"

"我要留在这儿。"

"为什么?"

叫我怎么回答她呢?

"您生我的气了吗?"她深情地望着我的脸,问我。

"噢,没有,我在生自己的气。"

"也不要生自己的气,"她站起身来劝我说。

我坐在一汪热乎乎的血泊中,我无法站起来,我觉得,我的血像小溪一样从腰里潺潺流出来,她马上会听见这响声,会问我:

"这是什么声音?"

"你走吧!"我心里暗暗地乞求她。她又亲切地对我说了几句温存话,就起身走了,她迈着匀称的小腿,轻盈地摆动着腰肢,沿着山谷边缘走去。我凝望着她柔媚的身影渐渐远去,渐渐消失。后来,我躺倒在地上,我意识到我的初恋将是一场悲剧,这打击完全把我摧毁了。

当然,事情不出所料:她丈夫一把鼻涕一把眼泪,伤心,感叹,说得又那么可怜,像一条宽阔的激流横在眼前,她不忍心游过这条黏糊糊的激流来到我身边。

"他是那么无能而懦弱,您却是那么坚强有力!"她眼里含着泪花对我说,"他说,'如果你离开我,我就会死去,就像一朵见不到阳光的小花儿……'"

一想到这朵小花儿,他那短粗的小腿,女人般的胯股,西瓜一样滚圆的肚皮,我禁不住哈哈大笑起来。苍蝇就在他的胡子里作窝,因为在那里什么时候都能找到可吃的东西。

她笑着说:

"是呀,说起来很可笑,不过,他的确是很痛苦的。"

"我也很痛苦。"

"噢,您年轻,您坚强……"

此时此刻我仿佛第一次觉察到我成了弱者的不共戴天的敌人。后来,在更加严肃的场合,我常常看到,强者在弱者的包围之中是多么可悲,多么束手无策,为了维持这些注定灭亡的弱者那无益的生存,强者不知要浪费多少宝贵的心血和才智。

不久,我拖着病弱的身子,怀着近乎疯狂的心情,离开了这座城市①,在差不多两年的时间里,我像风卷球②一样在俄罗斯的大地上漂泊。我走遍了伏尔加河流域,顿河两岸,乌克兰,克里米亚,高加索,我目睹了生活道路上形形色色的场面,我饱尝了人世间的艰难险阻。我变得更粗野、更狠心了,可是,在我的心灵里却一直保留着这女人的可爱的形象,虽然我见过许多比她更漂亮更聪明的女人。

过了两年多,秋天,在梯弗里斯,有人告诉我她从巴黎回来了③,她听说我和她住在同一座城市里,非常高兴。一听到这消息,我这个健壮的二十三岁的青年,有生以来第一次晕了过去。

我犹豫不定,没有去看她,但过了不久,她通过朋友主动邀请我去。

我觉得,她变得更漂亮、更可爱了,还是婷婷少女般的身材,双颊上笼罩着动人的红晕,一双蓝眼睛仍然闪烁着温存的光芒。她丈夫留在法国了,她身边只有活泼得像只小山羊似的俊美的小女儿。

我去看她时,城市上空雷电交加,风雨大作,瓢泼大雨哗哗地倾泻着,暴发的山洪从圣大卫山上迅猛地奔腾而下,翻卷起路面的石块,沿街冲去。狂风呼啸,水声怒吼,房屋倒塌了,发出轰隆隆的巨响,仿佛把她的房屋都震得摇晃起来,窗上的玻璃叮当作响,满屋里闪着蓝色的电光,周围的一切像是堕入了潮湿的无底深渊。

小女孩吓坏了,蒙起头藏在被窝里。我们站在窗前,被天空的阵阵雷鸣震得头晕目眩,我们谈着话,可是不知为什么,声音很低。

"我第一次看见这样的雷雨。"我身边心爱的女人轻声说。

---

① 一八九〇年初科尔萨克出国,同年六月卡明斯卡娅去巴黎找他。彼什科夫一八九一年四月离开下诺夫戈罗德城到各地流浪。
② 风卷球又名风球草,是一些草本植物的总称,果实成熟时,其茎容易折断,被风一吹就像球似的滚得很远。
③ 一八九二年八月卡明斯卡娅与科尔萨克断绝夫妻关系后,从巴黎返回俄国,来到梯弗里斯,同年九月她同彼什科夫在这里重逢。

她突然问道：

"噢，怎么样，您对我的相思病治好了吗？"

"没有。"

看样子，她很吃惊，但还是耳语般地说：

"天哪，您的变化真大呀！完全是另外一个人了。"

她慢慢坐到窗前的圈椅上，身子颤抖了一下，可怕的闪电晃得她眯缝起眼睛，她小声说：

"这儿常谈到您。您怎么会到这儿来的？请您讲一讲您是怎样生活的好吗？"

上帝啊，她是多么娇小、多么柔媚呀！

我像忏悔一般，一直给她讲到深夜。雷雨天气总是使我不同往常，格外兴奋，欣喜若狂。我一定是讲得很动听，她那睁得大大的眼睛、她那凝神而激动的目光，使我对此深信不疑。只是她时而小声说一句：

"这太可怕了！"

临走她跟我告别时，我发现她脸上常见的那种长者对晚辈爱抚的微笑没有了，过去我一看见她那种微笑心里总感到有些不痛快。我沿着湿漉漉的街道走着，望着一弯新月切开了残破的云团，我乐得有些飘然欲仙忘乎所以了。第二天我寄给她一首诗，这首诗她后来常常朗诵，至今这字字句句还一直深深地留在我的记忆里：

  夫人！
  为了您的爱，为了您目光中温存的情意，
  神奇的魔术师甘愿做您的奴隶，
  他巧妙地精通
  那妙趣横生的艺术：
  用空空的双手或小小的道具
  创造出微微的乐趣！

请收下您这快乐的奴隶吧!
也许,从这微微的乐趣开始,
他会创造出巨大的幸福,
难道创造整个世界,
不正是始于那小小的微粒?

噢,世界创造得并不快乐:
人世上的欢乐少得可怜少得出奇!
但是,有趣的事儿依然不少,
比如,在您这忠实奴仆的心中,
就有一曲无限美妙的旋律,
那就是您!

您!
但是,请您不要开口!
和您的那颗心相比,
我这拙笨的语言是如此苍白无力,
在这百花凋零的大地上,
您的心灵比最美丽的鲜花还要美丽!

当然,这未必算得上是诗,但我是怀着欢乐的真情写下的。

  我又坐在她的面前,我觉得她是这个世界上最好的人,因而也是我最需要的人。她穿着天蓝色的连衣裙,这衣裙宛如一团柔软芳香的云朵,紧紧裹着她,衬托出她那优美秀丽的身段。她抚弄着腰带上的穗子,对我讲出那样不平常的话来,我望着她那染着玫瑰色指甲的纤纤细指的动作,我觉得,她像是一个技艺超群的琴师,而我就是她手中的小提琴,她正爱抚地调拨着琴弦。我真想死去,真想把这个心爱的女人一口气吸到我的心里,让她永远留在那里。我已控制不住内心的极度紧张,我已忍受不住感情的激烈冲动,我的心马上就要迸裂了。

我给她读了我刚刚发表的第一篇小说①,但不记得她是怎样评价的了,她好像很惊讶:

"啊,您写起小说来了!"

像是在梦里,她的声音仿佛从很远的地方传到我的耳边:

"这几年我常常想到您。难道是由于我才使您受了那么多痛苦吗?"

我对她说,在这个世界上,有了她,就没有任何痛苦,就没有任何可怕的事情。

"您真好……"

我是多么想拥抱她呀,但是我那两只长得出奇的手臂笨得要命,我不敢碰她一下,生怕碰疼了她,我站在她面前,由于心脏激烈的跳动身子摇摇晃晃,我喃喃地说:

"跟我一起生活吧,请您跟我一起生活吧!"

她轻声笑了,也许还有点难为情?她那双动人的眼睛闪着夺目的光彩。她走到屋角,站在那里说:

"这么办吧:您先去下诺夫戈罗德城,我留在这儿,让我考虑一下,再写信给您……"

这时候,我就像曾经读过的一部小说里的主人公那样,向她恭恭敬敬地鞠了一躬,然后离开她,飘然而去。

冬天,她带着女儿搬到我这儿来了,当时我在下诺夫戈罗德城②。"穷汉娶亲嫌夜短",民间的天才是含着眼泪说出这样的名言来的。我亲自体验到了这个谚语道出的深刻真理。

我们花每月两个卢布的租金租了一所"公馆"——神甫花园里的一个旧浴室。我住在前边的更衣间,我妻子住在浴室里,这也是我们的客厅。这所"公馆"寒气袭人,屋角和门窗的缝隙都结了冰,完全不

---

① 指一八九二年发表的《马卡尔·楚德拉》。
② 一八九二年十二月四日。

适合有家室的人居住。夜晚工作的时候,我把自己所有的衣服全都套在身上,上面又盖了条毯子,就这样,我还是得了极其严重的关节炎。凭着我当时引以为自豪的身体和耐力,这几乎是不可思议的事情。

浴室里暖和一些,不过每当我点起炉火,我们的整个住房就充满了令人窒息的霉臭味、肥皂味和蒸汽浴用的笤帚味。我们那个长着一双奇妙的眼睛、像瓷娃娃一样的小女孩就吵闹不安:她头疼。

春天,成群的蜘蛛和海蛆都来拜访寒舍,母女俩吓得浑身发抖,我要用胶套鞋来消灭这些蛆虫。几扇小窗子都被茂密的接骨木和长野了的马林果树严严实实地封住了,房间里总是阴暗的,那位整天醉醺醺、好发脾气的神甫又不允许我把这些树丛挖掉,甚至连剪枝也不准。

自然,我们可以找到更方便一些的住房,但是,我们欠了神甫的债,再说,神甫又很喜欢我,不肯放我们走。

"你们会习惯的!"他说,"要走就先还清债,还清了债,你们就是到英国人那里去我也管不着。"

他不喜欢英国人,他一定要让你相信:

"这是个懒散的民族,除了摆牌阵外,他们没有任何发明创造,他们也不会打仗。"

他是个大块头,赤色的圆脸膛,浓密宽大的红胡子,常常喝得烂醉如泥,连教堂里的差事也无法干下去了,此外,他还为那个又瘦又小、鼻子尖尖、皮肤黑得像寒鸦似的女裁缝害着单相思,他常为这事痛苦得泪流满面。

他在给我讲述这女人如何阴险狡诈的时候,一边用手掌抹掉胡子上的泪珠儿,一边说:

"我知道,她是个坏女人,可是她长得很像那个伟大的女殉教者菲米阿玛,所以,我就爱上了她!"

我仔细翻了翻教历,却没有找到叫这个名字的女殉教者。

因为我不信教,他很生我的气,他常用那套传教士的大道理来感化我:

"孩子,您睁眼瞧瞧,普天下信教的人成千上万,不信教的寥寥无几!为什么呢?这就像鱼离开水就会死去一样,人离开教堂也活不了,这是千真万确的!您该信服了吧?为这个,干一杯!"

"我不喝酒,我有关节炎。"

他用叉子叉了一块鲥鱼,把它高高举了起来,威胁着说:

"这就是不信教的结果!"

为了这个破浴室,我伤透了脑筋,再加上吃饭经常没有肉,给小女孩买玩具没有钱,一句话,穷困,这该死的折磨人的穷困,使我在这个女人面前羞愧交加,夜不成寐。穷困这个孽种对我来说,既不会使我难堪又不会使我痛苦,可是眼前这种穷日子对这个娇小高雅的女人,特别是对她的小女孩来说,就未免太受委屈、太可怕了。

每天夜里,当我在自己栖身的角落里伏案誊写那些呈文、上诉书或是写小说的时候,我常常咬牙切齿,诅咒我自己,诅咒人们,诅咒命运,诅咒爱情。

她是那么会体谅人,就像母亲不愿意让儿子知道自己的难处一样,她对我们这种清苦的生活从未发过一句怨言。我们的处境越困难,她的话音越高昂,笑声越爽朗。她从早到晚给神甫和他们的亡妻画肖像,描绘各县的地图,地方自治会把这些地图拿到一个展览会上展出,还获得了金质奖章。当没有人再订画肖像的时候,她就用各种碎布头、稻草和铁丝给我们那条街上的姑娘、太太们制做最摩登的巴黎式女帽。我对女帽一窍不通,但显然,这帽子里隐含着一种非常可笑的东西,因为,每当这位女匠人在镜子面前试戴她亲手做的独出心裁的帽子时,老是笑得前仰后合,气喘吁吁。可是,我发现,这些帽子对买主们发生了奇异的作用:当她们用五颜六色的"鸡窝"把自己的脑袋装扮一番之后,总是挺着肚皮走上大街,十分神气。

我在律师那里做事,还给地方报纸写小说[①],每行字两个戈比。每

---

[①] 高尔基一八九三年秋天开始在《伏尔加人报》上发表作品。

天晚上喝茶的时候,如果我们没有客人,我的妻子就绘声绘色地给我讲当年亚历山大二世圣驾光临比亚威斯托克贵族女校的情景,沙皇御赐糖果给贵族小姐们分享,可是不知道怎么一来,几位小姐莫名其妙地怀孕了,有的漂亮小姐陪着沙皇去别洛维日密林里打猎,可是一去不回,后来说是在彼得堡嫁了人。

我太太给我讲巴黎,那真是讲得引人入胜;巴黎这个城市我从书本上已经略知一二,特别是读了马克辛·杜-康[①]那内容丰富的著作之后,对它更有所了解。而她却是根据蒙马特尔的小酒馆和拉丁区纷繁的生活来剖析巴黎的。这些故事比美酒更能激起我的热情,我觉得生活中一切美好的东西都是从对女人的爱情力量中产生的,所以,我编了几首颂歌来赞美女性。

我最喜欢听的、最感兴趣的是她讲述她亲身经历的浪漫史。她讲得那么生动,有趣,那么坦率,有时竟使我感到非常不好意思。她面带嘲讽的微笑,用轻松的语调,好像用一只削得很尖的铅笔,以一道道细微的线条勾画出她过去的未婚夫、那位将军的可笑形象:有一次,他无意中先于沙皇向野牛开了一枪,紧接着他就朝这头受伤的野公牛大喊:

"请恕罪,陛下!"

她常常谈起俄国侨民。从她的话里我感到,她对人宽厚,从不苛求,许多事总是一笑置之。她的坦率有时天真到忘却羞腆的程度,她用猫一样尖尖的粉红色舌头甜滋滋地舔着嘴唇,眼睛里闪烁着一种特别的光芒。有时我觉得她的目光中迸发出厌恶一切的火星,可是,更多的时候,我发现,她像一个玩布娃娃玩得入迷了的小姑娘。

有一次她说:

"热恋着的俄国男人总是有些多话,又很迟钝,有时甚至夸夸其谈得令人厌烦。只有法国男人最懂得爱,而且爱得那么美,对他们说来,

---

① 马克辛·杜-康(1822—1894),法国作家,关于巴黎的几部书的作者。

爱情几乎等于宗教。"

打这之后,我在她面前不由变得比较持重,比较谨慎了。

谈到法国女人时,她说:

"从她们身上很难找到发自内心的热烈的柔情,她们有的是快活、细腻的性感,爱情对她们说来只不过是逢场作戏而已。"

这一切她说得很认真,而且用的是教训人的口吻。这些知识并不完全是我所需要的,但总算是知识吧,所以,我贪婪地听着。

"俄国女人和法国女人之间的差别,大概就是水果和水果糖之间的差别吧。"一个月色皎洁的夜晚,她坐在花园的凉亭里说。

她本人就是水果糖。在我们夫妻生活最初的日子里,有一次,我自然是满怀着激情给她讲述了我对男女爱情的浪漫主义观点,她听了十分吃惊。

"您这是认真说的吗?您当真这么想吗?"她躺在我的怀抱里,沐浴着蓝色的月光,问我。

她那粉白的身体看上去晶莹而透明。散发出迷人的、杏仁般的苦香味。她纤细的手指深情地抚弄着我的长发,睁得大大的眼睛以一种惶惑的神情望着我,嘴角的微笑也饱含着疑虑。

"啊,我的上帝啊!"她突然大叫一声,跳到地上,在房间里从明处走到暗影里,思忖着,她的皮肤在月光下像绸缎一样闪闪发光,那双赤着的小脚轻轻地踏着地板。她又来到我面前,抚摸着我的脸颊,用母亲般的口吻说:

"您本该同一位姑娘开始生活的,是的!是的!而不是跟我……"

当我把她抱起来,她哭了,轻声说:

"您知道我是多么爱您吗?您知道吧?我跟您在一起是多么幸福啊,我从来也没有尝到过这么多的欢乐,这是真话,请您相信我!我从没有这样痴情、这样热烈、这样心情坦然地爱过。我跟您在一起感到非常好,不过,我还是要说,我们错了,我不是您所需要的人,不是!这是我的过错。"

我不懂她的意思,我被她的话吓坏了,赶忙亲热她,用欢乐来消除她的忧伤。但是,这些不明不白的话还是留在我的心上了。过了几天,她含着激动的泪花,又悲切地重复说:

"哎,假如我是个姑娘该多好!……"

我记得,这天夜里,暴风雪在花园里呼啸,接骨木的枝条敲打着窗上的玻璃,风在烟囱里狼嚎般地嚎叫,我们的房间里黑暗,寒冷,脱落的糊墙纸簌簌作响。

每当我们挣了几个钱,就邀请朋友们来赴我们丰盛的晚宴:吃肉,喝伏特加和啤酒,吃点心,总之,痛痛快快地享受一番。我的巴黎女人胃口极好,喜欢吃俄国菜:"瑟丘格"——荞麦饭鹅油馅牛肚、鱼油鲶鱼馅大烤饼、羊肉土豆汤。

她组织了一个"馋肚皮会",有会员十人,都是些肚皮大、会喝酒、熟知珍肴美味、善品酒菜高低而又专长空谈烹调奥秘的吃客,可我感兴趣的是另一种奥秘,我吃得也不多,对填饱肚皮的过程也毫无兴趣,他们这一套同我在美学上的需要是风马牛不相及的。

在谈到这些"馋肚皮"时,我说:"这是一些头脑空虚的人!"

"只要好好刺激刺激他们,他们也会跟别人一样的,"她回答说,"海涅曾经说过:'在服饰下面,我们每个人都是赤裸的!'[①]"

她知道许多怀疑主义色彩的警句,可是,我觉得她常常引用得不恰当,驴唇不对马嘴。

她很喜欢"刺激"身边的男性,这一点她很容易做到。她总是那么快活,会说俏皮话,像蛇一样灵活,她常常一下子就引起周围一片活跃气氛和格调不高的反响。一个男人只要跟她谈上几分钟,他的耳朵就会红到脖子根,随后,由红变紫,两眼湿润,射出甜滋滋、蒙眬的目光,像公山羊望着大白菜一样盯住她不放。

---

[①] 海涅的《北海游记》(1826)。

"真是个具有磁石般魅力的女人!"一个公证人的助理赞叹道。他是一个不得志的贵族,脸上长着几颗同自称为王的德米特里①相似的赘疣,肚子足有教堂的圆顶那么大。

一个淡黄头发的雅罗斯拉夫贵族法政学校的学生②为她写了不少诗,每一首都是长短短格③。我觉得这些诗低级无聊透了,可她读起来却笑得直流眼泪。

"你干吗要逗引他们呢?"我问。

"这很有意思,跟钓鲈鱼一样。这就叫作卖弄风情,没有哪个尊重自己的女人不爱卖弄风情的。"

有时候她探寻地望着我的眼睛,笑着问:

"你吃醋吗?"

不,我并不吃醋,但是,她的这些行为总还是有点干扰我的生活,我不喜欢庸俗的人。我是个快活的人,我知道,笑是人类最美好的天性。我认为马戏团的小丑,露天舞台上的滑稽大王和剧院里的喜剧演员都是些无能之辈,我自信比他们更会逗人发笑。我也真的常常使我们的客人笑破了肚皮。

"天哪!"她赞叹说,"你会成为一个出色的喜剧大师的!你该登上舞台,去当演员!"

她在业余剧团里演戏演得很成功,职业戏班子的领班也常常邀请她参加演出。

"我喜欢在前台,我害怕在幕后,"她说。

她这个人爱说老实话,从不隐瞒自己的愿望和想法。

"你太爱高谈阔论了,"她教训我说,"生活其实是又简单又粗野;完全不需要去探索它的特殊意义,不需要把它复杂化,我看,只需要使

---

① 指第二个伪德米特里(死于1610),波兰封建主支持他入侵俄国,一六○八年到达莫斯科附近的图希诺村,自立为"图希诺沙皇"。
② 指阿·格·米洛斯拉沃夫,他当时是地方法院的文书。
③ 长短短格,指音节声调并重的格律诗中重音在第一音节上的三音韵的诗。

它不那么粗野就行了。再多也是办不到的。"

我感到,在她的人生哲学中,妇科学的成分太多了,我觉得,《产科学教程》就是她的圣经。她曾亲口对我说过,她从贵族女校毕业之后读了一部科学著作,这本书简直使她大吃一惊。

"我是个天真的小姑娘,好像挨了当头一棒;我觉得,我仿佛被人从天上扔到泥坑里,我痛心地哭了,我可惜我所相信的一切都成了泡影,但我很快就意识到,我脚下的大地虽说是冷若冰霜,但却坚实可靠。我最可怜的是上帝,本来,我清清楚楚地觉得上帝就在我的身边,可是,他突然像纸烟的一缕烟雾似的消散了,对于那天堂里欢乐的爱的幻想也随之消散得无影无踪。我们在女校上学的时候,关于爱,我们想得很多,谈得又是那么好。"

她在贵族女校和巴黎时的那种虚无主义对我产生了不好的影响。夜里,我常常从桌旁站起身来,去看看她,她睡在床上显得更娇小、更标致、更漂亮,我望着她,怀着极大的痛苦想到,她的心灵已经破碎,她的生活是多么混乱。对她产生的怜悯之情加深了我对她的爱。

我们的文学爱好迥然不同:我最爱读巴尔扎克,福楼拜,她更喜欢保罗·费瓦尔,奥克塔夫·费利埃,保罗·德柯克①,尤其喜欢《少女纪罗,我的夫人》,她认为这本书写得最有风趣,我却觉得这本书像《刑法典》②一样枯燥。尽管如此,我们还是亲密相处,彼此没有感到厌倦,夫妻爱恋之情也没有减弱。但在我们共同生活的第三个年头,我发现,我心中不时出现一种不祥的声音,而且越来越响,越来越明显。我如饥似渴地埋头学习,读书,并开始全神贯注地致力于文学创作;客人们越来越妨碍我,他们都是些无聊的人,人数也越来越多,因为我跟妻子的收入增加了,所以宴请宾朋的次数也就随之多起来。

在她眼里,生活就如同蜡像展览一样,因为男人们身上没有挂着

---

① 保罗·费瓦尔,奥克塔夫·费利埃,保罗·德柯克,均系十九世纪法国浪漫主义作家,注重作品情节的引人入胜,倾向于悲剧气氛和感伤情调。
② 指俄国一八四五年和一八八五年的刑法典。

"请勿动手"的牌子,所以,她有时对他们过于随便,而他们却认为她的好奇对自己十分有利,在这样的基础上就常常发生一些误会,弄得我不得不出面排解。处理这类事情时,我的举动有时不够冷静,大概,常常是粗鲁的;有一个被我扯住耳朵狠狠教训过的人满腹牢骚地说:

"噢,好吧,我承认,我错了!可是,扯我的耳朵,难道我是个几岁的娃娃吗?我的年龄几乎比这个野小子大一倍,可他却扯我的耳朵!就是给我一拳头也比扯耳朵体面一些呀!"

显然,我没有掌握好惩治别人的艺术,没有考虑到给人家留点面子。

妻子用相当冷漠的态度对待我写的小说,不过,在那段时间里,她的这种态度并没有伤我的自尊心:当时我自己也不相信我能够成为一个真正的文学家,我把在报纸上发表作品仅仅看作一种谋生的手段,虽然我常常觉得有一种奇怪的创作激情像滚滚热流似的涌上心头。但是,有一天早晨我把夜里刚刚写好的小说《伊则吉尔老婆子》①读给她听的时候,她居然睡着了,开头,我并没有不高兴,只是不再读下去,望着她,沉思起来。

她那娇媚的、我十分喜爱的小脑袋靠在破旧不堪的沙发背上,微微张着嘴,像孩子一样均匀平静地呼吸着。朝阳透过接骨木的枝条照进窗口,点点金光像轻盈飘忽的花朵落在她的胸脯上,双膝上。

我站起身,轻轻走出房间,来到花园里,我胸中阵阵刺痛,心灵受到了深深的伤害。我很苦恼,我想,也许是我自己太无能了吧?

在我生命的旅程上,我见过的女人不是在沉重的奴役般的劳动中受折磨,就是在污秽、放荡、贫困中挣扎,或者醉生梦死,扬扬自得地在庸碌的温饱中混日子。在我的记忆里,只有童年时代留下过一个美好的印象,那就是玛尔戈王后②,可是,她早已被堆积如山的其他形象冲淡了。我原以为,女人们会喜欢伊则吉尔的生活故事,它会唤起她们

---

① 中译文载本文集第一卷。
② 玛尔戈王后是法国作家大仲马的同名小说中的女主人公。

对自由、对美的向往和追求。可是,我的小说连我最亲近的女人都没有打动:她睡着了!

为什么?莫非我用胸中那生命之火铸造的铜钟不够洪亮吗?

在我的内心深处,是把这个女人当作母亲那样看待的。我曾经期望过,相信过,以为她会给我以醉人的蜜汁,激发我的创作灵感,我曾经希望,她的爱会使我那在坎坷的生活道路上养成的粗野性格变得温顺一些。

这是三十年前的往事了,今天回忆起来,我心中觉得好笑,可是在当时,一个人想睡就睡的这种无可非议的权力却惹得我生那么大的气。

我相信过,如果怀着愉快的心情谈起悲伤的事情,悲伤就会烟消云散。

我也怀疑过,世界上有个以人们的痛苦为乐的怪物,它鬼鬼祟祟地在生活中出没;我还觉得,有个专门制造人间悲剧的幽灵在狡诈地破坏人们的生活。我把这个无形的悲剧作家看作我的私敌,并且尽可能地不上它的圈套。

记得,当年我读过奥尔登堡的《佛及其生平、经典和团体》,书中有一句是:"人生在世苦海无边",这句话使我非常愤懑,在我的生活中虽说欢乐不多,但是,我觉得,生活中的痛苦和悲伤只不过是偶然现象,并不是必然规律。后来,我又仔细阅读了大主教赫里桑夫的巨著《东方的宗教》[①]一书,这本书的论点更加令人气愤,它的教义认定世界是由恐怖、沮丧和痛苦组成的,这些东西我完全不能接受。我曾经像一个虔诚的宗教徒那样经受过宗教的狂热,我深切地感觉到,相信这些无稽之谈对我是一种耻辱。我憎恶一切苦难,因而也本能地憎恶一切悲剧,于是我就学会了把悲剧轻而易举地变成喜剧的本领,而且学得

---

① 下诺夫戈罗德城的神学家、大主教赫里桑夫的三卷集《古代宗教及其与基督教的关系》一书的第一卷(1873)。

很不错。

当然，为了说明我和妻子之间正在酝酿一场我们双方都在竭力避免的"家庭悲剧"，完全可以不谈上面这番话，我之所以发了这些议论，只不过想提一提我在寻找自己的生活道路的过程中经历了多么可笑的曲折。

"心理上"过分敏感的俄国男女非常热衷于家庭悲剧，而我的心上人由于生性快活，所以，也不会扮演这种悲剧角色。

但是，一位淡黄头发的法科学生那忧郁的格律诗还是像秋天的冷雨一样滴进了她的心田。他用浑圆、漂亮的字体精雕细刻般地写满了一张张信纸，然后偷偷地到处乱塞：夹到书里，放到帽子里，藏到糖罐里。每当我发现了这些折叠得整整齐齐的纸片，就把它们交给妻子，并对她说：

"请接受这试图刺伤您心灵的又一支利箭吧！"

开始，丘比特①的纸箭并没有对她发生什么作用，她把那一首首长诗读给我听，碰到有趣的句子时，我们就一块儿捧腹大笑：

> 不论白天还是夜晚，
> 但愿我能时时刻刻把您陪伴。
> 您那小手的一举一动，您那脑袋的一摆一转，
> 一切的一切都印在我的心里边。
> 您像一只多情多意咕咕叫着的小斑鸠，
> 我愿作一只老鹰在您头上团团转。

但是，有一次她读了法科学生的一篇这样的"呈文"之后，若有所思地说：

"我可怜他！"

---

① 丘比特，罗马神话中的爱神。

记得,当时我可怜的不是他,而她却从那时起不再朗诵那些格律诗了。

这位诗人是个矮墩墩的青年,比我大四岁左右,沉默寡言,十分好酒贪杯,而且真正算得上是一个坐得住的人。节日里他下午两点来我家吃饭,他能够一动不动、一言不发地坐到夜里两点。他跟我一样,也是给律师当文书,他那种漫不经心的态度使那位好心的主人感到吃惊,他做事马马虎虎,而且常常用嘶哑的低音说:

"总而言之,都是些微不足道的小事情!"

"那到底什么才不是小事情呢?"

"怎么对您说呢?"他抬起那双沉闷呆滞的灰眼睛,望着天花板,若有所思地反问,往下再也不说什么了。

他这个人不知为什么总是那么郁郁寡欢,而且故意摆出一副苦闷的样子,这一点最使我厌恶了。他喝起酒来慢条斯理;喝醉了,他的鼻子里总是讥讽地发出呼哧呼哧的声音,此外,我看不出他身上还有什么与众不同之处。因为有一条规律在起作用:在丈夫的眼里,追求他妻子的绝没有好人。

住在乌克兰的一位富有的亲戚每月给这个法科学生寄来五十卢布,这在当时算得上一笔不小的款子了。每逢节日法科学生都要给我妻子带来糖果,在她过命名日的时候送给她一台闹钟,青铜的钟座上一只猫头鹰正在撕扯着一条黄领蛇。

这台该死的钟总是提前一小时零七分闹醒我。

妻子不再向法科学生卖弄风情,而是以女性的温情来抚爱他,她因为搅乱了男人的心而感到不安。我问她,照她的意见,这场悲剧该如何收场呢?

"不知道,"她回答说,"我对他说不上有什么感情,但是,我想刺激他一下。他心中的感情已经沉睡,我觉得,我是能唤醒他的。"

我知道,她说的是实话,她想把所有的人、把每个人都唤醒,在这方面她是很容易获得成功的:她唤醒了别人,也唤醒了别人身上的兽性。我一再提醒她不要做瑟西①,但是这也遏止不住她"刺激"男人的强烈愿望,我发现,我的周围,公羊、公牛、公猪成群结队,一天比一天多起来。

熟人们添枝加叶地对我讲述我的家庭生活中那些耸人听闻的极不愉快的闲话,而我是个直性子,又粗鲁,我常常对这些奇闻的编造者们发出警告:

"小心我揍你们!"

有些人滑头滑脑地替自己辩解一番;少数人有些见怪了。我的女人却说:

"听我说,动武没有什么用,他们反而会议论得更厉害的!你不是说你不吃醋吗?"

是的,我当时太年轻,又是那么自信,我怎么会吃醋呢!但是,有些感情、想法和心事,除了心爱的女人,是不能对任何人说的。在同女人接触的过程中,有时候你会不由自主地向她倾吐自己的一切真情,就像教徒在上帝面前一样。每当我想到,也许她在跟人幽会的时候会向别人吐露那只属于我、只能属于我的一切,我的心情就变得非常沉重,我觉得,这近乎是一种背叛行为。也许,这种担心正是吃醋的根源吧?

我感到,这种生活会使我离开我正在走的道路。我考虑过,除了文学,生活中没有我的位置。可是在这样的环境里我完全无法工作。

我在生活的旅程中学会了容人,心中一直保持着对人的关心和尊重,这使我避免了一些重大的丑剧发生。我当时已经发现,在绝对真理这一无形的上帝面前,所有的人都或多或少犯有罪过,而那些公认的正人君子们在人类面前更是罪上加罪。正人君子——正是恶与善交配生出来的杂种,这种交配并不是恶强奸善或者相反,而是它们合法婚姻的必然产物,神甫在其中扮演着带有讽刺意味的不可缺少的角

---

① 瑟西,荷马史诗《奥德赛》中的女巫,她把俄底修斯的同伴全都变成了猪。

色。婚姻只不过是上天赐福给你的一种宗教仪式,它一生效,极端矛盾着的双方就结合在一起,产生出来的几乎经常是一些可悲的低能儿。当时,像孩子喜欢冰淇淋一样,我很喜欢那些怪僻的反常之论,它那机智的词句像美酒一样使我振奋,这种似非而是的反常言词常常可以消除生活中那些粗野、伤人的反常现象。

"我觉得,我离开这里也许会好一些,"我对妻子说。

她想了想,同意了:

"是啊,你说得对!我知道,你不喜欢这样的生活!"

我们各自心中都有些难过,紧紧地拥抱之后,我就离开了这座城市①,不久,她去当演员,也离开了。我的初恋就这样结束了,这是一段美好的往事,虽然它的结局并不好。

不久前,我的第一个妻子去世了②。

在这里我要赞美她几句:她是一个真正的女人!她善于根据仅有的条件把生活安排得很好,每一天对她说来,都是节日的前夕,她总是期待着,明天大地上会奇花怒放,会出现非常有趣的人物,会出现令人惊奇的事件。

她常常以嘲笑和略带轻蔑的态度对待生活中的苦难和不幸,像驱赶蚊虫一样把它们赶开。她总是怀着一颗战栗的心期待着那令人惊喜的欢乐,但这已不是女校学生天真的欢乐了,如今,她有着一个人正常的乐趣:她喜欢五光十色的喧闹的生活,喜欢人们之间悲喜剧式的

---

① 高尔基与卡明斯卡娅一八九四年十二月断绝夫妻关系,后应《萨玛拉报》社的聘请,于一八九五年二月二十日离开下诺夫戈罗德去萨玛拉。

② 高尔基一九二一年秋曾听说卡明斯卡娅患肺炎去世,故有此写法。一九二八年高尔基又获悉卡明斯卡娅仍然活着的消息。实际上卡明斯卡娅死于一九三九年六月。

　　奥莉加·卡明斯卡娅一八五九年生于下诺夫戈罗德城,父亲是医生,母亲是助产士。她三岁起跟姨母住在波兰,贵族女校毕业后回到莫斯科,嫁给农学院学生费·卡明斯基,由于丈夫患神经病,二人分手。她带女儿到梯弗里斯,与博列斯拉夫·科尔萨克结婚。

　　一八八九年六月高尔基与卡明斯卡娅相识。

错综复杂的联系,喜欢那像阳光下闪动着的灰尘一般无休无尽的细微琐事。

我看,她并不爱别人,不爱,但她喜欢观察他们。有时,她使夫妇或情人之间生活悲剧的发展加快或复杂化,她会巧妙地引起一些人的嫉妒心,促使另一些人接近,她对这种不无危险的游戏特别感兴趣。

"'爱情和饥饿主宰着世界',哲学则是世界的不幸,"她说,"为爱情活着,这是人生的首要目的。"

我们认识一位国家银行的官员,瘦高个,走起路来像仙鹤一样迈着缓慢、庄严的步子。他衣饰很考究,总是上下仔细打量着自己,用他那干瘪发黄的手指头掸一掸自己衣服上谁也看不见的灰尘。新奇的思想和清晰的语言对他来说都是不能容忍的,好像这些东西对他那艰涩刻板的话语是一种嘲讽。他讲起话来庄严、稳重,当他说出一个不容置辩的高论之前,总是用冰冷的指头捋一捋稀疏发红的小胡子。

"随着时代的前进,化学这门科学在原料加工工业中具有越发重大的意义。人们常说女人变化无常,这是完全公正的。妻子和情妇之间仅仅存在着法律上的区别,而没有任何生理上的差异。"

我严肃地问妻子:

"你能断言所有的公证人都是公正的吗?"

她面带愧色,苦笑着回答道:

"噢,不能,我没有这么高明,但是,我可以断言:用半熟的鸡蛋喂大象是可笑的!"

我们的朋友听了这样的对话,当即一针见血地指出:

"我觉得,你们谈论这些问题的态度很不严肃。"

有一次,他的膝盖撞到桌子腿上,碰疼了,他皱着眉头,确信不疑地说:

"硬度——是物质的无可争辩的特性……"

有时,把他送走之后,我的妻子兴致很高,她激动、热情、快活,偎依在我的膝头上,说:

"你瞧,他是个完完全全彻头彻尾的蠢货。他哪儿都蠢,连他走路的样子,他的手势,都蠢得很。我喜欢他,因为他也是一种典型。你摸摸我的脸吧!"

她喜欢我用手指轻轻地抚摩她的脸,舒展一下她那可爱的眼睛下面隐约可见的皱纹。她眯缝着眼睛,像猫一样蜷成一团,喃喃地说:

"人是多么有趣啊!连一个大家都觉得枯燥无味的人也会引起我的兴趣。我很想窥探一下他的内心世界,就像窥探一个小匣子那样,我说不定会在那儿突然发现一种谁也没有发现过、谁也没有看见过的东西,只有我一个人将要第一个看到它。"

她探寻那些"谁也不曾发现过的东西"并不费力,她像一个第一次进入陌生人房间的孩子,怀着满意和好奇的心情去探寻这一切。偶尔,她的确在这个十分枯燥的人那双暗淡的目光中燃起了紧张思考的明亮的火花,但更多的是引起了占有她的执拗的欲望。

她很欣赏自己的体态,有时赤身露体地站在镜子前面,连声赞叹:

"女人——造得多么美呀!女人身上的一切有多么和谐呀!"

她常说:

"当我穿得漂漂亮亮的时候,我就感到自己更加健美,有力,聪明!"

的确是这样:打扮得漂漂亮亮,她往往变得又快活又俏皮,眼睛里闪耀着非常得意的光芒。她会用印花布为自己缝制式样新颖的连衣裙,这种布制的连衣裙穿在她身上就像绸缎丝绒一样,她衣着一向很朴素,可我却觉得十分华丽。女人们常常赞赏她的衣着打扮;当然,有时并非出自真心,但总是高声赞叹她,她们羡慕她,记得有个女人伤心地说:

"我的衣料比您的贵两倍,可是样式却差十倍,看到您的打扮我真是又难过又懊恼!"

当然,女人们是不喜欢她的,她们自然编了我们许多谣言。我们认识的人当中有一个女医士,长得非常漂亮,但十分愚蠢,她好心地提醒我说:

"这个女人会把您的血全都吸干的!"

在我第一个妻子身边生活,我学会了不少东西。但是,我们之间的分歧是无法解决的,这种绝望的痛苦火一样烧灼着我的心。

对我来说,生活是一种严肃的使命,我看过的和想过的太多了,我一直生活在连续不断的惊慌不安之中。有许许多多同这可爱的女人格格不入的问题整天在我的心中翻腾,呐喊。

有一次,在市场上警察毒打了一个仪表堂堂的独眼犹太老人,原因是这个犹太人似乎偷了小贩的一把姜。我在街上碰见这位老人,他满身泥土,走得很慢,神态庄重,他的一只又大又黑的眼睛严厉地凝望着空旷炎热的天空,鲜血从破裂的嘴里一股股流出来,淌到银白的长须上,把银白的胡须染成了鲜红色。

这是三十年前的事了,至今,那位老人怀着无声的愤懑凝望着天空的目光,他那银针一样的眉毛在脸上颤抖的影像,依然浮现在我的眼前。对人的凌辱是不会忘记的,是的,永远也不会忘记。

我回到家里,心情非常沉重,又难过又气愤,脸色十分难看,目睹的这类惨景常常使我离开生活的轨道,变成一个对生活格格不入的人。人们为了折磨我,故意把人世上一切肮脏、愚蠢、可怕的东西,一切侮辱人、伤害人的东西全都端出来摆在我的面前。在这样的时刻,在这样的日子里,我特别清楚地感觉到,我最亲近的人离我是多么远。

我把这个犹太老人遭到毒打的事告诉了她,她非常吃惊。

"原来你是为这种事气得发疯呀?唉!你的神经也太脆弱了!"

随后又问:

"你说他是一个漂亮的老头?他不是个独眼龙吗,怎么会漂亮呀?"

她仇视一切苦难,不喜欢不幸的故事,抒情诗几乎打动不了她的心,在她那小小的、快活的心灵里,同情的火花是不常出现的。她喜爱的诗人是贝朗瑞①和那位笑对痛苦的海涅。

---

① 贝朗瑞(1780—1857),法国诗人,早期曾创作了一些歌颂爱情与美酒的诗歌。

她的处世态度有些像孩子相信魔术师有无穷的魔力一样：已经表演过的魔术都很有趣，而最有趣的还在后头。过一个小时就表演，也许，明天再演，但一定会演的！

　　我想，在她临终的时刻，她一定还希望看到这最后的、完全不可理解的、巧妙得惊人的魔术。

孙静云　译

隐　士[*]

　　一条森林覆盖的峡谷由高而低缓缓地伸向黄色的奥卡河畔,谷底的草丛里隐隐流过一脉溪水;峡谷上方是一抹蓝天,它白日里不甚显眼,到了夜晚则恍若一片微波荡漾的河水,河中星光闪耀,好似一群群金色刺鲈。

　　峡谷东南岸生长着参差错落、密密层层的灌木,在一面峭壁下的树丛里有一口岩洞,洞口掩着一扇用粗壮的树枝精心编制的柴扉,门前是一块用卵石铺成的一俄丈见方的石坪,由石坪向下,直到溪边,是由沉重的巨石垒成的一层层石级。洞前立着三株幼树——一株椴树、一株白桦、一株红枫。

　　岩洞近旁的一切都构筑得简单实用,坚固耐久。洞内的设施也很牢固,洞壁及拱顶衬着用柳枝编成的席箔,席箔上还抹着一层混有黏土的河泥;一进洞口向左,砌着一座不大的炉灶,角落里设有一个铺着锦缎般蒲席的读经台,台上有盏带底座的神灯,灯火苗儿微微发蓝,隐隐约约地在昏暗中摇曳。

　　读经台后面是三幅黑黢黢的圣像,墙壁上挂着几捆新编好的树皮鞋,地上散置着编鞋用的树皮,洞内充满了干草的芳香。

　　这个寓所的主人是一位中等身材、体格健壮的老人,但是他浑身

---

[*] 本篇写于一九二二年夏秋之间,最初发表于一九二三年五月、六月第一期《笔谈》杂志。译自《高尔基三十卷集》第十六卷。

上下都像是被揉皱和咬伤了一样。那张砖头似的红脸丑陋不堪,左颊上,从耳根直到下颌,深深地嵌着一道伤疤,嘴巴也因此而变歪,给脸上增添了一种异样的、近似嘲讽的表情,一对发乌的眼睛,因为患过沙眼失去了睫毛,在原来长有睫毛的眼帘上留下几条红色疤痕。在他那凹凸不平的颅骨上有两处没有头发,一处不大的在头顶上,另一处则使左耳周围变得光秃秃的。但是老头儿灵活、机敏得像黄鼬一样。他那双难看的疤痢眼总是笑眯眯的;他若是一笑,面容上的缺陷便被那满脸柔和的皱纹遮掩得几乎看不见了。他穿的是一件很不错的原色亚麻布衬衫、蓝线织的花粗布裤和一双用绳子编的鞋子,腿上没有裹布,而是用兔皮一直缠到膝盖。

我是在一个五月的欢快的日子里来到他这儿的。我们一见如故,他留我住了一宿,在我第二次造访时,他向我讲述了他的身世。

"我本来是个锯工,"他说着躺在绣球花丛下面,脱去衬衫,让太阳晒着他那全然不像老人的、肌肉发达的胸膛。"我锯了十七年木头,我的脸就是让锯子锯成这副模样的。人们也就这样称呼我——锯工萨韦尔。拉锯,朋友,可不是件轻活儿:两只胳膊往天上伸来伸去,脸上蒙着网子,脑袋顶上是木头,什么也看不见,锯末一个劲儿地往身上洒,活受罪!我本来又快活又调皮,像只筋斗鸽似的,你知道,有一种筋斗鸽:飞得老高老高,飞到一眼望不见底儿的天空里,然后把翅膀一收,小脑袋往翅膀底下一夹,便一筋斗栽了下来!好多鸽子就是这样摔到屋顶和地面上摔死的。我也是这样,整天乐呵呵的,像个傻子,谁也不得罪,娘儿们、大姑娘们喜欢我喜欢得像蜜糖一样,这是真话。那光景啊,想起来就让人高兴……"

他翻了个身,发出一阵像青年人一样的响亮的笑声,只是嗓音稍有些嘶哑,潺潺的溪水十分悦耳地应和着他的笑声。和风送暖;斑斑点点、金灿灿的阳光在春天的柔嫩的新叶上滑动。

"来,喝两口吧,朋友,"萨韦尔提议,"把那玩意儿拿来!"

我走到溪水旁边,里面冰着一瓶伏特加酒,我们各饮了一杯。老

头儿一面就着小甜面包和鲥鱼,一面赞叹:

"酒这玩意儿——想得可真妙!"

说着舔了舔乱蓬蓬的花白唇髭:

"是件好东西!我不能多喝,可少来一点儿我赞成。据说,这酒是魔鬼头一个酿出来的①,为了这桩好事,即使是魔鬼搞的也该感谢……"

他眯起眼沉默了一会儿,继之突然愤愤不平地喊道:

"可我还是受人欺侮,受欺侮得厉害!咳,朋友,人们惯于这样你欺侮我、我欺侮你,已经到了啥地步啊,真让人害臊。良心在人跟人之间活像是一条丧家犬,没个安身的地方!算啦,不谈这个了。我成过家,什么都是按部就班的,老婆叫纳塔莉娅,是个漂亮的娘儿们,性子也柔和。我跟她快快活活地过得不错,她有点不太安分,可我自己也有些外遇,不常在家,哪儿的娘儿们更好,哪个更体贴,我就受用受用。事情很平常,没这个不行,年轻力壮的时候,你再也找不到比这更好的事儿了。有时候我回家来,捎些钱,料理料理,人家对我说:'萨韦尔,你离家的时候可要把你老婆的裙子边儿扎紧哪!'这就是说,他们在笑话我。为了面子上过得去,我就稍稍揍她几下,然后送给她点礼物,亲热亲热,我说:'傻瓜,你怎么能让人笑话我呢?我难道是你的仇人,是你的冤家?'她自然是痛哭流涕地说:'他们造谣。'我自己也知道,人们喜欢造谣,可瞒我是瞒不了的。娘儿们的底细一到晚上就会搞得清清楚楚,夜间你马上就觉得出,她是不是落到过旁人手里?"

不知是什么东西在他背后的花丛里闹腾了起来。

"嘘!"老头儿用手抖了抖绣球花枝。"这儿有一只刺猬,不久前,我踩上它把脚都给扎了,我到河边洗澡,没发现它在草棵儿里,一根刺正扎在我的脚指头上。"

他笑着往花丛里瞧了瞧,向上纵了纵身,继续说道:

---

① 相传魔鬼撒旦曾因基督教的广泛传播而深感不安,于是便命令小鬼酿制麦酒,以乱人性。

"是的,朋友,就是说,我让人给欺侮了,怎么欺侮的呢？我有个闺女叫塔莎——塔季娅娜。她呀,我不吹牛,一句话,叫作人人爱,就是这么个闺女！简直是颗星星！我常打扮她,过节的时候她一上街,喝,活像个仙女！那走路的模样儿,那副柳腰,那双眼睛,——我们这里有个教员库兹明,外号叫'矮柜',小伙子生就笨手笨脚,他夸我女儿的字眼儿,你从来也没听见过,他要是一喝醉,总是流着眼泪劝我要爱护她。我当然爱护。过去,我很走运,可我们那儿的人不喜欢这个,他们嫉妒我,放出风来,说什么我奸污了女儿,跟她一块儿睡觉。"

他在草地上辗转不安,从灌木丛上取下汗衫,穿在身上,仔细把领口扣上。他那张脸痛苦得变了样儿,双唇紧闭,一根根稀疏的白眉耷拉在光秃秃的眼皮上。已是黄昏时分,渐渐有些凉意。一只鹌鹑不知在什么地方叫唤：

"啪唧,啪唧……"

老头儿凝望着下面的山谷。

"于是乎就乌烟瘴气地闹起来了。库兹明、神甫、录事、还有些庄稼人,特别是那些婆娘们,信口开河,叽哩呱啦地嚼起舌根来了:好啊,有人出了错。陷害人可是咱们的大喜事,真叫咱高兴啊。塔莎哭哭啼啼,连街上也去不成了,孩子们也跟着起哄。都觉得挺好玩,挺开心的。我说:咱们离开这儿吧,塔莎……"

"那你的老婆呢？"

"老婆？"老头儿诧异地反问了一句。"她已经死了呀！在夜里头,哼的一声,一下子就断了气儿。她没死以前,在塔莎十三岁那年……就跟我不对劲儿了,坏女人,生了外心。"

"你不是还夸她的吗？"我提醒他说。然而,这并没有使他发窘,他挠了挠脖子,用手掌托起胡子瞧了瞧,泰然自若地说道：

"夸她又怎么样？哪个人也不是一辈子都坏呀,即便是坏人,有时候也值得夸奖。人不是石头,再说,时间长了,连石头也会变。不过,你可别乱猜,她是自然而然地死去的,因为有心脏病,你想,她的心口总是憋得喘不过气;有时候,在夜间,跟她玩着玩着,她突然就没了气,像死了一样,怪吓人的!"

他那委婉而略带嘶哑的声音,听来如同唱歌一样,在傍晚和煦的空气中,不时同草香、徐徐的微风、树叶的窸窣声,以及溪水激溅在石头上发出的音响十分近似的融为一体。他若是沉默下来,夜就变得不那么充实和美丽动人了。萨韦尔十分健谈,他毫不费力地为他的思想寻觅着适当的字眼儿,就像一个小姑娘悉心打扮她的布娃娃似的。我曾遇到过不少擅于辞令的人,他们十分醉心于华丽的辞藻,而且往往,几乎永远是,在蓄意玩弄词句的同时,却不顾最起码的真实。然而这位老人编起他的故事来,却显得这样真诚,这样简单明了、令人信服,以致我竟不敢用问题来打断他的话头。听着老头儿的花言巧语,我发现,他的语言生动而精练,具有一种足以将一切肮脏和罪恶的谎言掩盖起来的魅力,我明明知道这一点,可还是对他的谈话十分入迷。

"可爱的朋友,他们开始办起我这件案子来了:找来了一个大夫;他没羞没臊地瞪着眼,把塔莎周身上下都察看了一遍,跟他一起的还有个油头滑脑的家伙,有点儿谢顶,衣服上钉着金扣子,兴许是个法院的检察官,他问:是谁,什么时候?我女儿一声不吭,她害羞。他们逮捕了我,送到省里关进了监狱。我坐在那里,那个秃头顶的家伙对我说:招了吧,招了就会从轻发落!我好心好意地求他:'放了我吧,大人,让我到基辅去朝拜圣徒的遗骸,祈求赦免我的罪过吧。'他说:'你招啦,这就好!'这个秃顶的公猫,原来是把我给套进去了!我什么也没对他承认,只不过因为闷得慌,随便说了一句。我闷得很,蹲不惯监狱,周围全是小偷、杀人犯和各式各样的坏蛋,而且我总在想:'他们会怎么对付塔莎呢!'这件案子拖了一年多,后来开审了。我一瞧,塔莎也来了,戴着皮手套,穿的是皮靴子,样样都标致得出奇!蓝盈盈的衣裙活像朵云彩,里外透明。全体法官和所有在场的人,个个都朝她看,你知道,朋友,所有这些都恍惚是场梦!跟她并排站着的是安齐菲洛娃太太,是我们那儿的一位地主婆,是个又凶又刁的婆娘。于是我想:

'糟了,这婆娘非把我吃掉不可,非把我啃得只剩下骨头不成!'"

说到这里,他不知怎的,显得格外和善地笑了笑。

"她有个儿子叫马特维·阿列克谢伊奇,我总把他当傻瓜,一个没啥意思的毛孩子!白生生的,没一点儿血色,戴一副眼镜,留着像神甫那样的长头发,那一小撮山羊胡子可真叫逗人,他还总是把一些歌子和故事抄到一个小本本儿上。他心眼儿好,有求必应!庄稼汉就利用他这一点:这个要镰刀,那个要木柴,还有人要口粮,用着用不着的都拿。我跟他说:'你这是怎么啦,阿列克谢伊奇,什么都往外给?你们祖祖辈辈不怕作孽,扒人家的皮,捞了又捞,攒了又攒,可你都白白送了人。你就不心疼人们的血汗吗?'他说'就该这样做!'他没什么头脑,可毕竟是个心地和善的小伙子。后来,省长把他发配到中国去了,他冒犯了省长,于是乎,省长就把他给弄到中国去了。"

"现在再讲讲审案子的事。我居然还有个辩护人,他一个劲儿地抡着胳膊,讲了约莫两个钟头。塔莎也替我说话……"

"你到底和她同居过没有?"

他想了一会儿,仿佛在回忆,随后,用他那双没有睫毛的眼睛跟踪着在空中翱翔的鹞鹰,淡淡地说道:

"跟女儿睡觉是常有的事儿。有个圣徒都跟女儿睡过觉①,跟两个女儿,亚伯拉罕、以撒两位先知就是她们那会儿生的。对我自己,我可不能这么说。当然,我逗她玩过;那是冬天的事,夜很长,闷得慌!特别是走南闯北,在外边混惯了的人格外觉得闷,我就是这种人。我常给她讲故事。我知道的故事有好几百,可故事这玩意儿统统是瞎编的,还能把人心里搞得火辣辣的。何况,塔莎……"

他合上眼,摇摇头,叹了口气:

---

① 据《旧约·创世记》第十九章三十至三十八节记载:圣徒罗得因为害怕住在琐珥,便同两个女儿迁居于山中。女儿们担心罗得已老,外人也很少进山,为了存留后裔,因而商定劝父亲喝酒,值其醉后轮流与他同寝。这样两个女儿都从父亲那里怀了孕,大女儿生子叫摩押,次女生子叫便亚米。此处作者所引两个儿子的名字有误。

"她简直好看得不得了！我呢,对女人又喜欢得了不得,喜欢得发疯!"

老头儿全身一振,兴高采烈,得意扬扬,上气不接下气地说了下去:

"你瞧,朋友:我已经是六十七岁的人了,可这会儿,随便哪个女人我都能奉陪到底,懂吗。五年前,几个壮得像牝马似的女人常常央告我:'萨韦鲁什科,亲爱的,放了我吧,再没有力气了!'你心疼她,把她放了,可过一个礼拜,她又来了。'怎么,'我问,'来啦？就是嘛!'朋友,女人这可是件大事,宇宙万物做梦都想它,——飞禽、走兽、小小的虫儿——靠的都是这一宗,离了它,还有什么活头儿呢？"

"你女儿在法庭上究竟说了些什么？"

"塔莎吗？她编出一个说法,——要不就是安齐菲洛娃教她的,我先前对安齐菲洛娃有过好处,——她说,是她自己害的自己,我没有罪。这么一来,他们也就把我给放啦。其实,他们这是没事找事,只不过装装样子,无非是想表明,瞧,我们多么维护法律! 可这些法律、各式各样的指令、公文,统统都是骗人的,这些玩意儿根本没啥必要,谁愿意怎么过,就怎么过好了! 又省钱,又痛快。喏,我现在就是这么过的,我谁也不妨碍,也不硬往哪儿挤……"

"可是对杀人犯应该怎么办？"

"把他们杀了!"萨韦尔说,"谁杀了人,就该就地把他干掉,告诉他,甭想胡闹! 人不是苍蝇、蚊子,并不比你差,混蛋……"

"那么,小偷呢？"

"怪人,要是没啥可偷的,哪儿来的小偷呢？ 能偷我什么？ 没余剩,也就不会招人眼红,起贪心。哪儿来的小偷呢？ 有富余才有小偷;他一瞧,喔唷,这么多啊! 就会抓上一把……"

天已经黑下来了,谷中夜色弥漫,猫头鹰叫了三次,老头儿听了听它那阴森可怕的叫声,笑着说:

"它离这儿不远,住在一个树窟窿里。有时碰上太阳来不及躲,就在光天化日下待着。我边走边冲它伸舌头:怎么样,傻瓜？ 它什么也看不见,也不吱声。要让小鸟儿们看见,那它可就倒霉了!"

我问他怎么当上的隐士?

"是这么当上的:东走走,西逛逛,后来就住下了。都是因为塔莎。是安齐菲洛娃捣的鬼,案子审完以后,她不许我见我闺女的面儿。她说:'我知道全部底细,你没去服苦役全得感谢我,可我不能把你女儿交给你。'她当然很混。我跟她磨了一阵子,一瞧不行,哄不了她!于是就走了。我到过基辅、西伯利亚,在那儿挣了一大笔钱之后回到了老家。安齐菲洛娃让火车轧死了。她把塔莎嫁给了一个库尔斯克的医士。我奔向库尔斯克,可是医士到波斯的乌宗城去了。我又赶往察里津,打那儿搭上船,从海上到了乌宗,可塔莎已经死了。我见到了那个医士,是个红头发,红鼻子,蛮快活的家伙。原来是个酒鬼。他说:'你大概是她的父亲吧?'——'不,'我说,'我可不是!我只不过在西伯利亚见过他,见过她父亲。'我不愿在他,一个生人面前,公开我的身份。于是便接着往下走,到了新阿丰,我差点儿没在那里住下来,真是个好地方!后来才发现,不,不怎么样!海浪轰轰地响,把石头弄得翻过来倒过去的,到处都是阿布哈兹人,四下里尽是山,没有一块平地,晚上又是那么漆黑漆黑的,好像把你给泡在煤焦油里一样。还热得要死。来到这儿,就住下了,已经是第九个年头儿啦,没白过。我一到就在这儿安置下来,种了一棵白桦树;过了三年,种了一棵枫树,再过三年,又种了一棵椴树,瞧见了吗?朋友,我给这儿的人们带来不少乐趣,不信,礼拜天你就来听听,看看。"

他不像他这类人那样,三句话不离上帝,他几乎不怎么提到上帝。我问他是否常作祷告?

"不,不怎么常作,"他合起光秃秃的眼皮,若有所思地回答说,"最初我祷告得可勤了;常常一跪就是几个钟头,一个劲儿地画十字。锯子把我的手练出来啦,不觉得累,脊背也一样,我一连能叩上千把个头,哼都不哼一声。可是膝盖受不了,酸疼酸疼的。后来我忽然想:我干吗要这么祷告呢?求什么?我样样都不缺,人们尊敬我,可我还要给上帝找麻烦。上帝有他自己的事儿,何必要麻烦他呢?倒是应该不让人间的琐事打扰他。上帝他关心咱们,可咱们却不关心上帝!我还这么想:上帝是为大人物活着的,他哪儿有工夫管我这个不起眼儿的傻瓜呢?现在,我只是这样:晚上睡不着觉的时候,从山洞里出来,随便找个地方坐下,一面望着天,一面寻思:'上帝在那儿怎么样?'朋友,这可是件美事儿,美得没法说,——睁着眼做梦,妙不可言!而且,你也不觉得累,像是在祷告。我什么也不求他,也劝别人不要求,凡是看到有必要,我便对这个说完,又对那个说:'心疼心疼上帝吧!'你常来吧,来看看我对上帝和人们有多么大的用处……"

他并不是在夸耀,而是像一个本行的行家那样,安然而又自信地讲着。他那双没有睫毛的眼睛笑嘻嘻、乐呵呵的,弥补了他那副丑脸上的缺陷。

"冬天我怎么过?没啥,我这儿冬天也很暖和。只不过一下雪,人们就难得到我这里来了,有时候我两天两夜,三天三夜吃不上面包。有一次,八昼夜,或是更多,我连个面包渣儿都没进口,我的身子虚得没了知觉,幸亏来了位姑娘,把我救了过来。她是在修道院里打杂活儿的,后来嫁给了一个教员。这还是我给她出的主意呢;我说:'廖恩卡,你怎么总这样放任?这对你有啥好处?'她说:'我没爹没娘,孤孤单单。'——'嫁个人就不孤单了。'正巧有个教员,叫佩弗措夫,人挺和气,我就跟他提了提:'米沙,你仔细瞅瞅那位姑娘。'于是,他很快就把她相中了。他们过得不错。冬天,我到萨罗夫、奥普季纳、季韦耶夫斯基去,那一带全是修道院。不过修道士们不喜欢我,他们总要剃度我,让我去修行,这对他们有好处,可以招引别人,可我不愿意,我生性活泼,这种事儿干不来。我算个什么圣徒?我,朋友,只不过是个性子平和的人……"

他笑着用双手把腰部摩挲了一阵,十分感动地说:

"可是我在修女们那儿倒是个挺受欢迎的客人!她们喜欢我,确实喜欢我!我不夸口,千真万确。朋友,我对女人可是摸得透,随便是哪个,贵族血统的也好,买卖家的也好,至于普通的娘儿们,我了解得就跟自己的心眼儿那么透彻。我只要看看她的眼神儿,她想啥,有啥心事,就全明白了。她们的那些事儿,我可以跟你讲上好多……"

接着,他又一次恳切地邀请我:

"你来吧,你会看见,我是怎么跟她们聊天儿的。来,再干一杯。"

喝完之后,他眯着眼晃晃脑袋,兴致愈发高涨地说:

"这酒的好处可真大啊!"

短短的春夜在明显地消融,渐渐冷了起来,我提议点起篝火。

"那干吗?难道冷吗?我这个老头子都不冷,你倒觉得冷了?哎呀呀!那么你就到洞里去躺着吧。要知道,朋友,一点起火,就会招来好多小虫子,这我可不喜欢。火就是他们的陷阱,一来就没命了。太阳是万火之父,可它谁都不伤害,我跟你就为了烤烤咱们的骨头,反而要把这些小虫子烧死。没必要……"

我同意没必要,于是便到洞里去了。他仍久久地逗留在洞外,还不知到什么地方去了一趟,把溪水撩得哗哗响,还听得见他那亲切柔和的声音:

"啾,别怕,小傻瓜……嚯!"

后来他又仿佛在哄孩子睡觉似的,带着细细的颤音,轻声唱了起来……

当我醒来走出岩洞时,萨韦尔还跪在那里,以娴巧的动作编着树皮鞋,同时对一只在灌木丛里喳喳乱叫的碛鹬说:

"好啊,叫吧,今儿个是你的日子!"

"睡够了吗,朋友?去洗洗吧,我已经把茶烧开了,等着你……"

"你怎么没睡?"

"我么,朋友,等死的时候再睡。"

峡谷上方显出了五月的湛湛蓝天。

三周之后,一个礼拜六的傍晚,我又来到他这里,他像一个亲热的老朋友那样迎接了我。

"我还以为,这个人把我忘了呢!喔唷,还带了酒?嗯,谢谢!还有小麦面包?你瞧有多暄。嗯,你的心真善,啊,真是个好人!人们应该喜欢你,他们喜欢好心人,他们懂得啥事儿对他们有利!灌肠?这我可不太欣赏,这玩意儿不好吃,你自己吃吧,这鱼我可喜欢,它叫文鳊,味道鲜美,产自里海,我知道!你一下带了差不多一个半卢布的东西,怪人!好,得啦,谢谢!"

我觉得,他更活泼,更开朗了;我的心情也随之轻松、愉快起来,心想:

"真见鬼,看起来,他不是蛮幸福的吗?"他举止灵活,态度和蔼,一面收起我的礼物,一面殷勤地张罗着,与此同时,那种纯属俄罗斯的、亲切迷人的词句,犹如火花儿一样,从他口中迸出来,飞向四处,听来使人心醉。

他那强健的身躯动作起来像蛇一样敏捷,同他那口齿清晰的谈吐十分般配,尽管他的脸上带有伤残,眼睛上没有睫毛,——似乎被故意撕破,以便看得更多,更大胆些,——但他看上去几乎是美的,这是一种光怪陆离、纷繁杂沓的人生之美,他那丑陋不堪的外貌把这种美特别突出地强调了出来。

我们几乎又谈了一个通宵,在他大张着歪嘴,露着黄鼬般锋利的白牙哈哈大笑时,他那一小撮白胡须不住地颤动,稀稀落落的唇髭都根根竖了起来。谷底寂静无声,峡谷上方刮着风,松树摇晃着树冠,粗硬的橡树叶飒飒作响;蓝色的天河波涛滚滚,遮满了灰色浪花似的乌云。

"听!"老头儿警戒地抬起一只手,轻喊了一声。我侧耳细听,静悄悄的。

"是只狐狸,这儿有它的洞。打猎的问我:老爹,这儿有没有狐狸呀?我骗他们说,这儿哪有什么狐狸?我看不上这些打猎的,上帝爱过他们的妈妈。"

我早已发现,老头儿有时很想用俄国的粗俗字眼儿骂上一阵,可是他明白,他已经不适于这样做了,所以仅仅这样说:"上帝爱过你妈妈","爱你妈妈这只老母鸡"。

老头儿呷了一口用芜菁泡的伏特加酒,眯起疤痢眼说:

"这鱼多有滋味儿啊,太谢谢你啦,我就爱吃有滋味儿的东西……"

我不太清楚他对神的态度,于是便小心谨慎地把话锋转到了这个题目上。最初他回答我的都是那些修道院的常客、职业的朝圣者常说的话,但是我感觉得出,这样谈他也感到没意思,果不其然,——他凑到我跟前,压低声音,突然兴致勃勃地讲开了:

"朋友,我给你讲一件法国佬,法国神甫的事儿吧,他是个矮矮的小神甫,一身黑,像只椋鸟,小脑袋上剃出一个圈圈儿,鼻头上架着一副金丝眼镜,那双小手像女孩子家的一样,整个人就像是上帝的一个小玩意儿!我是在波恰耶夫斯基大寺院遇上他的,这座寺院离这儿很远——在那边!"

他说着把手往东一挥,指向印度,把腿舒展一下,背靠石头,继续说了下去:

"周围住的都是波兰人,人生地不熟的。我正跟一个修道士在那儿说笑,修士说:'世人应该常受惩罚。'我打着趣儿:惩罚要是对,那么个个儿都得挨罚,那就啥工夫都没有了,啥也甭干啦,那就你整我,我整你,净剩下这么一档子事儿啦。修士生了我的气,他说:'你是个傻瓜!'说完就走了。这会儿,小个子神甫正坐在一个角落里,他像个皮球似的向我这边轱辘了过来,一到跟前便说开了,嘿,这个人可真难得!朋友,我跟你这么说:他简直就像是我的伊凡教父。他苦于语言不通,咱们的话,外人说起来不是样样都会,可他还是费尽心思说了起来。他说:'我看见了,您,'——他一直用您来称呼我,是的!——他说:'您不相信那个修士,这可太好啦;他说:上帝不是世人的祸害,而是世人的知心朋友,不过,由于他的慈悲,就出了这种事儿:他好像白糖化在水里一样,化在咱们的苦难生活里了,这生活是一摊污水,龌龊得很,因此咱们就既觉不出、又闻不到上帝的气味。可是不管怎样,他还是无处不在,仿佛亮晶晶的火星一样,活在每个人的心里,所以,他说,咱们应当到人们身上去寻找上帝,而且要把他收拢在一起。等到把所有生机勃勃的心灵中的上帝统统汇合起来的时候,那么,魔鬼撒旦就会来到上帝跟前对他说:主啊,你太伟大了,你强大无比,我过去不知道这一点,请饶恕我吧,我再也不跟你较量了,把我收下作你的仆人吧。"

老头儿激昂兴奋地讲着,在他那发乌的脸上,两只放大了的瞳孔闪烁着异样的光辉。

"那时,所有的淫荡、邪恶,所有尘世的纠纷都会结束,所有的世人都会像条条江河注入大海一样,皈依上帝……"

由于说得急促,他噎了一下,他拍了拍膝盖嘶哑地笑了起来,一面笑,一面兴高采烈地接着说了下去:

"他说的这些都让人那么称心,心里那么亮堂,我简直不知对这个法国佬说什么好。我说:'您这位活基督,我能抱抱你吗?'我们搂在一块儿,突然两个人都哭了,哭得那么伤心,活像小孩子见了久别重逢的爹娘一样。可是我们俩都上了年纪,他头上那圈头发也是白的。我当时就对他这么说:'你不是我的伊凡教父,而是我的活基督!'我叫他活基督,可自己也觉得好笑:我跟你说过,他活像一只椋鸟。那位修道士,维塔利,总骂他。他说:'您是根钉子!'说得对,他也像根钉子,尖尖的!亲爱的朋友,你自然不懂,我为啥这么高兴,你识文断字,自己什么都知道,可我那时候是个睁眼瞎,似乎啥都瞅得见,可啥也不懂,——上帝究竟在哪儿啊?可他一下子就都给我讲明白了,你想,我哪能不高兴呢?其实,他的话我只跟你说了个大概,其实我们一直谈到天亮,他给我讲了好多好多,我只记得个核核儿,把皮都给丢了……"

他沉默了片刻,像野兽似的迎着风嗅了嗅。

"似乎要下雨?或许不会?"

他又嗅了嗅,放心地说道:

"不,不会下雨,这是入夜时反潮。朋友,我跟你说吧,这些法国人和各式各样的外国人都聪明得很。在哈尔科夫或是波尔塔瓦省,一位大公爵家有位英国管家,他打量了我一会儿,便把我叫到房间里说:'喏,老头儿,给你这封密信,你把他送到某某地方,交给一个某某人行吗?'怎么不行呢?我到哪儿反正都一样,不过,到他指定的地段儿约莫得走一百俄里。我拿起纸包,用根绳子系上,往怀里一揣就走了。到了指定地点,我求求人家说:'让我见见你家地主老爷吧。'不用说,我挨了一顿揍。边撑边打。我心想,咳呀,你们这些该死的,让雷劈了你们!那个包外面裹的是张纸,一出汗,纸就麻花了,我一看,是钱!好大一笔钱,约莫有三百卢布。我害怕得不得了,万一让谁看见,夜里给偷去怎么办?我正在野外大道边上的一棵树底下待着,一位先生坐着马车过来了,我寻思,这兴许就是我要找的那位吧?我往大道上一站,便摇起拐杖来了,赶车的抽了我一鞭子,可那位先生倒吩咐停车,还把车夫骂了一顿。这正是那位先生。我说:'请您把这封密信收下吧。'他说:'好,上车吧,跟我一块儿走。'于是我们就坐车走了,他把我带到一个好阔气的房间,问我:'这包里是什么东西?'我说:'我想是钱,纸让汗弄湿了,我看见的。'他说:'这是谁给你的?'——'没吩咐,我不能说。'他冲我嚷嚷:'我把你送到警察局去坐牢。'我说:'既然该送,那就送吧。'他把我吓唬过来,吓唬过去,可我就是不怕。这当口儿,房门忽然开了,门口站的正是那个英国人。怎么回事?他哈哈大笑。他是坐火车来的,到得比我还早,还等着看我来不来?他俩都知道我早已经到了,用人们撑我,他们也都看见了,是他们自己让撑的,没让打,只让把我撑走。你懂吗,这是他们跟我开的一个玩笑,想试试我,会不会把钱送来。我送来了,他们很高兴,他们让我去洗了个澡,还给了我几件干净衣服,请我跟他们一道儿吃饭。真的,朋友……我告诉你,我们可真是吃了一顿!那酒啊,你知道,喝上一口,嘴就闭不上了,火烧火燎的,满口生香。他们把我灌得都吐出来了。第二天,还是跟他们一道儿吃的,我讲这讲那,他们听着可稀罕啦。那个英国人喝醉了,嘴里一再念叨,俄国的老百姓最让人吃惊了,谁也摸不清他们能干出什么来。说着还把桌子敲得嘭嘭响。他们把那些钱给了我,说,拿去吧。

我拿上了,尽管我并不缺钱,也不在乎钱。不过,我喜欢东买西买的,有一回,买了个布娃娃:我正在街上走,一瞧,橱窗里躺着个布娃娃,活像个真的,连眼珠儿都会动弹。所以就买下了。我把它随身带了四五天,不管坐在哪儿,总要从背包里掏出来瞧上两眼。后来,我把它给了村子里的一个小姑娘。小姑娘的爸爸问:是偷的吧?我说,是的,——不好意思说是买的……"

"跟英国人这件事结果怎么样了?"

"他们放我走了,也就完啦。跟我握握手,说了好些那一类的话,什么,我们开了个玩笑,对不起……朋友,我该睡了,要不,明天我还有好多事儿呢……"

临睡时他说:

"我这个人真怪!有时候,忽然高兴得不得了,五脏六腑,整个心里都是乐滋滋的,直想跳舞!于是我也真的就蹦跶开了;大家笑话我,可我还是跳我的……那有什么?我反正也没孩子,没啥不好意思的……"

"朋友,这都是心灵在作祟,"他轻轻地、若有所思地说了下去,"人的心没个准儿,它突然迷上一宗,比方说,最可笑的事儿,那你就脱不开身了。还有一回,跟那个布娃娃一样,一个小姑娘把我给迷住了;我偶尔碰上一个小姑娘,是在一位老爷的庄园里,一个八九岁的小乖乖坐在湖边上,一面用小树枝儿抽打着湖水,一面扑簌簌地掉着眼泪,她那小脸蛋儿,就像让露水打湿的花朵儿似的,全都是泪水,连她那小胸脯上都挂满了泪珠儿。当然,我就蹲在她跟前问:'你哭啥呀?这么喜洋洋的日子,可你倒在哭!'她脾气还挺大:'走开!'她说。可我硬是不走。等我把她劝得不生气了,她便跟我说:'你可别上我们家;我爸爸特凶,妈妈也凶,哥哥也凶!'我在偷偷摸摸地笑,可还装出一副吓坏了,而且相信她的样子,一边还战战兢兢地念叨着:哎呀呀!这么一来,她把小脸儿朝我肩膀上一靠便放声哭起来了,浑身都打着哆嗦。其实她并没啥了不起的伤心事儿:爸爸妈妈做客去了,离这儿总共只有三俄里,没带她去,罚罚她,因为她想穿一件不相宜的衣裳,还闹了一阵子脾气。我,自不用说,表示怜惜她,责怪她父母,我说:'咳呀,这帮人真大意!哎呀呀。'可她对我说:'你带我走吧,老爷爷,我不愿跟他们一块儿住啦。'带你走?那还不容易!'好,走吧!'于是我就把她带到她父母赴宴的地方去了,那一家,有她的一个小朋友,叫科利亚,活像个小甲虫,一头鬈发,原来她那么伤心就是为了这个。自然,大伙儿都笑她,笑得她的小脸儿比罂粟花还红。她爸爸还给了我半个银卢布。我走了。可是,朋友,你猜怎么着?我的心竟让小姑娘给拴住啦,硬是不想离开,不想离开那座庄园。我转来转去约莫有一个礼拜,还想见见那个女孩儿,跟她说上两句话儿,这简直可笑,可是又不由你不想!她被带到靠海的地方养肺病去了,可我还像条狗似的,游游荡荡、失魂落魄的。你瞧,常会出些什么事儿。是的,心灵好像个任性的鸟儿,你简直不知它会往哪儿飞⋯⋯"

老人仿佛是在梦里,或是在发高烧似的,断断续续地说着,打着呵欠,随后,好像被清凉的雨滴淋醒了一样,又来了兴致。

"去年秋季,我这儿来了一位城里的太太,她的长相一般,不好不坏,干巴巴的,可我一瞧她那双眼睛——老天爷!我只要能跟她过上一夜,然后,千刀万剐,五马分尸我都不怕!要让我怎么死都行。于是我就直截了当地对她说:'请你离开这儿吧,要不然,我就要欺侮你了,快走!我不能跟你说话,离开这儿吧!'不知她是不是明白了,反正她是急忙走掉了。就这样,为了她,我几个晚上都没合眼,无论干啥,总恍恍惚惚地看见那双眼睛!可我已经是偌大年纪⋯⋯是个老头子了,不是吗?⋯⋯所以说,心灵是没什么约束,也不管年纪的⋯⋯"

他在地上挺直了身子,眨眨带疤的红眼皮,咂咂嘴唇,然后说道:

"好了,我要睡觉了⋯⋯"

他把厚呢上衣往头上一蒙便不作声了。

次日拂晓醒来以后,他望望多云的天空,急忙跑到溪旁,全身脱得精光,呼哧呼哧把他那健壮的、棕褐色的身躯从头到脚洗得干干净净,然后向我大声喊道：

"喂，朋友，把我的衬衫、裤子给我，在洞里放着哪……"

他把一件长到膝盖的白衬衫和蓝裤子穿好，用木梳把湿淋淋的头发梳理了一番，远远望去，几乎是仪表堂堂，颇像某一幅圣像里画的模样，他说：

"接待来客以前，我向来都要洗得干干净净。"

吃茶时他拒不饮酒。

"我不能喝！也不要吃东西，我只喝点茶。要让脑子里啥也不掺，轻轻松松的。干这种事儿，心里要十分轻快……"

午后开始来人了，但是在这以前，老头儿不言不语，表现得十分乏味。他那双灵活的笑眯眯的眼睛神色专注，行动举止也持重端庄起来。他频频地仰望天空，倾听习习的微风，他的脸拉得很长，因而显得愈发丑陋，那张嘴也歪得有些反常。

"有人来啦，"他突然轻声说道。

我什么也没听见。

"来了，是女的。朋友，你听着：你不要对任何人说话，别碍事，你会把她们吓住的！在旁边找个地方待着，别出声。"

从树丛里不声不响地走出两个村妇；一个是身材高大的中年妇女，眼神像马一样温驯；另一个年轻的，像患了痨病，脸色发灰，两个人都吃惊的盯着我，我顺着峡谷的斜坡向上走去，只听老头儿说：

"没关系，他不碍咱们的事。傻乎乎的，什么都无所谓，他不会细琢磨咱们的事儿……"

那个年轻的村妇用劈裂的嗓音，带着咳嗽和咝咝的响声急促而委屈地诉说起来。她的女伴声音低而浑厚，偶尔简短地插上两句，萨韦尔深表同情，嗟叹不已，声音也变了样：

"喔—喔—喔！哎呀呀，是吗？都是些什么人哪，啊？"

少妇嘤嘤啜泣起来，老头儿唱歌似的拿腔作调地说：

"亲爱的，你呀，天哪，别哭了，你听我说……"

我觉得,他的嗓音高亢而清亮,似乎已不沙哑,说话的韵调不由使人奇怪地联想到金丝雀的简单明快的啼鸣。透过纵横交错的树枝我看到,老人向那位少妇俯下身,脸对脸地同她谈着,那女人双手紧贴在胸前,眼睛睁得圆圆的,姿势很不舒服地坐在他身旁。她的女伴把脑袋歪在一边,不住地摇晃。

"人家欺侮你就等于是亵渎了上帝!"老头儿大声说道,这话的爽朗而快活的调子显然同它本身的含意很不相称。"上帝在哪儿?就在你心里,你的胸膛里怀着上帝的圣灵,可你的兄弟们都是傻瓜,他们由于愚蠢而冒犯了上帝。要可怜他们这些傻瓜,因为他们干了坏事。要知道,亵渎上帝就等于欺侮了你的幼小的婴儿……"

接着他又唱歌似的呼唤了一声:

"亲爱的……"

我甚至战栗了一下:过去我从来没听到过,也不认为,这个熟悉异常、微不足道的字眼儿竟能包含如此众多的欢悦和柔情蜜意。现在老人讲得又快又轻;他将一只手放在少妇肩上,轻轻地推送着,少妇摇摇晃晃,仿佛在打瞌睡。那个高大的村妇正坐在老头儿脚旁的石头上,她的蓝裙子的下摆散在她身子四周,整整齐齐地铺成了一个扇面。

"猪、狗、马——随便什么牲口都通人性,可你记住,你的兄弟们是人!告诉你大哥,让他下个礼拜天到我这儿来……"

"他不会来的。"那个高大的女人说。

"会来的!"老头儿很有把握地喊道。

又有人走下了山谷,一些土块在滚动,灌木丛也沙沙地响着。

"会来的,"萨韦尔又说了一遍,"现在,你们走吧,上帝保佑。万事都会如意的。"

病恹恹的少妇默然地站起身,向老人深深地鞠了一躬,老人托着她的前额把她的头抬起来说道:

"记住:上帝就在你心里!"

她递给他一个小包,又鞠了一躬。

"基督拯救你……"

"谢谢,朋友!……去吧……"

老人说着给她画了画十字。

从灌木丛里走出一个阔肩、黑须的庄稼汉,他穿着一件没有下过水的粉色新衬衣,这衬衣穿在他身上鼓鼓囊囊,让腰带勒出一个个见棱见角的皱襞。他没戴帽子,一堆乱草似的花白头发一绺绺地支棱着,他紧皱着眉头,一双狗熊似的小眼,神色十分阴郁。

他给村妇们让开路,朝她们的背影望了望,大声咳嗽了一下,搔了搔胸脯。

"你好,奥列沙,"老头儿笑着说,"有事吗?"

"我来,"奥列沙闷声闷气地答道,"想跟你坐一会儿。"

"好,来坐会儿吧!"

他们相对无言,神色严肃地彼此打量了一番,随之,同时开了口:

"挺忙吧?"

"犯愁得很哪,老爹……"

"你是个好样的庄稼汉,奥列沙!"

"我要是有你那颗善心……"

"你的力气大得很!"

"我要这把力气干吗?我要是有你这副心肠就好了……"

"这是你遭了火灾,换个别的笨家伙,可真要犯愁了……"

"我呢?"

"你不!你把家业又闹腾起来了……"

"我的心狠。"庄稼汉闹嚷嚷地说道,并用一些粗野的字眼儿把自己的心肠骂了一通,可老头儿安详而又坚定地说:

"你的心也没啥特别的,也是人心,只不过不太安定,不愿担惊受怕,想得到安宁……"

"对,老爹……"

他们就这样谈了大约半个小时——庄稼汉谈的是一个凶狠、蛮横,由于遇到种种挫折过得很不如意的人,萨韦尔讲的却是另一个,体格健壮,能吃苦耐劳,什么东西也别想从他手里溜走跑掉的人,而这个人的心也是好的。

庄稼汉笑逐颜开地说:

"我跟彼得言归于好了……"

"听说了。"

"跟他讲了和,一块儿喝了一通。我问他:'你怎么搞的,魔鬼?'他说:'那你呢?'是啊,他是个好庄稼人,妈的……"

"你们俩都是上帝的孩子……"

"他是个好人。主要是聪明!老爹,我是不是该讨个老婆?"

"那还用说?就娶她好了……"

"娶安菲莎吗?"

"娶她。会当家!再说,她多标致、多有力气呀!一个寡妇,跟老头子过活,苦受够了,你跟她准错不了,你就相信我吧……"

"真的,我就娶她吧……"

"说的是啊……"

后来,庄稼汉讲到狗,讲到人们怎样从桶里放出克瓦斯这类我听不太懂的事情,边讲边像树精似的哈哈大笑。他那副阴森森的凶相,完全变成一副普通乡巴佬的傻乎乎的憨厚相了。

"喂,奥列沙,到一边去吧,有人到我这儿来了……"

"是些受苦受难的人吧?好……"

奥列沙走到下边,用手掌捧起溪水喝了几口,像块石头似的一动不动地坐了两三分钟,然后双手放在脑后,身子往后一仰,想必马上就睡着了。

来的是一个身穿花衣的瘸姑娘,背后拖着一根粗粗的淡褐色辫子,一双大眼蓝盈盈的,脸蛋儿少有的俊俏,可裙子却花得惹人生厌,——净是些黄黄绿绿的斑点,上衣也是白地红花,一块块像血一样。

老头儿高兴地迎接她,亲热地招呼她坐下,但是又来了一个老太婆,像修女似的穿着一身黑,和她同来的是一个大脑袋、淡黄头发、胖脸上总挂着呆滞的笑容的小伙子。

萨韦尔赶忙把姑娘引进洞去,掩上门藏了起来,只听门上的合页咿呀地叫了一声。

他坐在老太婆和小伙子中间,低着头,久久地听着老太婆在那里唠唠叨叨,一语不发。

"够啦!"他突然严厉地高声说道,"你是说,他不听你的?"

"怎么也不听,我跟他说这说那……"

"等等!你是不听她的话吗,小伙子?"

小伙子不言不语,在那里傻笑。

"那好,你也就别听她的!懂吗?至于你,你这个妇道人家,干的可不是好事,我跟你直说吧,这是要吃官司的!吃官司是最糟不过的了!离开我这儿吧,走吧!我跟你,咱们没啥说的。她想瞒哄你,小伙子……"

小伙子带着一丝冷笑,嗓音又细又高地说道:

"我知—知道……"

"那你们就走吧!"萨韦尔说着嫌弃地摆摆手,躲开了他们。"走吧!你不会成功,婆娘。搞不成!……"

他们双双地低下头,默默向他鞠了个躬,随即沿着一条隐没在灌木丛里的小路向上走去,我看见,他俩刚往上走出百十来步,便立刻停下来,面对面近近地站在一起,然后又坐在一棵松树底下,双手比比画画的;一阵吵吵嚷嚷的声音飞到我的耳边。这时从岩洞中飘出一声激动异常的欢呼:

"亲爱—爱的……"

天晓得,这个丑老头子怎样竟能使这个字眼充满如此迷人的温情,如此欢腾、热烈的爱。

"你还没到想这个的时候,"他好像施着法术似的说着把那位瘸姑娘从洞中引了出来。他搀着她的一只臂膀,仿佛扶着一个还不太会走路的孩子;她把肩膀靠在他身上,摇摇晃晃地走着,用猫一般的动作擦拭着眼泪,两只手又小又白。

老人把她安置在自己身旁的石头上,像讲故事一样,娓娓而谈。

"要知道,你是大地上的一朵鲜花,上帝抚育你长大,是为了使众人欢喜,你能让大家十分快乐,你的这双眼睛,亮晶晶的,能讨得人人的欢喜,亲爱的!"

他口中的这个字眼的内涵,真可谓无穷无尽,说实在的,我觉得,它似乎蕴含着探知所有人生奥秘的钥匙和所有艰深复杂的人情世态的谜底。它不仅能够以它的魅力迷住那些村妇,而且能迷住所有人和一切有生命的东西。萨韦尔使用这个词时,语气变化多端,——或大为感动、或得意扬扬、或带有某种动人的感伤情绪;它有时亲切含嗔,有时却又欢声琅琅,而无论它是怎样说出来的,我始终觉得,它的基础是无限的、永不枯竭的爱,这是一种只知道自己,不知道他物,自我欣赏的爱,是一种将生存的目的及意义、生活的全部美好之处,乃至整个世界都寓于自我的爱。那个时期我已经非常善于怀疑了,然而,在这个多云的日子的此时此刻,听到这个已被千百万人用滥了的熟悉字眼儿,我的全部怀疑,正如阴影见到太阳一样,烟消云散,一扫而光。

瘸腿姑娘临走时,高兴地抽泣着,频频地向老人点着头:

"谢谢你,老爷爷,谢谢,亲爱的!"

"好,好,好,没啥!去吧,朋友,去吧!要记住:去迎接欢乐和幸福,迎接欢乐这件大事吧!去吧……"

她离去时稍稍侧着身,目不转睛地望着萨韦尔的满面生辉的笑容。黝黑的奥列沙醒来以后,站在溪旁,摇晃着头发愈发蓬乱的脑袋,他望着姑娘,咧开嘴嘻嘻地笑着。继之,突然把两个手指往嘴里一插,嘘的一声打了一个尖厉刺耳的口哨。姑娘踉跄一下,像条鱼似的顿时钻进波浪般的稠密的灌木丛中去了。

"胡闹,奥列沙!"老头儿责备他。

奥列沙嬉皮笑脸地跪在地上,从溪水里拎起一瓶伏特加酒,抡着它说:

"喝两口,老爹!"

"你喝吧,我不能喝!我晚上喝……"

"那,我也晚上喝……咳,老爹,"接着,他把老人粗野地大骂了一顿,"你是个巫师,还装成圣人,真是的!你像孩子耍着玩似的,捉弄人心。我躺在这儿想,你呀,我想……"

"别嚷嚷,奥列沙……"

老太婆和小伙子又回来了,她抱歉地对萨韦尔轻声说了些什么。萨韦尔不太相信地摇摇头,把他们带进了岩洞,奥列沙看见我在灌木丛里,便笨手笨脚,把树枝折得七零八落,向我这边钻了过来。

"是从城里来的吗?"

他情绪很高,话也很多,亲热地骂了几句之后,一直在夸奖萨韦尔:

"他很能安慰人!我就是靠他的这副心肠过日子,我自己的心里像长满了毛似的全都是怨恨。我,伙计,天不怕地不怕……"

他久久地以可怕的色彩描绘着自己,但是我并不相信他的话。

这时老太婆走出岩洞,向萨韦尔深深地施着礼说:

"老爷子,你可别生我的气……"

"好啦,朋友……"

"你自己也知道……"

"我知道,无论哪个人都怕穷。谁也不喜欢叫花子,我知道!只不过:千万别亵渎自己和别人心里的上帝。我们要是总记住上帝,就不会穷。是这样,朋友!去吧,上帝保佑……"

小伙子抽弄着鼻子,怯生生地躲在继母的背后瞧着老头儿。来了一位漂亮的妇女。看来是个小市民,穿着一件淡紫色的裙衣,包着块天蓝色的头巾,头巾下面闪烁着一对含着愠怒和疑惑,微微发灰的蓝眼睛。于是又听到了那个迷人的字眼儿:

"亲爱的……"

奥列沙还在讲,讲得我听不清老头儿的话:

"随便谁的心,他都能像化锡块儿一样给化开。他是我的大救星,没有他,我呀,一定会搞出——喔唷唷——不知多坏的事儿来!准会被发配到西伯利亚去……"

从下面传来萨韦尔唱歌一般的话声:

"美人儿,随便哪个男人都愿意给你幸福,可你却说出这种恶狠狠的话!亲爱的,扔掉怨恨吧;你看看:人们都庆祝些什么?咱们的所有节日纪念的都是温厚善良,而不是怨恨。你不相信什么?不信自己,不信你的女性的魅力,不信你的美貌吗,可是美貌里包藏的是什么呢?是神灵……亲爱的……"

深受感动的我,高兴得都要哭出来了——在爱的启迪下的话语委实具有伟大的吸引力!

直至这多云之夜的峡谷注满了浓重的暮色时,来拜访萨韦尔的已有三十人左右,其中有仪表堂堂拄着拐杖的"长辈",也有受着痛苦的折磨、惘然失措的人们,但半数以上的来访者都是妇女。我已不再倾听人们那些千篇一律的怨诉,而是急切地等待着萨韦尔的话语。入夜时,他允许我和奥列沙在石坪上燃起一堆篝火,我们烧茶做饭,他坐在火旁用厚呢上衣的衣襟驱赶着被篝火引来的各种"生灵"。

"好啦,又为抚慰人们的心灵度过了一天。"他沉思而疲倦地说。

奥列沙很会盘算地为他出着主意:

"你不该不跟他们要钱……"

"我可不能这样做……"

"那你就跟一个人要来,给另一个人好了。比方说,给我。我就能买匹马了……"

"奥列沙,你明天告诉孩子们,让他们到我这儿来,我这儿有给他们的小礼物,今天那些娘儿们给我送来一大堆各式各样的吃食……"

奥列沙到溪边洗手去了,我对萨韦尔说:

"萨韦尔爷爷,你跟人们谈得真好……"

"就是嘛,"他心安理得地表示同意,"我不是跟你说过嘛,谈得好! 人们也尊敬我。我对所有人说的都是他们要听的真话。就是这么回事……"

他高兴地笑了笑,继续讲下去,已经不甚劳累了:

"我特别是跟娘儿们谈得好,你都听见了吧? 我,朋友,往往是这样:一看见稍微俊俏点儿的小媳妇或是大姑娘,心里就乐开了花。我感谢她们:我看见一个女的,就会想起我认识的所有女人,她们多得数也数不过来!"

奥列沙回来以后说:

"萨韦尔老爹,你替我作保,管沙赫借六十卢布吧……"

"好吧。"

"明天。好不好?"

"好吧……"

"瞧见了吗?"奥列沙得意地问着我,恰好踩在我的脚上。"沙赫,伙计,是这么个人:他远远地瞅你一眼,就能让你的衬衣自己从肩膀上脱落到他手里。可萨韦尔老爹一到,沙赫就像条狗似的不住地在他跟前摇尾巴;他给了遭火灾的人多少根木料啊……"

奥列沙吵吵嚷嚷,把老头儿折腾得不能休息,而萨韦尔看来已十分疲劳;他无精打采地坐在篝火旁边,似乎已是精疲力竭,他的一个手臂在篝火上方挥来挥去,厚呢上衣的下摆宛如一只折断了的翅膀。然而,让奥列沙安静下来是不可能的,两杯伏特加下肚以后,他便嘻嘻哈哈地更加放肆了。老头儿也喝了些酒,就着熏鸡蛋吃了些面包,而后突然低声说道:

"回家去吧,奥列沙……"

黑乎乎的大狗熊站起身,望着漆黑的夜空画了画十字。

"祝你健康,老爹,谢谢!"他把那粗重的大手伸过来同我握了握,乖乖地钻进了遮蔽着一条窄径的灌木丛。

"是个好庄稼人吗?"我问。

"好,不过总得管着他点儿,太强横啦!把老婆打得不能生孩子。总是流产,后来就疯了。我问他:'你为啥打她?'他说:'不知道,不为啥,想打就打呗……'"

他沉默片刻,放下手,呆呆地坐在那里,挑起两道白眉久久地望着篝火。他的脸映着火光,仿佛被烧得红彤彤的,变得十分可怕。在那双没有睫毛的疤瘌眼里混沌沌的,两只瞳孔改变了形状——不知是在眯着,还是张着,——白眼球更大了,好像突然瞎了一样。

他翕动着嘴唇,稀稀落落的胡须根根竖起,一动一动地,他仿佛要说话,但又说不出来似的。

最后他毕竟又平平静静地开了口,只是沉沉吟吟有些异样:

"好多庄稼人都是这样,朋友:忽然间就想把娘儿们无缘无故地痛打一顿,而且是在什么时候啊!刚刚还在亲她,欣赏她的美,可马上,一转眼就起了揍她的念头!是的,是的,朋友,这是常有的事儿……我告诉你,我自己也是,我这个人温存体贴,可会疼爱女人啦,有时会疼到这种地步——想钻进她身子,钻进她心里去,像鸽子待在天上那样藏在里头,——你简直不知道,有时候有多好!可是突然就想揍她,狠狠地拧她一把。而且实际也这么做了,是的!她尖叫一声,问:'你干吗?'可你答不上来,你说什么呢?"

我惊异地望着他,也不知道说什么、问什么,他的奇怪的自供使我震惊。他沉默片刻之后又讲起了奥列沙。

"老婆疯了以后,奥列沙的性子变得更坏,他常有一个很强烈的古怪念头,认为自己是十恶不赦,而且什么人都打。前不久,庄稼人把他捆住带到我这儿来,他整个被打得血哩糊拉的,全身浮肿,活像面包上结着一层血痂。他们说:'你驯服驯服他吧,萨韦尔老爹,不然我们就打死他,这头畜生把我们都搅得没法过了!'你瞧,朋友!我照看了他四五天,要知道,我还略通点儿医道……是的,朋友,人们的日子很不好过,喔唷唷!真不好过,我亲爱的朋友,眼睛明亮的小伙子……所以我就安慰他们,嗯,是的!"

他苦笑一下,因而面容变得更丑、更可怕了。

"有些人我稍微骗骗他,因为有这样一些人,除去骗骗自己,就再也没有什么安慰了……有这种人,朋友……有……"

我还想问他很多,但是他一天没吃东西,又很累,加上他喝下去的那杯酒,显然都对他发生了作用,他不停地打盹,晃晃悠悠,那双无毛的眼睛上带疤的红眼皮越来越睁不开了。

但我毕竟还是问了:

"萨韦尔爷爷,你怎么看,有没有地狱?"

他抬起头,板着脸,抱怨说:

"哼,怎么会有地狱呢?你说,这是什么地方?那儿是上帝,这儿是地狱?难道能这么说吗?这扯不到一起,朋友,这是瞎说!这都是你们读书人为了吓唬人想出来的,神甫们总是瞎说。没必要吓唬人。也没人怕这个地狱……"

"那么,魔鬼是怎么回事,他住在哪儿?"

"喂,你可别拿这个开玩笑……"

"我不是开玩笑。"

"那就好。"

他用上衣下摆在篝火上方扇了一下,悄悄说道:

"你可别开他们的玩笑。任凭是谁都有自己的负担。那个法国佬兴许说得对:连魔鬼到时候也要向上帝低头。一位神甫跟我讲过《圣经》里的一个浪子的事儿①。依我看,这个寓言讲的就是魔鬼。是讲

---

① 《新约·路加福音》第十五章十至三十二节记载:一个人有两个儿子,长子勤劳而又孝顺,次子挥霍无度,分家后,很快耗尽所分得的资财并沦落为放猪人。后来他在穷苦潦倒之中有了悔悟又回到了父亲身边,父亲让人为他换上新衣,并命家人宰了一头牛犊加以款待。长子得知此事,十分不快,抱怨父亲赏罚不明;自己服侍父亲多年,从未违抗父命,但一只羊羔都没有得到过。父亲则说:儿啊,你常和我同在,我所有的一切都是你的。只是你这兄弟,是死而复生,失而复得的,所以,我们理当欢喜。

245

他，他就是那个浪子。"

他在篝火旁摇晃了一下。

"你躺下睡一觉吧。"我提议。

老头儿答应了：

"对，该睡啦……"

他把身子轻轻一歪，侧卧在那里，蜷起腿，拉起厚呢上衣蒙在头上便不作声了。树枝在篝火中的火炭上哔哔剥剥、咝咝地响着，缕缕轻烟在昏黑的夜色中袅袅升起。

我望着老人在想：

"这是一个对世界胸怀无限热爱的圣人吗？"

我想起了那位穿得花花绿绿、神情凄然的瘸姑娘，于是整个人生便化作这位姑娘的形象出现在我的眼前：她站在一个矮小的，丑陋不堪的神灵面前，而这个神灵只会爱，并且把他那爱的全部魅力统统注入一个给人以安慰的字眼儿：

"亲爱的……"

张佩文　译

## 守 夜 人<sup>*</sup>

我是多布林卡火车站的守夜人,手持木棍,从晚上六点钟到第二天早晨六点钟围着货场来回转悠。从草原上刮来的风,像是从成千只野兽的嘴里呼呼地吹出来的一样。云团似的大雪漫天飞滚,机车在灰蒙蒙的雪雾里缓慢地移动,此来彼往,艰难地喘着气,后面拖着一节节黑色车皮,仿佛有人在用一根其长无比的铁链子捆绑着大地,从容不迫地拽着它穿过那被砸成冰冷的白色粉末的天空。铁器刺耳的尖声、挂钩的哗啦声、奇怪的吱扭声,以及低沉的悲鸣伴着飞雪传散开去。

货场尽头,有两个黑乎乎的人影在纷飞的雪雾里闪来闪去。这是来偷面粉的哥萨克人。他们一看见我,霍地跳到一旁,躲到了雪堆后面。接着,在暴风雪的呼啸中,我听见讨乞般的哀求声、答应给半卢布银币的许诺声和争吵声。

"别吵吵了,小伙子们,"我说。

我懒得听他们争吵,也不想同他们多啰唆。我知道,他们偷窃不是因为贫穷,而是为了倒卖、酗酒和玩女人。

有时,他们打发一个漂亮的士兵老婆廖斯卡·格拉福娃到这里来,她当着我们守夜人的面解开皮袄和短上衣,露出乳房。乳房高耸、丰满而富有弹性。

---

\* 本篇最初发表于一九二三年八月、九月第五期《红色处女地》杂志。译自《高尔基三十卷集》第十五卷。

"哎,瞧瞧,多像两门大炮!"她挑逗着和炫耀着。"怎么,换一袋二级面粉,干不干?要不,三级的?"

那个信教的年轻的唐波夫小伙子巴伊科夫和乌斯曼鞑靼人伊布拉吉姆瘸子一本正经地在同她讨价还价。

她袒胸露怀地站在他们面前,雪花在她的皮肤上融化。她像吉卜赛女人一样,抖了抖肩膀,嘴里骂骂咧咧地说:

"喀查普①,快点儿呀!狗杂种,这样的美事到哪儿去找哇,死狗!"

她蔑视俄罗斯男人。她有一副洪亮的胸音,漂亮的脸蛋上闪烁着一双猫眼。伊布拉吉姆把她领到货场棚子里,这时她的同伙就绰起一大麻袋或是一大草席包货物往小雪橇里一甩——拉跑了。

我讨厌这个臭不要脸的女人,我觉得她迷人的强壮身躯实在可悲得很。伊布拉吉姆想起廖斯卡的亲热劲儿就恶心,管她叫母狗,巴伊科夫却沉思着小声说:

"这类贱货,得把她们往死里打才解恨呢……"

每当过节,她穿上漂亮的衣服,脚蹬吱吱作响的山羊皮鞋,浓密的栗色头发上系着一条鲜红色的头巾,来到城里向"知识分子们"出卖自己的肉体,同时对所有的"顾客"一律抱以粗鲁和蔑视的态度。

有时候她来纠缠我,我就把她轰出自己的管辖地段。可是有一次,在一个和暖、明净的月夜,我正坐在货场的小梯子上打瞌睡,偶一睁开眼睛,忽见廖斯卡站在我的跟前。她蹙着眉头,两手揣在皮袄兜里;皎洁的月光清清楚楚地照见了她的匀称的身段。

"别怕,我不是来偷东西的,我是遛弯儿的。"

看星星,已经是深更半夜了。

"这么晚还遛弯儿。"

"娘儿们可是夜猫子,"廖斯卡回答说,在我身边坐了下来。"你

---

① 革命前乌克兰沙文主义者对俄罗斯人的蔑称。

怎么打起瞌睡来了呢?难道人家花钱是雇你来打瞌睡的吗?"

她从衣兜里掏出一把葵花子,边嗑边问:

"你像是个识字的?告诉我,奥博拉克城在什么地方?"

"不知道。"

"圣母在那儿下凡了,她举着两只手,小耶稣裹在她的衣襟里。"

"那是阿巴拉茨克……"

"阿巴拉茨克在什么地方?"

"不是在乌拉尔,就是在西伯利亚。"

她舔了舔嘴唇,说:

"到那儿去吗?就是远了点儿,可是还得去呀。"

"干吗去?"

"祷告去,罪孽太多了。全都是你们这群骚狗造的孽。想抽支烟,有吗?"

她点着了烟,嘱咐道:

"你可别对哥萨克人讲我抽烟啊,我们那里娘儿们不兴抽烟。"

她那严肃的面容被寒冷的空气抹上了一层"胭脂",显得格外的美;一对乌黑的眸子在蛋白石颜色的椭圆形眼白上放出明亮的光辉。

一道金光从天空一闪而过,女人画了个十字,说:

"愿上帝安慰死者的灵魂!喏,我的灵魂也会这样掉下来的。你什么时候感到最寂寞?在月夜里还是在黑夜里?我在月夜里觉得最寂寞。"

她啐一口唾沫淹灭了烟头,将它扔掉,接着打了个呵欠,继续说道:

"咱们俩玩玩好吗?"

当我拒绝之后,她满不在乎地又说了一句:

"跟我玩玩可好啦,谁都夸奖……"

我说了她几句不害臊之类的话。我说得和缓、亲切。她连眼睛都没抬一抬,只是平心静气地回答说:

"那是因为我心里闷得发慌才不害臊的。真叫人烦闷，人……"

从她嘴里吐出来的"人"字，听来使我奇怪，因为她说得特别，说得莫名其妙。女人把头往后一仰，两眼望着天空，慢声慢气地说：

"不能怪罪我呀。常言说：上帝搞的鬼，评价娘们先看腿。哪有我的罪……"

她默默地又坐了一两分钟之后，便站了起来，朝四下瞧瞧。

"我找当官的去……"

她顺着那条在月光下闪着银光的铁轨慢慢走去。我待在那里，沮丧地想着她的话：

"真叫人烦闷，人……"

那时我还不理解人们所谓的"烦闷"。他们来到这个世界，生活在广阔的天地里，生活在明亮的阳光和月光普照下的旷野上，生活在这块世人清楚地看到自己的卑微而又几乎没有什么力量能够坚定自己的生活意志的大地上。

人们在我的周围闪来闪去。我的精神世界对于他们来说是陌生的，他们当中的每一个人都在我的心灵上投下了自己的影子，这些影子不断地变换着，我感到自己命中注定要为理解那些不理解的东西去承受痛苦。

瞧，那个宽胸脯、长胳膊的彪形大汉阿弗里坎·彼得罗夫斯基站长在我跟前狂旋乱舞。他长着一双乌溜溜的、鼓得像虾一样的眼睛，蓄着一把乌黑的大胡子，他像野兽似的，浑身长着毛，说起话来扯着高嗓门，扯得声音都变了调，而一发起脾气来，就带出尖啸的鼻音，那加尔梅克人型的鼻孔张得老大老大。他是个小偷，指使过磅员撬开从黑海一些港口装运来的货物车厢，为他偷绸缎、糖果、点心之类的东西。他还出售赃物，天天夜晚在自己的住所过所谓"遁世的生活"。他暴虐成性，动不动就扇车站守夜人的耳光和嘴巴，据说，他还打死了自己的老婆。

工余时间，他身穿鲜红的绸衬衫和肥大的丝绒灯笼裤，脚蹬精制的绿色山羊皮鞑靼皮靴子,乌黑浓密的鬓发上罩着一顶用金线绣成的雪青色绣花小圆帽。瞧他这副模样,活像个身穿"贵族服饰"的餐馆里的歌手。

县警察局的副局长马斯洛夫是他家的常客。这是个秃子,脸面修得很干净,滚圆的身子,颇像波兰天主教教士,他长着一个猛禽般的钩鼻子和一双荡妇样的狐狸眼睛。他是个奸诈恶毒的伪君子,城里人给他起了个外号叫"女戏子"。肥皂制造商季洪·斯捷帕欣常常露面。他生着火红色的头发,仪表令人起敬,体壮如牛,昏昏欲睡。他厂子里的工人们中了毒,身上的肉一块块地溃烂。由于造成工人残废,他多次受过审讯罚过款。独眼龙正教教堂助祭沃罗希洛夫也常来他家。这是个酒鬼,满身油污的脏鬼,区区小人,但却是个出色的吉他手,手风琴也拉得很好,他那像刺猬身上的刺一样粗硬的灰头发披散在高颧骨的麻脸上。助祭生有一双保养得很好的女人般的小手儿和一对漂亮的蓝眼睛。所以人们干脆管他叫"偷来的眼睛"。

村里的活泼姑娘们和镇上的哥萨克女人们纷纷赶来。有时,廖斯卡也同他们混在一起。他们在一间不大的摆满沙发的屋子里围坐在笨重的圆桌旁,桌上摆满了熏鸡、火腿、名目繁多的腌菜、渍苹果、西瓜、酸卷心菜。在所有这些施舍品中最招眼的还数四分之一维德罗①的伏特加酒。彼得罗夫斯基和他的朋友们几乎一声不响地、没完没了地咀嚼着,吧嗒着嘴,用能盛下四分之一瓶酒的"兄弟牌"银制高脚杯呷着伏特加。

他们吃饱喝足了。斯捷帕欣打着饱嗝,跟巴什基尔人那样画着十字。助祭露出温柔的笑脸,调好吉他的琴弦。他们转移到一间大屋子里,这儿没有家具,只有六把椅子。于是弹唱开始了。

歌声悦耳动听。彼得罗夫斯基唱男高音;斯捷帕欣唱男低音,歌喉沉厚、柔润;助祭是个好男中音歌手;马斯洛夫娴熟地伴随主人唱二

---

① 四分之一维德罗相当于3.08升。

声部。女人们也都各有一副好嗓子。哥萨克女人库巴索娃的女低音听来特别纯正,廖斯卡的声音尖利刺耳,助祭常常摇晃手指头警示她。他们唱得虔敬,就像在教堂里唱圣诗一样。大家带着严肃的神态你看着我,我看着你。只有斯捷帕欣叉开两腿,垂着眼皮,面露惊异的神色,好像不敢相信那缠绵柔和的歌声竟是从他自己的喉咙里源源不绝地唱出来的一样。歌声令人悲郁,有时庄严地唱些宗教歌曲,多半是唱《忏悔曲》。

彼得罗夫斯基那双虾眼一样的眼白上布满了血丝。他像士兵列队似的挺直身子,叫唤起来:

"助祭,我要跳啦！季洪,跳吧！快跳呀！"

"开始！"助祭挥动着吉他,应声答道。他娴熟地拨动着琴弦,像魔术师一样麻利地弹起了特烈帕克舞曲①,斯捷帕欣便跳了起来。这位肥皂制造商呆板的脸上泛起了幻想般的微笑,笨拙的身躯做出一副柔软的、野兽般优美的姿态。他在屋子里轻盈地舒展着身子,像泥淖里的鲶鱼全身颤动着,优美而有节奏;他一面用两腿无声地跳着奇妙的舞步,一面用幸福人儿的目光望着伙伴们。他跳得太迷人了。尽管哥萨克女人库巴索娃尖声欢叫着,灵巧而撩人地围绕斯捷帕欣旋转,但是斯捷帕欣的强壮身躯那富有节奏的、优美无比的舞姿毕竟还是高出一筹,他的舞蹈使大家着迷了。

阿弗里坎·彼得罗夫斯基兴奋得野性大作,他狂吼乱叫,吹口哨,摇晃脑袋,挥洒眼泪。助祭停止弹奏,搂着斯捷帕欣亲吻,气喘吁吁地嘟哝着:

"季洪！这可是做礼拜……亲爱的！一切的一切都会得到宽恕的！……"

而马斯洛夫围着他们跳着,喊着:

"季洪！舞蹈大王！天才！凶手！"

---

① 一种顿足跳的俄罗斯民间舞曲。

这一帮子人喝了半维德罗伏特加,只是现在才酒性发作,而且我觉得,这是由于高兴,由于互相见爱和互相吹嘘的一种得意忘形。女人们也喝得烂醉,眼睛里射出贪婪的目光,腮帮子烧得通红。她们用手帕扇动着,情绪高涨得像一群从漆黑的马厩里放出来的马儿,一下子来到了春天那和暖的阳光照耀下的宽阔的大院子里似的。廖斯卡半张着嘴,喘不上气来,用湿润的眼睛见怪地望着斯捷帕欣。她坐在椅子上扭动身子,鞋底在地板上蹭得沙沙作响。

窗外风在呼啸,哀号。火炉烟囱呼呼作响,飞雪像白色的翅膀扑打着玻璃窗。斯捷帕欣用一块花手帕揩拭着脸上的汗水,小声而负疚地说:

"跳这种民间舞蹈,规矩人就该一点儿也瞧不起我了……"

彼得罗夫斯基怒气冲冲地破口大骂起规矩人来,骂得独出心裁。女人们怪声怪调地尖叫,以表示她们听着都害臊,然而这些污言秽语雄辩地显示了俄罗斯语言的妙趣横生。

助祭重又开始弹奏,彼得罗夫斯基随着跳了起来,跳得天旋地转,如疯似狂,他拍着掌,顿着脚,吆喝着,仿佛要挣断和砸碎捆住他身子的无形的紧箍。廖斯卡也在跳。马斯洛夫疯疯癫癫、笨手笨脚地跳腾着。顿足声、嗯哨声、尖叫声响成一片,花花绿绿的裙子接连不断地闪来闪去,彼得罗夫斯基清晰响亮地踩着急促的舞步,带着仇怨狂暴地嘶叫着:

"哎嗨!我要完蛋喽!"

听得见他咬牙切齿的声音。在这股狂喜里既没有欢笑声,也没有把人从地面上抛举起来时的那种兴高采烈的劲头,而只有近乎宗教色彩的狂欢,有如鞭身教教徒举行的苦行仪式①和外高加索一带回教苦行僧的蹦跳动作。身子剧烈转动时,要使出全身气力。在我看来,这种无休止的旋转动作近乎一种绝望的挣扎。这些人个个有才能,甚至

---

① 鞭身教是十七世纪中叶产生于俄国的一种皈依基督的教派。该教派的教徒举行苦行仪式时,心情气愤若狂,做出打圈子、拷打自己等动作。

可以说各自都有一种了不起的才能。他们以对唱歌、跳舞,对女人的肉体,对令人叹赏不绝的优美舞姿和歌喉的如醉如痴的迷恋使彼此倾倒。他们的一切举动颇像野人在做礼拜。

彼得罗夫斯基解除了我的值勤任务,要我参加所谓"遁世的生活"的活动,因为我知道许多优秀歌曲,而且还是个"说唱"能手,再就是我能喝下许多我讨厌的伏特加酒而不醉倒。

"彼什科夫,开始!"他喊道。甚至在他搂抱女人的时候,他也像野兽似的嚎叫。这是他的需要。

我站到墙根,于是就"开始"了。我特意选择优美动人的歌曲"说唱"起来,竭力唱出歌中含而不露的感情和语言的美。我沉醉在那与我的心灵起着共鸣,而与理智却格格不入的、使人悲不可止的旋律之中①。

"主啊!"助祭抱头呼唤道。他那柔软可爱的小手儿整个儿埋在了几绺银白色的头发里。斯捷帕欣惊异地也许还带着几分忌妒心望着我,他的脸难看地抽搐着。彼得罗夫斯基把牙齿咬得连肌肉都鼓了起来。马斯洛夫把库巴索娃抱在自己大腿上之后,又把她给忘掉了,他两眼凝视着地上,活像一条病狗。

我不明白,我要从这些人身上得到什么,只不过有时候觉得,倘若能用歌声充实他们的精神,那么他们就会变,变得使我更了解他们。看,他们赞叹不止,他们搂抱我,亲吻我,只有助祭在哭泣。

"调皮鬼,"马斯洛夫抚摩着我的手对我说。斯捷帕欣默默地亲吻我。

"喝吧,反正要完蛋了!"彼得罗夫斯基大喊大叫,廖斯卡舞动着两只手说:

"我要对大家说,我爱上了他,爱上了,连腿都发抖了……"

过一会儿,他们又一再提出这样那样的要求。

他们是一群小人,这我知道,但他们却像信奉上帝一样地信奉着美,对它迷恋到忘我的地步,沦肌浃髓似的陶醉在美的享受之中,甚至

---

① 高尔基年轻时,是个男高音歌手,曾应征参加过歌咏队,但就在他在这个车站上当守夜人期间,因工跌伤,刺破了喉咙,从此嗓音变得低沉而沙哑。

情愿为它去一死。

从这个矛盾中隐隐约约升起了一团愁云,压得我喘不过气来,而他们的狂喜竟达到了顶点,可是所有的歌都唱完了,所有的舞也跳完了。

"把娘儿们身上的衣服脱光!"彼得罗夫斯基叫嚷着。

干这种事的常常是斯捷帕欣。他干得不慌也不忙,先是规规矩矩地解开腰带、扣子,然后麻利地脱下上衣、裙子和内衣,把它们搁在一个角落里。

在场的人们欣赏着廖斯卡迷人的身躯,小心翼翼地触摸着她那诱人的胸脯、匀称而美丽的大腿、出色的肚子;他们围着女人们绕上几圈,像赞赏歌舞那样兴高采烈地啧啧称道她们的肉体。然后,他们又走到小屋的桌子跟前,大吃大喝,接着,便开始了一幕无法描写的可怕场景。

我对这一伙人的兽欲并不感到奇怪,——公牛和公马比这还厉害呢。令人发指的倒是刚刚看到他们对女性美还几乎怀着敬意,赞不绝口,而现在却又以一种敌视的态度对待她们。我觉得,在他们的淫乱行为中掺杂着耐人寻味的复仇色彩,这种掺杂物也许是由于绝望,由于没法自裁,没法摆脱压迫他们、伤害他们的势力而产生的。

我还记得斯捷帕欣那使我听了非常吃惊的叫喊声:他在镜子里照见自己的模样,他那通红的脸变成栗壳色,转而又发青,他发疯似的鼓着眼睛,嘟哝说:

"哎,哥儿们,你们看哪,天啊!"

接着,他一声咆哮:

"我长的不是人脸,你们看哪! 不是人脸,哥儿们!"

他抄起一只瓶子,径直照镜子砸了过去。

"喏,你这副鬼脸,着打!"

他喝多了,但没有醉。助祭开始安慰他,他颇有理智地说:

"饶了我吧,神甫……我知道,我过的不是人过的日子。难道我是人吗? 我的灵魂着魔了,还是饶了我吧! 这是没有办法的事……"

一种愚昧的、可怕的力量在他们每一个人身上作怪。女人们被他们连咬带拧,痛得尖声怪叫,然而她们却把这种虐待当成是理所当然的、甚至是痛快的事儿。廖斯卡还故意用挑逗的叫喊声招引彼得罗夫斯基:

"喂,再来!喂,再拧一把,拧呀!"

她那双猫眼的瞳孔放大了,而在这时她的神态倒酷似一个殉教圣徒像。我担心彼得罗夫斯基会打死她。

有一回,天刚放亮,我和她一道从站长家往回走的时候,问她:为什么要让人家折磨自己、侮辱自己呢?

"人家自己也在折磨自己嘛。他们都是这样的。助祭尽管咬人,可他也哭。"

"干吗要哭呢?"

"助祭哭,是因为老了,没有劲儿了。别的人,像阿弗里坎和斯捷帕欣什么的,你都不明白是怎么一回事,可我知道,只是我说不出来。知道的不少,就是说不出来;等我一找到词儿,脑子又乱了;脑子集中时,又没有词儿了。"

看来,她真的知道一些他们的狂暴行为的原因所在。记得是在一个春天的夜晚,她说着说着,就伤心地哭了:

"你真可怜,像掉进浓烟烈火里的小鸟儿一样没有出路。最好还是到别处去吧。唉,我可怜所有的人……"

于是,她用慈母般温存的语言,以一个深悉心灵中的阴影、并且对这阴影担惊受怕的勇士的智谋,对我谈了许多可怕而更可耻的丑事。

这时,我恍惚觉得在我面前演开了一幕兽性和人性这样两种力量搏斗的沉痛的悲剧:人企图一下子永远满足自己的兽性,填满他难填的欲壑,然而他的兽性却更加强烈,从而也就愈来愈被兽性所征服。

可是那时这种满足肉欲的、疯狂般的寻欢作乐激起了我的反感和厌恶,同时也唤起了我对人们,特别是对妇女的怜悯心。然而处于苦恼的折磨中的我却并不想拒绝参与疯魔的所谓"遁世的生活",说得高雅些,那时我是个"知识狂热病患者",是"知识狂热者这恶魔"在驱使着我,使我着迷。

"什么都须要知道,什么都须要懂得,"米·安·罗马斯一面严肃地对我哼唧着,一面抽着烟斗、吐着烟圈、看着一缕缕蓝烟钻进他那银灰的胡须。

"活着不能没有抱负,不然就会感到空虚。所以您要习惯于探察每一处缝隙和每一个坑穴,也许从中能发掘出对您有用的真理。您要勇敢地去生活,不要逃避那些不快的、可怕的东西,不快和可怕都是由于不理解。这就是我要说的!"

于是我就竭力到处去探察,从而了解到许多对于我个人来说最好还是不去了解、但又必须告诉人们的东西,因为这就是他们的生活,这就是一个人力图克服自身的和他人的自然力而对兽性进行斗争的一场沉重、肮脏的惨剧。

如果说世界上存在什么真正神圣和伟大的东西,那就是不断成长着的人,——哪怕他是我憎恨的人,也都是可宝贵的。

不过,当我对生活的游戏经过一番细思深究之后,就又不再去恨了。这不是因为有什么难处,恨是非常容易做到的事情;而是由于这样做无济于事,甚至还有失尊严,因为归根到底这是一种自我憎恨。

对,哲学,特别是道德学,是件枯燥乏味的东西。但当心灵被生活磨出了茧子,磨得鲜血直流的时候,当心灵对那个"了不起的微不足道者"——人,抱持无限深情,并且爱得痛哭流涕的时候,你就会自然而然地发出具有哲理的议论来,因为你想从中得到自我安慰。

我在多布林卡车站待了三四个月以后,就觉得不能再待下去了。因为除了彼得罗夫斯基家的狂欢乱舞,还有他的厨娘玛列米亚娜也开始对我专横跋扈起来。她是个四十六岁的女人,身高二俄尺十俄寸[①],在行李房"费尔本克斯"磅秤上称过,体重六俄担十三俄磅[②]。在她那

---

[①] 合一米八四。
[②] 合一百零六公斤多。

红铜色的、圆得像月亮的面孔上气冲冲地闪烁着一双绿得像铜锈似的小圆眼睛。左眼下边长着一个小赘瘤。这只眼睛总是阴沉沉地犯着疑。她是个识文断字的,常常津津有味地读着伟大殉教者的言行录①,并且以她那颗比谁都宽大的心仇恨狄奥克列齐努斯②和迪西乌斯③皇帝。

"要是他们碰上我,我可要把他们的眼珠子给挖出来!"

但是对远古的往事的义愤,并不妨碍她在"女戏子"马斯洛夫面前奴颜婢膝,战战兢兢。每当晚饭大吃大喝的时候,玛列米亚娜侍立在一旁,对他格外虔诚,常常用幸运的狗一般的目光瞥瞥他那双虚情假意的眼睛。有时,他装作喝醉的样子,躺在地上,捶打自己的胸脯,哼哼着:

"我不好了,不好—好了……"

这时,她便慌张地用两只手把他扶起来,像抱孩子一样的把他抱到自己的厨房里去。

大家管他叫马尔滕,可她,大概是因为怕他,常常把他的名字同她主人的名字搞混,叫他:

"马尔特坎。"

于是,他从地上跳起来,洋相百出地嘶叫着:

"什么—么?怎么回事?"

玛列米亚娜两手贴在肚皮上,向他深深地鞠躬,吓得嘶声哀求道:

"看在基督分上,饶恕我吧……"

这一下子他更来劲儿了,尖声怪叫地吓唬她。这个彪形女人默默地、认罪似的眨着眼睛,混浊的泪水夺眶而出。大家哈哈大笑,马斯洛夫却用脑袋抵着她的肚皮,温柔地说:

"得了,走吧,丑八怪!走吧,肉包子……"

---

① 古代基督教文学作品的一种特殊形式,在旧俄极为流行。
② 古罗马皇帝(284—305 年在位),曾迫害过基督教徒。
③ 古罗马皇帝(249—251 年在位),曾反对过基督教。

等她小心翼翼地走开去时,他扬扬得意地说:

"这头水牛,心倒是温柔得少见……"

我同玛列米亚娜刚刚认识的那几天,她对我像慈母一般地和蔼可亲,可是当有一次我冲撞了她几句,说她对那个"女戏子"像奴隶一样低三下四时,她竟猛地往后一闪,像是我用开水把她给烫了似的。绿眼珠里充着血,都变成褐色的了。她往凳子上一沉,恶狠狠地喘着气,晃着身子,嘴里嘟哝着:

"恶少,你这是怎么啦?你是在说他吗?竟敢说出这样的话来?哼,看我不收拾你,看他能饶了你……得用磨粉机把你碾得粉碎!你疯啦?他可是至高无上的,你……你算个什么东西?"

她突然粗声大叫起来:

"得毒死你,狼心狗肺!滚开去!"

这一声令人震惊的怒喝把我镇住了。别看我少不懂事,但我已经感到冒犯了一种神圣不可侵犯的东西,或者说是触到了人家的痛处。可我又怎么知道,在这副高大的肥胖的身躯里却包含着一种她如此宝贵和神圣不可侵犯的东西呢?生活就这样教我懂得人们的同等价值,教我尊重他们心中的秘密,教我更爱护他们,对他们更小心谨慎一些。

从此以后,玛列米亚娜便把我恨在心里,把站长家里的沉重家务压在我的肩上。在我熬过不眠之夜,交过班,还得劈劈柴,劈完劈柴,再把它搬运到厨房和屋子里,接着还要揩拭铜器皿,生火炉子,照料彼得罗夫斯基的马以及那些几乎要占去我半天工夫的杂七杂八的零碎活儿,再也没有时间去读书和睡觉了。这个女人老实不客气地威吓我说:

"我叫你吃不了兜着走,把你轰到高加索去!"

"到高加索去,要有适应能力,"我想起了巴里诺夫讲过的话。我给博里索格利布斯克站的站长打了个书面报告,报告是用诗体写成的,写的是玛列米亚娜的虐待行径。报告起了作用,不久把我调到了博里索格利布斯克货站,分派我保管、修补防水布和麻袋。

在那里,我结识了一大批知识分子。他们几乎都是"可疑分子"①,经历过铁窗和流放生涯,读过大量书籍,懂得各种外语。他们是从大学和中学里被开除的学生、统计学家、海军军官,还有两名陆军军官。

这一群人,总共约有六十个,是由一个叫 M·E·阿达杜罗夫的人在伏尔加河流域一带的城市里召集起来的。他是个精明能干的人,曾建议格里亚齐—察里津铁路管理局利用这部分人的力量除掉一个非常猖獗的货物盗窃团伙。他们雷厉风行地干了起来,揭露区间各站的站长、过磅员、列车员和工人的营私舞弊,并为成功地将盗窃犯捉拿归案而互相夸耀。我觉得,他们都能够而且应该从事另外的、和他们的身份、才能、经历更相称的工作。可那时我还不大懂得在俄国是禁止"传播理性的、善良的、不朽的东西的"。

我生活在不开化的城里人和与众不同的"文化传播者"②中间,同时清楚地看到,这两部分人之间隔着一条不可逾越的鸿沟。

当然,全城都知道"阿达杜罗夫们"是"政治家,也就是那些要被绞杀的人",并且警觉地注视着他们的活动,既恨他们,又怕他们。市侩们凶恶的、胆怯而又充满敌意的目光使人看了怪可怕的。他们憎恨"阿达杜罗夫们",既因为"阿达杜罗夫们"是自己的仇敌而感到可怕;又因为凭良心说他们也是"信仰与沙皇"的死敌。

我的一个相识,车工巴维尔·克留科夫,和我一起坐在酒馆里喝啤酒的时候,高声议论说:

"怎么可以让这帮人干事呢?得把他们赶到荒岛上去,叫他们过鲁滨孙过的生活!要是能统统绞死,那就再好没有了!两年前,在彼得堡就是这么干的。"

克留科夫是个博学多识的人,爱好地理和茹科夫斯基③的诗篇,拥

---

① 革命前帝俄警察当局对具有革命思想或者从事革命活动的进步人士的称谓。
② 指以传播文明为名,行奴役弱小民族为实的帝国主义殖民主义者。
③ 瓦·安·茹科夫斯基(1783—1852),俄国诗人。

有二十部好书;其中有《三月一日诉讼案》。他神秘地把这本书交给我,说道:

"喏,你读读这本书,看看里面写的什么人!千万要小心,可别坏事。"

当然,不只是他一个人这么说。

我结识了一位名叫斯塔罗斯京—马年科夫的文学家,他在格里亚齐—察里津铁路货站办事处干事。

斯塔罗斯京,中等身材,长得肥胖;看他那光光的、圆鼓鼓的脸盘和呆滞无神的眼睛,颇像一个阉人。艰难的步履、迟钝的动作更增添了几分与阉人相似之处。他虚胖的身躯患有各种疾病,神经过敏加剧了病情的恶化。他成天唉声叹气,咳嗽不止,还常常往他那只用来做字纸篓的通心粉匣子里、窗台上的花盆里、烟灰缸里,甚至干脆往地板上、门角里胡乱吐痰。他悠着劲儿,吐出一口痰,瞧瞧什么样,发愁地摇摇秃脑袋,说:

"坏了!"

他整晚整晚地坐在自己小屋子里那张堆满手稿的桌子跟前。屋子里挂着一块大红布窗帘,窗台上搁着倒挂金钟和天竺葵花盆,墙角里摆着基里克和乌利特殉教圣徒像。他用小酒盅一盅接一盅地呷着伏特加,嘴里一边嚼着洋葱头,一边嘶声尖叫,发着牢骚:

"格列布·乌斯宾斯基[①]嘲弄农民,可我要用心血来写他!你是个读书识字的人,你说说:乌斯宾斯基和列伊金有什么区别,区别何在,啊?可是他的文章发表在第一流杂志上,而我呢……"

斯塔罗斯京的短篇小说刊登在地方报纸上,还有一两篇好像登在《事业》杂志上。他喜欢别人经常向他提起这种事情。

我提起过。

"登的多吗?"他沮丧地但已经不那么抱怨地大声嚷嚷,"多吗,当我……"

---

[①] 格·伊·乌斯宾斯基(1843—1902),俄国作家,革命民主主义者。

他从椅子上趴到地板上,钻进床底下,拖出一个裹着灰色披巾的大包,用手掌拍拍,扬起一团灰尘,喘吁吁地喊道:

"喏,都写完了!是用心血写成的!对—对!用心—血……"

他的脸红得发紫,醉眼里充满了泪水。

不过,有一次,在他神志清醒的时候,他给我读过一篇刚刚完成的新作。故事是讲一个农民在一次火灾中从烈火里救出区警察局局长一匹心爱的马。可是这位警察局局长在主人公立功前一个小时,还因为他偷了一个肩轴而打掉了他两颗牙齿。主人公光荣烧伤,伤势严重,被送进了医院。

斯塔罗斯京读完这篇动人的故事后,兴奋得流泪了;他叹赏地嘟哝说:

"写得多好呀,多真挚感人呀!对,兄弟,对!你学吧,用心学吧……"

我一点儿也不喜欢这篇故事,不过,我见作者这么兴奋,也差点儿掉眼泪;他真诚的感情也同样真诚地感动了我。

但是,这个可笑得令人讨厌的人为什么要哭呢?我请他让我把手稿拿回家去再看一遍。故事写得不怎么样,写得甜腻柔媚,无病呻吟,像那些"可怜的不幸者们"给好心的有钱寡妇写的虚情假意的求情书似的。然而,究竟是什么东西引起了作者真挚的眼泪和孩子般的兴奋呢?

"我不喜欢这个故事,"我直言不讳地对斯塔罗斯京说。

他小心翼翼地把手稿一页一页叠起来,深深地叹了口气:

"你真是个大老粗!而且脑袋瓜不灵光。"

"这里有什么东西使你感奋呢?"

"灵魂!"他气哼哼地喊道,"闪光的灵魂!"

他任性地对我嚷嚷了一阵之后,呷了一口酒,训诫道:

"你学吧!原来——你写诗,这不高明。这没有必要。你当不了纳德松[①],你没有那个底子,你缺乏诗细胞,是个老粗。要记住:普希金

---

① 谢·亚·纳德松(1862—1887),俄国诗人。

写诗,结果毁了自己杰出的才华。散文才是真正的文学,散文才是神圣的、真实的!"

在我看来,他正是这种神圣的散文的化身,至于说,它散发出来的乌烟瘴气,早已把我熏得透不过气来了。

斯塔罗斯京有个情妇,是他的女房东。她长着一对半普特重的乳房和连椅子都容不下的臀部。斯塔罗斯京在这女人的命名日郑重其事地赠送她一把宽藤椅。这使女人深为感动。她一连亲了三口情人的嘴,然后转身对我说:

"瞧,年轻人,学学大人,该怎么讨好女人!"

斯塔罗斯京站在她身边,面带幸福的微笑,一面用手指抚弄着他那像狗耳朵一样柔软的灰色耳朵。

三月末一个晴朗的日子,窗户上盛开着倒挂金钟,春水的淙淙声传进屋子。屋子里充溢着浓烈的热腾腾的馅饼味、肥皂味和烟叶味。

我虽然年轻,文化水平有限,但我还是不安地感到在"神圣而真实的散文"里,也可能有痛苦和鄙俗的悲剧。

我虽然看守麻袋、防水布、挡板、枕木和木柴,使之免遭附近村落的哥萨克的盗窃,但却向往着伟大的业绩,向往着光明的欢乐生活。我读海涅和莎士比亚的作品,而每当我深夜想起周围悄悄腐烂着的现实生活时,往往一连好几个小时地坐着,躺着,什么都闹不明白,仿佛脑袋被打了一闷棍似的。

在这座弥漫着荤油、肥皂、臭肉气味的城市里,市长把神职人员邀请到他的宅院里,为驱赶水井里的鬼魂作法事。

每逢礼拜六,市立中学的一位教师在澡堂里殴打自己的妻子。有时,她光着肥胖的身子从丈夫手中挣脱开去,在花园里逃窜;丈夫呢,两手握着树条在她后面追赶。

教师的邻居招来熟人,他们透过板墙缝隙观看这场"演出"。

我也去了,也是去看热闹的,记得还同一个人打了一架,险些没进警察局。一位市民劝解我说:

"喂,你干吗这么大的火气?瞧瞧这玩意儿,谁都觉得有意思!这种场面在莫斯科是看不到的。"

那个一卢布一个月租给我一个小房间的铁路办事员硬要我相信:所有的犹太人不但是骗子,而且还是阴阳人。我和他争论,结果一天夜里,他带着妻子和小舅子一起来到我床前,想查明我是不是犹太人?要想挣脱他们,除非拧折他的胳膊,打破他小舅子的脸不可。

县警察局局长家的厨娘把她的经血掺和在面饼里,烙给她认识的那个司机吃。为的是好激起他对她的柔情。厨娘的女友把这手可怕的妖术告诉了司机,可怜的司机吓坏了,就去找医生,说他肚子里有什么东西在动弹、在哼哼。医生听了直笑他。他回到家里,钻进地窖,上吊了。

我把诸如此类的事情统统讲给"阿达杜罗夫们"听,他们把这当成趣闻,没想到一个个都乐得哈哈大笑起来。

我一面讲,一面寻找答案,但找不到。大家把我的故事叫做令人喷饭的趣事,或者称为丑闻的笑谈。听故事的人们往往给我解忧说:

"别去管这帮人,他们不过是吃饱了饭闲得没事干!"

但我知道,尽管他们活着仅仅是为了吃吃喝喝,所以偏爱储存各种各样的食物,好像在等着发生全球性的饥荒一样,但毕竟是他们在主宰生活,时刻在构筑肮脏的使人气闷的生活。

我看到这一切以后,觉得那些优秀的、聪明的知识分子的生活似乎太平淡了,它好像置身于半理性的、愚昧的无谓忙碌之外。这种半理性的、愚昧的无谓忙碌构成了无穷无尽的、使人腻味的日常生活。我越是留心观察,就越感到焦急不安。我觉得,知识分子们生活在这座肮脏的、对一切人都格格不入和怀有仇念的小城市里还没有意识到自己的孤独,他们根本不想了解米哈伊洛夫斯基[①]和斯宾塞[②],而且对于个人在历史进程中具有多大的作用同样丝毫不感兴趣。

---

[①] 尼·康·米哈伊洛夫斯基(1842—1904),俄国民粹派理论家和文学批评家。
[②] 斯宾塞(1820—1903),英国资产阶级哲学家和社会学家。

晚会上，知识分子们向那些无聊的女人大献殷勤，其中有两个是姐妹，她们长得出奇地像一对蝙蝠。敦实的瘸腿马津曾经当过海军军官，他倾心于叔本华[1]，娓娓动听而又兴致勃勃地谈论着"爱情的玄学"、"男女两性的本能"。当他 Р、Л 不分地说着这两个字母时，那两只"蝙蝠"就蜷起大腿，垂下乌溜溜的小眼睛，紧裹起像翅膀一样的灰色斗篷，仿佛担心这位哲学家的话能把她们身上的衣服剥得一丝不挂。

不久，马津收到"两只蝙蝠"的那个在铁路局当大官的兄弟这样一张便条：

> 先生，您要是继续在我这两个妹妹面前谈论爱情的玄学，那么我就要老实不客气地先扇您一个耳光，然后再到铁路局长大人那里去控告您。

我仔细观察这一切现象，谛听着，回忆着彼得罗夫斯基家里的那一个个夜晚。那里，一台台本能的、如痴如狂的、愚昧的闹剧表演得淋漓尽致，迷惑着人们的理智，昏天黑地地、为所欲为地玩弄着爱情。半野蛮的人们、贼们、醉汉们兴奋到了神魂颠倒的地步，他们出色地、娴熟地纵情高唱优美的、心爱的民间歌曲，而那些"哲学家"、"激进派"、"民粹派"却不合调地吟唱辛酸的、庸俗的诗歌："不是秋天的蒙蒙细雨"、"在一片泥淖的布拉克"，或者是：

> 哥白尼花费了毕生的劳动，
> 为的是证明地球在转动，
> 真是大傻瓜！……

我没有足够的智慧，也没有丰富的想象力，更没有任何力量能来弥合这两部分人之间所产生的、使彼此疏远的深深的裂痕。

---

[1] 叔本华(1788—1860)，德国非理性主义哲学家。

正当我写着发生在三十多年以前的往事,正当我写着,并且清楚地看见眼前这两部分人的时候,我感到要用语言来描写这些戴着眼镜和夹鼻眼镜、穿着"撒腿"裤子①和各式各样的上衣,以及用那千篇一律的华丽辞藻作外衣的近视眼文人学士们的形象是完全无能为力的。这不是因为一部分人是粗鲁的、生硬的,他们容易描写,而另一部分人则是被书籍的熨斗烫得平平贴贴,——不,我看,这里有着深刻的、近乎部落性质的、无论如何是一种内在的隔阂②。

窗外,在那被车站灯光划破的黑暗中,一列列载满货物的、红眼睛的、像长蛇一般的列车伴着铁器的隆隆声在爬动,几个身影滚圆的给油工人、列车员一面挥动各种信号灯,一面在走动。烟雾蒙住了玻璃窗;当火车头鸣笛时,窗玻璃发出低沉的呻吟与之呼应。那里,夜晚的生活是沉闷的,它同关在那间屋子里狂热地迷醉于美色的生活毫不相干。

一方面是本能的力量在徒劳地、毫无出路地奔涌,另一方面则是被关在污秽的生活笼子里的理性像失去翅膀的鸟儿在挣扎。我想,世界上没有一个国家的生活的创造力像在我们——罗斯③这样遥遥相隔。当我几乎带着恐惧讲述彼得罗夫斯基家里的夜间狂欢时,我往往感到那些"有文化的"人对于野蛮人的欢乐生活怀着一种隐蔽的欣慕,同时我还常常觉得,他们对于彼得罗夫斯基的寻欢作乐的非议并不真实,不过是做做表面文章、走走形式故示"文明"罢了。

只有Π·E·巴热诺夫长叹了一声,说:

"咳—咳!真可怕!"

---

① "撒腿"裤子,即裤腿不塞入靴筒里。
② 知识分子在精神上与人民的生活环境隔绝这样一种不安感——正是理性的开蒙——始终在不同程度上固执地纠缠着我。在我的文学创作中,我不止一次地接触到这个主题。《我的旅伴》以及其他一些故事都是由此而产生的。后来,这种不安之感渐渐发展成为对祸乱的预感。一九〇五年,我被关在彼得保罗要塞中时,曾试图把这个主题写进《太阳的孩子们》里去,但这出话剧系败笔。如果说,愿望和理性的决裂对于个人生活来说是一种惨剧的话,那么对于人民生活来说则是一场悲剧。——作者注
③ 俄罗斯的古称。

他想了想,咬了咬胡子,补充道:

"要是我跟他们混在一起,也许会像泥塘里的公牛一样完蛋,动得越厉害,往泥里陷得就越快。是的。我知道,是什么把像您这样的人吸引到他们那边去的。是因为我们过着淡淡如水的、沉闷卑微的生活。而他们那边几乎像一部史诗,过着史诗一般的生活。您知道吗,这位彼得罗夫斯基早就被告到了法院,可是他在局里有个'大靠山',告了也没用。前不久,向他侦讯一个新案子:盗窃货厢里的茶叶。他从抽屉里拿出一张纸递给侦讯员说:'这上面照实写着我偷过的全部东西。'"

巴热诺夫紧锁眉头,若有所思地闭上眼睛,两手放在脖子后面,沉默了片刻,随后笑着说:

"偷得——诚实。请您相信,只有俄国人才能这样说。也许我们的使命真的是要去连接那些不相连接的东西。我们狂欢,我们酷爱……如此等等……"

他从椅子上站起来,张开两臂,伸伸懒腰,作出下面的结论:

"我们俄罗斯人,到底还是优秀的民族!也许正是这个原因,才过分不幸……"

巴热诺夫是引起我深切同情和由衷敬佩的少数几个人中的一个。他原是托木斯克神学校的一名学生,原来经过一番长时间的周折才入了基辅大学,但因为"形迹可疑",念到二年级就被开除出校,还蹲了几个月监狱。他留着一头浓密的长发,看来像个乔装的神甫,行动起来像个小心谨慎的大力士,这使他强壮高大的身躯在学生中间显出一副与众不同的绅士架势。他有一副非常柔美的嗓子,但他缺乏辨音能力,几乎敌视音乐,说什么:

"音乐能招致混乱。"

他那长满乌黑的络腮胡子的宽阔的麻脸膛上有一双笑眯眯的灰眼睛。我感到,他对人宽厚明达。他生动地给我讲述基督教的发展史,引人入胜地谈论世纪初的各种教派,帮助我阅读魏维尔的《归纳学史》①。他一面谈,一面在屋子里悄没声儿地、轻快地来回踱步,两手插在裤兜里,挑起眉毛,激昂地频频点头,这是他用来强调自己讲话里十分重要的部分的惟一姿势。但有时他还没等到讲完一句话,就沉思起来,一面用嘴唇咬着胡须,用小指头挠着满是麻瘢的高前额,长时间地站着不出一声。这样的时刻不知为什么总要引起我隐隐的不安。有一次,我问他在想什么?

"白白消耗的智慧实在太多了!"他小声说,"而且又是什么智慧啊!"

他常常令人信服地谈论美和思想的力量:

"归根到底,我的老弟,理性决定一切,理性正是未来改变整个世界的杠杆。"

"那么,支点呢?"我问。

"人民,"他脑袋一晃,深信不疑地回答说,"其中包括——您,您的智慧!"

我非常喜欢他,打心眼里相信他的话。

一个宁静的傍晚。我和他一起躺在野外,我对他讲述尼基福雷奇警察怎样谈论怜悯,托尔斯泰主义者又如何议论福音书和达尔文。

他静听我把话讲完,然后回答说:

"达尔文——尽管他讲的是真理,但我不喜欢它,就像我不喜欢地狱一样,如果真的有地狱的话。不过,您知道吗,我的老弟,机器上各个部件的摩擦力越小,它就越好使。然而生活恰恰相反:摩擦力越大,生活就越来越快地接近它的目的地,变得更加合理。所谓合理,也就是公正、也就是利益的一致。可见,必须承认斗争是生活的好法则。所以您那个警察说的对:如果说生活就是斗争,那么怜悯就是要不得的了。"

---

① 威廉·魏维尔(1794—1866),英国学者、哲学家,著有《古今归纳学史》,十九世纪中叶,译成俄文出版时,题名《归纳学史》。

他陷入了沉思,仰面朝天地躺着,睁大两只眼睛凝视着天空。

夕阳隐没在云层里,染红了云团,熔化在彩云中,有如一大片艳红的篝火;红彤彤的光辉洒在原野上,旧年那白苍苍的残草的草茎上冒出粉红色的露珠。春天花草的芳香变得更加浓烈、更加沁人心脾。

巴热诺夫霍然坐了起来,吸一口纸烟,又立刻把它扔掉,沉闷地说:

"我看,对于生活来说,人道主义已经来迟了,来迟了差不多两千年。好了,现在我要进城去,您去不去?"

五月末,我被调到伏尔加—顿河铁路支线上的克鲁塔亚车站当过磅员①。六月间,我接到一位当装订工的朋友从博里索格列布斯克寄来的一封信,说是巴热诺夫在墓园附近的野地里开枪自杀了。信里附有巴热诺夫生前留下的一张字条,上面写道:

> 米沙,请你把我的东西变卖掉,付给房东七卢布零三十戈比房租费,魏维尔的书请重新装订一下,然后寄给在克鲁塔亚的彼什科夫·马克西梅奇,即"脑袋"②。斯宾塞的书也给他寄去。其余的东西归你。包好的拉丁文和希腊文书籍寄往基辅,地址在书里夹着。永别了,朋友! 巴·

我读完字条,心里有如晴天霹雳。难以置信,这样一位在我看来意志坚强、头脑清醒的人竟然离开了人世。

是什么把他毁掉的呢?

我不由想起有一次在饭馆里,他请我喝啤酒,喝得有几分醉意的时候,他突然对我说:

"马克西梅奇,您知道哪一首歌是当今世界上最好的歌吗?"

他隔着桌子哈下腰,用驯良的熊眼望着我的眼睛,用柔润而沉厚

---

① 作者记忆有误。据苏联学者考证,高尔基调到克鲁塔亚车站(距察里津十二俄里)是一八八九年一月上旬的事。
② 一八八八至一八九〇间,在博里索格列布斯克车站上有一个革命小组,高尔基是小组的成员,"脑袋"是他在该小组时的代号。

的声音轻轻地、悲伤地唱道：

> 当我小的时候——
> 还没长大成人，
> 像个小小儿郎，
> 天天去上学堂。①

唱完后，他的眼睛湿润了。

"说真的，这是一支多么动人的歌儿呀！歌词是那样朴实无华，又是那么忧伤可笑……"

他把歌词译成俄语。我不明白，歌中究竟有什么东西使这位须发蓬松、魁梧而又聪明的人感奋得几乎到了掉泪的地步……

原来，我见到过不少被"可笑的忧伤"毁掉的人们。

……几个月之后，生活无情地但却深深地教育了我，当我回忆往事中的一件最最不愉快的事情时，我想起了彼得罗夫斯基。

在莫斯科苏哈列瓦亚塔楼左近一家污秽不堪的饭馆里，一个身材修长、身体瘦弱的戴眼镜的人同我对桌而坐；他那精瘦的面孔、山羊胡子和箭头似的稀疏唇髭颇像多雷②笔下的堂吉诃德。他身上穿着一件嘀里当啷的蓝上衣，显然这不是他自己的衣服；那条双膝打着补丁的灰色土布裤子短得滑稽可笑：一只脚套着胶皮套鞋，另一只脚蹬着破烂不堪的皮靴子。他捻捻尖得像锥子一样的须尖，用暗淡无神的眼睛贪婪地望着我，把眼镜往灰白的眉毛上一推，站起身来，像盲人似的伸出两只胳膊，摇摇晃晃地走到我的跟前，说：

"我是格拉德科夫律师！"

他用肮脏的手指在空中画了个花笔道，又加重语气重复了一遍：

---

① 原诗是法语。
② 多雷·古斯塔夫(1832或1833—1883)，法国画家，曾为拉伯雷的《巨人传》和塞万提斯的《堂吉诃德》等名著作插图，享有盛誉。

"阿列克谢·格拉德科夫!"

他一面声音嘶哑地说,一面转动着脖子,仿佛被一具无形的绞索勒住了似的。

无须说,他是个心地光明的人,由于仗义执言而遭不幸,被破坏正义的敌人打入了"生活的底层"。如今他是"圣夸维塔<sup>①</sup>"骑士团的首领,此外,还给戏院抄写台词,庇护无辜的受压者,再就是"讨那些喜欢穷哥儿们的商人老婆的欢心和索取她们的钱财"。

"俄罗斯人,特别是他们的娘儿们,心甘情愿地承受痛苦的折磨。因为承受痛苦也罢,谈论痛苦也罢,都是一种精神芥末,缺少它,无论如何刺激不了那颗靠花样繁多的充足的肉体食粮养肥的心。"

对于这号人物,我已经作过不少观察,我对他们习惯于持不信任的态度,但是始终抱着浓厚的兴趣;一个一心向上攀的人对于那些沉沦的人们发生兴趣是完全合乎情理的。此外,所谓"堕落的人们",即愚昧的罪人们的精神世界比起那些被公认为正人君子的人们往往要丰富得多,甚至要美得多。对于后者,当我还在青年时代就发现他们与陈列馆里的蜡像之间具有某种相似之处。

两个钟头以后,在一家昏暗的夜店里我和格拉德科夫并排躺在铺板上。这位律师把两手枕在脑袋下面,身子像竿子似的一伸,用辛辣尖刻的格言安慰我。他的大胡子像魔鬼的尾巴似的撅起来;他咳嗽时,胡子直发颤。他陷入了无可奈何的愤恨,十分招人可怜;他说起话来像全身带刺的刺猬一样扎人。

我们头上悬着地下室的拱形顶棚,墙壁上流淌着红色的、发臭的水汽,地板上散发出腐泥的酸味,几个裹着破烂被子的人在说梦话,打着呼噜。安有粗铁栅的窗子凝视着这间用砖头砌成的、洞穴般的地下室,一只公猫蹲在那里,看来是只病猫,它痛苦地咪咪叫唤。窗下的铺板上坐着一个胖得像土耳其人那样难看的、毛蓬蓬的大汉,他借助蜡

---

① 夸维塔,拉丁语,意为生命之水。这里是对伏特加酒的一种戏谑的称谓。

烛头的光亮在补缀裤子,一面扯着嘶哑的嗓子唱道:

> 保佑卓越的常胜将军
> 免遭灾祸,
> 恩德无量的圣母呀,
> 你的奴隶——我们在为你唱赞歌!

他唱完了,吧嗒着两片厚厚的嘴唇皮,接着又拉长声调,从头唱起这支赞歌来。

"皮缅·马斯洛夫是化学家,是天才,"格拉德科夫评价他说。

在这间地下室里还躺着几个天才,其中包括"出色的"钢琴手布拉金,他身材瘦小、灵活,像个年轻小伙子,一头浓密的鬈发夹着一绺绺白头发,他的眼皮底下有两块青伤。使我吃惊的是他那张阴阳脸:难看的讪笑和女性般的眼睛里显示出来的忧郁的美不相协调。他长着两片薄薄的嘴唇,恶意的讪笑好像粘在嘴唇上,永远收不拢似的。

第二天早晨,格拉德科夫对我说:

"现在我们就要吸收一位新成员加入'圣夸维塔'骑士团,喏,就是他!瞧吧,举行一个别开生面的仪式。"

他指给我看一个没穿裤子,只穿一件衬衫、长着一头鬈发的年轻人。那人早已喝得烂醉如泥,天蓝色的眼珠在布满血丝的眼白上显得呆滞无神。年轻人坐在铺板上,面前站着胖子化学家,他正在用品红染料为那个年轻人涂抹脸颊,用烧成焦炭的木塞描眉毛和染胡子。

"别这样。"鬈发的年轻人嘟哝着,一面悠动着两条赤裸的腿。格拉德科夫捻着胡子对我说:

"他是商人的儿子,大学生,跟我们在一块儿喝酒已经第五个礼拜了,什么都喝光了——钱、衣服……"

走进来一个滚壮的娘儿们,她是个塌鼻子,或者说是个断鼻梁,生着一双厚颜无耻的眼睛。她抱来一卷蒲席,往铺板上一扔,说:

"法衣准备好了。"

"穿上吧!"格拉德科夫喊道。

五条阴沉沉的汉子在黑暗的地下室里像幽灵一般地行动起来,一个个都是灰溜溜的,蓬头散发的;"钢琴家"卖劲地吹着锅里的木炭。时而,几个人只言片语地互相唠叨几句:

"抬……"

"小点声!"

"等等,往哪儿抬?"

他们把铺板床抬到地下室中间。马斯洛夫艰难地给自己套上那件用蒲席做的法衣,戴上用硬纸糊成的东正教教士的法冠;格拉德科夫则穿上助祭的法衣。

四个人抓住那个鬈发大学生的胳膊和大腿。

"别这样,求求你们!"当他被抬到铺板上时,嘘了口气说。

"合唱准备好啦?"律师问道,一面摆动着锅子,用烟熏着那个躺在铺板上的人。锅里的木炭噼啪作响,箒帚上的叶子从锅里升起一股青烟,那人躺在铺板上,紧锁眉头,咳嗽起来,闭上眼睛,像苍蝇似的乱蹬乱踹,用脚跟敲打着床板子。

"开始—始!"格拉德科夫宣告;他身穿蒲席,变得像讽刺画一样的可怕;不知为什么他猛然一扭脖子,往上扯着脑袋,做着鬼脸。

马斯洛夫站在大学生的脚边,用难听的鼻音拖长声调说:

"弟兄们!让我们来吁请魔王,使这位在酗酒和淫荡中刚刚死去的巴比伦的贵人亚科夫的灵魂安息吧,撒旦将会荣幸而愉快地接纳他,把他永世投进卑污不堪的地狱之中!"

五个蓬头垢面、衣衫褴褛的人挤成一团,站在铺板的右侧,沉郁地唱起亵渎的小调来,沙哑的声音在这个石头坑里沉闷地、仿佛发自地底下一样响了起来。布拉金充当合唱指挥,他举起左手提示着,右手漂亮地指挥着。

乌七八糟的无耻行径我见得多了,已经见怪不怪了。但是,这群家伙在用污言秽行显示其莫名其妙的幻想和极度的反常状态之后,唱出了一种无法描述的秽亵小调。无论在这以前,还是在这以后,我从来没有见过比这更别出心裁和糟糕透顶的乖戾行为。五条嗓子对着那个人喋喋不休地倾泄着恶毒的污言秽语。他们这样做并不是为了解闷,而是履行一种义务;他们不是寻欢作乐,而是在做弥撒法事;而且显然这不是头一遭。这场毁灭人的仪式进行得顺当、隆重、有条不紊,像教堂里做法事一样。

我一面沮丧地听着格拉德科夫越发别出心裁的卑鄙下流的呼喊,"化学家"恬不知耻的吟诵,合唱队深沉的吼叫,一面望着那个被人们在他活着时就为他举行安魂祈祷和做亵渎弥撒的人。

那人把两只手交叉在胸前,翕动着嘴唇,听不清他嘟哝些什么,叫唤些什么;他眨巴着两只瞪圆的眼睛,傻笑着,突然惊恐地颤抖着,想跳下床来,但是合唱队员们不声不响地把他按倒在床板上。

假如这几个肮脏的幽灵把这"仪式"当成娱乐或游戏,假如是他们在哄笑(哪怕是无耻之徒的笑,哪怕是那些被生活扭曲了的、深受生活凌辱的"沦落的人们"的一种绝望的笑),这个仪式也许不会那么使人讨厌。但是,他们对自己干的事情抱着杀人凶手一般的阴郁的紧张心理,一举一动都好像祭司在向他们怀着病态和复仇心随意臆想出来的圣灵供献祭品。

我一筹莫展,呆若木鸡,只觉有一副千钧重担压在我身上,把我压到不能自拔的泥坑中去;只觉得这几个幽灵一般的人物也在给我作安魂祈祷,也在为我举行葬仪。记得我那时惊呆傻笑了,同时也曾想央求说:

"住手吧,这可不好,这太可怕了,这可不是闹着玩的!"

"钢琴手"尖利的声音格外钻心刺耳。他闭上眼睛,仰着脑袋,隆起喉结,哀号着。他的号叫压过了其他歌者的沙哑声,在充满烟气的晦暗中浮荡,听来格外猥亵。像野兽一样想狂叫、想怒号的欲念折磨着我。

"坟墓!"格拉德科夫挥动着"香炉"锅叫喊道。

合唱队放开嗓门唱了起来:

去吧,去吧,
到坟墓里去,到坟墓里去……

这时那个塌鼻梁女人一丝不挂、手舞足蹈地走了进来。她那肥胖的身躯在抖动,两只乳房像袋子似的耷拉在肚皮上,肚皮像口袋似的一直挂到粗壮的大腿上,大腿布满紫色伤疤、溃疡和暴露的青筋。

马斯洛夫对她使出下流动作,格拉德科夫助祭仿照他的姿势也重复了一遍,那女人尖声尖气地说着不堪入耳的下流话,一面挨个凑近他们。合唱队员们抱住她的胳膊和大腿,把她抬到床板上,放在那个已经被做完葬仪的人的旁边。

"喔—喔,别这样!"他一声尖叫,试着把两条腿挪下床,可他又被按倒在床板上;那女人在一首新的、近乎舞曲的,但听来毕竟使人感到很不舒服的、沉闷的曲调的伴唱下向他俯下身去,抖动着脏乎乎的袋子一般的乳房,开始对他做猥亵的动作。

就在这时,我想起了马尔戈王后——我一生中最美好的幻象,顿时只觉胸膛里像是有什么东西炸了开来,我朝这帮败类孬种扑过去,动手扇他们的耳光。

……傍晚醒来,我发现自己已经躺在铁路堤下的枕木堆上,两只手指头被打破了,流着鲜血,左眼肿得睁不开来。同地面一样肮脏的天空下着蒙蒙秋雨,我扯下一把干枯的湿草,用它揩拭着脸和手,心里想着我曾经目睹的场面。

我体格强壮,膂力过人,能够举着两普特重的哑铃不慌不忙地、恭恭敬敬地一连画九个十字,能够不费吹灰之力背起两只五普特重的面口袋,但现在我感到自己完全落魄了,像一个病孩子,再也没有一点力气了。我忍受不住这样的侮辱,恨不得痛哭一场。我渴求参与书籍里所展示的那种生活,它是那么诱人;渴求痛痛快快地领略一种能使我坚强起来的东西。我体味生活的欢乐的时刻已经到来,因为我越来越感到胸中的怒潮在翻滚,它像黑色的沸腾的波涛拍天而来,使我失去理性,把我对人们的强烈的关注化作了对他们的厌恶和令人痛苦的轻蔑。

真是无法忍受的屈辱,为什么我总是遇到那么多丑恶的、卑贱的、愚昧透顶或者说怪诞不经的事情呢?

想起夜店里举行的"仪式",令人发指;现在想来,格拉德科夫的叫喊声震得我的耳朵还在发痛:

"坟墓!"

接着,那女人使人恶心的身躯又浮现在眼前,那是用来把一个人活活埋葬掉的、淫荡的、龌龊的渊薮。

这不禁使我想起彼得罗夫斯基那放荡的所谓"遁世的生活",我觉得健康人的肉欲狂比起那些披着人皮、但已丧失理智的行尸走肉来毕竟是无罪的。

那边是对美的一种偶像崇拜;那边是半开化的人们由于精力过剩而在作祈祷,他们认为精力过剩是一种罪恶和惩罚,也许是在幻想中期待自由而进行反抗,因为他们害怕无度的肉欲会"毁了灵魂"。

这边是由意志衰弱趋于极度绝望,趋于对本能的一种最卑鄙的报复性的嘲弄,而这种本能在生活的废墟上不停息地而又成功地散播着死亡的种子,并且充当着人世间一切美好事物的病因;这边,人们肆无忌惮地从根本上破坏生活的基础,用病态的臆想的脓疱毒害生活中美的泉源。

然而,在上层,也就是人们从那里一直跌到可怕的深渊的那个上层究竟又是一幅什么样的生活情景呢?

蒋望明　译

# 单　恋[*]

每逢我走过剧院胡同的时候,几乎总是看到一个人待在一家小铺的门口,这家小铺搭在一所旧木房的旁边。在尘土飞扬的一线天空的下面,在城市的这条狭窄、阴暗的缝隙里,我觉得他待的不是地方,而且显得多余。

那人有时坐在门旁的椅子上看报,有时肩靠着门框,双臂抱在胸前,站在门口。在他头顶的上方,挂着一块小小的招牌,上面写着黑色斜体字,说明这家小铺是"卖文具的"。浑浊的窗玻璃后面,摆着一扎扎信封,拍纸簿,还有粘在四方形硬纸板上的花花绿绿的供集邮用的旧邮票。

有时候,我停留在窗前,装作细看那些蒙着尘土、褪了颜色和不值几文的商品,一面悄悄地观察这个商人。他却聚精会神地望着对面房屋的窗户。那是一所砖砌的年久失修的盒子形的旧房子,墙上有一条弯弯曲曲的裂缝,上下两排各有四扇半明不暗的窗户。屋檐被鸽子屎弄得很脏。下面那层窗户的上方挂着一块生着铁锈的招牌,也沾满了鸽子屎,上面写着:

穆奇尼克成衣店

---

[*] 本篇约写于一九二三年上半年,最初发表于一九二三年九月、十月第三期《笔谈》杂志。译自《高尔基三十卷集》第十六卷。

这座房屋建在这块地面上大概不止一百年了。整条胡同的两边全是这样的旧房子，一栋挨着一栋，既肮脏又凄凉。

那人穿一件非常破旧的长礼服，使人觉得他的身材是瘦削而匀称的；脚上穿的是一双合脚的皮鞋，看得出来，鞋底虽然比较窄，样式却还好看。他的脸上长着浓密花白的胡须，修剪得很整齐。在略长的头颅上，花白的头发平整地梳到耳后。耳朵虽小，轮廓却很分明。他的头发长得很密实，大概也很软，仿佛粘在他头上似的。这种发型有点"知识分子味儿"，与他那干瘦的长脸不协调。似乎是靠这种发型，他那高鼻梁的尖鼻子才显得那样引人注目，那样忧郁地向前伸着。他的眼睛很奇怪：眼白发青，眼珠呈棕黄色，它们是那么狭小，简直像一条缝。他的目光冷漠，直看着前方。尽管如此，仍然给人一种印象，似乎他老是双眼朝下看着地面。

我站在窗前，足足等了三分钟，我以为，他终归会问我：

"您想干什么？"

但他好像没有看见我，仍是双臂交叉在胸前，一动也不动，仿佛被无形的愁云所笼罩。这更引起了我的好奇。他在期待着什么？有什么可苦恼的呢？

几个中学生跑进他的小铺来买集邮的邮票，他不大乐意地放他们进门，跟他们讲得很简短，仿佛在办一件与己无关、他并不感兴趣的事情。

当我走进小铺去买信封时，他也是这样不客气地接待我，把信封包好，简短地说了价钱，又将双臂交叉在胸前，显然是等我快点走开。

"您早就做买卖了吗？"

"早就做了。"

"这个地方比较偏僻吧？"

"对了。"

"您这儿有古钱卖吗？"

"没有。"

很明显，这个人不愿意说话。但这时一张印有女人肖像的明信片突然映入我的眼帘。这个女人坐在宽大的圈椅里，用鸵鸟毛扇子半掩着嘴唇，眼里含着娇媚而又带有嘲讽意味的微笑，脸上有一种微带醉意或任性的表情。明信片下端印着两行字：

*外省剧院著名女伶*
*拉丽萨·安东诺芙娜·多勃雷宁娜*

还有一张明信片，上面印的也是那个女人，是她扮演奥菲利娅①的剧照，她手捧鲜花，眼里没有疯狂的表情，而是露出同样神秘的微笑。这里还有她扮演娜拉②以及玛丽·司图亚特③的剧照，还有几张别的剧照。所有的照片上，那同样的笑容使她的嘴微微歪斜着。她的嘴大而丰满，将脸的上半部同宽大的圆下颌明显地分了开来。

"这是她照得最好的一张，"商人用他那发灰的长手指指着她坐在圈椅里的那张照片，郑重其事地说。"由我出版的！"他自豪地补充道。

"我从来没听过她的名字。"我说。

他耸了耸肩，像是受了委屈。

"可她确实挺有名气，曾经名声远扬。"

他列举了这位女演员曾经获得"巨大成功"的几座城市的名字。然后，带着对我的孤陋寡闻表示轻蔑的语气，用报刊评论式的陈词滥调向我介绍这位女演员的才华。他闭着眼睛说话，像在背书似的。

"她还在吗？"

"死了。"

"很久了吗？"

"九年了。"

---

① 莎士比亚的名剧《哈姆莱特》中的女主人公。
② 易卜生的名剧《玩偶之家》中的女主人公。
③ 席勒的同名剧本中的女主人公。

毫无疑问,这是个怪人。怪人可以点缀世界。我希望更深入地了解他。我的目的达到了。下面就是这个奇怪的人讲的故事。

"为了使您了解我的伤心的历史,我该从多年以前,从我儿童时代讲起。我的父亲克利姆·托尔苏耶夫是个有名的肥皂厂老板。他性情孤僻,难于与人相处,生活很不顺心,虽然他很有钱,在事业方面颇为走运。他个子高大,体力过人,头发又密又长,走路时像头公牛似的老低着头,不知受了谁的委屈,眼睛稍稍有点瞎。也许是受了我母亲的气。我母亲是土耳其战争中的英雄戈尔塔洛夫少校[①]的女儿。当我九岁,我弟弟科利亚六岁那年,她离开了我们,跟一位有名的钢琴家跑了,没过多久就死在国外。我记得她穿着鱼美人的服饰,身上配着绿缎带,戴着花儿,乌黑的长发垂到腰际,头上闪烁着钻石的华彩。她穿着这身衣服问我:'我漂亮吗?'当时我答道:'漂亮,很漂亮!'她在我的额上亲热地敲了一下说:'你瞧,可是你不听我的话,也不爱我。'我答应听话,但复活节的时候她走了。"

我和这个怪人坐在昏暗的小房间中,坐在角落里的一张桌旁,桌上有两个银烛台,里面都点着蜡烛。古老的棱形玻璃瓶里装着葡萄酒,仿佛燃烧着红宝石般的火焰。房间里又窄又闷,墙上贴满了照片,像灰色的霉斑。角落里瓷砖砌面的壁炉烧得正旺,靠壁炉放着一张宽大的圈椅,他坐在圈椅里,伸开两腿,双臂抱在胸前,望着两团黄色的烛花。在通向另一个房间(大概是卧室)的小门上,挂着一把吉他,柄上饰着缎带。对着窗户的马路上,一盏路灯闪烁着,雨丝像玻璃箭似的洒在路灯上。朦胧浑浊的灯光透过淋湿了的窗玻璃,毫无生气地照着女伶多勃雷宁娜的大幅着了色的照片。那照片嵌在表示哀悼的黑白相间的镜框里,摆在木架上。镜框上装饰着一个银色的花圈,它是用月桂和棕榈树叶编成的。

---

[①] 戈尔塔洛夫(1839—1877),第六十一弗拉季米尔步兵团的少校,一八七七年八月三十一日在战斗中阵亡。

房间里的一切使人感到有一种早已过时的、枯干的陈腐的气味。所有的陈设都散发着一种残花败朵的怪味,这些开败了的花朵只须轻轻一碰,就会变成灰色粉末纷纷坠落。从他断断续续的声音里,也可以感觉到这种枯干的陈腐气息。他的话几乎没有一点抑扬顿挫,仿佛是在背诵,字眼都是背熟了的、不费力的、像一棵迟迟未脱去夏装的树木遭到了严寒的袭击,树叶便忧伤地飘落下来。

"我的父亲单身生活了十八年,在我们家里,除了女仆和厨娘这两个老太婆之外,再没有旁的女人了。父亲总是愁眉苦脸,对我们这些孩子的生活毫不关心。十八间,我和科利亚老是听到这样一句愤愤不平的问话:

"'这是为什么?'他的这句话使我们很害怕,仿佛在他同我们之间筑起了一堵墙。我们是躲着他长大的。我们家有七间房,一间比一间更昏暗。在不可计数的各种各样的家具之间,躲藏起来很容易。父亲送我进城里的专科学校读书,但以后就不让我继续升学了,他对我说:

"'够了!你学着做事吧。'

"可是他让身体比我差的科利亚念完中学后,还供他上大学,学数学和化学。

"他是在年富力强时突然死去的。那是一个炎热的六月天,他参加宗教游行后回到家里,喝了加上冰块的家酿啤酒,过了五天就进了棺材。他浑身浮肿,那双能干的毛茸茸的手搁在鼓得像小山一般的肚子上。他那可怕的样子简直叫人难以形容。您知道,他愤愤不平的面孔气得铁青,褐色的毛发竖立着。我觉得,他仿佛马上会用嘶哑的声音向命运高声大叫:

"'这是为什么?'

"工厂停工了,家里像过复活节或圣诞节时那样肃静。接着,开始了不同寻常的忙乱,仆人们的脚步声很重,讲话时嗓门也大得多了。我看得出来,大家对父亲的死都很满意,同时,我羞愧地觉得,自己也很满意。父亲在世时,我们家里只有苍蝇能自由自在地生活,能大声嗡嗡地叫。父亲在家走路很轻,总是在倾听着什么,等待着什么。假如有人不小心把门碰得砰砰响,他就要大发雷霆。而现在,只有科利亚这个敏感的青年仍然保持着父亲生前的习惯,还在小声地说话,轻轻地走路,仿佛害怕惊醒长眠的死者。

"'瞧他们这个吵劲儿,'他抱怨地说,'大家像是很高兴呢!'

"我说:'科利亚,有什么好生气的呢?你知道,大伙儿不喜欢他。谁也不喜欢他。'

"'你也不喜欢吗?'他问。

"我说:'你也是一样,我讲的可是实话。'

"他坐在敞开的窗前,一句话也不说了。一股浓烈的酸味、腐烂的脂肪和肥皂味扑鼻而来,同时还传来一阵阵不寻常的沙沙声,那是为我家扫院子的独眼鞑靼人穆斯塔法在用扫帚扫地,这块地面浸透了脂肪,被人踩得像沥青一样坚实。过去,工厂开工不断发出的喧嚣声淹没了扫地的声音。您知道,这是一种使人讨厌的,似乎想把一切都勾销掉的声音。

"科利亚把头探出窗外说:

"'穆斯塔法,请你别扫了!'

"接着又对我说:

"'他在扫去对于父亲的怀念。家里有死人的时候,不能扫地,你难道忘了吗?'

"我安慰他说:'现在我们会生活得轻松一些了。我做事,你读书。你也用不着为了看戏去向人讨一个卢布了,谁也不会对你嚷嚷:"这是为什么?"尽管这话不好听,可是我不可怜父亲。我不是演员,不会假惺惺地装哭。一个星期以前的一天晚上,我和你几乎气哭了,你还记得吗?这种气我们受够了!'

"他望着天空说:

"'天空是多么平淡,多么冷酷啊,像块洋铁板……我们的工厂和

整个大地就像洋铁板上的铁锈和污点。'

"我弟弟常有这样的想法,我很喜欢他的这些不同寻常的思想。他总是怀着悲戚忧郁的心情谈论大地,就像病人谈论自己的身体。尽管他长得纤细、瘦弱,实际上却是健康的,脸颊泛着娇嫩的、姑娘般的红晕。他的头发是深色、鬈曲的,一双乌黑的眼睛带着疑惑和像是惊讶的神情望着一切。他背着父亲偷偷地学会了弹钢琴,总之,他有一种娴静的音乐素质。

"我对他说:

"'科利亚,父亲生前最好的一点,是使我们兄弟之间结下了情谊。他的孤僻性格使我们亲密无间,彼此深深相爱,我希望我们一辈子永远这样相爱。尽管我年岁比你大,不过我知道,同你相比我是个老粗。你过着和我不同的生活,你有自己的思想,你喜欢想象。刚才你就谈到天空,我却不能,也不会那样谈。我常常听不懂你在谈些什么,为什么要那样谈。'

"他好似有点内疚地问:

"'我说了什么特别的话呀?'

"'别打断我!'我说:'比方说,你怜惜和热爱大地,像爱你自己的身体那样,我却心安理得地在大地上行走。我不能把自己想象成另外一个人,我命中注定要按现有的生活方式过活。我只关心工厂、事业和我的未婚妻。我担心,你同我在一起生活会感到无聊,这种无聊会使我们各走各的路。可你还是个孩子,你还没有固定的性格,现在世道艰难,大学生都在闹事。你也许会卷进危险的政治漩涡中去,那你就会像许多人那样给毁了。我虽然爱我的未婚妻,但一想到她会到我们家来,做我的妻子,我得把自己的一部分生命交给她,我心里就害怕。你也许会不喜欢我的妻子。俗话说:"娶进门来的媳妇,钉进木头的楔子",一般说来,这话是对的。接着是生儿育女。可你怎么办呢?所以,科利亚,我决心过一段时间再结婚,免得你失去我……'

"他忧愁地说:

"'我不希望你为我作牺牲。'

"他确实是这么说的。但我讲了又讲,很有说服力。结果我如愿以偿了。我们紧紧地拥抱着,互相起誓,无论生活中发生什么事也永不分离,永远真诚相见。说实话,你可以看出来,这里除了对弟弟的真诚的爱之外,我还有某些打算。因为这十二年来,我好比动物园里被关在笼子里的野兽,除了制造肥皂,其他什么事儿都没见过,什么也不懂。我甚至很少进城,那里的事务由父亲管理。可是科利亚呢,再过两三年看样子就会是一个化学家了。而且他还有一种不吭声的固执脾气,我预计这个特点也可能使他成大气候。他读一些内容非常严肃的书,甚至外文书,谈论政治,总而言之,他饶有兴味地把纷乱如麻的生活现象分析得一清二楚。可以说,正如工厂吸引着我的思想那样,生活吸引着他的注意力。换句话说,科利亚对待生活,就像对自己的家产那样。老实说,当时话虽说得很严肃,但还是有些可笑。我明白,未婚妻非常爱我,是跑不掉的,可是比我聪明并对我家的事业更有益处的弟弟,却很容易失掉。不过,主要还是我爱科利亚……"

这人一直用很单调的声音讲话,像念经似的,同时还闭着眼睛。这会儿他睁开了双眼,他的眼圈红了,饱含着泪水,充满着哀愁。

"我爱他呀!"他喝了一杯葡萄酒,重复说道。接着用手绢擦了擦眼睛,越发兴奋地继续说:

"直到九月底,到演剧季节开始,我同科利亚生活得很好,叫人永远难忘。我俩亲密无间,无话不谈。科利亚的同学们开始来拜访他。其中一个叫博戈莫洛夫的,是医科讲习班的学生,长得笨拙、粗鲁,是个大嗓门的小伙子,而且您知道,机灵得叫人讨厌。有些人是缺乏灵魂的百事通,他就属于这种人。头一次见面我就不喜欢他,因为他一来就大谈自由。可是,先生,自由是虚假的空想。父亲死后,工厂重新开工,我走上了一条身不由己的道路,这是我马上就体会到了的。父亲逝世以前,尽管受他管束,我还比较自由。但父亲一死,事情明摆着,为了心灵的每一次自由呼吸,肩头上就得承担难以忍受的重压。

可是博戈莫洛夫先生却鼓吹和肯定地说，人是完全自由的，他为自己而生存，他是全部的开端和结尾汇合在一起的一个圆圈，整个世界，全部生活都在这个圈子里——这分明是一派胡言乱语。博戈莫洛夫先生违背了自己姓氏的含意①，他连上帝都不信，他的一切空谈比飞在空中捕捉那些肉眼看不见的小虫的燕子（它显然还有自己的目的）更加盲目。当然，我也曾试图向博戈莫洛夫先生证明，他的'完全自由'是根本没有目的的。但他是祭司的儿子，非常善于辞令，自然使我无言以对。我觉得他对于科利亚是很危险的。科利亚身材瘦小，胸脯狭窄，脸上带着少女般的红晕，他同这个留着长发、不怀好意的祭司儿子在一起，更显得年轻和缺乏自卫的能力。科利亚时常怀着信任和崇敬的神情倾听博戈莫洛夫关于自由的言论。那时我已经预感到，人在梦中都不是自由的，甚至一动不动的石头也不自由。因为石头只不过存在一时，终会磨成砂土。每个人都是各种生活环境的奴隶和俘虏，魔鬼是仇恨的奴隶，倘使上帝存在，他是人的理智所无法了解的行为的奴隶。这一切就是我对自由的想法！"

讲故事者的这番话仿佛使房间扬起了一阵带着冷嘲和激愤的干燥刺鼻的灰尘。我感到他的每句话都包含着一个人的胜利的信念，因为生活已经以充分的事实慷慨地向他证明，他的看法是对的，因而更坚定了他的信念。在这方面，生活是无限宽大的。蜡烛的光芒映在他棕黄色的瞳孔里，变成金黄的火花，发青的眼白显得柔和一些了，他微微扬起轮廓分明的细眉毛，在他干瘦的脸上，出现了一种自信的、忧郁的表情。

"我一辈子只干着一件事，因此我的记忆力很好，我所经历的一切就像写在墙上，全看得见。"他向屋角点头示意，又继续说。

在墙角小圆桌上的一只青铜花瓶里，插着早已干枯的花束。这些花像是用污泥捏成的，样子十分难看，我仔细看了看，才认出是花。

---

① 在俄语中，博戈莫洛夫有祈祷上帝的意思，故云。

"除了那个可笑的自称为尼采主义者的博戈莫洛夫之外,常来我们家的还有一个叫帕夫洛夫的大学生,他是邮政局长的儿子。这个人比较逗人喜欢。由于他个子又小又瘦,还长着一张山羊小脸和山羊胡子,因此有些像小丑那样滑稽可笑。为了掩饰这个弱点,他戴上了一副金边眼镜。他是个爱嚷嚷的人,无论什么东西,碗碟也好,家具也好,只要他那双贱手一碰,都会弄出很响的声音。他只喜欢谈戏剧,尽管他很轻浮,可是经常在报上发表剧评。俄国所有的演员他全都了解,因此,当城里公布剧院新班子的名单时,他激动得到了可笑的地步:

"'Л·多勃雷宁娜是什么人呀?'他嚷着,'不认识,我从来没听说过。Л代表什么?柳鲍芙?柳德米拉?还是莉季娅?① 你们说呢?'

"在演出季节开始之前,他没来得及跟拉丽萨·安东诺芙娜认识,因为他喝醉酒从雪橇里摔出来,撞在柱子上,把头碰破了。这个人早就死了,但直到今天我还是讨厌他。世界上有这么些特殊的小人,他们本人似乎并不坏,可是总使人联想起某些坏事。跟这种人在一起,你就会感到,他唤起的是你身上的坏东西。总之,俄国尽出一些怪人,他们好像生来就是为了吵吵闹闹地干一些无聊琐事。戏剧界周围这种人特别多。头一场戏,我同科利亚买了两张池座第二排的票,帕夫洛夫头上缠着绷带,也勉强地来了。"

他说着,好像要举重似的,粗声喘了口气,喝了点葡萄酒,重又闭上眼睛,长久地把双手抱在胸前,奇怪地动着手指。

"那天演的是《哈姆莱特》。奥菲利娅在台上出现了……"

他睁开眼睛,严肃地继续说:

"应该说明,我不喜欢戏院。演戏就像拿人的灵魂作零售买卖,或者是让人看一出编得并不高明的弄虚作假的感情游戏,或者是嘲笑那些生活得比别人朴实却显得可笑的人。在此以前,我上戏院没有超过

---

① 柳鲍芙、柳德米拉、莉季娅的第一个字母都是Л。

十次,而且每次离开时总感到似乎有人企图欺骗我,只是没有骗成。那天我没有注意,拉丽萨·安东诺芙娜是什么时候出场的,我只觉得突然听到了一个新的声音,抬头一看:奥菲利娅站在台上,用惊讶的目光直望着我,脸上流露出,您知道吗,一种犹豫不决的微笑。有时,天刚亮的时候,在黑暗的房间里,一线珍珠般的阳光透过百叶窗缝或窗帘射了进来,使人感到可以触摸,仿佛能用手去捕捉这可爱的阳光。我觉得,拉丽萨·安东诺芙娜眼睛里射出的光芒也是可以摸得着的。她的声音响亮浑厚,尽管她说得悲伤又羞怯,符合单恋少女奥菲利娅的身份,却是一个女人的声音。哈姆莱特无赖似的站在她面前,全身穿着黑衣服,像个扫烟囱的人,哈姆莱特这角色由当时的著名演员阿亚罗夫[①]扮演。"

他第一次笑了,露出两排雪白整齐的牙齿。

"我还记得有关这位阿亚罗夫的几句讽刺性的打油诗呢。"

于是他发出咝咝的声音,喃喃念道:

像一支明净的白蜡,
遇热就忧郁地融化,
阿亚罗夫登台演出,
苦得观众只好跳伏尔加!
要是他从史料里找出个金,
扮演这角色粉墨登场。
那个金失宠下台,
阿亚罗夫的理智也将被埋葬。

他读完诗,脸色变得阴郁起来,接着慢慢地小声说:

"我表达不出自己那天晚上的感受,但我还是要说,我仿佛第一次

---

[①] 阿亚罗夫即 A·T·梅利赫尔(1866—1917),外省演员和导演。

领受了神圣的美的奥秘,尽管这样说是一种亵渎。不过这不是我的话,而是帕夫洛夫在幕间休息时大声说出来的。他通常讲话都很大胆,不斟酌辞义。他在戏院里常像喝醉了一样,这天晚上尤为兴奋,两只贱手老揪住别人的扣子、翻领或衣袖。他就像被收买来捧场的人那样,拼命叫好:

"'太迷人了!真有天才!美得像仙女一样!'

"在看了奥菲利娅发疯的那场戏以后,帕夫洛夫甚至流了眼泪,然后拉着我和科利亚去拉丽萨·安东诺芙娜的化妆室。他在那里滔滔不绝地瞎吹一通,还吻了她的手。总之,他像演戏给人看,正如他们这种人生活中常作的那样。我看见拉丽萨像在台上一样,脸上带着同样的微笑,眼里射出同样的光芒。她的眼睛是碧蓝的,神色很安详,眼睛深处含着笑意,她的手却灼热而干燥。

"她听着帕夫洛夫的话,轻声笑着,似乎对他的赞扬并不置信。

"'您喜欢我的演出吗?'她问。

"我以为她是在问我,正想恰当地回答她的话,可是听到科利亚轻轻地说:

"'喜欢。啊,很喜欢!'

"这时我才感到,一时之间我竟把弟弟给忘了,虽然我们俩是站在一起的。这使我觉得很尴尬,科利亚的兴奋也使我不安。我把他领走了。我的未婚妻,科利亚教父的女儿,也在戏院里,我们跑去找她。她是一位受过教育的小姐,在莫斯科上过两年训练班,也是个戏迷。她有一张可爱的面孔,健康而快活,两颊绯红,非常喜爱甜食,但是她不喜欢拉丽萨·安东诺芙娜:

"'她是个独具一格的美丽女人,但不会演戏,她只是为了自己在台上走来走去而已,好像在寻找失掉的胸针……'

"这话有正确的一面,我也想起拉丽萨·安东诺芙娜眼睛经常不看人,而是朝下看,似乎走的方向不对。科利亚同我的未婚妻争论起来。因为我听说过不少关于女演员行为放荡的故事,于是想到,科利亚大概很快就会迷上拉丽萨·安东诺芙娜,为了给她送礼,需要花费大笔大笔的钱。"

他讲着,语调严厉,似乎在指责我的某种过错:

"不过,我之所以这样认为,是要掩饰另一个想法。是的,先生!请记住,我和弟弟都是在缺乏女性抚爱的环境中长大的。此外,尽管我年岁已经不算小,却是个拘谨的人,因为我害怕染上可耻的传染病。我曾喜欢一个郊区的姑娘,她是个裁缝,但不久被疯狗咬伤死去。在我们工厂周围,常常有疯狗。我就是这么个人,而科利亚却完全是个纯洁的孩子。我必须当他命运的领路人。您明白吗?"

他闭上眼睛,摇摇头,小声说:

"但一切都不是这样,不是这样……"

他沉默了一会儿,仿佛违反自己的意志似的,无可奈何地继续说:

"我和科利亚回家时,他一路上微笑着,始终保持沉默。我心里明白,他不想谈的,也正是我不想谈的。回到家喝茶时,我们像平日一样亲热地交谈。我坦率地告诉弟弟,我想讨得拉丽萨·安东诺芙娜的欢心,并且完全有成功的希望。我故意用最粗俗的话说这件事,虽然心里并不抱任何希望,而且也根本没有这样想过。弟弟却像我预料中的那样,对我很生气。在气头上他极为热烈地谈论妇女美好的心灵,他的话书生气十足,甚至引用了某些诗句。我当然嘲笑了他,尽管那些话使我感到高兴,而且我也很羡慕科利亚善于辞令。他气鼓鼓地去睡了。我也躺下睡觉,但半夜里又起来祷告了很久。因为那时我还相信上帝是存在的,他不愿意人们遭到不幸。我祷告上帝,但愿这一切——拉丽萨·安东诺芙娜、科利亚对她的迷恋和我的心烦意乱——会像梦一样消逝。我还记得,那是一个月夜,狗叫得特别凶……

"嗯,先生,过了一天,我们又上戏院去了。拉丽萨·安东诺芙娜演《茶花女》。自然,正如您知道的,这是一出令人不快的戏,其中一切都是为了想用怜悯去换取别人的义愤。但拉丽萨·安东诺芙娜在这出戏中也以她无与伦比的美貌压倒了其他演员。在故意激起观众同情的那些场景,我并不相信她的倾吐,可是当她讲一些日常普通的话语时,我记起了未婚妻的评价。是的,拉丽萨·安东诺芙娜是为自己,而不是为戏院演戏!这一点使我高兴。您知道,我也喜欢她说话和动作时的那种慢条斯理的劲儿。只有严肃认真和独立自主的人才能这样生活。我觉得,拉丽萨·安东诺芙娜不应该,也不适于扮演像茶花女这样的角色。科利亚痛惜地小声对我说:

"'这不是她该演的角色。她演得很枯燥。'

"幕间休息的时候,我们同帕夫洛夫又跑去找她,但她正在卸装,没让我们进化妆室,只隔着门邀请我们去她的新居。她在这儿租了一套房子,就在对面……"

他朝窗外挥了一下手。窗外已是秋天,雨下个不停,在玻璃丝般的细雨中,路灯像一只肥大的蜘蛛在闪烁着,它那黄色的光丝颤抖着。

"嗯,先生,拉丽萨·安东诺芙娜乔迁的日子到了。我有生以来第一次到了陌生的人群中。只有一个名叫马梅特库洛夫的警察局局长是我认识的,他是个骑兵,本人也很像一匹老马。这里的一切都不同寻常,比如:桌子从房间的这个角落一直摆到那个角落,因此显得格外拥挤。鲜花不插在花瓶里,而是散放在桌子上,直接放在台布上。嗯,如此等等,更不用提谈话了。此后,在我的一生中,每逢来到有教养的人的圈子里,他们的思想和言辞之激烈总是使我震惊,他们每个人都想尽快和尽量坚决地证明,自己的观点是何等与众不同。我不知道还有什么比这些有关上帝以及爱与死的谈话更为轻率和更加使人不快的了。尽管十七年来,我一直听着这些胡言乱语,但怎么也习惯不了。它们根本不是明智,而纯粹是对理智的亵渎。帕夫洛夫闹得最凶,他在这拥挤的房间里如鱼得水,像机械师在工厂里那样。那天有过一场激烈的谈话,由于科利亚出我意料地卷了进去,因而我记得十分清楚。拉丽萨·安东诺芙娜坐在大家注视的中心,也就是圣像下的正座上,穿着深红色的裙衫,佩戴着花,有如一团火一样,丰腴迷人。同她并排坐的是滑稽演员布拉金,他是个信仰上帝的人,后来才发现是个无赖。

他面貌丑陋;瘦骨嶙峋,脸色蜡黄,双目深陷,鼻子翘得很高,简直像一副死人的画像。在谈话中他说,没有以基督为主人公的剧本,这使他感到很惋惜。他还说:'我很想演基督。'拉丽萨·安东诺芙娜很快地答道:'让我来演玛丽娅·玛格达琳娜!'正在这时,马梅特库洛夫插嘴道,他对于禁止戏院上演宗教剧表示遗憾,他有根有据地论证了好半天,认为目前对上帝失去信仰的人民可以通过戏院来恢复信仰。总之,大家都谈得毫无拘束。

"突然我听到科利亚激烈的尖嗓门,他坐在离我相当远的地方:

"'信仰上帝的都是些恶人和伪君子。'

"这句话叫我很不痛快,我几乎忍不住要嘘他。您知道,就是这样:'嘘!'不用说,他那不经心的傲慢的话使大家都极为愤怒,不少人甚至觉得受了侮辱,拉丽萨·安东诺芙娜惊讶地欠身问道:

"'怎么回事?为什么?请解释一下!'

"科利亚说:'我解释不了,但我就这么看,就有这种感觉……'

"当然,大伙儿都嘲笑他。布拉金讲了一些嘲弄犹太人的笑话。在我看来,演员们的嘲笑大大加重了对犹太人的迫害。可是犹太人像盐和胡椒一样,是生活中不可缺少的。我也注意到,在所有喝酒的人中间,演员喝醉的时候最令人厌恶。因为看到从事骗人职业的人一旦不再装模作样,露出他们原来真正渺小和空虚的灵魂,使人感到可笑又可恶。于是,当他们喝足了酒,放松了陌生人之间自然会有的那种互相戒备的警惕性的时候,我就向布拉金打听:拉丽萨·安东诺芙娜究竟是什么人?使我莫名其妙的是,她竟是个相当富有的女地主,她的丈夫是南方的养羊专家,但她热中戏剧,与丈夫离了婚。她只演了一年多戏,热爱自己的事业,目前对男人们表示冷淡。我听了这些话,觉得既痛快又不痛快。可是布拉金像魔鬼似的冷笑着说:

"'假如您想追求女性的柔情,请您注意轻松喜剧演员斯特列什涅娃,这个女人年轻又有风韵,并且主张行动自由。'

"我说:'不,我对这些不感兴趣,可是我弟弟……'

"他说:'没关系,她连自己的亲兄弟也不嫌弃,只要他舍得给钱……'"

胡同里一辆马车在雨中驶过,车灯柔和的光线照在湿漉漉的窗玻璃上。接着又听到烦人的淅淅沥沥的雨水声和秋夜凄凉的声音,街灯像黄色的蜘蛛又开始编织玻璃丝般透明的蛛网。他聚精会神地望着窗口,继续用乏味的语言小声地诉说着,仿佛在为秋天的大地增添凄凉和悲哀。

"我既然看出布拉金是个无赖,当然不再同他交谈了,但我发现他走到胖胖的斯特列什涅娃的身边,朝科利亚的方向对她使眼色,她用一朵小花打布拉金的鼻子。科利亚却在热烈地跟拉丽萨·安东诺芙娜谈话,马梅特库洛夫向他大声嚷道:

"'我不懂年轻人为什么要研究政治、宗教以及种种问题!巴黎的青年就知道学习、恋爱,总之,一切都非常简单。'

"拉丽萨·安东诺芙娜皱着眉坐在那里,手里摆弄着扇子,脸上流露出不悦的神色。帕夫洛夫摇着他那山羊般的脑袋,像诵经士似的说:

"'我们俄罗斯是世界上的竖琴,我们对人类的每一信息都会有所反应。'

"斯特列什涅娃挽着科利亚的手,把他领到另一间房里去了。当我同他坐车回家时,我问他:'你喜欢这个快活的女人吗?'他却厌恶地答道:

"'是个不要脸的傻瓜。但你无礼地谈论拉丽萨·安东诺芙娜,那是你错了。她是个很好的人,她的心为严肃的事业深感不安……'

"到家后他也继续用一些奇妙的词句在谈论她,我还从来没听到过这样的话,我因羡慕而感到伤心,我不会用这样庄重的语言来谈论女人。'假如拉丽萨·安东诺芙娜亲耳听见科利亚的颂扬,她会怎么样呢?'说实在的,当我想到这里的时候,简直害怕极了。

"我对科利亚说:'你总共才见过她两次。'

"可是,不用说,这些话不过是洒在熊熊大火上的一滴水罢了。一句话,科利亚落入情网了。他成了戏院的常客,同那位尼采主义者博戈莫洛夫愈来愈亲密。后者每天在我们家出出进进,一面抖动着马鬃似的长头发,哇哇乱叫。他向科利亚借钱,我规定每月给科利亚一百卢布的开销。当然,我看到,这一切不会给科利亚带来什么好处。"

他站了起来,走向门口,在门前停住了,呆呆地望了一会儿那把吉他。

"这把乐器是拉丽萨·安东诺芙娜的,可是她弹得并不好……"

接着他挥动了一下手臂,回到桌旁,喝了一杯葡萄酒,有气无力地坐在圈椅里。

"我决定以兄长的身份同他谈一谈。

"我说:'你还记得父亲死后我俩曾起过誓,无论什么事都不互相隐瞒吗?'

"忽然我听到像是陌生人的声音,他满怀敌意地回答我:

"'是的,我还记得!'弟弟说:'我那时已经猜到,你想代替父亲的地位,强迫我照你的规矩生活。我不愿意这样做。不过那时我没有足够的勇气向你直截了当地说出来。可是现在我要说:我很讨厌我们的臭工厂。我们的工人生活在污浊的环境中并在慢性中毒,这是可耻的。报上有关我们工厂的报导完全是真实的。'

"他带着青年人的全部激情和对生活的幼稚无知滔滔不绝地讲了约莫半个钟头。他声称,我们厂的工人罢工时,他把中学毕业时父亲送他的金表卖了六百卢布,把这笔钱交给了为支持罢工而募捐的博戈莫洛夫。

"这真是给我击了一猛掌,虽然我知道东家支持自己的工人罢工是可笑的。当然,这是幼稚的做法,但总还是……

"我说:'科利亚,你相信我爱你吗?'

"可他却说:

"'爱,我并不需要,我要的是自由……'

"'科利亚,我心里很明白,你是爱上了拉丽萨·安东诺芙娜,一切都是由这件事引起的……'

"他说:'这件事除了我,与旁人无关。'

"这时,我一心只想使他摆脱这为时过早的爱情,不惜虚构了某些事实。

"我对科利亚说:'亲爱的,你晚了一步,因为从元旦那天起拉丽萨·安东诺芙娜就和我同居了。'

"这当然使他很痛苦,他当时甚至往后闪了一下,仿佛有人拔了他的牙似的。他张皇失措地看着我,脸色煞白,嘴唇哆嗦着,他将一把银匙绕着手指弄弯了,喃喃地说:

"'不,不是真的。这不可能。'

"可是我编造了一些可信的详情细节,于是科利亚相信了。他站起来,一声不吭,侧着身子斜眼望着我,然后回他自己的房间去了。我害怕极了:我这样做得对吗?

"这时,演出季节快结束了,我与拉丽萨·安东诺芙娜已经建立了友好的关系。我倾慕她那非凡的美貌,决不容许自己有任何放纵行为。由于她把一大笔钱投入发展戏班的事业,让我照管,以使自己不致受骗,因此她很愿意采纳我的劝告,尊重我周密的思考和直爽的性格。我决定征求她对于科利亚的意见。一天中午,我去找她,她正在喝早咖啡。我对她说,我的弟弟,一个年轻人,爱上了她,并且问她,对于这种迷恋,她有什么想法?她最初开玩笑地说:

"'您扮演什么角色呢:是弟弟的媒人,还是他的情敌?'

"但她马上又蹙起眉头,气冲冲地闪动着美丽的眼睛,懊丧地说,对她来说,无论是小伙子还是老头儿、军人还是文官、警察还是革命者的爱情,都早就厌烦了。

"她说:'请谅解我,我想真正献身自己的事业,无论谁的爱情,无论什么样的爱情都无法使我动心。'

"她盘着腿,坐在一张小沙发上,身上穿着深红色天鹅绒长袍,她很喜欢天鹅绒,衣服上的钮扣是银质的,涂着一层珐琅,古色古香的,披散着的头发浓密而又多得惊人。她用咄咄逼人的眼光望着我,说道:

"'别打扰我。我不久就出国,夏天要在利佩茨克①演出,在这段时间,您弟弟的幼稚病会治愈的。在他这种年岁,一切都会很容易过去的。'

"这样一来,先生,我就很放心了。不瞒您说,那时我自己也爱上了拉丽萨·安东诺芙娜,只不过当时还不自觉。现在我才意识到,我初次见面就爱上了她,是一见钟情。这样的情况在不幸的爱情中是经常发生的。这种爱情往往是一见钟情。"

他沉默片刻,我利用这间歇问道:

"她真的漂亮吗?"

"难道您看不见?"他用头指了指画架,严峻地说,然后又含有教训意味地补充道:

"对别人来说,也许不太漂亮,不过情人眼里美人多……斋期的头一个礼拜,她把一切事务都托给我,就出发了。临行时,她的崇拜者用鲜花把她包围了,热烈地欢送她。

"她的崇拜者,一位检察长嫉妒地对我说:

"'您真走运。'

"他指的走运是说,有一回我居然不顾一切地鼓起勇气,吻了她的手。当科利亚去给她送行的时候,她完全没有必要地吻了吻他的前额,对他说:

"'祝您幸福,年轻人。'

"就这样剩下我和科利亚了。他不分昼夜地把自己关在楼上的屋子里读书,因为忧郁而消瘦了。博戈莫洛夫跟他在一起。一次晚上喝茶的时候,我问他:

---

① 俄罗斯中部的一个省会,位于莫斯科东南。

"'科利亚,你是不是因为我走运而生气了呢?'

"他说:'不,我不生气,可是我难过,因为我有点不明白……'

"我好像说过,科利亚有一种固执脾气吧?这几个月当中,不知怎么的他不知不觉地长大了,变得更加自信,书生气更足,我同他讲话也更困难了。这样,一直到夏天,我们互相都有些疏远。可是在六月间,当拉丽萨·安东诺芙娜到了利佩茨克的时候,科利亚马上就跑去找她。我怀着绝望的心情默默地度过了六天六夜,每到晚上由于害怕而毛骨悚然。我知道我怕的是什么。结果真的出事了:拉丽萨·安东诺芙娜在第六天给我来了一封信,话中带刺,字里行间流露出对我的蔑视。她写道:

"'您的弟弟告诉我,您在他面前吹牛,说我似乎是您的姘妇。请马上回答我,您讲过这样的话没有?我认为您是个诚实的人,请诚实地回答我。'可是我不能像诚实的人那样答复她。我为了她已经拒绝了一个爱我的姑娘,即我的未婚妻。也由于她的缘故,我失掉了对弟弟的爱,我觉得自己的全部生活动摇了,被破坏了。我回了一封电报,内容只有一个字:'否'。"

他把一只手向上举起,像法庭上的证人宣誓时那样,他坚决地、深信不疑地说:

"请相信我:我只能这样回答!您知道吗?我不能如实告诉她。"

他那发青的眼白湿润了,像个瞎子似的呆望着我,接着用手指揉了揉喉咙,两次像狗一样把牙咬得咯咯作响,然后咳了几声,用嘶哑的声音继续说:

"我以为,我预料,科利亚……准会干出点什么事……我也想过,拉丽萨·安东诺芙娜,比方说,也许会……被科利亚的年轻所诱惑。可是过了两天,他从火车站直接来到我的办公室,衣服也没脱,帽子戴在后脑勺上,像个醉鬼似的。他像士兵那样直挺挺的,走到我的紧跟前,对我说:

"'彼得,你是个大坏蛋。'

"那时我对他嚷嚷:

"'你听我说,我也——你要明白!——我也在爱着她。我甚至没有等你回来,我以为你会自杀,对此我既不害怕,也不惋惜。我也是爱你的,弟弟,请你相信我。可是假如到了不能自拔的地步,又叫我怎么办呢?'

"他脱了帽子,坐下来,脸色阴沉地望着我,我看出来,他是害怕了,拼命地眨着眼。我对他说:

"'你漂亮,你比我聪明,你要恋爱很容易,你谈论女人很有说服力,什么样的女人你都能接近。你是用脑子里的想象去爱,我却是用全身心……'

"他站起来,把办公室的门锁上,很严厉地走到我跟前。我以为他要打我,但他只抓住我的肩膀,摇着我。

"他说:'是这么回事吗?我明白了。可是现在我们怎么过日子呢?'

"我把头紧紧贴在他的手上。

"'我不知道……'

"不过,我心里已经感到高兴极了。我觉得他比我强,比我好,这是我历来就知道的,但此时此刻却更加清楚。我们之间发生的一切有希望能圆满解决。

"我说:'我不知道。你比我聪明。'

"他问:'那你为什么要欺骗她和我呢?'

"嗯,我说不清楚,我自己也不明白,这是为什么?他在办公室里踱来踱去,说他应该离开一段时间,或者转到旁的大学去,可是我央求他:

"'不,你别这么做。你在这儿我无论如何还会感到难为情,可要是你不在,我会弄得一团糟的。她对事务一窍不通,我无论遇到什么事又不能拒绝她。'

"他笑着问道:

297

"'被你这么捉弄了一番,叫我以后怎么办呢?'

"当然啰,我请求他饶恕我。我们还决定去对拉丽萨·安东诺芙娜说,我开了个玩笑,他却误会了,于是毫无道理地大发了一顿年轻人的暴躁脾气。

"'嗯,这样也行。'科利亚同意了,以手足之情对我表示怜悯。他说:

"'啊,你……我真没想到,你是这么一个狡猾的亚洲人。不过,还不太狡猾,还不够。'"

这时,他又像宣誓般举起手来,庄严地说:

"我弟弟是个好青年,是最诚实的青年,他心胸十分开阔!这我可知道了……"

窗外秋雨还在织着密网,一个满身泥浆的人在路灯旁停住步,抬起粗壮的腿,脱下雨鞋,在电线杆上磕打着。火蜘蛛在玻璃丝般的蛛网里颤动着。

他又喝了点酒,但没有喝醉,然后稍稍耸起肩膀,两臂紧紧地交叉在胸前,断断续续地说:

"从此以后,我同科利亚仿佛刚相识不久似的在一起过日子。晚上我们常常谈论生活中的种种事件。科利亚有那么多不同寻常的忧伤的思想,使我越来越惊讶。由于他的脸越来越消瘦,眼窝下边出现了黑晕,他的眼睛显得更加明亮,脸上显出一种溢于言表的严肃表情。

"他谈论得最多的是这样一些问题:生活是按金字塔的形式构成的,尽管底基很宽厚,可是已经腐朽,不稳固了,在重压下可能出现裂痕,到那时一切都将倾陷、崩溃。他经常微笑着,揪着小胡子沉思地说:

"'生活和思想都不可能有别的形式。思想也是金字塔形:底基是无数残酷斗争的事实,顶端却是为数极少的尖锐的结论。'

"我很喜欢他的这些想法,认为它们是对的。可是我看到科利亚不经辩论就同意尼采主义者博戈莫洛夫的意见,这使我感到很不愉快。有一回,我们同工厂经理、化学家、绝顶聪明的法国人莫尔通共进午餐。博戈莫洛夫又宣传他关于自由的无稽之谈,莫尔通奚落了他,认为生活的本质是理智。

"博戈莫洛夫极粗暴地对他吼道:

"'您说的那种理智,连海狸和蚂蚁都会有。这不是什么自由的理智,只不过是猴子的善于适应的能力罢了。'

"这位祭司的儿子讲起话来总是很粗鲁,他那粗暴的举动,长满胡须的宽脸盘,肮脏蓬乱的头发真使我生气,只有他的声音听来还像个聪明人,可是科利亚以为他讲得很明智。

"我同科利亚再也没有谈过拉丽萨·安东诺芙娜,只有一次,他和帕夫洛夫谈到她时曾说:

"'她的全部才能在于她的美貌,而在表演方面,她却没有真正的才华。我觉得她错了,路子走得不对。由于她的生活单调冷清,她想找一种东西使自己的心灵得到温暖。有位教授的女儿因瘫痪不能走路,在一幅篝火的图画前取暖玩耍。拉丽萨·安东诺芙娜也在虚构的火堆前取暖。'

"帕夫洛夫大嚷大叫,跟人争论,跑来跑去,我却为科利亚这番聪明的谈话感到高兴。我相信他说得对。我自己判断不了拉丽萨·安东诺芙娜的才能,她的演技与我毫无关系。当她出现在舞台上的时候,除了她,我什么也看不见,我只听见她懒洋洋的声音,注视着她那飘然移动的优美的身姿。她走路很轻盈,给人一种庄严的感觉,像是在给大地和人们施恩。她那骄矜匀称的双腿使我赞叹。她的两个乳房……小小的,互相隔开着。"

他又闭上了眼睛,悲伤地摇摇头。

"我讲到哪儿了?对了。科利亚说她的路子走得不对,这一提示使我高兴。我以为,她的这条错误的路也许会将她引到我面前来。因此当她回来的时候,我满怀信心地去找她。但正巧她在生气:因为夏季演出失败了,她损失了近三万卢布。我立即想出对策来安慰她,便说我用她的钱做了一笔很赚钱的油脂生意,可以给她两万七千多卢布——为了显得真实,我故意不说整数。她高兴了,有时金钱也能使人高兴呢。

"'不,是真的吗?'她问:'啊,您真是一位好朋友。您的那位疯子弟弟生活得怎么样?'

"我让她相信,科利亚搞错了,没有理解我的玩笑。她皱着眉头,不信任地看着我的眼睛,揪住我的耳朵问:

"'玩笑?什么样的玩笑?'

"我说:'有一次,我对他讲过,假如您同意……'

"她用手指甲使劲掐我的耳朵,生气地追问道:

"'怎么样?'

"'嫁给我,'我说。

"'您在撒谎,'她推开我,说道:'满不是那么回事。您不是那么说的。不,不对!先生,我警告您,同我开玩笑没有好下场。我把您掐痛了吧?'

"我说:'没有,没掐痛……'

"'可惜。可我使了最大的劲儿。'

"她沉思片刻,低声说:

"'你们两个都很可爱,但有些过时了,出世太晚了。你们都是怪人。让我们交个朋友吧,可是别开玩笑,行吗?不然的话……'她用手指威胁着说。

"她的衣着很奇怪。"他叹了一口气,出神地望着窗外歪斜的雨丝,秋风把它们弄乱了,撕碎了,雨丝变成玻璃碎末撒在窗户和路灯上。他又继续说道:

"她无论是穿齐颈脖的紧身衣,还是肥大的衣服,都像裸体似的。您明白吗?是呀,像裸体似的。她的体态显得很高傲。我甚至不敢看她。令人苦恼的是:难道别人看到她的模样,也像我这样吗?

"回到家里,科利亚问我:'你的耳朵出了什么事啦?'我说,剃胡子的时候,让剪子给弄破了。这时演出季节开始了。您知道,我们这座城市是个古老的商业城,观众不喜欢特别细腻雅致的东西,却喜欢俄国小戏,特别是穿戏装的小戏,对他们来说,假如舞台上只有一些穿短上衣的人走来走去,也弄不清楚谁在爱什么,谁爱谁,只是用乏味的话谈论平淡的生活,这怎么能消遣解闷呢?可是拉丽萨·安东诺芙娜恰好喜欢演这一类新剧——比如霍普特曼、易卜生的剧本。因此,当她的女伴索斯宁娜,一个好唠叨的女人,演出《女巫》①或《玛丽·司图亚特》的时候,观众乐意去看,但是他们不喜欢看拉丽萨·安东诺芙娜演的戏。尽管帕夫洛夫写文章将她大吹特吹,来看戏的却只有喜欢衣着时髦的太太们和年轻小伙子,池座和包厢里稀稀落落,从来不曾满座。这使她很懊恼。

"她曾说过:'在我们这个不爱不可能,要爱又不会的世界上,戏院可以培养人们对人、对妇女、对生活的爱。'

"她过得很阔绰,要是不演戏,晚上总有客人,晚宴,酒会,乘三驾马车去兜风。所有的人都像发疯似的围着她。帕夫洛夫脸色铁青,咳得喘不过气来,叫道:《让我们像太阳一样吧!》②。

"女喜剧演员别梅尔唱着趣味低级的小调。布拉金自然还是没完没了地讲关于犹太人的奇闻。马梅特库洛夫学马叫。大家还齐声高喊:'上帝,死亡,爱情!'那股乱糟糟的劲儿简直使人胆战心惊。可是拉丽萨·安东诺芙娜像女王似的坐在那儿,皮笑肉不笑,样子十分难看。我经常忆起科利亚的话:她的确像一个点燃了篝火的人,看着别人在火中烧成灰烬,自己却孤独又冷淡。

"在这样的夜晚,我对拉丽萨·安东诺芙娜的爱情炽热地燃烧起来,我恨不得把所有的人都煮成肥皂浆。我们,我和科利亚,像两个想偷同一件东西的小偷似的,彼此监视着,谁都想自己偷到手。我觉得,拉丽萨·安东诺芙娜是理解我们的心情的。一次她借酒浇愁,挑逗地问道:

---

① 《女巫》,俄国戏剧家伊·瓦·什帕任斯基(1848—1917)写的话剧。
② 《让我们像太阳一样吧!》,俄国诗人巴尔蒙特(1867—1942)在一九〇三年发表的一本诗集的标题。

"'怎么样？亲爱的弟兄们，你们不怕我把你们吃掉吗？'

"是呀。她正是这样问的。我一声不吭，科利亚却用聪明的玩笑答道：

"'与其让家猫抓伤，不如被狮子吃掉。'

"有时我和科利亚都很苦恼，毫不掩饰地互相问道：

"'怎么办？兄弟。'

"说着，我俩都笑了，居然——笑起来了。一次科利亚说：

"'她是个色彩斑斓的光影。'

"可是很快我们就不再笑了。

"城里来了一个名叫威廉·普罗克托尔的英国人，他对制麻业很感兴趣。他的俄语讲得很糟，马梅特库洛夫把他介绍给拉丽萨·安东诺芙娜，她既会英语，又懂法语。这样一来，您知道，这位普罗克托尔就像尊石像似的坐在她的身边，灰色的大眼睛不停地转动着。他身材高大，全身像青铜铸成的，面孔晒得黝黑；脑门像用刀砍过似的，棱角分明。他身上有一股坚忍不拔的劲儿。他的烟瘾大极了，喝起酒来就像牛犊喝奶似的，可是从来不醉，只眯着眼睛。他这时的神气，仿佛是别人使他感到惊讶，但他信不过他们，也不愿意表现出来。只有一次，极有才华的女演员索尼娅·兹万采娃唱了一首儿歌给他听，这时候，他才像放了一枪似的，打了个清脆的响舌，对兹万采娃说：

"'谢谢。这比我知道的一切都好。'

"他吻了她的手，匆匆地走掉了，跟谁都没打招呼。从此以后，拉丽萨·安东诺芙娜不知怎的立即变得更温顺了，她的举止像猫儿般的温柔……嗯，总之，您明白……

"可是我的科利亚也变得更阴沉、身子挺得更直了。

"他说：'你看，这一位才是我们那头野兽真正的猎手呢，他是不会扑空的。'

"科利亚中断了学业，总是睡到中午才起床，整天披着睡衣，趿着拖鞋在房间里走来走去，讨厌地吹着口哨。后来我知道英国人是个牌迷,就在俱乐部里介绍他同检察长的一个同事相识。人家都说那个人打牌的时候搞鬼,可是很机灵。我指望他让英国人输个精光。他果真做到了。可是英国人输掉的钱有一部分得由我支付。拉丽萨·安东诺芙娜叫我去她那里,对我说:

"'凭期票给我五万卢布吧。'

"'好的。'我对她的事比她自己知道得还清楚。我当然了解,她为什么要这笔钱。要说不给,我是办不到的。如果她吩咐:'把床准备好,普罗克托尔要在这里过夜!'我大概也会准备好的。过后也许会去自杀。但更可能不会。即使在那种情况下也不自杀。我不是活得好好的吗?还有比普罗克托尔更坏的人呢。他不久就走了,拉丽萨·安东诺芙娜气愤又伤心,更加频繁地纵酒狂饮。科利亚也嗜酒。回忆这一切是非常令人痛苦的,上帝啊,真痛苦!我劝科利亚:'到国外去吧,去彼得堡,去西伯利亚玩玩。'他却说:'咱们一块儿走吧。'

"'亲爱的弟弟,你分明看见,我不可能去。'

"他愁眉苦脸地答道:

"'天气是阴性词①。所以它才这样反复无常。你狡猾,有耐性,你能等着好天气,甚至创造好气候。'

"他带着嘲笑气愤地说,满怀恶意地看着我。他在那里坐着,摇晃着一条腿,吹着口哨望着我,我觉得跟他待在一起很不自在。

"整个斋戒期拉丽萨·安东诺芙娜都住在城里,复活节时又开始演出。在复活节后第一个礼拜三的夜晚,科利亚在剧院公园里自杀了,就在那儿,拐角后面。他同拉丽萨·安东诺芙娜之间究竟发生过什么事,我不知道,可是肯定发生过。在死的前夜他去过她那里,他俩曾一起去墓地看帕夫洛夫的坟。是呀。科利亚对着心脏开了一枪。别人把他抬回家来。我像狼似的嗥叫着。对我来说,一切都坠入了黑暗,像是旋风把我抛到井里,坑里,在那里转动、回旋、翻腾。我记得,

---

① 俄语中的名词有阳性、中性、阴性之分。"天气是阴性词",意思是指女性,暗指彼得有可能取得拉丽萨的欢心。

科利亚龇牙咧嘴地冷笑着,在他左胸的乳头下有一块像蜘蛛似的斑点。既没有血,也没有别的什么,只有黑色的蜘蛛似的斑点。这时,您知道,我突然触发了对拉丽萨·安东诺芙娜的仇恨。假如她这时出现,我不知道会干出什么来,但准会跟她过不去。到了晚上,她同布拉金来了。那时天已经黑了,也像现在这么淅淅沥沥地下着雨。我在大厅里遇见了她,便向她嚷嚷、跺脚,但她什么也不说,您知道,反而威严地用手把我推开,粗暴地问道:

"'他在哪儿?'

"她那件像舞台斗篷似的披肩完全被雨淋湿了,从她肩上滑下来,拖在地上。拉丽萨·安东诺芙娜的脸惨白到发青的地步,眼睛里射出令人难以忍受的光芒,她的整个样子就像可怕的童话中所描写的那样。她跪在弟弟躺着的沙发跟前,一只手摸着弟弟的脸,另一只手画着十字,大声说:

"'唉,原谅我,小伙子,请原谅吧!要知道我对你是说过的呀……我的上帝。请原谅……'

"我也跪在她的身边,小声说道:

"'这是您干的。您干的好事……'我嘴里虽然这么说,对她却恨不起来,只是非常害怕。您知道,我感到很空虚,心里又很明白。她面部的每一个表情,手指的每一个动作,我都注意到了,都看得很清楚。

"她说:'别说了,别说了吧!'

"她也用手抚摩我的脸,仿佛我也是死人似的。她的手烫得可怕,颤抖着,我全身也在发抖。后来她站起来,走到窗前。

"她说:'请给我拿点烈酒来。'我请她到我的房间里。那个卑鄙的骨头架子布拉金也跟着我们来了。他擦着眼镜,仿佛什么事也没有发生过。我吩咐端来酒和茶。先生,从这天晚上起,便开始了一种想象不到的生活。她喝了一大杯波尔特温酒[①],接着又喝掺了白兰地的

---

① 一种原产于葡萄牙的浓烈的葡萄酒。

茶,立刻满面通红,眼睛里燃烧着一种异样的光芒。她的眼睛,正如您在照片上看见的,总是带着嘲笑的神情,使人不易接近。她用粗俗的、使人难堪的口气说话。我怎么也想不到,一个漂亮又有教养的女人会讲得这么露骨,这么刻薄无情。

"她说:'一个聪明可爱的小伙子自杀了,因为我没有满足他的愿望。可是我有什么办法呢?难道我必须百依百顺地投入每个想要我的人的怀抱吗?投入布拉金的怀抱(他等待这种时刻已经两年多了)?投入您的怀抱(您当然也希望看到我在您的床上)?可是,请听我说,上帝赐予我美貌,难道我就应该把它交给每一个想得到它的人,甚至我讨厌的人吗?'

"您知道,我听了她的话,由于羞愧和害怕,甚至动摇了。我感到可怕的是,我明白她的话中包含着真理,这些话使我看到了她生活的另一方面,为难的一面。布拉金也喝醉了,他扮着鬼脸说:

"'拉丽索奇卡①,我不爱看悲剧,也不相信它。一切都很简单。一个有钱的大学生自杀了吗?那没什么。愿他跟圣人共同安息,对您来说,正好可以做宣传。'

"我抓住他的衣领,想揍他,但拉丽萨·安东诺芙娜推开了我的手,仿佛我是一个软弱无力的孩子。

"她说:'别理他,他是个坏蛋。虽然他很有才能,但是个坏蛋。也许正因为是个坏蛋才有才。好人是很少有才的。'

"布拉金这个卑鄙的家伙居然同意她的话:

"'这是对的。我只在台上扮演好人,这一点我自己也总觉得好笑,因此观众也笑。观众看到善良既可笑又可怜,所以觉得很开心……'

"拉丽萨·安东诺芙娜说了一段非常大胆的话:

"'我的目的是要把一切庸俗的东西赶下舞台,要清除陈旧的垃

---

① 拉丽萨的爱称。

圾,把当代妇女的内心世界表现出来。当代妇女在许多方面已远远超出了她们的前辈,她们不知道自己应该怎么办。对她们来说,爱情、母性都嫌不够,她们身上还有某种新的东西。究竟是什么呢?我不知道,但确实有。'

"这样的话,我后来听过上千遍,上千遍啊!

"她说:'我觉得为难,很为难!在舞台上,我至今还是外人。别人拦着我的路,扯我的后腿,妨碍我生活和工作,现在又有尸体拦路……您的科利亚是个聪明可爱的人,可是我不需要,我并不需要任何人。'

"她边说边不停地喝酒,像是要浇灭心头的火焰。布拉金和我也喝。我喝得流出了眼泪,我可怜拉丽萨·安东诺芙娜,也可怜我自己和科利亚,但更可怜她。我跪在她面前,对她说,我能一辈子像狗一样为她效劳,整整一辈子。她也摸了摸我的头,同意地说:

"'是呀,彼得鲁沙,您有一颗狗一样的忠实、诚挚的心,这点我知道。'

"啊,我的天,我的天呀……"

在炉旁的角落里发出沙沙的响声。他叹了一口气,摇晃着身子,手持滴着蜡泪的残烛,照了照那个角落。

"那边有只耗子。它总在这个时候出来……抓得挺响。"

然后,他用呆板的目光久久望着窗外的路灯,雨丝像一张斜线编织的网罩在灯光的四周。在暗淡的灯光下,一个个黑色半球状的东西在蠕动着——那是从戏院里出来的人们撑着伞在走路。

有人在窗子下面喊道:

"不,我不能。"

"从那一夜起,我真的对拉丽萨·安东诺芙娜害起单相思来了。夏天,她在靠近梁赞①的奥卡河畔租了一幢别墅,我常常上她那儿去。我看到:她像往常一样,生活在纷扰和忙乱之中,各种不认识的人都在

---

① 位于莫斯科东南部的一个城市。

追求她。我问她:

"'他们打扰您吧?'

"她说:'是的,大家都在打扰我,只有您,彼得鲁沙,您一个人帮助我生活。'

"当然啰,她的这番话使我快活得像过节一般,她并不吝啬讲这些话,这就把我更紧地拴在她身边了。总的说来,她是慷慨大方的。不过费解的是,她待人并不亲切,却舍得讲亲热的话。她挥霍金钱,因而特别需要别人关照,以防那些借口有困难而想从她那里得到好处的骗子们将她洗劫一空。她给人钱的时候,脸上带着那么一种笑容,即使我是叫花子,也决不向她讨十戈比。她瞧不起别人,尤其鄙视那些失意的人。常有这种情况,她听到别人埋怨生活,突然两眼露出笑意,眯着眼睛说:

"'唉,我们是多么不幸啊!'

"这些话像一瓢冷水泼在我的头上。我担心她鄙视我,从来不在她面前谈自己的不幸,在关心她和为她分忧中汲取全部生活乐趣。她总是像对待亲人那样亲切地对待我,在向熟人介绍的时候,也总是郑重其事地说:

"'请爱他吧,这是我毫无私心的朋友。'

"不用说,人们都以为她跟我同居。是的。'请爱他吧。'喜剧演员索尼娅·兹万采娃倒是真的爱上了我。她是一个漂亮、善良、有才华而又天性快活的女人。她跟拉丽萨·安东诺芙娜住在一起。一次,我陪她坐在奥卡河边的花园里,欣赏着落日的余晖。那是一个炎热的夜晚,椴树开了花,芳香扑鼻。索尼娅抽着烟问我:

"'怎么样,彼得鲁沙,可怜的骑士,您很难受吧?'

"我说:'不,没什么。'我不敢说实话,我知道,只要一说起来,我就会抱怨拉丽萨·安东诺芙娜的。

"她说:'得了吧,亲爱的,难道我看不见吗?我观察两年多了。恕我直截了当地告诉您:

小伙子,你转来转去也是枉然,

白白地东奔西忙,

你什么也得不到,

只会白白地把自己毁掉!①

"她说:'而我是爱您的,虽然这话由女子先说出来不太体面。我爱您,很爱您。因为我看出您是懂得爱的。我是以女性的、母亲的美好的同情心怜惜您的。'

"我感到很不好意思,站了起来,真想投河啊!那混浊的河水,您知道,就像我的生活一样,滚滚地流呀,流呀。索尼娅眼里噙着泪水,笑着说:

"'我衷心地热爱您,像个小姑娘似的。就是这样……'

"我却非常笨拙地说:

"谢谢您,不过……'

"'嘘!'她轻轻地说,伸出手来,像要推开我似的。'您走吧。万一需要时请您记住,世上有一个人朴实、真诚、不装模作样地爱着您。拉丽萨的心思却不在这儿,被聪明吃掉了……'

"假如她不讲最后这几句关于拉丽萨·安东诺芙娜的话,这一切本来是很好的,尽管有点叫人伤心。我觉得受了委屈。也许,我不理解拉丽萨·安东诺芙娜的心,但我爱这颗心,感觉到了这颗心。可是现在有人出于竞争和嫉妒竟想毁掉这颗宝贵的心。我冷淡地向兹万采娃鞠躬告别,她一个人留在那儿抽烟,我却到树林里去了。在那里,一股极为强烈的悲哀向我袭来,我有生以来第一次哭了,您相信吗?我哭着,浑身发抖,心里明白,也许这是我自己把惟一可能得到的幸福推开了。我也为拉丽萨·安东诺芙娜感到委屈。在这种心情控制下,我没注意怎么会坐到了蚂蚁窝上,被蚂蚁蜇了。我挨了咬,可是不知

---

① 引自一九一一年在彼得堡出版的《歌曲一千首》。

道是怎么回事,仍然坐着。后来,我只好在河里洗了个澡,把蚂蚁从外衣和衬衫上抖落下来。我在岸边徘徊了一整夜。您知道,我的心像遭过大火的废墟,全部精力都消耗尽了。第二天早晨,早饭以后,拉丽萨.安东诺芙娜把我叫到她那里去,不客气地对我说:

"'索尼娅为了您给我演了一出悲剧,演得很拙劣,这不是她的角色。您拒绝她的爱是很愚蠢的,不过那是您的事。假如您,先生,在她面前埋怨我,那就是三倍的愚蠢,而且已经是我的事了。您埋怨过吗?'

"'我根本没想过。'我说。

"她看了我一眼,脸上露出刺人的笑容。

"她说:'看来您讲的是实话。先生,您在我这里是什么也得不到的,我同您之间永远也不会有任何罗曼史,请您好好记住吧。最后,您拒绝了索尼娅,总的说来我是满意的。既为了自己,也为了她。她跟您在一起很快就会感到厌倦,可是我没有您会感到不方便。您看出来了吗,我是怎样的一头野兽啊?'

"那天她穿着一件白色的挑花裙衫,透过花纹露出她窈窕的身躯,白得刺眼。她身上穿的全是白色的,白袜子,白鞋,栗色的头发盘在她头顶上,眼里含着愤怒和嘲笑的神情。她躺在沙发上,一只鞋掉了下来,脚后跟圆得像个苹果。房间里是阳光和鲜花,在鲜花的衬托和阳光的映照下,她显得婀娜多姿,美得难以形容。先生,女人的美是一种可怕的力量啊……

"我记起了科利亚的话:

"'色彩斑斓的光影……'

"她沉默了一会儿,若有所思地说:

"'彼得鲁沙,您不知道索尼娅多有才华。她的才华无用武之地,她没戏可演。假如我有她一半的才华就好了!可是她竟想作肥皂厂老板的妻子。您听我的话,把肥皂扔了吧,它对您有什么用呢?'

"'好吧。'我说。

309

"工厂对我确实没用,我已经知道我会孤独地度过一生的。回家以后,我向经理莫尔通建议找个买主。但他非常惊讶,生气地说,谁也不卖,他自己买下来。结果就这么做了。我按对他十分有利的价钱把一切都卖给了他,他是受之无愧的。后来,我到了梁赞,拉丽萨·安东诺芙娜正在那里演出,我住在那边的旅馆里。就这样开始了我的新生活,此后十二年间我都过着这种漂泊不定的生活,十二年呀,先生!要过惯这种四处流浪、无所事事的吉卜赛人式的生活,住各种肮脏的旅馆,带家具出租的房间,总是生活在不认识的外人中间等等……真是难啊。我就像一颗谷子,被命运扔在磨盘里,同沙子一起给碾得粉碎。在俄国,没有生活目的的人不可胜数,我仿佛对您讲过,这种人最多的地方就是在戏剧这类骗人的行业的周围。因为戏剧是彻头彻尾骗人的。可是拉丽萨·安东诺芙娜演得真诚、坦率、不加粉饰,甚至在她念戏剧性最强的台词时也是如此。观众对她不信任。其他的女演员却用虚伪的漂亮话引起观众由衷的喝彩和同情的眼泪。我自己也认为,拉丽萨·安东诺芙娜演得乏味,虽然我除开音乐,不喜欢也不懂任何演技。拉丽萨·安东诺芙娜演的是好人,还是坏人呢?叫人看不明白。可观众要求一看就懂,他们宁愿闲聊,但不喜欢思索。这也是合情合理的,因为每个人都希望生活变得单纯一些。对我们来说,母鸡比燕子容易理解得多。拉丽萨·安东诺芙娜的朴实叫人难以理解。因此,尽管大家很赞赏她的美貌,可是她的表演却得不到喝彩。自然,她看到了这一点,这使她很痛苦。我看出来,她愈来愈瞧不起人了。有时她喝了点酒,就用拳头敲着桌子,两眼炯炯发光,安慰着自己:

"'畜生,你们在撒谎,我非要你们理解我不可,一定要。演戏可不是开玩笑……'

"我心里很可怜她,她生气的时候,我在心里劝她:

"'丢开这一切吧,您别对牛弹琴了。'①

---

① 从《新约·马太福音》第七章第六节套来的句子。原句是:"不要把你们的珍珠丢在猪前。"

"我又祈祷:'上帝啊,叫她离开这条路吧!'可她还是坚持自己那一套:

"'我非要大家爱我不可。'

"在'爱'这个词通常的低级的含义上,每个演出季节,在每座城市里,人们当然都爱她。我一看到中学生、大学生和老练的色鬼装出的那种激动心情,就觉得可笑,同时也很痛苦。我看到那些耷拉着厚嘴唇的老狗,尽管戴着满口假牙,喘着粗气,仍然垂涎三尺,在她身边转来转去,吠叫着,实在觉得恶心。再加上她还纵酒狂饮!我就更加痛苦了。她越来越习惯于狂饮,喝得越来越多,可是酒对她似乎没有什么影响,她长得很结实,只是两颊绯红,瞳孔扩大,眼睛眯缝着,更带嘲讽的神情,目光像利刃般地刺人。她的话语也是无情的,有时讲得很粗俗,简直像打别人的耳光。赫尔松①的一位检察官死命缠着她,无耻地追求她。这个人衣冠楚楚,阿谀奉承,长着一副狐狸般的嘴脸,双手却像死人似的冰冷。他爱讲法语,总是念着那几句诗:

> 我是一把刀子,
> 又是一处伤口,
> 我是挨打的面颊,
> 又是打人的手。
> 我是温顺的受害者,
> 却有一颗暴君的狠心……②

"一次吃晚饭时,他吻了拉丽萨·安东诺芙娜的手,她厌恶地用手帕擦着被吻过的地方,冷冷地大声问道:

"'您感冒了吧?'

"他脸色铁青,像是受到强烈光线的刺激,老眨巴着眼睛。

---

① 位于黑海北岸乌克兰境内的一个城市。
② 引自法国诗人波德莱尔(1821—1867)的诗《自怨自艾》。

"有时,她讲得比这更难听,刺耳的甚至不体面的话,她也说得出口。这些话到了她的嘴里,总是显得更加刻薄。她用挑衅的、变化无常的态度对待那些追求她的人,还喜欢挑逗他们相互争吵。在明斯克,一个副省长和一个厂长同时追求她,她挑拨他们不和,以致酿成全城轰动的丑闻,首都的一些报纸把这事登了出来。她在那里迷上了乐队的大提琴手,一个犹太小伙子。可是没过多久就吩咐我给他一笔钱,让他去维也纳学习。啊,我忘了说,喜剧演员布拉金在吊灯的钩子上吊死了,死前给拉丽萨·安东诺芙娜和我写了几封很卑鄙的信。他活着是坏蛋,死都死得不体面……嘿—嘿,还想演基督呢!您知道,这也是我常常看到的,一个人越卑鄙,他就越固执地想扮演高尚的角色。有些人甚至还成功了……您还要葡萄酒吗?"

他站起来,弯下腰到壁炉旁的角落里取酒,他说:

"我的酒很好,是她喜欢的酒,圣埃斯泰夫的特产①。那时我从法国直接订购这种酒。"

他小心翼翼地开了两瓶酒,一瓶放在我的面前,并从另一瓶中给自己倒了满满的一杯,闭着眼睛,喉结活动着,慢慢地品尝着。他用手帕擦了一下嘴唇,继续不紧不慢、从容不迫,像朗读赞美诗一样轻声地说:

"她经常迷上什么人,可是,您知道,这种事总是来得突然去得快,像是履行上帝的旨意。在坦波夫②,监狱检察官同一个军官为她打起来了,发生了决斗,检察官受了伤。她拒绝接见他们俩,没等演出季节结束,就跟一个地主上他的庄园去了。那个地主挖掘古墓,行动笨拙,平平庸庸,满脸堆笑,是个怪物。她一般都对怪人感兴趣。她在地主那里住了二十六天。我总是准确地计算她罗曼史的时间,不知为什么,我想,也许是为了到时候向她提起这一切。要知道,我也是人,在这样的日子里,我就用将来能向她进行报复来安慰自己。

---

① 指法国的产酒区圣埃斯泰夫生产的波尔多红葡萄酒。
② 在莫斯科东南。

"有时我发现,拉丽萨·安东诺芙娜在用一种别有意味的、无限深情的目光打量着某人,我就知道:又要开始了。我从来没有看错。那时,我就不再去找她。每天夜里我把牙咬得咯咯响,心想,我是否要把她毒死呢?在我们去过的城市里,人人都取笑我。但只要她一摆脱了别人,我又出现在她身边,处处俯首帖耳,唯命是从。当然啰——我是愁眉苦脸的,她却用手指威胁我说:

"'彼得鲁沙,别胡闹。'

"有一次,我喝醉了,实在忍耐不住,就问她:

"'您把人变成狗,不害臊吗?'

"她定睛看了看我,叹口气回答说:

"'您大概算不上一个人。'

"她的叹息使我非常惊讶,甚至使我平静下来,我更有耐性了。她迷恋过一位作家,那是个自负的、无礼的家伙,写过剧本。一次吃晚饭时,他大概在桌子下面捏了她一把,她跳起来说:

"'彼得鲁沙,这位先生该回家找老婆去了,请把他送走。'

"嗯,您知道,我只好不太礼貌地把他送走了。他是个吹牛大王。我遇到过好几个作家,他们个个像演员,有一种虚伪做作的女人气质。他们也像走钢丝的人,走路很小心,努力保持均衡,想讨好每个人,使人人都喜欢他。

"就这样,我在拉丽萨·安东诺芙娜身边过着这种吉卜赛人式的生活,在喧嚣、琐事和谣言的包围中度过了五年。第六个年头,我在托木斯克①,开始过另一种生活,比以前是好些还是更坏一些——不好说。西伯利亚人粗鲁、野蛮,可是拉丽萨·安东诺芙娜在那里演娜拉演得很出色,青年们很喜欢她。西伯利亚人包围着她,像一群狗熊坐在她周围,吧嗒着嘴唇,眼睛紧紧地盯着她。他们送皮货给她,请她乘马车游玩,总之,闹得乌烟瘴气,连我这么稳重的人不知怎么也忙得筋

---

① 位于新西伯利亚市的东北。

313

疲力尽、晕头转向了。拉丽萨·安东诺芙娜的情绪极为高涨,容光焕发,变得更漂亮了。

"忽然间我听说,两个富翁正在打赌:看谁在新年之前能把她弄到手。我请他们去一家饭馆吃饭,在一个单间里。我随身带着一只勃朗宁手枪,您知道,那是在西伯利亚,我几乎每夜回家都很晚。这样,我就对两个色鬼说:

"'必须放弃你们打的赌,而且再也不许纠缠拉丽萨·安东诺芙娜。我决不会怜惜我自己,假如我发现你们不听我的劝告,我就打碎你们的脑袋。'他们起初还想向我扑过来,但我拿出手枪来,他们明白了我不是在开玩笑。

"他们说:'好,算了吧。'还想把我灌醉,可是没有成功,自己反而喝醉了。其中一个瘦瘦的,留着一把大胡子,活像圣先知的圣像,不过那双眼睛却像强盗。另一个人胖胖的,红脸膛,满嘴的脏话。大胡子喝醉了,硬要把镶红宝石的戒指送给我,劝我留下这件礼物。这一切本来会平安无事地过去的,但倒霉的是拉丽萨·安东诺芙娜知道了关于打赌的事。过去我见过她发脾气,但从没见她气成这样!她背对着我站在那里,望着窗外的暴风雪,慢慢地很吃力地朝我转过身来,她的脸完全变成了一副陌生人的面孔,表情异常凶狠。她吩咐道:

"'把这两个坏蛋叫来吃晚饭!'

"于是开始吃晚饭,我们四个人围在桌旁。拉丽萨·安东诺芙娜打扮得很漂亮,怪殷勤的,还开玩笑,可是玩笑开了半截,她突然说:

"'我顺便说一句,今天请两位来,是想告诉你们,你们俩是一对坏蛋。'起初,他们还哈哈大笑,以为是开玩笑。但拉丽萨·安东诺芙娜开始斥责他们,把他们气得满面通红,甚至想揍她。这时,我把他们赶跑了。她站在房间当中,双手猛擦着脸,把我当作不认识的人似的,对我说:

"'您也走吧,'她说,'快点走。'

"我害怕把她一人留下,但又不敢不听她的话,只好走了。约莫过了一个礼拜,当她又在戏院演出时,楼座有人寻衅闹事。楼上的人打呼啸,楼下却有人嘘他们,只听得一片吵闹、谩骂和妇女的尖叫声。她好不容易演完了那一幕,我跑到她的化妆室去,只见她平静地坐在镜子前扑粉,她问我:

"这准是他们搞的鬼吧?'

"'我不知道,但多半是的,'我说。这时观众涌了进来,表示同情,歉意,有的吻她的手。她宽容地笑着,但眼里流露出张皇失措和异样的神色。下一次演出时又是呼啸声、吵闹声,幕间休息时有人打了起来,警察出面干涉。第二天警察局局长——一个酒鬼和毫无礼貌的家伙——跑来找她。我不知道他向她说了些什么,可是当晚她就告诉我要去彼尔姆①,她的班主在那里开了一个戏院。当我坐在她的车厢里时,她说:

"'怎么样,彼得鲁沙,您在可怜我吧?如果到了您可怜我的地步,那就糟透了。'

"她的心情十分紧张,低声问道:

"'难道我真的缺少才干,真的不能成功?不能征服观众的心吗?请对我说实话。'

"我虽然知道真情,但是不敢说,要是我说了,她会把我……我竭力安慰她,可她还在说,还在问:

"'我不幸的原因在哪里呢?'

"车轮在轰隆隆地响,窗外的一切都在活动,在摇晃。她望着窗外,低声说道:

"'我完了,完了……'

"她从来没有讲得这么忧伤。自然,她这样诉苦不是没有理由的,因为她演戏已经十多年,但名气不大,没人请她去京都演戏,我们在穷乡僻壤跑来跑去,她的钱也已经花光了。只有美貌和风韵犹存,像永

---

① 俄罗斯东部卡马河上的一座城市。

远在她身上扎了根似的……"

讲故事的人沉默了,像是窒息了似的。他松开双手,奇怪地挥动了一下,用手指紧紧抓住圈椅的扶手,全身向前躬着,望着窗外那朦胧潮湿的灯光,望着被钢丝般的细雨笼罩着的蛋白石色的街灯。他睁大了眼睛,约莫有两分钟倾听着淅淅沥沥的轻微的雨声和从斜槽流下来的烦人的哗哗的水声。当他重新讲话的时候,苍白的瘦脸显得更尖削了:

"我们来到彼尔姆。城市的上空一片黑暗,漫天风雪,怒吼、呼啸、呻吟的声音响成一片,震耳欲聋。仿佛你不是在大地上行走,而是被卷进白色的云雾之中,不知去到何方。这烦人的喧嚣声持续了三昼夜。一个晚上,拉丽萨·安东诺芙娜请我去喝茶,我到了她那里。她孤零零地坐在桌旁,穿着深红色镶金边的长袍,披散着头发,您知道,像个少女。可她已经快四十岁了。她坐在那里,温存又平静。近日来,她瘦了。

"她说:'您是我亲爱的朋友,可怜的朋友,假如没有您,我的保姆,我将不堪设想。而且,您毫无私心地爱我,我却毁了您的一生,是吧?是毁了吧?'

"我实在忍不住了,她从来没有这样同我讲过话,我跪下来,吻她的脚,喃喃地说:

"'毁了,是的……'

"她摸着我的头,低声说道:

"'难道没有挽回的余地了吗?'

"她的热泪一滴一滴掉在我的脖子上。您知道,这时我第一次占有了她,同时也更深地陷入了不幸。我冷静下来,只见她半裸着身子坐在床边,正在戴乳罩,她的脸色很平静,我听到她若有所思地说:

"'嗯,我们总算是结婚了。同我在一起好吗?现在我们喝点茶吧。也要喝点香槟酒……'

"您知道,我真感到刺骨的寒心,我倒在地上,扑到她的脚旁,又哭又叫：

"'您并不爱我，并不喜欢我……'

"她跳起来，在房间里跑来跑去，用拳头捶着胸脯，喘着气小声说：

"'亲爱的，我的亲人，可是——假若没有爱……假若我没有——我办不到。您要知道，我没有爱啊。'

"上帝啊，我终于明白了，这对我是致命的一击。我坐在地板上，晃动着。她满脸泪痕，围着我团团转，她那赤裸的肉体闪闪发光，但对我来说，却是冷冰冰的。

"她叫道：

"'为了叫傻瓜们开心，我把自己的心分给了他们！'

"我恳求她：'丢开舞台。我们到国外去吧，我有许多钱，看在基督的面上，您可怜可怜自己吧！'

"'不，'她说：'不行，我不能！我就不信我那么低能。可是您应该走，您受够了苦，受够了折磨。您走吧，现在还不算晚。怜悯不是爱，如果是出自怜悯，那太侮辱人了。您是个好心的、非常出色的朋友，但同我在一起您就完了，我会毁了您……'

"她讲了很久，讲得很高尚，很诚恳，但自然都是一些傻话，都不可能办到。我扶着她坐在沙发上，自己坐在地板上，靠近她的脚旁。我对她说：

"'我不离开您，哪儿也不去，我不能走。您想怎么过就怎么过吧，我要待在您的身边。'

"她又想吻我，但是我说：'不要这样，别强迫您自己。'她哭得多么伤心啊，我的天……"

他自己也哭起来了，细小的泪珠沿着黄色的面颊一滴一滴滚落到他的胡子里，他摇了摇头，也不擦去脸上的泪水，很吃力地说：

"从这以后，我又紧紧地跟了她七年。像是有个魔鬼无形中站在我们之间，抓住我们的手，但又不让她到我跟前来，一直在嘲笑我。我忍受的一切，简直没法说，说出来也叫人难为情！她也一样，丝毫不比我轻松。她在戏院里的处境越来越糟糕。拉丽萨·安东诺芙娜跟她的同行一向不友好,他们经常想出各种阴谋来反对她,如今这一切更是变本加厉,更胜一等了。也许是因为她失去了自己的威严,不像过去那样鄙视人们,对他们温和一些了。生活中有这么一条规律是起作用的:离你越远的人越好,离你越近的人越坏。布拉金说过:'别让女人坐在你的膝上,否则她会爬上你的脖子。'这句话可以说有普遍性,适用于一切人。那些男演员自然都爱上了拉丽萨·安东诺芙娜,女演员们却嫉妒她、恨她。大家都知道,造谣和中伤是最容易的。过去拉丽萨·安东诺芙娜不让别人接近自己,不羡慕别人,也不炫耀自己——既不炫耀自己的聪明,也不炫耀良好的教养。可是现在我发现,她失去了自信,有点炫耀自己,有些爱吹牛。比如,她说在某个城市取得了成功,但我知道事实不是这样。演员们当然也知道这些,尽管他们自己全爱吹牛,可是却嘲笑她。她把我送给她的礼物给别人看,说是观众送的。她还编造说,斯坦尼斯拉夫斯基①本人曾再三邀她去莫斯科,到他的剧院去演出,但这事从来没有过。没有过⋯⋯

"她也开始在人前炫耀自己如何聪明,如何有教养。再加上有个医生怂恿她这样做。他是个怪人,路子显然也走得不对头。医生身材瘦小,穿着清洁整齐,简直不太像俄国人。他穿着式样奇特的西装,虽然两鬓斑白,还像个年轻人。科利亚若是到了他的年岁,大概也会变成这样。医生剪着平头,戴着眼镜,那双温和的深色眼睛总是负疚似的微笑着。有一次,拉丽萨·安东诺芙娜感到不适,他来看病,从此就抛了锚似的每天坐在她的身边。我弄不清楚,他是凶恶还是善良,但他整个人显得悲哀,也许因此他的话才那么尖酸刻薄吧?他的话总是令人不快的,但他好像身不由己,不是有意说出来的,因而并不使人生气。拉丽萨·安东诺芙娜向他谈自己的病,但他说:

"'这是您快要显出令人伤心的老态来了,不过我们平时不好意思

---

① 斯坦尼斯拉夫斯基(1863—1938),苏联著名导演、演员、戏剧理论家,于一八九八年与聂米罗维奇—丹钦柯共同创办莫斯科艺术剧院。

说,只把它叫做老年美.'

"他说:'我们都是英雄,因为我们能忘记自己注定要死亡。我们的生活尽管充满着令人喜悦的欢乐,终归是凄凉的悲剧.'

"谈到爱情,他的说法也使拉丽萨·安东诺芙娜非常难堪。他说:

"'对女人的爱像是上帝的可悲行为,上帝想从虚无缥缈中创造一个美好的世界,这种努力是徒劳的.'

"这番话本来应该使拉丽萨·安东诺芙娜生气,她怎么会是虚无缥缈呢?但大大出我意料的是,她竟然一点也不见怪。他们经常彻夜长谈,不久我发现,拉丽萨·安东诺芙娜跟医生同居了。自然,这使我痛苦,要知道,我还是执拗地希望能赢得她的爱情,可是医生并不使我讨厌,我甚至跟他更要好了。他的性情非常直爽,有一次对我说:

"'我知道,我喝的是您的酒,吻的也是您的女人.'

"'不,'我回答,'她并不属于我,而是属于她自己的不幸.'

"他凝神看了我一眼,用诗答道(他喜欢用诗句说话):

"'您可知道:

　　倘若命运发现我们向它屈服,
　　它就用更大的压力把我们欺侮?'

"'我看到拉丽萨·安东诺芙娜跟您在一起的时候很好,那就感谢上帝了.'

"'您是个很独特的人,'他说。

"'您也是啊!'我答道。

"我们互相望着,笑了起来。我们在一起喝酒,他喝得很多。拉丽萨·安东诺芙娜同他在一起确实很好,不那么纵酒狂饮,待在家里的时候也多一些了,心情更加平静。

"她跟医生的对话确实是很有意义的,严肃的,尽管他们两人深入思考的都是关于上帝、关于爱与死那些一般的问题。可是,您知道,他们谈得那么玄妙,有时我甚至感到害怕,似乎不是两个人在对话,而是……我不知道,用什么来比喻才好。仿佛那里并没有人,而只是与一切生物完全隔绝了的两个声音在空旷寂静的黑夜里进行着辩论。他们的意见并不一致,但他们和和气气地谈着,留神倾听着对方的话。医生认为,人生好比无的放矢的子弹的飞行。他说:'那是弹道,人生没有任何崇高的意义。'这些否定的话有些使我想起科利亚。可是拉丽萨·安东诺芙娜却异常坚决地证明,生命包含着最崇高的意义,然而只有能激起各种愿望和热情,其中也包括罪恶的情欲的女人才能感觉到这种崇高意义。我热爱拉丽萨·安东诺芙娜那颗难以驯服的高傲的心灵,因而我把她的某些思想当作完美的真理加以接受。比如我记得,她曾说过:

"'女人能够懂得男人永远无法懂得的某些事物:女人感觉得到新的生命在她体内诞生,她是宇宙间更新力量的永不枯竭的源泉。她也看到了,她能激起美好的思想,人们为她建立功勋,世间的一切美和诗意都是由于她而产生的,假如没有女人,你们就只会想到吃喝,像野兽般地生活。世上没有比女人更坚强、更易于理解的人了,除开女人,你们无所依靠。'

"有一次,她说:

"'母亲总是比父亲死得平静些,因为母亲懂得生命是延续不断的。'

"医生冷冷一笑,说道:

"'牲口死得比女人更加平静。'

"说到这里,他们两人吵起来了。有时,像阵旋风似的,有样东西在拉丽萨·安东诺芙娜的心里爆炸开来,我和医生有如两粒灰尘从她身边飞开。这种情况总是无缘无故突然发生的,往往只是由于某几句话。记得有一次,我们三人坐在一起,拉丽萨·安东诺芙娜沉默不语,我向他们讲述自己的莫斯科之行,医生突然小声说:

"'罪人和女人都能了解别人对他们的看法……'

"她发了多大的火呀！像是这句话烫伤了她似的。于是狂饮了三天,然后卧床不起,她的心痛病犯了。

"医生患着肺病,不久到瑞士去了。这下子她就完全失去理智了,——拉丽萨·安东诺芙娜像是从山上往下飞跑,追赶着自己的青春。我发现许多女人都是这样:她们一到四十岁,一进入中年,这些可怜的人就晕头转向,忘了羞耻,似乎想在一年中吃掉一辈子都吃不完的东西。拉丽萨·安东诺芙娜也是如此:一些毛孩子、过去她看不起的演员、斜眼的大学生都围着她团团转,他们全很激动,流着汗,互相尖声叫骂。一个月之中她甚至有过两个情人:一个是唱滑稽歌曲的歌手,另一个是大学生诗人,后者自称天才诗人,却把普希金称为纨绔子弟。那个歌手当然炫耀自己的胜利。嘿,我在他刚刮过的脸上打了一记耳光,又给他五千卢布,对他说:'蠢货,快走吧,上卡卢加①去!'我故意挑了一个比较差劲和冷清的小城。于是他走了……

"在我的一生中,这是最痛苦的日子。有时我从她那里出来,整夜徘徊街头,直到天明。我在守卫着自己的宝物,但它已被盗走,落在他人手中。我在寂静中走着,满怀忧伤和痛苦,心里想:没有幸福,爱情又得不到回报,活着还有什么意义? 我眺望着一栋栋房屋的窗户,每栋房屋里都有人在相爱,只有自己孤苦伶仃,得不到爱,得不到怜悯。我度过了多少这样的漫漫长夜啊! 在月夜里,孑身一人,形影相吊,真是痛苦极了。

"可是拉丽萨·安东诺芙娜,您知道,已经开始演闹剧了,她半裸着身子在台上走来走去,在观众面前袒露自己的大腿和胸脯,我简直要发疯了,央求她:

"'我们到国外去吧！'

"不,她不肯去。我给在瑞士的医生写了封信,问他是否能对拉丽萨·安东诺芙娜起一点作用? 他回信写得含糊不清,甚至有点嘲笑意

---

① 莫斯科南边的一座小城。

321

味,我没能读懂他的信,只记得末尾那几句毫无意义的附言:

"'列夫·托尔斯泰说:永恒的概念是头脑的疾病。我却认为,爱情是幻想的疾病。只有家兔和天竺鼠对待爱情的态度最为正常。'

"他这些话甚为愚蠢。

"我还发现,一些有教养的人往往有一种讨厌的习惯:他们保留着各种各样的想法,不知是因为他们爱像商人炫耀金钱那样喜欢卖弄这些思想,还是因为他们带着这些想法而感到沉重。于是他们不择地点,到处去散布,就像——请原谅——庄稼汉传播身上的虱子那样。其实,对待思想应该采取十分慎重的态度,因为谁也不知道,哪些是正确的,哪些是错误的。有时思想对人的作用,就像裹在面包里的针对于狗的作用那样:狗吞食了这块面包,就会受折磨,甚至会死掉。即使像我这样不轻信的人有时也觉得中了别人思想的毒害,讲的不是真心话。人不是靠思想,而是靠无意义的愿望生活。理智这位令人厌烦的老师向他说:'人在旁边走。'可是学生却写道:'人在恶中行……'①

"我在上学的时候,有一次默写过这样的话,老师对我说:

"'笨蛋,我教你认字,你却大发议论!'

"是的,拉丽萨·安东诺芙娜晕了头,越来越不成体统了。我望着她,心里在想:她的优雅、她的高傲到哪里去了?看到她在台上把自己赤裸裸的身体给别人看,好像乞丐为了祈求施舍把自己的创伤给别人看一样,我感到痛心之至,甚至流下了眼泪。最后,她落到这种地步,也向我献起殷勤来,这对我来说,是最难受和痛苦的。

"她拥抱着我,喃喃地说:

"'我折磨您了吧,彼得鲁沙?那么,请原谅我,吻我吧!'

"我吻了她。但非常勉强,差点没哭出来,可是仍然吻她,尽量给她更多的欢乐,只想使她摆脱这种肮脏的漩涡。我看到她很痛苦,她不愿意将自己的心灵交给贪婪的肉体去支配。她的容颜显得有些衰

---

① 俄语中"возле"作为一个词是"在旁边"的意思,作为词组 во зле 是"在恶中"的意思,读音完全相同。

老,已经不像过去那样乐意照相了,但她的肉体还如少女那样,永不满足。可是我已经四十多岁,男性的精力已经衰退、消逝了。回想拉丽萨·安东诺芙娜发情时的模样,使人觉得又可怕,又羞愧。上帝,上帝啊,为什么一个人非得经历这一切呢!

"有时她睡着了,我坐在她身边,看着她,发疯似的喃喃说道:

"'这是你么?是你么?'

"窗外暴风雪在咆哮,严寒冻得树木噼啪作响,皓月当空。无论夏天或冬天,在这种月色皎洁的夜晚,我都非常难受。月夜驱散了睡意,使人产生清晰、冷静的念头,这些想法真该诅咒。

"我不知道自己是怎样饮尽苦汁而没有发疯的。也不知道拉丽萨·安东诺芙娜怎么能同自己的心灵和解,温顺地忍受着迟来的情欲的折磨。我跪在她脚旁,恳求她:'咱们走吧!'可她不肯。像人们不能从酒馆里把醉鬼拉走一样,我也不能从戏院的漩涡里把她拉走。大家都公开地无情地嘲笑她,她自然也意识到了这一切。因此,她就喝得更凶了。她有点害怕人们,有些低三下四,竭力讨好他们。她只对我一个人讲她过去的成功。我经常整夜听着同样的话:

"'您还记得吗,在普斯科夫①……彼得鲁沙,您记得吗,在赫尔松……'

"我听着,为了使她高兴,有时自己添枝加叶,捏造一些没有过的事。她明白我在撒谎,突然沉默起来,端详着我,扑过来搂着我的脖子说:

"'亲爱的,您是多么地爱我呀!'

"'是呀,'我说,'我爱您。您只管放心好了……'

"可是她说:

"'在命运对人所有的恶作剧中,最致命的莫过于单相思了。'

"她的这些话当然是指那位医生。但我不相信她爱他,这对她来

---

① 位于列宁格勒西南。

说已经是最后的爱情,是幻想,是虚构。

"四十四岁那年她的心脏病犯得很厉害,好几位医生对我说,她可能在走路的当儿突然死去。那时我终于说服了她到国外去,她要去海边。我们在圣塞瓦斯蒂安①那座小城附近的海边住了下来,租了一幢小屋,我把它布置得很漂亮,心想:拉丽萨·安东诺芙娜,你可以在这儿安息了!在那边,在远方,一切都很好,讲外语的人也总是显得比本国人要好一些,因为你听不懂他们讲的是什么。只是到了夜间,我感到非常害怕。那里的黑夜似乎是突然降临的,只要太阳一沉入大海,黑暗立即从山后飘过来,紧压着大地和水面。在寂静的黑夜里,您知道,繁星下的空旷天地和寂寞无垠的大海无缘无故地压迫着我。大海的喧嚣和涨潮时惊涛拍岸的声音自然也使我苦恼。眺望窗外,不知什么黑魆魆的东西朝岸边滚滚而来,像是赶来了一群白鬃烈马。马群疯狂地奔跑,骤然跳上陆地,冲击着海岸。大地发出一声叹息,我们的小屋也整个儿震动了一下,震得窗玻璃咣当直响。可是,当大海喧嚣起伏之时,毕竟还好一些,那些静谧的黑夜使人更加难以忍受。每逢这种时刻,我想起了科利亚关于我们的大地沉浸在悲哀之中以及医生负疚似的说出的那些狠毒的话。我们的地球已被上帝的理智所遗忘,在群星中间,它已经被遗忘得干干净净,因而生活在大地上的人们才会这样孤独,这样互不关心!当你想到这些,你就会彻底明白,一个人多么需要有个心爱的女人。拉丽萨·安东诺芙娜说得对:跟谁在一起最能忘记自己的孤独呢?在这样的夜晚,我对她的爱无止境地、千百倍地加深了。

"有时,我躺着或者赤着脚轻轻地在自己的房间里徘徊,期待着:大海即将发出叹息,我将听到拉丽萨·安东诺芙娜临死前的叫喊。也许她已经喊过,可是我没听见吧?我打开她的房门,站在门槛上,谛听着她是否还在呼吸。我最常见到的是,她靠着床头而坐,淹没在浪花

---

① 意大利维苏威火山西侧的小城镇,距那不勒斯湾五公里。

般的白色被服之中。她闭着眼睛,倾听着大海的喧嚣,一动也不动,显得那样温柔,那样忧伤。她是聪明的,知道自己的生命快近尾声了,但由于骄傲,她不愿谈这些。我却伤心得快要窒息了,坐在门旁的地板上,半死不活,一坐就是一个、两个、三个小时……有时,拉丽萨·安东诺芙娜听到我睡不着,就喊我:

"'彼得鲁沙,到我这儿来,跟我待一会儿!'

"她小声说道:

"'您还记得库尔斯克人是怎样接待我的吗?'

"'我当然记得她铭记着的一切。

"'接待得好极了,'我说,'您的整个一生也好极了!'

"她累了,沉默不语,我把头顶在她的膝上,伏下身,默默地向她祈祷:

"'我的幸福,我的生命——你别死啊!'

"她不止一次伤心地说:

"'我的上帝,您的头发白得多快呀!'

"我想,既然白发使她难过,就把头发稍微染了一下。先生,如果活着只是为了眼看自己心爱的女人如何死去,那是叫人无法忍受的!就这样,我的心处在半麻木状态,二百零八天过去了,第二百零九天,拉丽萨·安东诺芙娜死了,死在凉台上。那是一个宁静、闷热的日子,连大海也只发出轻微的响声。拉丽萨·安东诺芙娜一早就说:

"'今天我觉得非常轻松。'

"说着,她走到凉台上,坐在圈椅里,像平常一样沉默不语,呆看着空旷起伏的大海。护士阿加塔给她送来一束鲜花,她用那双可爱的手抚摩着,把脸埋在鲜花中。突然,她站了起来,抓住栏杆,摇晃了一下……我连忙上前扶住她……"

那个人站起来,异样地回顾了一下,双手插在口袋里,倚在火炉的瓷砖上。

"这就是一切!我把她葬在那边山下一片小小的墓地里。我不想把她运回俄国,因为她在俄国没有找到幸福。我自己也有一年半光景没能回来,在这里,痛苦成了我的心灵惟一的食粮。"

他看了我一眼,紧蹙双眉,严厉地说:

"可是您别以为我是在抱怨拉丽萨·安东诺芙娜,不,我讲述这一切只是为了满足您的愿望。至于抱怨,一般是没用的:人情薄如纸,谁也不关心谁。"

在白色瓷砖的映衬下,他的脸色显得很暗淡,特别是眼窝下边。他闭着双目,直挺挺地站着,仿佛一夜之间变得更瘦小了。

窗外,雨丝闪得更亮了,困乏的街灯更加昏暗。远处的钟声依稀可闻,仿佛几只铜鸽在低声絮语,这是教堂在晨祷前鸣钟。

他勉强低声说道:

"后来,我还是回到了俄国,在这里租下了房子,因为拉丽萨·安东诺芙娜曾在对面住过,而且一切是从这里开始的。我印了她的照片,出售印着她肖像的明信片。这自然不是为了赚钱,而只不过……"

他伸出瘦长的手,指着墙角的花瓶和干枯的花束说:

"这就是她临死前拿过的花,但已经枯萎了!有人建议我把它浸在石灰水里——可是没用。我涂过漆——也没用。花儿完全失去了原来的光彩。"

他走近墙角,走到桌旁,小心翼翼地用纤细的手指碰了一下那蒙着尘土的难看的花束,用喑哑的声音说:

"花儿要化成灰烬,无论用什么办法也阻止不了……"

谭得伶　译

## 一个英雄的故事[*]

小时候,在我知道怕人以前,我就害怕蟑螂、蜜蜂、老鼠;后来,雷电、风雪、黑暗也使我吓得胆战心惊。

每当雷声大作,我就用尽力气紧紧闭上眼睛,害怕看见被蓝色闪电照亮的窗玻璃的震颤。有人曾经向我灌输过(也可能是我自己想出来的),当闪电把天空劈开的时候,便可以看到蓝色晴空以外的地方,有一种冲天的地狱之火。蓝天是笼罩整个世界的火焰的烟雾,星星就是火焰中迸发出来的火花。地球有如一颗丢进火中的樱桃核,可能随时着火,像太阳一样地燃烧,然后变成一个炭球,仿佛是第二个月亮,悬挂在天空。

我尤其害怕黑暗。我认为,黑暗并不等于没有光明,而是一种与光明敌对的独立的力量。当黑暗那触摸不到的灰蒙蒙的尘雾使空间阴暗下来,并渐渐变得愈加浓重,吞没了树木、房屋以及屋子里的家具时,我等待着,我觉得那黑暗的尘雾一定会变成像石块那样坚硬,黑暗

---

[*] 本篇写于一九二三年夏,最初发表于一九二四年三月《笔谈》杂志第四期。译自《高尔基三十卷集》第十六卷。在高尔基的原始手稿中本篇名为《恐惧的故事》。作者一九二三年八月在给罗曼·罗兰的信中曾称本作品为《一个匪徒的故事》。故事反映了在斯托雷平反动统治时期某些畏惧沙皇政府残酷镇压的知识分子与反动势力同流合污,以至沦为特务、刽子手、匪徒的经历。俄语中 Герой 一般作"英雄"解,也可表示某一时期或某一阶层中具有代表性的典型人物,此处似以选用后一种意义翻译为宜,但考虑到原题含有反写意味,故字面上仍译为"英雄"。

中的一切生物会化成坚石,我也将变成一块化石。我一直想触摸一下黑暗,我把一只手伸到没有光亮的角落,小心翼翼地把手指攥成拳头,掌心上就感到了一股令人不快的、潮湿的冷气。黑暗是把一切能看到的东西焚为黑色灰烬的天火的烟囱。

我知道,对一个十二三岁的孩子来说,这些看法是过于复杂了,但我觉得我那时候的看法确实如此。

然而使我最害怕的,使我吓得几乎要发疯的,还是冬天暴风雪的呼啸。在那鬼哭狼嚎似的黑夜里,大地上的万物都在疯狂地旋转,树木东摇西晃,像拼命要拔地而起,在团团雪雾中飞往别处去似的。在这样的夜晚,我感到有一股邪恶的势力存心要荡平大地,把城市、森林和人类都从地面上扫尽,在白茫茫的寒冷的荒野上,在一片死寂中,只留下我一个人。我胸中充满了一种无比空虚的痛苦感觉,我这颗备受惊吓的心悬在这空虚中悸动着,就像海天之间的一只渺小的蚊子。风发出可憎的、嘲弄人的尖厉啸声,钻入我的体内,摧残并冻僵我的躯体。我把脑袋埋在枕头里,用手指塞住耳朵,但我仍然听到这一毁灭性的、难以忍受的啸声在我胸中回荡。

人们会以为我是个病态的孩子,可事实上并不是这样;我身体很健壮,营养良好,我比同年的其他孩子显得高大,年长,人们认为我稳重懂事,与我的年龄极不相称。

我的身体很健康,而且我认为,我所以对许多自然现象产生恐惧,根源就在于我有健康的体魄,这是人在他所不理解的,并有死亡威胁的现象面前产生的一种自然的、生物般的恐惧。我确信,病人是不会像健康人那样强烈地感到恐惧的。

母亲身旁只有我一个人,父亲我记不得了,他曾经是主教辖区的建筑师,我四岁那年他就去世了。舅父——母亲的兄弟代替了我的父亲,他是个鳏居的牧师。他像母亲、女仆杜尼娅、运水夫尼孔以及我们家里所有其他人一样爱我、宠我。

"为什么要有暴风雪呢?"我问舅舅。

长得高大、肥胖、俊美、快活的舅舅是个弹吉他的能手,也是个牌迷,他亲热地拥抱我,说些想要安慰我,但又安慰不了我的话:

"大自然就是这样安排的呀,是上帝的旨意。"

说罢,他抚摩着我的头发,对母亲说:

"这孩子有点哲学头脑。"

他总是非常乐意和我谈话,我也爱听他的温柔动听的话语和从容不迫的语调,爱听他讲主宰世界的三种力量:上帝、大自然和人类理性。但我不能理解这三种力量之间的神秘关系,我听得越多,上帝就离去得越远,去到那不可理解的黑暗世界,大自然就显得愈加可怕,理性的作用也就更加模糊。

那时我头脑里产生了一个难以摆脱的粗俗的比喻:大自然好比是洗衣妇卡拉谢娃,一个绰号叫"水淋淋"的粗壮、肮脏的女人。她住在我们家院子里的马厩旁边。我观察了她十年左右,在这期间,她肥胖红润的脸庞始终没有改变,臃肿淫荡的眼睛中流露出讥讽的眼神。她有四十来岁,在劳动中不知疲倦,在放荡的生活中也同样不知厌倦。她如同许多与她年纪相仿的女人一样,患着色情狂,热恋少年男子,她像破坏少女童贞的好色的男人那样,贪得无厌地奸污少年男子。

她无耻而又狡猾,在清醒的时候,她极其妩媚,温存动听的假嗓子流露出一丝愧色,脸庞显得更宽了,淫荡的眼睛含着羞涩的微笑。

几乎每个礼拜六的傍晚,她都纵酒狂饮,莫名的狂暴就会在她身上发作。她身上产生一种自发的破坏狂,用一个结实的庄稼汉那样的力气殴打自己的三个女伴——和她一样下贱的女人,又摔碗碟,又砸椅凳,有一次还用斧子劈碎了运水夫尼孔的水桶。尼孔是个沉默、畏神的温顺老头儿,夏天总是穿一件像死人穿的白衣服。

有一次,卡拉谢娃躺在马厩门口的地上,手脚被捆绑着,我听见尼孔对她说:

"'水淋淋',你连命也不顾啦!"

她声音嘶哑地答道:

"命对我来说算什么？这该死的命！"

每当她发作闹事的时候,代表人类理性的警士就出现在院子里,他默不作声地用拳头把"水淋淋"打倒,紧闭着嘴唇,发出牛鸣般的吼声,用脏床单卷成的带子或绳子捆住这个洗衣妇的手脚。她从来也不反抗,只是冷笑着嘟囔说:

"哼,好,捆吧！捆吧,魔鬼……"

警士一面用绳子把她团团捆住,一面气喘吁吁地咬牙切齿说:

"我知—知道你是什么玩意儿,我叫你……"

认为那个醉醺醺的洗衣妇可怕的不只我一个人。我怕她怕得要命,她引起我强烈的厌恶和极端的反感。

"她活着为什么？"我问舅舅。他爱抚着我回答说:

"用理性是回答不了这个问题的;对'为什么'这个问题,除了'这是上帝的旨意'外,我们没有别的答案。"

我并不羞于承认,甚至在青年时代我还粗俗地把大自然比作洗衣妇"水淋淋",把人类的理性比作那个鞑靼人警士,到如今我可能还没有完全摆脱这种比喻的影响。当然这种比喻更进一步加剧了我对生活中许多现象的恐惧,这些现象显然是不合理的,对我来说是充满敌意的。

当我知道蚊子会使我染上疟疾,老鼠会传播鼠疫时,这使我大为吃惊。蚊子这样的区区小虫居然是我的敌人,胆小的老鼠也是敌人？

我提的"为什么"这样幼稚的问题终于使舅舅厌烦了,最后甚至把他惹恼了。

"我说,小爷子,"他两条眉毛一拧,说道,"像你这样年纪的小孩不应该自作聪明,让人讨厌。老实说,为这就该抽你一顿。别缠人了。"

母亲也对我说:

"你别老缠着舅舅了。你干吗净问些没意义的小事儿？这样不好。"

他们尽管这么说,可在熟人面前还照旧夸耀我好动脑筋。这样,母亲和舅舅增强了我的自尊心,但同时又使我对他们的态度冷淡下来。我已经感到自己比同年的孩子更聪明,所以在他们中间没有我的朋友。自然,在学校里别人看出我胆小,就无情地捉弄我。再说我身体笨重,动作不灵活,游戏在我看来是危险的,因此不能引起我的兴趣;我害怕校内同学彼此间的斗殴。街上的孩子们对中学生的仇恨使我想起居斯塔夫·埃马尔描写的野蛮人对欧洲人的那种本能的仇恨。这样我很早就以孤独而自豪,并朦胧地懂得,孤独的意义在于它是能充分培养独立个性的惟一领域。

我是个中等水平的学生,虽然学习的兴趣不浓,但还是用功的。舅舅以敬重的口气谈到过自然科学的伟大,但这些科学并没有消除我对自然现象的恐惧,甚至没有丝毫减弱我的恐惧。一位叫日丹诺夫的年轻教员热情饱满地讲授这些科学。他长得浑圆,像猴子一样活泼,中学生给他起了个绰号,叫"皮球"。他对物质的构成有自己的假说,他是电的崇拜者,在课堂上曾高声喊道:

"在电力中隐藏着生活中的一切奥秘,我们很快就会揭开这些奥秘!"

他生性怪僻而又多情,几乎每个春天都要闹出一桩风流韵事。我认为他很轻浮,在他身上有某些与小丑类似的地方。我还受到过他的凌辱。有一次,在课堂上一个问题我没有弄懂,这可惹怒了日丹诺夫,他对我说:

"毫无疑问,你是个用功的青年,但是你不爱好科学。而且,总的来说,我不知道你究竟喜欢什么?依我看,你不该进这所学校,你应该读教会中学。是这样。"

历史教员叫米利·诺瓦克,长得又高又驼,瘦骨嶙峋,小小的脑袋已经开始谢顶,一副老处女般的没有胡须的面孔,还有一个偌大的喉结,在我看来,他长得简直像个丑八怪。一副角质镜框的圆墨镜几乎遮住了他的小半个脸。他不修边幅,漫不经心,走起路来步履蹒跚,摇摇摆摆。他那双长统皮靴的后跟总是坏的,裤筒的膝部滑稽地鼓着。我发现他怕马。在他要穿越马路到对面人行道去之前,总是犹豫不决地东张西望好半天,等到马车全部通过以后,他才低下头,一摇一摆,跌跌撞撞地匆匆走去。

他用一种古板、平淡的声音枯燥无味地讲解历史,只有在为沙皇的残暴辩解时才显出几分生气。遇到这种时候,他总把双手深深插进口袋里,但随即又慢慢抽出右手,把弯曲成钩状的手指头举到肩膀那么高,提醒说:

"彼得大帝是残暴的,但这是形势的要求。"

在他枯燥乏味的讲述中,历史上的大量可怖史实使我感兴趣。可能是我在诺瓦克上课时常常特别爱讲残暴的史实,他每次听完我的回答,就肯定地点着头说:

"是这样。正是这样。由于时代形势的要求,伊凡雷帝不得不实行暴政。是这样。"

有时他要同学们学习我的榜样,这就更加深了学生们对我的敌意。

我在六年级的时候,有一次诺瓦克在街上遇到我,他邀我到他那儿去。

"明天晚上,稍迟一点,"他低声补充了一句。

他在一个外貌庄严,不爱说话的老妇人那儿食宿。他住在花园的厢房。昏暗的房间里到处是书,屋子中间有一张大桌子,也摆满了一堆堆的书籍。床靠墙放着,屋角有个衣柜。花园里一片漆黑,稀稀落落地正下着一场暖雨,树叶奇怪地发出金属般的响声,我觉得这种不怎么柔和的沙沙声,对诺瓦克这间总是被昏暗笼罩着的屋子来说,是完全必要的,灰色的飞蛾不断从敞开的窗户飞进来,在桌子上那盏有绿色灯罩的灯上飞旋。

诺瓦克低下泛着绿光的秃头,看着桌子,弓着灰暗的身子,一动不动,在低声说服我,要我准备报考历史语文系。

"马卡罗夫,您对历史感兴趣,我愿意业余帮助您学习这门学科,我借给您书,指导您阅读。就这样。"

他说话时用"您"称呼我,这使我感到快慰,于是我就接受了他的建议。他从桌上拿起一本用精制羊皮装帧的红色小书,用手抚摸了几下。

"就是这本书,应该认真仔细地读完。请您爱惜这本书。以后我和您一起讨论。就这样。"

这是卡莱尔①写的《历史上的英雄人物和英雄业绩》。我不大喜欢读正经的书,从外文翻译过来的惊险小说完全能满足我的需要。但这本小书我还是认真地读完了。虽然我现在记不得,当时我是否喜欢这本书,但是这本书中有些东西很合我的文学口味,我的文学兴趣是从鲁滨孙·克罗索②、从库柏③、马因·里德、居斯塔夫·埃马尔所写的主人公的惊险故事中培养起来的。

当诺瓦克把这本小书中的哲理展现在我的面前时,我非常吃惊。他用冷淡无情、抑郁沉重的语调,声音不大,却显得更有分量地说,人民大众本质上是无个性的,精神上是愚昧而又贫乏的;他们只有一个愿望:增加生活中表面上的舒适,他们从不想去认识生活中的奥秘,他们不知道创造,并仇视创造。他们甚至不能用自己的力量去改善自己艰难困苦的生活条件——群众不会发明、创造——进行创造、发明、立法的永远是个人,个别人,个别伟人。

"人民大众总是靠个别人物的精神能力而生存。"这些使我永志不忘的话说得干巴巴的,他弯曲成钩形的手指在我面前晃动,仿佛要把我的眼睛挖出来似的。他说话用力的时候,喉结就难看地鼓了起来。

---

① 卡莱尔(1795—1881),英国作家、历史学家和哲学家,鼓吹崇拜"英雄",轻视人民大众。
② 英国小说家笛福(1660—1731)的《鲁滨孙飘流记》中的主人公。
③ 芬尼莫尔·库柏(1789—1851),美国作家,著有描写北美殖民地化的长篇小说,总书名为《皮袜子》。

"没有伊凡雷帝和彼得大帝,没有德国公主叶卡捷琳娜①,普希金,果戈理,陀思妥耶夫斯基,世界就不会知道,也感觉不到俄罗斯的存在。历史永远是某些个别人的业绩,是一些英雄创造的结果。意大利是但丁②和彼特拉克③缔造的,英国是密尔顿④、休谟⑤、霍布斯⑥……创建的。"

他说了一串人的名字,除了这些名字外,我对这些人一无所知。他问道:

"要是没有拉伯雷⑦、笛卡尔⑧、伏尔泰⑨,法国会是什么样?没有歌德⑩、费希特⑪、华格纳⑫,德国会是什么样?欧洲各民族,如果没有那些给他们以鼓舞,赋予他们各自独特面貌的诗人和思想家,将会成为什么样?请看看非洲的那些黑人民族,看看加尔梅克人,吉尔吉斯人,巴什基里亚人……"

他把两手放在桌上,神经质地迅速摆动着手指,不断压低说话的声音,这迫使我更加集中注意力,并使我相信,我听到的是,除诺瓦克外旁人都不知道的秘密。记得,我当时非常想让他摘去眼镜,因为那时候在他身上我惟一熟悉的就只剩下这副眼镜了。我还从未见过他凶狠或发怒;他冷漠、枯燥,在教室里总是表现得平静而不动声色,像一个干惯了使自己厌烦的工作的工匠一样。但那天晚上他变得令人

---

① 叶卡捷琳娜二世(1729—1796),一七六二至一七九六年为俄国女皇,她原是德国公主索菲亚·奥古斯特。
② 但丁(1265—1321),意大利诗人,著有长诗《神曲》。
③ 彼特拉克(1304—1374),意大利诗人,人道主义者。以古希腊罗马的文化为基础努力建设早期文艺复兴时代的非宗教文化。
④ 密尔顿(1608—1674),英国诗人、政论家和政治家。
⑤ 休谟(1711—1776),英国资产阶级哲学家、经济学家和历史学家。
⑥ 霍布斯(1588—1679),英国唯物主义哲学家。
⑦ 拉伯雷(1494—1553),法国作家,著有长篇小说《巨人传》。
⑧ 笛卡尔(1596—1650),法国哲学家、物理学家、数学家和生理学家。
⑨ 伏尔泰(1694—1778),法国作家、哲学家和启蒙学者。
⑩ 歌德(1749—1832),德国诗人和思想家。
⑪ 费希特(1762—1814),德国主观唯心主义哲学家。
⑫ 华格纳(1813—1883),德国作曲家。

难以置信,在他低沉的话语声中我感到了愤懑和怒气,他像在诉怨,像在我面前揭穿使他受辱的骗局。看来,他被自己的谈话所陶醉,痉挛般地弯着瘦长的身躯。在话语间,他的喉头发出一种结巴所特有的奇怪而又可怕的声音:

"乌普—乌普—乌普……"

"天才并不取决于他是哪个民族,"他说。"我们最伟大的天才普希金是阿拉伯人的后裔。茹科夫斯基是半个土耳其人。莱蒙托夫是苏格兰人,是这样!您—懂吗?天才是超越民族,高于民族的,是永远高于民族的!在每个国家里您都可以找到别的民族血统的领袖。谁鼓舞人民,谁领导他们前进:是犹太基督还是希腊人柏拉图①,是印度人还是中国的老子,反正都一样。卢梭②,托尔斯泰是有同样的精神,而且本质上是操着同一种语言。英雄、领袖是与人民毫无共同之处的一类人组成的……"

我觉得他的话有某些道理,而且这种道理要求我承担某种义务,这使我不快和不安。

我听他在说:"个别人物和大众不是一回事,不是的。个别人物是大众所确认的现实的敌人,这就是为什么个别人物是大众所憎恨的原因。历史是个人对众人的敌对,是——人民喜欢安定,而个别人物则热衷于业绩——所激起的敌对。所以历史将永远充满残暴,而不能、不能是别的什么。是的。"

他送我走时悄声说:

"不要相信社会主义者,他们的学说是危险的,是彻头彻尾的谎言,这种学说是反对个别人物的,懂吗?不要相信。"

他还说了许久关于社会主义者的骇人听闻的事情,由于我当时已经很疲倦,再也听不进去了。可是我至今还记得,他那只没有分量的手紧紧抓住我的肩膀,他的手指颤抖着,两只眼睛在镜片后面闪着黑

---

① 柏拉图(公元前427—前347),古希腊的唯心主义哲学家。
② 卢梭(1712—1778),法国启蒙运动者,民主主义者,思想家,哲学家。

光。这一切都使我感到厌恶。

当然,我把他的思想简单化了,也许把这些思想说得过于粗略,因为我初次听到这些我所陌生的思想时,我才十七岁。走在寂然无声的回家路上,我感到一种新的恐惧。在那天晚上以前,生活对我来说要简单得多。因为我未曾觉察到自己身上有任何英雄的气质,从未幻想过当勇士的角色,去为某种目标与某人某事斗争。我是个中等个子,身体肥胖的极平凡的少年,受到母亲的娇惯,母亲非常关心我的身体健康,而且使我患上了几乎是病态的多疑症。我过去喜欢手里捧着一本书躺在沙发上,惊叹书中主人公的机智勇敢,体会我和罪犯之间的区别;使我感到愉快的是,我能够怜悯那些不幸的人们,并且当命运有趣地折磨了他们,又向他们微笑时能为他们高兴。感到有趣的是,我了解到:有些人幸灾乐祸,有些人却乐于关心亲友的幸福。但对我个人来说,我并不需要这些人。

我同样也完全不需要诺瓦克和卡莱尔。在家里,我躺在床上苦恼地想道:这些英雄和民族与我有何相干呢?我深信,即使不与他们发生任何关系,我也可以活下去,因为在这座城市里,在我周围,有成千上万的人生活着,他们不知道也不需要卡莱尔的哲学,不需要英雄、领袖、社会主义以及使得诺瓦克那么莫名其妙地激动不安的一切。

想起他谈到社会主义者的那些忧心忡忡的话,我觉得有点可笑:我知道,在中学七年级有几个傲慢骄横的少年自称是社会主义者。不知为什么,使我特别不高兴的是,他们中为首的是县贵族长的儿子博洛托夫,他粗鲁无礼,好纠缠不休。他是我们中学里的英雄:他曾经从河里捞起了一个看来是酒后落水的女人,因此走起路来像个水手,撇开两腿,吹着口哨,从牙缝里啐着唾沫。

我们班上也有个英雄,叫鲁多梅托夫,法院侦查员的儿子,是个美男子,大力士和酒鬼。学生中流传着一些关于他的放荡生活的逸闻;大家既怕他又羡慕他,他以一个超人的藐视态度,用一双微微眯起的眼睛傲视所有的人。他回答教师的时候,唠唠叨叨说些出人意料的

话,不仅引起同学们的哄堂大笑,有时甚至连教师也笑了。只有诺瓦克不笑,他低声说:

"是的。嗯,这是您为了逗人发笑而想出来的。我给您二分。"

我喜欢鲁多梅托夫对待老师的那种独立不羁的态度,我也羡慕他善于说一些别出心裁的话,这些话深深地留在我的记忆中。有一次,在日丹诺夫的课上,他说:

"我认为曲线比较好,在我看来,曲线是有生命的,有独立运动能力的,而直线却是极其死板的。"

这些话也引起了一阵哄笑。

日丹诺夫很赞赏这些话,大声说道:

"您的脑瓜子顶好,不过您是个不可救药的懒虫,是个罪人。"

想到诺瓦克的话,我的脑海里就会浮现出中学里所有的"英雄",我试着把他们想象成未来的历史创造者,并决心要摆脱诺瓦克。为此我选择了一个简单的办法:中止了对历史的研究。起初他似乎没有发现,但后来他对我说:

"是的。嗯,这很不好。"

不久,他又把我叫到他家去,用一种大夫对生病的孩子说话的口气,开始探问:为什么我不学习了?我记不得我对他撒了什么谎,只记得当时有一种想激怒诺瓦克的强烈愿望。但这点未能做到。他抓住我的肩膀,又重复他的老调:关于人民反对自己的领袖和英雄的斗争。

"即使英雄在肉体上被战胜了,英雄还是胜利者。"他开导我说。而我当时却想,他要是摘下眼镜,在我面前准是一双狂人的眼睛在闪烁。

我要离开他,因为我深信不疑,这个人不是我所需要的。可怎么摆脱他呢?

舅舅的突然病故帮了我的忙:在举行约旦河洗礼宗教仪式的行列行进时,舅舅因受凉得了扁桃腺炎,接着,一种看不见的、不可思议的链球菌侵入了他的脑子,两天内就夺去了一个美貌健康人的生命。看到舅舅青紫扭曲的面孔,蓬乱的胡须和披散在枕头上像受惊时竖立起的头发,我心想,任何人不会像我那样感到死亡对人的极其可怕的捉弄和生命的可悲的脆弱。

传报神甫去世的钟声是多么的悲凉哀切呀!

他的去世使我心情无比抑郁。

我喜欢舅舅。他是个身体健壮,性格开朗,可以信赖的人。他怀着一种冷静的信念:世界上的一切都很好。他总呵呵地笑,并常说:

"只有爱笑的人生活才能过得美好。"

如今已经不可能再问他:为什么需要链球菌?它们喜欢笑吗?再也听不到他用男中音的声音回答了,他的嗓音就如同大提琴的低音弦那样动听。

"小爷子,你要记住:提的问题越多,也就越愚蠢。这一点连拉克唐提乌斯①也知道。"

他喜欢说些诋毁教堂神父和哲学家的话,把自己一些诙谐的看法加在他们身上或张冠李戴,把一个人的思想说成是另一个人的。一旦别人指出他的错误和歪曲时,他就笑着问:

"谁会因此而受害呢?把柏拉图说成是怀疑论者,我就会给这个世界增加一点麻烦吗?"

他常说:

"我信教,正因为这是毫无意义的。"

然而当别人向他指出,"这"是多余的时,他却又反驳:

"绝不是多余的;因为'这'与信仰本身有关。"

人们庄严地把他运到墓地,埋在坚硬的土地里。我站在他的墓旁,直到雪盖住了坟墓我才离去;那天下着鹅毛大雪。我像瘫了似的四肢无力。由于身体渐渐支持不住,我辍学了。我沉沦在极度的悲哀之中。

不久,诺瓦克被召到彼得堡,有人荐举他到一个部去工作。送别

---

① 拉克唐提乌斯(约250—330),基督教作家和演说术教师。

他时,我惊奇地感到,这个人的离去比同他的结识更使我不痛快。也许这是因为舅舅的去世过分加剧了我的孤独感。当时我需要有一个人做伴。

当然我有几个同伴。他们爱喝烧酒,追逐女生,出入妓院。我不爱喝烧酒,也怕染上疾病。侍女杜尼娅乐意满足我男人的欲望。她三十开外,是个无耻、狡猾而又贪财的女人。我和小姐们来往时,显得腼腆、胆怯,不善于和她们交谈,同时也没有共同语言,因为她们大部分人读的不是我所爱读的书。当我说到我喜欢仲马①的小说时,她们冷冷地一笑,那种表情既傲慢又沮丧。

我母亲喜欢佳肴珍馐,这是她生活中的主要乐趣;她邀请一些同样爱好美食的人到家里来聚餐,然后这些人也轮流请她到自己家里去吃喝。

她是个漂亮、热情的女人,有一双含情脉脉的眼睛,走路慢慢悠悠,说话慢条斯理,这使她的身份更为高贵,颇得男人们的欢心。

我上七年级的时候,母亲和一个刚结业的年轻医生发生了爱情。由于怕"政治",她反对我上大学,她确信,我会立即参加学生运动,并死于监狱或流放。她轻而易举地说服了我,要我中学毕业后休息一段,等上一年,我虽然怀疑母亲是否在这一年中要安排我的婚事,但我还是同意了。她确实为我的婚事张罗了一番,但没有办成。我对婚姻持否定态度。我在性生活方面微少的体验使我产生了并不好的看法,可以说很大程度上造成了我的生理怀疑主义。为了获得一瞬间的愉快,却长期地天天都要忍受许许多多各种各样的麻烦和不安,难道这值得吗?为了这一瞬间要容忍一个异性的、不同心理的人待在身边,而且这个人不知为什么坚信有权问你:你在想什么,你有什么感觉和感觉怎么样,难道这值得吗?要是妻子能像厨房里做出来的汤一样,每天能有不同味道的话……

---

① 指大仲马。

我从书上知道,女人追求和喜欢"英雄"——身强力壮的美男子。生活——像我所了解的那样,也同样证实了这一点。我所读到的有关"爱情"的一切,在我看来,多多少少是些拙劣的虚构,有如遮羞的无花果叶,人们用它来遮盖男女之间那种粗野、肮脏的兽性关系。我始终感觉到,妇女身上,甚至少女身上,有一种虚假的、戏剧般的成分,我敢直言不讳,她们还有一种要紧紧吸在男人身上的寄生欲望。而且我认为,女人频繁地照镜子不是为了检查她们诱惑的武器是否完好,乃是因为她们比我更怀疑自己是否真实存在。

可能这些思想并不是我二十岁的时候产生的,而是再晚一些时候,那时我简直不能设想自己是个丈夫和父亲,不能下决心采取会夺去一个人的独立和破坏他安宁的行动。

一年以后,我在医疗系学习。在二年级的时候,我证实了母亲的预言:我不由自主地参加了示威运动①,我和一群大学生一起被警察赶到莫斯科的练马场,后来被驱逐回家。母亲吓疯了,她断然郑重声称,再也不让我到莫斯科去,要是我不听从的话,这会置她于死地。我没有违抗她的意志。大学里的喧闹、政治、各派组织间的敌对,实在使我厌倦。说来也奇怪,正是在这种带刺激性的混乱中造就了学者,从这里产生国家的精神力量。医学这门学问并不适合于我。我非常讨厌翻弄难闻的尸体的内脏。当我把自己想象成一具尸体,而嘴里叼着香烟的愉快的年轻人用奇形怪状的手术刀从中挖出心脏时,我感到毛骨悚然。这些叼着香烟,两眼被烟熏得微微眯起的年轻人使我害怕的程度不亚于这些尸体,它们在两三天前也是那么活生生的,可能也像这些要医治人体的未来医生一样蠢笨。在制作实验标本时,这些年轻人又闹又笑,他们争论生命的奥秘问题,争论一堆被切割得七零八碎的腐烂肉体中不知去向的灵魂问题,我觉得,他们以对这些问题所持的粗鲁、做作和满不在乎的态度来彼此炫耀。当然,我看到,其中有些人

---

① 指一九〇一年二月二十三日莫斯科大学生的集会。

是真心诚意地热衷于研究人的机体的,因此我更难以理解,他们为什么对能使这个机体活动,促使它感觉、思维的神秘力量却几乎完全不感兴趣。

在他们面前的桌子上躺着克拉夫季娅·伊凡诺娃的尸体,她生前是个任性、快活的少女。她是两天前喝了盐酸铜溶液自尽的。她的两眼突出,双眉稍稍抬起,一高一低,眼睑紧包着由于恐惧和痛苦而肿胀的眼睛。嘴唇被无声的呼喊所扯开,但我似乎听到了这呼喊声,声音越来越响,同时还发出一股刺鼻的气味,在空气中扩散开来,使我头晕目眩,引起痉挛性的恶心。

我的同乡鲁多梅托夫剖开了这具小尸体的泛着绿色的腹部,如同往常那样,甚至比往常更为漫不经心地嘟囔着:

"卖淫是歇斯底里女人的职业……"

我知道,他与另一个站在桌旁,两手反剪到背后的大学生和这个姑娘认识,确切说,他们俩都占有过现在鲁多梅托夫如此若无其事地正在解剖的这具尸体。我知道,他或别的什么人绝不会轻声地说上一句对这个死去的姑娘抱有恻隐之心的话——一句多余的,但富有同情心的话;我对他们根本不抱任何希望,也不愿抱什么希望。对我来说,生活在他们当中是难以忍受的。我刚一走,鲁多梅托夫便在我身后说了一句嘲讽的话:

"脑子不好使,鼻子倒顶灵。"

他们一般对我总是冷嘲热讽,我是个不"合群"的人。鲁多梅托夫狂妄、粗鲁,是个有口才的雄辩家,他在"院士"派大学生中以及"政治运动"反对者的组织中是个举足轻重的人物。一些人怕他,另一些人恨他,也有人像狗对主人那样喜欢他。

这样,我毫不遗憾地离开了大学。过了几个月,我母亲的心上人,那位医生把我安插在省长办公厅工作,医生的兄弟是位执行特殊任务的官员。我不知不觉在办公厅里度过了两年,正是兵荒马乱的年头,遇上了日俄战争和一九〇五至一九〇六年的革命。

省长是个多病的小老头,长着一副倒霉相,他总噘着嘴唇,一心想弄到一件勃朗宁手枪子弹射不透的胄甲背心。我的顶头上司就是医生的兄弟,他三十五岁左右,是个爱好打扮的秃头男人,穿着浆得笔挺的衣服,打起牌来忘乎所以,他患有一种害怕接触外界的毛病,他还收藏瓷器。我的同僚们是些一半像畜生一半像幽灵的人物。

他们当中只有一个出身低微的小伙子,名叫德罗兹多夫,皮肤长得黧黑,特别引人注目,他活泼机灵得令人讨厌。他的行动敏捷,但思想却极幼稚。他知道城里所发生的一切事情,每天都把一些耸人听闻的消息带到昏暗的、烟雾弥漫的办公室里来,使人神经紧张、胆战心惊。他坐在我对面靠窗的地方,窗户被浓密的椴树叶所荫蔽。在刮风的晴朗日子里,树影在他黝黑尖瘦的脸上晃动,看上去似乎这小伙子在无声地笑着,在编造什么恐怖而又可憎的故事。

我一直在观察,这个人的手是什么样的?他黝黑的小手上纤细的指头留着尖窄的指甲,酷似猛禽的爪子。他的手指总是不停地敲打着,或像在解扣和系扣似的动来动去。

他以一个无疑是退化了的人的野兽般的嗅觉立刻了解了我,并像可恶的秋蝇一样,一连数小时喋喋不休地讲着从前线归来的士兵所干的野蛮暴行,士兵扇动起来的农民暴乱,市里的气氛,也讲到似乎已蔓延到整个大地的恐怖。他自己似乎无所畏惧,显而易见,他喜欢吓唬我。

"开始—啦!"他悄声说道,用一种恐怖的口吻,令人讨厌地张大嘴说出最后一个字。

"什么开始了?"

他轻轻吹了一声口哨,把自己的尖鼻子藏在公文后边,不回答我的问题。他阅读公文时依次一会儿闭上一只眼,一会儿闭上另一只眼,只用一只眼看。显然,这个早产儿喜欢生活中出现动乱。实际上他不是那种爱看火灾、凶杀或车祸事故热闹的袖手旁观者,因而也不是无害的观众,他不是剧院后座上那些对悲剧和喜剧同样感兴趣的人。不,我觉得,动乱使他高兴,他本人能促进悲剧的发展,甚至可能创造悲剧。他使我惶恐不安地等待着必将破坏我生活的不幸。

我怀着这种心绪出差到一个县城，这小城坐落在山上，在花园的环抱之中，一条河水流经山下。我住在警察局局长的家里，几匹被农民惊吓了的马把他踩伤致残。我从这所住宅的窗户中看见了农民焚烧地主庄园的情景。

从傍晚起，在河对岸的森林那边，在东南方向的远处，云彩一片火红，仿佛太阳在那儿落山似的。当夜色笼罩了草原时，森林上空出现了锯齿般的火焰。过不久，在第一堆火焰的左边，离县城较近的地方，又出现了新的火光，差不多就在同时，我听见了奇怪的嘈杂声、车轮的吱扭声、狗吠声。几乎就在河岸边上，一堆草垛着火了，接着又是一堆，两堆。这三堆火照亮了道路，照亮了路上一长串由大车和黑压压的人群组成的蚂蚁般的行列。工厂的大烟囱从黑暗中呈现出来了，一座砖楼在高低不平的地面上冒了出来，像一块巨大的棺材盖似的长长的草棚也着火了，照亮了有凉台的白色圆柱房子。河面也可以看清了，它被映照得通红，仿佛在沸腾。我看着这一切，有如在梦中。

一些黑色的人影从窗下经过，使我清醒了过来。

"这是按部就班的有计划的行动，"他们中有个人说道。

听到这句话，我的视觉变得极度紧张，我所看到的一切都注入了我的灵魂，使它充满了恐怖。我的脑海里回响着令人厌恶的声音：

"开始—啦！"

黑色的人浪冲上了凉台，可以清楚地听到玻璃的碎裂声、窗棂的折断声、哀号般的呼叫以及嗡嗡的说话声。在映照得血红的河面上可以看到一些倾斜的小船在快速滑行，酷似甲虫脚爪的船桨时隐时现，我猜想，这是市民们在趁火打劫。

整整一夜，我在窗前，有时站着，有时坐着，观察那些像蚂蚁般在活动的人们。在火光下，可以看见，他们拿着四方的箱子和鼓鼓囊囊的包裹往四处奔跑，你推我挤，有的人好像还在互相争夺。我记得：有两个人紧紧抓住一包白色的东西不放，突然那个包破了，一团像鹅毛雪片似的东西飞撒在他们的身上。一匹颜色红得有点古怪的马沿着河岸疾驰。虽然小雨淅淅沥沥下个不停,可火焰却像红色的扫帚,迅速扫平了地面上的建筑,黑烟滚滚的夜色变得愈加浓重了。火焰把黑暗烤得变成赤红,冲破黑暗,向四周蔓延,可是黑暗却显得更加浓重了,把人和马变成紫红或黑色的影子,这些怪影匆匆出现,一两分钟后又随即消失,隐藏到黑暗中去。我想起了小时候对黑暗的恐惧,可此时此刻我却希望黑暗变得更浓更深,希望火焰以及放火的人们在这黑暗中窒息死去,永远消失。天快亮的时候,下起了滂沱大雨,我几乎是怀着狂喜的心情看到,火被压在地面,火势逐渐变小、隐退,而那些黑色的人和马也渐渐消失。

中午时分,一些有正统思想的人们聚集在市广场上,他们好像打死了两三个支持暴乱的人,还举着圣像和神幡在城里游行。傍晚,当我离开的时候,城市空旷无人,仿佛在黑夜面前吓得麻木了一般。

我也感到自己心灵空虚,思想麻木。在我视觉留下的记忆中,黑压压的人群在蠕动,他们纵火焚烧自己的劳动果实。这种无疑是狂暴的事实好像给了我当头一棒,使我浑身感到剧烈的疼痛,在人们面前胆战心惊。

在到省城的路上,我遇到了一队步兵,前面一个蓄着红髭须的长腿中尉骑在马上,士兵们精神抖擞地踏着泥泞,唱着一首关于黑乌鸦的滑稽可笑的歌曲①。当中尉听我说他来晚了的时候,他流露出一种兴高采烈的神情,他那厚颜无耻的欣喜的微笑使我感到惊讶。回到省城,我注意到,宪法的拥护者们②在忧虑地向我打听县城所发生的事件时,也掩饰不住眼中喜悦的光芒。我觉得他们的忧虑是不真诚的,他们的恐慌是虚伪的。甚至在我们的办公厅里也出现了一种令人不快的、轻佻说笑的气氛,德罗兹多夫坐在椅子上心神不定,脸上挂着幸灾

---

① 指一支关于鹰捉乌鸦的歌曲。
② 指地方绅士以及工商业家,他们要用资产阶级的改良主义方式改造国家,尽可能保留君主制和地主的土地占有制。

乐祸的微笑，他变得更敏锐，更使人气愤了。

当时我认为有必要找警卫队长别尔上校谈谈德罗兹多夫的情况。随即就开始监视德罗兹多夫。不久，对他进行了搜查，果然，我最初的本能感觉没有错。德罗兹多夫和一个革命组织建立了联系。于是一些人被捕了。当我得知，在被捕者当中最危险的人原来是我舅舅的学生——助祭时，我感到惊愕。

我不想去谈论人所共知的事件，谈论政府的可耻软弱以及它所犯下的引起暴乱之火的错误，因为这会让人感到沉重和无聊。

我亲眼见到的一些场面令人感到厌恶。我看见火柴厂和肥皂厂的工人们——一群肮脏的半野蛮人，举着小红旗从我家窗前经过；他们走着，不时畏惧地朝人家的窗户张望，仿佛料到有人会用开水浇到他们身上似的。在这一羊群中起领头羊作用的是被当局流放的瘸老头巴拉姆津，他是某些激进报纸的记者；药剂师戈尔德别尔格挥舞着一面旗子，他是个犹太人，——从耶稣在世那个时代起，有了犹太人就有不幸。在人群的两旁，有些陌生的年轻人，像牧狗似的跑着，把这群人赶到犯罪的道路上去。

这情景和县城河对岸的蚂蚁般的行列一样，只不过这儿的人影更大，更可怕。风愤怒地吹动着红旗，吹动着蓬乱的头发和褴褛的衣衫。人们散乱地走着：一些人走得过于急促，另一些人则谨慎地放慢脚步；我觉得他们害怕的程度是一样的，时而想快些铤而走险，时而想竭力避开灾难。

老实说，这人群本身并不使我害怕，可怕的是带领这群人的几个狂人。当我想象到可能在这一天，同一时刻，在俄国所有城市的街道上，这样一些狂人率领着盲从的人群正向摇摇欲坠的政权冲击时，我胸中响起了童年时代使我惊恐万状的冬天暴风雪的呼啸声。

在市杜马前的广场上，掏粪队的一个工人用棍棒打死了巴拉姆津老头，戈尔德别尔格被一群赶大车的马车夫拳打脚踢，打得血肉模糊、奄奄一息，而人群则四下散开了。但第二天城市里又有人上街游行，

345

有举着红旗的人,也有拿着沙皇肖像的人。有人投掷了炸弹,一名骑警的一条腿被炸掉,数人受伤,还有一个犹太女中学生被炸死。总之,在那些疯狂的日子里,人们做了一切该做的事。由于我精神上极度疲惫,像得了病,所以我没有上街。

我情不自禁地想起了诺瓦克先生的话,明白了他所说的伟大而又极为重要的真理。

"历史是一些个别人物的业绩,是英雄们创造的结果。"

显然,大众是由个别人领导的。工人群众是一个可怜的瘸老头领导的。但这个英雄的微不足道是由于这群人的微不足道所决定的。我不能否认,一个人站在众人的最前列,并可能率领他们去牺牲,这是一种英雄主义。

这一点我仔细地思考了很久。很自然,我既然不是"英雄",我就开始寻找英雄,好去效忠于他,在他的身旁默默地度过自己的一生。但是,谁是这个英雄,他又在哪里呢?

起先我认为,在别尔上校身上可以找到这个英雄。他在维护国家秩序方面的危险而又秘密的活动,迎合我的心情以及少年时代通过阅读刑事犯罪小说所培养起来的趣味。上校的外貌也富有魅力:他长得身材魁梧,面容端庄,一双灰眼睛含着和蔼的微笑,说话时语气倨傲,他的说笑中含有一个豪放勇敢的人所有的嘲讽口吻。听说他乔装打扮成工人模样,亲自参加革命者的集会,还听说其中有他的情人。

我向他表示过愿为他效劳。别尔长时间询问了我的生活,交往,不过我的回答不能令他满意。他说,在公务员中我的立场虽然不错,但他认为我太谦逊、腼腆而且迟钝,我觉得他说这话时并不感到遗憾。

"您很难打入到革命者中去,您太直爽了。即使您能打进他们当中去,可能也坚持不了多久,您只能干一两次。"

他的话里面有一种枯燥、刻板的味道,他像一个猎人讲到野兽似的说:

"革命者是些非常机灵的青年人,我跟您说!这是些相当聪明的青年人。"

他抽着雪茄,思忖了片刻,然后建议说:

"把您认识的人在想些什么告诉我,这也有用。"

在送别我的时候,他突然有气无力地说:

"我的老弟,说实在的,实际情况并不是那么回事!不是的。事情很简单:他们要掠夺我们,要把我们身上扒得精光,而我们建议把我们的外衣拿去,留下衬衣。如果我们想要像过去那样生活,那我们就必须有一个能够创造奇迹的人,哪怕是创造残酷的奇迹!就这些。"

我明白他不是我所需要的人,我就离开了他。我立即给诺瓦克写了一封信,讲了我的情绪,我的愿望。我从自由派报纸的文章中得知,诺瓦克在君主派中起着显要的作用,我深信,从他那儿会得到很好的忠告。我收到了一封两个字的电报:

　　速来。

于是我又来到了诺瓦克的面前。我五年没有见到他了,在这段时间里他没有什么变化:一副墨镜仍然遮着他那孩子般的小半个脸,领带还是系得歪歪扭扭,好像这些年来他从未脱下过那件常礼服,也从未换过裤子。只不过他消瘦得很厉害,两颊和额头上的皮肤变黑了,几乎脱光了的稀稀落落的头发已经灰白。甚至他的房间也和他原来在我们市里住的那间昏暗的陋室一样,也是那样昏暗,堆满了书籍,桌子也放在屋子中央。只不过窗户不是对着花园,而是紧对着一堵开了门洞的砖墙,墙上有一个通向另一个院子的拱门,门的上方是一扇镶着几块脏玻璃的窗子。一切显得凄凉可怕。

大城市中那疯狂的轰隆声震耳欲聋,城里的烟雾弄得我头晕目眩。我坐在桌旁听着熟悉的低嗓音,精神上得到了休息。虽然才下午三点,但桌子上书堆中的那盏灯却已经点亮了,诺瓦克两手插在口袋里,在屋子里一摇一摆来回踱步,那双破旧的拖鞋在地上发出沙沙的声音,他问我:

"您需要的是什么,您要捍卫的是什么?"

这时连我自己也感到突然,我不假思索地明确回答道:

"我要捍卫自己不受一切敌对力量的侵犯。"

"对,"他说着低下头站在我的面前,"就是这样。这是一个人应有的回答。"

他措词有力地重复了我所熟悉的,也是我近来不断反复思考的一切。然后,他坐在桌沿上,向我俯下身子,一只脚随着说话的节奏在摆动,他说了大意如下的一番话:在生活中一些相当聪明而又没有相应地位的沽名钓誉的人们,一些过于相信理性的力量而忘记生活不合理的人们,竭力追求权力,——这是每个意识到自己比平庸的人更重要,更有才能的人的理所当然的追求。但他们却又造成过错,这过错必将给那些满怀信心地在牢固的互助基础上组织国家的人类领袖的全部缓慢而又艰巨的工作带来致命的后果。过错在于,社会主义者,革命者在激发群众去获取权力的愿望时,以为自己是在激发理性的力量,但实际上被他们煽起的只是嫉妒、怨恨、复仇等本能而已。

"所有的本能。"他说着从口袋里抽出手来,把十个弯曲的指头伸到我的脸前。

"在群众中,在人民中不存在一种社会目的的本能,不存在这种本能,它还没有得到发展。群众中的一员,正像您和我,不需要国家。但我和您自觉地认为国家组织的存在是必要的,群众就没有这种自觉性。所有的人——从本性上说,都是无政府主义者,并且愈到后来,愈是无政府主义者,是这样的。但个别人却知道,不要政权的时代还没有到来。在群众分成个人之前,也就是当人意识到自己的力量、自己的意义和按自己精神法则去生活的权利之前,这个时代是不会到来的。"

他把身子向我俯得更低,问道:

"您懂吗,为什么社会主义者的过错就是一种犯罪?为什么正是君主制这种残酷而又无畏的政权会更迅速地使我们导致无政府,无政权和个人的绝对自由,您懂吗?好好想想,您就会明白,这不是奇谈。一切新的真理好像是奇谈怪论,其中最令人惊讶的是:大众在分成千百万独立自主的个人以前,个人就是大众的敌人。"

他从坐着的桌子上站起来,在房间里踱步,他瘦高的身体像阴影一样扁平,在昏暗中看上去不像是这个世上的人。他身上有一种幽灵似的东西,他像一个与世隔绝的可怕人物,这种形象在一些书本里隐约地出现过,这些人的生活永远是孤独的,是人们所不能理解的,他们的命运极为不幸。

诺瓦克严厉地忠告我,确切说,是命令我读陀思妥耶夫斯基,康斯坦丁·列昂季耶夫①以及尼采的书。

"是的,"他说,"就是读这些人的书!就精神实质来说,他们是无政府主义者,但他们又是君主主义者,因为他们意识到必须成为这样的人。"

随后他告诉我,有人需要一名谦逊而忠实的秘书。

"现在鲁多梅托夫在他那儿工作,记得吗,我们的那个鲁多梅托夫?"

"鲁多梅托夫?"我反问道。

"是的,鲁多梅托夫。但这个人漫不经心、敷衍塞责。而且他要结婚……不过他很有才华。"

"鲁多梅托夫!"我一边走在被彩虹般的街灯朦胧照亮的雾气中,一边想。"鲁多梅托夫,这是曾经说过我的头脑不聪明的人。现在需要我的这个主人应该相信,我的头脑要比鲁多梅托夫的聪明。"

这位主人蓄着浓密的黑胡子,颧骨高耸,身体像狗熊一样蠢笨。肥厚的下唇从胡须中鼓露出来,上唇被密密的髭须遮住。他警觉地竖起那对大而难看的耳朵,仿佛不是要听我说什么,而是要听我在想什么。他皱着眉头,用一种向远处眺望的眼光看东西,像我在火车司机

---

① 康·列昂季耶夫(1831—1891),俄国作家,政论家和文学评论家。曾出任过希腊某些城市的领事,担任过莫斯科的书刊检察官。死前不久削发为僧。

那儿看到的那种眼光一样,他的双手保养得那样精心,洗得那样洁净,手上的皮肤有如细软的羊皮手套那样闪亮。

他磨着指甲,清晰而又平静地对我说:

"别人对您大加赞赏,您一定不要辜负大家的夸奖。我要求您忠实执行任务,保持谦逊态度,再没有别的要求了。请注意:我是很严厉的。"

他细心地用一个指头按一下电铃的按钮,我发现,他是怀着孩子们按铃时那种特别高兴的心情这样做的。鲁多梅托夫进来了。

我的主人朝我这边摆了摆头,向他示意说:

"他是来接替您的。您好像刚来?"

"是的,"鲁多梅托夫答道。

小房间里摆满了书架,有一扇窗子对着广场。他惊诧地叫道:

"是您?"

"生活过得怎样?"我问。

"是您,"他重复了一遍,用一种明显的嘲弄的神情打量着我,"这真奇怪。"

我没有问他,为什么奇怪,他也没有回答我的问题。后来我才知道,他也没有毕业就离开了大学,不知为什么到波斯去了,在那儿住了两年左右。他把一叠叠公文摊放在我的面前,担心地说:

"这里面可能夹有我个人的一些文件,装在一个黄色的纸袋中,如果您发现了,请用电话通知我,我来取。"

他点燃香烟,一面戴手套,一面很随便地,当然是假惺惺地祝我工作顺利。是的,胆怯而又腼腆的人是善于细心观察的。

我走近窗口,向下面的广场看了看,广场上人们向四面八方走着,有些人像青蛙似的跳着。在雾霭中所有人看上去都圆圆胖胖,仿佛膨胀了似的。感到高兴的是,我不在他们之中,而在他们之上,我独自在一间布置得井井有条、整洁、干燥的房间里,那儿几乎听不见这座奇怪的城市发出的哀号似的嘈杂声。

随后我便开始仔细翻检文件,了解内容,并希望能找到鲁多梅托夫的纸袋。但纸袋没有发现。差不多有两年的时间,我一直盼望这个纸袋能落到我的手中,并能知道,为什么当时鲁多梅托夫说到这个纸袋时那样担忧,他怕什么?但后来鲁多梅托夫在一次乘坐快艇时淹死了。我曾经期待他的结局应该比这更坏。

在翻阅的过程中,有些文件读来颇有意思。有一个人提的改组国家的方案使我很感兴趣:这个方案建议把俄国划分为几个区域,每个区域的首脑是大公,享有副王的权力。这很像充满浪漫主义色彩的分封制时代。

我全神贯注地在阅读,没有听到主人开门进了我的房间,当寂静中响起了他清晰的说话声时,我吓了一跳:

"没有必要阅读文件。文件夹里应该是有目录和内容详细摘要的。这您应该知道。其他——都是多余的,也为时过早。"

他以这种口气,平静而严厉地说了大约五分钟,一面仔细地察看着自己的指甲,用一只手掌抚摩另一只手背。他喜欢自己的双手。

"有些人的活动使我特别感兴趣,他们的名单您应该随时放在身边,要注意他们说些什么,写些什么,以及别人说到或写到的有关他们的一切情况。"

我站着听他说话。他走的时候头也不点,手也不握。但这并没有伤我的自尊心。我非常喜欢他言谈时的冷静和机械般的准确。我认为,在他笨重的身体和迟缓的行动中可能存在着力量,笼罩在他周围的神秘气氛使我欣喜、激动。

我在一间与主人办公室相邻的、年复一年堆满各种文件而显得日益狭窄的屋子里安宁地度过了六年。毫无疑问,在这期间俄国比较平静,而且我有权认为,我主人的百折不挠的工作和我对他的微小的帮助使俄国变得美好起来。

生活好像回到了旧时习惯的轨道,并且更加平静,更加自由。要知道,自由——这也就是平静。每到夜晚,在城市的街道上比白天更自由。这不是说笑,不是讥讽,不是的!我的论断是从人的真正的、本质的利益,而不是从虚构的利益出发的:人想自由地生活,而忙乱却妨碍他。越是远离人群,人就越自由。

无疑,我的主人在君主派中起着相当显要和看来是独立的作用。他在一幢高大的五层楼房中占了四间屋子,这幢房子里塞满了像一座小县城那么多的市民。他的房间由看门人的女儿萨莎收拾打扫,她是个红头发,瘦小灵活的姑娘。主人几乎从不在家接待客人,至少白天极少有人来访,来的也只是些有名望的人。

他孤独、沉默,从早上十点起,他就毫无动静地坐在办公室,不是写就是看,并处理源源不断的大量邮件。特别主要的一部分信件,他大概收藏在自己的桌子或沉重的古老橱柜里。一些省长、主教给他写信,各部大臣秘书、警察厅的高级官员打电话给他,他和所有人说话都一视同仁,像和我说话那样,也习惯用威严的口气。下午三点,他到餐馆吃午饭,在晚上的邮件送到以前准时回来。我也在三点钟离开,六时至八时进行晚上的工作,用打字机打主人的长信——一个君主主义忠实信徒的信件。他虽不热情,但坚定不移地相信君主主义思想的力量。他写信的语言晦涩难懂,句子冗长,喜欢用些陈旧的教会斯拉夫词句。

> 鉴于暴乱之精神实为明显不合理智之精神,其根源为神圣秩序之敌蓄意激起对生活之表面舒适、对物质上之享受的贪婪与追慕,故无上尊敬的大主教阁下倘能在主教辖区命令……则至为有益。

他的大部分信件和报告都送交诺瓦克过目,送回时满篇都经过修改,并补充了大量的历史事实及引言作为例证。

我理解他的作用是:从事自愿、独立地观察各种革命思想潮流的工作。他敏锐地注意到反对派代表们巧妙隐蔽的革命思想发展的进程;他们数十个人的名字被他记在一张单独的表上,我的责任是从报纸上注意他们在国家杜马、报刊、演讲中的言论。他不信任政府中存

一个英雄的故事

在的与革命进行斗争的机构,他对这些机构持一种蔑视的态度,有一次,在送别诺瓦克时,他说:

"警察厅被一些最最不学无术的人牢牢地把持着。"

我在他的手下日子过得很平静,我也很喜欢自己的工作。我很快学会了识破隐蔽的思想;只要着重突出某些个别词句,我就能巧妙地揭穿带欺骗性的、极端有害的、具有破坏性的恶毒思想。

诺瓦克来找我的主人的次数比别人多。我觉得他似乎经常在下雨、降雾或在有暴风雪的时候来。这个几乎没有肉体的、像影子般的人在地上走路轻得出奇。我认为,他把枯瘦、冰冷的双手插在衣袋里的风度是重要的,有象征意义的,我把这看作是肉体不愿接触生活的嫌恶态度。对我来说,他的精神力量对生活的影响,变得日益明显和更为重要了。我在维护专制的基础和原则的所有报刊中感到了这种力量,对我来说很清楚,这种力量是我主人——利用诺瓦克的力量运转的机器——的全部精神依托。

有一次,诺瓦克在我房间里和主人告别时,像往常一样低声说:

"应该再一次指出,在一切时代,在所有的民族中,最激烈的思想错误都受到了死刑这一合理的惩罚。正是——死刑。"

"这个——正在做,"主人说。

"是的。不过是秘密地、暗中这样做,因此也就并不使人害怕。应该恢复公开的死刑。他们公开执行死刑,他们的刽子手就无所畏惧。无畏证实事业的正义性。正是这样,数量上的弱者公开进行活动,这使普通的谋杀具有丰功伟绩和英雄主义的光彩。数量上的强者有执行死刑的权力,因为他们是多数,可是,他们却秘密地、偷偷摸摸地执行死刑,这样好像把合法的、理所当然的自卫行为变成了犯罪。您懂吗?这里包含着荒唐、愚蠢!这——不就是怯懦吗?"

在通往楼梯的门口,他站住了,又继续说:

"还有——拷打!公开拷打。在大庭广众,光天化日之下。是这样。"

"我的主人温存地摩挲着双手,频频点头,诺瓦克走后,主人走过我面前时说：

"'您的老师是个不平凡的人。'"

噢，是的！这我知道。当我见到诺瓦克时，我对群众的恐惧就消失了，而只有对老师的几乎是虔敬的害怕。我看，他瘦得越来越不像人样，而像个影子了。

我尊敬我的主人。在我心目中，他的生活是一个把自己全部力量献给制服人们这种伟大事业的信徒的英雄业绩。我独自坐在办公室里，这间办公室在一幢坐落在十字路口的房子的三层楼上，几扇窗子高高地对着下面宽阔的广场，广场上有许多看上去又矮又小的人像往常一样在奔忙，我相信，主人在治理生活方面作出了重大贡献。是的，他是一台机器，是靠诺瓦克的力量运转的机器；他那森严的、铁一般的镇定使我钦佩。我喜欢他用平静的声音清楚地说出那千篇一律的话，他用这些话把千篇一律的思想紧密地串连在一起。

他的形象在我心目中突然动摇了，这对我来说，就像我的心灵受到了打击一样。

国家安全保卫队的侦探在基辅暗杀了大臣[①]。当时主人冲进我的房间，脸色白得发青，他闭上眼睛，跺着脚，挥舞着双手，那手发出难看的亮光，粗野而嘶哑地嚷道：

"暗杀了，真见鬼……我早说过了，我还写过了呢！您听见吗？暗杀了，啊？瞧他们，啊？这还算保卫队？把所有人都送去受审！所有人……"

恐惧这种感觉我是太熟悉了。当时我立即明白了，这种勃然大怒是由恐惧引起的。他跑回自己的办公室，砰的一声把门重重地关上，连我房间里的一张俄国地图也从墙上被震落下来。随后，他忘了拿手杖就上街了。

当然，我对他的态度也改变了。我不能忘记他由于强烈的恐惧而

---

[①] 指沙皇政府总理大臣斯托雷平于一九一一年九月一日在基辅被刺杀的事件。

变得发青的脸,我对他不像过去那样不声不响地俯首听命了。有两次我试着修改了他写的冗长信件中的词句,很长时间他没有发现。我还开始和他谈论当前生活中的话题,这使他大为惊讶,他望着我,不断眨着那双加尔梅克人的眼睛,哼哼哈哈地回答我。

当他把必须取消国家杜马的想法写信告诉大臣时,我指出,他忽略了,这位新上任的大臣①和反对派眉来眼去。他的脸一直红到耳根,怒气冲冲地大声问道:

"您好像要教训我?"

他回到自己的办公室后过了约五分钟,又打开门,站在门口,意味深长而又温和地说:

"我确切知道大臣的真实意图。"

我默不作声地向他点了点头。

"马卡罗夫,总的说来,您的工作我十分满意。您工作越来越自觉。感谢您。"

我很得意,我不由自主地想,他由于自己的大嚷大叫,由于得罪了我,感到胆怯害怕了。从这天起,他对我的态度不像从前那样生硬了,他感觉到,在他面前我是一个人。

不久,他甚至用一种人们问"您身体好吗?"的口气问我:

"您结婚了吗?"

"没有。"

"这很好,"他说,"在现代,妻子对一个严肃的人来说是多余的。"

他思忖了片刻,又说:

"我们在进军!是的,我们像士兵一样在进军。并且在守卫……"

有一天早上,他和我握手的时候,关切地问我对服兵役的态度。

"我们很可能要打仗了。"

---

① В·Н·科科夫策夫(1853—1943),一九一一年斯托雷平被刺后,兼任大臣会议主席,对内继续执行斯托雷平的方针,但黑帮分子指责他与国家杜马眉来眼去。一九一四年一月辞职,十月革命后,成为白俄流亡分子。

我心里又惊又喜,对他表示感谢。战争是一种外科手术,可以割去国家身上的病灶。如果我们在战争中取胜,我们也会战胜革命。

"那当然,"他说,两手摩挲着,"要这样想:我们一定会胜利。要相信这一点。在目前状况下,战争对君主制无疑是有利的。"

我表示希望,能否把政治上的不可靠分子——青年学生、受到宣传鼓动的工人,第一批派往前线。

"这是个好主意。"他说着眨了眨眼,一只手撑在我的桌上。"这很聪明!要是利用保卫部门、警察厅的情报,各大小工厂行政当局提供的名单……那就……"

这时我第一次看到他露出微笑:他肥厚的下嘴唇沉甸甸地耷拉着,髭须翘了起来,露出一排细小密实的牙齿,他闭上了眼睛,长着络腮胡子的面孔毫无表情,只有额头上的皱纹稍稍颤动了几秒钟。

关于这场噩梦似的战争[1]——君主政府的这一极为有害的大错,我不想说了。啊,如果我们和德国一起去反对欧洲就好了!我们就会像压碎盛着臭鸡蛋的脏篮子一样粉碎革命了,那整个世界也就会掌握在我们的手中,整个世界!世界上还从未有过比这更为致命的错误了。想到它就令人痛心疾首,五内俱焚。

在我面前战争极为明显地暴露出国家可悲的,可能已经是本质上的弊病。在这个国家的千百万人中竟然找不到一个能控制动乱局面的人,能对付那些只知道吃喝、睡觉、繁殖他们多余的同类(为了这种畜生的目的要毁掉为他们贪得无厌的喉咙所吞不下去的一切东西)的人们,哪怕能把这类人消灭一半来换取稳定的局面也好。

后来,我注意到,骚乱日益加剧,一切党派的报纸都为此而大喊大叫,有的绝望,有的欣喜。甚至从反对派在报刊和杜马对反动势力的抱怨中也可以听到暴乱必将获得胜利的声音。这些抱怨比往常更虚伪,更惹人厌烦,更厚颜无耻。到处可以感觉到暴乱的乌烟瘴气正在

---

[1] 指一九一四至一九一八年的第一次世界大战。

一个英雄的故事

日益蔓延,我明白,这仅靠我主人致主教、省长、大臣们的信已是无法驱散的了。

出现了一些"社会团体",明显是强盗式的城市联盟和地方自治会联盟①,它们像贪婪的蠹虫蛀蚀银鼠皮袍一样,迅速破坏专制制度。

我在自己的房间凭窗俯视广场,可以看到那些变得矮小了的人们与以往不同——他们虽然还是那样矮小,在雾气中显得臃肿,但步履却更为迅速敏捷。在我用餐的饭馆里议论国家生活的勇气正在不断增长,显而易见,这种勇气的根源就是国家杜马,它迅速地腐蚀着社会思潮,使社会思潮染上一种胆大妄为的愚蠢批评。

晚上我喜欢坐在电影院,在黑暗中观看一些灰色影子的默默无声的生活,这生活以其虚构的惊险或不可思议的愚蠢而饶有趣味,这是一种无需人们去思考的梦幻般的生活。电影起着很好的作用,它像抹布擦去尘土一样,把现实生活的印象从人们的心灵上拭去。

然而在这里我也发现某些经过精心安排和怀有敌意的东西:开始放映一些设施比我们更为完善的城市的影片,为了让俄国人看到一个小国的整洁美丽的小城市,学会比较和批评。在所有地方使用一切方法煽起对生活的不满情绪。我想起了别尔上校的话:只有奇迹才能使这一切终止,哪怕是残暴的,但能使人震惊的奇迹。

我的主人不是那种能使人震惊的人,不,他不是那种人!我越来越深刻地了解到这一点,由于我感到自己受骗上当,遭到了凌辱,我去找诺瓦克,跟他谈谈自己的想法。

又高又瘦的诺瓦克站在屋子一隅的窗口旁,他说:

"是这样,正是你感觉到的这样。现在没有伟大人物!没有。到处是理论家,批评家,而有意志的真正的伟人没有!"

---

① 指一九一四年由自由资产阶级及地主组织的社会团体,以救济伤病士兵为名,帮助沙皇政府进行帝国主义战争。城市联盟在一九一四年八月建立于莫斯科,地方自治会联盟在一九一四年七月建立于莫斯科。一九一八年由于参与反对苏维埃政权阴谋活动而被解散。

不透明的玻璃使房间笼罩在一片灰绿色的昏暗中,在这昏暗中诺瓦克好像更加让人难以捉摸了。他的面孔比平常更加呆板,说话的声音听来很忧郁。他说不出任何可以鼓舞我的话,我怀着苦闷的心情走了。在街上,我感到残暴在我身上激烈地、几乎疯狂地发作了,全身突然剧烈地颤抖起来,想对行人像对狗一样喝一声:

"嗐!"

后来,我在涅瓦河畔的半月形花岗石长椅上坐了很久。我想,要是我掌握权力,我就知道该怎么对待民众。要知道,所有人都怀着对贫困、饥饿、毁灭的恐惧,怀着对死亡的恐惧而活着,而其余的一切都是"思想"的编造者强加于他们的,的确是强加的,只不过是为了安抚他们和欺骗他们,为了使他们不至于失去理智,不至于因害怕而变得像野兽那样凶残,不至于因为懂得了生活的毫无意义和可怕而停止为伟人效劳。

可能正是在这天晚上我产生了以往所不曾有过的思想。我以为,即使是伟人,实际上也是怯懦者,不管他是谁。也许他害怕的和大众所害怕的东西不同,但他害怕大众。大众是那么多,他们对伟人是那样格格不入。对大众的惧怕赋予伟人的生命本能以无可争辩的权力——极其残酷地镇压大众,因为这权力植根于自卫的本能之中。伊凡雷帝正如一切所谓的暴君,想必是个怯懦者。怯懦者的政策总是残酷的政策,所有政策都是残酷无情的。这是理所当然的,不可能是别的。只有始终感到生活的危险,并善于害怕人,他的行动才能坚决果断。"英雄们"的英雄主义,可能只不过是伟人绝望的极端表现?甚而可能,英雄主义是心惊胆战的伟人的绝望行动。

是啊,要是我拥有权力,我会在世上留下关于我的可怕而又光辉的回忆,会超过世界上所有暴君的声望,会使人们俯首帖耳,如同熨洗手帕一样。

正是从这天晚上起,我感到生活发生了急剧的变化,变得更不安定。在人们平淡的,实际上是极其单调的脸上,出现了一种讥讽的、罪恶的、满怀信心地期待的神情。期待什么呢？在他们怠惰的脑子里出现了什么令人神往的梦幻呢？也许，他们梦见他们成了无所畏惧的强者，可以打破常规，越出雷池。也许，他们正在寻找一个能向他们指出方向的人，寻找一位能依靠自己的力量吸引他们并率领他们前进的领袖？

在随后的几个月中，我满怀信心地期待着，我的主人会取得支配大众的权力。当时他也满怀信心。他瘦了，但精神振作，更频繁、更使劲地搓揉着两手，他那双加尔梅克人的眼睛闪着可怕的蓝光。我也更经常看到，他露出的牙齿愉快而又贪婪地在闪烁。夜晚，当我想到我那前途未卜的命运时，我感到有一股绝望的力量，恐惧的力量——造就英雄和支配千百万人的生命的力量在胸中增长、激荡。如果我所期待的情况出现，那我敢说，人们将会看到一个真正可怕的人。

然而却发生了另一种情况。城里所有人都走出住宅来到大街上，饥饿而又贪婪的有生命的肉体所组成的黑压压一片激愤的人群涌向广场。到处是红旗，一阵枪声，接着又是一阵，然后又是红旗——这情景使我想起了肉铺。

后来，诺瓦克古怪地弓着身子冲进了我的房间，一边把我推到主人的房间里，一边上气不接下气，扯着带有哨音的嘶哑喉咙嚷道：

"您怎么还坐着？快撕掉、烧掉……您疯了？革—革命啦！他被捕了！我的信件在哪儿？撕—撕掉，乌普—乌普—乌普，烧掉……扔进壁炉……"

他跌坐在壁炉旁的一张圈椅里，然后摘下眼镜，在膝盖上擦着镜片，呻吟说：

"您这是怎么啦？快销毁、撕掉、烧掉……"

我第一次看见他的眼睛：没有睫毛，毫无光泽，正在发炎的小眼珠深埋在红肿得像灌满了脓的眼睑下。我长时间凝视着这双眼睛，然后抓住他的衣领，把他从圈椅上揪了起来。

"恶棍！"我当面骂道，我的两腿在颤抖，我又听到了胸中那撕人心肺的冬天暴风雪的尖啸声。

"恶棍!"我一面说,一面摇晃着这位先生,"英雄的培育者,是吗?卑鄙的家伙,你的英雄们在哪儿?"

他跳了起来,用弯曲的指头抓我的手,嘶哑地说:

"不许你……我没有过错……革命者……不许你……叛徒……"

"恶棍,"我怀着过去从未有过的痛快心情对他说,"过去我怕你,信任你,相信你是个令人畏惧的强者。现在我还有什么可信仰,有什么可怕的呢?你消除了我心中的恐惧,你把我身上的伟人杀死了,恶棍!"

我一把推开了他,就跑出去了。

……我蹲了一年左右的监狱。由于在监狱里我结识了一帮盗匪,于是把我放出来,并让我在侦讯处当了侦探。我不止一次杀过人——这是轻而易举的事。现在我自己是盗匪。同时也可以充当刽子手。反正都一样。

周　圣　译

# 长 腿 蚊*

> 你们知道：我能够建立功勋。但我同样也能够作出卑鄙的事情，有时简直就想对人干些龌龊的勾当，哪怕是对最亲近的人。
>
> 一九一七年工人内奸扎哈尔·米哈伊洛夫在侦讯委员会中的供词。见一九二二年《往事》杂志第六辑，H·奥西波夫斯基的文章①

> 不知为什么，有时会有一些卑鄙的坏念头冒出来……②

---

\* 本篇写于一九二三年夏。最初发表于一九二四年六月第五期《笔谈》杂志上。译自《高尔基三十卷集》第十六卷。俄国一九〇五年革命失败后，进入斯托雷平反动时期。革命同路人中有不少背叛了革命，充当沙皇政府的走狗和奸细。在这篇小说里，作者着重揭露了他们背叛革命的思想演变过程。苏联高尔基研究者认为：本篇系作者创作长篇史诗《克里姆·萨姆金的一生》的准备阶段。

① 社会民主党内奸米哈伊洛夫在和侦讯委员会委员 H·奥西波夫斯基的一次"单独谈话"中的供词。

② 引自俄国解剖学家尼·伊·皮罗戈夫文集第一卷。引文不尽确切。

361

尼·伊·皮罗戈夫

让我干一件卑鄙的事情吧！①
　　奥斯特罗夫斯基作品中的一个主人公

卑鄙龌龊的行为往往同英雄主义的业绩一样地需要奋不顾身。
　　引自列·安德烈耶夫②书信

凭借一些深思熟虑的行为识别不了一个人的面目，倒是未经思索的举动能够暴露他的灵魂。
　　尼·谢·列斯科夫③致贝利亚耶夫的一封信

俄国人有些糊涂了。
　　伊·谢·屠格涅夫

　　我父亲是个钳工。他身材魁梧，心地善良，生性很活泼。他总是在每一个人身上首先寻找有没有可以逗笑的地方。父亲喜欢我，管我叫"长腿蚊"。无论是谁，他都要给取个外号。有一种长得像蜘蛛的大蚊子，俗话叫做"长腿蚊"。我小时候两条腿长得长长的，身体瘦瘦的，喜欢逮鸟。我在玩各种游戏的时候，总是很得手，打架时也很灵活。

---

① 引自俄国戏剧家亚·尼·奥斯特罗夫斯基的剧作《狼与羊》。
② 列·尼·安德烈耶夫(1871—1919)，俄国作家。
③ 尼·谢·列斯科夫(1831—1895)，俄国作家。

他们给我三刀纸,要我把那件事情的原委统统写出来。我干吗去写它呢?反正他们要把我处死的。

瞧,下起雨来了。真的下起来了。瓢泼大雨像水柱似的,落在原野,流往城市;隔着拉网般的雨幕什么也看不清楚。窗外雷声隆隆,雨声飒飒,牢房里沉静下来,像在颠簸着,被风雨推动着,仿佛这座古老的监狱在涤荡过的土地上滑行,顺着斜坡向城市滑去。我自己也如同落网的鱼一样。

天黑了。我写什么呢?在我身上同时存在着两个人,他们互不相容。事情就是这样。

不过,也许不是这样。反正我不写。我不想写,再说,也不会写。即便写的话,天也黑了。"长腿蚊",咱们还是躺下吧,抽支烟,想一想。

就让他们杀死我好了。


我彻夜未眠。闷得慌。雨后的太阳把大地烤得那么热,以致从田野吹进狱窗的潮湿热气就像从澡堂子里吹来的一样。天空挂着一弯新月,有如波波夫那火红色的小胡子。

我一整宿回忆着自己的一生。还能干什么呢?我像是从一条缝隙里看东西,缝隙那边是一面镜子,我所经历的事情凝然不动地反映在这面镜子里。

我想起了我的第一个导师列奥波利德。这是个个子矮小的犹太人,中学生,过着半饥不饱的生活。那时我十九岁,他比我小两三岁,害着痨病,戴着近视眼镜,焦黄的小脸盘,弯钩鼻子,沉重的眼镜把它夹得通红。我觉得他像小老鼠一样胆小和可笑。

可是当我发现他怎样勇敢而又巧妙地撕下虚伪的面具、怎样诅咒人与人之间的表面关系,揭露大量的人与人之间尔虞我诈的可悲的真相时,我不由大吃一惊。

他是个天生的明哲老人,是虚伪社会的无情而又有力的揭露者。当他把生活赤裸裸地暴露在我们面前时,他甚至愤恨得全身发抖,就像一个被劫者捉住了小偷,在搜查他似的。

我这个生性活泼的青年人听了他那些恶毒的语言,心里总是不大舒服。我满足于现状,既不忌妒什么,也不贪图什么,钱也不少挣。我把个人的生活道路看作一条清澈见底的小溪。可我突然觉得:犹太人搅浑了我的溪水。遗憾的是,我是个强壮的俄罗斯青年,他这么个不足挂齿的异族毛孩子居然比我聪明;他教训我,刺激我,就像用一把食盐涂擦我的皮肤,蜇得令人发慌。

我无言以对,因为列奥波利德显然说得在理。可我很想说点什么,但又怎么说得出口呢:

"这统统都是真理,可我不需要它,我有我的真理。"

现在我懂得:要是我这样说了,也许已经走上了另一条生活道路。我错了,我没有说。我没有想说这些话,大概是因为心里很不愉快:同座的四个青年都像精选出来的那么身强力壮,然而却比病恹恹的小穴鸟更蠢笨。

我们城里的买卖几乎全都掌握在犹太人手里,所以人们格外讨厌他们。当然,我没有理由要比别人对他们更好些。列奥波利德走掉以后,我就嘲笑同志们:可找到了这么一个师兄!这一下触怒了毛皮匠佐托夫,冲我大发脾气,其他几个人也不例外。他们听列奥波利德的话不是头一回了,不仅如此,而且还和他打得相当火热呢。

我想了想,还是决定教训教训列奥波利德。不过目的是为了使这个宣传家难堪,无论如何要他当众下不了台。这不单单因为他是犹太人,而且还因为我不能容忍这个弱小的人居然拥有真理,真理居然能在他弱小的身体里燃烧。当然,这不是受美学的驱使,而应该说是出于害怕传染的健康人在生理上的一种疑惧。

这场游戏把我搅得稀里糊涂,因而我输了。通过两三次谈话之后,我对社会主义的真理是感到那样亲切、那样明白,就像是我亲自创造出来的一样。现在我认为,那是一种微妙的毒素使我迷惑了。我因为一时感情冲动和年轻无知,所以没有注意到它。根据理性的自然规律,思想从实际中产生。这是被证实了的。我在理性上把社会主义思想作为真理接受了,但产生这种思想的种种事实却没有触动我的感情,人类不平等的事实在我看来是自然而然的、合理合法的。我自以为比列奥波利德高强,比自己的同志们聪明。早在童年时代我就习惯于发号施令,轻而易举地使别人服从于我,总之我身上缺乏社会主义者所必需具备的那些东西——是对于人类的爱吧? 不知道是什么。简而言之,社会主义对我还不"合体",不是"窄了",就是"宽了"。我遇见过许多这样的社会主义者,对于他们来说,社会主义是一件与己无关的事情。他们倒像一架架计算机,不管拨动什么数字,对于它们都无所谓,反正答案永远准确无误,只不过就是没有灵魂,只有单纯的数字。

我理解的"灵魂"可以说是一种达到疯狂程度的、与意志永远紧密结合成一体的信念。看来,我的生活的实质在于没有这样的"灵魂",可我却不懂得这个道理。

我比同志们灵敏,对小册子的理解能力要比他们强,也比他们更多地向列奥波利德提出各种各样的问题。对他的敌意对我大有帮助。为了竭力当场戳穿他不是什么都知道,也不是万事通,我就努力尽快地掌握比他更多的东西。同他的竞争如此迅速地推动着我进步,以至很快就使我成为小组里首屈一指的人物,甚至列奥波利德还因为有我这样的人而感到骄傲,把我看成他的理性的产物。

看来,他还很喜欢我。

"彼得,您可是一个真正的、最最深谋远虑的革命家!"他对我说。

他是个非常博学多识而又十分聪明的人。他常常伤风咳嗽,身体干瘪,皮肤黝黑,颇像一根烧焦的木头,冒着刺鼻的烟气,射出辛辣的语言的火花。佐托夫说:

"他不是在活着,而像是行将熄灭的余烬,简直让人感到随时都可能霍然一亮而不复存在!"

我如饥似渴、如痴如醉地倾听着列奥波利德的演说,但同时又使

他难堪,比如,我问:

"您一味谈论欧洲的资本家,可是那些犹太资本家您似乎都忘掉了吧?"

他这个可怜虫缩起身子,眨巴着锐利的小眼睛说:资本主义尽管是国际性的现象,但对于犹太人来说,资本主义的敌人——拉萨尔、马克思,就其代表性和影响而言,远远超过资本家。

后来,等到我们两人单独在一起时,他责怪我对犹太人抱有偏见,但我反驳说:他避而不谈犹太人,不只是我个人这么认为,而是大家都有同感。这是真的。

当他给我们开讲座的第八个月,他和其他知识分子一同被捕了,大约坐了一年监狱,接着又被流放到北方,最后死在那里了。

他是那些像盲人一样生活的人中的一个。他睁大着眼睛,但除了自己的信念之外,再也看不见任何别的东西,这种人的生活是轻松的。要是我也这样轻松的话,决不会比他们过得更坏些。

监狱里关进来一个士兵。他出奇地像我父亲临死那年的模样:也是那么一个秃头、蓬松的大胡子,两眼也是那样深深地陷在发黑的眼窝里,含着负疚的笑容,同我父亲临终时的笑容一模一样。

"是小彼得吗?"父亲问我,"你说说,人到死的时候,真的有鬼来勾魂吗?"

他怕死怕到荒唐可笑的地步。他同时向三个人求过医:一个是赫赫有名的图尔金医生,另一个是村镇里的什么巫婆,还有一个是用所谓"黄麻"配制的黄麻冲剂医治百病的神甫。父亲也为我担心。他常说:

"彼得呀,还是别去玩这个游戏了!人家日子不好过,关你什么事,凭什么要你去调理人家的生活呢?这倒像是替人家放养鸭子,自家的鸭子倒不管不顾。"

粗俗的思想包含着更多的真理。当然,人们是被拴在一条经济锁链上的,经济唯物主义是一门精确的学说,容不得半点虚构。人与人之间的关系是一种表面的、由不得主观意愿的、迫不得已的东西。于我有利的时候,我能忍受这种关系;一旦无利可图,我就另起炉灶,说声:"再见吧,同志们!"

我不贪得无厌,我一生中所需要的东西是有限的。

在朋友们中间有这样一些诗人,可以说是抒情诗人,仁爱的说教者。那都是些天真无瑕的好青年,我很欣赏他们,但我明白,他们的仁爱观不过是臆见,而且是糟糕的臆见。当然,对于那些在生活中没有一定地位、悬在空中的人们来说,他们所从事的仁爱的说教却有着实际的必要性。耶稣的素朴教理就是很好的明证。其实,对人们的关切并不是出自对他们的爱,而是因为在自己的周围必须有他们,借助于他们的力量来确立自己的思想、地位和功名心。我知道,青年时代的知识分子的的确确感到自己在身心上是倾向民众的,并且以为这就是爱。然而这并不是爱,而是一种力学,一种倾向于民众的引力。这些诗人在成年时期便变成无聊透顶的艺匠、司炉。对于人类的关切消除了对于人类的"爱",从而暴露出最最简单的社会力学。

城里每天夜里在枪毙人。今天,天亮的时候,在我上头的牢房里有人在恸哭、在呻吟、在跺脚。好像是个女人。


早晨巴索夫同志从他们那里来,问我:是不是在写? 我说在写。

他又像在我第一次受审时那样大吃一惊地摊开两只手,嘟哝道:

"您,一个老党员,暴动的组织者,我们最最刚强的工作者之一,这样做真叫人不敢相信。"

他说话时的举止使人讨厌,像是在咬文嚼字,字儿粘在牙齿上,连舌头也很难把它们扯下来似的。总之,他是个笨手笨脚、呆头呆脑的人,还是个火夫。由于迟钝,他常常被抓去蹲监狱。他是个郁郁寡欢的男人。他的面孔是一副无辜被判刑的、终生蹲冤狱的人的面孔。知识分子中间,脸上露着一副忧患和屈辱的神情的人不在少数。特别是一九〇五年以后,这样的人像雨后春笋般地多起来。他们在地球上行走,倒像人类世界欠了他们一个半卢布不还似的。

看来,他们以为用死能把我吓住,我这个混世魔王将会翻然悔悟,像竹筒里倒豆子似的和盘托出。真是一群怪物。

是的,我在写,但我不是为了在狱中苟延残喘而写,而是听凭第二者的意愿。我说过,在我身上有两个人,他们互不相容;但也还有一个第三者。他注视着前二者,注视着二者之间的纷争,不知是在煽风点火,燃起相互间的仇恨,还是真的为了闹清楚仇恨究竟从何而来,因何而起?

要我动笔的正是这个第三者。也许这就是那个想知道一切或者哪怕是稍稍知道一点儿东西的真正的我。那个第三者也还可能就是我的死敌?这已经像第四者的猜测了。

每个人身上都有两个人存在:其中的一个只顾自己,另外一个则倾向于民众。可是我觉得,我的身上有四个人。他们不是情投意合,而是同床异梦。其中的一个无论想些什么,另一个总得起来反对他,这时第三个就问:

"你们干吗要争吵?争来争去能争出个什么名堂呢?"

似乎还有个第四者,他比第三者更隐蔽。他沉默着,像野兽似的窥伺着。也许在我的一生中,他将永远像哑巴一样沉默着,隐藏着,无动于衷地观望着这场混战。

我想:当一个人还在发育成长的青春时期,也就应该保留一个最好的个性,以自己的意志力去窒杀自身的其他一切个性的萌芽。

万一他要是把这个最好的个性窒杀了呢?谁能知道哪个是最好的呀!

这对于知识分子来说,是不难做到的。学校会消除他们身上多余的苗芽、败卵;但是,对于我们的弟兄们来说,一旦激发起想要知道一切、尝试一切、体验一切的不可抑制的渴望时,要想做到这一点,就很困难了!

二十岁时,我觉得自己并不是一个人,而是一只渴求把什么都嗅到、把所有的兔子都捉光的满足一切欲望而沿着所有的足迹四处奔窜的狗。然而欲壑是难填的。

理性并没有告诉我什么是好,什么是坏。似乎这根本不是它的事。我的理性有如孩子一般好奇。可见它对善与恶是麻木不仁的。至于这种麻木不仁是不是"可耻"。我不知道。恰恰这一点,我不知道。

这里不妨回忆一下塔霞讲过的一句可笑的话:

"当一个人太聪明的时候,也就不成体统了。"

所以,我是凭第三者的意愿在写。我不是为他们而写,而是为自己,因为我不甘寂寞。把自己的一生向自己陈诉,是一件很有趣的事情。你像看别人一样地看着自己,有趣地去捕捉那些自己试图对第四者说谎、隐瞒些什么以及逃过他对你的监视的种种思想活动。这种游戏不要说是点蜡烛,就是烧上一堆篝火也是值得的。最后不就剩下灰烬了吗?那有什么关系……

他们未必见得能看到和过目我写的东西,我会赶早把它付之一炬,或者把它传递到别人手里去。

这里和我一同关着三个小偷,都很活跃。他们的头头几乎还是个毛孩子,不到二十岁,是航海学院的一名学生,擅长演唱流行歌谣,特别是这一首:

我生就一个亡命徒,
到死还是亡命徒;
假若砍了我的头,
我再装颗大木头。①

---

① 当时在俄国广泛流行的民间小调。

小伙子胆子不小。我这么大的时候也跟他一样。爱冒风险,就像塔霞同志爱吃巧克力。

一个人陷入困境时,往往会感到自己比什么都好。在捷姆留克附近,有一块被风割裂的大冰块,上面有许多渔夫,连人带冰被刮进了大海。我扑上前去营救他们,结果也被冲跑了,一个人在小冰块上漂流,两手拿着一根钩竿。我顿时全明白了,这场游戏输定了,一时间心冷如冰。我脚下的冰块被波浪击破,再过不一会儿,我就要淹死。留在没有被冲离海岸的冰块上的渔夫们向我投过来一根长绳子,我个人得救了。正当这时,仿佛有一个动作十分敏捷的人恶狠狠地从体外跳进我的身体,我一声呼喊,要他们再扔给我一根绳子,我把手里的那根绳子扔给遇险的渔夫,他们正在离我十俄丈远的地方呼号、挣扎。他们用钩竿勾到绳子,可是我被他们从冰块上拽到了水里。幸好我已经抓住从岸边冰块上投掷过来的绳子,于是我把两根绳系在一起,接着又系了一根,渔夫们被小心翼翼地拉到岸边。九人中只溺死了一个老汉。那是他们自己在慌乱中把他推进水里的。当载着渔夫的冰块快被拽到岸边时,我险些没被绳子绞死,绳子缠住了我的身体,我像漂子似的在水里左右摆动。

总之,当我遇到危险时,那危险似乎在违反它自己的意愿而使我勇气倍增、镇定自若、急中生智、转危为安。我的胆子大得出奇,特别是当我的生命处在一发千钧的时刻,我就更加欣赏自己。

曾经发生过这样一件可笑的事情:我在狱外组织同志们越狱时,有一个老管监追赶我,朝我打了四枪;打到第二枪,我站住了,也不知是怕丢脸,还是觉得可笑,总之我不想再逃了。他追上来,又开了一枪,打在皮靴筒里,擦伤了脚,紧接着用枪口顶着我的胸膛,扳机一扣,枪没有打响!

我打掉他手里的枪,说:

"子弹没出来吧,老家伙?"

但他喘吁吁地嗄声说:

"你赶紧跑呀,魔鬼!还等什么,死——鬼?"

可怕的事情我似乎只经历过一次,那是在梦中,在荒僻的乌尔茹姆镇流放地。当时有这么一件凑巧的事儿:我读了许多有关天文学的书,刚刚得过伤寒,勉强能下地走动,忽然出现了一个怪人,他对我宣讲起那个"为了我们而在本丢人彼拉多①当政时期被钉死在十字架上的人"来。他几乎不提"基督",只是一个劲地说"为了我们而被钉死在十字架上的人"。这是个可怜的、看来还有点疯疯癫癫的人,显然不像是普普通通的过路人,也不是乞食于富商门下的食客,而是一个知识分子出身的人。高挑的个子,干瘦憔悴,一撮稀稀拉拉的大胡子,两鬓苍苍,但不老,约莫三十五岁。他那炯炯有神的眼睛射出异样的光芒,可以说是爱恋着的少女般的眼睛,这双眼睛使他显得年轻。蓝莹莹的眸子仿佛在燃烧、在融化,在往大眼白的球面漫流。

我坐在门口的长板凳上,太阳把我烤暖了,于是就打起瞌睡来。突然,这人出现在我身边,并且讲起了那个"为了我们而被钉死在十字架上的人"。他仿佛身历其境,带着孩子般的纯真,出神入化地讲述着基督的全部冒险行动,"冒险行动"——这是无神论专家巴索夫同志的话。

不言而喻,我争了起来。后来他问我要吃的,我把他带进自己的屋子,在这儿我们的争论益发激烈了。其实,他并没有同我争论,而只是带着乞怜似的笑脸,背诵福音书里的诗篇。我一直同他谈到深夜,不住地说服他:每一个善于动脑筋的人都非常清楚,上帝是不存在的,所谓基督,归根到底只不过是天真的诗章、抒情的诗篇、谎言和欺骗罢了。人们信奉上帝是因为愚昧无知,是出于恐惧心理,是由于习惯势力和固执己见;有的人甚至因为灵魂极度空虚而把宗教当成棉花填塞灵魂的空虚。也还有一些人,似乎把基督视为女人,明知她欺骗了自己,背叛了自己,但因难于舍弃,不再另求新欢。总之,上帝是没有的。

---

① 本丢人彼拉多公元二十六至三十六年任古罗马驻犹太巡抚。根据福音书的传说,耶稣基督是在他的主持下被钉死在十字架上的。

要是有上帝,难道人类会像现在这样吗?

不过,最后这几句话也许我没有对他说,这话像是我现在刚刚说出来,想来又天真又愚蠢:咕嘟—咕嘟—咕嘟——我仿佛在下沉,被水憋住了。我不会描写。

与其说我在对他讲,不如说是在考查自己、检验自己对上帝、宗教以及心灵空虚的人的抒情诗的看法。他坐在窗口的长凳上,胳膊支撑在桌子上,面带笑容地望着我,有时他还像傻瓜那样憨笑起来。就这样,我们一直坐到躺下睡觉。我睡床,他睡地板。

夜里我醒来,只见他站在屋子中间,个子高得脑袋都挨到了天花板;他两眼望着窗外,用手指着我,咕哝道:

"帮帮他的忙吧,你有责任,帮帮忙吧!"

他说得正颜厉色,像是在发号施令,又像是在对谁行使权力。我讨厌玩这种把戏,但我对这个怪物没加理睬,就又睡着了。我立刻做起梦来,恍惚我在被那灰色天穹覆盖的平面圆周边沿上行走。我沿着地平线走,两手摸着冰冷坚硬的东西,这是天的边缘,它垂下来,紧贴着像铁一般坚硬的悄无声息的大地,——听不见我在上面行走的脚步声。天空有如一面晦暗的镜子映照出我那丑陋地拱缩着的身子,我扭曲着脸,两手颤抖;我的影子向我伸出瑟瑟发抖的手,手指别扭地屈曲着,难以伸缩。我围绕着空地,沿着地平线迅速地、愈来愈快地已经转了好几圈,不知道要寻找什么,但又收不住脚。我心里不知有多难过,有多惊慌,记得大地上有生命,生活着许多人,所有这一切都到哪儿去了呢?在打不破的沉寂中,在一片死气里,我围着圆周愈转愈快。转着转着,不觉像燕子似的飞起来,我那张开臂膀的影子在身边伴随我飞奔,我无论往哪里看,只有这一个影子。圆周在紧缩着,愈变愈小,天穹的圆顶也愈来愈低,我奔跑着,喘息着,呼喊着……

那人把我唤醒了,我在惊恐中竟然高兴得抓住他的手,情不自禁地跳了起来。总之,我做得很傻气。我不记得还有比这个梦更可怕的事情。顺便讲讲,可怕的东西是不可理解的这个说法是错误的、不正确的。比如：天文学是非常好理解的，难道说不可怕吗？

城里骚乱得很，枪声不断。我没有烟抽了，真糟糕。

我忘我地工作，愉快地生活。我喜欢指挥别人，也许比一般人，尤其是比起知识分子来要更喜欢些。虽说知识分子也爱指挥人，但他们并不善于指挥。不管哪里有万千只鸟雀在歌唱，最大的乐趣莫过于支配他人。迫使他人照你的意愿去思考、去行事，这决不是什么推卸责任，不，它本身作为你个人的力量和你个人的重要性的一种体现是有价值的。这是值得欣赏的。假如我不爱权力，那么我就不会被承认是一个优秀的组织者了。

我初次被捕时，觉得自己是英雄，并且抱着同熊罴决一胜负的心情单独去接受审讯。我不懂得什么是受罪，如果不包括人所共知的铁窗生活中一些小小的不便的话，我从来没有因为坐牢而感到受罪。那么，剥夺自由呢？牢房给了我读书和学习的自由。此外，它还给予革命者以类似将军头衔的好处，给他以荣耀；在你和人们相处共事，不顾他们的意愿怎样，把他们推向自由的道路时，必须善于利用这一点。

我那个阶级敌人的走狗——宪兵大尉原来是个心地善良的人。肥胖的身躯，酒糟鼻子，一看就知道是个酒鬼。他以笑脸相迎，并用一种使我意料不到竟能出自敌人之口的语言和我交谈。

"是彼得·卡拉津，外号叫'长腿蚊'，对不对？哎呀—呀，真是个棒小伙子！您可以当一名出色的龙骑兵。"

我原来想用严肃的、蔑视的态度与他谈话，但转念一想，这样做不免显得幼稚可笑。这不是我被他软化，而是我看到在我跟前的不过是一只麻雀，只有胆小鬼或者白痴才会用大炮去轰它。当我彬彬有礼而又镇定自若地对他说我拒绝招供时，他耸耸鼻子，咕哝道：

"那当然喽。我知道，如今你们都一样。那就只好在牢房里蹲着了。唉，青年人……"

我甚至觉得，大尉对于我的坚决声明似乎产生了好感。我没有去想:宪兵可能急于要吃饭,所以才这样草草地结束了我们之间的谈话。对于我来说,假如不是碰上这个人,而是碰上了一个人面兽心的人,或者抱有一定信念的家伙,总之,不是碰上官吏,而是碰到了敌人的话,也许更好一些。生活安排得是那样有趣,人的优秀的教育者竟然是他的敌人。

虽然直到一九〇五年,我三次身陷囹圄、十来次受到宪兵的审讯,但在他们中间我始终没有遇到过一个能够激起我仇恨的人。他们都是些最最平常的官吏,其中甚至还有一些相当不错的人。我这么说,并不是存心要惹正统派难友们生气,而不过是想说说居然还有这种偶然的事情罢了。

那个干瘦的、面孔蜡黄的、后来死于癌症的奥西波夫上校向我宣判之后说:

"您走运了,量刑很轻。按说,您应该受到更重的刑罚,您可是个非常危险的人物。"

在我听来这话是嘉许,尽管他是用惊诧和惋惜的语气说的。

这是个聪明人,善解人意。有一次他对我作了一番多余的指责,使我听了莫名其妙。那是在最后一次审问中,他隔着夹鼻眼镜打量着我说:

"依我看,卡拉津,您要么是胡闹,要么是做了错事,干出了不是您所要干的事情。"

这话大大刺伤了我。于是我失去了平静,盛怒之下对他说了些粗鲁无礼的话。他打断我说:

"我根本没有想要惹您生气的意思,只是从人和人的角度谈谈我的想法。您在做危险的游戏,但我认为,对于一个革命家来说,您还不够厉害,而且,请原谅,太聪明了。"

我觉得奥西波夫是个正派人,而且凡是落到他手里的同志都这样说。

有一次,我那个女房东的儿子和我一同被捕了。他是中学生,也是我的学生。我向奥西波夫保证,这孩子与我没有牵连,请他释放萨沙,并设法保留孩子的学籍。

"好,我一定照办。"奥西波夫答应说,甚至还当着我的面下达了释放这个中学生的命令。当我向他表示感谢时,他解释道:

"我的上帝,从我们的利益出发,像您这样的造反者越少越好,但是从你们的利益着想,还得让这孩子蹲在监狱里,毁掉他的前途,激起他的仇恨,如此等等……"

他这一番话,等于给我上了一堂"革命道德"课。我直截了当地对他说:

"谢谢您给我上了一堂课。"

他恐怕也是个双重人格的人。当然,人分成劳动者和靠他人劳动果实为生的人,也就是说分成无产阶级和资产阶级。这是表面的划分。此外,各个阶级的人又分成坚定的和不坚定的。坚定的始终像阉牛,和他们在一起没意思。

我想,所谓"坚定",就是为了自卫而克己的结果。看来这一点也正是为达尔文所确认的。当一个人陷入这一种状况,这就是说,他心理上的某些特性对于他不仅是多余的,而且是危险的(他内在的和外部的敌人能够利用这种心理上的特性)时候,他便有意识地去熄灭和消除自身多余的特性而取得所谓的"坚定"。比如:怜悯心、多愁善感、感伤情绪、浪漫主义以及诸如此类的东西对一个革命家来说有什么用处呢?

革命家只需要热情和自信心。对精神世界的多样性发生兴趣是绝对有害的。在这个多样性里像小孩子走进荆棘丛一样地容易迷路。

不坚定的人的生活使你想起燕子抽搐般的飞行。可见,坚定的人就实际来说,更有用些,但我更喜欢第二种人。迷路人更有趣些。无用的东西点缀着生活。我还没有见过用铁榔头、螺丝帽,或者脚踏车装饰自己房子的白痴。不过有一个富翁,磨坊主,收集了五百多把锁,把它们挂在两间大屋子里那包着红色呢子的托板上。他收集的锁很奇特,连我这个祖传当钳工的看了也能得到极大的满足。当然,它们统统都是没有用场的。

我喜欢耍把戏,就像喜欢人类理智的一切游戏那样,不管它以怎样的形式表现出来,我都喜欢。

也有人谈论"基督教的文化"。你们胡扯些什么呀?所谓"基督教的"是些什么鬼名堂呢?在你们这样一种文化里面有什么纯朴的思想呢?"福音的纯朴思想"是哪儿都没有的。你们滋生许许多多阴险毒辣的思想,就像放出一群疯狗在大地上到处散布。真是白痴。

直到一九〇八年,革命的先锋遭受了挫折。无数工人被流放服苦役,许多胆小鬼披上了庸人的羊皮,后来那羊皮又牢牢地长入他们的皮里。有的家伙为了随心所欲地生活,变成了土匪,因为"随心所欲的生活"往往直接间接地与流寇主义联系在一起。知识分子同志们格外敏捷而又机智地逃脱了胜利者的迫害。真是丑恶的时代。甚至那些分明富有建立功勋的有才干的人居然也能干出卑鄙龌龊的事情来。

不过,还是不写和不想这些的好。我不愿意暗示谁:那是个糟糕的时代,所以……

不,我不想分辩。我有我的方向,我有我的任务。我认识的一个鞑靼人说:

"мин дин мин[①]——我就是我。"

不管我是什么人,但我还是我。时代的环境在我的生活中产生了颇大的作用,但它只是把我摆在了一个自我反省的地位。可以说,从前我是为斗争而武装自己,这耗费我的全部精力,使我顾不得想一想:我是什么人?我同人们结合是基于经济与政治上的共同利益以及对党的团结一致和党的纪律的自觉性。但我突然又感到,经济与政治

---

[①] 鞑靼语:我就是我。

并没有把我整个吸引住,我发觉利害的一致是值得怀疑的,而党的纪律法规也不是对所有人都打上同一种型号的字体……那时,我被这样一些问题所困扰:为什么人们如此摇摆不定,变化无常呢?为什么他们轻率地背叛了自己的事业和信念呢?

不过,这毕竟像要为自己辩解似的。卑鄙的行径。

如果说得简单些,也许更真实、更确切:从前我废寝忘食地工作,而今吊儿郎当;我两手插在衣兜里,嘴里吹着口哨,干活无精打采。这不是由于我疲劳,也不是因为我不能工作,只是不想干了。真无聊。这也不是因为又要去抓住别人的脖领,把他们拉上不久前洒满了鲜血的自由之路而感到无聊,不,不是因为这些。这一切我都做了——抓过人,也拉过人,但这似乎是因为固执任性,因为想对谁证明什么,总之是出自不同于从前的、自己也不明白的另外一种新的动因,一种不稳定的动因。

我特别尖锐地感到这种对于革命事业不稳定的动因。我的思想信念依然没有改变,但使信念复苏的力量仿佛要求在别的方面得到发挥。

我无法解释这种深沉而又难以平息的内心骚乱。它使我在思想感情上产生了莫名其妙的消沉,激起了我对体验那些未曾体验过的东西的强烈要求。

这也许就是一个具有猎奇和冒险习性、惯于从事秘密活动的冒险家在骚乱吧?也许是这样。

总而言之,问题的实质在于以往我是用别人的、抽象的语言同人谈话,连自己也被搅得稀里糊涂,听不惯自己讲的东西。现在,我觉得,在我的身体里有一个什么人,一个不受欢迎的不速之客,他一面听我说,一面狐疑地监视着我。

我想起了从前在我眼前闪过的,但没有引起我注意的那些往事。我想起了儿科专家医生萨莎同志。她是个十分可亲可爱的女人,长得矮小、丰满、活泼。她轻盈的体态像舞姿一般在我的跟前旋转了近一年之久,她那两条穿着天蓝袜子的匀称美丽的腿迈着矫健的步子。总的来说,她喜欢天蓝色:短上衣、花结、小阳伞、房间桌子上的盒子和墙上的画,统统都是天蓝色的。甚至她的眼白也带着天蓝颜色,但眼珠乌黑,含着温存的笑意。

她在政治上还不大成熟,读的书多半是小说,正经书不大爱读,但她的天资不笨。

早在一九〇六年,当城里的暴动被镇压,宪兵捣毁了我们的组织,成批的人被投进监狱的时候,萨莎对待这一系列事件镇定自若,这使我感到吃惊。她把我藏在她那个军官叔叔家里,当她离开叔叔家时,握着我的手说:

"您怎么不修指甲?您耳朵上粘着干肥皂呢。"

这使我产生好感。后来我爱上了她,但一直保持着沉默。她很快就觉察到了,便开始主动接近我。事情的经过很简单,怎么说呢,还真有点儿说不出口。一天,我留在她那里吃晚茶,她突然像生着气似的问我:

"怎么,您倒是打算几时说您爱我呢?"

竟然说出了这么一句话来。可我等她说的不是这个。我觉得,真正的爱情像信仰一样,需要有天真。但在萨莎的朴实中我没有感到天真。记得她脱衣服时,也没有躲着我,而且把衣服脱掉后,还夸耀说:

"看,我是这样的。"

就这样,我们的"爱情"开始了,尽管得到了极大的满足,但是并"没有欢乐"。可以说这是一种实用的爱情,"因为没有它,就活不下去。"

那个叫波波夫的同志在讨好萨莎。他是城里一个新来乍到的饱汉,衣冠整齐,红光满面,长着一个翘鼻子和两撇火红色的小胡子;他总是以一条忠实的走狗的目光看着别人的眼睛,使人突出地感到他随时都乐意去跑个腿,奔点什么东西来效劳于人。我觉得他有一颗四处乱窜的狗崽儿似的好奇心,颇有一股子初生牛犊不畏虎的劲头。好奇心激发着他的胆量,尽管在我看来他天生就是个胆小鬼。他很会讲犹太笑话,知道许许多多幽默诗歌。他颇像一个演唱滑稽讽刺歌曲的歌手和骗子,而不像一个严肃的革命家。不过,他也还有给人以好感的地方,也还有些才气。在他的言谈里有那么点儿创见,有那么点儿锐利的思想。

我很快发现波波夫过于频繁地给萨莎送糖果、赠书籍。总之,为了讨好萨莎,他破费不少钱财。我问过她,关于这件事情她是怎么想的?她的回答是:波波夫在罗斯托夫市有个有钱的兄弟。但这并没有使我释然。也许是我在争风吃醋,因为想知道妻子对于异性的欲念是非常强烈的。

加上我本来就好猜疑,对人也就更是疑心重重了。我生活在"奸细横行年代"。我发现,自从波波夫"同志"进城以后,宪兵们似乎变得聪明了。

我用最简单的办法抓住了他:首先在市文化活动家中间说服一位"同情者",请他接受一个小小的搜查的麻烦,然后对波波夫私下透露风声,说是在那个"同情者"的书斋中的沙发里藏着一些宪兵们非常感兴趣的东西。一小时以后,搜查的人果真来到"同情者"的家里,先把住所草草地搜寻一遍,然后动手拆开沙发,翻了个底朝天。可想而知,他们一无所获。

城里除了一个人数不多的劳动青年小组和一名患有神经病的同志以外,几乎只剩下我一个人了。再说,那个患者又住在约二十俄里外一个哥萨克熟人的养蜂场里。所以我独自拿定主意趁早把这个奸细收拾掉。

波波夫住在城郊一个菜园主家里的阁楼上。他在我面前显出一副垂头丧气的样子,同时露出一种内心的惊慌不安。他当然明白搜查的后果,而且看来意识到自己已经败露。他对我很不客气,说什么房东邀他去参加庆祝命名日。他阁楼下面倒是真有人在拉手风琴,喧闹声、舞步声响成一团。

我在波波夫的阁楼上待了三四个小时。这是我一生中经历的最最糟糕的时刻。

我问他：

"在警卫队里干多久了？"

波波夫的身子一晃，烟卷散落在地上；他弯下身去，钻到桌子底下捡烟卷，窝在那里用异样的声音结结巴巴地说：

"愚—愚蠢的玩—玩笑……"

但当他瞥了我一眼之后，又从椅子上爬到地板上，跪下一只脚，像女人似的哽哽咽咽地哭了起来。

"别这样……放下吧……"他望着我手里的勃朗宁手枪嘟哝着。他的小胡子竖了起来，一只眼睛眨巴着，一睁一合，眼睛底下的青筋跳动着；另一只眼睛像瞎了似的呆滞着。我扯住他的头发，把他提起来，让他坐在椅子上，叫他讲讲自己的功绩。

这时，在我面前看到了一个真正没有脸面的家伙：他的脸变成一块灰色的肉冻，那双鼓得令人作呕的眼睛连同面孔一起索索发抖。下嘴唇像一块没有血色的肉似的耷拉着，下颚也哆哆嗦嗦，两颊不时皱起来，仿佛这人的脑袋在腐烂、在化成污物，眼看就要流淌到肩膀上和胸脯上去了。波波夫好像要固定这个印象似的，两手托住太阳穴，用手心捂住耳朵：

他报了个流水账：一九〇三年入党，两次入狱，一九〇六年参加武装暴动，在街头被捕。

他一面讲，一面吓得直打噎。

"我真的参加了，还开了枪……还打死了一个人，是真的！多半是打死了，他倒下了……他们用绞刑恐吓我。可我想活下去。要知道，我们是为了活着，人是为了活着。哪有不这样的呢？您自己想想：是生活为了我，不是我为了生活，对吗？"

他振振有词地小声说，一面说，一面不住地问："对吗？对吗？"

他一手搔着自己的膝头，一手搓着一张纸条。我把它夺过来，一

眼看见上面写着萨莎和我的名字,接着就是下面一句话:

  杀掉卡拉津为时过早,不如在叶卡捷里诺斯拉夫下手来得更便当和更有利,他不久将前往该地。

  我发觉,波波夫的流水账并没有把我激怒,激怒我的是他的人生哲学。再就是他那些离弦走板的荒谬论调,我一听就火了。
  "难道您不受良心责备吗?"我问。
  "嘻,是啊,"他一声长叹,回答说,"是啊,起先觉得可怕,我想,大家都猜到了,察觉了。后来,也就慢慢习惯了。您在想什么?"波波夫小声说。"要知道在警卫队里干事也不容易。那边同样需要英勇精神,那边同样有那边的英雄。当然是有的! 既然是斗争,那么双方都会出英雄。"
  他用更小的声音,狡诈地补充道:
  "而且那边很有意思,可以说比我们这边还要有意思。因为他们人少,我们人多……"
  我见他的恐惧神色在渐渐减退,消失。他津津乐道地、有声有色地讲了许多奇闻般的、有时甚至是令人发笑的细枝末节。我一再强忍住笑,心想,这个成了警察局走狗的畜生倒是能写出不少有趣的故事来。
  在他的厚颜无耻里有一种幼稚可笑的东西。这种厚颜无耻比什么都使我变得狠心;使我变得狠心,同时又使我感到可怕。很奇怪,我发现自己变成了另一个人。突然之间,我迫使自己匆忙作出一个出乎意料的决定。
  "那么,波波夫,就请您写个字条:'请不要因为我的死而归罪于他人。'"
  他听了这话,与其说大吃一惊,不如说吓了一跳。他蹙起眉头,问道:
  "这是怎么回事? 为什么? 是怎么回事——死?"

我明白地告诉他：要是不写，我就毙了他；要是写，那就让他自己上吊。得当机立断，当着我的面。他竟让人感到意外和荒唐地劈口回答说：

"自杀吗？恐怕谁也不会相信我是自杀而死的，不会相信的！他们立刻就会明白我是他杀。当然首先是您！您。除了您还有谁呢？他们知道您在这里——几乎只有您一个人……您一个人有什么权利判决我处死我呢？"

接着，他在地上耍死狗，抱住我的腿，号着，叫着，使我不得不用手心捂住他那张可恶的、口水直淌的嘴巴。

"不，"他哀求般地低声喊道，"不，您判决我吧！罪有应得，罪有应得……"

哭喊声持续了很久很久。我巴不得下面有人闻声赶来。可是手风琴愈拉愈起劲，人们也愈闹愈疯，愈跳愈欢。

波波夫吊死在火炉的气孔上。我抓住他的两只手，直到他两腿抽搐和从腹腔里大声放出臭气。

我不写了。通通见鬼去吧！写它有什么用？活见鬼。


不，写作是一件饶有趣味的事情。当你在写作的时候，似乎世界上不只你一个人，还有你所宝贵的人，在这个人面前，你没有半点罪过，这个人很了解你，不给你屈辱的怜悯。

当你在写作的时候，似乎觉得自己变得更聪明了，更好了。写作令人陶醉。这时，我才理解陀思妥耶夫斯基：他是一位最最深沉的自我陶醉的作家，是一位为自己而疯狂的、急风骤雨般的、超理智的想象游戏，即为自身体现的许多人的想象游戏所陶醉的作家。

从前，我抱着怀疑的态度读他的作品：认为他在臆造人类心灵的阴暗面，以此来吓唬人们，使人们承认"神"的必不可少，并使他们顺从地屈服于神的无法解释的空想和神秘莫测的意志。

"傲慢的人，顺从吧！"

假如这样的顺从对于陀思妥耶夫斯基也需要的话,那是第二性的,而不是第一性的。他首先是为自己——мин дин мин。他能做到自焚,他能挤出自己全部灼热的心汁直到最后一滴。难道没有在自己桌旁面对写满了字的稿子突然死去的作家吗?我认为,这样的事情是有的。写完自己全部要写的东西,写到生命的最后一星火花熄灭而死去。可惜从前我没有从事这个令人陶醉的工作。

现在,我就继续来写自己不理解的事情。

我来到郊外。这是一个明亮而寒冷的夜晚。道路两旁簇拥着黑乎乎的树木。我坐在树荫下面,就这样一直坐到天亮,坐到从远处传来农夫那轧轧的马车声。我的情绪糟糕极了,心中有说不出的空虚,精神恍恍惚惚,全身瘫软无力。我心里好像有什么东西要爆炸、燃烧。波波夫死后,我对他的憎恨也随之消失。仿佛有人在暗示我:你杀了人。我明白,那是来自上面,来自我的头脑,所以这没有使我恐慌。被杀的是个叛徒。我并不认为自己有罪。

但是,从我内心深处不由地突然涌现出一个令我不安的问题:我究竟为什么这样出乎自己意料地迫使波波夫上吊自杀呢?而且逼得又是那样紧迫,好像被一种当然不是他的,而是我自身的什么东西吓慌了似的。似乎我杀死的不是罪人,而是一个对我有危险的证人,之所以危险还不因为他是叛徒,而是来自其他方面的危险?

他的话在我的脑子里回旋:

"既然是斗争,那么双方都会出英雄。"

总之,他卑鄙龌龊的思想萦绕不散,我对这些思想熟悉得如此惊人,就像我早已听过多少遍一样。

一个接一个的问题像苍蝇似的缠绕着我:波波夫同宪兵们在一起怎么相处呢?难道他也给他们讲笑话?给他们背诗歌,引他们发笑吗?也有可能和他们在一起嘲笑过我?然而首先使我不安和苦恼的是我迫使波波夫上吊自尽的贸然决定。

第二天夜里，我在与自己隔绝的、蒙眬欲睡的状态中被捕了。

警卫局长西蒙诺夫用沙哑粗重的和不大自然的、抱屈的声音说：

"是这样，卡拉津，波片科①这家伙虽然说过不要因为他的死而归罪于他人，但看他死后蓬乱的模样和手腕上的痕迹，完全可以判明：他不是上吊自杀，而是被吊死的。他死去的那天夜里您在他那里一直待到一点半钟。这已经查明。这一段时间和波片科死亡的时间完全吻合。此外，有一种叫指纹术的科学，它当然能验证出玻璃烟灰缸上的指纹是您的。自然，我非常清楚，您是在哪一件事情上抓住了波片科的，他自己也猜得出来。他对于我们是一个有用的青年。您只好以命偿命。此外，存在着构成刑事案件的动机——情杀。自然，这一案件也将牵连到亚历山大·瓦尔瓦丽娜②，懂吗？"

我默默地听着。这一切说不上使我惊慌失措，但刑罚的威胁自然是一件不愉快的事情。难道萨莎是由于情杀而成为被告人吗？不。这是多么荒唐而又可笑。

而西蒙诺夫站在那里抽着烟，吐着烟圈，一面精明地说：

"我劝您代替波片科。如果您同意，那么就立刻告诉我，消灭哪几个人对我们是有利的。这样就可以说，波片科出卖了同志，经不住良心的责备，所以上了吊。您呢，保全了自己的性命，更不用说可以升官发财。现在我给您一两个钟头时间，您好好考虑考虑。我劝您不要迟疑。"

西蒙诺夫一面掩上禁闭室的小门朝外走，一面补充了一句：

"您没有别的出路。"

我记得很清楚，尽管我在这场赌博中无可挽回地失败了，但是并没有被套在脖子上的绞索所吓倒。我似乎连一分钟也没有想过要采取什么决策，而当我听到西蒙诺夫说"代替波波夫"这话时，立刻下了决心。决心下得是那么神速和轻易，如同产生睡觉、散步、喝水的欲望

---

① 波波夫的卑称。
② 萨莎的姓名的全称。

一样地自然和简单。对此,我自己也感到奇怪。这我记得很清楚。

我坐在昏暗的小屋里,倾听着敲打窗子的瓢泼大雨声,听着听着,听出了神:会不会是我内心的一种什么情感在反对我的决定呢?没有反对。

这是怎么回事?这种内心的平静说明什么呢?怎么产生的呢?昨天我对波波夫的那种憎恶感为什么此刻对自己却没有了呢?我逐一想到了那些用来夸奖叛徒的词句,想起了有关他们的文章和议论,但所有这一切没有能触痛我,也没有引起我的不安。

倒像是这样:那个昨天逼人去上吊,今天又下决心还要去毁灭许多人的人销声匿迹了,而另一个人呢,困惑不解地等待着能听到他的声音,想知道他的一些事情,在寻找罪犯,但是找不到。罪犯——没有。

接着,那些被好奇心所驱使的思想阴影懒洋洋地浮现出来,形成这样一个问题:

"难道说我真的要到警卫局去走马上任,向宪兵出卖同志吗?"

没有人回答这个问题,但是好奇心却愈来愈缠人,愈来愈强烈。我清楚地记得,那时起主导作用的正是好奇心,其次就是对于除了好奇心之外什么都感觉不到的那种惊奇感,在这样一种平静的好奇心的支配下,在自我惊诧中,我见了西蒙诺夫。

"明智的抉择。"他听完我的话,说道。接着他又关切地说,我"不该同波片科这个活宝贝混到一块去"。

"警察局干预了这个案件。不过,这由我们来处理就是了。按照惯例,您必须在这个文件上签字。"

我出乎自己意料地问:

"您以为怎么——我害怕了吗?"

西蒙诺夫没有马上回答,他先点燃了一个烟头。

"不,我并没有这样认为。您可以相信,我没有这样想。但现在不是谈这个的时候。"

我们毕竟还是谈了很久,大概有一个小时,或者更长一些。我们面对面地站着,谈着。这次谈话给我留下了奇怪的印象:我以本身的一种理智的"锐角"觉得西蒙诺夫对我轻易而神速的决断所感到的惊异程度并不亚于我自己;我还觉得,他不相信我,他不喜欢、不理解我的平静,正像我自己也不理解它一样;此外,我还发觉他想用什么来吓唬我,但是又明明知道,我是吓不倒的。

我觉得,他净说"废话"。他说什么奥西波夫上校十分欣赏我的敏锐和独特的智慧,这同样是"废话"。我问:

"他还活着吗?"

"死了。是个好人。"

"是啊。"我应和了一声。

西蒙诺夫用力挥手拂去脸上的烟雾,强调了一句:

"是个理想家,也就是所谓的浪漫主义者。"

"是,是,"我又应和了一声,并说波波夫虽然是在我的逼迫下,但确确实实是他自己吊死的。西蒙诺夫耸耸肩膀,说:

"就算是这样好了。"

这一切都是不足为信的,但同时又是千真万确的。我心里清楚得很,这都是千真万确的。然而理智却毫无暗示,只是好奇地在一旁沉默观望。

"是呀,'长腿蚊'!"我自言自语道,"也就是说:一百八十度右转弯——起步走吗?"

也许我一直在等待着有人会向我大喝一声:

"站住!你往哪里走?"

但是没有人呼唤。

头一两个月,在"不足为信"的事物中,只有西蒙诺夫这个人给人以特别鲜明的现实感。

此人五十来岁,中等身材,长得结实。花白的头发推成了平头。

他生着一个轮廓不分明的、松软的、"俄罗斯人的典型"的红鼻子,蓄着两撇不大的、漂亮的八字胡,一双明亮而沉静的、甚至带有几分睡意的眼睛。这般长相的人很多,很常见,在各个不同的阶层、机关、每条街道和所有的城市随处可见。我已经习惯把他们当作平平常常的普通人看待。

然而,依我看,正是西蒙诺夫这副平平常常的外表,在我经历过的和干过的一切异乎寻常的事情中,给人以格外真实可信的现实感。他的言谈、举止已经暴露出他是个为我所熟悉的走狗、官吏的面孔了。这号人物要么是不明白自己工作的根本目的,要么是同自己工作的这个根本目的完全格格不入。他对于历史和政治问题一窍不通,对于君主制度和沙皇的利益以及对于他所应该维护的一切全然采取麻木不仁的态度;时而还津津乐道地咒骂几句资产阶级。

我问:为什么他要从事这类不得安生的工作?

"显然是因为乐于干这类工作,"他用他沙哑的、不那么深沉的低音说,一面用烟嘴敲敲烟盒盖,懒洋洋地、像是勉强地笑了笑,继续道:

"您的乐趣是当革命家,我呢,有我的乐趣,我的乐趣是以您为敌,捕捉您,结果捉住了。捉住之后就规劝您:让我们一道来捕捕。您答应了。这好极了。我觉得更有趣了。"

这时,我才开始隐隐约约地感到他不大对头,不完全是那么回事。不久,我得到证实:在此人平平常常的外表下,有一种不尽寻常的,或者说是平庸鄙俗的,但却磨炼得非常锐利的思想。

我试着和他谈论有关人类的不平等——这个所谓生活中一切不幸的根源。他耸耸肩膀,吐着烟圈,平静地回答说:

"这和我有什么关系呢?不是我造成的,与我无关。与您也无关。知识分子把您给毁了。您不该读那些书。您最好还是读读布雷姆①的《动物生活》。"

---

① 埃尔弗里德·布雷姆(1829—1884),德国动物学家和旅行家,著名的《动物生活》一书的作者。

387

他嘴里总是叼着烟卷，面前弥漫着烟气；他眯起眼睛望着天花板，倦怠地说：

"最大的乐趣莫过于愚弄他人、战胜他人。请您回忆一下童年时代的各种游戏，再从这些游戏中去观察整个人生：玩羊拐子、玩球，再就是玩女性、玩牌，整个人生都是在游戏之中！你们中间的自我玩弄者也不在少数。"

他这一番话使我想起了派别斗争和党内斗争，回味了当我能"超过"同志们时所感受到的满足。

"游戏和狩猎——这可有意思！"西蒙诺夫说，"假使我有钱，我就到西伯利亚的原始森林里去猎熊。要不然到非洲去也成。狩猎，那是了不起的事业。其目的决不在于打死野兽，而是跟踪它的足迹，用枪瞄准它，在这个时刻体味自己控制野兽的、人的权力。杀人往往是出于私欲。仅仅为了满足，谁也不会杀死谁，除非是疯子，或者是出于暴怒、激愤，才能干得出来；即便是暴怒，也是反常的。杀人是卑鄙的，因为这毕竟是出自私欲。"

听了他的话，我不大敢相信，但我想：

"是呀。假如生活让游戏者和狩猎者支配，那么又将会有什么东西阻挠我去玩弄他们和自我玩弄呢？"

西蒙诺夫的脑瓜里像是有个阴影，头脑失常，脑子硬化，长着茧子。

"游戏，狩猎，"他说着，把自己的全部生活归结为诸如这类游戏，但我愈来愈不相信他，因为我知道，人们是多么狡猾地筑起种种屏障，想把自己同生活隔绝，说明自己不愿为它服务。

一天夜里，我们在密室里喝酒，西蒙诺夫说：

"老弟，我手里曾经有过一个知识分子，此人像个幽灵；他对我这样宣传：人是发了疯的野兽，用两条后腿立起来，从此便有了历史，它至今还在继续。当然，那个小伙子自己也是个疯子，但他的思想倒不愚蠢。他说，历史是医治发了疯的野兽的过程。您听我说，关于这个问题我再三考虑过,是值得注意的思想。我甚至想:如果可能的话,一切规矩的、正直的人将会断然拒绝参与人类的历史。可是怎么拒绝呢?往哪里逃避呢?就连隐士和僧侣也都不可回避地被吸引到这条共同的历史长河中来了。"

西蒙诺夫显然是以"规矩人"自居的,虽然他在这丑恶的历史中占有相当丑恶的地位。但向他提醒这一点,指出这一点是徒劳的。

"嗯—嗯,"他回答说,"老弟,这太天真了吧!"

他动怒了:

"知识分子把您毒害成什么样子了!"

在他对我的态度中,有一种引起我好感的东西,那就是对于人的充分而广泛的兴趣,可以说是纯粹的兴趣。他生活在公务和私欲之外,独立地,像是"单纯对于人"的兴趣。西蒙诺夫并不是用长官对待下属的眼光看待我,而是采取长者对待小辈的态度:不是发号施令,而是建议,甚至商量:

"您看呢,这个不法分子是不是到了应该肃清的时候了呢?"

假如我认为肃清为时过早,他就毫不反对地同意我的意见。

他对我可以说是抱着一种爱护之心。甚至可以说是猎人对良种猎犬所抱的爱的感情。我这样写并不带讽刺意味,也没有伤感。我曾经听到过一句聪明的谚语:"最美丽的姑娘也不能献出超于她所拥有的东西。"这句谚语最能安抚人心。

不知怎的,在许多同志中间我没有朋友。我没有一个知己可以与之畅谈最重要的问题——我自己。当然,我曾经试着谈过,但谈不起来,所以我得不到满足。心灵的伤痕不是都可以用书籍来填补的,再说,也还有一些书籍非常恶毒地使这些伤痕扩大和深化。世界上万物都有它自身的阴影,而一切真理、一切真相都不乏这种显然是多余的附属物。能够看破这一点的人是极少的。那些阴影引起对真理的纯洁性的怀疑,这样的怀疑倒还不是不许可,而是被看作可耻的、可以说是危险的。怀疑者往往被认为是可疑的。也许这就是没有阴影的真理吧。

我在同志们中间被称为思想动摇的、反复无常的人,而且更糟糕的是被视为有浪漫主义倾向、"形而上学"倾向的人。这是巴索夫同志说的。我同他见面的机会要比同其他人更多一些。

"革命家必须是唯物主义者。唯物主义就是完全彻底排除了一切缺乏理性的和非理性的成分的意志。"巴索夫同志特别强调"理"字。我知道,巴索夫讲得对,但由于我讨厌他而没有赞成他。

西蒙诺夫这人,同他可以做到无话不谈。他能注意倾听别人讲话,而且从来都不怕承认:这个我不明白,那个我不知道,有时还直率地说:

"这个我没有必要知道。"

使我吃惊的是他不信神,我所以吃惊,是因为觉得他信神。

"您问这些个,真奇怪,"他耸耸肩膀说,"我们每一个人的肚子里都有十四俄尺①长的肠子,哪里有什么上帝呢?假如有上帝,那么骆驼、狗鱼和猪猡都应该感到有上帝,懂吗?因为人也是动物。有理性吗?那么,除了人,有理性的动物也不在少数。再说,这与理性无关。被确认的是:上帝为理性所不能理解。怎么办……说真的,您还是读一读布雷姆的书吧!"

他惊讶地说:

"知识分子把您毒害成什么样子了!"

"假如没有被毒害的话,您看我能是什么样子呢?"

他非常留心地看了我一眼,说:

"不—不知道。没准成了什么发明家。不知道。您这个人很怪。"

总的说来,西蒙诺夫这人生性不大活泼,像个被拙劣地造出来的人,看来还是个很孤僻的人。他很少打手势,两手动作缓慢,难得笑,但很健谈;同时使人感到,他对于人生和世人非常冷漠。因而他是个懒汉,也许是因为疲倦而发懒吧。

不久,我确信他所讲的关于狩猎、游戏的趣事都是他为自己臆想

---

① 一俄尺合 0.71 米。

出来的,都是从别人那里听来的。猎捕人并没有吸引住他。他有许多帮凶是奸细,他完全满足于这点,几乎从来没有表现过自己的主动性。其实,要是我愿意的话,一定可以做到什么都不干,而只对西蒙诺夫讲讲党内生活和革命者的生活笑话。革命笑话的有趣情节比起事情的实质来更能引起他的兴趣。他总是聚精会神地听我讲笑话,笑话越荒唐,西蒙诺夫没有血色的、抑郁不欢的脸就笑得越开。有一回,他叹了口气,说:

"波片科讲起这些玩意儿来要比你讲得有趣。他讲得同布雷姆一样。"

"同布雷姆一样。"这是西蒙诺夫嘴里的最高评价。他读《动物生活》,常常像德国门诺派教徒读《圣经》似的。

有一次,我问他:

"为什么您把波波夫叫做波片科呢?"

"我这样觉得,"他回答说,"每个人观察事物都有他自己的角度。如果叫做波波夫的话,那么他的个子应当长得更高些,他的胳臂也应当生得更长些。"

西蒙诺夫有一个特征,或者说是习惯,它总是引起我的不快和怀疑:有时在谈话之间,他突然给我一种莫名其妙和困惑不解的感觉。在他那张缺乏特征的脸上现出傲慢的,然而是愚笨的怪相。他奇异地张开瞳孔,专注而严肃地、像个催眠术家似的看着我,但我觉得,他似乎看见了别的什么可怕的东西。这时,他把两只手藏到桌子下面,动换着,使我感到他仿佛在悄悄地掏出手枪,要把我打死似的。在他来说,这种突发性的凝思默想,这种使我莫名其妙的、不可理解的神态是常常出现的。在这样的时刻,我总感到不舒服。

后来我想,在西蒙诺夫的心里隐藏着那么一种重要的、秘密的、他自己觉得害怕的人性的东西。我等他当着我的面公开这些秘密,因而我对他的兴趣愈发浓厚、愈发强烈了。

有一种"善"的理论,如:经书、荷兰经、犹太圣法经传等一类的书。

照说还应该有"恶"的理论、"卑劣"的理论。应该有这种理论。一切都应该加以阐明,否则又怎么生活呢?

昨天我写了下面的话:

"假如我愿意的话,我可以什么都不干。"换句话说:我可以不出卖同志。而且我还能不费力气地做些于他们有益的事情。这我做过,但事后,我又觉得没有必要,这不能改变我内心的任何东西。

我出卖了。为什么呢?我到警卫局走马上任的头一天就对自己提出了这个问题,但找不到答案。我一直等待着内心能燃起反抗的火焰,等待着"良心发现",然而良心沉默着。只有好奇心在发问:

"往后将会是个什么结果呢?"

我狠狠鞭策自己,竭力唤起谴责自己的感情,使它对我作出判决:

"你是罪犯。"

我理智地认识到自己在干着所谓卑鄙的勾当,但是这种认识并没有被与之相应的自我谴责、厌恶、追悔,或者哪怕是恐惧心所确定下来。不,除了好奇心之外,我什么都没有感觉到,什么都没有。好奇心提出了一连串问题,它变得愈来愈苛刻,又像是愈来愈令人不安,比如说:

"为什么英雄主义的业绩转为卑鄙的勾当是这样轻而易举呢?"

难道说倒是波波夫这个坏家伙讲对了:

"既然是斗争,那么双方都会出英雄。"

但是,过去我曾是个"英雄",可今天我觉得自己仅仅是个被迫要去解决一个不可解的问题的人,这个问题是:为什么我在干着卑鄙的勾当时,不觉得自己可憎呢?我竭力地、百般地对自己提出这样一个问题。

后来,我想:万一要是西蒙诺夫是正确的,生活是发了疯的野兽的事情,生活中的一切都是微不足道的,都是游戏;而我,要是真的被知识分子,被书本毒害了呢?万一要是所有这些"生活的导师"、社会党人、人道主义者、道德家在骗人呢?根本没有什么社会的良心,人与人之间的有意识的关系是空的,总之,除了人以外,一切都是空的,他们中间的每一个人都力求靠他人的劳动而生活,那是天经地义的。

一切都是空的,一切都是空想出来的,一切都是虚伪的;我的使命是揭露虚伪,我是第一个应该向世人揭露的人,告诉他们都受骗了,生活的确是赤裸裸的。野兽般的争斗,根本没有必要去制止,更主要的是没有任何力量能够制止这种争斗。我第一个揭示,人没有力量抵抗自身的卑劣,再说也没有抵抗它的必要,因为这是相互间争斗的合法的、有效的武器。

有一则十分辛辣的神话:人民一致赞美国王华丽的王袍,可是有个小男孩突然大声喊道:

"国王光着身子哪!"于是大家也都看见了:可不是吗,国王一丝不挂,而且丑陋不堪。

也许这个目光锐利的男孩子的角色正应该由我来扮演吧?

这样的思想在一九一四年特别顽强地缠磨着我,那个时候爆发了惨绝人寰的战争,一切人性的东西如同臭鱼脱鳞似的从人们身上不翼而飞了。

我刚刚把写好的东西读了一遍,觉得这一切都不是那么回事,不是我所要说的。我把自己描写成一个思想混乱、由于探赜索隐致使心灵失常,把心灵中一切人性的、即公认为善与美的东西全部扼杀的人了。不,这不是那么回事,不是这样的。

想法尽管很多,但它们始终没有扰乱和诱惑过我的心。我只是把它们想象成情感沸腾时泛上来的气泡:气泡膨胀、破裂、消失,再由另外的气泡取代。只有那些充满情感的思想是富有生命力的,发挥着作用的;当思想充满情感时,我才能在肉体上感觉到它,那时思想如同手指一样地捕捉、挑选和调换事实,塑造、建立事实,而富有情感的思想转而又产生新的情感。

一种没有被感情充实的思想本身,像妓女一样地与人调情,却完全不能使人的心灵发生变化。当然,即便是妓女,也能得到人们真挚的爱情,但更自然的是对她抱着小心谨慎的态度,因为她会把你偷光,她能传染病毒。

我在具有同样思想的人们中间生活了十九年,可以说生活在一统天下的思想的气氛之中。这不能使我得到满足。它像阴雨连绵的秋天一般,使我感到烦闷、乏趣。

但我看到,人之所以被他们最喜爱的思想牢牢地束缚住,是因为这种思想渗透到了他们的肉体和骨髓。这种思想不是气泡,而是紧握的拳头,是坚信自己力量的思想。

一九〇七年与一九一四年,我观察到人们是那样轻易地背离自己的信念,确认他们现在和过去始终缺乏什么东西似的。是什么呢?是那种对于被他们的思想所摒弃的东西引起肉体上的嫌恶感吗?是缺乏过诚实生活的习惯吗?

看,这里我似乎抓住了什么要害的东西:老老实实地过诚实生活的习惯。这正是人们所缺乏的东西。我的同志们也正是缺乏这个习惯。他们的生活同"信念"、"原则"即信仰的教条互相矛盾着。这个矛盾在党内派别斗争的手段中,在有着同一信仰、但策略不同的人们的敌对情绪里尤其尖锐地暴露了出来。这里有最无耻的狡诈、欺骗,甚至还有狂热赌徒的卑鄙手段,他们着迷于赌博达到了废寝忘食的程度。他们只是为了赌博而赌博。

是的,是的,人们缺乏过诚实生活的习惯。我当然明白,过去和现在多数人没有养成这种习惯的可能。而那些以改造生活、改造他人为己任的人认为"在斗争中一切手段都是好的",那就错了。不,在这样的教条指导下,不能培养人们诚实生活的习惯。

也许已经到了这样的时候,即干尽一切坏事,犯下累累罪行,一股脑儿利用全部罪恶,为了好最终厌恶和憎恨这一切,使这一切变得非常可怕直至毁灭!

真是怪事!无论如何我不能不把自己和任何人或任何事情联系

起来。我不能。这倒很像是为自己辩解的企图——被我笨拙地隐藏着的企图。

其实,我完全没有自我辩解的愿望,这我知道,也感觉得到。这不是出于傲慢,也不是因为一个人把自己的生活破坏到无可挽回的地步而感到绝望,更不是由于想呼叫一声:是的,我是罪人,你们也是罪人;但你们有权有势,就请杀吧!

我无处也无从呼喊。我感觉不到人们的存在,我不需要他们。

这些无意识的自我辩白的企图妨碍着我去发现我要寻找的主要东西:为什么在我心里既没有发出"哨声",也没有听到"呼唤"和"喊叫"呢?为什么没有任何力量能阻拦住我走上背叛的道路呢?为什么我不能自己谴责自己呢?我自己把自己叫做罪人,自己意识到自己是罪人,但为什么我的良心却没有发现有罪呢?

假如说我记笔记抱有什么目的的话,那不外乎是想解决一个问题:我为什么这样不可挽救地一蹶不振?

我已经写过:我无情地鞭打自己,以求得到一个答案。我向警卫局出卖了一位优秀的党员同志,一个难得的好人,并且判处了流刑。他心地纯洁,朝气蓬勃,孜孜不倦地工作,他生性善良、活泼,我很尊敬他。他不久前越狱,已经是第三次做地下工作。我出卖了他,并且等待着内心发出嗥叫。

但是没有。

西蒙诺夫请我喝一种味道特殊的红葡萄酒。他一面敬酒,一面说:

"您想不想调到莫斯科或者彼得堡去呢?这里您已经是英雄无用武之地了。不久,我大概也将被调往一个都市去。"

"彼得·菲利波维奇[①],"我问,"我为什么这样卖力,您是怎么想的呢?"

---

[①] 西蒙诺夫的名字和父称。

395

他和往常一样,没有急于回答,而是首先审视我一眼,然后再看看天花板,耸耸肩膀,说:

"不知道。您一不贪财二不重功名。是为了报复吗?不像。其实,您是个好心人。"

他一面笑,一面小心谨慎地继续道:

"关于这个,您不是第一次问我了,我已经对您讲过:您是个怪人。也许是您的神经有点毛病?似乎也不像。不过,您自己总该知道是怎么一回事吧?"

于是,我把是怎么回事对他讲了个大概。他静心细听着,一面听,一面一支接一支地吸着烟。等我讲完之后,西蒙诺夫冷冰冰地说道:

"这可是太危险了。唉,那帮鬼知识分子把您毒害成什么样儿了!"

他又点着了一支烟,深深地吐了口气说:

"您呀,还是趁早把我枪毙了吧。您还想干什么呢?不就是想杀人吗!到那时,我看您会发抖、会叫唤的。"

他站起来斟酒,后脑勺对着我,在太阳光下仔细打量着葡萄酒。这个平常得令人遗憾的人此刻显得比平时更平常了。他这样站了很久,当时我没有想到他是老毛病发作,变得使我莫名其妙:

"您怎么啦?"

他慢慢地转过身子,坐了下来,将葡萄酒一饮而尽,接着叹了口气,点着了烟。

"老弟,您这是自寻苦恼,"他说,"是的,自寻苦恼!为了解闷儿。这我知道。有时,我躺下睡觉,但睡不着,一会儿把自己想象成一个作恶多端的凶手,一会儿又把自己想象成一个圣人。有意思。但多半是把自己想象成魔术师,独特的、离奇古怪的魔术家。"

突然,西蒙诺夫把臂肘支在桌子上,以我从来没有见过的高昂情绪开始用沙哑粗重的声音说:

"您听我说,我把自己想象成一个最最神奇的魔术师。首先:我穿着紧身衣登上舞台,您懂吗?像杂技演员似的。连一只口袋也没有。"

他脸上掠过一丝幸运者的微笑,笨拙而可笑地对我使了个眼色。

"我手里忽然出现一只鸭子。我把它放到地上,它在舞台上一跛一跛地走着,嘎嘎地叫着。咦,下蛋了!懂吗?下蛋。接着从蛋里孵出个猪崽来;再下一个蛋,从里面又孵出个兔子来;从第三个蛋里面呢,孵出一只猫头鹰。这样差不多下了十个蛋。您想象一下观众的情绪吧,啊?观众都从座位上站起来,擦擦眼睛,用望远镜瞧,奇妙极了!一个个都觉得自己变成了傻瓜,特别是省长;想想看吧,省长在众目睽睽之下竟然觉得自己变成了傻瓜,啊?霎时间,我有了两个脑袋!我抽起雪茄烟,一连抽了两支!可就是不出烟,后来烟竟从脚趾缝里冒出来了——您能想象得到吗?舞台上兔子跳腾,小猪乱窜,在昏暗的脚灯光下猫头鹰奇怪地张大着两只眼睛望着观众,此外还有别的动物在奔窜,愈变愈多,可热闹啦!"

警卫局长彼得·菲利波维奇·西蒙诺夫,这个反革命的斗士,瞪着一双呆滞无神的眼睛,深信不疑地、几乎带着激昂的情绪说:

"鬼知道,能把人愚弄成什么样子,鬼知道什么样子!"

我听着他的胡言乱语,不觉自己竟变成了傻子。他没有喝醉,喝了不少,但始终不醉。

我问他:当您谈着话,突然像是陷到了什么地方而昏睡起来的时候,想这些个了吗?

"这些个,"他点点头说,"是突如其来的。有一次,甚至在省警察局做报告时,忽然,我恍惚觉得能用手指头在空中用火一样的字母拼出自己的姓来。您猜怎么着?我就开始写了。咦,真的写出来了!警察局局长的眼前燃烧着几个火样的字母:Симонов, Симонов①……我看看局长,觉得奇怪:难道他看不见吗?可他却问我:'您怎么啦?您不舒服吗?'显然,把他吓了一跳。"

西蒙诺夫的眼睛流露出沉静的癫狂,似乎面孔也随着变大了。

---

① 西蒙诺夫,西蒙诺夫。

我带着几分期待问:

"就是这些吗?"

他也问我:

"您想问什么呢?"

他死得很奇怪:夜里两点左右他和我在一起还待得好好的,可是第二天下午四点钟已经躺在院子里的吊床上死了。

巴索夫同志和一个头上扎着绷带的红头发的人一起来了。

"不认识我了吗,'长腿蚊'?"后者探问道。

原来是我帮助他越狱的那个人。我不记得他了。他们在一起坐牢的有三个人。

巴索夫问:我组织越狱时,是不是已经在警卫局干事了?问题问得真愚蠢。根据警卫局的文书档案,他们应该知道我已经在那里干事了。

他们用不徇私情的法官的口气按照规矩同我谈了半个小时的话之后,就走了。

看来,他们要赦我一命。真有意思:我将怎么打发这一生呢?倒也是个问题:是人驾驭生命呢,还是让生命随意支配人呢?生命——这到底是谁想出来的呢?真是个馊主意。

是的,我在警卫局服务的时候,私下决定为同志们安排了一些小小的方便,比如:越狱、从流放地逃跑、设印刷所、藏书等等。不过,我要两面派并不是为了树立他们对我的信赖,然后再把他们出卖给宪兵;而是为了玩玩花样。我帮助他们是出于同情心,但多半是出自"往后将会是个什么结果?"的好奇心。

据说,眼睛里有一种"水晶体",视觉的准确性就取决于它的作用。人的心灵也应该装有这样的水晶体才好。可是它没有,没有哇!这就是问题的实质。

诚实生活的习惯吗？这就是真实地感受的习惯。然而真实的感受只有在取得完全自由的情况下才能体现出来，而体现情感的自由却会使人变成野兽或者卑鄙的家伙，如果他并非生来就是圣人的话；或者就会变成精神上的盲人。也许盲从就是神圣？

我没有全部写完，而写出来的东西又不是那么回事。但我不想再往下写了。

刑事犯们唱着《国际歌》，狱卒在过道里小声和唱。这人的姓很有意思——祖季林①。

在我们委员会里有一名女宣传员，她叫米罗诺娃，也就是那个塔霞同志。是个迷人的姑娘。她有那么一颗外柔内刚的心！不能说她是个美人，但我却没有见过比她更温柔可爱的姑娘。为什么我突然想起了她呢？我没有把她出卖给宪兵。

潮涌般的思绪，源源不断的思绪。

假如我真的就是那个惟一能够发现真理的男孩子呢？
"国王光着身子哪，啊？"
又来纠缠我了。真讨厌。

蒋望明　译

---

① 意为发痒。

## 一本小说的故事*

客人们终于散了，丈夫也跟他们一起走了；这几天忙乱得疲惫不堪的女用人也无影无踪了。整所房子仿佛一下子移到了花园的深处，那儿是一片永恒、庄严的寂静。这寂静的气氛在女人的心中唤起了一种特别强烈的愿望——独自沉醉在默默的幻想和回忆的嬉戏之中。

这个女人二十七岁左右；她娇小、匀称，浅色的头发，苍白而又失去光泽的鸭蛋脸；像海水一样蓝的眼睛，长在她这张小脸上显得大了点儿，那眼神使她的面容变得苍老；这双眼睛在长长的睫毛微微掩盖下，怀疑、期待地望着周围的一切。

有一些女人，她们一生都在等待中度过。出嫁之前，她们挑剔地等待着男子的求爱，当男子来向她们求爱时，她们却板着面孔听着，绝不表示出一丝一毫的激动，在这种时刻，她们的眼神好像说：

"这一切是完全自然的，那以后呢？"

说这样的女人缺乏感情、冷若冰霜是不对的。出嫁之后，她们忠实地爱着丈夫，同时耐心地等待着，也许，那种"不忠实的"但完全

---

\* 本篇写于一九二二年底至一九二三年九月，最初发表于一九二四年三月第四期《笔谈》杂志。译自《高尔基三十卷集》第十六卷。小说辛辣地讽刺了当时的某些小说家，他们脱离生活，闭门造车，人物形象公式化、概念化，苍白无力，形若幽灵。小说中的女主人公，据高尔基自己说："她只是起着说明作家福明笔下的'产儿'命运的作用。"

是另一样的爱情的火花终于燃烧起来吧？这样的女人常常抛下丈夫跟情人私奔，给丈夫留一个简短的字条，上面是铅笔写的几个工整的字迹：

  巴维尔，原谅我，但我再也不能跟你一起生活下去了。

  "原谅我"，在她们的字条中是不常见的。跟着情夫，她们有时过着快活、"热闹"的生活，有时过着她们过不惯的艰难而又贫困的日子，但是，不管快活也好，艰难也好，她们总是期待着。她们很少讲话，谈吐也枯燥无味，不喜欢高谈阔论，对待自己生活中不可避免的悲剧总是像素性好洁的人看到不洁之物时那样，抱着冷漠而嫌恶的态度。她们不愿意生孩子。经历了生活中各种重大变故之后，这种女人常常投出奇异的目光，似乎默默地询问：
  "就这样了吗？"
  然后，她们的眼神暗淡下来，执拗地皱着眉头，接下去说：
  "不可能！"
  于是，这样的女人又等待着发生什么事情，一直等到除了美美地睡上一觉或是用其他方式使自己失去记忆时才算罢休。
  我在这篇小说中所描述的女主人公就是这样一个不大讨人喜欢的女人，这是由于我力不从心，没有把这篇小说写得像预期的那么好。
  她披上一条奔萨出产的毛绒围巾，走到别墅的凉台上，在一把吱吱作响的藤椅上坐了下来。她的脚边，凉台的三个台阶和她面前那半圆形的平台上，落满了血红的枫叶和金黄的白桦叶。透过花园里树木的枝叶，可以看得见红霞映照的天空，周围笼罩着一片秋日特有的异乎寻常的寂静，小山雀婉转清丽的啼声尤为动人，使这寂静的气氛更加美妙、更富有音乐性。在那珍珠般闪光的苍穹上，一轮淡白的明月静静地悬在当空。
  这女人微微闭上眼睛，开始清扫她心灵中的尘埃：她的心灵被客人们和她丈夫弄脏了，那些关于托尔斯泰、猎野鸭子、古老的俄罗斯圣像的美、革命的不可避免、阿那托尔·法朗士[①]、古老的瓷器、女人神秘的心灵、作家安季普·福明新创作的又一篇不成功的小说以及其他一些话题,他们都说过许多不堪入耳的话。现在需要把这一切从记忆中清除掉,只有很少的一点点东西值得这女人怀着温情去细细回味。

凉台的地板上刻着一条深深的斧痕。作家福明在这儿用砸白糖的小斧头砍死过一条蛇。这个笨手笨脚、动作迟缓的人,当时却灵活得像一只猫,他是那么激动,仿佛有机会杀死一条蛇是他期待已久的乐趣似的。他使出全身的力气砍了下去,以致把斧柄都折断了。

就在那天晚上,在这个凉台上,他读了自己小说的开头部分。这部小说的主人公绞尽脑汁,千方百计想弄个明白,他自己究竟是好人还是坏人?接着他干了不少坏事和好事,到头来什么也没有弄明白,最后孤零零地、自己跟自己像陌生人一样,郁闷、愁苦地死去了。

不过,关于主人公的死,是作者提前讲述的,他只朗读了小说的前四章。其中描写青年巴维尔·沃尔科夫来到姐姐的庄园,他不喜欢他的姐夫,这个人极端粗鲁又自命为不知疲倦的"文化传播者"。我们的女主人公觉得这些章节很枯燥,但夏日的晚景和男主人公的心情却描绘得相当生动:他坐在长凳上,很想刺痛一下那位离开他跟别人私奔的女人,想编一首辛辣的诗又编不出来,只想出了两行:

月儿在自我欣赏那闪闪的光,
她像爱上两个男人的女人一样在撒谎。

再往下就怎么也编不出来了,他真恨自己是个庸才。

福明这次到来后比以往更加起劲地向她献殷勤,津津有味地谈论别人,大讲他自己在人们中间是多么孤独。可是她早已知道,跟心爱的女人谈话时,男人们很少有人不说自己在世界上感到孤独的;她知

---

[①] 法朗士(1844—1924),法国小说家。

道,人们绝大多数都不爱夸耀自己的幸福。她越细心地听这位作家谈话,越不了解他,最终,她得到这样一个奇怪的印象:这不是一个人,而是一个舞台,一出永远演不完的、难于理解的戏不停地在这个舞台上演出。福明的外表很有特色,在人们中间也显得独具一格;他是个身体壮、颧骨高、并不漂亮的人,一副十足的心不在焉的模样,像小孩子一样邋遢。他望着她,那双灰色的、十分温存的眼睛射出火热的光芒。他的嗓音有些暗哑而又灵活多变,他知道这是一个缺陷,因而谈话时脸上尽量用丰富的表情加以帮衬,还频频地做着手势,有时甚至像一个钢琴家踩踏瓣那样轻轻地踏着脚板。

而同时,似乎他本人并不在场,出场的是一群各式各样的男人、女人、老人和孩子,庄稼汉和官吏,他们一个个都操着他的口音说话,既矛盾又可笑,既愚蠢又可怕,既穷极无聊又尖刻无耻。但是,在他们中间,福明究竟在什么地方,他究竟是个什么样的人,却很难弄清楚。

在这个女人面前,他用一个初次感到自己能够征服人心的青年人才有的那种天真的话语表白自己对她的爱。过了一些天,他又用一个对自己完全丧失信心却又想孤注一掷的男人那种厚颜无耻的语气向她求爱:索性把自己狠狠地讽刺挖苦一番,这样也许能博得女人的欢心?

她很清楚,他不天真也不下流,不善良也不凶恶,有点小聪明却没有才干,她觉得,福明不满意自己的根源是他那永无止境的虚荣心。最后,她对他采取了一种怀疑和谨慎的态度:这个人实际上并不存在,虽然他的躯体是存在的,但是,那个最主要的、可以称之为他的灵魂的东西,即福明的灵魂并不存在,那种虽然被染得五颜六色、花花绿绿、但却总有些自己色彩的灵魂,在这个人身上,显然是不存在的。他不是一个人,而是一个流动戏班子,在这里,导演和所有的演员都体现在一个人身上。很有意思,但却靠不住,长不了。

女人笑了笑,望着花园深处,一个有趣的想法使她觉得好笑:要知道,同时爱上一大群各不相同的男人是不可能的,虽然委身于融为一体的许多男人也许非常有趣。但是,总而言之,这女人如果不想糟蹋自己的话,她就不该爱这位作家,她不该爱的。福明就到此为止吧,她觉得这位作者实在有些可恨,但这种怨恨很快就被一种疑惑情绪代替了。

她稍稍眯起眼睛,望着花园;在那里,在白桦树的枝叶中间,形形色色的影像在晚霞的映照下清晰而鲜明,满身红光;长凳上坐着一个人,他身穿一套白衣裳,头戴巴拿马草帽,手里拿一根手杖。

"这是谁呢?"她问自己,"大家都已经走了。他穿一身白衣裳,也不合时令呀!我们的人都走了。"她再一次提醒自己。

可是,令人十分不愉快的是,的确有一个人留下来了。也许,这是一个陌生人偶然走进花园坐在那儿观赏水上夕阳的余晖吧?可是,为什么他穿着夏装?瞧,他用手杖在地上画来画去,这女人觉得,她听见干树叶发出沙沙的响声。过了一会儿她决定让女用人去看看这个人究竟是谁。

她站起身来,藤椅发出吱吱的响声;寂静中,这声音分外清晰,但那个人却没有听见。这女人于是走下凉台,踏着冷冰冰的土地,沿小道走去。她发现自己一眨眼工夫就来到了那个人身边,可是,在近处看,那个人的身影既没有显得更大也没有显得清晰,跟她在远处看到的一样。

显然,这是晚霞的光芒那奇异的变幻莫测的一个影像,可是,更加令人惊奇的是,被晚霞映照得火一样红的这个人,没有影子。他用手杖把树叶拢到一起,可树叶却一点响声也没有,不仅如此,当他的手杖碰到树叶时,叶子连动也不动,随后,这女人感觉到,有一种她触摸不到的东西拥抱着她,跳起缓慢的华尔兹舞。

那人站起来迎着她,彬彬有礼但却笨手笨脚地摘掉帽子,深深向她鞠躬,用干巴巴沙哑的声音轻轻问:

"请原谅,这就是您吗?"

他年轻,衣着漂亮,但却是个平庸无奇的人,一张干巴巴的长脸,蓝眼睛,下巴上一绺淡褐色的小胡子。他那呆板的脸上有一种不自然的、若明若暗的、死气沉沉的表情。他不像她的任何熟人,但她却觉得又不是初次见面。

"问得真怪,"她冷冷地笑着说,"这当然是我啰!"

"是吗?"

那人也机械地笑了笑,这一笑使他的脸变得十分难看。

"这么说,您就是我必须遇上的那个女人了?"

他用手杖敲了一下自己的脚,没有发出任何声音,马上添了一句:"不过,我也没把握,不知道是不是该在这里遇上一个女人……"

这女人目不转睛地望着他的眼睛,这样的眼睛只能在画像上看到,要承认它们是活人的眼睛,可真得费些力气好好想象一下才成呢!看得出来,这个人非常腼腆,这里大概有些不可告人的秘密吧?他准是丈夫或薇拉·伊凡诺夫娜的密友,在躲避宪兵的搜捕,反正不管怎么说,这是政治活动。可是,把他打扮得也太荒唐可笑了。

"您是从薇拉·伊凡诺夫娜那儿来的吗?"女人问,可他却反问:

"她也参加小说里的活动吗?"

"参加小说里的活动?您说些什么呀?"

那人摇了摇头。

"我不记得那儿有叫这个名字的女人……"

"您说的是哪儿呀?"

"小说里。"

"疯子?"她的头脑里闪过这样的猜测。她把围巾裹得更紧一些,冷冷地说:

"我不明白,您说这话是什么意思,您说的是哪一本小说?再说,我觉得我有权问一句:您是谁?"

那人凝神望了她一眼,他那画像似的眼睛闪现出纳闷的神情,但他随即笑了笑,并且点了点头表示同意。

"这当然是您的权利了。我想,从这次……从这次见面之后,小说就开始了。作者一定是这么构思的:开头,您对我不信任,甚至有些讨厌,可是后来……我不知道后来会发生什么事,对我来说,这一切大概又会以一切悲剧告终的……"

"疯子!"她断定他是个疯子,一面仔细地听着他那慢条斯理、淡而无味的议论,一面端详着他的脸,这张脸渐渐变得有了一些生气,不那么呆板了。她自己也觉得处在一种非常奇怪的状态之中,仿佛正在蒙眬入睡,她很想默默地听他讲述,不再打断他。

"您问到小说,这真使我感到万分惊异,"他接着说,"请您告诉我,您不是耍弄我吧?不是吧?您正是那个女人,您跟福明有一定的关系,确切些说,您跟他的小说有一定的关系,对吧?"

这女人勉强忍住笑,霎时间一切全都明白了:

"原来如此!这是福明。他知道剩下我一个人,他不好亲自来,就闹了这么一场鬼把戏……"

"是的,"她笑着说,"我知道这本小说。那又怎么样?"

那人兴致更高了,更加活跃了,他说:

"噢,这就再好不过了!但是,我没有想到,这会那么困难。"他几乎用亲切的口吻,也是面带笑容,补充说:

"当然啰,您正是那个女人,否则,我大概也不会遇上您……"

"有些凉了,还有些潮湿,我们进屋里去好吗?"她提议。

"谢谢您,"那人边鞠躬边笑着说。

他笑得好怪呀,他脸上的微笑好像不是发自内心而是装出来的。他走起路来轻飘飘的,秋天的落叶在他那双穿着白皮鞋的脚下一点响声也没有。但是,最让人奇怪的是他没有影子,而这女人的前面却有一条长长的身影在爬动,跳跃,摆来摆去,时而落在小路右边、时而落在小路左边的草地上。

"他怎么会这样呢?"她斜着眼,仔细打量着他,心里想。她觉得,他的身子变成了异乎寻常的扁平形状。

"您是很久以前见过福明的吧?"

那人用异常纳闷的目光看了她一眼,说:

"两年多以前……"

"他玩笑开得也索然无味,"女人发现。

"您衣着太单薄了,不合时令……"

"这是福明的安排,"他耸了耸肩膀,回答说,"我必须在夏天出场活动……"

她觉得越来越难堪,越无聊。

"那么,您究竟是谁?"她又问了一遍,她发现,这个问题也跟关于福明的问题一样,又使他感到莫名其妙。他在空中用力地挥了一下细细的手杖,不过,她没有听到一点响声。然后,他生硬地、很难听地冷笑一声。

"您提这个问题真叫人奇怪,您难道忘记了?让我来提醒您。我是巴维尔·沃尔科夫。巴维尔·尼洛维奇·沃尔科夫,工程师的儿子,本人也是文职工程师,一个毫无成就、不走运的人,我三十二岁,很有钱。六年前爱上一个女人,娶了她,过了四年,妻子离开了我,临走时留下一张铅笔写的字条:'巴维尔,原谅我,但我再也不能跟你一起生活下去了。'现在,她住在高加索,可是,我似乎不应该再遇上她,不过,这个我也不大清楚。这就是我所知道的关于自己的全部情况,其余的还没有写完,还没有编出来……"

他像念身份证一样说着,直到最后,这女人才在他的话音里听出一点愤愤不平的味道。

她也很生他的气,心想:

"他如果不是疯子,或是冒充成福明那本失败之作的主人公,那他就是个蠢材,傻瓜。"

登上凉台,她问他:

"您是怎么回事儿,您怎么没有影子呢?"

巴维尔·沃尔科夫很吃惊:

"我要影子干吗？您在梦中难道能看见影子吗？这就跟做梦一样！"

"什么，跟做梦一样？"

"就是我跟您的存在，我们这些被生编硬造出来的人物本来就是为了供真人玩赏取乐才存在的。"

他说得那么简单明了，以致使这女人不禁暗想：

"看样子，我弄错了，这是个非常细心，十分老练的演员。现在已经比较清楚了，为什么福明偏偏把他派到我身边来。"

"哎，听我说！"她提高嗓门儿笑着说，"您难道不是真人吗？"

她窘住了，两眼望着地面。那人呢，怀着真正的恐惧看着她，就像有一股她感觉不到的冷风吹得他摇摇晃晃、歪歪扭扭，他身体那种不自然的动作正像衣裳在穿堂风中摆动一样。

"您问这个可太奇怪了！"他说，"我真的觉得您是在耍弄我。或许，福明在塑造您的时候比塑造我还粗心，所以，您竟然忘了自己的职能、自己所扮演的角色了？也许，您是用一种我所不及的特殊方法显形的？或者，福明已经把您写完了而忘记了我？您大概已经是一个十分完整的形象了吧？"

"不，这是一位出色的演员，"女人听着他那惶惶不安的话语，心里暗想。她觉得自己处于一种想做违心事而又不能做的状态。

"您不讲话了？"她听见他说，"我有幸认为，您之所以沉默不语，是因为您正在回忆往事，对吧？"

这女人点了点头。

"让我帮您回忆小说的开头……"

"我知道，"她说。

"那又怎么样呢？"

巴维尔·沃尔科夫沉默了片刻，轻声叹道：

"啊哈！我明白了：显然是福明还没来得及把您跟我联系起来……也许，他给您准备了另一个人，让那个人顶替我？但是，最令人吃惊的是,您不知道您跟我的关系,您不知道您在小说中扮演什么角色。"

这时,女人的心中燃起了好奇的火花,驱走了害羞情绪之后,那好奇心提示她应持何种态度。

"不,"她说,"我不大了解您扮演什么角色。请您讲一讲您自己……"

"我知道的我都讲过了!"

"您似乎并不存在?"

"噢,不!"他懊丧地反驳说,"我是存在的,问题正在这里,不幸的也正是这个。对您来说,您只要存在到福明愿意您存在的时候为止,可我的存在已经不取决于他……"

"我明白:像哈姆莱特和堂吉诃德一样,他们的存在并不取决于他们的塑造者……"

巴维尔·沃尔科夫向她深深地鞠了一躬,说:

"大致如此。不过,福明不是塞万提斯,更不是莎士比亚。再说,我是个没有塑造完的人物。我完全处在一种可笑的境地。您想想看,我坐在长凳上,在花园的林荫路旁,已经两年了,整整两年了!大概您也会认为,这未免太荒唐了吧!白天、黑夜,朝朝、暮暮,尘土,酷暑,秋日连绵的阴雨,严冬呼啸的风雪,我却一直坐在那里,等待着。有一些人,一些真人从我身旁走过,他们谈一些枯燥无味的废话;有个穿一套茧绸衣服的麻脸男人在引诱一位胖太太,说他的温室里菠萝味的甜瓜已经熟透,谈话之间,他像马一样咬了她的耳朵,她轻轻地尖叫了几声。一切都愚蠢得可怕,令人厌烦,没有意义!我坐在那儿心里想:真人有多么无聊,多么愚蠢,多么捉摸不定,我们这些虚构的人比他们不知要有趣多少倍!我们的精神常常是高度集中化的,我们身上有更多的诗意、抒情味道和浪漫色彩。可是,只要一想到,我们的存在实质上只是为了供这些呆头呆脑的真人取乐……"

他是用一个备受凌辱的人的语气说这番话的,他那呆板的面孔似乎变得柔和些、讨人喜欢一些,不过,如果说他面部表情的这种变化是由于房间里光线变得暗淡、柔和造成的,也许更为恰当。

"我自然不大了解,什么是真人,总之,什么是真实。比如:这个房间里的一切,是真实的呢,还是像我和您一样,也是福明的另一个产儿、是他想象出来的呢?"

女人小心翼翼地用一只手摸了摸自己的眼睛,四下里看了看,小声说:

"您说的这些倒是挺有意思,不过,我听得有些疲倦了……"

"当然会感到疲倦的,"巴维尔·沃尔科夫表示同意,"但是,您要知道,两年里无所事事地呆坐着,等着福明把我塑造成型,放我到生活中去活动,供人玩赏,我好像变得更坚实、更强壮,从我的机体来看,我已经跟真人相差无几了。我很近似真人了。是的……"

这女人觉得不舒服。她正打算把这种不舒服的感觉告诉这位奇怪的、肯定是神经不正常的客人,这时候,女用人从内室出来,站在门口,就像在像框里一样,大张着嘴,瞪着眼睛,活像一条上了钩的鲈鱼。

"您有什么事,格拉莎?"

"是您叫我吗?"

"我?没有呀。"

"请原谅。我听见——您在讲话……"

"噢,是的,我在讲话!您不是看见……"

这女人眨巴着眼睛,站起来,回头一看,本来背对着窗户站在窗前的巴维尔·沃尔科夫,已经无影无踪。

树叶从昏暗中变得不大透明的玻璃窗前缓缓地飘落下去,枫树的枝条纹丝不动地垂挂在泛着绿色的空气中。这女人久久地凝神望着窗口,眼睛望得发痛,她是那么仔细地望着,最后,她似乎觉得,有一条细细的黑线从上到下穿透了玻璃。

"是的,"她生气地说,"我是在讲话……我叫过您!请拿茶来。"

女用人离开之后,她沉思起来:

"这大概就叫作视幻觉和听幻觉,复杂的幻觉吧。我怎么会产生这样的幻觉呢？奇怪,太奇怪了。"

她坐到圈椅上,两腿伸到前面,把方格毛毯盖在腿上。

"应当写信把这些都告诉福明,可以使他再增加一个主题。虽然他不喜欢写这类东西。"

她感到,千头万绪在她的脑海里乱糟糟、急匆匆地翻腾着,她现在很高兴,因为一场噩梦总算结束了。

"是的,依我说,"传来了熟悉的沙沙的说话声,那个人站在窗前,用一只手的一个指头揉着太阳穴,另一只手摇着草帽。

"对不起!"女人嗔怪地说,"女用人进来的时候,您到哪儿去了?"

巴维尔·沃尔科夫惊奇地睁大两只眼睛,朝她迈了一步,两步,她迅速地、以一个挡架的姿势向他伸出一只手。

"我到哪儿去了?"他反问道,停了一会儿,不自然地耸了耸肩膀。"我就在这儿,就在这儿呀!啊哈,您看不见我了吗?那是因为我转过身去侧面对着您的缘故。我呢,像一张纸牌,一幅肖像,您忘了吗?可是,您自己也是如此呀……"

"不是,"她愤懑地说,"不是!"

那人叹了口气,说:

"您的性格可够执拗的了!"

他讲这话的语气也是愤愤的,仿佛在学着她的腔调,但他脸上的表情木呆呆的,的确像是一幅肖像的脸。在这毫无光泽的脸上,阴一阵阳一阵,但却没有给这张脸增加一点色彩,这阴郁的神情如同他那令人不快的微笑一样,十分生硬。他脸上的表情还像那水面上微波的闪光一样忽明忽暗。

"他这是怎么回事?"这女人仔细打量着他,心里在琢磨,突然,她几乎用命令的口吻说:

"请您稍稍向左边侧过身去!"

他看了她一眼,默默地移到镜子前面,但镜子里没有他的影像,昏暗的镜子里没有照出他那暗淡光线下的灰色身影。

"显然,这是幻觉。"这女人断定。

巴维尔·沃尔科夫却说:

"您的性格太执拗了。我知道,您还是不相信,也不打算承认我的存在。我也并不认为,您与我的关系本来就包括在福明的写作计划之内。可是,终于……"

巴维尔·沃尔科夫怪模怪样地摇晃起来,向上飘动着。

"终于,我觉得自己已经变得近似真人,我完全能够完成福明没有写完的小说,我要全权负责承担一切风险,也就是说,我要用自己的资金来完成它。我再也不愿意这样无所事事地坐等下去了,我不能风里雪里总是坐在长凳上,在花园里,去听那些关于甜瓜的谈话,直到世界末日完全消灭了一切物质和一切物质的产物时为止。这位福明把我一创造出来就丢在脑后了。我听说,上帝就是这么对待真人的,不过,上帝大概总能找到一些体面的理由来替……自己那些令人难于理解的试验辩解。至于那个福明,据我对他的了解,他是个眼高手低、自命不凡的人。上帝像摆棋阵一样任意摆布人们,他居然也想学学上帝的样子,可又学得十分不像。您听我说,我觉得这个福明是个疯子!您只要瞧一瞧他一个人在背地里的所作所为就够了!他的房间里塞满了自己杜撰的人物,他被一群像他一样疯狂的幽灵包围着,他也不知道怎样处置他们才好。他真是个想入非非的人!这两年我在半死不活的生涯中,关于他,我想得很多很多,使我吃惊的是,他的沽名钓誉达到了如此疯狂的地步。您只要想一想:福明大概很清楚,他自己和像他这样的文坛人物,总是把生活弄得混乱不堪,复杂纷繁,用自己臆造出来的货色把生活填得满满的,到头来看一看,这些臆造出来的货色究竟是些什么呢?只不过是作者按照他们这些语言魔术师个人的兴趣和偏爱把现实生活中的人和事加以歪曲罢了。就连这些作者本身,也是为了取悦于真人而被臆造出来的,他们不了解这一点,请您想一想,他们不了解!事实上,真人嘲笑得最凶的是那些闭门造车的作家,他们把自己臆造出来的人物散布到现实生活的各个角落,据说是要用这种东西来装点生活,真是荒唐恶劣之极!生活中假如没有这些堂吉诃德、浮士德、哈姆莱特,一定会简单舒适些,矛盾也会少一些。难道您不这样认为吗?啊?请考虑一下是否如此,请考虑一下!"

巴维尔·沃尔科夫的长篇演说十分生动,饱含着讥讽意味,又充满了智者的自以为是,在人们中间,只有文学评论家才如此自以为是,而这种自以为是却经常是精神贫乏这一不治之症的可靠特征。他极不自然地摇晃起来,像田野里雾蒙蒙的幻影一样飘动着,但是,他的外形仍旧保持着真人的轮廓。这女人周围的一切都流动着,旋转着,使她沉醉在有些可怕的好奇之中。

"是的,"巴维尔·沃尔科夫重复说,"我决定独自续写这部小说。我只是需要找到一个女人,更确切些说,我要使您相信,我正是福明指定给您的男人。"

他带着探寻的目光望着她,懊丧地说:

"在这个可诅咒的现实世界上,一切都安排得那么不合理,没有女人就寸步难行。是的,没有女人就会感到寂寞……"

"如果我对您的话理解得不错的话……"女人开口说,随即停下来,凝神思考着她心中逐渐增强的一种模糊不清但却十分重要的念头。

"怎么样?"他俯身对着她,追问道。当女用人端茶进来的时候,他也没有隐去。

"两杯茶,格拉莎。"

"两杯?"

"是两杯,我的天啊……"

那人朝女用人一扬头,问:

"她也是福明制造的吗?"

女人不想回答他的问话,就低下了头,可他却认为这是她默认了。

"我真不明白,为什么要把自己臆造的东西用这样粗糙不堪的形象体现出来！"

"您想喝茶吗？"

巴维尔·沃尔科夫挺了挺身子，垂头丧气地说：

"您还可以请我喝伏特加和白兰地呢！不，显然，福明没有把您写完，您还不知道您应该如何跟我相处，在我们之间，已经不是一般的恋爱关系了，我们正在表演一出滑稽可笑的喜剧。我真的不知道怎么办才好。为了使我自己完全变成一个真人，需要一个女人，很明显，这个女人就是您。可是，您一点也不熟悉自己的角色，换句话说，您没有理解您的角色，也许是，我再重复一遍，福明杜撰您比杜撰我更加草率。最后，我觉得，您不相信，您一直不相信！不相信自己，而我又无法使您相信我不是幽灵，不是幻觉，不是您臆想中的人物，请您了解这一点，我请求您！我不是您臆想中的人物，不是的，而是福明臆造的人物，懂吗？"

女人懂得，这一切都是令人难以容忍的胡说，离奇古怪的鬼话，我希望洞察一切的读者在这一点上跟她完全一致。当然，只是在这一点上。积三十年的经验，我深知洞察一切的读者是思维非常健全的人，对于他们那惊人的智慧我十分敬佩，特别是由于他们有一股子顽强的毅力，善于把他们艰难甚至痛苦的生活中最平庸乏味的东西掩饰起来而又装出视而不见的样子。

读者们对于使自己感到万分不适但又是自己创造的现实生活抱着一种对待神灵一样虔诚敬仰的态度，这真叫我打心眼儿里感动，我特别欣赏读者们经受的那种私有者的恐惧。每当一个狂热的幻想家对于由无数荒唐事件编织成的密网笼罩着的现实生活发出尖锐而徒劳无益的反抗之声的时候，每当这狂热的幻想家试图冲破这罗网的时候（这密密的罗网往往像拖鲱鱼进盐汤一样把读者拖走），我们尊敬的读者就会感到万分恐惧。我尊敬读者，因为，他是我手中一块能伸能缩、任人摆布的材料，当我为了自己构思的需要把读者塑造得比他原来的样子更有趣、更聪明、更好一些的时候，他们从来也没有提出过抗议。我知道,这种离开本题的插话完全不合时宜,但是我心中突然产生了一种情不自禁的愿望,想对读者说几句最诚挚的恭维话,而要夸奖一个人那是随时随地都可行的。

我继续讲尚未写完的一本小说的故事。

就这样:这女人还是不相信,但她决定慎重行事,不仅仅是由于害怕变成疯子,不是!她那模糊的念头已经有了一定的轮廓。

"为什么我不能像福明做的那样去做呢?杜撰,大概不会像生孩子那么难、那么可怕吧?"

她若有所思地望着客人说:

"据我的记忆,福明的小说……"

但是,她没有说下去,却温存地笑着问:

"这是怎么做的呢?他是怎样创造了您呢?"

巴维尔·沃尔科夫的脸上也带着那样的微笑,不过这笑容是装出来的,他用更加温和的声音回答说:

"我真的不知道。我不知怎地一下子就明白了,或者说,感觉到了我的存在,我叫巴维尔·沃尔科夫,我是个淡黄头发的男人,如此这般……我觉得,我在爱情上之所以失败和遭到不幸,问题就在于我是个善于思考又有分析能力的人,我只忙于考虑自己的事,其余的东西,整个所谓外部世界对我来说只不过是我思考的对象或根据罢了。外部的种种压力迫使我把自己的一切都深深地关在心里,而我内心里的东西又拼命地向外挣扎。总之,把我制造出来就是让我过这种动荡不安、担惊受怕的生活,我的最终目的一定是:在纷纭复杂的种种现象中认识自己的使命,找到自己的出路,把自己拼凑成一个完整、敏锐、善于探索生活奥秘的人。现在,我觉得,在福明存在之前我就存在了,不过,我当时像云朵似的处于一种分散的状态,尚未结合成像您面前出现的这样一个模糊的整体,思想、感情以及给我指明生活目标的愿望都是互不连贯的。这就是我所知道的关于自己的一切。"

这时,女人放了心,暗想:

"这是一个平平常常的人,而且相当谦虚。我自己也并非发疯。只不过我少见多怪就是了。当然,这里总还是有些鬼把戏的。"

"福明创造我显然是为了证明他臆想出来的某条真理,"她听见沃尔科夫的声音,"也许作者把他制造的一切人物塞进生活里来都是为了证实各式各样的真理的,难道不是吗?"他问道。

女人犹豫不决,没有肯定地回答他,无论如何,她总觉得面前这个人有些格格不入、可疑,"干吗要把这个世界的小小的秘密向他公开?说不定真的存在着另一个世界,那里的人都是像日本鼠一样的两面人呢!"

后来,她想出了一条妙计,要是她面前站着的是一个人,她对他卖弄风情的时候,他一定会有所反应。于是,她把她那迷人的小腿从方格毛毯下面抽出来,摇动着,说:

"我记得,福明构思您正像您刚才所做的自我鉴定一样……"

"我很高兴,"沃尔科夫说,"当然,这是一个相当难演的角色,但是,我感到很荣幸!是啊,既然已经创造出来,那就应当活下去!"

"是的,"女人想了一会儿,表示同意,"下一步您的确必须遇上一个这样的女人:她,您知道吗,总是在等待,在准备做一件什么事,突然灵机一动,却去做了另一件事。直到生命的最后一天,至少是,直到晚年,她都觉得生活中有取之不尽的欢乐,不过,她也没有那种强烈的贪图享乐的奢望。最主要的是,她觉得,在眼前,在她身边,除了她已经享受到的之外,还蕴藏着一种极大的能给人以愉快的秘密,发现它,从肉体上和精神上享用它,这就是她所期待的东西!我确信,我个人不是这样的女人,福明在创造您的时候,也未必想到了我。虽然,您也知道,这些作家……"

巴维尔·沃尔科夫怒气冲冲地挥了一下手。

"是的,是的,我明白您想说什么。这是骇人听闻的!简直是造孽,太轻率了!您很难想象,像我和您以及诸如此类的半成品、凭空臆造的不足月的畸形人物在世界上真是比比皆是!"

"真的?"女人伤心地问,又怀疑地添上一句:

"畸形的?"

但是,巴维尔·沃尔科夫没有回答她。他越发像真人一样有声有色地、用抱怨似的声调接着说:

"他们以为他们塑造的形象一经固定在纸上,就大功告成了,可是,纸上留下的只不过是人物形象的图解,而人物本身却到了人世间,像我,您,作为心理物理学的产儿、大脑和神经脱落下来的细胞、比太空现实得多的东西存在下来。这一点您是知道的。"

"噢,当然知道!是这样的。您为什么不坐到桌旁来呢?"

他走过来,坐下了,跟任何一个人一样坐下了,显然,他没有猜到这女人的小小的计谋。女人叹了口气,试图想象一下人世上那些未完成的人物的生活,可是,她怎么也想象不出来,因为,一些熟人的面孔立刻浮现在她眼前。这些人当中,她至今尚未遇到一个她所需要的人、像天才音乐家手中的乐器那样完美的人。她理想中的完美的人,不仅能够在她的愿望一出现时就来满足她,而且能够预先猜到她的心思,激起她的欲念。他必须具有不用问就能回答一切问题的能力。他不必能说会道,但必须善于感觉一切、理解一切,如果她自己不愿意认错的话,那他一句也不能责备她。

她心里想着这些,耳朵却仔细倾听着那位客人平静的声音。

"这里,显然还产生了一个不可避免的副作用:福明把他设计的一套心理强加于我,我活了,生存着,但是我随即就感到一些多余的、同我本身原有的品质和思想格格不入的东西硬是从外部塞到我的心里来了。我觉得,这些多余的东西正在把我变成一个畸形的人物,而我又不能摆脱它,因为当时我还没有独立生存的愿望,而福明的周围像云雾一样簇拥着他臆想的产儿,您是知道的,这是一堵密密层层的活动的人墙,它简直要把我毁掉,我无法冲破它,无法使福明了解……"

"看来,"女人心想,"站在我面前的的确不是一个人,而是人的雏形,我是能够把他完成的,给他加上一个正常人所必须的一切就行了,这比皮格马利翁①所做的要简单得多……"

她闭上眼睛,继续听着这位客人的格外清晰的声音,这声音没有淹没其他音响,既不妨碍她想自己的心事,也不妨碍她听村里牧童基里卡拉手风琴和远处村姑们的歌声,以及几只狗对着当空的皓月狂吠的声音,那月光像太阳一样明亮,一条条光线如同梳理过一般光滑平整。

"现在,我弄不明白,我身上的哪些东西是我的创造者福明给我的,哪些是福明错把他创造的其他人物身上的东西安到我身上了,最后,我感到我身上有一些福明的思想,这些思想对于我,也就是对于他这部小说的主人公来说,总之,对整部小说来说,都是毫不相干的。我已经对您讲过了,福明只不过是一座小小的疯人院,假如您高兴的话,也可以说他是一条路,各式各样的人物、五花八门、完全对立的幻象在这条路上游来荡去。比方说,我个人并不认为,大自然不知道自己需要什么。福明却认为,大自然既然能够创造一切,就必然会创造出大量畸形的、多余的人。这是他的座右铭,我完全不需要这样的座右铭,这类座右铭我身上多得很呢!不过,创造了我,也许就是为了让我来传播不值一提的琐事吧?最后,重要的一点我还不清楚:我应该做一个善人还是作一个恶人?"

女人笑着把手伸给他。

"可是,您不应该知道这个,"她温情地安慰他说,"您生活的乐趣和意义正在于,您是一个分不大清楚善与恶的人。"

那人扯着自己法兰绒上衣的钮扣,不信任地问:

"您真的这么认为吗?"

"是的,我正是这样理解您的角色的!假如您学会了分辨善与恶,我确信,您会十分烦恼的。就这样倒有趣一些!"

---

① 皮格马利翁,希腊神话中塞浦路斯国王。善雕刻。据说,他蔑视女性,爱神阿弗洛狄忒让他爱上了自己所雕的少女像,又见他感情真挚,就给雕像以生命,使两人结为夫妇。

巴维尔·沃尔科夫沉思起来,显然是对某一点还存有疑问。同时,他对她伸过来的一只手竟然毫无表示,而任何一个男人处在他的地位都不会如此的,这也太反常了。

"是—是的,"他说,"可是,对谁有趣呢?"

"对我。对您。对读者,最后……"

"哼……对读者?"

他用手理了一下头发,摸了摸眼睛,冷笑着摇了摇头。

"您不认为这是相当残酷的娱乐吗?请您想一想:他们让我们经受无数的不幸,让我们相互之间像——请原谅!——像狗一样咬架,以便造成戏剧冲突,他们像摆弄玩具一样拿着我们招摇过市,只不过是为了某一个穷极无聊的读者,为了让他开心解闷吧?让一些人遭罪来取悦另一些人,这未免聪明得过分了吧?这似乎不是我的想法,而是福明的,不过,说实话,这个想法倒不坏呢!福明其实是个正派人,为人谦虚谨慎,照我看,这是正派的重要特征。有时候,他扔下笔,问自己:我为什么要干这个,我为什么要写?他自己就不喜欢苦难,他对苦难极其反感,但遗憾的是,对于作家来说,除了苦难就没有别的材料可写……"

女人向他挪近些,问道:

"请告诉我,那影子和镜子,您是怎么变的魔术呀?"

说完这话,她马上有一种感觉,大概就像一个猎人手中的猎枪偶然走火时的那种感觉。她有些难为情,可随即温情脉脉地摸了一下客人的手。

"请您别见怪。"

可是,她的手下除了编织的粗台布之外,什么也没有;这真让人感到极大的不快,甚至有些可怕。尤其是一听到他那怒气冲冲的指责声时,她就更加不好受了:

"不过,您倒是一位货真价实的、普普通通的、所谓真实的女人!您干吗要耍弄我呢?"

巴维尔·沃尔科夫站起来,莫名其妙地挥了一下帽子,用困惑、愤怒的声调重复说:

"耍弄我又有什么意思呢?"

他飘到凉台上,在门口停了一下,身影在月光中晃动着。

"请听我说!"女人慢慢走到他身边,说,"要知道,这是不可想象的!无法使我相信,您……"

她走着,第一次相信,地球确实是沿着自转轴线转动的,而且以一种奇怪的、不必要的高速度旋转着。

"读者们!"巴维尔·沃尔科夫临走时说,他这话里显然包含着不满和谴责的意味。他腋下夹着手杖,边走边从衣袋里掏出手套往手上戴,他的动作就像省城里扮演主角的名演员一样。可是,这女人却觉得,手套的指头像打了气一样迅速膨胀起来了。

在月光的奇妙映照下,他那穿着法兰绒衣服的身影具有一种透明、发绿的色调。他走到池塘旁边,走进白桦林,渐渐远去,消失在银色的树干之间和暗淡的闪闪泛光的水面上。

不言而喻,女人用手揉了揉眼睛;在类似的情况下,往往需要安排这个动作,我还不记得有哪位作家忘记写这个动作的。除了连续不断的犬吠之外,周围一片寂静。按理说,应该是挂钟敲打十二下或者猫头鹰叫上两声的时候了,但是,我不能给读者讲述事实上不存在的事情。大家都知道,我是个严格的现实主义作家,我的小说中那些严酷、粗野的真理是受到一切有鉴赏力的批评家公认的,而那些还不会欣赏小说的批评家们却也同意前者对我小说优点的看法,不过主要是同意他们对小说缺点的批评。我个人坚信,我的缺点会始终不渝地、持续地发展下去,在这方面我很快就会达到登峰造极的地步。但这是将来的事,现在摆在我面前的问题是:怎样结束这个故事?我觉得,这很简单,比方说:

女人叹口气,望着远方,在那里,在黑漆漆闪闪发光、宛如圆眼睛般的池塘后面,毛茸茸的树林像一道巨大、乌黑的眉毛蠹立着。

一本小说的故事

  这是个不坏的印象呢:至少是新颖的。池塘、湖泊、大海,我常常觉得它们像是大地的眼睛。只是在回忆中才能重温的、那早已飞向神话般远方的青年时代,在那时,我甚至写下了这样的诗句:

> 我亲爱的大地啊,蓝色的海洋是你的眼睛,
> 你仰望着无边无际的天空,
> 仰望着你的姐妹——
> 那蓝天上金光闪闪的群星。
> 噢,你那充满悲伤的蓝色大海的目光啊,
> 辉映在蓝色的夜空。

  诸如此类,总是:噢—噢—噢! 简直是蓝得不能再蓝的诗篇了。
  顺便说明一下,也是为批评家提供一点方便:大地——星辰,这是我从雨果那里借用的[①]。现在,我接着往下讲。
  在黑色的森林上空慢慢升起三颗星,女人记起来了,这是猎户星座。茫茫天际,空空荡荡;月亮用它偷来的光扬扬自得地把群星诚实的光芒遮盖起来了。
  这里,自然使人想到一个比喻,它对许多人来说是有益的,但对某些人却会有所刺痛;我不想打这个比喻了,这会转移我的注意力,因为现在我得把这个故事结束一下。是的。
  女人轻轻地掩上凉台的门,回到她那小小的、自然是十分舒适的房间,那温暖的窝,她在那里孵化她的幻想的幼雏。她用手掌使劲搓了搓冰冷的脸颊,站在镜子前面,镜子里那双眼睛是那么陌生,由于疑惧而瞪得溜圆。这双眼睛不相信,被它们打扮得这么漂亮的娇小、文雅的女人,竟然……
  "他未必是人,"女人想,"他要是人,是一个男人的话……事实

---

① 在雨果的诗中,大地时而与海洋对照,时而被比作"蓝色苍穹"与群星衬托。

上,他几乎是凌辱了我……"

她坐在桌旁,整了整脱落下来的长袜,坐了很久,摆弄着指甲刀。然后,用麂皮打磨起指甲来,磨光指甲的时候最适于想心事了。遗憾的是,伊曼努尔·康德①不了解这一点。这女人有许多念头,这些念头像阳光下的尘粒匆匆忙忙地飘来飘去,任何一个念头都不招她喜欢,真让人懊丧。她要强制自己,迫使自己去想一想福明。

于是,她心中暗想,这个男人虽然不漂亮而且笨手笨脚,不过他总算是她认识的男人当中最有趣的一个了。女人这样想了之后,自己也感到吃惊,她明白了,很久以来,她一直想着的正是福明,而十分钟前她所经历的一切,只不过是她的心灵同一个最有趣的人开一场玩笑罢了。

于是,她打开信笺夹,用细细的英国人的笔体匆匆地给福明写了下面这封信:

亲爱的安季普·季特奇!

一刻钟以前,我经历了一场难以想象的荒唐离奇的场面;即使您把您所掌握的全部最有力的形容词都用上,也难以深刻、准确地描述我所经历的一切。

您知道谁到我这里做客了吗?巴维尔·沃尔科夫,您的小说的主人公,关于他,您对我讲过那么多,讲得那么好,可是,您还记得吧?我一直无法清楚地想象出他是个什么样的人。您不要以为有一个像他一样的真人来看望过我,不,他就是您创造的巴维尔·沃尔科夫,请您原谅!他的确不大像真人。他自称是您创作灵感的体现,而且以一种我所完全不能理解的形式存在着:他表面上是个人,可内里却是个没有灵魂的、没有完成的东西,他甚至没有正常男人的性感。他的穿着相当考究,可是笨得要命,的确是各方面都半生不熟。他抱怨说,您创造了他,却把他置诸脑后,他为此感到气愤,决定借助于您所赋予他的那股微薄的力量独立地生活下去。我是这样理解您的主人公的。

---

① 伊曼努尔·康德(1724—1804),德国哲学家,不可知论者。

请您不要以为我发疯了,或者以为我在说梦话,完全不是。我对这位不速之客的来访采取了异常平静、明智和怀疑的态度,这就证明我的神经十分健全。

我非常讨厌您的主人公。我确信,您把这样一个人放在各种事件的中心地位,您的小说绝不会获得成功。在一个枯燥无味的人的生活中难道会有什么有趣的东西吗?这个沃尔科夫,甚至不大聪明。您这个人物写得不成功,您必须重新构思,重新写。至少,您必须改写一下,别让他人不人鬼不鬼地——我不知道该叫他什么!——到处乱窜,别让他损害您的名声。想想看:他今天到我这儿来,明天又到另一个女人那里去,他像第欧根尼①找人一样到处找女人……

她想了想,停下了笔:她把这件事描述得是否过于真实了?她写得是否太可笑了?最后她打定了主意:既然写了,就让它去吧,也许这更有意思!

她又写了许多,要把巴维尔·沃尔科夫置于死地的愿望越来越强烈。要他有什么用处?那些让人讨厌的、杜撰得不成功的人物又有什么用处呢?

她用几句亲热的话结束了这封信,叫来女用人,让她把窗子关紧,把凉台的门锁好,并对她说:

"格拉莎,您就睡在隔壁房间的沙发上吧!我觉得不大舒服,也许夜里要叫您。"

然后她解衣上床,心里想象着福明会怎样对待她的信,进入了梦乡。

过了几天,福明写来了回信:

此时此刻,在这烦人的雨夜里,我读了您那温情而充满惊人智慧的来信;房间是冰冷的,我的心也是冰冷的。访友归来,步行回家,雨滴敲打着我

---

① 第欧根尼(约公元前404—前323),古希腊哲学家。据说,有一次他大白天点起灯,提着灯走来走去,说:"我找人。"

的伞，我心里想着您，就作了几句诗，当然写得不怎么好，不过，请您相信我，这是出自肺腑的真言！

福明在诗中说：

> 我独自走过泥土的小径，
> 迎着那光怪陆离的幻影；
> 我的忧伤拖着它铅一样的影子，
> 跟在我的后头，在大地上缓缓前行。
> 我不愿意自己心灵的伤痛
> 给别人带来烦恼重重，
> 我那无穷无尽的愁思，
> 就植根在对生活奥秘的探索之中。
> 要知道别人帮不了我，
> 我也帮不了别人，
> 他们之中有谁会谴责我，
> 说我沉默，说我不会撒谎奉承，
> 说我没有用话语安慰他们，
> 说我没有把自己的愁思向他们馈赠？
> 我只有跟您，只有跟您，
> 开开玩笑谈谈我的苦衷……

女人冷冷地一笑：福明忘记了，春天，他跟她两个人一起划船的时候，他已经给她念过这首诗了。不过，他要是真的忘记了，那倒要好一些；那天晚上，她情绪很坏，她对他说，这样的诗一夜里至少可以写一俄丈①长。

福明接着写道：

---

① 一俄丈等于2.13公尺。

  我一回到家,发现桌上有您的来信,既有独到见解,又对我充满了友爱和关切,这对我来说,是不可多得的。您对我的工作抱着一丝不苟的严肃态度。谢谢您。您又使我回忆起这部可怜的小说来,您把小说的主人公彻底否定了。我找出手稿,读了一遍,我感到羞愧难当,当即把它撕得粉碎。现在,巴维尔·沃尔科夫再也不会去打扰您了。

  接下去他又写了一些讨女人欢心的话。要讨得女人的欢心,常常需要奉承几句,不过,有时候这种奉承是真心诚意的。

  读完信,女人望着窗外,沉思起来。外面,花园里,秋日寂寞地闪着光,萧瑟秋风呼啸而过,片片黄叶飘落下来。

  故事就这样结束了。

  我不知道发生这一切之后这女人会怎么办,不过,我想,她一定是给丈夫留下了一张字条:

  巴维尔,原谅我,但我再也不能跟你一起生活下去了。

  这个女人的丈夫我也不认识。也可能他是一个不会被女人抛弃的少见的男人中的一个吧!我觉得,这类男人真是又聋又哑,又瘸又瞎,总之,缺胳膊少腿,畸形得可怕,他们简直太不幸、太可怜了,不幸到极点了。

  本该用一个抒情的画面来结束这个故事,可是,我不愿意。

  就这样——也很好。

孙静云　译

## 可笑的奇闻*

红头发、大鼻子的医生用冰冷的手指把叶戈尔·贝科夫周身摸了一遍之后,用低沉的不容争辩的声音说,病已经耽误了,病情很危险。贝科夫顿时感到自己像年轻时被送去当新兵那样委屈,在土耳其战争那年,他拖着一条受伤的腿,挣扎在耶尼扎格拉①附近的荆棘丛里,昏黑的夜雨把他淋得全身湿透,身上疼得像把皮肉从骨头上一点点撕扯下来一样。

"这是怎么啦?我难道要死了吗?"

医生坐在桌旁,准备开处方,试着生锈的笔尖,嘴里不知在说什么,但是伤心的贝科夫望着窗外没听他说话,只见风儿驱赶着羽毛、刨屑和灰尘,把它们刮得满街乱飞。

"你喝多了……"

病人暗自把医生骂了一通,反驳道:

"这不成其为理由,喝酒的人还少吗?可并不是个个都早死呀!"

然而理智却愤愤地向他提示:

"看那只母鸡,它将活下去,产许多蛋,孵出小鸡来,可你却要死去!你在艰苦岁月中取得的所有劳动成果都将白白断送。"

---

\* 本篇写于一九二三年年底以前,最初发表于一九二四年第三期《俄罗斯同时代人》杂志。译自《高尔基三十卷集》第十六卷。

① 保加利亚城市新扎戈拉,土耳其人称之为耶尼扎格拉。

贝科夫赤脚拖着便鞋,穿着内衣和灰色便袍,默默地把医生送到门口;他照了照镜子,镜子里异常清晰地映出一张瘦削的窄脸,两只发绿的眼睛神色阴郁,又长又直的胡须从两颊和下颏一直垂到胸前。这容貌着实难看。

贝科夫叹口气,轻轻呻吟一声,鼻子喷着粗气,坐在靠窗的皮圈椅上,只觉右肋下方病痛发作,肝脏一阵又一阵的钻痛,痛得他像喝醉酒一样周身无力,心中充满苦恼和怨恨。

"我喝多了!那么你用什么解闷呢,傻瓜?"他一面瞧着医生坐进轻便马车,一面在心里质问他。

"要把茶炊端上来吗?"

笨头笨脑的胖女人,厨娘阿加菲娅在门口问。

"我给你说过多少次了,红脸婆,叫你不要把圈椅放在窗口太阳底下!瞧,椅子都晒褪色了?怎么,你以为太阳发光就是为了晒毁家具吗?"

"这是您自己把它挪过来的,"阿加菲娅并不生气地答道。

贝科夫想起来了,在他把这只沉重的圈椅搬过来时有多么疼,这件事加上这个婆娘的不介意的态度越发惹恼了他。

"滚蛋!"

阿加菲娅退下去了。贝科夫目送着她,心想:

"这个女人还要活四十年,可我就要死了!财产怎么办呢?百事缠身,结婚也没来得及。本该战争一结束马上就结婚的,那么现在也会有孩子了。小心谨慎反误了事。病也治晚了。谁能料到我这样短命呢?"

他垂下头,大声抱怨道:

"咳,你呀,上帝呀上帝……"

最愚蠢、最令人懊恼的是,没人继承他花了二十年精力和心血积累下来的财产。把它捐给修道院或者什么别的宗教事业吗?理智不同意这样做。贝科夫很清楚,神甫、修道士以及其他掌管上帝的世俗产业的人,都是靠不住的,他们同他一样都是罪孽深重的人。就连上帝也不是清白的。贝科夫对上帝存有戒心和怀疑。他一直觉得上帝对他的全部事情和心思了如指掌,始终在机警地监视着他,而且不是别人,正是这个上帝一再地妨碍他、反对他那迫于生活、人人皆有的贪婪。往往有这种情况:一切都已安排就绪,准备停当,但心里仿佛突然燃起一根火柴,颤动着小小的火光,这火光唤起某种灰蒙蒙的云雾般的思想,唤起对罪孽与惩罚的恐惧,有时甚至引起一种对他所瞒哄和逼迫的人们的近似怜悯的感觉。

他非常明白,这并不是魔鬼在开玩笑,而正是上帝在捉弄他,迫使他违背理智去对人们作出让步;他怀着被嘲弄的怨恨情绪对自己的心腹和食客——生有一对鸟眼,胆小怕事的驼子基金说:

"我为什么必须怜悯别人呢?别人没有怜悯过我。没有一个人善意地对待过我。"

"当然啰,这是蠢事,"基金表示同意。

一想起他,叶戈尔·贝科夫便拿起一根棍子——一根地板刷子的把,用它捅了捅天花板,两三分钟之后,矮小的驼子突然悄悄地走进来,他迈着两条罗圈腿,踉踉跄跄地走着,身子像把螺旋拔塞器,一蹿一蹿地不住向上扭动。

"喂,怎么样?"基金怯生生地眨着瘟鸡似的眼睛,问道。

"看来,我要死了。"

基金用手掌摸了摸没有胡须的蜡黄的脸。

"兴许医生是胡扯?"

"不,我自己知道。"

"如果是这样,为时就过早了。"

"问题就在这里!是啊,算了吧;死就死吧,这也由不得自己。我是个兵。可财产怎么办呢?"

驼子一面倒着茶,两脚在地板上擦得沙沙响,叹了口气,说道:

"按照法律规定,财产将转归你的外甥亚科夫·索莫夫所有。"

"是的,他是我的堂房外甥!"贝科夫愤懑地发出嘶哑的声音,由于气愤肋骨下的疼痛更为加剧了。"可我连他是个什么样的人都不知道,我顶多见过他五次。"

"但是根据法律……"

"法律!"贝科夫把牙咬得咯咯响,狠狠地骂了一句。

"那就捐献给慈善事业吧。"基金不甚情愿地建议说。

"那可不行,我不能把我的种子往石头上种!"

"当然,这不是闹着玩的。"

贝科夫想了想,又气哼哼地嘟囔了一会儿,便委托驼子明天就去请外甥来做客。

"我要瞧瞧,他究竟是哪号人。"

亚科夫·索莫夫是傍晚来的,他恭恭敬敬地鞠个躬,没有伸出手来,说了一句:

"您好!"

他的声音不大,但是嗓门高昂而洪亮,语意中肯,显而易见这不是句空泛的客套,而是充满了良好祝愿的真心话。他的身量不高,体态匀称,在他那张风尘仆仆的脸上柔和而平静地闪耀着一双淡蓝色的眼睛,左耳上面直挺挺地翘起一撮哥萨克式的淡褐色头发,大鼻子底下蓄着鬈曲的浅色小胡髭。在他身上有一种坚强、纯洁而又吸引人的东西,贝科夫立即觉察到了这一点,但是他以惯常对人不信任的态度对自己说:

"长相很蠢。想必是个色鬼。"

贝科夫仔细打量着这个衣着寒酸的小伙子:蓝衬衫、帆布上衣、帆布裤子,裤管塞在靴筒里。贝科夫痛得呼哧呼哧地喘着粗气,一本正经地盘问外甥,做什么营生。原来,亚科夫十九岁,在一家木材商行当伙计,在教堂的合唱队里唱第一男高音,他喜欢钓鱼和看书。贝科夫一面听他不慌不忙地讲述,一面反感地思忖着:

"他说起话来好像作忏悔。他在撒谎。他猜到为什么叫他来了,装成个好人。"

随后他那张阴郁的面孔突然讥讽地歪扭一下，不由自主地急匆匆地说道：

"可是我就要死了。"

他听到的回答是：

"咳，那又何必呢？"

"怎么叫'何必'呀？"贝科夫又惊又气地问，"我有病啊！"

于是他坚决地对自己说：

"这小子真蠢！"

但是亚科夫·索莫夫侃侃而谈，听来既陌生而又亲切。

"任何病都有办法对付，比如用胡萝卜汁治。一年前，我得了肺痨，教堂里合唱指挥的母亲，一个非常善良、聪明的老太婆，让我每天早晨空着肚子喝一杯胡萝卜汁。结果就全好了。"

索莫夫笑眯眯地用手摩了摩脖子和胸口，而贝科夫觉得外甥的平静的话语似乎解除了他的疼痛。

"那是肺痨，可我得的是另一种病。"

"肺痨也是病。您无论如何一定要试一试胡萝卜汁或者用酒精泡的洋姜。洋姜的作用更好，洋姜里有石硝成分，而石硝是最好的防腐剂。腌鱼的时候，为了防腐都要在盐汤里加些石硝。任何疾病都是一种腐烂……"

亚科夫·索莫夫说得令人非常愉快，他的话一句接一句仿佛沙粒似的轻快地洒落出来，改变了贝科夫怀疑外甥年轻无知的观感。

"你从哪儿知道这些的？"

亚科夫像告诉老朋友一样津津乐道地向他讲述了他同一个有学问的，出色的钓鱼能手结识的过程，这个人去年秋天开枪自杀了。

"为什么呢？"

"因为失恋……"

"唔，开枪自杀，多蠢啊！"

"他太直率了。"

"这指的是什么?"

"他在感情方面是很直率的……"

"唔!"贝科夫应了一声,心想:"这小伙子真怪。爱多嘴。当然,还年轻……"

就这样,又轻松地交谈了好一会儿,后来索莫夫瞧了瞧挂钟上的懒洋洋的指针,说他该去练合唱了,便恭恭敬敬地告了别,离开了。

叶戈尔·贝科夫靠在沙发上沉思起来。同人家谈久了总是使他劳累——有什么可谈的呢? 不谈就可以看出,人家需要你的是什么,你也一向清楚,你需要人家的是什么。可是这一位与别人不同,虽然他还是个毛孩子。他很谦虚,并不死皮赖脸地认亲戚,没叫过我一次舅舅,可能他知道我这个舅舅十分孤独。也许他耍滑头? 可又不像。

基金收了麻絮从仓库里回来时已经非常疲乏,满头大汗,他往桌旁一坐,问道。

"来过了?"

"来过了。"

"你看,怎么样?"

"难道一下就摸得透吗? 不过,看得出他很友好。"

基金倒着茶,饿得狼吞虎咽地嚼着面包和香肠,注意听着主人犹豫不定的话语。

"他喜欢安慰人。爱安慰人的都是骗子,我不信他们。友善态度也不是我需要的品质。人们已经习惯这样生活了,似乎是上帝让他们互相嘲弄的。"

"说得对!"由于丑陋,一生都受着无情嘲笑的驼子肯定了这个看法。

"问题就在这里! 魔鬼像挑唆好斗的公鸡一样挑唆我们相斗。人们犯罪,魔鬼开心,上帝的想法谁也不知道。上帝像个坐在戏院里的警察局局长,只管看戏,不吭一声……"

贝科夫久久地诉着委屈，后来疲倦地合上眼，询问道：

"关于他，亚科夫的事，你都听到些什么？"

基金把蜂蜜涂到一块面包上，连同椅子一起转过身来，报告说：

"他的老板季托夫讲，这个小伙子很勤快，但是有时候爱胡思乱想。"

"这指的是什么？"

"季托夫说不清，可是我是这样理解的，亚科夫好干些多余的不该干的事。我还问了教堂的执事，这个人一个劲地夸他，当然，他的话不能信，他是他的好朋友。和他一块儿钓鱼。女房东讲，亚科夫只是同伙伴们在一起的时候才喝酒，他的伙伴尽是些老粗：科诺诺夫那儿的铸工、钳工、理发师……"

"他和省长当然交不上朋友。"

"他不带女人回家，他非常爱干净，有条有理，心地也好。"

"他心地好？"

"是的。"

"这是因为年轻！唔……这么说，他是知道你在详细打听他，想必也猜到我为什么要叫他来啰？"

"未必知道，因为我干得很谨慎。"

贝科夫沉默下来，想了想。

"嗯，该怎么办呢？看来，就该这样。你还是再仔细打听一下他的情况。还要告诉他，让他上我这儿来，我好像忘记叫他了。"

贝科夫郁郁不快地叫了起来：

"不行，可你想想看，我这叫什么事啊？我干呀干的，做了多少亏心事，可是都为了谁呢？为了这个外人，这个乳臭未干的小子吗？"

"这是个糟糕、可笑的奇闻。"怯生生的驼子眨着圆圆的眼睛，十分肯定地说道。

疾病似乎在等待医生的认可，医生来过以后，病情急转直下，肋下撕裂般的疼痛越发厉害了,神智也因此模糊了起来。贝科夫觉得周身上下到处都有忧郁和委屈的小虫子在不停地啃啮和蠕动。

"怎么样了?"基金问道。

贝科夫声音嘶哑,气恼地回答说:

"真难,第一次死,没经验。"

他喜欢开玩笑,也会开玩笑;当被他欺侮的人们责难他、辱骂他时,这种本事常对他有所帮助。

"是上帝让我来折磨你的,"他常对这个或那个人说。

可是现在玩笑往往开不起来,他像平时一样只是出于习惯,拿基金开开心,可是基金已经听不进这些玩笑话了。贝科夫整天躺在沙发上,头冲着圣像下的屋角,感到脑袋里空空如也,思想越来越贫乏,只有一个念头像铃铛似的在里面丁零丁零地响着。

"我要死了。这是为什么呢?"

有时,为了冲淡这个问题,他回忆着差不多忘却的祷词:

主宰万物的上帝,万能的主啊……保佑我们免遭地狱的折磨,免遭一切横祸……免遭奸猾的魔鬼、日鬼、夜鬼的纠缠……

他感到,这些祷词无法使他屈从上帝的意志,甘心接受不可避免的早逝,反而加剧了他的委屈和愁闷。

他站起身来,把一件灰色的粗呢便袍披到肩上,经过镜子向着蓝色的、无底洞似的窗口走去,镜子里映出一个恍若囚犯一样的长长的身影,一张目光混浊的晦暗的脸和蓬乱的胡须。他从镜台上拿起梳子,坐到圈椅上,梳理头发、胡须,望着街道,望着那些被浓郁的花园隔开,为了百年大计而建造得非常体面和牢固的楼房。

街上阒无一人,十分炎热。主人们都到别墅避暑去了,看管院子的仆役偷闲待在大门旁。一片沉寂,只有花园里的鸟儿在忙忙碌碌、叽叽喳喳地叫着,这叫声并不妨碍人们去思考上帝的不公平。比如,这些地基打得很深的房屋,砖砌的人窠将无尽期地存在下去,可是亲手用劳动装点大地的人,房屋的建造者,却注定不要多久就要死去。这是为什么?为什么荣获乔治十字勋章的军人,二等商人叶戈尔·伊凡诺夫·贝科夫还没有活到五十岁,就要受到早亡的惩罚呢?难道他的罪孽比别人更多吗?难道为了这些罪孽人就该死吗?

每当傍晚,亚科夫·索莫夫到来的时候,病人便觉得轻松些,外甥的谈话能使他摆脱种种阴郁的念头,引起他对这个年轻人的强烈的好奇心,以及要了解这个年轻人的愿望,同时使他对外甥产生无比强烈的嫉妒:他将活得很久,过得安逸而又富裕,而且这一切都是依靠别人的力量;他可以清清白白地活着。这真是极不公平的荒唐事,甚至是对人的嘲弄!

亚科夫的话非常有趣;他那清新的言语使贝科夫经常而又愉快地感到惊奇,但是他发现在外甥的谈吐中愚蠢和聪明两种成分迥非寻常地交织在一起,这妨碍他对索莫夫采取明确态度,可是他又急需确定这一态度。

"他是生来就蠢还是由于年轻呢?"贝科夫一面听着亚科夫讲述,一面自问,后者沉思地微笑着,说道:

"随大流地活着没有意思,过得与众不同又很困难。"

"是这么回事,"贝科夫表示同意,"可人与人是不同的呀!"

令人懊恼的是,这个漂亮的小伙子并不反驳,可还是执拗地说:

"只要仔细观察,所有的人在主要方面都是相同的。"

"什么是主要的呢?"

"指望别人的力量。"

贝科夫捋着胡须,默不作声,仔细地打量着对方。外甥说得对。然而他本人也将靠别人的力量,靠他贝科夫的力量生活,他明不明白这一点呢?要是明白,那么他的话是违背自己的利益的,这很蠢,如果不明白,同样是愚蠢的。

于是贝科夫努力寻找亚科夫性格中最本质的东西,说道:

"我的朋友,生活就好比打仗,它的规律很简单:不要坐失良机!"

"完全正确。一切不愉快的事情都是由此而来的。"

"没有这个,没有不愉快的事情是不可能的!"

亚科夫含笑不语。

贝科夫觉得,在外甥那张少女般的脸上,笑容来得既不是时候,又缺乏根据,而且多余,笑容里带有某种令人不快的迁就的成分。

"看来,他自认为是个聪明人。"他揣度着,眯起眼睛打量着亚科夫。

令人更加不快的是,索莫夫往往在谈话中间垂下眼帘沉默不语。他默不作声,拨弄着茶匙或者上衣上的骨头钮扣,仿佛是知道某种重要的事情又不愿意说出口似的。

有一天,这种沉默把贝科夫气得喘着粗气,大叫大嚷起来:

"你是怎么回事,你是不懂别人讲的话,还是怎么着?"

亚科夫彬彬有礼地,甚至有些抱歉地答道:

"我懂,只不过是不同意!"

"这又是为什么?"

"我有另外的想法。"

"什么想法?说出来吧!讲一讲,辩论辩论!你干吗不吭声?"

亚科夫还是那样彬彬有礼地说道:

"我不喜欢争论,也不会争论。依我看,争论只能确定人们的分歧。"

"这么说,人们应该不作声,是不是这样?"

但是外甥没有回答,继续发表自己的看法:

"要知道大家争论不是为了要找到真理,更多的是为了掩盖它。人要得到真理很简单:变成小孩子的样式①,又当爱人如己②。违背这个道理来进行争论是可耻的。"

---

① 出自《新约·马太福音》第十八章第三节:耶稣叫一个小孩站在他的门徒当中,说,"你们若不回转,变成小孩子的样式,断不得进天国。"

② 出自《新约·马太福音》第十九章第十九节:耶稣训诫他的门徒,说,"当孝敬父母,又当爱人如己。"

"呆头呆脑的家伙，"贝科夫懊恼地想道，并且生气地笑了起来，虽然这一笑使他疼得更加厉害。

"那么你能像小孩子一样生活吗，能吗？你会爱别人吗，嗯？咳，你呀！自己还同意过，生活就好比打仗，可现在却说……唉，朋友，这太差劲了！"

然而，亚科夫并没有因为他的嘲笑而发窘，他委婉但又执拗地说：

"可是除此之外，就再没有别的办法可以消除生活中的不幸，所以应该往这个方面考虑。"

"往哪儿？往哪个方面？"

"生活得像小孩子一样单纯。"

"你可真是个蠢人！小孩子是世上头号的淘气鬼，你难道不知道吗？你瞧，这些小畜生是怎么互相打来打去的。"

外甥笑了笑，不作声了。

贝科夫很想骂他一顿，但是他忍住了，疼得哼了一声，阴沉沉地说：

"嗯，得了，你走吧！我累了。"

他坐到窗前，望着花园上空越来越浓的红云，深沉地思索起来：愚昧的年轻人！他的脑子就像一盆糨糊。难以琢磨的小子！让人摸不透，驾驭不了。

"噢，上帝啊！处处都是难题、闷葫芦……"

亚科夫吃东西很慢，这是个不吉之兆：懒汉才慢慢腾腾地吃东西。而且他吃得也少，虽然他的牙齿很好，一点毛病也没有，可是吃起东西来却像老爷那样一点儿一点儿地咬，像老头那样嚼上好半天。他总是在想心事，可在他这种年龄有什么好想的呢？走起路来也无精打采，心事重重，仿佛走在异乡客地。他脸上有一种"红颜少女"的神气，若不是那撮竖起的头发，看上去就完全是一张女人的脸蛋儿。

像小孩子一样生活……傻瓜！你这样过过看！也许他不是个傻瓜,只不过是个软心肠的小伙子,钉子碰得太少,心肠还没变硬？由于年轻无知,小伙子兴许指望既不亏待自己,也不得罪别人,清清白白地过上一辈子吧？这倒不坏,不过这无论如何是办不到的！

贝科夫回顾自己艰难的一生,不由深深地可怜起自己来,以致使这悲切、怜悯之情也部分地转移到了外甥身上。

"他知道,很难过得与众不同,那么他也就应当明白,没有罪孽就像没有油一样:缺了油,稀饭没有味儿,干活没有劲儿！人总是想睡软铺的。不过,亚科夫毕竟是可爱的,他身上总该是有一滴贝科夫家的血液的。"

然而基金一来,贝科夫便讥讽开了：

"咳,老弟,我的继承人可真不怎么样！傻里傻气的。他说,应该像小孩子那样生活,你听说过吗？"

"这是《圣经》上的话。"驼子怯生生地说。

"什么？"

"《圣经》里说,基督在那儿……"

贝科夫气恼地咳了一声,摩挲着疼得火辣辣的腰,咬牙切齿地嘟囔道：

"基督是上帝的儿子,而我是庄稼汉伊凡·贝科夫的儿子,应该分清楚！基督不做大麻纤维的生意,没有在我们这伙人中间混过。"

他的火气越来越大,用拳头敲着圈椅的皮扶手。

"要是你打定主意为基督活着,那么就脱掉上衣,脱下靴子,穿上破衣烂衫,打赤脚吧！头发,把头发也剃掉！"

冲动使他疲惫不堪,他皱起眉头沉默了一会儿,然后板着脸责备基金说：

"你也基督长基督短地乱嘟囔！罗锅儿和基督可配不上。是的,喏,听见了吗？无益的鸟在歌唱,可人却要死了。这一点基督并不知道。"

基金小心翼翼地提示说：

"在客西马尼花园里连基督也抱怨过自己的命运[①]……"

这使得贝科夫非常高兴，他又兴奋起来，急忙说道：

"那还用说？我记得！就是这么回事！早亡连他也感到痛苦。何况我是个人呢……"

他痛苦地呻吟一声，往圈椅里坐得更深些，伸直双腿，抱怨起来：

"怎么办呢，基金？我的财产会落到什么人手里呀？这简直是捉弄人，我攒来攒去，作了孽，可到头来全都要扔进泥坑里！是不是？"

他伸出一只手，用手指戳着窗台上的花盆，气冲冲地抱怨了好半天，基金低头听着，用几个手指叩击着他那罗圈腿上尖尖的膝头。

"可是从另一方面考虑，"他叹口气说道，"要是抛开亚科夫，也抛开慈善机关，那么财产成了绝户产，公家就要把它搂走了……"

贝科夫冷笑着，咬牙切齿地说：

"那么我就好比被剥夺了一切权利，被判处了终身苦役，是不是？"

"正是这样。这就是可笑的奇闻！"

"真巧妙，是吗？"

"没办法……"

他俩沉默好久，还在寻找出路，最后，驼子建议把亚科夫·索莫夫请到家里来住，这样便于更仔细地观察他，教会他处世的学问，也许，年轻人意识到财产所赋予人的责任时，会变得严肃认真一些。

他们就这样决定了。

雨水哗哗地冲刷着窗上的玻璃，风在呜呜地吼叫，在那罩着一层玻璃似的昏暗街道被闪电照亮的一刹那，一道青灰色的光芒冲进半明半暗的房间时，盆花仿佛从窗台上跌落下来，所有的东西都像是震颤

---

[①] 出自《新约·马太福音》第二十六章第三十七节：基督在被害之前，知道了他面临的危险，夜里在客西马尼地方同几个门徒去做祷告，对他们说："我心里甚是忧伤，几乎要死。"

了一下,顺着地板向一块白斑似的门口滑去。

木柴在瓷砖面的壁炉里熊熊燃烧,叶戈尔·贝科夫对着炉门坐在那里,烘烤着发冷的双脚,沿着他那灰色的长袍膝部和胸部有一些色调和暖、微微发红的光斑在闪动,照亮了他的部分胡须,而他的整个面容,那张闭着双眼,模糊不清的脸仍留在阴影里。

基金躬着背蜷缩在一张矮脚凳上,两手藏在鸡胸下面,神色奇异的眼睛里闪动着炉火的反光,自下而上地望着亚科夫的脸;亚科夫的一只肩膀紧靠着壁炉的瓷砖,像讲故事一样轻声地讲着:

"要知道财产积攒得越多,越会招惹别人的痛恨和嫉妒。穷人见到巨大的财富……"

"喔喝。"贝科夫睁开眼,像牛一样哼哼,基金却叹了口气,把火钩子伸进炉膛,拨弄着木柴,火炭噼啪噼啪暴响了一阵,往炉前的铜片上喷溅着火星。

贝科夫用一只脚在铜片上沙沙响地抹来抹去,踩着火星,皱着眉头望着眼前这两个人,心想,这一切都是多么糟糕,多么令人不快啊!基金那副嘴脸就像一个玩了好久、撒了气的破皮球,头盖骨上支棱着一些长毛绒似的灰发,怪模怪样地张着蛤蟆嘴,像魔鬼一样长着一对野兽耳朵。亚科夫仿佛是画在白瓷砖上的一幅画,虽然衣着讲究,一身新,然而并不因此而变得更讨人喜欢。

"怎么,"贝科夫讥讽地问道,"依你的看法,这些穷人决心要抢劫富人啰,是这样吗?"

"一定要合理地分配财富……"

"是这样,"贝科夫说,"原来是这样!老弟,你想得不对头!"

"千百万人都是这样想的。"

"你数过吗?"

"老百姓确实发火了,"基金瞧着炉子,审慎地插了一句,"大家都很不满。"

贝科夫不自然地高高挑起双肩,嘶哑地喊道:

"你住嘴！看见吗，我也没作声！"

外甥搬到家来还没过两个月，但是贝科夫越来越常听到驼子小心翼翼地附和亚科夫的话。基金阿谀奉承地瞧着小伙——狗东西，闻出新主子的气味了。

"咳，人哪，人……"

可是外甥要不是蠢得与众不同，就是狡猾得非同寻常。简直搞不清，他究竟需要什么？他说起话来温和、亲切，而且显然是想让人不知不觉就同意他以下的看法：财富是生活中一切不幸和一切混乱的根源。真是荒谬和不成体统的想法，它不符合亚科夫的身份，他这是弄虚作假。为了什么呢？他已经知道舅父死后他会变富，他决不像一个会把财产分给穷人的、喜欢乞丐的人。他很有做主子的派头，他重视和爱惜财物，癖好有条不紊、干干净净。他一下子就把看院子的带好了，亲自帮他整理了无人照管的院子，走遍各处，察看了全部家产，发现了管家的偷窃行为。他显然不喜欢乞丐……

然而他毕竟还是一个让人捉摸不定的年轻人，无论怎样也摸不透，哪些是真的哪些是假的？他头上支棱着一撮头发，在他的脑袋里也有一种执拗的，像是一撮直挺挺的头发似的东西。

可他是否故意要讲这一套奇谈怪论，借以吓唬病人，招惹他生气，以便把他尽快送进棺材里去呢？这种猜测使贝科夫非常不安，因此有一天他直截了当地问亚科夫：

"你干吗要胡说八道呢？"

"为了弄清道理，"外甥瞪着一对绵羊似的眼睛答道。他的眼睛也是双重的：有时候这双眼睛使小伙子显得亲热、可爱，可是在更多的情况下，这双眼睛常常是呆滞不动，目光迟钝，视而不见似的，当他阐述他那套奇谈怪论时，他的眼睛就是这个样子。

"必需明确。要让所有人一致达成相互帮助的协议……"

"可是人们互相帮助去反对谁呢？"贝科夫喘着粗气愤愤地说，"可仇恨呢？你要明白，人们是相互仇恨的呀！"

"不和睦是无法生活的,"年轻人固执地强调,"常言道,不要种风,否则所收的是暴风。① 需要安抚全民的良心,不然就会爆发全民暴动……"

"你胡扯!"贝科夫怒气冲冲地喊道。

他日夜都在考虑:亚科夫作继承人是否合适?由于这些想法他已顾不得去想死的问题了,有时甚至觉得连病痛也在这些思绪面前退却了。

"愚昧的年轻人,愚昧啊!每一个叫花子都懂得财富和产业是生活的可靠保障,是人的坚强后盾。就连地底下的田鼠都懂得这一点……"

夜间,当大地上的万物都消声屏息,似乎在思念消逝了的白昼时,人的思绪则愈加凝重和清晰得几乎可以看见,理智恰似紧紧绕作一团的黑线,缓缓地捯开来,向四处伸延。贝科夫凝神细听,猜想楼上的人还没有入睡,他甚至觉得听得见亚科夫那些固执的言词,看得到他的眼睛以及驼子那张惊讶的、皱巴巴的面孔。亚科夫大概在谈论应当改变国家法律和缩小沙皇权力的问题。毛孩子,他连这个都敢想敢说!

土耳其战争时期②,人们曾悄悄议论过,现在又重新提起,因为仗又打得厉害了。这是那些文职人员在蛊惑人心,他们不愿意打仗,害怕被征召入伍。那时候他们甚至企图杀死沙皇,可是动手迟了,战争结束后才杀掉的③。

"这一切多么愚蠢啊!约书亚④打过仗;大卫王⑤很仁慈,写了《诗篇》,可是他也没能避免战争。出家人打过仗。贤良的公爵同鞑靼人

---

① 出自《旧约·何西阿书》第八章第七节,原话是:"他们所种的是风,所收的是暴风。"
② 指一八七七至一八七八年的俄土战争。
③ A·K·索洛维约夫于一八七九年四月二日行刺沙皇亚历山大第二未遂;两年后,即一八八一年三月一日民意党人杀死了沙皇。
④ 《圣经》传说中的先知,以色列人的领袖,摩西的继承人。
⑤ 据《圣经》传说,大卫是第二个以色列王(公元前十一世纪)。

441

打过仗。圣主亚历山大·涅夫斯基①无情地打过瑞典人,但是他们讲义气,没有杀过自己人。多么愚蠢啊!"

贝科夫躺累了,坐在窗前,望着星星,望着像一张浮肿的女人脸似的月亮,从那炫耀着点点繁星的夜空里不断倾泻着缕缕愁情。

大教堂里的神甫费多尔老爹常说:

"人们不大欣赏奇妙壮丽的天空。"可他玩起纸牌来手脚总不干净,绝对不能同他玩朴烈费兰斯牌②。

贝科夫回忆起,他是怎样同这个神甫闹翻了的,他对神甫说,天上没有什么壮丽的东西,它只不过使人感到自身的渺小;白天,当太阳把空荡荡的天空照亮时要好一些。夜间,天空被云雾遮着看不见,似乎并不存在,就更好些。人是为大地而生的,当神甫引诱人们离开大地时,正仿佛把应征服兵役的新郎从婚礼上叫到兵营里一样。听了这话,神甫勃然大怒……

花园里的树木被昏黑的夜色连接得如此紧密,就像有人给它们灌注了焦油似的。城里沉寂得令人难受,沉寂得不禁使人要喊叫:

"着火了!我们要烧死了!"

"噢,上帝呀,上帝!"贝科夫在心中抱怨说,"这是怎么回事?你为什么单要欺侮我呢?是我比别人更有罪,还是怎么的?"

于是他想起了一些熟人的事情:他们都比他更坏、更贪心、更爱嫉妒。他有良心,因此他没有亲近的朋友,为了想和一个美貌、贤惠的妻子安安逸逸地过日子,他不慌不忙地准备着牢靠的安乐窝,从而孤孤单单地度过了一生。身边有个壮实、标致的女人该有多好啊,把她打扮得像个布娃娃,逢年过节带她出去游逛,乘着双套马车兜风,把她那艳丽的盛装和满身珠翠的娇柔体态炫耀一番,引起别的女人的妒羡该有多好啊,实在好……

---

① 亚历山大·涅夫斯基(约1220—1263),诺夫戈罗德公爵(1236—1252)及弗拉基米尔大公(1252—1263)。一二四〇年在涅瓦河附近击退瑞典军,故得名涅夫斯基。
② 一种纸牌的打法。

他眯着眼,细细地打量着在朦胧夜色笼罩下的沉重的家具,回忆着购置它们时曾怀有何种希望。家具什物有很大意义,生活在它们当中恰如身居堡垒。如果把所有的摆设统统从房间里搬出去,那么这个房间就会像一口巨大的棺材。

"噢,上帝啊!为的是什么?"

亚科夫似乎一直在驼子的阁楼里唠叨着,像一台缝纫机似的,轻轻地用言语绣着他那异端邪说的花纹。

"他的思想非常固执。这并不坏,虽然都是些幼稚的想法。我年轻的时候也不清楚自己追求什么。"

贝科夫的头脑里不知不觉出现了另一种想法。横竖都一样,除了亚科夫没有其他的继承人了,这是他的运气!贝科夫作出这个决定后,又觉得它是违背自己的理智的,于是想方设法为这一决定辩护,但是除去认为这个年轻人谦虚谨慎、头脑清醒,有了钱就会变聪明些以外,什么也没想出来。

然而,当他暂时忘记索莫夫是他的继承人的时候,他就非常喜欢他了。他不胜惊异地发现,在外甥的执拗而古怪的思想里,存在着另一种使他感到陌生的、与他叶戈尔·贝科夫一向所具有的理智不同的理智,这是一种未被生活打上阴暗的印记,发自内心和基于某种坚定信念的理智。每当看到外甥的那些玄妙的,有时显得令人费解的言词形成一些浅显易懂的思想时,贝科夫往往产生一种近似嫉妒的感情,于是便故意皱起眉头,掩饰着不由自主的微笑想道:

"真行啊!鸟儿不怎么起眼,唱起歌来倒挺悦耳。我这种鸟儿就唱不起这种调调。可对他这个小鬼来说却是轻而易举的……"

贝科夫特别喜欢听亚科夫谈论他过去的老板季托夫的生活和他酗酒时所出的洋相。他听着这些故事,张大了嘴,露着满口大牙,甚至笑将起来,满意得眯缝着眼睛,不住地哼哼着。他高兴地看到,自己的对手是这样可笑而又可怜,也高兴地确信,自己的继承人具有机警、敏锐的眼力,善于发现人们的弱点和丑态。

"你的眼力不错啊！这很有用。能看出一个人哪条腿瘸总是有益处的。他的左腿瘸，你就从右边揍，他的右腿瘸，你就从左边打！"

而亚科夫用他那清晰的嗓音讲得有声有色：

"季托夫的酒瘾一发作，便把巴尔季斯基工程师叫到他家里，他们变着花样，喝上十来天。有这样的把戏：傍晚把用人克里斯托夫派到花园里去，吩咐他把二十瓶酒分别埋在那里，要埋得连瓶颈都瞧不见。一大早他俩便带上手杖到花园里去找'蘑菇'，一面用手杖挖土，一面找。找到一瓶伏特加，便高兴地嚷嚷：白蘑菇！在凉亭里把酒喝光以后，便又找起'蘑菇'来了；红葡萄酒是红蘑，香槟酒是洋蘑，白兰地是黄蘑，烈性甜酒是乳蘑。就这样整日里边找边喝，找着什么就喝什么。有时候他们开始喝的是甜酒，喝完一瓶再去找另外一瓶。一直喝到季托夫就像尼布甲尼撒王①一样，在草地上爬来爬去，吼着歌剧《恶魔》里的唱词：

　　我是个谁也不爱的人，
　　被所有生灵诅咒的人……

巴尔季斯基则躺在地上，痛哭流涕，哭他不能用牙齿咬着瓶子把它从土里拔出来，边哭边抱怨：'我的力气到哪儿去啦？'"

贝科夫哈哈大笑，虽然这一笑加剧了钻心的疼痛，可索莫夫却显然怀着惋惜的心情说：

"当然，这非常可笑，不过我还是可怜这些人，您知道吧，他们的力气很大，本可以去移山倒海，可他们却只用两个指头干事。说人们贪心这完全不对，不，我没见过对工作贪心的人！"

"你年轻，所以见得少，"贝科夫只是为了反驳才这样说，他心想：

"这小伙子真让人纳闷，可不是吗：他议论起来，蛮像个主人，说得

---

① 出自《旧约·但以理书》第四章第二十五节：巴比伦王尼布甲尼撒受到上帝惩罚，"被赶出离开世人，与野地的兽同居，吃草如牛，被天露滴湿。"

也对:人们对工作并不贪心,都是些懒汉!但是,如果职员、工人痛心疾首地说,老板工作得不好,那就很荒唐很少见了!小伙子还说,应该诚实地工作。真要让所有人都诚实地、全力以赴地工作,那么就应该把那些天真幼稚的思想清除掉。"

"亚科夫,你真糊涂,"他阴郁而懊恼地对外甥说,"你想得可不周到,太轻率了……"

索莫夫垂下眼帘,不作声了,他想把翘起来的一撮头发抚平,结果反而翘得更加厉害了。

商人们突然不安起来,他们神态威严地坐在车上,整天赶着马满街跑。贝科夫从窗户里观望着这些一向都不惯于仓促从事的人们慌慌张张地东奔西跑的情景,便问基金:

"他们跑来跑去干什么?"

只见驼子那张忧郁的面孔变得眉开眼笑,那双母鸡眼里的混混沌沌的痛苦神色也没有了;这个受尽嘲笑的可怜虫甚至走起路来也硬棒些了,不像往常那样怯生生地迈着两条罗圈腿转来转去;现在,他一走动,体内、驼背和鸡胸里就仿佛装上了弹簧一样一蹦一跳。他活泼地眨着眼,摊着双手,扯着裤子上的背带,讲着完全莫名其妙的事情,——城里出了从来没有过的大乱子,市杜马、手工业管理局、商人、贵族、甚至神甫都卷进去了。

"叶戈尔·伊凡内奇,这样可笑的奇闻就闹开啦……"

"等一等,省长在城里吗?"

"当然在……"

"沙皇还活着?"

"好好地……"

"还有哪?"

基金脸上露出一丝并非他固有的奸笑。

"您问的是什么?"

"傻瓜!"

亚科夫大概能把城里的事件讲得更有条理些,但是他告假到莫斯科去了,在那儿参观京城风光已经待了一周有余。而城里的不寻常的乱哄哄的局面愈演愈烈,犹如过复活节那样热闹,又像平日闹火灾时那样杂乱、喧嚣。

"出了什么事?"贝科夫生气地追问着。

"是这么回事,叶戈尔·伊凡诺维奇,老百姓要求……"

"等一等,别像爆豆子似的说得那么快!什么样的老百姓?乡下人?"

"乡下人也……"

"也什么?"

"要土地。"

"向谁要?"

"可您知道……"

接下去就完全不知其所云了,驼子就像丢进开水里的一只大虾在椅子上扭来扭去,抱歉似的笑了笑,喃喃地说道:

"大家要彼此来个清算……"

他搓着手,眼睛里闪露出醉心的喜悦,这同他那不安的叙述是矛盾的,他的两只八字脚令人讨厌地在桌子底下跺着,把地蹭得沙沙响。

"大家普遍表示了对生活的怨恨,理智开始觉醒了,大家一致认为再也不能容忍这样的生活了……"

"驼背鸡胸的魔鬼,什么样的生活?"

"就是眼前这种生活!大家无所畏惧地谈论这一切,有些人这样讲,在这以前好像在睡觉,过去的一切,就像做了一场梦,真的!既坚定又顽强……"

驼子坐在贝科夫的侧面,把光光的苍老的脸转过来对着他,身上那件红褐色的短上衣耸到尖尖的驼峰上,露出鼓鼓囊囊的白衬衫和裤子背带,两条裤腿几乎齐膝部都溅满了泥浆。

"我是跟什么样的废物住在一起啊,"贝科夫想道。

"这是一个地地道道的可笑的奇闻,叶戈尔·伊凡内奇,大家都跑到街上来,挤在杜马旁边……"

"见你的鬼去吧!"

贝科夫只剩下一个人的时候,郁闷地沉思起来:

"这样一条微不足道的蛆虫竟然闹得人心神不定!给他些钱,不让他住在我这儿了。现在有了亚科夫,我用不着他了……"

亚科夫是在一个雨天的黄昏回来的,他走下楼来喝茶,那副庄严的样子,仿佛从教堂里进完圣餐礼回来似的。他身上似乎有一种紧绷绷的东西,那撮头发翘得更加神气活现,他忧心忡忡地低皱着眉头,嗓音低沉而嘶哑。连他坐到椅子上时的神气都不像往常那样谦虚了,而是用脚把椅子移到桌子跟前。这使得贝科夫更加心神不宁,并产生一种不幸的预感。

"喂,说说看,莫斯科怎么样了?"

外甥令人不快地一字一句地讲开了,他若有所思,但是嗓音异常洪亮,好像在法庭上宣誓要讲真话之后,正在做证似的。他说得很久,没有理会贝科夫的气冲冲的问题,不时停下来回忆,或者搜索着词句。

"他撒谎,他在吓唬人,"贝科夫寻思着,由于亚科夫对他的问题置之不理而甚感屈辱。他看着驼子焦灼不安地坐在那里,张着蛤蟆嘴,显然想插上一句的样子,十分生气。

"他们串通在一起了,鬼东西……"

亚科夫讲了些难以置信的事情:各个阶层的人不知怎的都突然愤怒起来,每个阶层都根据自身的利益要求减轻生活负担,于是大家都像醉鬼一样互相厮打起来。

"那么,会怎么样呢?"贝科夫气愤而又不信任地问道。

索莫夫思索片刻,大声叹口气,说道:

"会很糟糕,如果民心得不到安抚,不能使人们相互帮助的话。叶戈尔·伊凡诺维奇,使您不安,我很过意不去,可我不能瞒您,兴许连发生手持武器的全面革命都是可能的。"

"胡扯！"贝科夫坚定果断地说，"从哪儿来的武器，什么样的武器？你瞎说。你这是欺我是个病人，自己上不了街……你这是在吓唬我，你想把我吓死。"

他用拳头敲着桌子，敲得茶碗叮当作响，他瞪大了眼睛，嘶哑地叫着：

"我不是老太婆，我不相信有世界末日！我不怕！什么也不怕！只要我活着，我就是财产的主人……"

看到外甥的脸涨得通红，连同椅子一起凑到他跟前，嘶哑地咳了一声，他没有再说下去……

"既然这样，请允许我开诚布公地解释清楚，"亚科夫斩钉截铁地说，"您怀疑我算计您的财产，这一点康斯坦丁·德米特里耶维奇①也跟我谈过。您错了，这对我是莫大的侮辱。我不需要您的财产，我拒绝接受它。我甚至可以写份声明，不接受遗产，今天就写了交给您。我搬到您这儿住，只因为您是孤孤单单的一个人，又有病，您很寂寞。我还知道，您性格直爽，还有其他好品德，比许多人都强。您完全可以合法地让中学老师别克尔破产，把他变成乞丐，同样也可以使卡济米尔斯基家的姑娘们这样，可是您没有这样做。这就是我尊敬您的原因，也就是我为什么住在您这儿的答案。可是现在我不能再住下去了！告辞了！"

亚科夫的嗓子完全嘶哑了，说到末了声音低得几乎像耳语似的，他咳嗽着，站起身，往门口走去，边走边说：

"当然，我很感谢，但是我后悔……"

"等一等！"贝科夫叫道，他把便袍上的腰带束束紧，并且不知为什么把腰带穗高高地举到肩膀上，"等一等，你别发火！"

可是亚科夫·索莫夫已经消失在门外了。于是贝科夫站起身，向

---

① 驼子基金的名字。

前伸着双手,手里攥着腰带穗,像拉着缰绳似的对基金喊了一声:

"把他叫回来!"

驼子跳起身,一摇一摆地走出去了。

"真没想到!"贝科夫大声嘟哝着,惊讶地望着房门,侧耳细听楼梯上的低语。他感到惊讶的并不是亚科夫拒绝遗产,而是亚科夫居然知道那个曾落进高利贷者的魔掌的蠢人别克尔,以及由于父亲的放荡而几乎濒于破产的、漂亮的卡济米尔斯卡娅姊妹。

"他说,我尊敬您!他生气了。还完全是个孩子。"

"怪人!"他尴尬地笑着,对索莫夫说,"你干吗生这么大气啊,嗯?好了,坐下吧!遗产是属于你的,这不只是我的意愿,而且是根据法律……"

亚科夫手扶椅背站在那里,轻声地,但坚定地说:

"我不愿意谈遗产问题。"

"为什么?你真的不愿意?"

"不愿意。而且也许一切遗产都会很快被消灭掉。"

"这是为什么?"贝科夫摆动着便袍腰带的穗子,问道。"你坐下!"

他感到很不平常:一个饥饿的乞丐,在意外地得到别人施舍给他的一顿美餐时,大概就是这种感觉。

"你不要生病人的气!谁也不能剥夺你的遗产。这有法律根据!"

亚科夫坐下来说道:

"这条法律应当废除,有了它只会产生不幸。"

"嗯,好吧,我们废除它。"贝科夫开着玩笑表示同意,一面打量着外甥。他觉得亚科夫似乎身体不太舒服:他那少女似的脸庞消瘦了,嘴唇发黑,不时地用舌头舔着它,双目下陷,神色阴沉而恍惚。

"你是不是在发寒热呀?"

"不是。"亚科夫抿了抿那撮竖起的头发,说道,"不过,您不要开玩笑,现在掀起了声势浩大的反对富豪的民众运动,而且有剥夺一切财产这样的主张……"

"你别怕,"贝科夫蛮有把握地安慰他,"别怕,剥夺不了的!"

"我——不怕;我本人赞成这个……"

贝科夫舒展胸脯呼哧一声,尽可能深地吸了一大口空气,接着又哼地一声伴着疼痛把它呼了出来,他像费多尔神甫传道那样,坚定有力、一句一顿地讲道:

"一个人没有财产就等于空有一副骨头架子,财产是人的肌肉,人的血肉,你懂吗？血肉！"

他用手掌拍了一下圈椅的皮扶手,又重复了一遍:

"是血肉。人活着就是为了长得血肉丰满,实现所有的愿望。世界就是要靠满足愿望来维持其存在的,人的全部工作就是为了这个。谁的要求少,谁就不值钱。"

"现在大家正是在要求获得一切。"亚科夫带着冷笑插了一句。

"你说什么？他们要求什么？你不要相信空话,要相信实干。光要不行,要去干。等到所有的东西都多了,够大家用了,那么大伙儿就会满意的。"

接着贝科夫尽可能温和地对外甥说:

"我并不蠢,我明白:你愿意照基督的意志行事,简简单单、毫不掺假。这是对的,基督主张一切均分,不过要知道,他活在一个贫穷的世界,而我们所在的世界却是富裕的。在基督的那个时代人也不多,要求得也很少,即便如此,还是不够大家分的。可现在我们要贪心得多,人也很多,而且不论谁什么都想要。所以,要工作、要攒钱、要多多的攒……"

贝科夫自己也对这些思想感到惊奇,它们突如其来,不以他的意志为转移,像是一个外人来到了这里,虽然是个外人,但很有意思。这把他窘住了,但是他认为,有一个想法是聪明而又正确的,它能轻而易举地解除生活中罪恶的混乱现象,于是他暗自忖量着它,又重复了一遍:

"就是说,首先应该多挣钱,把什么都积攒起来,然后平分给大家,甚至分给什么事也干不了的残废人,也分给他们:为了没有任何贫穷和污秽,没有丝毫的罪孽。就这样。大家都吃得饱,每个人能怎样生活就怎样生活,谁也不恨你,不嫉妒你。每个人都很自爱自重。对!正是这样:个个都是圣人!"

贝科夫说着说着,越来越感到惊讶,觉得这条思路能够轻易找到用以表达它的词句,永无止境地发展下去。他甚至觉得这一思想,犹如一个瓷瓷实实的线团,很早以来一直埋藏在他的心底,而今天它活跃和转动起来,放开一根牢固的绵绵不断的长线,这团放开的思想使贝科夫喘不过气来,他仿佛在冬天的坚硬、平滑的道路上飞驰。这些新的词句脱口而出,似乎他一向都是用它们来思索的。令人愉快的是,他觉得自己是个新式的聪明人,并且发现,驼子在带着醉心的微笑听他讲,而亚科夫坐在椅子上身体向前倾,用那双少女般的眼睛望着他,目光是那样亲热。所有这一切都是那样动人,并使人感到人与人之间的有力联系而那样激动,以致使贝科夫感动得热泪盈眶,他突然四肢一软,倒在圈椅背上,疲倦地闭上眼睛,喃喃地说道:

"谁高兴跟人们作对呢?可是需要是无法抑制的,啊呀,多么需要工作呀!要赶快工作,死亡在守候着每一个人……"

基金从椅子上跳起来,担心地说:

"叶戈尔·伊凡内奇,躺躺吧,您累了。亚沙①,我们扶他去!"

他们架着贝科夫的两臂,把他扶到床前,关切地伺候他躺下,便悄悄离去,驼子蹒蹒跚跚地走在前头,亚科夫捋着那撮竖起的头发,低着头,跟在他后面。

几天以来,贝科夫觉得自己就像过生日那样得意,在基金和亚科夫无微不至的照顾下,他仿佛浑身裹在温暖的云雾里似的,情绪异常

---

① 亚沙、亚什卡均为亚科夫的别称。

高昂。这些天他的身体变得十分虚弱,因此不得不请一位护士来看护他,这是一个像竿子一样又瘦又高,淡眼珠,麻脸,沉默寡言的女人。贝科夫无可奈何地眼看着自己一点点衰弱下去,他在心神恍惚之间,模模糊糊看到:基金忧心忡忡地沉着蜡黄的脸,惶惶不安地东张西望,总是把目光避开;亚科夫愈发沉默寡言,他脸色苍白,愁眉不展;他一天里要出去几次,回来以后,又不大愿意谈及发生的事件,谈起来也很谨慎。

"他们可怜我,"贝科夫揣度着,"两个人都可怜我,不想惊动我。看来,我就要死了。"

但是想到死,他已不像先前那样害怕了,认为死得委屈的想法也不那样尖锐,那样痛苦了,尽管他还不由自主地这样想:

"现在要能同亚科夫过上一段该多好。基金也是个好人。现在他们理解我了,和他们推心置腹地谈了谈,他们也就明白了。"

接着他想到继承人,心中暗暗发笑。

"我已经向他证明,应该怎样来理解财产,小伙子心里很不安。可过去他还说什么:要分给穷人!咳,这伙人呀……"

"城里出了什么事?"他问护士,想检验一下基金那些颠三倒四的说法,和外甥小心谨慎的谈话。

"还在造反,"女人淡淡地说了一句,似乎造反同酗酒和做买卖一样,都是城里人司空见惯的消遣。她不时用掌窝捂着嘴打哈欠,打完哈欠,便匆匆画个十字,她那双淡色眼睛里始终带着睡意,而她的无声的步态就像猫一样轻捷。

城里的枪声是从星期天那个灰蒙蒙的阴霾的黎明开始的。最初的几声枪响发自远处,在霏霏的细雨中听起来并不刺耳。

贝科夫听了几分钟的工夫,叭叭叭的枪声像乌鸦啄着潮湿的铁皮房顶一样。

"这是在敲什么?"他唤醒护士问道;护士像条蛇似的仰起头,望着灰色的方形窗户仔细听了听。

"不知道。给您药吗?"

"别作声。"

枪声越来越密,越来越近,好像一个会计能手拨弄下的算盘珠子一样噼噼啪啪地响个不停。

"像是在打枪,"贝科夫以一个老兵的听觉断定这正是枪声,他阴郁地说道,"去叫醒楼上的人……"

护士好像顶着风,一面用手指往头巾底下塞着头发,一面在昏暗中摇摇晃晃地走了出去。贝科夫坐在床上听着,也用颤巍巍的双手摩挲着头发和胡须。

"在放枪,狗崽子们!这是谁打谁呀?"

护士很快便从楼梯上跑了下来,还在门口便扯起嗓门愚蠢地尖叫起来:

"在打枪哪!冲着房顶,冲着您的……"

"蠢货,"贝科夫厉声说道,"放的是空枪。"

"哎哟,不是的……"

"住嘴!这是演习。城里是不准实弹射击的。"

"哎哟,不是啊!老天爷,不是的……"

那女人跑到窗前,一打开窗户,就有一阵零零星星的枪声飞进房间。贝科夫听出这是步枪和手枪的声音。轰的一声,一颗炸弹爆炸了。把玻璃震得呻吟起来。斜对着贝科夫的窗口有一幢房屋,在它的几扇窗户里,突然令人心惊肉跳地燃起熊熊的火焰。护士画着十字蹲到地板上,也呻吟起来:

"上帝啊……"

基金穿着大衣戴着帽子踮着脚摇摇摆摆地走进屋来,他的脸在灯光照射下,像死人的一样铁青。

"出了什么事?"贝科夫叫了起来,"亚科夫在哪儿?"

"他走了。"

"什么时候走的?上哪儿去了?"

驼子摘下帽子，抱歉地摊了摊脱了臼似的双臂：

"叶戈尔·伊凡内奇，我对他说过，别管，不要管！虽然他们确实骗了人……"

"谁骗人？"

"当官的，政府。可是亚沙说：不行，同志们……他说，这太卑鄙了。他是同科诺诺夫的铸工们一道去的……"

贝科夫有点明白了，仿佛有人用鞭子抽了他一下，他把两只脚从床上放下，嘶哑地叫着：

"拿便袍来！把我扶到窗口！喂，婆娘……"

护士探头望望窗外，挥了一下手：

"您自己也知道！起火了。我要回家去……"

然而她不仅没有走，甚至仍旧在窗前没从地板上站起来。

基金一面给贝科夫穿衣服，一面喃喃地说：

"可别从窗外飞进什么来……"

"住嘴，"贝科夫厉声说道，"你这个拉皮条的！窝主……"

枪声很近。甚至听得见拖得很长的喊叫声：

"啊——啊——啊……"

大门上的铁闩哐啷啷地响着，屋门也砰砰作响，某处有两把斧头在砍着树木，一个女人的刺耳的声音惊慌不安地喊了一声：

"从花园里跑……"

贝科夫走近窗口，只见一匹黑马在街上跑过，一个人伏在马背上，使得那匹马活像一只骆驼，从不均匀的马蹄声中可以听出，这是一匹瘸马。在昏暗中紧贴着房子的篱笆和墙根很快闪过三个人影，他们一个跟着一个鱼贯而行，最后的一个身后拖着一根竿子，竿子的末梢沙沙地蹭着便道上的石板，碰着路边的短桩。

"贼，"贝科夫这样断定，只觉内心的静默和空虚在可怕地增长着，所有的声音都在这空虚之中发出隆隆的回响，而思想却在其中沉没和熄灭了。这时一颗子弹嗖的一声飞了过去，树上的枯叶微微颤动了一下。

"这是反跳回来的子弹,"贝科夫断定,并听到基金在怯生生地说:

"您最好离开窗户……"

他推了一下基金的肩膀。

"这就是说,造反了?"

"工人起义,叶戈尔·伊凡内奇……"

"亚科夫,亚什卡也去造反了吗?"

"他和科诺诺夫的工人在一起……"

"去,"贝科夫伸手指着窗口,指着街道说,"快去叫他!最好马上回家。你这个下流胚怎么搞的,一声不吭,瞒着我?……"

基金有愧似的嘟哝着:

"亚沙对您说过:手持武器……"

"快去!亚什卡要是有个好歹,我要你的命!"

贝科夫的下颌抖得好像胡须都要掉下来了似的。他那高大的灰色身影仿佛在战场上那样直挺挺地站在昏暗的窗口,他瞪着眼睛,牙齿咯咯作响,两腿在打战,他的便袍恰似从肩胛骨上淌下来的流水,在不停地抖动。

基金出去了。

"我要回家,"护士又说了一遍。

贝科夫目不转睛地盯着烟雾弥漫的街道,颓然地坐到了圈椅里。枪声疏落下来,斧头还在砍着,有个什么东西轰的一声,碰断了围墙或是大门上的木板倒了下来。不知为什么电线绷得这样紧,而且还在抖动?随后,街上十分突兀地响起了沉闷的嘈杂声、脚步声、木头的折裂声,还有一个熟悉的,高亢而又嘶哑的声音在喊:

"把大门卸下来!院子那边有几只木桶,把它们滚出来……"

"这是我院子里的那些木桶啊,"贝科夫想。

这时在临窗的街道上有人喊叫:

"把电线拴在路灯上!横着往街道对面拉……砍电线杆……脚,

455

脚,鬼东西……"

"这是亚什卡的声音,"贝科夫说出声来,"是他的!"

贝科夫不愿想亚科夫在做什么,然而他还是胸脯趴在窗台上,嘟哝着:

"他在保护院子。不放他们进来。"

护士从一个屋角奔到另一个屋角,念叨着:

"噢,上帝呀!上帝……这帮强盗……"

"坐下!"贝科夫喊了一声,"瞧我拿棍子敲你!住嘴……"

他拿起平时敲天花板召呼基金的那根棍子吓唬护士。他的下颌还在颤抖着,胡髭奔拉到嘴里,他扯着唇髭、胡须,但是下颌直往下掉,内心的寂静变得更加可怕,空虚更加深沉,街上的喧嚣声、喊叫声、树木的断裂声和远处的枪声都冲了进来。

"竖着放!"大门旁有一个低沉的声音在指挥。

天已经亮了,人影的轮廓相当分明地在雾中显露了出来,他们总共不到一百人,正聚在贝科夫住宅的左边,用一些电线杆子隔断马路,堵塞着街道,他们像抓着鲶鱼的长须一样拽住电线拖着电线杆子。人们从邻家的院子里搬出一捆捆干草,推出一辆车子,吭唧、吭唧地摇撼着木篱笆。和这闹哄哄的场面对峙的是鸦雀无声的房屋,以及一个个紧闭着的玻璃窗。在那些玻璃后面偶尔可以看到憧憧的人影。

远处,刺耳地响起了军队的集合号。

"留神,"一个低沉的声音喊道,不知是什么发出一阵咯嚓嚓、咯吱吱的响声,轰然倒在石板马路上。

"他们在破坏,"贝科夫对护士大声地说,似乎在征求她的意见,"你听见了吗?他们在毁东西!"

他冷得发抖,裹紧便袍的前襟,将身体从窗子里向外探得更远些,只见亚科夫肩上扛着一把铁钎,向大门奔来,还有十来个人跟随他跑来,手里拿着步枪、斧子,其中一个扛着一根车辕,他们大家同时撞着大门,亚科夫像猫一样翻进院子,喊道:

"卸下门扇！拿桶……"

这一切像梦一般难以置信,看着这些,贝科夫不由怀疑起自己的眼睛来。护士歇斯底里的号叫惊醒了他：

"哎哟,这些强盗……"

大门打开了,人们冲进了院子。

"站住！"贝科夫喊了一声,这一声是他使尽剩下的最后一点力气才喊出来的,"你们站住,魔鬼！亚什卡,把他们赶走！"

他看到了亚科夫那张仰起的薄饼般的圆脸,并且听到了他的喊叫：

"他们欺骗了我们,舅舅！他们开枪了……"

接着传来了驼子的哀求的声音：

"叶戈尔·伊凡内奇,离开窗口吧！"

左边的一扇大门被稍稍抬高了一点,摇晃一下,轰的一声倒在院子里,人们抓住它,往街上拖去。另一些人开始摇晃第二扇门,滚着木桶,只见矮小的驼子在这伙人中间无谓地奔忙着。

于是贝科夫一面粗野地骂娘,一面抓起一盆仙人掌朝院子里的那些人扔去。那个花盆落在离他们很远的地上,贝科夫看见了这种情况,但仍然向护士喊着：

"给我花盆,椅子也给我,所有的东西统统给我！"

他喊叫的声音十分可怕,那女人低低地弯着腰,在房间里一声不吭地奔来奔去,把花盆从窗台上拿下来,手脚并用,连推带踢地把椅子移过去,贝科夫摇摇晃晃,使着最后的力气,痛得哼哼唧唧,把他举得起来的所有东西都朝着人们扔了下去,一面扔一面呼哧呼哧地喘着气,破口大骂。

"亚什卡,我砸死你！科西卡[①],丑八怪……"

有人放了一枪,玻璃发出刺耳的碎裂声,从天花板上落下一些灰

---

① 科西卡是驼子康斯坦丁的别称。

泥,护士尖叫一声,两臂撑着地板坐到了地上,贝科夫向她转过身来叫喊着:

"装蒜,你还活着!快给我,坏蛋……"

与此同时,在街上很近的地方噼啪噼啪地响起了枪声,门洞下面有人尖叫一声:

"他们绕过来了……"

贝科夫看到外甥蹲下来,拖着一条腿爬进了院子。那个大胡子,把车辕一扔,脸朝下栽倒在地,把头碰得连帽子也飞掉了。这时一群穿着灰军装的士兵弯着腰,朝前端着刺刀从雾气里立刻钻了出来,出现在大门旁边,他们高声喊道:

"投降吧!躺下来……"

他们向奔跑的人们开枪。

贝科夫发出一阵狂笑,伸出一只手,指着下面,跺着脚,嘶哑地叫嚷起来:

"捅这一个,喏,正在爬哪,戴帽子的那个,捅他!捅那个驼背,坐在桶后面的那个,捅那个驼背呀……"

护士打开另外一扇窗户也叫着:

"捅吧!捅吧,把他们赶走……"

陆桂荣　译

# 牧　人[*]

　　季莫费·博尔佐夫是维申基村[①]的牧人，一个了不起的人物：他略通巫术，常常发表预言，他是"马医"，但也给人看病，他还是个"秉断家务事的法官"，同时正如他得意地笑着称呼自己的那样，又是位"草编能手"：他能用麦草精巧地编出一些装饰着彩色纸片和锡箔的小行李袋、小盒子、烟盒和小镜框。

　　上了年纪的庄稼人谈起他莫不肃然起敬：

　　"这是一个样样都很精明的庄稼汉，简直是咱们的部长！"

　　年轻人害怕他，称他：

　　"季姆大伯。"

　　总而言之，村里人非常尊敬博尔佐夫，因为他聪明、公正，生活正规而又宽裕。在村会上他是个头号人物，可他总是在专心听完所有能说会道的空谈家的发言以后，最后一个讲话。

　　在他当小牛倌时，一头公牛用角顶了他的胯股，年轻时当兵又被人打断了几根肋骨，因此博尔佐夫走起路来，怪模怪样地摇晃着结实的身体，似乎是想向右侧躺下去，把耳朵贴着地面听听地里发出的声音，可是大地不愿意，又老是把他推开。

---

[*] 本篇最初发表于一九二四年第三期《红色处女地》杂志。译自《高尔基三十卷集》第十五卷。

[①] 在当时的尼日戈罗德县（今高尔基市）。

他已六十左右,但是他体格粗壮,胸膛宽阔,脸像铜铸的一样;一口又密又白的牙齿完好无缺;在瓦灰色的头发里支棱着一绺绺红发,他的头发似乎不是在变白而是变红,而且又多又密,即使是在严寒的冬季里,他也不戴帽子。他在吆喝他的助手和牲口时嗓门儿很大,可是同人们谈话时却说得很慢,好像有意放低声音,好让人家听得更仔细些。

然而最主要的是,他爱谈一些大道理。他经常到城里销售他的草编工艺品,见多识广,事事都有过考虑。

从早到晚,他或是坐在野外一个山岗上的一棵孤零零的白桦树荫下,或是坐在树林边,一面对助手们厉声下着命令,一面用那毛茸茸的灵活的手指不知疲倦地编着麦草制品;他身边放着整整的一捆麦草。

"为啥人们是各过各的呢?"他提出问题又自己回答道:

"这是因为有了文化的缘故。自从人们想出这些文字和各式各样的书本、法律、命令以后,他们就搞不在一起了。就是这么回事。你下命令,可是我不懂,因为我不识字!比方说,你是给牲口治病的大夫,按你们的说法是兽医,我也会给牲口看病,可咱们彼此不了解,就是让文化给搞的。是的。"

我一面听,一面瞧着他那红灰两色的络腮胡,在乱七八糟的胡子里有一个宽宽的猴鼻子,从络腮胡子里像锥子似的凸出一双发绿的蛤蟆眼,闪着十分机智的神色。可是嘴巴却看不见。博尔佐夫说话时,只能看到有个东西在他的络腮胡子下面蠕动,透过这些毛发还可以看见一排冷冷的、白亮亮的牙齿。

"你跟我拌嘴时就像一个说外国话的德国人。区警察局局长和随便一个别的什么官儿也是这样。要是他骂娘,我倒听得懂,可只要他一转文,马上就有一条沟把我们隔开了!我在沟那边,他在沟这边,谁也听不见谁。神甫也是一样,难道有谁听得懂他在教堂里嚷嚷些什么吗?在教堂里像在梦里一样,称心如意,可是什么也弄不懂。教书先生也是这样:叫孩子们挤在一起,还教些没意思的东西,教上好几年!

幸好孩子长大以后就把识的字忘掉了,要不连庄稼人彼此也都不理解了。你看见了吗?对人们说来主要的害处就是因为识文断字。"

我试图让他相信事情恰恰相反,但是徒劳无功。他把那双狡猾的眼睛眯缝着藏了起来,不声不响地听我讲,噘着嘴,使得一簇毛蓬蓬的唇髭从络腮胡子里翘了出来。他面部表情愚钝,固执地摇着脑袋,遗憾地说:

"哎哟,你呀,老天呀!这有什么办法呢?我不懂!我不懂你说的是哪种话,不光是不懂意思。你用的是些啥字眼儿啊?你说:科学,可是我听到的是蜘蛛①,而且现在我看你本人就像个蜘蛛,似乎要把我当苍蝇一样网在蛛网里。你还说要使大家都识字。这话可是太欠考虑了,没有那么多字让大家认。吃的东西也不够,你怎么搞的!哎呀呀,看识字把你搞成了什么样哟,哎呀呀!"

当然,我明白,牧人在挖苦我,但是我也是固执的,我想制服季姆大伯的固执。看来,这讨得了他的欢喜,他更愿意同我谈话,谈得也更加亲切了。

然而,听完他的一段叙述之后,我便像被打了一棍子的皮球似的从博尔佐夫身边跳开了。

傍晚日落以后,他坐在自己农舍前大门旁的一条长凳上。青蛙在墨绿色的油腻腻的池塘里呱呱地叫着。蚊虫在我们的头上嘤嘤哀鸣。博尔佐夫一面从麦草捆里挑拣着草秸,一面懒洋洋地说着大道理,教训我道:

"好吧,让咱们对这一点取得一致的意见:需要好人。可是什么样的人才算是好人呢?比如说是这样:他不打家劫舍,肯做好事,勤俭治家,这就是最好的人。他所知道的法律就是:别人的东西不要动,自己的东西要爱惜;吃东西不要独吞,要分给狗一块;要穿得暖和些;这样就能指望上帝了。他知道的就是这个。这就是他最需要的文化。咱

---

① 在俄语中这两字的读音相近。

们这个征服了所有番邦异族的强国就靠这种人支撑。这位大地上最强者养活着整个宇宙,各种民族都冲他而来:各式各样的德国人、法国人和土耳其女人,全都往他这儿钻。你自己也知道,他们多次想征服他:他们全副武装,蛮不讲理,径直闯到莫斯科。可是他不声不响地坐在那儿等着。就是这样。他们十二个异族,或许更多些,扑到他跟前,他猛地站起来,轰的一家伙!这些进攻者便全都化成了灰烬,如此而已。谁也记不得他们了。他们似乎曾经存在过,可是现在已经没有了!年长日久,这些进攻者越来越少,但是我们的人却越来越多,简直没有地方好待了。就是这样。

"照你的说法,好人简直是个不幸的人,甚至像是个头脑不清的人。他都干些什么?看不到他有什么事。他有啥用呢?他发疯地嚷嚷着不该嚷嚷的事,为了这个人家把他关进牢房,这就是你说的那个人。

"我可知道这号人,我听过好多各式各样的胡说八道。连县警察局局长大人就亲口对我说过不止一两次:'博尔佐夫,你的见识真不少,你的脑袋瓜儿挺聪明。'我当然深深地给他鞠了个躬,可我心里明白他是一个傻瓜。他的老婆两条腿瘫痪了七年,可他骑在她身上就像一条吃饱的狗趴在鸟兽的尸首上一样。他甚至是跟她同一年死的。据说,似乎是因为太伤心了。也传说,他是个好人。其实他只好在一点上:他有匹马。我给它放过血。是匹阉过的马,膘肥体壮,整个儿像是铸出来的。

"这些好人里最可笑的是我们女地主奥莉加·尼古拉芙娜·杜布罗薇娜的儿子。她是个放荡婆娘,丈夫把她丢了,跑到国外躲了起来。她的鼻子尖尖的,很活泼。她戴副眼镜,眼镜上系着一根黑线,黑线拴在耳朵上。她说:'我是个大夫。'她给几个人看过病。有一次闹火灾,她被弄断了一条腿,这以后她就老实些了。

"她儿子米佳是我的朋友,小时候我们总在一起玩儿。后来他走了,上学去了,好多年都没见到他。一天,他突然像是从沼泽地里钻了出来;那时候我已经当上了牛倌,正坐在树林子边上削笛子,他跑了过来。'认出我了吗?'他问。他又高又瘦,秃了顶,像他妈一样也戴着眼镜。手里拿着一根带薄纱圆网的棍子,肩上背着一只挂在皮带上的洋铁盒子,两条细腿——活像个小丑!他捉些蛾子、甲虫,还采集各式各样的野草,好像个巫师。他跟我一块儿叙旧,像对小孩子讲话那样,老问我:'记得吗?'、'记得吗?'我看他读书都读傻了。那时候我已经成了家,想想过去的事儿我都感到羞得慌。我问:'米特里·帕弗雷奇,你现在干什么?'他说,'我在写一本讲昆虫生活的书。'我说:'啊,是个舒服活儿。'

"我仔细观察了一番,看得出来,他心肠好,他像个醉鬼一样什么也不在乎。庄稼汉们就拔起他的毛来了:这个软磨,那个硬讨。我也这样干。我向他要了顶草帽,一顶非常好的草帽,我就是从这顶帽子上学会用麦草编各种玩意儿的。当然,看朋友的交情我也拿他的钱。还要了一把顶好的小刀子。

"他是个老鼠头脑,读书读到了疯疯癫癫的程度。有时候,他说:'蚊子会传播疟疾,'他说:'要提防蚊子!'我当然没有笑,还好像相信似的,问他:'怎么会是这样?'于是他便胡扯起来了,啊,天哪!他说上千言万语,可是毫无意思。有时他谈起庄稼人,说庄稼人的日子不好过。这时候,你想要什么就跟他要吧:不好过,那么你帮帮忙吧!这时哪怕是一百个卢布他也给,他心肠软得像个婆娘。我一边瞧着他,一边想:'虽说你有四只眼,可是你等于白活!你还要什么呢?穿的是绫罗绸缎,吃的是山珍海味,地租给人家种,钱有的是,你还要什么呢?地地道道的傻瓜,莫尔多瓦的笨蛋。'因此我恨他。

"他捕捉小昆虫,什么都要闻一闻,我把他支使到坏点儿的地方,到沼泽地里;在我们那儿,沼泽地里的土墩之间一陷就是好深,要特别小心!有时候,小牛倌们没照顾好,小牛犊或是绵羊误走上去,通,一家伙就没了!它们被吸进去了。当然,他也到过这种地方,掉进去以后,一个劲儿地喊叫。"

牧人皱眉蹙额，用手指扯着胡子，带着一种明显的遗憾继续低声说了下去。

"有一次，他一直陷到脖子那么深，人们把他拖了出来，他脱下衣服，把它晾在树丛上。我对小牛倌说：'尼科尔卡，把老爷的裤子拿去藏起来。'小孩子喜欢恶作剧，就把他的裤子藏起来了。太阳已经快要落山，我让人把牲口赶回家。老爷只好光着大腿在街上走，那天是个节日，到处都是大姑娘和小媳妇，引得大家哈哈大笑！结果我可倒了霉。尼科尔卡不留心把我开玩笑的事说了出去，这件事传到了我朋友的耳朵里，他跑到我这儿就没完没了地数落起我来了。他说了好多，把脸都涨红了，眼泪也差点儿流出来，他说：'我给你这给你那，可是你给我的是什么？啊？'打那天起我们的交情就算完啦，他再也不理我了，恰好，他很快就病了，还没有开春就死在城里了。得的是肺痨……

"喏，这就是你说的好人，可是他好在哪儿呢？他有什么用，他能干什么事？对我来说他就等于手指上的一根刺。在老爷们当中这样的人我见了不少。常言说得好：老爷当中不是野兽就是畜生。就是这条牛犊。我们这儿有个教师，叫彼得·亚历山德罗夫，他学昏了头，竟让年轻人相信：一切痛苦的根子是沙皇。谁也不知道，沙皇什么地方得罪了他。可是现任乡长费季卡·萨温猜着了，进城报了警察局，人家给了费季卡七个半卢布金币，可夜里这位教师就被宪兵抓走了。是的，什么样的事儿都有呀！

"我还要说：知书识字的人都是傻里傻气的糊涂人。我在他们身上看不到一丁点儿有用的地方，可糟糕的玩意儿倒有的是。就说你吧：身体挺好，对人也不摆架子，还多少有些通情达理，可在你身上毕竟有一种危险的东西，我摸不清你是怎么回事。你要什么呢？比方说，我需要一个烟荷包，最好是皮的。嗯，我知道，要是问你要，你就会去买来送给我。这是因为你的钱不值钱，你们读书人能有善心全都是因为你们的钱不值钱，来得容易。你要什么，连你自己可能也不知道。可我就像有蜡烛照着似的什么都看得清楚。比方说，我走的是一条笔直的大路,可你是在村子里的土路边上逛荡。"

牧人闭上眼,把头往后一仰,鼓起毛茸茸的喉核,从胡子里发出一阵奇怪的吼叫声——这是他在笑。后来他用手指抠了抠眼睛,又说了起来:

"就在不久以前,你信口开河说地球会转,这我在以前也听说过。说它转,是因为你们这些读书人的脑袋都让书本给搞晕了。可你们喊:'喂,地球在自转！噢,在自转！'胡扯！地球是不敢转的,它要转人是受不了的。"

博尔佐夫以胜利者的姿态眨了眨眼睛,望了望天上红红的圆月,目不转睛地盯着池塘里油腻腻的水面上映出的月亮的倒影。

"你就不知道明天会是啥天气,可我知道:明天是个坏天气！这有什么迹象呢？你还是不懂,我也不告诉你。"

他卷着烟卷,夸耀地补充说:

"牧人凭感觉就能知道天气好坏……"

这天晚上博尔佐夫已使我讨厌,我不愿再见到他。此后我们有几个月没有见面。

然而,我突然得知(记不清是听谁说的了)牧人有两个父母双亡的侄儿,他供他们两个上学,一个就读于喀山市的兽医学院,另一个在弗拉基米尔市的中学里念书。

我在手工艺品商店里遇到了博尔佐夫,责备他说:

"季姆大伯,你干吗要骗我呢？你否定文化,可你自己却让侄子们去念书,还是在那些大地方！"

他眯着蛤蟆眼,蠕动着络腮胡子回答道:

"我向谁担保过要对你说实话呢？何况说实话是要挨揍的！"

他怪声怪气地笑着,笑得前俯后仰,眨着眼睛,一边笑,一边轻轻地说道:

"侄子是我嫡亲的孩子,可你是个外人,就像是个过路的叫花子。我像任何一个有头脑的人一样,要做对自己有利的事。让我的亲人去学,外人就不必学了。你明白吗?嗯,就是嘛……"

他把一只沉重的手放在我肩上,用宽厚和训诫的口吻补充说:

"常言说得好:自家人总归是自家人。所以我也照顾自家人。难道我不想看到自己的亲人当上老爷吗?你知道,我们在老爷们面前只是下等人。喂,咱们抽口烟吧,义人①……"

我们吸起烟来,我赞许地说:

"季姆大伯,你可真会骗我!你是个好演员。"

这惹得他不高兴,他埋怨起来:

"又是这种不好懂的名词!你真是个怪人!怎么用人话、用俄国话,'丑角'这个名词你都说不出来吗……你们这些读书人净耍猴子习气……"

陆桂荣　译

---

① 出自《旧约·诗篇》第一卷第一篇。